Pascal Wokan

PASCAL WOKAN

DIE PALADINE
Pfad des Jägers

Fantasy-Roman

Impressum

Das Werk, einschließlich seiner Teile, ist urheberrechtlich geschützt. Jede Verwertung ist ohne Zustimmung des Autors unzulässig. Dies gilt insbesondere für die elektronische oder sonstige Vervielfältigung, Übersetzung, Verbreitung und öffentliche Zugänglichmachung.

Bibliografische Information der Deutschen Nationalbibliothek: Die Deutsche Nationalbibliothek verzeichnet diese Publikation in der Deutschen Nationalbibliografie; detaillierte bibliografische Daten sind im Internet über http://dnb.d-nb.de abrufbar.

Die automatisierte Analyse des Werkes, um daraus Informationen insbesondere über Muster, Trends und Korrelationen gemäß §44b UrhG („Text und Data Mining") zu gewinnen, ist untersagt.

© 2024 Pascal Wokan
Lektorat/Korrektorat: Katrin Gönnewig
Covergestaltung: AstroSheep Art
Karte: Nerdy Maps
Besonderer Dank: Podcast Duo Jessica & Jason
Verlag: BoD • Books on Demand GmbH, In de Tarpen 42, 22848 Norderstedt
Druck: Libri Plureos GmbH, Friedensallee 273, 22763 Hamburg
ISBN: 978-3-7583-5146-4

www.pwokan.de

WELTENRUND
Die bekannten Länder

TAUSENDINSELN

AMDRA

Thargol

WESTREEN

Galle

HOCHLANDE

Wen-Deire

Amber Nebelkron

ELISMÈRE

Aron-Dor

Westenfeld
Festung der Assassinen

MÉRIDOR

TIRNANOG

Gloke

Savelle

Vala

LUNDAR

VARYLIEN

Korran

Inhalt

»Erdrückende Ordnung oder verheerendes Chaos?«

Was bisher geschah …

Nachdem Rebellen aus Tirnanog beim königlichen Bankett in Candaloz ein Gemetzel angerichtet haben, ruft der neu ernannte König Méridors den Krieg gegen die abtrünnige Kolonie aus. Die Paladin Artio begleitet die Armada in das ferne Land und wird dabei mit ihrer Vergangenheit konfrontiert. Denn sie wurde in jungen Jahren von einem Paladin zwischen den Leichen ihres Stammes aufgefunden und nach Candaloz gebracht, um ausgebildet zu werden. Ihr Glaube ist stark und ihre Überzeugungskraft unerschütterlich, als sie zum persönlichen Beraterstab des Generalskapitäns der Armada ernannt wird.

Während der Heereszug immer mehr ins Stocken gerät, wird Artio gemeinsam mit Hochpaladin Rafael auf geheimer Mission ausgesandt, um mehr über das Thing der Stämme – das in Mag Mell stattfinden soll – herauszufinden. Angeblich soll dort Silberhand sprechen, der für das Attentat beim königlichen Bankett verantwortlich ist, um die entzweiten Stämme unter einem Banner zu vereinen.

Der Barbarenfürst Wagrim hat seine Heimat verlassen, um Méridor um Hilfe zu bitten. Im Hochland wütet eine unbezwingbare Gefahr. Da das Hochland eine Kolonie ist, will er den König an dessen Pflicht erinnern, das Hochland in Zeiten des Krieges zu beschützen. Allerdings zeigt sich bereits bei seiner Ankunft, dass in Méridor das Wort eines Mannes nur so tief reicht wie seine Geldbörse. Außerdem ficht Wagrim einen inneren Kampf gegen den Berserker aus, eine finstere Gestalt, die durch seinen Wutfunken geweckt wird. Als er überfallen wird, metzelt er die Verbrecher nieder und gerät an die zwielichtige Morrigan, die über verheerende Kräfte verfügt, und an den undurchsichtigen Kaufmann José, der ihm verspricht, eine Audienz beim König zu verschaffen. José hält Wort und König Pablo verspricht Wagrim Unterstützung im Kampf gegen die Gefahr im Hochland. Im Gegenzug verlangt er, dass Wagrim die Armada in Tirnanog unterstützt. Denn als Fürst des Hochlandes verfügt Wagrim über unerlässliches Wissen und taktisches Verständnis, das einen

Wendepunkt bei der Rückeroberung der abtrünnigen Kolonie darstellen könnte.

Cuchulain ist als Druide dem Schutz seines Stammes verpflichtet. Er strebt nach Größe und versucht, den Schatten seines Vaters zu entfliehen. Cuchulains Meister ist der in ganz Tirnanog bekannte Großdruide Myrddin, der ihn zwar in all seinen Bestrebungen anleitet, aber auch viele Geheimnisse vor ihm verbirgt. Während Cuchulain nach neuen Wegen sucht, sein Volk zu beschützen, breitet sich in Tirnanog allmählich eine Fäulnis aus, die immer mehr vom Waldlandreich befällt – verkörpert durch die *Derwyd*, welche die Schlinge um die verbliebenen Stämme zuziehen. Die Druiden der Dämmerung waren einst dem Schutz der Stämme verschworen, bevor sie sich der Verheerung stellten und dabei in ihrer Druidengabe verloren. Denn sobald ein Druide den Funken eines Tieres aufnimmt, um zu einem Werwesen zu werden, ist er den animalischen Trieben ausgeliefert, die den Verstand benebeln. Da Myrddin um die Herausforderungen weiß und in Cuchulain mehr sieht, als er seinem Schüler preisgeben will, befragen sie gemeinsam die Geister, die Cuchulain eine ungewisse Zukunft prophezeien.

Artio und Rafael gelangen in ein abgelegenes Dorf. Sie stellt dabei fest, dass sie etwas mit den Wäldern verbindet, das sie nicht in Worte fassen kann. Obwohl sie sich dagegen wehrt, begreift sie immer mehr, dass das Waldlandreich weiterhin ein Teil von ihr ist. Als sie dem Druiden Cuchulain und dessen Meister begegnen, treffen sie eine Abmachung. Die Druiden bringen sie nach Mag Mell, da auch sie den wachsenden Einfluss von Silberhand fürchten, wenn Artio Einfluss auf den Heereszug Méridors nimmt, um zu verhindern, dass der Krieg mehr Opfer fordert als nötig. Auf ihrer Reise begleitet sie der Baumgeist Cernunnos, der mehr über die tiefen Zusammenhänge Tirnanogs weiß und einen Weg kennt, ein Aufeinandertreffen der Streitkräfte zu verhindern.

Während sie sich auf eine lange Reise begeben und mehr übereinander herausfinden, begegnet Artio zum ersten Mal den Derwyd und begreift, dass die Stämme Tirnanogs um ihr Überleben kämpfen. Der Angriff auf die Mächtigen Méridors war ein Akt der Verzweiflung, um sich von den Fesseln zu lösen und der wahren Gefahr zu widmen. Aber die Wege der Gefährten trennen sich, als Derwyd ihnen dicht auf den Fersen sind. Cuchulain kämpft für jene Paladine, in denen er all die Gründe für den Zerfall seiner Heimat sieht, und begegnet dem Leitwolf der Derwyd, der ihm eröffnet, dass niemand Geringeres als sein Meister Myrddin die Druiden der Dämmerung einst gegen die Verheerung führte. Und sich dann von ihnen abwandte, als sie sich in ihrer Gabe verloren.

Wagrim gelangt nach Tirnanog. Dabei stellt er fest, dass die Armada längst nicht so gut organisiert und kampfstark ist, wie es sein Volk stets hatte glauben lassen. Er hofft, den Berserker in sich endlich bezwingen zu können, allerdings zeigt sich immer deutlicher, dass José ihn für seine Zwecke missbrauchen will. Zunehmend wird Wagrim in Kämpfe verwickelt und muss Entscheidungen treffen, die gegen seine Überzeugung gehen. Auch Morrigan, die ihm verspricht, ihm dabei zu helfen, den Wutfunken zu kontrollieren, lässt nicht durchblicken, was sie mit ihren Taten bezweckt. Je mehr Zeit vergeht, je näher sie Mag Mell kommen, desto mehr bricht der Berserker aus ihm hervor.

Artio wird zunehmend von Erinnerungen geplagt. Die Gespräche mit Cernunnos zeigen ihr, dass ihr Glaube längst nicht so gefestigt ist, wie sie dachte. Als es zu Auseinandersetzungen mit Rafael kommt, der in Tirnanog nur das Schlechte sieht, gerät ihre Überzeugung ins Wanken. Zuvor gelangen sie allerdings in ein Dorf, das von der Fäulnis befallen ist. Danu, ein von der Fäulnis korrumpierter Baumgeist, greift sie an. In diesem Moment widersagt sich Artio die Lichtgabe und sie fürchtet, ihren Glauben vollkommen verloren zu haben. Doch es gelingt ihr, den Grund für Danus innere Zerrissenheit zu erkennen: In ihrem Stamm hat sie jahrhundertelang ein mythisches Artefakt vor dunklem Zugriff und der Fäulnis bewahrt, den Kampf jedoch verloren. Ein Schwert, eines der vier Schätze eines Gottes, der einst die Stämme Tirnanogs gründete. Ein Schwert mit einer Geschichte, die bis zu den Tagen von König Artus und den ersten wahren Paladinen zurückreicht. Als Artio es befreit, stirbt der Baumgeist mit einer Warnung: Das Schwert vermag die Welt für immer zu verändern.

Wagrim findet den bewusstlosen Cuchulain auf. Der Druide führt die Armada nach Mag Mell, weil er inzwischen verstanden hat, dass beide Völker zusammenarbeiten müssen, um die wahre Gefahr zu bannen. Dabei erfährt er von José, dass er in der Erbfolge des ersten Menschenkönigs Artus steht und seine Bestimmung weitaus größer ist als gedacht. Deshalb hat sich Myrddin – dessen Name eigentlich Merlin ist – seiner angenommen, weil er ihn auf seine Bürde vorbereiten wollte. Cuchulain soll die Stämme vereinen und seit Jahrhunderten der erste König von Tirnanog werden. Es ist seine Pflicht, Frieden zwischen den Völkern zu schaffen.

Artio nähert sich der Hauptstadt Mag Mell. Erschüttert und verwundet von der Begegnung mit Danu kommt es zu einer Auseinandersetzung zwischen ihr und dem Hochpaladin. Er macht sie für all die Ereignisse verantwortlich und will sie läutern, weil er glaubt, in ihr wuchere die Verheerung. In diesem Moment zerbricht etwas in Artio und sie begreift, dass sie ihren Glauben verloren hat. Sie verteidigt ihr Leben gegen Rafael und ermordet ihn mit dem Schwert. Cernunnos bestärkt sie in ihrer Tat und begleitet sie zu ihrem Ziel.

Beim großen Thing in Mag Mell treffen schließlich alle Schicksale aufeinander. José gibt sich als Silberhand zu erkennen und der Mann, der stets zu den Stämmen sprach, handelte bloß in dessen Auftrag. Seine Absicht war, die Stämme zu vereinen und Méridors Streitkräfte zu bündeln, um die Menschheit auf die wahre Bedrohung vorzubereiten: Die sich ausbreitende Fäulnis und den Weltensturm. Deshalb geschah das Attentat in Méridor. Und deshalb wurde ein Krieg provoziert. Denn als Artio mit dem Schwert eines Gottes das Thing betritt, bewahrheitet sich, dass es den wahren König von Tirnanog ernennen soll: Cuchulain.

Als die Derwyd ebenfalls nach Mag Mell gelangen, ist es ausgerechnet Wagrim, der die méridorischen Streitkräfte in die Schlacht führt und einen Sieg gegen den scheinbar übermächtigen Feind erringt. Der Triumph scheint nahe, der König Tirnanogs gefunden und die Zukunft offen für neue Wege. Doch dann tritt der wahre Feind dieses Unterfangens ins Licht: Cernunnos, der sich längst zu einem Waldgott erhoben hat und über die Jahrtausende ansehen musste, wie die Menschheit alles Mythische allmählich ausrottet und immer wieder in denselben Mustern aus Krieg, Vernichtung und Tod verfällt, hat die Fäulnis erschaffen. Er sieht nur noch eine einzige Möglichkeit die Zukunft zu retten: durch Kontrolle.

Cernunnos verwundet Cuchulain und entreißt ihm das Schwert. Mit diesem verbindet er sich und enthüllt den wahren Zweck, weshalb Excalibur einst aus dem Herzen einer sterbenden Welt geschmiedet wurde: Es öffnet Pfade zum Weltenbaum, der alle Welten und die gesamte Schöpfung umfasst.

Während die Schlacht von Neuem beginnt und Wagrim sich einem anderen übermächtigen Feind stellen muss, gewinnt der Berserker in ihm die Oberhand und er wird erneut mit den Schatten seiner Vergangenheit konfrontiert. Gleichzeitig entfesselt Cernunnos all seine Kräfte und trotzt dem Bündnis aus Merlin, Cuchulain, Artio und allen anderen, die ihn aufhalten wollen. Als Cuchulain stirbt, widerlegt er seinen Anspruch als rechtmäßiger König der Prophezeiung – Artio hingegen muss erkennen, dass in ihr eine Gabe schlummert, die sie stets verdrängt hat. Sie trägt den Funken einer Druidin und hat in ihrer Kindheit, als er erwacht ist, ihren eigenen Stamm abgeschlachtet. Sie stellt sich diesen Taten und spricht ihr erstes Ideal. Die Gabe bietet ihr Zugang zu neuen Kräften, mit denen es ihr gelingt, Cernunnos zu bezwingen. Aber der Waldgott vertraut ihr an, dass er längst den Weltenbaum mit seinem Bewusstsein infiziert und die Brücken zwischen den Welten geöffnet hat. Sein Ziel ist die Kontrolle aller neun Welten. Die Schlacht endet tragisch und mit vielen Opfern. Cernunnos' Verrat wird das Weltenrund für immer verändern. Um die Stämme zu vereinen und auf das vorzubereiten, was der Menschheit droht, wird Artio als neue Königin von Tirnanog ernannt. Die Krone Méridors erkennt die Kolonie als eigenständiges Reich an – solange sich an geltendes Recht gehalten wird und die Überführung wertvoller Ressourcen sichergestellt wird. José fordert von Artio, dass sie seinem Ruf folgt. Denn sie ist die Druidin und somit eine der neun wahren Paladine.

Nach dem Ende der Schlacht hofft Wagrim, Méridor nun endlich zum Schutz seiner Heimat in die Pflicht zu rufen. Doch es zeigt sich, dass Josés Pläne für ihn etwas ganz anderes vorsehen. Morrigan – Wagrims einzige Vertraute – erweist sich als dessen verlängerter

Arm. Ihre Aufgabe war es, einen weiteren wahren Paladin zu finden. Dieser ist allerdings nicht Wagrim, sondern der Berserker in ihm. Als sie ihn herausfordert, gewinnt der Berserker die Oberhand und sperrt Wagrim in seinem Bewusstsein ein. Dabei kommt auch heraus, dass Wagrim nicht allein als Held das Hochland verlassen hat, sondern weil er vor seinen Taten und seiner Verantwortung davongelaufen ist. Sein wichtigstes Ziel war es, den Berserker in ihm zu besiegen. Stattdessen verliert er sich selbst.

José hingegen begegnet ein weiteres Mal dem Palindrom, jenem Gott, dem er stets nachgeeifert ist. Nach Merlins Enthüllung, dass er ebenfalls ein Gott ist, der seit Urzeiten die Geschichte im Weltenrund beeinflusst, hofft José auf Antworten. Doch die einzige Antwort, die ihm das Palindrom geben kann, ist eine, die José längst kennt. Der Seelenstein, den er brach, enthielt nicht irgendeine Seele. Sondern die eines toten Gottes.

Einige Wochen später sind die Auswirkungen von Cernunnos' Taten bereits in Méridor spürbar. Die Assassine Valeria sucht Pablo im Königspalast auf und bringt ein mächtiges Artefakt dorthin, um es vor dem Zugriff fremdartiger Wesen zu schützen, die über eine Brücke ins Versteck der Gilde gelangt sind und dieses Artefakt einfordern. Sie fordern den Hammer ein, der seit langer Zeit im Tempel sicher verwahrt wurde und offenbar aus der Heimat der Wesen gestohlen wurde. Da sich der Hammer ihnen widersagt, erklären die Wesen dem Weltenrund den Krieg. Pablo verlangt von Valeria, dass sie das Artefakt fortschafft, aber das Bewusstsein darin weigert sich. Schließlich offenbart José ihnen, dass der Weltensturm begonnen hat und *Mjölnir* einer der Gründe dafür ist. Die neun Paladine müssen zusammenkommen, um alle neun Welten zu retten.

Erster Teil

Die Gezeichnete

Kalter Niederschlag überzog alles mit einem grauen Schleier. Er tropfte von Morrigans Kapuze, klatschte in ihr Gesicht, rann durch ihr Haar und drang durch ihre gefiederte Robe bis auf ihre kältegeplagte Haut. Der feuchte Sand am Ufer gab bei jedem Schritt nach und ließ ihre Stiefel knietief einsacken. Regen. Winzige Perlen wie Tränen der Götter. Nach allem, was in Tirnanog vorgefallen war, hatten sie auch allen Grund zu weinen.

An der Küste brummte es vor Geschäftigkeit und die Luft bebte vor Lärm. Méridorische Soldaten quollen endlos über die graue Uferkante, die blauen Uniformen im Regen schwarz gefärbt und die Gesichter müde, hungrig und erschöpft. Viele trugen Verbände, einige humpelten auf Krücken und die wenigsten waren ohne Blessuren davongekommen. Man musste schon sehr weit gehen, um jemanden zu finden, der nicht einen Freund in der Schlacht gegen die *Derwyd* verloren hatte. Offenbar weckte die Aussicht, Tirnanog endlich zu verlassen, ihre letzten Kräfte. Die Druiden der Dämmerung waren ein fürchterlicher Gegner gewesen – dabei waren sie nicht einmal der wahre Feind, der erst jetzt sein Gesicht gezeigt hatte.

»Cernunnos.« Der Name kam Morrigan nur zögerlich über die Lippen.

Boote wurden an Land gezogen, Rümpfe kratzten über Sand und Kies, Männer brüllten und gestikulierten und versuchten, sich über die rauschenden Wellen und die heulenden Winde zu verständigen. Kisten wurden herangeschleppt, Fässer herangerollt, Seemöwen krächzten am trüben Himmel und Hunderte auskeilende Pferde wurden an Bord gezerrt. Männer stöhnten und schnauften, zogen an nassen Seilen, schoben glitschige Boote auf das Meer hinaus, schwitzten und fluchten im strömenden Regen und stapften ins Wasser.

Überall war Bewegung. Überall stapften Menschen umher. Überall kämpften Soldaten gegen das Wetter, das sie in den vergangenen Monaten zermürbt hatte. Sie waren als Helden der *Reconquista* beigetreten, auf der Suche nach Ruhm und gesellschaftlichem Aufstieg. Ein Kampf gegen ein paar Wilde einer abtrünnigen Kolonie, die sich gegen ihre Lehnsherren aufgelehnt hatten – was konnte dabei schon schiefgehen? Nun kehrten nur noch halb so viele von ihnen nach Hause zurück. Niemand sprach es aus, aber die Wahrheit schwebte über ihnen wie ein Schwarm hungriger Krähen. Die Reconquista war eine Katastrophe gewesen. Der Krieg hatte sie für Zeit ihres Lebens gezeichnet.

Genau wie mich …

Eine Gruppe Soldaten wich vor Morrigan zur Seite, als wäre ein Ungeheuer in ihre Mitte getreten. Als einige von ihnen nicht schnell genug reagierten, richtete sie sich auf und blickte die Soldaten hochmütig an. Als säße ihnen der Tod höchstpersönlich im Nacken, sprangen sie zur Seite.

Ohne ein Wort an sie zu verschwenden, hielt Morrigan auf eines der Boote am Ufer zu. Die Männer, die es gerade vertäuten, runzelten die Stirn, als sie sich ihnen näherte. Ihre Nase lief, die Lippen waren ganz wund vom vielen Herumkauen, und der Drang, diesen Ort endlich zu verlassen, war so intensiv, dass sie am liebsten wie ein Feuerteufel unter den Soldaten gewütet hätte.

»Das Boot!« Sie machte eine harsche Geste zu dem Wald aus Schiffsmasten, der auf der unruhigen See umherschaukelte.

»Mir egal!« Der Soldat sah nicht einmal auf.

»Sicher?«, fragte sie leise und scharf wie eine gewetzte Klinge.

Nun schaute er doch auf. »Seit wann kommandiert eine Hure …«

Blitzschnell zapfte sie ihren Zauberfunken an, verband ihn mit dem roten Kristall am erhobenen Handschuh und entzog der Umgebung Wärme.

Der Kristall explodierte vor Licht und eine Stichflamme loderte um ihre Faust. Schlagartig kühlte die Umgebung ab; aus Regentropfen wurden Hagelkörner, die das Wasser zernarbten und auf den Sand trommelten.

Tock. Tock. Tock. Wie Wagrim, als er einem Mann den Schädel eingeschlagen hatte. *Tock. Tock. Tock.* Wie das Pochen ihres Herzschlages, als er ihr das Leben auspressen wollte. *Tock. Tock. Tock.* Wie der Tod, der an ihre Tür geklopft hatte.

Die Männer zuckten zurück.

Morrigan spreizte die Hand und schrumpfte die Flamme so weit, dass ihre Finger als Kerzenhalter dienten. »Sicher?«

Der Sprecher von eben, kaum älter als sie, schluckte schwer. »Ich bedaure, aber die Befehle von Generalkapitän José waren eindeutig. Wir sollen …«

»Gehorchen!«

»Aber …«

»Schon in Ordnung, Amigos!«, rief jemand. Cino, Stabsoffizier und persönlicher Vertrauter von José, trat so unbeschwert neben sie, als ginge er bloß spazieren. Eine lächerliche Feder wippte auf seinem Hut und ein breites Grinsen zierte sein stoppeliges Gesicht. Der sonst gewachste Schnurrbart hing schlaff um seine Mundwinkel und die zerknitterte Uniform war so verdreckt, als hätte er die Nacht in einem Schweinepferch verbracht. Vielleicht hatte er das sogar.

Die Soldaten standen stramm.

»Locker bleiben, Männer!« Cino drückte den zwei Soldaten jeweils eine Flasche mit braunem Gesöff in die Hand und hob seinen silbernen Flachmann. »*Salud, dinero y amor*!«, bellte er wie ein Hauptmann auf dem Exerzierplatz. Wenigstens beim Saufen bewies er einen gewissen Eifer.

Die Soldaten stießen an, aber sie tranken nicht. Immerhin waren sie noch im Dienst, was Cino anscheinend herzlich egal war. Morrigan wusste nicht ganz, was sie von ihm halten sollte. Er besaß eine entwaffnende Art, sodass man ihn einfach mögen musste. Aber er strapazierte auch ziemlich ihre Nerven.

»Gut, gut.« Er nickte den Männern zu. »Jetzt verpisst euch!«

Wieder salutierten sie, dann wuselten sie mit eingezogenen Köpfen davon.

»Also, Prinzessin.« Cino nahm noch einen kräftigen Zug, seufzte gedehnt und schob den Flachmann zurück. Wie ein Hauptmann vor seinen Gefolgsleuten verschränkte er die Hände hinter dem Rücken und musterte sie mit seiner verblüffend freundlichen Art. »Du willst den Abflug machen?«

Sie nickte.

»Und wohin verschlägt es die werte Dame?«

»Fort.«

»Klingt nach einem wohldurchdachten Plan.«

Sie schwieg.

»Also, ich will dich natürlich nicht bei deinem glorreichen Unterfangen aufhalten!« Er zwirbelte seinen Schnurrbart. »Aber wo soll's denn so eilig hingehen, wenn ich fragen darf?«

»Meine Schuld ist beglichen. Deshalb gehe ich irgendwohin, wo *er* nicht ist.« Sie überblickte das graue Ufer, die Männer, die dort umherirrten und einander zubrüllten, die verwaschenen Hügel, die dunklen Wälder und den Regen, der offenbar allzeit in diesem wilden Land niederging. In den Schatten des Waldes, der die sichelförmige Bucht umsäumte, verharrten Gestalten in Pelzen und gegerbten Tierhäuten. Völlig regungslos beobachteten sie die Abreise der Armada. Schattenhafte Gestalten, die in diesem Land heimisch waren. Eine von ihnen überragte alle anderen, die Hand am Griff eines Schwertes. Artio, die neu ernannte Königin von Tirnanog, die alle Stämme unter sich vereinte. Unwillkürlich erschauderte Morrigan, als sie daran denken musste, welche animalischen Kräfte sie entfesselt hatte. Die Druidin war auch ein Grund, warum sie so viel Abstand wie möglich zwischen sich und dieses wilde Land bringen wollte. Morrigan wollte keinen Tag länger hierbleiben.

»Ganz recht«, bemerkte Cino. »Immer schön lächeln.«

»Ich habe keine Angst vor den Druiden«, erwiderte sie leise.

Er grunzte. »Solltest du aber! Solltest du! Kann's kaum erwarten, wenn die méridorische Sonne wieder meinen Hintern küsst.«

Ihr Blick wanderte weiter. Hinter dem Wald, dem Land, sogar dem Regenschleier, unverkennbar im verblassten Horizont, erhob sich der Weltenbaum und überragte den gesamten Himmel mit seinen Ästen. Davor konnte Morrigan nicht weglaufen. Niemand konnte das.

»Ich verstehe dich. Wirklich! Du willst gehen. Aber José …« Er brummte wie ein fürsorglicher Onkel, der sich nicht traute, die Anweisungen des Vaters infrage zu stellen.

»José hat bekommen, was er wollte.« Sie löschte die Flammen. »Der Barbar hat sein Ideal ausgesprochen und wurde zum Berserker. Ich bin hier fertig.«

»Ach, Prinzessin. José ist *nie* mit irgendjemandem fertig.«

Mit ungeschickten Fingern schlang sie den nassen Mantel um sich. Es war kalt, aber nicht so sehr, dass es schneite. Viel schlimmer war die Kälte in ihrer Brust. Keine Wärme, nicht einmal eine heraufbeschworene Flamme, konnte sie vertreiben. Sie hielt Ausschau und wusste nicht einmal wonach. Wagrim war nicht hier und doch war er überall. Sie hörte seine Stimme, wie sie den Lärm übertönte, hörte, wie er ihren Namen rief, sah, wie er sie verfolgte, um ihr endgültig das Leben auszupressen. Sie sah ihn aus dem Augenwinkel, wie er zu ihr stapfte und ihr den Schädel einschlug. Sie spürte bereits, wie sich seine Finger um ihren Hals schlossen und ihre Kehle zerquetschten.

Morrigan bekam keine Luft mehr und glaubte, zu ersticken. Diese grenzenlose Wut in seinen Augen. Die Erinnerung war wie ein Dorn in ihrem Verstand. Sie konnte so tun, als wäre er nicht da, aber sie spürte, wie er eine Entzündung hervorrief, die eiterte und ihr Blut vergiftete.

»Wegen ihm?«, fragte Cino so fürsorglich wie ein geheimer Liebhaber.

»Nein.« Ein eisiger Hauch blies ihr in den Nacken. Sie erschauderte. Wagrim war dort. Immer.

»Liebe.« Cino seufzte gedehnt. »Wahrlich, wie gern würde ich einmal wieder von diesem süßen Nektar kosten! Aber mein Herz ist zu flatterhaft. Ein Mann kann nun einmal nicht alle Frauen des Weltenrunds beglücken.«

Liebe. Ein Wort, das man in Geschichten fand, die keinen Bezug zur Wirklichkeit hatten. Ein Wort, das dem Hass so nahe stand wie kein anderes. Sie verachtete Wagrim für alles, was er ihr angetan hatte. Er hatte sie weggeworfen wie Abfall. Aber sie hatte es herausgefordert. *Sie* hatte mit *ihm* in Josés Auftrag gespielt – zumindest hatte sie das gedacht. Und hier stand sie nun, nass und frierend, während um sie herum das Leben voller Hoffnung pulsierte. Ein Sumpf aus Furcht und Schuld, Verwirrung, Verlustangst, Verachtung, Enttäuschung und Schmerz verschlang sie. Trotz all ihrer Macht war sie gefesselt.

Es war, wie Mutter prophezeit hatte.

»Willst du mich aufhalten, Cino?«

»Nicht doch!« Er hakte die Daumen in den Gürtel und ließ die Brust schwellen. »Dich begleiten!«

Sie blinzelte.

»Du hast schon richtig gehört, holde Maid! Dieser Berg an purer Männlichkeit wird dich in dein tollkühnes Abenteuer begleiten.« Er schaute nun beschämt drein. »Anfänglich werde ich mich natürlich gegen deine Annäherungsversuche wehren müssen. Meine Ehre wird mich daran hindern, deinen Verführungskünsten zu erliegen. Aber sobald wir uns selig in den Armen liegen, wärmesuchend, nach Liebe dürstend, werde ich …«

»Nein!«

»Jetzt hör dir doch erst mal an, was ich …«

Sie hob die Faust, um die sich die Luft entzündete. »Nein!«, zischte sie.

Er spitzte die Lippen. »Nicht mal ein bisschen fummeln?«

Mit einem einzigen Gedanken löschte sie die Flamme und schnippte gegen seine Brust. »Du wärst nur ein Klotz an meinem Bein.«

»Aber ein sehr beeindruckender Klotz! Ich würde sagen, ein Klotz aus purem Gold! Glaube nicht, dass ich deine sehnsüchtigen Blicke nicht bemerkt habe!«

Sie schnaubte.

»Nein, diese Schmach ist zu viel für mein Herz. Es zerbricht wie Glas unter dieser Ablehnung, die ich nicht länger ertrage!«

»Bist du jetzt fertig?«

»Ich fange gerade erst an. Aber wohlan denn, Eisprinzessin. Ich wünsche dir viel Erfolg bei deinem glorreichen Abenteuer. Und vor allem viel Freude beim Rudern.« Er trat zur Seite.

Elender Dummschwätzer!

Sie zog an den Tauen … und wusste nicht, was sie damit anfangen sollte. Daher wandte sie sich wieder Cino zu, der breitbeinig und mit ebenso breitem Grinsen am Ufer stand. »Möchtest du einer Jungfer in Not nicht helfen, Cino?«

»Jungfer?« Er lachte. »Das Schiff hat schon lange abgelegt, mein Holde. Da verwette ich meinen feinsten Orujo drauf!«

Sie zuckte mit den Schultern. »Nun?«

»Oh, welch himmlische Verführung. Ist mein Herz etwa wieder bereit …?«

»Cino!«

»Ist ja gut!« Er wandte sich drei Soldaten zu, die gerade an ihm vorbeimarschierten. »Ihr da!«

Sie salutierten zackig. »Stabsoffizier?«

»Bewegt eure Ärsche und helft ihr!«

Die Männer schauten sich unschlüssig an.

»Das verkackte Boot, ihr Schwachköpfe!«

»Jawohl, Herr Stabsoffizier!« Die Soldaten machten sich sogleich ans Werk.

Cino hielt ihr seinen Flachmann hin, aber sie winkte ab. Alkohol betäubte den Geist, machte schwach und … »Her damit!«, sagte sie und schüttete das brennende Zeug in sich rein. Sie hustete, bis sie wieder zu Atem kam. Cino lachte, klopfte ihr auf den Rücken und leerte den Schnaps bis auf den letzten Tropfen.

Während die Männer das Boot vorbereiteten, durchlebte Morrigan die vergangenen Ereignisse, die sie erst nach Candaloz und schließlich nach Tirnanog geführt hatten. Eine Gestalt trat in ihr Sichtfeld – Weiß und Gold, leuchtend und umgeben von weißem, verwirbeltem Licht, das sich aus der Umgebung löste und nichts als Dunkelheit und Grau zurückließ.

Die Paladine der Kirche des Palindroms.

Morrigan atmete schneller. Die gerüsteten Krieger stapften an ihr vorbei. Ein Dutzend Lichttrinker, deren Gabe sich kaum von ihrer unterschied. Während sie das Licht beeinflussten, war ihr eigener Funken mit den Elementen verbunden. Sie hatte gesehen, wozu diese Krieger imstande waren, und noch jetzt erschauderte sie vor deren Grausamkeit. Ihr Glaube war ihr Schild und ihr Schwert ihre Rechtschaffenheit. Deshalb erhielten sie auch Absolution von der Kirche für alle ihre Taten. Eine gute Entschuldigung dafür, dass sie mordend und plündernd eine abtrünnige Kolonie überfielen.

Ein Paladin blieb nur drei Schritt entfernt stehen und musterte sie, als wäre er unsicher, was er von ihr halten sollte. Sein spiegelglattes Visier verbarg sein Gesicht, aber hinter dem Augenschlitz erkannte sie glühendes Gold wie zwei brennende Sonnen.

»Gibt's ein Problem, mein Bester?«, fragte Cino so unbeschwert, als wären sie zwei alte Saufkumpane.

Der Paladin schaute Cino kurz an, ehe er wortlos weiterzog.

Morrigan atmete erleichtert aus.

Das Boot war vorbereitet. Cino winkte einen jungen Soldaten herbei, der eine schwere Kiste ins Boot hievte. Klirrend und polternd landete sie darin.

Morrigan runzelte die Stirn. »Gepäck?«

»Bezahlung«, sagte er leichthin.

»Für wen?«

»Mich.«

»Als Konquistador wirst du mit einem festen Sold bezahlt.«

Er winkte ab. »Ich sehe mich eher als Berater.«

Sie hob eine Braue.

»Diese ganz besonderen Dienste kosten natürlich etwas. Ich nenne es Provision.«

Jetzt runzelte sie die Stirn.

Cino wippte auf den Fersen und räusperte sich laut wie ein Don, der eine große Ansprache halten wollte. »Die übliche Vergütung für die Besorgung oder Vermittlung eines Geschäftes in Form einer prozentualen Beteiligung am Umsatz.«

»Wie hoch ist der Umsatz?«

Er zuckte lediglich mit den Schultern. »Mir scheißegal. Sollen sie doch wieder Paladium in Tirnanog für die hohen Ärsche von Méridor abbauen. Ich bin fertig mit der Armee. Das heißt, schon wieder. Wie auch immer, ich mache jetzt nur noch, was mir gefällt.«

»Du meinst, was José gefällt.«

Er prustete. »Streu auch noch Salz in die Wunde!«

Die Soldaten halfen ihnen ins Boot und ruderten sie sicher auf das Meer hinaus. Als Morrigan sich gegen die Rückbank sinken ließ und vom steten Schwanken der Ruderbewegungen eingelullt wurde, wagte sie einen letzten Blick zur Küste zurück. Tirnanog. Ein Land der Mythen und Sagen. Wie ein Phönix aus der Asche war es neu geboren worden. Die Derwyd waren bezwungen, Cernunnos' Einfluss war vergangen und die Stämme der Druiden waren unter dem

Banner einer Königin vereint. Das alles konnte José unmöglich geplant haben.

Oder doch?

»Wohin?« Zuweilen wirkte Cino etwas abwesend, aber nun war sein Blick glasklar.

»Warum ist dir das so wichtig?«, fragte Morrigan.

»Ein Mann wird doch wohl noch eine Frage stellen dürfen, oder?«

»José lässt mich gehen?«

»Die Welt kann vor die Hunde gehen und doch ist eines gewiss: Don José de la Fuego lässt *niemanden* gehen. Ich habe ihm einst eine Schuldmünze gegeben, die dieser elende Drecksack dann wieder eingefordert hat.«

»Was hast du bekommen?«

Cinos Blick wurde glasig und richtete sich in die Ferne. »Nichts.«

Kurz schwieg sie und dachte über seine Worte nach, ehe sie das aussprach, was ihr schon die ganze Zeit im Kopf herumgeisterte. »José *will*, dass ich gehe. Um etwas zu tun. Etwas, das ihm bei seinen Plänen hilft.«

Die Hände hinter dem Kopf verschränkt lehnte Cino sich zurück und überkreuzte die Füße am Bootsrand. »Versuch erst gar nicht, seine Pläne zu verstehen, Prinzessin. Außerdem vergiss nicht, dass du ihm einiges zu verdanken hast. Wer hat sich deiner angenommen, als du hungernd und verloren in Candaloz aufgetaucht bist?«

»Er«, sagte sie.

»Und wer hat dich all die hübschen Kniffe im Umgang mit deinen Zauberspielchen gelehrt?«

»Er«, flüsterte sie.

»Wer hat deinen Hintern mit Samt abgewischt, dir alles beschafft, was du brauchtest, um deine verdammt beeindruckenden«, er reckte beschwörend die Faust, »kataklystischen Mächte zu entfesseln?«

»Er«, hauchte sie. Unwillkürlich berührte sie das Buch in ihrer Robentasche. Auf einmal wog es doppelt so schwer.

»Und? Bist du mächtiger geworden?«

Die Frage war nicht leicht zu beantworten. Einerseits ja. Andererseits war es noch nicht genug, denn damit war auch ein Hunger nach mehr in ihr erwacht. Sie schloss die Augen und hielt das Gesicht in den Wind. Die Wellen schmatzten, das Boot ächzte, eine steife Böe traf sie von der Seite und peitschte ihr Haar um das Gesicht. Die Kälte kroch in sie hinein und der Nieselregen hüllte sie allmählich ein. Mit alldem war sie verbunden, als wäre sie ein Teil davon.

Als wäre sie Teil der Elemente.

»Das nehm ich mal als Zustimmung«, brummte Cino. »Insgesamt betrachtet hätte es doch gar nicht besser für dich laufen können.«

Sie öffnete die Augen und hob eine Braue.

Er zählte die Finger ab. »Du hast deine Zauberei genutzt, als wäre ein Gott in dich gefahren. Du durftest dich mit deinen hübschen Steinchen mal so richtig austoben. Dann durftest du mit dem Barbaren herumvögeln, wann immer du wolltest. Und am Ende bist du auch noch mit dem Leben davongekommen.« Er hielt fünf Finger hoch, bemerkte, dass er sich verzählt hatte, und machte eine wegwerfende Handbewegung. »Können nicht viele von sich behaupten.«

Das Schiff kam näher. Die Männer legten sich richtig ins Zeug und Morrigan fiel auf, dass einer der beiden sie aufmerksam musterte. Es gefiel ihr, wenn sie so angesehen wurde. In ihrem früheren Leben, bevor sie Valanor verlassen und in Méridor gestrandet war, bevor sie José begegnet war … da war sie eine andere gewesen. Seitdem war viel passiert.

»Der Mann, den du gesucht hast …«, sagte Cino zögerlich.

Sie horchte auf. »Was ist mit ihm?«

»Na ja, wie soll ich's am besten sagen? Also, er war dort.«

»*Was?*«

»Hätt's dir ja früher gesagt, aber du warst mehr damit beschäftigt«, er fuchtelte herum, »abzuhauen.«

»Wo war er? Sag schon!« Sie ruckte hoch. »Rede!«

»Krieg dich mal wieder ein, Prinzessin!« Cino reckte und streckte sich wie ein Kätzchen in der Sonne. »Er war oben beim Steinkreis, als uns die Scheiße um die Ohren geflogen ist. Er hat es ordentlich krachen lassen, ganz wie erwartet.«

Sie konnte dem Drang nicht länger widerstehen und nahm das Buch heraus. Der ledergebundene Einband war abgegriffen, die Seiten vergilbt und verdreckt und die Schrift verblasst. Es zählte zu ihrem größten Besitz, denn es entstammte den Beständen Valanors.

Auf dem Buchdeckel stand in großen Lettern *Gesammelte Werke der hohen Künste.*

Rasch schlug sie es auf und blätterte. Den Inhalt kannte sie auswendig; sie musste es nicht lesen, um die Trauer und die Einsamkeit in den Worten zu spüren, die von einer längst vergangenen Zeit erzählten, als das Weltenrund noch ein anderes gewesen war. »Er ist fortgegangen, nicht wahr?«

»Ja.«

»Wohin?«

»Weg.«

»Wie weg?«

»Weg weg.«

Sie klappte das Buch zu. »Machst du das mit Absicht?«

»Du bist doch die Zauberin. Finde es heraus! Also, wohin soll's gehen?«

Morrigan sank zurück und dachte über die Neuigkeit nach. Seit sie Valanor verlassen hatte, war kein Tag vergangen, an dem sie nicht nach ihm gesucht hatte. Zu wissen, dass sie ihm so nahe wie nie zuvor gewesen war, erinnerte sie daran, weshalb sie überhaupt diese Reise angetreten war. Wissen. Macht. Ein tiefgreifendes Verständnis der Elemente. All das hatte sie erlangt. Doch nun, nachdem sie endlich ihren Funken verstanden, nachdem sie alles erlangt hatte, was sie sich erhofft hatte, fühlte sie sich immer noch *unvollständig.*

Sie steckte das Buch zurück und betrachtete ihren rechten Handschuh, in den eine Reihe bunter, tränenförmiger Kristalle eingesetzt war. Rot für Feuer. Blau für Wasser. Grün für Erde. Weiß für Luft. Der rote war rissig. Jeder weitere Gebrauch könnte ihn brechen lassen. Daher tauschte sie ihn durch einen neuen in ihrer Umhängetasche aus, musste dabei jedoch feststellen, dass ihr Vorrat sich beträchtlich geleert hatte. Die Kristalle, die sie zur Ausübung ihrer Gabe benötigte, wuchsen nur an einem bestimmten Ort – tief in den Eingeweiden an einer Quelle, von der heute kaum jemand noch wusste.

Schließlich gelangten sie zum Schiff. Eine Leiter wurde ausgeworfen und sie kletterte über die Reling hinein. Der zuständige Kapitän wurde sogleich von Cino über alles Weitere instruiert. Der Anker wurde ausgeholt, die Segel gehisst und die Matrosen eilten über Deck und kletterten in der Takelage herum.

Morrigan achtete kaum darauf und trat vorne ganz nahe an den Bug. Weit hinten im Westen ging die Sonne unter. Im Osten nahm der Himmel bereits ein dunkles Violett an. Die Zeit der Dämmerung mochte sie am liebsten. Etwas endete und etwas begann.

Cino stützte sich neben ihr mit den Unterarmen auf die Reling und schaute über das Meer hinaus. »Ich sag's nur ungern, aber wir brauchen ein Ziel.«

»Es gibt kein *Wir*.«

»Genau genommen«, er tippte sich an den Hut, »ist das mein Schiff.«

»Ich könnte alle Matrosen töten und dich in deinem eigenen Blut ertrinken lassen.«

»Könntest du. Oder«, er hob den Finger, »wir verhalten uns ganz zivilisiert und genießen in vollen Zügen das Leben. Na, wie hört sich das für dich an?«

Sie schüttelte den Kopf. »Ich brauche keinen Aufpasser.«

»Wie wär's mit einem Liebhaber?«

»Geht das jetzt die ganze Zeit so weiter?«

Abwehrend hob er die Hände. »He, war nur eine Frage! Also, wohin geht's?«

»Du akzeptierst kein Nein, oder?«

Er zwinkerte ihr zu, als wären sie zwei alte Freunde. »Zumindest keines, das nicht ernst gemeint ist.«

»Ich bin eine ziemlich unausstehliche Person, der es nur um sich selbst geht, Cino.« Sie konzentrierte sich auf ihren Funken und ließ sich vom Wind leiten, der ihr etwas zuflüsterte. Der Wind drehte und drehte sich, brauste über Deck, zerrte an ihrer Robe und fegte über das Meer davon. Zaghaft verband sie ihren Funken mit dem Luftkristall und wartete.

Eine steife Böe blies über sie hinweg.

Morrigan griff zu und atmete aus.

Die Böe kehrte um und erfasste das Segel mit solch einer Wucht, dass es fast aus den Verankerungen riss. Das Schiff kippte zur Seite und machte einen gewaltigen Satz nach Osten. Die Männer brüllten und fluchten, hielten ihre Mützen fest und klammerten sich an die Reling.

Morrigan hob den Arm und spreizte die Finger. Dazwischen hielt sie diese unbändige Kraft gepackt, die an ihr zerrte, als wollte sie ihr jeden Knochen aus dem Leib reißen. Mit einer ausholenden Bewegung ließ sie das gesamte Schiff erbeben und erzittern – so lange, bis es den richtigen Kurs eingeschlagen hatte.

Der Kristall flackerte und summte.

Ein letztes Mal und der Wind blähte die Segel so straff, dass keine Macht der Welt sie von ihrem Ziel abhalten könnte.

Mit einem hohlen Klingeln zerbrach der Luftkristall. Sie löste ihn aus der Lasche, warf ihn ins Wasser und setzte einen neuen ein. Als sie Cino anschaute, ein wenig erschöpft von dem Gebrauch ihrer Gabe, aber zufrieden, dass sie ein Ziel vor Augen hatte, war ein kleiner Teil in ihr froh, dass er an ihrer Seite war. Obwohl José ihn zu ihr geschickt hatte, damit er ihren weiteren Weg beeinflusste, wusste sie, dass er einer der wenigen Menschen auf dieser Welt war, bei dem man sicher sein konnte, dass er einzig und allein seinem eigenen Wohl diente. Das verband sie. Deshalb wusste sie auch ganz genau, dass er ihr mehr als ein Geheimnis vorenthielt.

»Erinnere mich bitte daran, dich nicht wütend zu machen«, grummelte er.

Sie trat einen Schritt auf ihn zu und Cino weitete die Augen, als ihm offenbar zum ersten Mal auffiel, dass sie größer war als er. Dabei konzentrierte sie sich auf den Feuerkristall und vertrieb all die Wärme in ihrer Umgebung. Frostblumen krochen über den Boden, hüllten sie ein und ließen die Luft gefrieren, sodass jeder Atemzug in der Brust brannte. Langsam, beinahe zärtlich legte sie ihre Hand auf seine Schulter. Der Frost breitete sich dort aus, erfasste ihn und ließ ihn zurückzucken.

»Was will José?«, fragte sie leise und rau.

»Hör mal, ich weiß wirklich nicht …«

Sie hob die Hand und vertrieb auf einen Schlag alle Wärme in der Umgebung.

Mit einem Ruck blieb das Schiff stecken. Fässer schleuderten umher, die Männer brüllten und polterten zu Boden. Cino hielt sich an der Reling fest, sonst wäre er gestürzt. Als er sich darüber beugte, wurde er kreidebleich im Gesicht. »Du meine Güte«, murmelte er. »Ach, du meine Güte!«

Rund um das Schiff war das Wasser zu Eisschollen gefroren, in denen der Rumpf stecken geblieben war. Selbst der Nieselregen prasselte als Hagelkörner auf Deck.

Klack. Klack. Klack ...

»Cino?«, raunte sie.

»Die Zauberin ...« Er keuchte. »José sagte, du bist eine wahre Paladin. Aber ... du bist nicht so weit. Noch nicht. Erst musst du dein Ideal finden. Das ist alles, was ich weiß. Ich schwöre es bei meinen haarigen Nüssen!«

Sie ließ die Verbindung fallen. Der Frost verging, das Schiff löste sich aus den Eisplatten mit einem Ruck und fuhr weiter. »War das denn so schwer?«

»Du machst es einem aber auch nicht leicht, Eisprinzessin! Also, wohin?«

Morrigan umfasste die Kette an ihrem Hals und berührte dabei die Schwellungen an ihrem Kehlkopf – dort, wo Wagrim sie gewürgt hatte. »Valanor. Wir segeln nach Hause.«

Der Jäger

Die Spitze der Schaufel kratzte über die Erde und biss tief hinein. Ein allzu bekanntes Geräusch. Obwohl Ullr das Werkzeug mit großer Kraft führte, kam er nicht allzu weit, denn der gefrorene Boden war knochenhart.

Aber davon ließ er sich nicht abschrecken. Er hatte zu viele Löcher gegraben, oft in Böden, die sich weniger dazu eigneten als dieser hier. Wenn der Kampf vorbei gewesen war, dann hatte er gegraben. So wie jetzt. Er hatte Gräber ausgehoben für die toten Kameraden, manchmal auch für Feinde. Dann hatte er sie hineingeworfen, zugedeckt, sie verfaulen lassen und vergessen. Alles brauchte etwas zu fressen, selbst die Fliegen und Würmer. Doch dieses Grab war anders.

Mit einer Schulterbewegung ließ er eine Schaufel Erde, Steinchen und Schnee davonsegeln. Er sah hinterher, wie der Dreck auf den eingewickelten Körper fiel und ihn bedeckte. Rote Blüten auf weißem Leinen. So wie sie es sich gewünscht hatte, als sie ihren Tod vorausgesehen hatte. Aber er hatte ihr nicht geglaubt. Und hier war er nun.

Das Blatt einer zweiten Schaufel zischte durch die Luft und verfehlte ihn um Haaresbreite.

»Aufpassen!«, knurrte Ullr.

»Tut mir leid, Vater«, nuschelte das blasse Mädchen neben ihm und wich seinem Blick aus. Ihre Lippen waren in der Kälte blau angelaufen und die rostroten Locken fielen ihr in die geröteten Augen.

»Grabe!«

»Das versuche ich ja, Vater, aber die Schaufel ist einfach kaputt!«

Ullr riss ihr das Werkzeug aus der Hand und rammte es in die Erde, als wollte er einen Tierkadaver aufbrechen. Dann schleuderte er einen Klumpen Dreck weg, sodass die eingewickelte Leiche kaum noch zu sehen war. Ullr richtete sich auf, wischte sich den Schweiß von der Stirn und hielt ihr stumm die Schaufel hin.

Runa ließ den Kopf hängen und ihre Finger zitterten ein wenig, als sie das Werkzeug entgegennahm. Sie war jung – gerade einmal zehn Winter alt – und der Tod hatte sie zum ersten Mal betrogen. Eine wichtige Lektion, denn der Tod war ein Feind, dem alle Menschen irgendwann unterlagen. Sie würde lernen müssen. Und zwar schnell.

Runa setzte mit dem Werkzeug an. Schnaufend trieb sie es tief in die Erde, stemmte ihren Stiefel darauf und hob etwas von dem gefrorenen Boden auf. Natürlich suchte sie nach einem Lob. Aber sie würde keines bekommen.

Mit zusammengekniffenen Augen blinzelte Ullr hinauf. Über den blätterlosen, schneebedeckten Ästen wölbte sich ein grauer Himmel, schwer wie geschmolzenes Blei. Gedämpftes Sonnenlicht sickerte über die ausgedörrten Bäume und die kleine Lichtung, die Ullr für das Grab ausgewählt hatte. Schon vor einer Stunde hatte es aufgehört zu schneien, selbst der beißende Wind hatte sich gelegt, als wollte er das Begräbnis nicht stören. Ein guter Tag zum Sterben.

Ullr nahm seinen Wasserschlauch und zog den Stopfen. Er gönnte sich einen Schluck der eiskalten Flüssigkeit und hielt ihn dann seiner Tochter hin. Runa nuckelte daran, als wollte sie das gesamte Wasser in einem Zug trinken.

»Langsam, Mädchen!«

Runa hustete. »Ja, Vater.«

Wieder trieb Ullr die Schaufel in den Boden, nahm so viel wie möglich auf, um diese Sache endlich hinter sich zu bringen. Es war Zeit loszulassen.

Unwillkürlich schnürte sich seine Brust zusammen. Zitternd sog er die Luft ein, und zwang sie in einem langen Atemzug hinaus. Noch einmal atmen. Noch einmal graben. Noch einmal hinsehen. Bis sie fort war.

Für immer.

Mit einem Ruck rammte er die Schaufel aufrecht in den Boden und ließ sie stecken. Er bückte sich, nahm etwas Dreck auf und zerrieb ihn zwischen seinen Fingern. Dann erhob er sich und trat neben seine Tochter. Runa weinte; dicke Tränen quollen über ihre Wangen und tropften von ihrem Kinn. Kein Kind sollte die Mutter zu Grabe tragen. Es war eine Erfahrung, die sie für das Kommende schmieden würde wie ein Eisen im Feuer. Von nun an würde sich alles ändern.

Ullr gab ihr den Moment der Schwäche. Es war wichtig, dass Runa sich jetzt ihrer Trauer stellte. Ein gebrochenes Herz konnte nicht heilen, aber es konnten sich Narben bilden, die man irgendwann kaum noch spürte. Narben als letzte Bezeugung eines Lebens – eine Frau, die zu gut für diese Welt gewesen war.

Zögerlich hob Ullr die Hand. Er wollte Runa trösten wie ein umsorgender Vater.

Auf halbem Weg hielt er inne.

Die Geste würde Runa schwächen. Das Leben war gnadenlos. Seit die Veränderung auch in der Luft lag, mussten sie auf das Schlimmste vorbereitet sein.

»Mädchen«, sagte Ullr.

Runa wischte sich über das Gesicht. »Warum hier, Vater?«

»Sie wollte es so.«

»Das ist ungerecht! Warum ist sie gestorben? Warum?«

»So ist das Leben.« Ullr riss die Schaufel aus der Erde. »Akzeptiere es.«

»Sie sagte, dass es passiert. Vater, woher wusste sie es? War sie …? Ich weiß nicht. Sie hat so ein Geheimnis aus ihrer Vergangenheit gemacht. Genau wie du.« Runa sah mit bebenden Lippen auf. So schwach und unschuldig. In diesem Moment hätte sie alles sein können, bevor das Leben sie gezeichnet und dazu getrieben hatte, etwas zu tun, was sie vielleicht irgendwann bereute. Bevor andere über ihr Schicksal bestimmt und sie zur Waffe geformt hatten.

Ullr wandte sich ab und nickte den Wildpfad entlang. »Komm!«

»Ich will mich noch verabschieden.«

»Das hast du.«

»Aber …«

»Komm!« Er schulterte die Schaufel und stapfte den Weg entlang. Es dauerte nicht lange, bis eilige Schritte hinter ihm erklangen. Wenn er gekonnt hätte … wenn er nicht hätte Stärke beweisen müssen … er wäre am Grab zusammengebrochen. Doch er durfte keine Schwäche zeigen. Nicht jetzt. Nicht hier. Nicht vor ihr. Jetzt musste er für sie beide stark sein, denn er hatte die größte Verpflichtung, die irgendein Mensch haben konnte.

Vater sein.

***

Eine abgelegene Hütte schälte sich aus dem weiß winterlichen Dunst. Schwarze, spitze Steine ragten unter der weißen Decke hervor. Die Äste der schwarzen Bäume waren mit einer weißen Schicht überzogen und die schwarzen Felshänge reckten sich zu den weiß bestäubten Klippen an beiden Seiten empor. Das weiße Dach drohte unter den Schneemassen einzubrechen. Die schwarze Tür stand offen und tauchte das Innere der Hütte in schwärzestes Schwarz.

Nicht zum ersten Mal fragte Ullr sich, ob er die Welt von nun an immer so sehen würde. Schwarz und weiß, sonst nichts. Keine Farben. Er fragte sich, ob er vergessen konnte, was geschehen war, und ob ihn seine Vergangenheit nun wieder einholte, nachdem er so lange davor weggelaufen war.

Runa ging mit hängenden Schultern auf die Tür zu. Der Wind hatte Schnee hineingefegt und das Feuer im Kamin gelöscht. Bestimmt war es in der Hütte so kalt, dass es lange dauern würde, wieder ein wenig Wärme hineinzubekommen. Aber seit dem Tod seiner Frau würde es vermutlich nie wieder warm darin sein.

»Tut mir leid, Vater«, murmelte Runa. »Ich habe nicht richtig zugemacht.«

Ullr hielt sie am Arm fest. Er ging zu dem Schuppen neben der Hütte und nahm einen der Bogen auf, die dort gleich neben einem Sammelsurium verschiedenster Waffen lagerten, sowie Köcher und Pfeile. All das drückte er Runa in die Hand und nickte in den Wald.

»Wir gehen jagen?«, fragte sie.

Abermals nickte er.

Runa war so aufgeregt, dass sie zwei Versuche brauchte, ihren Köcher an der Hüfte anzulegen, damit die Pfeile sie nicht beim Laufen behinderten. Geduldig prüfte sie die Sehne, wie er es sie gelehrt hatte. Hoch konzentriert legte sie den Mantel ab und zurrte ihren leichten Lederpanzer über dem groben Stoff fest. Ullr zog ebenfalls seinen verschlissenen, grünen Mantel aus, der ihn jetzt nur behindern würde. Leder und Stoff darunter genügten, um ihn zu wärmen.

»Fühle die Jagd«, sagte er leise.

Sie nickte.

»Die Jagd ist wie eine zweite Haut, in die du dich kleidest. Lass den Atem der Wildnis in deine Brust strömen. Das Rauschen des Blutes in deinen Kopf.«

»Ja, Vater.«

»Der Pelz!«

Runa schlüpfte aus dem Pelz, dessen Geruch das Wild wittern könnte. Um zu jagen, musste man zu einem Geist der Natur werden.

»Wo gehen wir jagen?«

»Du jagst.«

»Und wo?«

»Da, wo du jagen kannst.«

Unsicher schwang Runa den Bogen über die Schulter, blies sich in die Hände und eilte dann voraus. Ullr blickte zu der offenen Tür und gab sich einen Moment. Eine Erinnerung zeigte ihm, wie sein Weib hindurchtrat – damals, als er die Hütte für sie beide errichtet hatte. Im Hochland war es zwar immer kalt, aber es war ein milder Frühlingsmorgen gewesen, mit Flecken halb geschmolzenen Schnees an den Waldhängen, tropfendem Grün und glänzend nassen Felsen. Vögel hatten in den hohen Kronen gezwitschert und Hirsche ihre Geweihe aus dem Unterholz gereckt. Der letzte Frühling vor dem langen Winter.

»Lebewohl«, flüsterte er. Sein Blick wanderte über den Schuppen zu dem schneebedeckten Feld hinter dem Haus. Selbst jetzt, nach all den Jahren, spürte er die Verbindung wie ein zweites Bewusstsein in ihm. Wenn sie recht hatte, dann war der Zeitpunkt nahe, dass er *ihn* wieder brauchte.

Ullr ballte die Fäuste, bis die Knöchel weiß hervortraten, bis sie knackten und schmerzten. Sein Atem ging schneller, dampfte verfroren um sein Gesicht, und ein wildes Knurren entrang sich seiner Kehle. Noch nicht. Aber bald.

Schließlich folgte er seiner Tochter, die bereits durch das Immerweiß huschte – im Süden, wo noch Wild war. Ullr brauchte sich nicht zu beeilen, auch so konnte er die Fußabdrücke im Schnee und die raschelnden Geräusche hören. Ärgerlich brummte er. Das Mädchen hatte noch viel zu lernen.

»Vater!«, ertönte der Ruf aus der Ferne. »Ich habe einen! Hier ist ein …« Kurz Stille. »Uhm, jetzt ist er weg.«

Ullr beeilte sich. Er fand Runa in einer Senke am Rande einer Lichtung, wo sie im Gebüsch hockte, und ließ sich neben ihr nieder. In zehn Schritt Entfernung suchten zwei Rehböcke unter dem Schnee nach Gras.

»Warte auf mein Zeichen!«

Vorsichtig legte Runa einen Pfeil auf den Bogen.

»Atme!«

»Ja, Vater«, flüsterte Runa und tat es.

»Ein und aus. Atmen ist wichtig.« Er korrigierte ihre Haltung. »Konzentriere dich. Fasse das Ziel ins Auge. Präzision vor Tempo.«

»Ich verstehe, Vater.«

»Gut. Wenn ich …«

Der Bogen klapperte. Der Pfeil flog auf die Lichtung zu und verfehlte die Rehböcke um mehrere Schritte. Sofort stürmten sie davon.

Ullr riss ihr den Bogen aus der Hand.

»Ich wollte die Rehe nicht entkommen lassen. Wenn ich …«

»Finde sie!« Unnachgiebig wies Ullr in den Wald.

»Ja, Vater«, murmelte Runa und huschte los.

Ullr ließ ihr etwas Vorsprung, bevor er folgte. Dieses Mal ging das Mädchen geschickter vor und bewies, dass es lernfähig war. Aber einem wahren Jäger konnte nichts entgehen – er konnte die Handlungen anderer vorhersehen, noch bevor sie überhaupt reagierten.

Wieder fand er Runa, die durch das Gebüsch pirschte. Sie versuchte so sehr, ihm zu gefallen und von ihm anerkannt zu werden, dass sie ganz seine Lektionen vergaß. Er trat neben sie, nahm ihren Blick gefangen und schlich so leise und verstohlen, dass er kaum mehr als ein Schatten war.

»Nicht der Jäger bewegt sich«, flüsterte er. »Sondern der Wald um dich herum.«

»Ich verstehe, Vater«, sagte sie ebenso leise.

»Spüre, was nicht hierhergehört.«

Runa suchte den Boden und die Bäume ab und fand schließlich die Stelle, die er meinte. Die Borke an einer Esche war ein wenig abgeschürft.

Ullr trat daneben. »Zeichen?«

Das Mädchen strich über den langen Kratzer an der Rinde.

»Woher?«

»Von einem Geweih. Es, uhm, gehört zu einem Hirsch. Einem großen Hirsch!«

»Finde ihn!«

Sie nickte rasch und rannte los. Dann blieb sie stehen, biss sich auf die Lippen und besann sich, lauschte auf die Klänge des Waldes und bewegte sich im Einklang des Rhythmus. Wenigstens hatte sie nicht alles vergessen.

Ullr wartete eine Weile, bis er ihr folgte. Dabei ging er weder zu langsam noch zu schnell – gerade so, dass er mit dem Wald verschmolz. Er holte sie ein und fand sie in einem Gebüsch hockend. Das Mädchen schreckte hoch, als er zu ihr aufschloss, aber sie rief sich überraschend schnell zur Ordnung. Vor ihnen gurgelte ein Bach durch das Unterholz. Am Wasser tat sich ein weißer Hirsch gütig. Rote Blumen wuchsen entlang des sichelmondförmigen Geweihs, das sich wie die Wurzeln eines Baums weit verzweigte. Außerdem war das Tier doppelt so groß wie seine Artgenossen.

»Ein Ahnenhirsch, Vater!«, flüsterte Runa ganz aufgeregt.

Ullr band sich das Haar nach hinten und hockte sich abermals neben sie. Er trug keine Handschuhe, selbst sein leichter Lederpanzer und das Hemd darunter waren am Kragen geweitet, damit die Kälte des Winters ihn umfangen konnte. Nur so konnte er zu einem Teil der Jagd werden.

»Können wir ihm hier eine Falle stellen, Vater?«

Er schüttelte den Kopf.

»Was soll ich tun?«

»Mädchen«, knurrte er.

Sie nahm den Bogen und nockte den Pfeil an. Konzentriert sah sie zu dem Ahnenhirsch, der nun den Kopf hob, als hätte er etwas gespürt. Geduldig atmete sie ein und aus und wartete auf das Zeichen.

»Eine Waffe führt man hier und hier.« Ullr deutete auf Runas Brust und Stirn. »Disziplin und Selbstbeherrschung. Das ist die wahre Stärke eines Jägers.«

Runa nickte.

Ullr hob die Hand. Dann war der richtige Moment gekommen und er ließ sie sinken.

Der Pfeil segelte aus dem Gebüsch und schlug dem Ahnenhirschen in den Hals. Röhrend klappte das Tier zusammen.

»Ja!«, rief Runa. »Ich hab ihn! Hast du gesehen, Vater? Ich hab ihn!«

»Gehe zu ihm!«

Runa stürmte aus dem Gebüsch. Zuerst sprach die kindliche Aufregung aus ihr, doch dann wurde sie langsamer, bis sie zwei Schritte davor mit gesenktem Kopf stehen blieb.

Ullr schob sich an ihr vorüber und kniete sich neben das Tier, das keuchte und rasselte. Orangefarbenes, fast goldenes Blut ergoss sich aus der Wunde und tränkte den Schnee.

»Beende es!«

Runa näherte sich. »Habe ich ihn ... getötet?«

Ullr hielt ihr sein Messer hin, das Runa zaghaft entgegennahm. »Noch nicht.«

»Ich ... Ich will das nicht tun, Vater.«

»Wir tun es zusammen.« Er umschloss Runas Hand am Messergriff und führte sie dann ganz vorsichtig zum Brustkorb des Hirschs, der sich immer langsamer hob. »Hier!«

Runa zitterte, aber sie wehrte sich nicht, als Ullr mit ihr gemeinsam das Herz durchstach. Der Ahnenhirsch schnaufte, dann erschlaffte er.

»I-ist er tot, Vater?«

»Eine gute Jagd.«

Sie atmete hörbar ein. Stolz lag in ihren Augen. »Eine gute Jagd. Der Hirsch ist jetzt bei den Geistern, oder? Wir haben ihn getötet.«

»Jäger töten. Das ist der natürliche Lauf der Dinge.«

»Um zu überleben.« Das Mädchen blickte ihn hoffnungsvoll an. »Oder, Vater? Wir tun das, weil wir es tun müssen. Das hat Mutter gesagt.«

»Ja, Mädchen. Es ist ein ewiger Kreislauf aus Leben und Tod.«

»Das hat Mutter auch gesagt.« Tränen schimmerten in Runas Augen. »Sie … Sie hat immer von der Natur, dem Gleichgewicht und den Dingen erzählt, die ihr so wichtig waren. Sie hatte keine Angst vor dem Tod.«

Ullr erinnerte sich an ihr Gesicht, wenn sie von solchen Dingen geredet hatte, als wäre es ganz natürlich. Sie hatte schon immer mehr über das Sterben gewusst als andere, deshalb hatte sie auch eine tiefe Traurigkeit bis zu ihrem letzten Atemzug umgeben.

»Ich vermisse sie. Vater, es tut so weh.«

»Ich weiß.« Ullr hob die Hand … und ließ sie wieder sinken. Er zog das Messer aus dem Körper, säuberte es im Schnee und hielt es seiner Tochter mit dem Griff hin. »Nimm!«

Runas Hand zitterte, als sie den Griff Messer umfasste. »Ich darf dein Messer tragen?«

»*Dein* Messer. Jetzt hol den Schlitten, bevor die Wölfe kommen.«

Runa steckte das Messer ein und huschte davon.

✳✳✳

Die Flammen im Kamin schickten kriechende Schatten über die Wände; wie Ungeheuer, die sich nicht näher wagten. Sie waberten über die zwei Betten, die Kommode und den Tisch mit den drei Stühlen, wärmten Ullrs abgehärmtes Gesicht und vertrieben die Kälte aus seinen Knochen. Es roch in der Hütte nach Fleisch, Rauch und Ruß und unverkennbar nach Fell. Die beiden Pelze hingen zum Trocknen nahe beim Kamin, daneben lehnte Runas Bogen und einen Schritt weiter lag das Messer auf dem Boden.

Ullr schüttelte den Kopf. Vermutlich hatte sie es wieder verloren. Er hielt Runa etwas Fleisch hin, doch sie schüttelte lediglich den Kopf und nuschelte etwas von »Bin satt«, bevor sie schläfrig mit dem Kopf gegen sein Bein sank. Es war ein langer und aufwühlender Tag gewesen, deshalb hielt er ihr nicht vor, wie sie mit seinen Sachen umging. Eine letzte Nacht, um Kind zu sein. Am nächsten Morgen begann ein neuer Abschnitt für sie. Dann würde sie zur Jägerin werden müssen.

Ullr schnitt das restliche Fleisch in Streifen, um es im Salzfass einzulegen, und fachte das Feuer im Kamin mit ein paar Scheiten an, damit es die Nacht über brannte. Sorgsam fuhr er durch seinen Bart, löste Dreckklumpen und Blätter, und bückte sich zu seiner Tochter. Er hob sie hoch und trug sie zum Bett.

»Mutter …«, murmelte Runa im Schlaf. Vielleicht würde es ihr nie gelingen, den Schmerz zu überwinden. Manche Wunden heilten nicht. Aber sie *musste* daran wachsen!

Ullr setzte sich auf die Kante seines Bettes. An einem Nagel in der Wand hing eine Kette mit einer Sonne als Anhänger. Warum hatte er sie behalten? Es war wohl seiner menschlichen Seite geschuldet, dass er sich erinnern wollte.

Obwohl er völlig erschlagen war, wollte er nicht schlafen. Denn wenn er sich erst einmal den Träumen hingab, dann wäre er wieder bei ihr. Selbst jetzt, Tage nach ihrem Tod, hing ihr schwerer Duft in der Hütte, umschwirrte seinen Verstand und ließ sein Herz zu einem kalten, leblosen Klumpen gefrieren.

Runa regte sich im Schlaf. Sie drehte sich zu ihm und griff nach seiner Hand. Natürlich suchte sie Halt. Aber sie durfte sich nicht darauf verlassen, beschützt zu werden. Diese Lektion hatte Ullr auch vor langer Zeit lernen müssen.

Er legte sich seitlich hin und starrte ins Feuer. Jemand drückte sich von hinten gegen ihn und umfasste seine Brust. Ullr hielt die Hand fest – er packte so fest zu, dass es schmerzen musste. Allerdings war seine Frau nicht *wirklich* da. Es war bloß Einbildung.

Der Wind fegte draußen über die Landschaft, klapperte an der Tür, pfiff um die Hütte und blies immer kräftiger. Irgendwo heulte ein Wolf. Sein klagender Laut fuhr Ullr durch Mark und Bein. Es war so laut, dass er fast das andere Geräusch überhört hätte, das ihn mit einem eisigen Stich durchfuhr.

Etwas knackte. Dem Geräusch folgte Stille, unterbrochen von dem klebrig klingenden Stapfen von Stiefeln im Schnee und einem rauen klingenden Flüstern.

Ullr setzte sich auf und lauschte.

Stille.

Hatten ihn seine Sinne getäuscht, weil der Tag ihn so aufgewühlt hatte? Nein. Ein Jäger lernte, Vorzeichen zu deuten – egal, wie unscheinbar sie waren.

Jetzt roch er es. Ein süßlich beißender Gestank, der mit jedem Augenblick durchdringender wurde. Geräuschlos stand er auf, griff nach dem Messer und schlich zur Tür.

Etwas kratzte über die Außenwand, wie ein Nagel über Holz. Wieder ein dumpfer Aufprall, gefolgt von weiteren. Vier vielleicht. Wohl eher fünf.

Ullr blickte zu den Betten. Runa saß aufrecht zwischen dem zerwühlten Laken und starrte ihn schreckerstarrt an. Er legte sich einen Finger vor die Lippen und wies mit dem Messer zu der Klappe unter dem Pelz auf dem Boden. Runa nickte hastig und gehorchte.

Das Kratzen endete.

Als Runa an dem Riegel zog, knirschte es.

Ullr riss die Hand hoch, woraufhin sie innehielt.

Schritte näherten sich der Tür; sie waren unstet und schlurfend, und dicht aufeinanderfolgend. Kein Tier, sondern ein Mensch. Vielleicht war er verletzt.

Rums!

Die Tür erzitterte.

Rums! Rums! Rums … Immer wieder hämmerte etwas dagegen.

Ullr machte eine rasche Geste zur Klappe und trat von der Tür zurück.

Rums! Die Angeln bogen sich nach innen.

»Vater …«

Rums! Holz knackste und splitterte.

Er wies zur Luke. »Runter!«

Runa duckte sich und zog die Klappe hinter sich zu.

RUMS! Die Tür brach aus den Angeln und schlitterte in den Raum; auf ihrem Weg zertrümmerte sie Tisch und Kommode.

Eine gebückte Gestalt hob sich im Türrahmen schwarz gegen die nächtliche Winterlandschaft ab. Ihre Kleider waren bloß Lumpen, Strähnen hingen vom eingeschlagenen Kopf und der untere Teil des Gebisses fehlte. Die Arme waren dürr, sehnig und ausgedörrt, aber in den Augen leuchtete ein gespenstisches Licht – als wäre das Wesen von einem fremden Willen beseelt.

Die Gestalt wankte in den Raum. Der Verwesungsgestank bohrte sich wie glühende Nägel in Ullrs Nase. Dahinter wimmelten weitere Geschöpfe. Langsam, ganz langsam richtete das Geschöpf die leuchtenden Augen auf ihn.

Plötzlich wurde Ullr in ein anderes Leben zurückgezogen. Die Vergangenheit rief nach ihm. Sie war ihm stets auf den Fersen gewesen. Jetzt war sie wieder hier. In seinem Heim.

Die Jagd war eröffnet.

Schneller als ein Funkenregen warf er sich nach vorn und trieb dem Wesen das Messer in die Brust. Es drang tief hinein wie ein Spaten in Torf und blieb stecken. Er sprang zurück und duckte sich.

Obwohl es ein tödlicher Stich ins Herz gewesen war, wankte das Wesen einfach weiter. Kein Blut sickerte aus der Wunde. Das konnte nur bedeuten, dass sich die Weissagung seiner toten Frau bewahrheitete.

Es hatte begonnen.

Mehr Gestalten näherten sich der Tür, drängten und stießen gegeneinander. Kein Geräusch erklang, als eine von ihnen niederging und zertrampelt wurde.

Wie auf ein Zeichen erstarrten sie in der Bewegung.

Schwarze, schleimige Maden bohrten sich durch Adern und Haut, wuchsen die Arme entlang und pochten wie schlagende Herzen. Sie erinnerten an Wurzeln.

Plötzlich machte das Wesen einen Satz auf Ullr zu. Instinktiv tauchte er zur Seite weg, riss den Schürhaken aus dem Kamin und rammte ihn dem Wesen durch den Rücken. Es bäumte sich auf. Dabei stieß es einen zischenden Laut aus, wie ein Blasebalg, aus dem alle Luft entlassen wurde, und entzündete sich wie vertrocknetes Laub. Das Feuer breitete sich aus, zersetzte den Körper und ließ ihn innerhalb weniger Atemzüge zu Asche zerfallen.

Jetzt gab es kein Halten mehr. Gleich drei Wesen stolperten in den Raum und griffen ihn an. Ullr sprang zur Seite und schlug mit der Metallstange zu; der Arm eines Wesens brach wie ein morscher Ast und hing nun nur noch an einem dünnen, verschmierten Faden.

Aber das Metall hatte seine Hitze verloren und konnte das Ungeheuer nicht aufhalten. Ullr wurde zurückgedrängt, als das Wesen nach ihm griff. Eines packte ihn am Kragen und fauchte ihn mit verfaulten Beißern an. Er schlug seine Faust tief in den Leib, als durchstieße er eine faule Frucht. Gedärme und Flüssigkeit quollen über seine Hand. Und darunter wimmelte etwas, wie Würmer im Dreck.

Er wirbelte zur Seite, rammte ein Wesen mit der Schulter aus dem Weg und stürzte nach draußen. Die kalte Nacht umfing ihn, prickelte auf seiner Haut, trocknete seinen Schweiß.

Und er erstarrte.

Die Nacht war zwar dunkel, aber voller glühender Augen. Überall auf der Lichtung wankten Wesen umher. Einigen fehlten die Beine und so zogen sie sich durch den Schnee. Ein anderes war mit gefrorenem Schlamm und Wurzeln bedeckt und das Wesen daneben hatte ein riesiges Loch in der Brust.

Was jetzt?

Ullr blickte sich um. Er könnte die Wesen weglocken, aber wenn er ...

Schwarze Wurzeln krochen über ihre Leiber und schwenkten sie wie Puppen an seidenen Fäden herum. Dann stapften sie zur Hütte.

Ullrs Herz setzte für einen Schlag aus. Das bedeutete, dass sie nicht hinter ihm her waren. Sondern hinter ...

Runa!

Der Geschmack von Kälte auf seinen Lippen. Der beißende Wind auf seiner Haut. Das Knirschen des Schnees unter seinen Stiefeln. All das vertrieb für gewöhnlich alle Sorgen, die er mit sich herumtrug, wenn er auf die Jagd ging. Aber das hier war etwas anderes. Er konnte sich nicht länger verstecken.

Es war Zeit.

Langsam streckte Ullr den Arm zur Seite und atmete tief ein.

Dann rief er nach *ihm*.

Ein durchdringendes Summen hallte über die Lichtung.

Mit einem Donnerschlag explodierte der Boden hinter dem Schuppen. Ein Blitz schoss heran, klatschte gegen Ullrs Hand und wirbelte Schnee und Steinsplitter kreisförmig empor. Finger für Finger umschmiegte Ullr das vibrierende Metall und ließ sich von dem

Puls durchströmen. Knotenmuster durchzogen den golden schimmernden Stab und Runen zierten die blattförmige Spitze, so viele und so dicht an dicht, dass sie vor seinen Augen verschwammen.

Ullr machte einen Ausfallschritt und warf den Speer. Es splitterte und schmatzte, als er die Köpfe dreier Wesen auf einmal durchschlug und die Außenwand der Hütte durchdrang. Die Wesen klappten zusammen, als wären ihre Fäden durchtrennt worden.

Die übrigen schwenkten zu ihm herum – ihre Bewegungen wirkten unnatürlich. Wie von Puppen. Das geisterhafte Leuchten in ihren Augen loderte auf, während sie mit weit aufgerissenen Mäulern auf ihn zustürzten.

Ullr streckte den Arm zur Seite und spreizte die Finger.

Wieder rief er nach *ihm*.

Der Speer flog zurück, prallte gegen seine Hand und sang mit reiner Stimme.

»Sleg«, murmelte Ullr und holte aus. »Lass uns jagen.«

Feuer und Eisen

Funken und Hitze schlugen Andvari entgegen und Dampf umwölkte sein verrußtes Gesicht. Vorsichtig hielt er die Zange in den Schmelztiegel der Esse und brummte zufrieden, als das Eisenerz in die Versenkung fiel. Er legte das Werkzeug auf der Werkbank ab, auf der sich allerlei Keiltafeln, Messgeräte und andere Dinge stapelten, die er für seine Arbeit benötigte, und schob neue Holzkohle in die Esse. Die Kette, die von der Decke hing, klirrte, als er den Blasebalg herumschwenkte.

Dann pumpte er. Ein und aus. Die Atmung war wichtig. Ein und aus – immer wieder. Ein und aus. Ein und ...

Andvari ließ sich Zeit, achtete auf jedes Flackern und Funkenstieben. Andere Schmiede trugen Augenschutz, gehärtetes Leder über Schichten an hitzebeständigem Stoff und dicke Handschuhe, in denen sich die Beschaffenheit des Materials kaum feststellen ließ. Andvari trug nicht mehr als fleckige Hose, Stiefel und rußverschmierten Lederschurz. Sein Bart war so oft angesengt worden, dass er längst nicht mehr darauf achtete, ob er kurz oder lang, gepflegt oder wirr war. Wenn er noch einem Clan zugehörig wäre, würde man ihn allein deshalb verstoßen. Aber so mochte er es am liebsten. Seine beschauliche Schmiede, die Hitze seiner Esse und eine Aufgabe, die es zu verrichten galt. Zweifellos war es schweißtreibende und undankbare Arbeit, die kaum jemand zu schätzen wusste. Aber sie erfüllte ihn. Das war alles, was zählte.

Er war wohl der zufriedenste Zwerg Svartalfheims.

Kurz ließ er den Blasebalg los, überprüfte den Rauchabzug in der Decke, über den der Dampf abgezogen und durch Rohre außerhalb der kleinen Kaverne geleitet wurde. Schließlich griff er wieder zu und machte weiter.

Zisch ... Zisch ... Zisch ...

Andvari pumpte und pumpte, bis die Esse die nötige Temperatur erreicht hatte, bis der Schweiß aus jeder Pore strömte, bis die Luft stickig und heiß war, sodass jeder Atemzug in der Lunge brannte. Jetzt könnte der Berg über ihm einstürzen, er würde es nicht mitbekommen.

»Vorsichtig …« Er beugte sich vor und blies über die Flammen. Um den richtigen Zeitpunkt festzustellen, brauchte er kein Messgerät. Er wartete auch nicht darauf, dass sich das Metall verflüssigte. Ein Schmied wusste, wann es Zeit war, zu beginnen. Er konnte es fühlen wie den eigenen Herzschlag in seiner Brust. Dieser Prozess war ein Teil von ihm, als wären sie miteinander verbunden.

Andvari hatte Feuer und Eisen im Blut.

Allmählich bildeten sich Blasen im Schmelztiegel und das Eisenerz verflüssigte sich. Aber noch durfte er nicht handeln. Es war Geduld gefragt. Nicht grundlos nannte man ihn den Vorsichtigen.

»Ruhig«, murmelte er und rang nervös die schwieligen, verhornten Hände. Eine alte Angewohnheit. Wenn man viel Zeit allein verbrachte, führte man irgendwann Selbstgespräche. Andere *dvergá*, so nannte sich sein Volk in der alten Sprache, arbeiteten in den gewaltigen Schmieden von *Nidavellir*, der Hauptstadt der Zwergenreiche unter dem Berg. Andvari mochte sein beschauliches Heim, das zugleich auch seine Arbeitsstätte war. Hier konnte er sich ohne Ablenkung ganz auf einen Auftrag konzentrieren. Er musste nicht mit anderen dvergá reden, musste sich nicht für eine Seite entscheiden und musste sich nicht verbiegen wie Eisen, um den Ansprüchen eines Clans zu genügen. Es gab nur ihn, während die Geschehnisse in Svartalfheim so weit weg waren, dass man beinahe meinen könnte, es gäbe keinen …

»Krieg.« Er rief sich wieder zur Ordnung. Perfektion erforderte Konzentration und Präzision. Jederzeit musste er bereit sein, zu handeln, falls das Metall sich anders als gewöhnlich verhielt.

Jetzt war der Augenblick gekommen. Die resultierende Schmelze war voller Abfall, was die Festigkeit und Zähigkeit des Materials beeinflussen konnte. Um ein reines Material zu erhalten, ließen andere Schmiede es abkühlen, schnitten es in kleinere Stücke und schweißten es wieder zusammen, bis sie mit der Reinheit und Festigkeit zufrieden waren. Dieses Verfahren erzeugte Schichten im Metall.

Allerdings wollte Andvari nicht bloß eine Klinge erschaffen. Wenn er einen Auftrag erfüllte, dann wollte er alle Erwartungen übertreffen. Ganz im Sinne der Meisterschmiede Brokkr und Sindri, die einst Dinge erschaffen hatten, die alles Dagewesene übertrafen. Zumindest bevor sie verschwunden waren und seitdem als legendäre …

»Reiß dich zusammen!« Andvari nahm den dunklen Erzklumpen von der Werkbank, bei dem man kaum meinen könnte, um welch kostbaren Schatz es sich dabei handelte. Er hielt ihn ins flackernde Licht der Esse und drehte ihn vorsichtig. Spinnnetzartige, schimmernde Schichten zogen sich hindurch, funkelnd wie Diamanten in einer Grotte. Er war nicht sicher, um welches Material es sich dabei handelte, und bloß durch Zufall in einem entfernten Bergbaugebiet *Jöruvellirs* darauf gestoßen. Die Minenarbeiter, die ihm das Erz überlassen hatten, wussten nicht, welchen Schatz sie in den Händen gehalten hatten. Woher auch? Sie waren zu jung, um sich daran zu erinnern. Andvari jedoch hatte eine Vermutung, die er bestätigt haben wollte. Es war wie ein geheimer Sog, dem er sich nicht entziehen konnte. Geheimnisse ergründen und lüften.

Alles verstehen.

Wie die Schöpfung und Entstehung seiner Welt. Wie die Runen, deren Bedeutung vor langer Zeit in Vergessenheit geraten war. Wie die Frage, warum er anders als der Rest seines Volkes war.

Zögerlich näherte er sich der Esse. Wenn er richtiglag, dann könnte dieser Versuch alles verändern. Schon lange galten die Adamantadern als erschöpft, das härteste Material in ganz Svartalfheim. Was auch einer der Gründe dafür war, weshalb das Reich in drei große Teile zersplittert war. Einst waren um die letzten Schürfgebiete Kriege geführt worden, um mächtige Artefakte zu schaffen. Deshalb würden Kriegsherren dafür töten, diesen Klumpen zu besitzen. Eine winzige Menge reichte schon aus, um die Gier anderer Zwerge zu wecken.

»Mut, Andvari«, sagte er. »Lass dich nicht von deinem Verständnis von Moral davon abhalten, was getan werden muss.«

Er überblickte seine Schmiede, die gut zwanzig Schritt lang und ebenso breit war. Der Boden war mit feinem Sand ausgestreut und

Steinstufen führten zu dem Rauchabzug hinauf. Durch mehrere Öffnungen im Fels liefen Eisenketten, die über Umlenkrollen und Flaschenzüge mit allerlei Blasebälgen sowie Schleifsteinen verbunden waren. Hebevorrichtungen, die er eigens für seine Zwecke entwickelt hatte. Eine einzige Esse, ein Amboss, aber mehrere große Behälter, Kisten für Nägel, Ölfässer, Eimer und ein Sammelsurium an Werkzeugen, die überall verstreut lagen, an den Wänden hingen, von der Decke baumelten – verdreht, ineinandergesteckt, zu Dutzenden aufeinandergestapelt. Zangen, Hämmer, Feilen, Meißel und andere Werkzeuge, deren Zweck man längst nicht mehr erkennen konnte. Dazwischen reihten sich Werkbänke, die sich unter zerbrochenen oder halb beschrifteten Keiltafeln bogen. Unfertige Aufträge, Entwürfe, Ideen, Wünsche, Träume, vieles mehr. Man sagte, das Genie beherrsche das Chaos. Andvari war sich da nicht so sicher.

Weiter hinten erklang das Rauschen eines Wasserfalls, der den einzigen Zugang in sein Heim darstellte. Zwar wurde man beim Betreten vollständig durchnässt, aber da hier allseits stickige Luft vorherrschte und er immer Wasser zum Abkühlen seiner Werke benötigte, war dieser Ort wie geschaffen für ihn.

»Es wird gelingen!« Er legte das Erz in den Schmelztiegel und wartete.

Das Metall verflüssigte sich mit der orange glühenden Flüssigkeit. Nichts geschah.

Andvari war schon kurz davor, die Hoffnung aufzugeben, als ein sanftes, silbriges Strahlen aus dem Gemisch hervordrang; es vermengte sich mit dem übrigen Eisen und stieß die Abfälle ab.

Und wurde zu etwas gänzlich anderem.

Die Aufregung kribbelte in Andvaris Fingerspitzen. Um die Bindung aufrechtzuerhalten, musste er viel mehr Wärme erzeugen. Rasch legte er Holzkohle nach, warf einige der kostbaren, schwarzen Scheite des Ahnenholzbaums in die Klappe darunter, um das Feuer zusätzlich anzuheizen, und griff nach dem Blasebalg. Es klirrte, als die Ketten sich spannten, und dann wechselten sich nur noch das Zischen des Luftstroms mit Andvaris Schnaufen ab.

Das Strahlen verging.

»Bei Ivaldis Bart!« Er legte sich noch mehr ins Zeug, pumpte wie nie zuvor in seinem Leben, hielt kurz inne, wenn er zu viel Luft erzeugt hatte, und machte weiter, um das Strahlen aufrechtzuerhalten.

»Ich werde beweisen, dass meine Arbeit nicht verflucht ist. Ich werde es allen beweisen!«

Wie lange er dastand, konnte er nicht sagen. Als er schweißüberströmt war, seine Kräfte erschöpft und seine Glieder bleischwer waren, schob er den Blasebalg weg und begutachtete das blubbernde Gemisch im Bottich. Ob er seine Arbeit richtig verrichtet hatte, würde sich erst am Ende zeigen. Aber er war sicher, dass sich seine Bemühungen auszahlen würden.

Äußerst vorsichtig nahm er mit einer Zange den Schmelztiegel aus der Esse und kippte die zischende, zähe Flüssigkeit in die Gussform. Kein Tropfen war verschwendet – es ging genau auf. Wieder hieß es warten, bis das Metall so weit abgekühlt war, dass er die Form mit einem gezielten Schlag seines Hammers zerbrechen und den Gegenstand herausnehmen konnte. Auch hier benutzte er keine Handschuhe, auch wenn die geballte Hitze ihm früher das Horn von den Händen gebrannt hätte. Als einziger Schutz diente ihm die Zange, mit der er die Metallstange auf dem Amboss fixierte.

Er krümmte die Finger um seinen Schmiedehammer, hob ihn an und ließ ihn mit einem lauten *Pling* auf der Stange niedergehen.

Pling. Pling. Pling. Der Hammer tanzte über das Metall, brachte es mit jedem Hieb in Form und flachte es ab. Es war wie ein Rhythmus, den nur ein wahrer Schmied hören konnte. Eine Melodie, die alles und jeden durchströmte. Er spürte jeden Schlag in den Knochen, hörte jedes *Pling*, als wäre es sein eigener Herzschlag, und genoss es, wie das Metall sich seinen Schlägen beugte.

In diesem Moment war er Gebieter über Feuer und Eisen.

Das Material war weiß, mit einigen gräulichen Verfärbungen, und ließ sich nur schwer bearbeiten. Schon dellte sich der Hammerkopf ein, während die Stange kaum aus ihrer Ursprungsform geraten war. Aber davon ließ Andvari sich nicht abhalten, weiterzumachen. Er hielt sie kurz in die Esse, um neue Hitze aufzunehmen, bevor er sich wieder ins Zeug legte.

Stunde um Stunde schmiedete er das Metall, faltete es, erhitzte es, bearbeitete es und kam seinem Ziel immer näher. Schließlich war der Moment des Löschens gekommen. Er zog den Bottich mit einem Gemisch aus Wasser und Öl heran und tauchte das Metall hinein. Es zischte. Dampf stieg um Andvaris Gesicht auf.

Als das Metall so weit abgekühlt war, hielt er es staunend ins Licht. Das Schwert schimmerte ungewöhnlich silbrig, als wäre es von einem Bewusstsein beseelt. Es war längst noch nicht fertig, aber schon jetzt erkannte man, dass es einmal eine außergewöhnliche Waffe sein würde. Es würde perfekt sein und beweisen, dass seine Werke nicht verflucht waren.

»Ich dachte, du schmiedest keine Waffen mehr?«

Andvari fuhr zusammen und hätte beinahe die Klinge fallen lassen. Er war so konzentriert gewesen, dass er den Neuankömmling, von dessen roten Kleidern das Wasser troff, gar nicht bemerkt hatte. Selbst für einen dvergá war er stattlich mit einem prächtigen Bart, in dessen dicken Knoten goldene Ringe glänzten. Sein schwarzes Haar war nach kriegerischer Art an den Kopfseiten ausrasiert, sodass man die tätowierten Runen sehen konnte, und zu einem strengen Zopf nach hinten gebunden. Die Knubbelnase täuschte nicht über die intelligenten Augen hinweg und den breiten Mund umspielte ein freundliches Lächeln. Er trug keinen Panzer, nicht einmal ein Kettenhemd, da er Andvaris Regeln kannte, und auch sonst war er unbewaffnet, wie es die Vorschriften der Schmiede verlangten. Der einzige Hinweis auf seine Stellung war das unverkennbare Symbol auf seiner Brust: zwei gekreuzte Äxte vor einem achteckigen Schild. Fafnirs Clan, einem der drei Prinzenbrüder Svartalfheims.

»Habe ich dich etwa bei etwas Unartigem gestört, Andvari?«

»Fafnir.« Andvari versuchte, sein wild hämmerndes Herz zu beruhigen. »Musst du mich so erschrecken?«

»Ich stehe seit einer Stundenkerze hier.«

»Ich war … beschäftigt.« Leider passierte ihm das sehr häufig, was ihm einen gewissen Ruf vermacht hatte.

»Das sehe ich.« Fafnir grinste. »Also, begrüßt man etwa so einen alten Freund?«

»Diese Arbeit verlangt außerordentliche …«

»Ruhe und Konzentration. Du wiederholst dich. Willst du da jetzt nur so rumstehen, du Einsiedler, oder mich endlich begrüßen?«

Zögerlich näherte Andvari sich dem Prinzen und hielt ihm die Hand hin. Fafnir ignorierte sie und umarmte ihn stürmisch. Dabei presste der Zwerg ihm die Luft aus den Lungen. Nicht grundlos nannte man Fafnir den *Greifer*. Andvari mochte derlei Berührungen nicht. Im Grunde mochte er es überhaupt nicht, wenn sein innerer Schutzkreis durchbrochen wurde. Aber Fafnir war ein Prinz und der rechtmäßige König von Svartalfheim. Außerdem war er ein Freund.

Fafnir ließ ihn wieder los und klopfte ihm einmal auf die Schulter. »Was hast du für mich?«

Andvari lächelte entschuldigend. »Nicht für dich.«

Der Prinz hob die buschigen Brauen. »Sondern?«

»Verleite mich bitte nicht zu einer Antwort.« Sorgsam legte Andvari die Klinge auf den Amboss und zog einen Mörser heran, in dem er ein Gemisch aus Holzkohle, Ton und Quarzsand zerrieb und mit ein wenig Wasser zu einem Brei verrührte.

Fafnir beobachtete ihn aufmerksam. »Das nennt man Anlassen, nicht wahr?«

»Richtig. Das hier ist ein besonderer Vorgang, der nicht weniger Konzentration als alle vorhergehenden Schritte erfordert.« Andvari bestrich den Klingenrücken bis zur Mitte mit dem Brei, wobei er den Übergang zur Schneide als Wellenlinie ausformte. Danach legte er die Klinge in den Ofen und ließ sie trocknen, wodurch sich eine harte Kruste bildete, die auch beim Erwärmen im Schmiedefeuer nicht abfiel.

Neugierig trat Fafnir neben ihn und erwies sich wie stets als aufmerksamer Zuschauer. Er störte nicht, gab keine Bemerkungen von sich und nickte ab und an, als durchschaute er das Prozedere. Als die Klinge eine rote Färbung annahm, holte Andvari sie wieder heraus, um sie in Härtflüssigkeit abzukühlen.

»Das Eisen oxidiert nicht?«, fragte Fafnir.

»Deshalb die fein zermahlene Holzkohle.« Dampf umwirbelte Andvaris Gesicht. »Sie verbraucht bei der Verbrennung den Sauerstoff. Kein Sauerstoff …«

»Keine Oxidation.« Fafnir kniff die Augen zusammen. Seine Kleider waren längst getrocknet. »Das sieht mir nicht nach Eisen aus.«

»Ist es auch nicht.«

»Was ist das?«

Andvari hielt die Klinge hoch, streckte sie dem Wasserfall entgegen und begutachtete die feine Körnung. »Wenn ich dir das sage, wirst du Fragen stellen. Du wirst wissen wollen, woher ich das Material habe, und Nachforschungen anstellen. Das wird unweigerlich dazu führen, dass deine Brüder davon erfahren und was die Folge daraus ist«, er ließ das Schwert sinken, »wissen wir beide.«

»Dennoch schmiedest du eine Waffe.«

Andvari schüttelte den Kopf. »Ich bewahre meinen Schwur. Das hier ist keine Kriegswaffe. Es ist ein Zeremonieschwert.«

Fafnir nickte anerkennend. »Du bist der feigste Zwerg, den ich jemals kennenlernen durfte, aber du leistest ausgezeichnete Arbeit. Du, Andvari, warst schon immer jemand, der weiter ging als alle anderen.«

Das Lob gefiel Andvari, aber er hatte sich nicht grundlos entschieden, als Einsiedler in den dunklen Gebieten von *Aurvangar* weit abgelegen der drei großen Reiche zu leben. Trotz allem war Fafnir immer gut zu ihm gewesen – damals, als alles noch leichter gewesen war. Vor dem Krieg. Vor dem Tod des Zwergenkönigs. Vor alldem.

»Von wem stammt der Auftrag?«, fragte Fafnir leichthin. Der Prinz konnte einfach nicht lockerlassen – so war er schon immer gewesen.

»Einem deiner Brüder«, antwortete Andvari bedächtig.

»Otur?«

»Fafnir, bitte …«

»Ich will es nur wissen.«

Andvari zögerte kurz. »Reginn.«

»Dieser alte Kriegstreiber!« Fafnir verzog das Gesicht. »Was will er damit? Sich wieder einmal selbst zum König krönen?«

»Ich bin der Schmied und nicht der Träger.«

»Du solltest ihm nicht helfen. Nicht jetzt.«

»Weil der Krieg auf einen Höhepunkt zusteuert, damit endlich der einzig wahre König unter dem Berg ernannt wird?« Und was ist nach all den Gräueltaten und dem Leid?«

»Frieden, alter Freund.« Fafnir seufzte und klang auf einmal sehr müde. »Du weißt, dass ich nach nichts anderem trachte. Zu lange wurde Zwergenblut vergossen. Zu lange warten wir auf ein Zeichen, dass die drei Clans vereint.«

»Du könntest auch vor einem deiner Brüder das Knie beugen.«

»Das könnte ich.« Fafnir nickte langsam. »Oder ich werfe mich in eine Grube, weil sie die Chance ergreifen werden, meinen Kopf abzuhacken!«

»Ich habe damit nichts mehr zu tun.« Andvari wandte sich ab. »Tut mir leid.«

Durch das Härten hatte das Material nun Spannung und war brüchig. Deshalb legte er die Klinge wieder in den Ofen, um sie im Anschluss erneut abkühlen zu lassen, was zu einer goldenen Verfärbung führte. Normalerweise. Aber bei diesem Material war nichts *normal*.

»Du suchst nach einem Zeichen, Fafnir«, sagte er gedankenverloren. »Es gab eines. Vor langer Zeit.«

»Ein Zeichen, das verschwand, als es geraubt wurde.«

»Das wissen wir nicht. Die legendären Zwergenschmiede …«

Fafnir hob die Hand. Manchmal vergaß Andvari, dass er es mit einem der drei Clanführer zu tun hatte. Dafür kannten sie sich zu lange und Fafnir hatte sich zu oft seiner Dienste bedient. »Ich weiß, dass du Brokkr und Sindri verehrst. Sie erschufen in Modsognirs Auftrag das mächtigste Artefakt aller Zeiten. Ich habe sie als junger Zwerg kennengelernt, Andvari.« Fafnir schüttelte ergriffen den Kopf. »Sie vermochten Dinge zu erschaffen, die unsere Vorstellungen überstiegen. Doch es gibt keinen Zweifel.« Er tippte gegen das Hammersymbol auf seiner Brust. »Brokkr hat *ihn* gestohlen, bevor er verschwand.«

»Und wenn du *ihn* in den Händen hältst, was dann?« Andvari konnte die Bitterkeit nicht aus seiner Stimme verbannen. »Noch mehr Krieg? Noch mehr Tote? Noch mehr Blut an unseren Händen?«

Fafnir knurrte. »Einer meiner Brüder hat unseren Vater getötet. Einer meiner Brüder hat den König von Svartalfheim kaltblütig ermordet. Den Erben Modsognirs.« Er atmete hörbar aus. »Seitdem ist nichts mehr so, wie es einst war.«

»Falls es dich tröstet: Um deinen Bruder zu ärgern, habe ich Mastvögel mit Eisenspänen, Milch und Mehl gefüttert und aus dem Kot dieses Schwert geschmiedet.«

Fafnir runzelte die Stirn.

»Das war ein Scherz.«

Fafnir tippte sich gegen die Mundwinkel. »Siehst du das? Ich lache.«

Andvari wollte sich schon abwenden, als er den Schwertgriff an Fafnirs Hüfte entdeckte. Sein Herz setzte für einen Schlag aus. »Was hast du getan?«, raunte er.

»Ah, du hast es entdeckt?« Fafnir zog das Schwert einen Fingerbreit aus der Scheide, sodass die glänzende Klinge sichtbar wurde. »Ein prachtvolles Stück, nicht wahr?«

Andvari knirschte so fest mit den Zähnen, dass es schmerzte. »Du solltest das Schwert nicht tragen. Es bringt nichts als Unglück.«

»Dieses Schwert wird eines Mannes Mörder, sooft es gezückt wird.« Ein Schatten legte sich über Fafnirs zerfurchtes Gesicht. »Das waren doch deine Worte, nachdem das Schwert meinem Vater so viel Unheil gebracht hatte, nicht wahr?«

Die Worte drangen wie eisige Stacheln in Andvaris Brust. »Nach all den Jahren … Nach all der Zeit … kommst du mit *Tyrfing* zu mir?«

Fafnir machte eine beschwichtigende Geste. »Ich mache dir keinen Vorwurf und glaube nicht an den Unsinn, den man sich in unserem Volk über dich und deine Waffen erzählt. Deshalb trage ich Tyrfing. Ich widerlege den Fluch. *Du* bist nicht verflucht, Andvari.« Er strich mit dem Daumen über die fingerbreite Klinge, die aus der Scheide hervorlugte, und schnitt sich dabei. Ein paar Blutstropfen blieben daran haften. Erst dann schob er es in die Scheide zurück.

Das Feuer prasselte. Der Wasserfall rauschte. In der Ferne knackte es. Andvari suchte nach den richtigen Worten, aber er begriff, dass schon zu lange Stille zwischen ihnen herrschte. »Ich war wütend«, murmelte er und wagte den Prinzen nicht anzusehen. »Deine Brüder behaupteten, Tyrfing hätte den König getötet.«

»Weil sie einen Schuldigen gesucht haben, um von ihren eigenen Schandtaten abzulenken.« Fafnir klopfte auf das Schwert. »Ich trage Tyrfing schon sehr lange. Das Schwert verschafft mir Respekt.«

»Du sprichst von Furcht, Prinz. Vielleicht haben alle recht und Tyrfing wird dich ebenfalls ins Unglück stürzen. Vielleicht bringt er einem weiteren Zwerg den Tod. Vielleicht sollte ich mich in den Stein zurückziehen und …«

»Genug!«

Andvari hob abwehrend die Hände. »Ich sollte nicht länger schmieden. Alles, was ich bringe, ist Leid und Elend. Ich sollte …«

Plötzlich war Fafnir bei ihm und umarmte ihn abermals. Erst zögerte Andvari, dann ließ er es zu. »Die Einsamkeit verändert dich, alter Freund«, flüsterte der Prinz und schob ihn wieder auf Abstand. »Du solltest nicht hier sein, fern von allem, und dich deinem Leid ergeben. Komm zurück zu uns!« Seine Stimme wurde eindringlich. »Komm zurück nach Nidavellir! Arbeite in den großen Schmieden und erschaffe Dinge, die noch kein Zwerg erblickt hat!«

Andvari seufzte. »Ich habe nach dem Tod deines Vaters einen Schwur an dem heiligen Stein abgelegt. Nie wieder werde ich etwas erschaffen, das dem Krieg dienlich ist.«

»Schmiedest du nicht für meinen Bruder ein Schwert?«

»Ein Zeremonieschwert.«

Fafnir beäugte ihn misstrauisch. »Demnach will Reginn sich tatsächlich erneut selbst als König küren.«

»Ich bin nur der Schmied …«

»… und nicht der Träger. Du wiederholst dich. Irgendwann wirst du eine Entscheidung treffen müssen, alter Freund. Wir können unsere Augen nicht vor der Wirklichkeit verschließen.«

»Trage ich die Konsequenzen nicht bereits?« In stiller Ohnmacht warf Andvari die Hände in die Luft. »Ich friste mein Dasein in Einsamkeit, halte mich von allem fern und unterwerfe mich meinem Schwur.«

Fafnir schüttelte heftig den Kopf und wies dann auf den Wasserfall. »Du hast eine Gabe, Andvari. Erinnere dich daran, was wir früher zusammen erschaffen haben. Du, Reginn, Otur und ich.«

Kurz übermannten Andvari die Erinnerungen und er sah sich selbst, wie er in seinen Bemühungen, das Unmögliche zu vollbringen, für jeden von ihnen einen Ring erschaffen hatte, der sie verändern sollte. »Otur wollte ein Otter sein. Du eine Echse. Ihr wolltet, dass ich zu einem Fisch werde. Reginn ...«

»Ein Schwachkopf.«

»Das meinte ich nicht.«

»Aber ich. Reginn hat geschworen, mir das Herz aus der Brust herauszuschneiden.«

»Ja.« Andvari seufzte erneut, als die Erinnerungen allmählich verblassten. »Es ist nicht möglich, eine Seele in einen Gegenstand zu bannen, um damit eins zu werden. Um sich zu verwandeln. Um ...«

»... alle Grenzen zu überwinden?« Fafnir hielt kurz inne, als suchte er nach den richtigen Worten. »Wenn ich dich bitte, etwas für mich zu erschaffen, wirst du mir helfen?«

Zwillingsgefühle tobten in Andvari. Einerseits das Verlangen, etwas Vergleichbares wie die legendären Zwergenschmiede zu erschaffen. Andererseits das Widerstreben, sich in den Krieg einzumischen. Daher nahm er zuerst die Klinge aus dem Ofen und befreite sie mit Schmirgel vom Zunder.

Ritsch-ratsch. Ein gutes Geräusch, um seine Gedanken zu sortieren. *Ritsch-ratsch*. Möglicherweise sollte er Fafnir als Ausgleich ebenfalls etwas schmieden. Immerhin war der Zwerg von seinen Brüdern der Vernünftigste, der aus dem Trümmerhaufen des einst prächtigen Nidavellirs eine glorreiche Stadt erbaut hatte. *Ritsch-ratsch*.

»Was schwebt dir vor?« Die Worte verließen seinen Mund, ehe er sie zurückhalten konnte.

Fafnir stapfte durch die Kaverne und kehrte einen Moment später mit einem Sack zurück. Daraus holte er etwas hervor, das in ein samtenes Tuch gewickelt war, so fein und hauchdünn, dass sein Herz schneller schlug. Wie von einem Bann befallen nahm er den Gegenstand entgegen und zog das Tuch ab, das wie Wasser zwischen seine dicken Finger rann. Darunter kam eine schwarz glänzende

Obsidiantafel zum Vorschein, so alt, dass die Keilschrift darauf bereits abgeschliffen war. Worte der alten Sprache als Versmaß.

»Runen«, raunte er ergriffen. »Runen altvorderer Zeit!«

Fafnir lächelte erwartungsvoll. »Ich wusste, dass ich dich damit begeistern kann.«

»Begeistern?« Andvari sah auf. »Ich bin überwältigt! Es heißt, das Wissen an sie und die Macht, die sie entfalten können, sei schon vor langer Zeit verloren gegangen. Hat jemand versucht, sie anzuwenden?«

»Du meinst, um ein Artefakt damit zu versehen und in eine mächtige Waffe zu verwandeln?« Fafnir zwinkerte ihm zu. »Warum glaubst du, bin ich hier?«

Ehrfürchtig strich Andvari über die Einkerbungen, die Linien und Winkel, die eine Geschichte erzählten. »Ich dachte, die Runen wären verloren. Glaubst du, Brokkr und Sindri haben um sie gewusst?«

»Wie sonst hätten sie *ihn* erschaffen können?«

Andvari schob die Worte im Mund hin und her, zwang sich, sie auszusprechen. »Du wirst niemals aufhören, den Hammer zu suchen, oder?«

»Er ist mein Geburtsrecht!«

»Ein Geburtsrecht, das unserem Volk nichts als Leid gebracht hat. Modsognir hätte seine Erschaffung nie in Auftrag geben dürfen. Wenn du glaubst ...«

Krachen.

Der Boden bebte. Die Wände wackelten. Die Waffen klirrten. Die Steine knacksten. Der Staub wogte durch die Kaverne.

Andvari klammerte sich an den Amboss. »Was, bei Ivaldis Bart, war das?«, rief er.

Fafnir duckte sich neben ihn, den Blick wachsam zum Ausgang gerichtet. »Ich weiß es nicht.«

Wieder ein Beben, noch stärker als das zuvor.

Kurz herrschte Stille, als hielte die Welt den Atem an. Dann wurde die gesamte Kaverne erschüttert, als stürzte der Berg über ihnen ein. Ein tiefes Wummern hallte um sie wider, bohrte sich wie glühende Nägel durch Andvaris Ohren bis hinter seine Stirn.

Er ging auf die Knie und schrie; selbst das konnte den Lärm nicht übertönen.

Fafnir packte ihn am Arm und zog ihn hinter sich her auf den Ausgang zu. Als Andvari in den Wasserfall trat, riss ihn das eiskalte Nass aus der Benommenheit.

Die Kaverne endete an einer scharfen Kante, hinter der sich ein Abgrund in schwindelerregender Tiefe verlor. Svartalfheim war ein gewaltiges Land in Form einer Höhle unter einem Berg. Endlose Stollen und Tunnel erstreckten sich in den Eingeweiden der Erde, verbanden die drei Reiche miteinander und reichten tiefer, als je ein Zwerg gelangt war.

Das Gebiet, in dem Andvaris Schmiede lag, erstreckte sich inmitten einer großen Höhle, die von einer Reihe gigantischer Säulen getragen wurde, als dienten sie als Stützen des Berges selbst. Die naturbelassenen Höhlenwände waren mit Schieferschichten durchzogen, teils wanden sich auch goldene Kristalladern hindurch, die für ausreichendes Licht an diesem abgelegenen Ort namens Aurvangar sorgten – Tageslicht suchte man hier vergebens. Hier gab es keine Säulenstädte, keine kunstvollen Steinmetzarbeiten, kein Klopfen der Minenarbeiter ertönte und keine Zwerge fuhren auf Loren über Brücken und Flüsse. Die Höhle war so weit abgelegen vom Leben, damit Andvari seine Ruhe hatte.

Mit dieser Ruhe war es nun vorbei.

»Bei Wielands göttlicher Schmiede!«, raunte Fafnir.

Tausend Flüche lagen Andvari auf der Zunge, aber er bekam keinen über die Lippen. Zögerlich näherte er sich der Kante und schob ein paar Kiesel vor sich her in den Abgrund. Inmitten der Höhle, für die sich nie ein Zwerg interessiert hatte, war eine riesige Wurzel durch die Decke gebrochen, hatte Trümmer und Schutt in die Tiefe gespuckt und war in die Schwärze hinabgewachsen; die Wurzel verzweigte sich und ließ farbiges Licht in Form einer strahlenden Säule hereinfallen. Es sah aus wie ein Regenbogen, um den sich ein Zweig wand – in einer Dimension, die alles um sich wie Miniaturgebilde wirken ließ.

»Ich glaube, alter Freund«, sagte Fafnir und lächelte ihn an, »das ist genau das Zeichen, das unsere Heimat gebraucht hat.«

»Etwas, das unser Volk zusammenschweißt«, murmelte Andvari.

Der Zwerg klopfte ihm auf die Schulter. »Etwas, das dein Feuer entfacht.«

Sleg

Ein goldener Blitz jagte über die Lichtung. Der Speer wirbelte Schnee und Blätter auf und durchschlug splitternd den Schädel eines Untoten. Knochensplitter und Hirnmasse spritzten umher und das Geschöpf klappte leblos zusammen.

Mit seinem Willen lenkte Ullr den Speer weiter – zwischen ihnen bestand ein Band, das sich nicht mit Worten beschreiben ließ. Als wäre er die Verlängerung seines Arms oder ein Teil seines Bewusstseins. Der Speer durchbohrte die Köpfe von zwei weiteren Wesen, riss das nächste herum, nagelte ein anderes an der Hütte fest und verschwand darin. Es knackte und barst, als ein Teil des Daches explodierte und Trümmer über die Lichtung flogen.

Ullr streckte den Arm zur Seite und rief nach Sleg.

Wummernd kehrte der Speer zurück; er prallte gegen seine Hand, sodass ihm fast die Schulter ausgekugelt wurde. Ullr rutschte nach hinten und atmete zischend durch zusammengebissene Zähne, während die Wucht ihm den Arm abzureißen drohte.

Der Speer sang im Wind; er vibrierte und summte wie ein wütender Bienenschwarm. Zu lange war er vergraben gewesen und hatte ausgeharrt, bis er wieder gebraucht wurde. Als verdrängte Erinnerung. Aus Schande darüber, was sie gemeinsam angerichtet hatten – in einer Zeit, als selbst Götter geweint hatten.

»Gehorche!« Mit Schwung rammte Ullr den Speer in den Boden. Ein Riss breitete sich ausgehend von ihm um ihn herum aus. Aber Sleg wollte sich nicht beherrschen lassen, wehrte sich und zerrte seinen Arm herum.

Ullr schrie und landete im Schnee. Er hielt sich die Schulter und stemmte sich hoch. Und blickte in das entstellte Gesicht eines Untoten.

Instinktiv versenkte er seine Faust im weit aufgerissenen Maul. Wieder schlug er zu. Noch mal und noch mal. *Tock. Tock. Tock.* Jeder Hieb zerschmetterte den Schädel, aber das hielt den Untoten nicht davon ab, Ullrs Hals zu packen, mit der anderen Hand seinen Arm abzufangen und zuzudrücken. Ullr knurrte, rang mit seinem Widersacher, in dessen leeren Augenhöhlen kein Funken Leben steckte. Er blinzelte verwundert, als er darin schwarze Wurzeln entdeckte, die wie Maden im Dreck wimmelten. Zäh wie Sirup krochen sie über das Gesicht, den Hals, den Arm und glitten auf Ullrs Hand; sie bohrten sich durch seine Haut und ließen ihn unter Schmerzen schreien.

Taubheit kroch in seine Glieder, griff nach seinem Herz, füllte es mit Kälte. Er hatte keine Kraft mehr und sank nieder. Weitere Wurzeln wuchsen über seinen Körper. Die Kälte breitete sich aus, bis er keinen Gedanken mehr fassen konnte. Götter, was auch immer die Toten beherrschte, es wollte auch von ihm Besitz ergreifen!

»Nein!« Er rief nach Sleg.

Mit einem Donnerschlag fuhr der Speer dem Untoten von hinten durch den Schädel und schickte klebrige Flüssigkeit in Ullrs Gesicht. Der Untote klappte zusammen. Gleichzeitig erschlafften die Wurzeln und zerfielen zu Staub.

Er sackte auf die Knie. Der Speer vibrierte aufrecht neben ihm.

Langsam umschmiegte Ullr das kühle Metall, fühlte die Rillen und Einkerbungen unter den Kuppen und den Puls, der ihm durch Mark und Bein fuhr. Es war so lange her ... So lange ...

In einem langen Atemzug richtete er sich auf und hielt das Gesicht ins Mondlicht.

Ein Schrei.

Runa!

Ullr stürmte los, durchstach den Kopf eines Untoten und warf sich der wimmelnden Masse entgegen, die zur Hütte drängte. Inzwischen waren es Dutzende, eine wankende, stille Heimsuchung. Er schob sich dazwischen, stieß sie zur Seite und kämpfte sich zum Eingang.

Ein Wesen sprang ihn an und warf ihn um. Ullr schüttelte es ab, stemmte sich hoch und schleuderte Sleg. Als der Speer zurückkehrte, spritzten Knochenstücke, Fleischfetzen und Flüssigkeit umher. Mit einem Riesensatz landete er in der Menge und wirbelte den Speer in einem weiten Bogen herum. Ringförmig stoben die Untoten auseinander. Aber für jeden Gefallenen drängten zwei nach.

Krampfhaft biss Ullr die Zähne zusammen. Er hackte und stach zu, schlitzte Körper auf, zertrümmerte Knochen, schmiedete einen Kreis des Todes um sich. Es gab nur noch ihn, die Untoten und seine Tochter, die sich in der Hütte versteckte. Mehrere Geschöpfe wüteten darin, zerschlugen Tische und Möbel und suchten nach ihr. Was auch immer sie von ihr wollten, Ullr durfte das nicht zulassen. Er musste sie retten!

Ullr schlug die Stange auf den Schädel eines Untoten. Dann sprang er nach vorn, tauchte unter einem zerfetzten Arm hindurch und stach die Spitze einem anderen mitten durchs Herz. Er war schon fast an der Tür heran, als plötzlich alle Untoten wie auf ein Zeichen herumschwenkten und auf ihn zustürzten.

Er stolperte zurück, schlug um sich, tauchte weg, aber es kamen immer mehr hinterher. Ein Wesen sprang ihn an. Er stemmte es von sich weg, als das nächste ihn von hinten anging. Seine Flanke explodierte vor Schmerz. Dann zuckte ein Schmerzgewitter durch seinen Rücken. Das Wesen verbiss sich in seine Schulter, ein anderes riss ihm den Kopf in den Nacken.

Sleg wurde ihm aus der Hand geschleudert. Vier Untote warfen sich auf den Speer und hielten ihn am Boden fest, während er sich wie eine Schlange wand.

Es gab kein Entkommen. Überall wurde Ullr getroffen, Untote versenkten ihre schiefen Zähne in seinem Fleisch, schlugen zahllose Wunden, die brannten wie Feuer. Wie im Wahn trat Ullr um sich, streckte Sleg die Hand entgegen und rief nach dem Band zwischen ihnen.

Der Speer klapperte und zitterte, aber er konnte sich nicht befreien. Sie steckten beide fest wie ein Kaninchen, dem die Haut abgezogen werden sollte.

Ein Schmerzblitz zuckte durch seine Schulter. Er drosch auf den Schädel ein, schleuderte ihn davon. Drei neue Wesen warfen sich auf ihn, packten seine Glieder und hielten ihn fest – sosehr er auch herumstrampelte, sie hielten ihn gefangen. Der Schnee färbte sich rot von seinem Blut. Jeder Hieb raubte ihm die Sinne.

Versagt.

Er konnte seine Tochter nicht beschützen, sein Versprechen nicht halten. *Sie* hätte das nicht von ihm verlangen dürfen. Nicht nach allem, was geschehen war.

»Vater …?«, krächzte jemand von der Hütte her.

»Geh!«, brüllte Ullr und befreite seinen Arm. Er drosch auf einen Untoten ein, aber dann wurde ihm die Hand so sehr verdreht, dass er aufschrie.

»Vater … ich …«

»Lauf!«

Sein Sichtfeld verschwamm. Die Welt verwandelte sich in einen übelkeitserregenden, dunklen Strudel, der ihn in die Tiefe zog. Der Tod war da; er umschlich ihn und hauchte ihm in den Nacken. Wie damals. Aber dieses Mal gab es keinen Gott, der seine schützende Hand über ihn hielt, damit er sich ihm unterwarf. Kein Wunder, das ihn rettete.

Es war vorbei.

Eine Veränderung lag in der Luft. Auf einmal schmeckte sie dumpfig und abgestanden, als wäre eine tiefe Kammer geöffnet worden.

Grüner Nebel drang aus dem Untoten, der sich wie ein wütender Köter in seiner Hand verbissen hatte. Das Wesen erzitterte, dann klappte es zusammen. Ein Untoter nach dem anderen ließ von ihm und sank leblos in den Schnee, während etwas aus ihnen herausgezogen wurde wie Dampf durch einen Abzug.

Stöhnend und zitternd stemmte Ullr sich auf Hände und Knie und sah langsam auf.

Jeder einzelne Untote auf der Lichtung war zerfallen. Inmitten dieses Kreises aus Tod und Verderben stand ein junges Mädchen. Ein ätherischer Schimmer zog sich um ihre erhobene Hand zusammen, waberte träge wie Öl auf einer Wasseroberfläche. Und ihre Augen glühten in geisterhaftem Licht, als wäre etwas darin erwacht.

»Vater …« Runa keuchte, ehe sie zusammenklappte.

***

Runa ruckte hoch. »Vater! Die Untoten! Was ist …?«

»Langsam!« Ullr drückte sie auf das Bett zurück, zog den Schemel mit der grünen Paste heran und kippte noch ein paar getrocknete Kräuter in den Mörser, die er vorsichtig mit einem Stößel zermahlte. Jede Bewegung schickte ihm lähmende Stiche durch die Arme, Beine und Brust – er war ein einziger Schmerz. Aber er hatte sich bereits notdürftig behandelt, damit er sich um Runa kümmern konnte. Was sonst hätte ein Vater tun sollen?

Runa starrte ihn zwischen den zerwühlten Laken und Tierfellen mit fiebrigen Augen an. Ihre Haut war ganz kühl und schweißnass und sie war leichenblass.

Die Kälte in der Hütte stach bei jedem Atemzug in der Brust. Selbst das Feuer im Kamin konnte sich kaum gegen die Windböen behaupten, die durch die Risse in den Wänden fegten. Ein wenig Mondlicht strömte durch das Loch in der Decke herein und führte Ullr schonungslos vor Augen, dass ihm das Schicksal wieder einmal die Entscheidung abgenommen hatte. Er hatte gewusst, dass es so weit kommen würde. Aber nicht so bald.

»Vater ...«

»Still!« Er schmierte die grüne Paste auf die Schnitte in ihrem Gesicht.

»Au!« Sie zuckte weg. Unnachgiebig packte er ihr Kinn. Sie verzog den Mund, atmete zischend, aber sie hielt tapfer durch, bis die Prozedur fertig war.

»Das stinkt«, murmelte sie.

»Es muss stinken.«

Das Mädchen betastete die Paste und roch angewidert daran. »Was ist das?«

»Medizin. Nicht verwischen.«

»Woher weißt du so viel darüber? Du sprichst so selten über dein früheres Leben, Vater. Bevor Mutter ... Bevor sie ...« Sie schluchzte.

Ullr schob Schemel samt Paste beiseite und lehnte sich auf dem Stuhl zurück. »Schlaf. Ich wache. Wenn du ausgeruht bist, gehen wir.«

»Wohin?«

»Fort.«

»Du meinst fort von Mutter?«

»Ja.«

»Aber ich will nicht gehen!« Runa rappelte sich hoch. »Ich mag es hier. Das ist mein Heim. Wir können doch so tun, als ...«

»Was?«, fragte Ullr ganz leise.

»Als gäbe es keine Untoten vor unserem ... unserem Heim.«

»Nein. Wir gehen. Weit weg von hier.«

Runa betrachtete ihre Hände, presste sie zusammen und öffnete sie, als suchte sie darin etwas. Schließlich sah sie auf. »Was ist passiert?«

Ullr wickelte sich in seinen Pelz, lehnte den Kopf zurück und schloss die Augen. »Wir haben überlebt.«

»Ich habe sie besiegt. Irgendwie. Da war etwas. In mir. Ein ... ein *Lied*! Hast du es auch gehört, Vater?«

»Nein. Jetzt schlaf!«

»Ich kann nicht. Das war so ... seltsam. Uhm, wie soll ich denn ausgerechnet jetzt schlafen?«

Träge öffnete er die Augen. »Erhol dich, sonst bist du zu schwach für die Reise.«

»Ich bin nicht schwach. Ich bin bereit!« Runa sah durch das Loch zum Mond. »Nie wieder werde ich schwach sein. Mutter ist tot. Aber die Toten stehen wieder auf. Glaubst du, Mutter ...?«

Ullr sprang hoch, packte den Schemel an einem Bein und schleuderte ihn durch den Raum. Polternd zerbrach er an der Wand. Mit gebleckten Zähnen atmete Ullr rasselnd ein und aus. Aber sein Wutausbruch galt nur sich selbst und seiner Unfähigkeit. Er hätte Runa beschützen müssen. Es wäre seine Pflicht gewesen! Beinahe wäre sie ...

Brummend setzte er sich wieder hin.

Ein Summen erklang; es war die ganze Zeit in seinem Kopf, seit er die Verbindung wiederhergestellt hatte. Wie ein Dorn, der sich tiefer in seinen Verstand gebohrt hatte.

»Wir müssen darüber reden, was passiert ist«, sagte Runa ungewohnt ernst. »Ich habe dich gesehen. Und den Speer. Du warst ... anders. Kein normaler Mensch.«

Ullr blickte zur Tür. Er konnte Sleg nicht sehen, aber die Waffe verharrte draußen aufrecht im Schnee. Sie rief nach ihm. Jetzt.

»Manche Dinge müssen im Schatten bleiben, Mädchen.«

»Das sagst du immer! Aber diese Wesen wollten uns töten! Warum?«

»Das weiß ich nicht.«

»Du lügst! Warum erzählst du mir nie die Wahrheit?«

Ullr zwang sich, seinen Blick von der Tür zu lösen. »Weil die Wahrheit uns zerstören könnte. Deine Mutter … Sie war eine …« Er schüttelte den Kopf. »Es ist unwichtig. Schlaf. Wir reden morgen.«

Runa drehte sich zur anderen Seite und verschwand unter der Decke. Es war besser so. Die Welt war noch nicht bereit für den Schrecken, der in der Dunkelheit lauerte.

✳✳✳

Ullr saß mit dem Stuhl zur Tür und hatte kaum ein Auge zugetan, als er von draußen ein Geräusch hörte. Zuerst glaubte er, sich getäuscht zu haben, aber als Jäger achtete man auf Vorzeichen. Man war stets wachsam und lernte, sie zu deuten. Deshalb war er nicht verwundert, als die Klinke lautlos runtergedrückt wurde.

Er kämpfte sich vom Stuhl, hielt die Hand zur Seite und war bereit.

Entgegen seiner Erwartung wurde die Tür allerdings nicht aufgeworfen und eine geduckte Gestalt huschte herein. Sie drückte die Tür hinter sich zu und warf die Kapuze zurück.

Summend flog Sleg durch einen Spalt in der Wand herein und klatschte gegen Ullrs Hand. Er schwang den Speer der Gestalt entgegen und wartete, bis sie sich ihm zuwandte. Das eisengraue Haar des Mannes war zu einem Zopf nach hinten gebunden und überall an ihm waren Gürtel festgezurrt: quer über der Brust, um die Hüfte, am Unterarm, sogar an den Oberschenkeln. In den Laschen darin steckten Wurfpfeile, Messer, Phiolen, Bänder und viele, viele Dinge mehr.

Krampfhaft zogen sich Ullrs Eingeweide zusammen. Der Fremde war der Beweis dafür, dass man noch so weit von seiner Vergangenheit davonlaufen konnte. Irgendwann holte sie jeden ein.

»Ullr.« Die Stimme des Fremden klang warm und vertraut. Er klopfte sich Schnee vom grünen Mantel und dem leichten Lederpanzer. »Du bist äußerst schwer zu finden.«

»Bytor.« Ullr spuckte das Wort aus, als hätte er einen schlechten Geschmack im Mund.

»Begrüßt man so einen alten Freund?«

Schweigend hielt er die Speerspitze auf den Mann gerichtet.

»Mir ist bewusst, dass mein Auftauchen …«

»Geh!«

Bytors Blick wanderte zu dem goldenen Speer und mit jedem Atemzug weiteten sich seine Augen. »Du trägst ihn wieder?«

»Ich hatte keine andere Wahl.«

Der Jäger nickte langsam. »Ich war dabei, als du ihn abgelegt hast. Schon damals erkannte ich, dass ihr beide zu Außergewöhnlichem berufen seid. Sleg ist eine Gabe.«

»Ein Fluch.«

»Du trägst die Waffe eines …«

Das Dröhnen des Speeres wurde so laut, dass es Bytors Worte übertönte. Erst, als Ullr ihn mit der Spitze in den Boden rammte, wurde das Summen wieder leiser – aber es setzte nicht aus, schwang stets auf einer kaum wahrnehmbaren Tonlage.

»Du bist weit weg von zu Hause, Ullr.« Eingehend sah Bytor sich in der Hütte um. »Hier hast du dich also die ganze Zeit versteckt.«

»Was willst du?«

»Du kennst die Antwort auf diese Frage. Und doch versteckst du dich hier draußen.« Bytor kam einen Schritt näher. Berechnung lag in seinem Blick, aber auch Güte und Wärme. »Ist es das, was auf Helden wartet, wenn sie sich von ihrer Verantwortung abwenden?«

»Ich bin kein Held.«

Bytors Augen funkelten belustigt. »Ich weiß, wie es ist, wenn man ein anderes Leben führt. Wenn man sich selbst verleugnet, um auf den richtigen Moment zu warten. Aber glaube mir, dieser Moment wird nicht kommen.«

»Hallo«, sagte Runa etwas schlaftrunken von weiter hinten. »Uhm, wer seid Ihr?«

»Unten bleiben!«, bellte Ullr.

»Ein Kind?«, fragte Bytor verwundert und sein abgehärmtes Gesicht hellte sich auf. »Du hast eine Tochter, Ullr? Ich hatte ja keine Ahnung. Das ist also der Grund, weshalb du hier draußen bist?«

»Und Mutter!« Runa warf die Laken beiseite und wischte sich die wirren Locken aus der Stirn. Sie wirkte nicht länger blass und kränklich, aber sie brauchte zwei Versuche, bis sie sicher stand. »Wir haben zusammen mit Mutter hier gelebt. Aber jetzt … Jetzt ist sie tot.«

Eine Schwere drückte auf Ullrs Brust, quetschte sein Herz. Er hielt sich an Sleg fest – und Sleg hielt sich an ihm fest. »Was willst du, Bytor?«

Der Mann zog eine Phiole aus dem Gürtel und hielt sie ins Mondlicht. Die Flüssigkeit darin leuchtete silbrig, als wären Sterne in ihr gebannt. »Die Vergangenheit ruft nach uns, alter Freund.«

»Nicht mehr.«

»Ich bin im Auftrag eines Mannes hier, der deine Hilfe braucht.«

»Das geht mich nichts an. Geh!«

Bytor lächelte geduldig, was Ullrs Unsicherheit verstärkte. Der Jäger wäre nicht hier, wenn die Umstände es nicht zwingend erforderten.

»Wofür?«, knurrte Ullr.

»Die Welt zu retten, alter Freund. Was denn sonst?«

Ullr schwieg.

»Sieh, es hat sich vieles getan, seit du verschwunden bist. Der Mann, der nach dir sucht, verfügt über beinahe grenzenlose Mittel. Er genießt einen großen Ruf und ist ein einflussreicher Kaufmann und Don.«

»Méridorianer.«

»Ich weiß, was du denkst. Aber nach der Verheerung war ich nicht mehr derselbe.« Bytor umschloss die Phiole. Das Licht drang nun durch seine Hand, sodass man seine Sehnen und Adern sehen konnte, als hielte er den Mond gepackt. »Ich war verloren und suchte nach einem neuen Pfad. Alle Bemühungen um Gerechtigkeit werden in der Dunkelheit geboren, alter Freund. Dieser Mann zeigte mir das Licht. Er führte mich auf den Pfad meines alten Gottes zurück.«

»Nein.«

»Höre mich erst an. Es gibt Dinge, die du wissen musst. Wichtige Dinge, die für uns alle …«

»NEIN!«, brüllte Ullr und der Speer schoss auf Bytor zu. Zitternd kam Sleg einen Fingerbreit vor Bytors Kehle zum Stillstand, schwebte wie von einem fremden Willen gelenkt in der Luft.

Bytor hob die Hände und trat einen Schritt zurück. »Du kannst nicht ewig vor deiner Verantwortung davonlaufen. In den vergangenen Jahren habe ich viel über die Menschen im Weltenrund gelernt. Über Moral und Pflicht, über Taten und Konsequenzen.« Es ploppte, als er den Stopfen aus der Phiole zog. »Ich habe einen jungen Mann kennengelernt, der bewiesen hat, dass wir alles im Leben erreichen können, wenn wir bereit sind, uns selbst zu erkennen. Pablo zeigte mir, dass es Mächte gibt, die größer als wir selbst sind.«

»Nicht!«, knurrte Ullr.

»Ich glaube an ihn.« Bytor näherte das Gefäß seinem Mund. »Ich glaube an José. Und ich glaube an unsere Bestimmung. Wenn es nötig ist, dann muss ich dich dazu zwingen, dich deiner Verantwortung zu stellen.«

»Nicht …«

Bytor trank. Seine Augen leuchteten auf wie zwei Sterne und silbriger Dampf stieg aus seiner Haut. Schneller als ein Funkenregen wirbelte er an dem Speer vorbei und schlug Ullr gegen die Brust. Es war, als wäre er von einem Hammerschlag erwischt worden. Er sackte auf ein Knie, rang nach Atem, keuchte und schnaufte. Ein einziger Treffer und er war völlig wehrlos.

Bytor trat vor ihn und blickte unnachgiebig auf ihn herab. »Das, was du dort draußen erlebt hast, ist nur der Anfang. Der Weltensturm kommt. Deshalb wirst du mich nach Méridor begleiten, Jäger.«

Ullr spuckte aus. Ächzend stand er auf und rief nach Sleg. Mit einem durchdringenden Summen landete er in seiner Hand. Er bog die Finger um das kühle Metall. Jeder Muskel spannte sich in seinem Körper an …

»Vater.«

Ullr zögerte.

Runa trat neben ihn und hielt sich am Stuhl fest. »Wenn er unsere Hilfe braucht, dann sollten wir ihm helfen.«

»Du weißt nicht, was du verlangst.«

»Höre auf deine Tochter.« Bytor lächelte Runa an. »Dein Vater ist wichtig, mein Kind. Er wird das Weltenrund beschützen.«

»Ihr meint vor den Untoten?«

Bytor kniete sich hin und legte dem Mädchen eine Hand auf die Schulter – vertraut und väterlich. »Auf uns wartet ein weitaus größeres Schicksal. Dein Vater ist der *Jäger*.«

»Ja.« Runa nickte rasch. »Vater ist der beste Jäger, den ich kenne. Manchmal ist er viele Tage weg. Mutter hat sich immer Sorgen gemacht.« Mit kindlicher Scham schaute sie Ullr an. »Er war viel weg und hat uns allein gelassen. Aber ich weiß, dass er uns immer beschützt hat.«

Ullrs Finger verkrampften sich. Schuld und Bedauern rangen in ihm miteinander. Es kostete ihn all seinen Willen, dem Drängen nicht nachzugeben und Bytor anzugreifen. Der Jäger hätte nicht hierherkommen dürfen. Er hätte ihn nicht finden dürfen. Aber es war geschehen.

»Vater, du selbst hast gesagt, dass wir gehen müssen. Bytor braucht unsere Hilfe. Sollten wir nicht …?«

»Nein.«

»Aber, Vater!« Trotz flammte in Runas Augen auf. »Mutter hätte gewollt, dass wir mit ihm gehen. Sie hat immer gesagt, dass das Weltenrund ein viel besserer Ort wäre, wenn wir einander helfen würden. Genau das sollten wir jetzt tun. Wir helfen.«

Ja, das waren ihre Worte, und sie aus dem Mund seiner Tochter zu hören, höhlte Ullr aus, bis eine tiefe Leere in ihm herrschte. Nie wieder würde er ihre Stimme hören. Nie wieder ihre Lieder hören. Nie wieder ihre Wärme spüren.

Er holte tief Luft und verdrängte die Erinnerungen. »Ich werde nachdenken.«

»Aber …«

»Ich werde nachdenken!«

Runa ließ den Kopf hängen. »Ja, Vater.«

Mit nachdenklichem Gesichtsausdruck erhob Bytor sich, zog eine leere Phiole aus seinem Gürtel – sie bestand aus einem einzigen, weißen Kristall, auf dem sich das Mondlicht brach – und hielt sie Ullr hin. Doch er griff nicht danach, stand starr und still da, was Bytor zum Anlass nahm, Runa die Phiole zu geben, die sie mit kindlicher Neugier beäugte. Dann wandte der Jäger sich ab und stapfte zur Tür. Er zog sie auf und ließ die winterliche Kälte hereinströmen.

»Ihr könnt nicht hierbleiben, alter Freund. Diese Wesen werden von der Saat kontrolliert und breiten sich immer schneller in den Hochlanden aus.«

»Nicht die Saat hat sie entstehen lassen«, erwiderte Ullr.

»Vielleicht.« Bytor machte eine Pause. »Sie bewegen sich nach Kor Anklam und werden dabei diese Lichtung passieren.«

Ullr blieb stumm.

»Ich warte bis zum Morgengrauen, dann kehre ich nach Candaloz zurück.« Kurz warf Bytor ihm einen grimmigen Blick zu. »Ich hoffe, ihr werdet mich begleiten, alter Freund.« Damit zog er die Tür zu und verschwand.

***

»Nur das, was du tragen kannst!«

Runa verzog verärgert das Gesicht. »Aber ich kann doch nicht alles zurücklassen, Vater!«

»Du kannst!« Ullr schwang den Sack auf den Rücken, zurrte ihn fest und reckte die Hand zur Seite. Sleg prallte dagegen. Es brauchte nur einen Gedanken und der Speer schrumpfte; zwei Lichtkreise sprühten am Mittelteil Funken, beinahe zwei Handbreit, während sich Spitze und Ende langsam näherten. Zum Schluss hielt er nur noch einen unterarmlangen Speer in der Hand. Er klemmte ihn in die Aufhängung an seinem Rücken und nickte dem Mädchen zu, das ihn gebannt beobachtete.

»Ist dieser Speer verzaubert, Vater?«

»Es gibt keine Zauber.«

»Aber die Muster!« Runa stellte sich auf die Zehenspitzen, um mehr davon auszumachen. »Sind das Runen wie aus Mutters Geschichten? Einmal hat sie von den *dvergá* erzählt, den größten Schmieden, die unglaubliche Dinge erschaffen haben. Vor der großen Teilung der Welt.«

»Das Messer, Mädchen!« Ullr stieß die Tür auf und hielt kurz inne, als das Morgengold über die Bäume sickerte und ihn blendete. Runa trat neben ihn, unsicher, aber mit einem abenteuerlichen Feuer im Herzen, wie Ullr es lange nicht erlebt hatte. Er hob die Hand, um die Schulter seiner Tochter zu drücken, ließ sie aber wieder sinken. »Deine Mutter kannte viele Geschichten.«

Runa sah auf ihre Füße. »Ja«, nuschelte sie. »Sie hat mir jeden Abend vor dem Einschlafen eine erzählt. Die von den *dvergá* fand ich sehr schön, aber die von den *sídhe* am besten.« Sie sah auf. »Was, wenn es sie wirklich irgendwo dort draußen gibt? Elfen! Zwerge! Uralte Wesen! Uhm … Götter!«

Ullr blickte zu dem fernen, blassen Baum, dessen Äste und Zweige den gesamten Himmel überspannten. Er glaubte nicht an Zufälle. Deshalb war es auch kein Zufall gewesen, dass seine Frau im selben Moment starb, als der Baum auftauchte. Sie hatte es vorausgesehen – so wie alles, was anschließend geschehen war.

»Wir werden sehen«, sagte er.

»Warst du jemals dort, Vater?«

Er sah seine Tochter an.

»Mutters Heimat, meine ich. Amdra. Sie sagte … Ach, das ist jetzt auch egal.«

Er gab sich den Moment, kostete ihn voll aus und genoss es, wie der Beginn des Tages ihn im Gesicht kitzelte. Ein letztes Mal, bevor er in ein längst zurückgelassenes Leben zurückkehren musste.

Schließlich zog er sich die Kapuze ins Gesicht und ging los. Auf der Lichtung, umgeben von Dutzenden Leichen, die durch die Kälte und den Schnee nicht verwesten, hockte ein Jäger auf einem verwitterten Stein und schärfte sein Messer. *Ritsch-ratsch.* Ein vertrautes Geräusch, das Ullr in die Vergangenheit zurückzog. *Ritsch-ratsch.* Bytor sah nicht einmal auf, als sie näher traten. Der Jäger hatte gewusst, dass Ullr ihn begleiten würde.

»Ich sehe zehn Leichname, die durch einen Speer gestorben sind«, sagte Bytor leise. »Die anderen zwei Dutzend weisen keine frischen Wunden auf. Außerdem starben sie den Spuren nach zu urteilen durch ein unerwartetes Ereignis.« Er schaute auf. »Ich nehme an, du willst mir den Grund dafür nicht erläutern, alter Freund?«

Beschützend stellte Ullr sich vor seine Tochter. »Wohin?«

Bytor nickte nach Süden. »Wir haben einen mehrtägigen Marsch nach Kor Anklam vor uns. Wenn wir Glück haben, kommen wir noch vor dem Wandelnden Tod dort an.« Er stöhnte, erhob sich und steckte Schleifstein und Klinge zurück. »Von dort erwartet uns ein weiterer Marsch durch die Nebelmoore bis zum Südhafen des Hochlandes. Ein méridorisches Schiff unter königlichem Segel erwartet unsere Ankunft.«

»Ein königliches Segel?«, fragte Runa ganz aufgeregt. »Vater, hast du gehört? Wir segeln unter der Flagge des Königs von Méridor!«

Bytor lächelte sie an. »Ja, in der Tat, junge Jägerin. Es wird eine weite Reise bis nach Candaloz. Dort werden nicht nur König Pablo de Aguilar und der weltbekannte Glücksritter uns erwarten, sondern auch der Mann, in dessen Auftrag ich handle. Der Mann, der die wahren Paladine vereint.« Er holte tief Luft. »Don José de la Fuego.«

Die drei Brüder

Noch vor gar nicht allzu langer Zeit war Andvaris Höhle ein Ort der Stille gewesen. Bis auf das Rauschen der Wasserfälle, die sich über verwaschene Steine in die Tiefe ergossen, das Knacken eines Tropfsteins, wenn der Berg sich schüttelte wie ein nasser Hund, oder der Wind, der durch Tunnel, Löcher und Risse heulte, hatte es nur das Hämmern aus seiner Schmiede gegeben. Nicht grundlos hatte er diesen abgelegenen Stollen gewählt, um fern der drei Reiche sein Dasein in Ruhe und Abgeschiedenheit zu fristen.

Von dieser Stille war jetzt nichts mehr zu spüren.

Während Andvari über eine kürzlich errichtete Brücke auf das Zentrum der Höhle zuhielt, kam er nicht umhin, sein Volk für dessen Tüchtigkeit zu achten. Überall wimmelte es von Gestalten, die rundum beschäftigt waren, Brücken, Wege und Plattformen entlang der Felswände zu errichten, quadratische Unterkünfte aus dem Stein zu schlagen und ein riesenhaftes, aufstrebendes Gerüst aus Holzbohlen zu errichten; es wand sich wie ein Außenskelett um die gewaltige, mit Moos bewachsene Baumwurzel, die aus der Decke gebrochen war. Licht strömte aus dem Loch und trieb in buntem Nebel um die Wurzel.

Eine Armee aus untersetzten Arbeitern mit dichten Bärten und breiten Gesichtern, gehüllt in festes Leder und roten Stoff, schwärmte über die verschiedenen Ebenen aus, die alle durch Treppen und Brücken miteinander verbunden waren. Da das Licht der Kristalladern in den Wänden nicht ausreichte, war ein ausgeklügeltes Spiegelsystem aufgestellt worden, das das Licht einfing und in der gesamten Höhle verteilte. Nun herrschte angenehmes Dämmerlicht, das die empfindlichen Augen der Zwerge nicht störte.

Andvari blickte zu seinem kleinen Wasserfall und fuhr sich nachdenklich durch den angesengten Bart. Er rupfte daran, befreite Krümel der letzten Mahlzeit, Steinsplitter und Schlackereste aus den verfilzten Haaren, und brummte unzufrieden. Wenn es eines gab, für das Zwerge sich nicht rühmen konnten, dann war es ihre Offenheit gegenüber dem *Unbekannten.* Stolz ließ sich nicht damit vereinbaren, dass die Wurzel aus dem Nirgendwo auftauchte und ihn vor vollendete Tatsachen stellte, um … Ja, was genau wartete dahinter? Eine andere Welt?

Das war offenbar die Frage, die jeden Zwerg an diesem Ort leitete.

Er beugte sich über die Kante und sah in die Tiefe. Weit unter ihm rauschten drei Flüsse in die Tiefe. Selbst dort waren inzwischen hölzerne Gerüste, Schaufelräder und Rohre angebracht, um mit der Kraft des Wassers die provisorischen Schmieden in den angrenzenden Stollen anzutreiben. Hochöfen arbeiteten auf Hochtouren, gossen Metallrohre, schärften Werkzeuge und fertigten Bauelemente an. Das Gerüst an der Wurzel würde bald fertiggestellt sein.

Andvari ließ den Ausblick auf sich wirken und von den Geräuschen umfangen. Stiefel polterten, Holz ächzte, Hammer klopften, Metall rasselte und Zwerge fluchten, brüllten und riefen einander etwas zu, das in all dem Lärm unterging. Hunderte Arbeiter aus Fafnirs Clan und es wurden zunehmend mehr.

»Was denkst du?« Der Prinz schloss zu ihm auf. Sein schwarzer Bart war nach Kriegerart überraschend kurz geschoren und er trug ein rotes, silberdurchzogenes Gewand unter seinem leichten Lederpanzer. Er wirkte kampfbereit, als erwartete er jeden Augenblick eine Schlacht. An seinem Hüftgürtel baumelte ein Schwert in einer runengeätzten Scheide, und über dem Rücken war ein achteckiger Schild geschnallt, mit überkreuzten Riemen auf der Brust festgemacht. Fafnir stand stets für seine Überzeugung ein und war bereit, seine Heimat an vorderster Front gegen alle Scheusale Svartalfheims zu verteidigen. Deshalb folgten ihm seine Zwerge überallhin – selbst wenn es darum ging, an einem unbekannten Ort einen Turm um eine Wurzel zu errichten, um ins Unbekannte vorzustoßen.

Göttlicher Schmied, diese Zwerge kannten keine Furcht!

Im Gegensatz zu mir …

Andvari ging brummend weiter und versuchte, in all dem Chaos einen Überblick zu behalten. Es gelang ihm nicht.

»Wir kommen gut voran.« Fafnir wies nach unten, wo zahllose stämmige Gestalten zwischen den Rohren und Brücken umherwimmelten. Karren ratterten von einem Plateau zum anderen, Schubkarren mit abgetragenem Gestein wurden fortgeschafft und Zwerge schleppten schwere Ausrüstung von hier nach dort. An den Riemen über ihren Schultern baumelten alle möglichen Werkzeuge und in Fassungen ihrer wuchtigen Helme steckten geschliffene Leuchtkristalle, die Lichtkegel vor ihnen erzeugten.

»Das Wasser wird durch Abflüsse umgelenkt.« Fafnir zeigte auf einen Fluss, der sich durch das Gewirr wand und von Schutzvorrichtungen weitergeleitet wurde. »Wir machen uns seine Kraft zunutze wie bei den großen Kraftwerken rund um Nidavellir.«

»Nidavellir.« Das Wort glitt vertraut über Andvaris Zunge. »Es ist lange her.«

»Du solltest mich einmal dort besuchen kommen. Ich werde dir einen fürstlichen Empfang bereiten mit prickelndem Malzbier und gut abgehangenem Fleisch.« Der Prinz legte ihm brüderlich die Hand auf die Schulter. »Wir werden gemeinsam wie richtige Zwerge speisen und trinken und uns der alten Tage erfreuen.«

Wie richtige Zwerge …

»Vielleicht.« Andvari setzte seinen Weg fort. An einer Stelle wurde ein Fluss mit gewölbten Metallplatten versehen, den Wannen, die das Wasser begrenzten, um es an das Schienennetz anzugliedern. Auf einer Plattform daneben zimmerten Zwerge Loren zurecht, kleine, kastenförmige Förderwagen, um schneller von Nidavellir hierherzugelangen. Überall war Bewegung, wimmelten Zwerge, ertönte dröhnender Lärm.

Zu viel.

Die Geräusche hämmerten wie Donnerschläge auf Andvaris Verstand ein. Das Licht war zu hell, schmerzhaft grell. Ihm wurde schwindelig. Alles drehte sich verschwommen um ihn. Er stolperte nach vorn …

Fafnir packte ihn am Arm und bewahrte ihn vor einem äußerst unrühmlichen Ende. »Was ist los mit dir?«

»Zu viel …« Andvari schnappte nach Luft und wischte sich über die Stirn. Seltsam, in seiner Schmiede war es deutlich heißer als hier in der zugigen Höhle. Aber seine Wangen brannten, er schnaufte wie ein sterbender Yak und der Schweiß tropfte von seinem Kinn. »Es ist ungewohnt.«

Fafnir furchte besorgt die Stirn. »Gesellschaft?«

»Leben.« Schwach streifte Andvari die Hand ab. »Du hättest das vorher mit mir absprechen sollen.«

»Das habe ich.«

Er setzte zu einer Antwort an, brachte die Worte aber nicht über die Lippen.

»Wir sprachen darüber und hier sind wir nun, alter Freund.« Der Prinz klopfte ihm kumpelhaft auf die Schulter. »Keine Sorge, das hier ist nicht von Dauer. Wenn wir wissen, womit wir es hier zu tun haben und was für Möglichkeiten es uns bietet, sind wir wieder weg. Versprochen.«

Andvari kniff die Augen zusammen. »Dein Vater hat mir Aurvangar vermacht, nachdem ich für ihn alles erschaffen hatte, was er sich erträumte.«

»Ja.« Ein seltsamer Glanz trat in Fafnirs Augen. »Du hast Dinge hergestellt, die jenen Zwergenschmied vor Neid erblassen lassen! Du hast sogar Wielands Zögling Ivaldi längst übertroffen!«

»Hör auf …«

Der Prinz löste das Schwert samt Scheide von seinem Gürtel und hielt es hoch. »*Tyrfing*, das Schwert, das nie sein Ziel verfehlt, nicht rosten kann und durch Stein und Eisen schneidet wie durch Kleidung!«

»Und mit Blut besänftigt werden muss, sobald es gezogen wird.«

Fafnir steckte das Schwert zurück. »Du hast *Brisingamen* geschmiedet, den kostbaren Halsschmuck der Königin, der sie, solange sie lebte, vor jeglichem Schaden bewahrte!«

»Und einen jeden, der es ablegt, ins Unglück stürzt.«

»Warum hast du kein Vertrauen in deine Fähigkeiten, alter Freund?«

Andvari ging weiter auf die zentrale Plattform zu, die rund um die verzweigte Wurzel errichtet worden war. »Ich habe die Wahrheit erkannt. Die Wahrheit ist, dass der göttliche Schmied mich verflucht hat. Alles, was ich erschaffe, gibt zu gleichen Teilen wie es nimmt.«

Fafnir schwieg kurz. »König Hreidmars Tod war nicht deine Schuld.«

»Aber dein Vater starb durch die Waffe, die ihn hätte beschützen sollen.« Andvari spähte zu Tyrfing und sah schnell wieder weg, als fürchtete er, sich allein beim Anblick zu schneiden. »Aurvangar war ein Geschenk, Prinz. Beim heiligen Stein hat er geschworen, dass niemand mir es streitig machen wird.«

Es hieß, eher stürzte der Berg über einem Zwerg ein, als dass er seinen Trotz überwand. Aber Fafnirs Verstand war so scharf wie das Blatt seiner Axt. Darin unterschied er sich sehr von seinen Brüdern. Eine seltene Eigenschaft bei einem Prinzen. Und eine noch seltenere bei einem Krieger.

Fafnir zückte Tyrfing. Das Sirren stach in Andvaris Ohren wie eine glühende Nadel, als die blankgezogene Klinge im Dämmerlicht bläulich schimmerte. Der Prinz hob das Schwert und die Zwerge in der Nähe blieben stehen.

Stille breitete sich um sie aus, bis auch der letzte Zwerg in der Höhle innehielt.

»Fafnir, was tust du da?«, zischte Andvari.

»Einen Schwur leisten.« Der Prinz schnitt sich in die Hand, hob sie an und presste sie zur Faust, sodass Blut hervorrann. »Hiermit schwöre ich vor meinen Gefolgsleuten, dass Aurvangar dir weiterhin untersteht und dir bis zu Vollendung dieser Mission niemand Schaden zufügen wird.«

Andvari schnaubte genervt. »Dir kann man gar nicht böse sein, oder?«

Nachlässig wischte sich Fafnir die Hand am Lederpanzer ab. »Und du verleitest mich immer dazu, irgendwelche Dinge zu tun, die ich später bereue.«

»Wirst du es denn bereuen, dich an die Gesetze deines Vaters zu binden, auch wenn deine Brüder hiervon erfahren?«

»Oh, ich bin sicher, dass diese Trolle längst Bescheid wissen. Aber wie sagt man so schön?« Der Prinz breitete die Arme aus, als wollte er das gesamte Gewölbe umfangen. »Wer zuerst an der Titte nuckelt, dem gehört sie auch.«

Wieder schnaubte Andvari. »Auch Reginn und Otur nennen mich Freund.«

»Weil sie deine Kunst zu schätzen wissen. Wieland hat dir eine Gabe in die Wiege gelegt.« Fafnir wies über die Wurzel, die Gerüste, die Gebäude, Zwerge und alles andere, was sich ihnen darbot. »Vielleicht ist sie die Lösung für all die Probleme Svartalfheims?«

Inzwischen war wieder überall Bewegung. Zwerge wuselten beinahe an jeder Stelle umher, hingen mit Seilen von der Decke oder an den Wänden entlang und arbeiteten und arbeiteten und arbeiteten. Selbst das Ende aller Dinge könnte sie nicht davon abbringen, ihre Arbeit zu errichten. Es hieß, einst habe ein Zwerg seine Füße in den Boden gestemmt und dem Tod gesagt, dass er ihn nicht haben könne. Und der Tod sei von dannen gezogen.

»Was, wenn es nicht die Lösung ist, sondern das Problem?«, fragte Andvari bedächtig.

Fafnir nahm ihn an den Schultern und sah ihn beschwörend an. Selbst unter Zwergen war er sehr muskulös gebaut. Es bedurfte keiner Krone, um seine Stellung zu bestärken. Reginn war Hreidmars Erstgeborener, aber jeder Zwerg, der Fafnir gegenübergestanden, ihn reden gehört und seine Taten verfolgt hatte, wusste, dass er den Thron in der goldenen Halle besteigen sollte. Eine Treue, die ihm seine Brüder verwehrten, die den Thron für sich selbst beanspruchten.

»Einst hast du mir dein Vertrauen geschenkt, alter Freund«, sagte Fafnir eindringlich. »Nun bitte ich dich erneut darum. Frieden für unser Volk. Das ist alles, was ich will. Frieden!«

Andvari nickte langsam. »Frieden.«

Fafnir ließ ihn los und sie gingen weiter. Die Brücke ächzte und stöhnte unter ihren Schritten. Zwerge hämmerten und schlugen, feilten an Zapfen und Verbindungsstücken, schleppten mit Karren abgeschlagene Brocken und Splitterhaufen davon. Ihre Rufe wurden zu einem lärmenden Dröhnen.

Auf der zentralen Plattform, die wie eine der Säulenstädte Nidavellirs um die Wurzel herum aufgebaut war, lagen ganze Berge an Planken und Balken, Fässer mit Nägeln, unzählige Werkzeuge, die ausgereicht hätten, um eine ganze Stadt zu errichten. Daneben erhoben sich quadratisch gegossene Metallplatten, sauber aufge-schichtet, zwischen denen Zwerge herumeilten. An einigen Stellen erhob sich das Holzgerüst bereits Hunderte Schritt die Wurzel hin-auf, getaucht in das wabernde Regenbogenlicht; die Balken strebten wie Rippenbogen rundherum auf.

Ein breit gebauter Zwerg mit buschigem Bart eilte zu ihnen. »Mein Prinz, wir haben ein Problem.«

»Sprich!«, sagte Fafnir.

Der Zwerg wies hinauf. »Die Wurzel wächst. Unsere Ingenieure versuchen zu ergründen, wie wir die Gerüste daran anpassen können, aber ...«

»Aber?«

»Sie finden keine Lösung.«

Wie auf ein Zeichen ertönte ein lautes Knirschen und ein Teil des Gerüstes brach aus den verankerten Bolzen. Zwerge brüllten und riefen, verließen eilig die angrenzenden Gerüste und brachten sich rasch in Sicherheit, während sich der gesamte westliche Teil bedroh-lich zur Seite neigte. Dann erklang ein Splittern, das in ganz Aurvan-gar widerhallte, und das Gerüst fiel in die Tiefe.

»Mein Prinz?«, fragte der erbleichte Zwerg.

»Baut das Gerüst wieder auf und sorgt dafür, dass dieses Mal mehr Spiel vorhanden ist.«

»Das ist das Problem. Wir wissen nicht, wie sich die Wurzel ver-hält. Es scheint fast ...«

»Was?«

Der Zwerg schaute beschämt auf seine Füße. »Als ließe sich die Wurzel nicht kontrollieren.«

»Es gibt nichts, was ein Zwerg nicht kontrollieren kann! Sprich zu den anderen. Sag ihnen, dass der Lohn jeden Zwerges, der seine Arbeit gut verrichtet, mit Gold aufgewogen wird.«

Der Gefolgsmann blickte Fafnir ergriffen an. »Wieland soll euch segnen, mein Prinz!«

»Uns winkt weitaus mehr als der Segen des göttlichen Schmieds, wenn es gelingt.« Fafnir beugte sich zu ihm und senkte seine Stimme. »Stutzt die Wurzel zurecht und unterwerft sie, wenn nötig. Wir müs-sen sie bändigen!«

Andvari räusperte sich. »Und dann?«

Der Arbeiter blinzelte ihn an, als hätte er ihn erst jetzt bemerkt. Gleichwohl Andvari wusste, dass er mit seinem halb heruntergebrannten Bart, dem wirren, verfilzten Haar, der rußbefleckten Schürze und dem an den Armen hochgerollten grauen Hemd keinen fürstlichen Eindruck bot, war er unter seinesgleichen bekannt. Deshalb verwunderte es ihn auch nicht, als der Zwerg den Mund aufklappte und zurücktrat, als fürchtete er, sich mit einem Fluch anzustecken. Rasch verbeugte er sich, dann wirbelte er herum und eilte sogar noch schneller davon, als er gekommen war.

»Du hast eine erstaunliche Wirkung auf andere«, sagte Fafnir und meinte es offenbar als Scherz, aber Andvari war keineswegs zum Witzeln zumute. Die Reaktion hatte ihm gezeigt, dass er sich noch so lange verstecken konnte, die Geschichten um ihn würden stets dieselben sein.

»Ich bin verflucht«, sagte er müde. »Daran wird sich nichts ändern.«

»Wir werden das Gegenteil beweisen. Ich brauche dich jetzt, alter Freund. Kann ich auf dich zählen?«

Andvari seufzte. »Das kannst du. Aber das ändert nichts an meiner Frage. Was glaubst du hier zu finden?«

Sehnsüchtig blickte Fafnir auf die Wurzel zum Loch in der Decke, wo das Regenbogenlicht hereinbrach wie ein Quell aus der göttlichen Schmiede. »Wir haben stets auf ein Zeichen gewartet, Andvari. Das ist es. Wir müssen nur lernen, es richtig zu deuten. Deshalb werden wir dort hinaufgelangen. Wir werden den Baum betreten und *ihn* finden.«

Andvari musste das Gehörte kurz verarbeiten und ließ sich mit einer Antwort Zeit, während er die Höhle einmal mehr überblickte. Zwerge waren an Flaschenzügen beschäftigt, bedienten Hebel und Kurbeln, um Metallplatten passgenau aufeinanderzulegen, während andere weiter unten standen und die Entwürfe mit geschultem Auge musterten. Mittlerweile waren es Hunderte Arbeiter, nein, viele, viele mehr, waren hier tätig und hatten innerhalb weniger Tage etwas vollbracht, was niemand für möglich gehalten hätte.

»Warum glaubst du, dass du ihn dort oben finden wirst?«

»Modsognirs Hammer ist nicht verloren. Er ist irgendwo dort draußen und ruft nach mir. Ich kann ihn *fühlen*.«

Das Signalhorn am Rande von Aurvangar ertönte. Ein dumpfes Dröhnen rollte durch die Stollen und Gänge.

Andvari fuhr herum.

Wieder ertönte das Horn. Das Dröhnen schwoll zu einem gleichmäßigen, durchdringenden Ton an, der selbst den Unaufmerksamsten an diesem Ort aufweckte.

»Nicht jetzt schon«, murmelte Fafnir.

»Du selbst hast behauptet, dass sie längst Bescheid wissen.«

»So scheint es.« Der Prinz reckte sich und stieß die Faust gen Himmel.

Jemand rief etwas. Die Arbeiter hielten in ihrem Tun inne und verließen das Gerüst. Andere Zwerge öffneten Kisten und Fässer und nahmen dort in grimmiger Entschlossenheit etwas heraus, das sie den Arbeitern in die Hand drückten. Das alles geschah so eingespielt, dass Andvari zwei, drei Atemzüge benötigte, bis er begriff.

Waffen.

Äxte, Schwerter, Hämmer und Speere funkelten gefährlich im Dämmerlicht, während die Zwerge ihre Mordwerkzeuge in die Hand nahmen und mit den Daumen die Schneiden prüften. Schilde wurden geschultert, Plattenrüstungen angelegt und Arbeiterhelme durch gestählte Schlachthelme getauscht.

»Fafnir!«, zischte Andvari.

»Reine Vorsichtsmaßnahme«, erwiderte der Prinz gelassen. »Bitte denke einen Augenblick darüber nach, was in den vergangenen Jahren seit Hreidmars Tod passiert ist. Die Blutbäche an Nidavellirs Grenzen sind immer noch nicht ausgetrocknet.«

»Das tue ich. Ich denke darüber nach und komme zu dem Entschluss, dass ich keine Auseinandersetzung in Aurvangar gestatte!«

Verständnis und Wärme lagen in Fafnirs Augen, auch wenn darunter, tief verborgen, Zorn aufloderte. Trotz allem war er immer noch ein Erbe des Throns. Aber das Feuer erlosch schnell wieder und er neigte zustimmend den Kopf. »Ich gab dir mein Wort. Dieses halte ich.«

Wieder hob er den Arm.

Die Zwerge hielten inne.

»Waffen zurück!«, brüllte Fafnir und sein Befehl wurde sofort weitergegeben. Die Waffen wurden abgegeben, die Panzer ausgezogen und alles wieder in Kisten verstaut, wobei die Zwerge unzufrieden brummten und ihre schlechte Laune überhaupt nicht zurückhielten.

»Reginn hat die besten Ingenieure«, sagte Andvari vorsichtig. »Sie verstehen sich auf das Errichten solch imposanter Bauwerke. Erinnere dich an seine Heimat. Die Türme von *Swarinshaug* reichen bis zu den Gipfeln des Berges.«

»Ja, man muss ihm lassen, dass er seine Arbeit versteht.«

Andvari blinzelte überrascht.

»Was ist?« Fafnir lachte leise. »Sagtest du nicht einst, dass ein König ein Diener des Volkes sei und auch seine Feinde respektieren sollte?«

»Das waren meine Worte. Ich hätte nur nicht erwartet …«

Fafnir legte seine Hand auf Andvaris Schulter – wie früher, als sie noch junge Zwerge mit Flausen und Träumen im Kopf gewesen waren. »Auch ich erkenne mit zunehmendem Alter, dass manche Fehler der Vergangenheit nicht wiederholt werden sollten. Wir sind ein Volk.«

Andvari nickte langsam. »Ein Volk.«

Am fernen Rand der Höhle tauchte eine neue Abordnung Zwerge auf. Sie trugen Kettenhemden aus feinstem Gold über blauem Stoff, dessen Ärmel und Kragen mit Ornamenten durchzogen waren. Ihre langen Bärte waren zu kunstvollen Zöpfen geflochten, sodass sie wie lange Seile auf der Brust baumelten. Überall an ihnen schimmerten Gold und Edelsteinsplitter. Da, wo Fafnirs Gefolgsleute kriegerisch und kampfbereit wirkten, vermittelten die Neuankömmlinge einen Eindruck von Edelmut und Reichtum.

Fafnirs Gefolgsleute traten zur Seite und machten den zwei Dutzend Zwergen Platz, die über die Brücken auf die zentrale Plattform zuhielten. In ihrer Mitte reckten sie stolz die Banner, Gold auf dunkelblauem Grund: Amboss, darüber ein Hammer, umgeben von Sternen. Die fähigsten Bauherren, Schmiede und Ingenieure ganz Svartalfheims, die vor allem dem Fortschritt zugewandt waren.

Der Clan von Reginn, dem Ältesten der drei Prinzenbrüder.

Aus der Mitte der Zwerge trat ein Reiter auf einem goldenen Eber hervor, dessen Fell metallisch glänzte. Die Borsten versprühten Feuerfunken, die die Dunkelheit um ihn herum erhellten, und bei jedem Aufstampfen der Hufe ächzte die Brücke bedrohlich, als könnte sie jeden Augenblick einstürzen.

»Gullinborsti«, raunte Andvari. Er hatte davon gehört, dass Reginn in den Besitz einer der wundersamen Errungenschaften der legendären Zwergenschmiede Brokkr und Sindri gekommen war. Aber er hatte niemals erwartet, *den mit den goldenen Borsten* in seiner Heimat willkommen heißen zu dürfen.

Als das Horn zum dritten Mal durch die Höhle scholl, breitete sich ein mulmiges Gefühl in seiner Magengrube aus. Von der anderen Seite her, noch ein Stück weiter weg am Rande Aurvangars, betrat eine zweite Abordnung sein beschauliches Heim. Diese wirkten wild und geradezu primitiv, als hätten sie entschieden, sich allem Fortschritt zu entsagen. Sie ritten auf Yaks mit zottligem Fell, bemalten Hörnern und schwer bepackt mit allerlei Taschen, Beuteln und Behältern. Das Klappern der Töpfe, Suppenlöffel und Stützbalken, das Flattern der Zeltplanen, das Schnaufen der Tiere und das Stampfen der eisenbeschlagenen Hufe hallte um sie wider.

Der Clan von Otur, dem jüngsten der Prinzenbrüder.

»Das hier ist ein Pulverfass.« Andvari hatte leise gesprochen, aber in der Stille klang seine Stimme wie Trommelschläge.

»Ich weiß.« Fafnir schaute ihn konzentriert an. »Aber ich wahre meinen Schwur.«

Die Reiter waren in bunte, pelzbesetzte Stoffschichten gekleidet – hauptsächlich sandfarben, rot und braun, mit blauen und roten Bändern. Ihre Gesichter mit den wirren Bärten waren mit roter Kriegsbemalung beschmiert, wobei sich unter ihnen auch Frauen befanden, die nicht stämmiger im Wuchs waren, aber nur einen leichten Flaum an der Backenpartie hatten. Einige von ihnen hatten das Haar zu dicken Zöpfen geflochten, die ihnen bis zu den Hüften reichten.

Auch wenn Fafnirs Clan die fähigsten Krieger stellte, vermittelten diese Zwerge den Eindruck, als wären ihre barbarischen Bräuche nicht bloß Gerüchte. Kein Banner reckte sich in ihrer Mitte gen

Decke, kein Symbol der Zugehörigkeit war angebracht. Sie waren ein Nomadenvolk, das in den Sandebenen von Jöruvellir umherzog, eine verschworene Gemeinschaft, die aufeinander achtgab. Zumindest war es das, was Andvari erlebt hatte.

»Das respektiere ich«, sagte er. »Lass mich mit ihnen sprechen. Reginn wird seinen Auftrag an mich als Rechtfertigung für sein Auftauchen verwenden.«

Die Abordnung aus Swarinshaug hatte ihre Plattform fast erreicht. Der Zwerg auf dem goldenen Eber war älter und hatte deutlich an Gewicht zugelegt. Sein aschgrauer Vollbart war reich verziert und so lang, dass er zum Teil im goldbeschlagenen Gürtel steckte. Falten durchzogen sein verwittertes Gesicht. Er wirkte herrschaftlich und stattlich.

»Natürlich wird Reginn das«, entgegnete Fafnir. »Ihm ist jedes Mittel recht, seine Macht zu demonstrieren. Aber ich respektiere deinen Wunsch.«

»Otur wird ebenfalls einen Grund für sein Erscheinen finden.«

Der Prinz sah mit sorgenvoller Miene zu dem untersetzten Reiter auf dem Yak an der Spitze. »Er wird lügen.«

Warum tue ich das? Warum bin ich noch hier?

»Auch wenn du anderes erlebt hast, ist Otur ein Mann offener Worte, Fafnir. Wenn er hier ist, dann aus gutem Grund.«

»Ich vertraue dir so, wie mein Vater dir vertraut hat, Andvari.«

Vorsichtig nahm Andvari die Keiltafel aus der Tasche seiner Lederschürze und strich mit den schwieligen Fingern über die Runen. Er glaubte schon lange nicht mehr an Zufälle. Hierbei hatte der göttliche Schmied seine Hände im Spiel. Wieland, der Gott aller Zwerge, wollte, dass die drei Brüder zusammenkamen, um das Geheimnis dieses Gewölbes zu offenbaren.

Und Andvari steckte mittendrin.

Weltenschlange

Morrigan stand vorne am Bug der *San Pablo el Grande* und hielt ihr Gesicht in den Wind. Die Gezeiten umtosten sie. Das Meer rauschte, das Segel flatterte und das Deck ächzte und stöhnte unter ihren Füßen. Bei jedem Wellenschlag machte das Schiff einen Satz und salzige Gischt spritzte herauf. Bei jeder steifen Böe flatterten die Federn am Kragen ihrer Robe und ihr Herz hüpfte in der Brust. Bei jedem Rauschen durchströmte sie das Element des Wassers und lockte sie mit einer Melodie, die nur eine Zauberin hören konnte.

Freiheit.

Es war lange her, seit Morrigan das erlebt hatte. Dort, wo sie herkam, war ihr dieses kostbare Gut lange verwehrt geblieben. Dabei hatte sie nicht einmal die wahre Bedeutung dieses Wortes gekannt.

»Leck mich doch am Arsch!«, erklang Cinos Stimme.

Kurz geriet sie aus der Trance. Es brauchte einen Moment, bis sie wieder den seelenruhigen Zustand erreicht hatte, bei dem sie im Einklang der Melodie eintauchen konnte. Wasser. Luft. Die Elemente waren hier draußen frei und ungebändigt. Cino war egal. Die Mannschaft war egal. Es gab nur sie und …

»*Hostia!* Verdammt! Wer war das?«

Sie hielt die Augen geschlossen und atmete tief durch. Es war wichtig, das Schwanken des Schiffes mit dem Rhythmus der Elemente zu verbinden. Ihr Geist war offen. Ihre Sinne auf das Wasser und die Luft gerichtet. José behauptete, sie sei eine wahre Paladin. Die Zauberin. Doch sie musste mächtiger werden. Besser. Das Wesen der Elemente ergründen …

»*Me cago en todo lo que se menea!* Ich scheiß auf alles, was sich bewegt!«

Morrigan öffnete die Augen einen verschwommenen Spalt. Die Sonne blendete sie. Aber nach dem Regen und der Kälte von Tirnanog gierte sie nach jedem Funken Wärme.

»*Que te jodan!* Fick dich doch!«

Jemand antwortete etwas Unverständliches.

»Das war meine Kiste! Verstanden? Meine Scheißkiste!«

Wieder eine Antwort.

»Willst du mich verarschen? Da steht doch eindeutig mein Name drauf!«

Gemurmel.

»Ganz genau! Da steht nichts drauf. Also ist das *meine* Kiste!«

Sollte sie einen weiteren Versuch wagen?

Morrigan strich über die Kristalle an ihrem Handschuh. Es waren ihre letzten. Sie traute sich nicht länger, die Luft zu beschwören, weil sie fürchtete, der Kristall könnte brechen. Was wiederum bedeutete, dass die Reise nach Valanor länger dauern würde. Aber sie musste in Form bleiben. Sich erproben. Besser werden.

»*Eres amable pero más feo que pegar a un padre con un calcetín sudado!* Du bist ja ganz nett, aber du bist hässlicher, als wenn du deinen eigenen Vater mit einer stinkigen Socke schlägst!«

Mit einem genervten Schnauben öffnete sie die Augen. Wer wäre dazu in der Lage, bei diesem Lärm konzentriert zu arbeiten?

Sie wandte sich vom Bug ab und ging zu den Soldaten, die um eine mannshohe Kiste versammelt waren, während der Rest der Besatzung das Schiff auf Kurs hielt und gleichzeitig den Streit aufmerksam verfolgte. Cino stand dort in all seiner schmuddeligen Pracht, das hieß, dass er die Uniformjacke falsch herum anhatte, nur einen Stiefel trug, das zurückgehende Haar ihm wirr ins gerötete Gesicht hing und die Schwertscheide an seinem Gürtel – nach der er immer wieder griff – leer war. Er hatte wohl vergessen, sein Rapier mitzunehmen. So wedelte er wütend mit einer geringelten Socke herum, was der Situation nicht gerade zuträglich war.

Die Soldaten wichen zur Seite, als Morrigan herantrat.

»Pünktlich wie meine Morgenlatte zum Frühstück, Prinzessin!«, blaffte er und funkelte die Männer so wütend an, als hätten sie ihm verraten, dass der Vorrat an Alkohol leer gesoffen war. »Ist das denn zu glauben? Ist denn zu glauben, wie ich beraubt und bestohlen werde von … *meinesgleichen?*«

»Ich befand mich in Trance«, sagte sie leise. »Ein Zustand, der Jahre der Übung braucht, um ins Gleichgewicht zweier Elemente zu gelangen. Eine hohe Kunst, die nur wenige Wesen auf dieser Welt beherrschen. Weißt du, was ich dafür besonders brauche?«

»Einen Liebhaber, der dir schmutzige Worte ins Ohr flüstert?«

Sie schwieg.

»Hör mal, ich wollte dir ja wirklich nicht auf den Rock treten, aber wir haben hier einen echten Notfall!« Cino wies auf die Kiste, als wäre sie eine geplünderte Schatztruhe. Offenbar hatte sich darin sein Weinvorrat befunden – darunter auch einige Flaschen aus Tirnanog, die, seinen Erzählungen nach, ein Geschenk der Königin waren.

»Kapitän Jacobo!« Sie wandte sich dem Mann zu, der in gestriegelter Uniform, mit dem gepflegten Haar, dem rasierten Gesicht und den gelackten Stiefeln das komplette Gegenteil zu Cino war. »Sind Eure Männer dafür verantwortlich?«

Der Kapitän stand stramm. »Bedauerlicherweise ja, Zauberin. Zu ihrer Verteidigung ist zu sagen, dass die Kiste bei den anderen Vorräten stand und nicht beschriftet war, weshalb ...«

»Ich will diese faulen Ausreden nicht hören!«, rief Cino. »Raub bleibt Raub!« Und das ausgerechnet aus dem Mund eines Plünderers. Eine Woche auf hoher See und schon jetzt hatte sie das Gefühl, permanent die Streitereien der Mannschaft schlichten zu müssen. Allmählich riss ihr der Geduldsfaden.

»Geht!«, zischte sie die Umstehenden an.

»Ihr habt die Zauberin gehört!«, rief der Kapitän und schickte die Soldaten davon. »An die Arbeit. Männer in die Brassen und holt die Leinen aus!«

»Bis auf Weiteres wird kein Wein mehr ausgeschenkt, Kapitän. Die Männer müssen ausgeruht sein, wenn diese Reise ohne weitere Vorkommnisse gelingen soll.«

Er salutierte zackig. »Natürlich. Allerdings gebe ich zu bedenken, dass unzufriedene Männer leicht zu törichten Gedanken verleitet werden können.«

»Verleitet werden können«, echote Cino. »Wie er spricht. Als hätte ihm das Palindrom in den Mund geschissen.«

Der Kapitän ignorierte ihn. »Ich wage nicht, von Meuterei zu sprechen.«

Sie kniff die Augen zusammen. »Aber?«

»Bei allem Respekt, Zauberin, wir befinden uns seit einer Woche auf hoher See, unsere Vorräte gehen allmählich zur Neige, kein Land ist in Sicht und Ihr macht ein großes Geheimnis über unser Ziel.«

»Valanor, du Schwachkopf!«, rief Cino. »Wir segeln nach Valanor! Was gibt's denn daran nicht zu verstehen?«

Morrigan nickte Jacobo zu. »Es wird sich für die Männer auszahlen. Schon bald werden wir den Turm in der Ferne erblicken.«

Er verbeugte sich und musterte sie dabei wie ein hungriges Tier. Ja, auch *diese* törichten Gedanken richteten eine Woche auf hoher See an. Gut, dass sie nicht nur respektiert, sondern auch gefürchtet wurde. »Ich verstehe, Zauberin. Dennoch muss ich bei allem Respekt darauf hinweisen, dass Ihr eine Anzahlung versprochen habt.«

»Das habe ich. Und ich empfinde es immer wieder als erstaunlich, wie viel Wert ihr Menschen auf alles legt, was glitzert und funkelt.«

»Wenn dieses Funkeln uns zu reichen Männern macht, ja, dann mögt Ihr recht behalten.«

Morrigan wusste, dass sie die Reise nicht allein bewältigen konnte. Leider brauchte sie die Hilfe der Männer, um nach Valanor zu gelangen. Um also ein Aufbegehren oder gar eine Meuterei zu verhindern, ließ sie sich dazu herab, ihre kostbaren Kristalle anzuzapfen und für das zu verwenden, was ihre primitiven Gelüste stillte.

Sie schloss die Augen, hob die behandschuhte Rechte und konzentrierte sich auf den blauen Kristall. Das Element des Wassers war anders als die anderen. Es war beständig und unbeständig zugleich. Tief und ruhig, aber auch stürmisch und aufbrausend. Ein Element der Gegensätze, das in den Tiefen jene Schätze gefangen hielt, die einst in ihre kalte Umarmung gezogen worden waren. Morrigan musste bloß die Strömungen mit unsichtbaren Fingern abtasten, um zu erkennen, wo sich etwas befand, das nicht dorthin gehörte. Es war allgemein bekannt, dass viele Schiffe auf dem Meer verunglückten. Die Seemänner sprachen immerzu von Geistergeschichten, Schauermärchen und der tückischen See.

Es dauerte viel zu lange, aber schließlich fand sie das, wonach sie suchte, und beschwor das Wasser herauf. Der blaue Kristall summte und leuchtete grell, als mit einem lauten Knall etwas aus dem Meer vorbei an der Reling schoss und unter lautem Gepolter auf Deck landete. Wasser spritzte umher, Fische, Krebse und anderes Meeresgetier zappelte und krabbelte davon. Inmitten des unförmigen Etwas, das für jedermann gut sichtbar auf den Planken ruhte, glitzerte und funkelte das Gold.

Eine Münze kullerte heraus und prallte gegen den Stiefel des Kapitäns. Gier blitzte in seinen Augen, als er sie aufnahm und ins Licht hielt. Überall kletterten die Männer aus den Brassen, näherten sich zögerlich und mit sichtlichem Erstaunen dem Schatz. Dann gab es kein Halten mehr und sie stürzten sich darauf, versuchten, so viel zu erbeuten, wie sie tragen konnten, während der Kapitän herumbrüllte und sie zurechtwies. Unter lautem Gemurre wurde der Schatz eingesammelt und gerecht aufgeteilt, bis auch die letzte Münze einen neuen Besitzer gefunden hatte.

Morrigan schüttelte den Kopf. Sie würde wohl nie verstehen, was die Menschen sich aus Gold und Silber machten. Wenn sie nur noch Futter für die Würmer waren, nützte ihnen all der Tand ohnehin nichts mehr.

»Du willst nichts?«, fragte sie Cino, der unruhig das Gewicht verlagerte.

»Wenn du mir einen zweihundert Jahre alten Orujo präsentieren würdest, könnten mich keine zehn Pferde halten, Prinzessin!«

Ein Seemann zog eine mit Muscheln und Korallen bewachsene Flasche aus dem Berg.

»He!«, brüllte Cino. »Die gehört mir!«

Ehe der Glücksritter dem Soldaten an die Gurgel gehen konnte, trat der Kapitän dazwischen und überreichte ihm eine andere Flasche. »Im Namen meiner Mannschaft bitte ich vielmals um Entschuldigung.«

Cino riss ihm die Flasche aus der Hand. »*Vete a freír espárragos!* Geh doch Spargel frittieren!«

Das Gesicht des Kapitäns blieb völlig ausdruckslos, als er salutierte und sich dann auf dem Oberdeck hinter dem Steuerrad postierte, wo er alles im Blick behalten konnte.

»Das war unnötig«, sagte sie.

Cino biss und kaute auf dem Stopfen herum. Mit einem *Plopp* löste er sich. »*Ich* bin hier das Opfer!«

»Du wolltest mich begleiten. Es wird Zeit, dass du begreifst, worauf du dich eingelassen hast.«

»Hör mal …« Er setzte mit der Flasche an. »Ich bin jetzt echt nicht in der Stimmung für …«

Morrigan verband ihren Funken mit dem Luftkristall und ihrem Atem.

Und blies aus.

Wie Papierschnipsel wurde Cino von den Füßen gerissen und krachte mit rudernden Armen auf die Planken. Die Flasche zerschlug auf den Dielen. Cino rieb sich den Schädel, rappelte sich auf die Füße und betrachtete traurig den vergossenen Schnaps, als hätte er gerade einen Verwandten verloren. »Was für eine Schande.«

»Ich habe dir nur aus einem Grund gestattet, mich zu begleiten.« Sie beugte sich zu ihm. »Weil du Josés Vertrauen genießt. Wenn du mir im Weg stehst oder meine Reise boykottierst, werde ich dich entsorgen, Säufer. *¿Entendido?*«

»*¡La tengo!* Dein Herz ist kälter als Eis, Eisprinzessin. Wusstest du das?«

Sie hob eine Braue.

»Klappe halten. Krieg ich hin. Bestimmt!«

»Du wirst jetzt für mich ein Rätsel lösen.«

»Ich liebe Rätsel. Nicht.«

»Folge mir!« Sie wirbelte herum und nahm die Treppe unter Deck. Der Glücksritter wirkte ein wenig in seiner Ehre gekränkt, als er hinter ihr her wuselte. Die Laternen waren gedimmt, schwankten und knirschten bei jedem Aufbäumen des Schiffes. Morrigan suchte ihre Kajüte auf, hob die Hand, als Cino zu irgendeinem dummen Spruch ansetzte, und wies mit der anderen hinein.

»Immer rein in die Schlangengrube, was?« Mit eingezogenem Kopf schlüpfte er in den engen Raum, der von einer Öllampe in einen schummrigen Lichtkegel getaucht wurde. Bis auf eine Pritsche, eine Kommode mit einer Waschschüssel und einem Stuhl wies der schmucklose Raum bloß eine Landkarte an der Wand auf. Sie zeigte die bekannten Länder des Weltenrunds und war eine genaue Nachzeichnung jener Karte an der Kuppel von Valanor.

»Oha!« Cino trat näher und strich über das Pergament. »Amdra. Schönes Fleckchen. Ich kenne da ein feines Plätzchen namens Vragos. Selten so viel Spaß gehabt. Leider erinnere ich mich nicht mehr an alles. Ich muss wohl …«

»Konzentriere dich!« Sie zog die Kommode auf und nahm einen samtenen Beutel heraus. Vorsichtig, ganz vorsichtig, nahm sie den Kristall mit zwei Fingerspitzen heraus und hielt ihn Cino hin. Der Kristall war ungeschliffen, aber man erkannte dennoch das violette Glimmen darin. Der Glücksritter griff danach und ließ die Hand sinken. Wieder streckte er die Hand aus und abermals nahm er sie runter. Das ging zweimal so, bis er schließlich den Kristall entgegennahm.

»Das ist nicht das erste Mal, dass du so etwas siehst«, sagte sie leise.

Er grinste, aber er wirkte nicht halb so belustigt wie sonst. »Mit den Fingern in der Keksdose erwischt.«

Morrigan löste die Kristalle aus ihrem Handschuh und legte sie gut sichtbar auf die Kommode. Nacheinander tippte sie darauf. »Feuer. Erde. Wasser. Luft.«

Er klopfte sich auf den Bauch. »Hunger.«

»Hat dir schon einmal jemand gesagt, dass du nicht lustig bist?«

Sein Grinsen versickerte wie fusseliger Wein. »Das ein oder andere Mal. Hör zu, Eisprinzessin«, er legte den violetten Kristall daneben, »ich weiß nicht viel über diese Dinge. Ehrlich.«

»Glaube nicht, dass ich dich nicht durchschaut habe, Glücksritter. Du weißt mehr, als du preisgeben willst.« Sie tippte auf das glimmende Violett. »Als ich José kennenlernte, war er bloß ein Mann mit einem Geheimnis. Zweifelsohne hatte er Zugriff auf Dinge, die ich benötigte, um meine Macht zu mehren. Bücher. Schriftrollen. Wissen. All das, was mir in meiner Heimat verwehrt blieb.«

»Also geht's hierbei um ihn?«

»Ich habe es nach der Schlacht in Mag Mell *gespürt*.« Sie rief sich die Erinnerungen wach, wie sie neben José gestanden und was sie dabei erlebt hatte. Es stand ihr immer noch so klar vor Augen, wie der Rücken ihrer Hand. »Die Luft ist von ihm abgewichen. Der Regen hat ihn nicht berührt. Das Feuer ist vor ihm zurückgeschreckt. Selbst die Erde ist weggekrochen. Es war, als stünde er über den Gesetzen der Elemente.«

»Und?«

»Befand sich solch ein Kristall in seinem Besitz?«

Seufzend griff er in seine Jackentasche, nur um festzustellen, dass sein Flachmann leer war. »Kennst du die Antwort nicht bereits?«

Sie hielt den violetten Kristall ins diffuse Licht. »Was hat José damit getan? Ich bin sicher, dass er mächtiger geworden ist. Er ist …«

»Ein Gott.«

Sie hielt inne. Ganz langsam schloss sie die Finger um den Kristall, nahm den warmen Puls darin wahr. »Bist du sicher?«

»So sicher, wie ein Säufer nur sein kann.« Wieder zog er seinen Flachmann, leckte den letzten Tropfen vom Rand, und schob ihn zurück. »Wusstest du, dass er ein Paladin der Kirche war? Und dann ein Tuch der Nacht? *Hostia!* Er hat den König von Méridor abgemurkst und niemand hat es bemerkt. Und dann«, Cino marschierte in der Kajüte auf und ab, »und dann hat er wie bei einer Partie Schach seine Figuren in Stellung gebracht. Pablo. Valeria. Artio. Wagrim. Du. Basil …«

»Wer ist Basil?«

Er machte eine wegwerfende Geste. »Wer weiß, wen er noch da draußen für die Rettung der verdammten Welt zusammentrommelt?« Abrupt blieb er stehen und wirkte so konzentriert, dass er damit bewies, welch zutiefst *besorgter* Mann sich unter dem Trunkenbold verbarg. »Nach der ganzen Scheiße in Tirnanog frage ich mich, ob wir es überhaupt wert sind, gerettet zu werden. Die Derwyd waren Druiden, die gegen die Verheerung gekämpft haben. Genau wie wir. Allerdings haben sie sich in ihrer Gabe verloren und wurden zum Feind. Wir sollten sie bemitleiden, anstatt sie auszurotten.«

»Das sollten wir.« Aber derlei Dinge interessierten Morrigan nicht. Für sie gab es nur den Weg nach vorn. Keinen Stillstand. Kein Zögern. *Macht.*

»Wenn ich Cernunnos gewesen wäre und hätte zusehen müssen, wie sich Menschen in ihrem Wahn alles genommen haben, was ihnen nicht zusteht, seine Kinder abmurksen, mythischen Wesen die Hörner und Zähne ausbrechen und zur Schau über den Kamin hängen … ich hätte genauso gehandelt.« Er wedelte mit dem Finger herum wie mit einem Zeigestock. »Die Gier der Menschen ist unersättlich. Das heißt etwas, wenn das von so jemandem wie mir kommt.«

»Cernunnos' Taten sind die Konsequenzen unserer Entscheidungen.«

»Goldrichtig, Eisprinzessin. Ist der Waldgott deshalb der Böse? Ist er eine finstere, abscheuliche und weltverändernde Macht, die wir aufhalten müssen, weil wir es ja so viel besser wissen?«

Anstelle einer Antwort öffnete sie die unterste Schublade der Kommode und nahm einen Wälzer heraus. Der Ledereinband war abgegriffen, die Seiten waren vergilbt und die Schrift kaum lesbar. Als sie es auf der Kommode ablegte, war es für sie wie eine Schatulle, deren Geheimnisse sie nach und nach lüftete.

Sie schlug es auf und winkte Cino näher. Er beugte sich darüber und runzelte die Stirn. »Muss ich das lesen können?«

»Die Geschichte beweist, dass gute Absichten aus den falschen Gründen geschehen können«, las sie. »Ich wollte die Welt verändern, doch war ich nicht bereit, die nötigen Opfer dafür zu bringen. Ich war nicht bereit, Gott zu sein.«

»Lass das bloß nicht die Kirche hören.«

»Das sind nicht die Worte des Palindroms. Das hier ist *sein* Buch. Das Buch des ersten Zauberers des Weltenrunds. Das Buch des Mannes, der den Zaubererturm von Valanor erbaut hat. Das Buch eines Mannes, der in unserer Geschichte hin und wieder auftaucht und dann verschwindet.«

»Du meinst …?«

Sie blätterte weiter. »Er trägt viele Namen. Doch einer zieht sich wie ein roter Faden durch alle Zeitalter: Merlin.« Mit großer Geste klappte sie es zu und trat näher an Cino heran – an den Mann, den sie brauchte, um ihren Zielen näher zu kommen. »Ich werde dir jetzt etwas eröffnen, das nie zuvor ein Mensch erfahren hat. Damit du verstehst, dass all das viel größer ist, als du glaubst.«

Er öffnete seine Hemdknöpfe und machte sich an seiner Hose zu schaffen. »Gib mir einen Moment! Bin gleich …« Er sah enttäuscht auf, als er bemerkte, dass sie ihn stumm anstarrte. »Oh, ich dachte …« Peinlich berührt schloss er seinen Gürtel wieder und versuchte, so viel Würde wie möglich auszustrahlen. »Leg los!«

In einem langen Atemzug blies sie die Luft aus. »Ich bin kein Mensch.«

Ein Grinsen umspielte seinen Mund, das so schnell verging, als hätte sie ihn geohrfeigt. »Ist das eine Fangfrage? Warte! Ich bin ein Troll. Ein weiblicher Troll, der …«

»Klappe!«

Er salutierte. »Klappe ist zu!«

»Ich bin ein Kind zweier Welten.« Sie hob die Rechte. »Das Weltenrund.« Nun hob sie die Linke. »Die Anderswelt. Seit der Weltenbaum gewachsen ist«, langsam führte sie die Hände zusammen, »spüre ich die innere Zerrissenheit nicht länger. Ich fühle mich ganz.«

»Und das heißt?«

Sie betrachtete ihre Hände. Die Haut war glatt, faltenlos, *makellos*. »Ich bin einhundert Jahre alt, Cino.«

Jetzt grinste er wieder. »Dafür wirkst du aber immer noch sehr knackig. Ach, man verehrt mich übrigens als den Gott des Weines und der guten Laune, denn ich bin ein absolut großartiger …«

In einer fließenden Bewegung griff sie nach dem roten Kristall, verband ihn mit der Umgebungswärme und leitete sie nach draußen.

Der Raum gefror; er kühlte so rasch ab, als wäre der eisige Tod über sie hereingebrochen. Frostblumen schossen über Wände, Boden und Decke, hüllten alles ein. Die Lampe erlosch und Dunkelheit senkte sich über sie.

Mit ein wenig Hitze erschuf sie eine Flamme über ihrer Hand. Dann machte sie einen Schritt auf Cino zu, der so laut mit den Zähnen klapperte, als fielen sie ihm jeden Moment aus.

»Mein Name ist *Mór-Ríoghain*«, sagte sie mit Grabesstimme. »Die Tochter der Hohen Zauberin von Valanor. Ich habe mehr Zeit im Turm verbracht, als du auf dieser Welt bist, einfältiger Mensch!«

»In Ordnung!« Abwehrend hob er die Hände, die bereits blau angelaufen waren. »Ist ja gut! Ich glaube dir ja! Wenn du bitte jetzt …«

Sie ließ die Verbindung fallen. Die Lampe flammte auf. Die Kälte verging und das Eis schmolz.

»G-götter!« Cino blies sich in die zitternden Hände. »I-ich habe gesehen, wie sich Menschen in Tiere verwandelt haben und wie ein Barbar ein Schlachtfest unter Ungeheuern angerichtet hat.« Er lachte freudlos auf. »Ich war dabei, als der kleine Amigo zum Paladin wurde. Wenn ich mich also auf eins verlassen kann, dann, dass die Welt immer einen neuen Weg findet, mir in die Nüsse zu treten.«

Morrigan schnipste mit den Fingern. Eine Kerzenflamme entstand über ihrem Zeigefinger. »Nun?«

»Wundert mich gar nicht, dass du wissen willst, was José getan hat. Dir geht's ja nur darum, Macht zu erlangen, was? Mehr und mehr. Ihr alle wollt immer mehr, anstatt euch mit dem zufriedenzugeben, was ihr habt.«

»Sagte der Säufer, nachdem er um seinen Vorrat betrogen wurde.«

»Das war etwas Persönliches! Du willst es wirklich wissen, Eisprinzessin? Gut.« Er schnappte sich den violetten Kristall und hielt ihn hoch. »José hatte einen solchen Seelenstein und hat ihn zerbrochen. Und dann hat er ihn aufgenommen, wie es die Druiden tun.«

»*Was* hat er aufgenommen?«

Er knallte den Kristall auf die Kommode. »Was glaubst du denn?«

Sie zögerte kurz und traute sich kaum, die Worte auszusprechen, so ungeheuerlich war die Erkenntnis. »Die Seele eines toten Gottes.«

Das Schiff bäumte sich auf. Die Wände kippten und dann drehte sich die Welt um sie. Die Lampe zerbarst. Die Möbel rutschten hin und her, krachten gegen die Wände.

Morrigan fiel zu Boden, kratzte mit den Fingernägeln über das Holz und überschlug sich wieder, als das Schiff sich zur anderen Seite aufbäumte.

»Was zum …?« Cinos Gebrüll ging in all dem Lärm unter.

Mit dem nächsten Ruck senkte das Schiff sich wieder ab. Morrigan stand unbeholfen auf. Das vergossene Öl fing Feuer. Sie löschte es, bevor es noch größeren Schaden anrichtete, indem sie die Hitze in eine Kerze umleitete, die sofort bis zum Docht herunterbrannte. Dann taumelte Morrigan aus der Kajüte, Cino dicht auf ihren Fersen, und betrat den abgedunkelten Korridor. Aus der Ferne drangen ihr die Rufe der Soldaten entgegen.

Ein Krachen.

Es rumpelte, polterte und knirschte. Das Rauschen der Wellen klang viel lauter als zuvor. Der Wind rauschte so laut, als wären sie in einen Sturm hineingeraten.

Morrigan kletterte die Treppe hoch, gelangte aufs Deck und kämpfte um einen festen Stand.

Donner rollte über den verdunkelten Himmel. Blitze tauchten die Welt in grelles Licht. Wellen krachten gegen das Schiff. Männer brüllten und torkelten über Deck. Das Segeltuch flatterte so wild, als könnte es jeden Moment reißen. Der Kapitän brüllte irgendwelche sinnlosen Befehle, die im Sturm untergingen. Ein Fass rollte umher. Ein Tau schlug einen Soldaten besinnungslos, und daneben schlitterte ein anderer ohnmächtiger Seemann über die Planken auf die Reling zu.

Cino war auf einmal neben ihr. »Wir müssen ihm helfen!«

Sie könnte den Seemann retten. Dafür bräuchte sie nur den Wind zu beherrschen, um ihn zu ihr zu befördern. Aber die Gefahr, dass ihr Luftkristall zerbrach, war zu groß. Außerdem, was schuldete sie dem Seemann?

»Nein«, sagte sie und blickte zum Bug. »Er ist bereits verloren.« Inmitten des Sturms, weit draußen auf dem Meer, regte sich etwas. Etwas Gigantisches.

»Das meinst du nicht ernst!«

Sie achtete kaum auf Cino. »Bemühe dich nicht.«

»Du bist keine Eisprinzessin, sondern eine Eiskönigin!«, rief er anklagend.

Verwundert blinzelte sie ihn an. »Was erwartest du von mir?«

Eine Welle klatschte aufs Deck, ging wie eine Sturzflut über ihnen nieder. Morrigan hustete und prustete.

»Du bist doch eine Gebieterin der Elemente. Beherrsche den Sturm!«

»Das kann ich nicht.«

»Wieso nicht?«

Sie starrte ihn finster an. »Weil ich nicht mächtig genug bin!«

In Cinos Augen lag so viel Enttäuschung, dass sie wegsehen musste. »Was ist ein Leben wert, Eiskönigin?« Er hetzte los und kämpfte sich zu dem ohnmächtigen Mann. Als eine weitere Welle das Schiff traf und es abhob, als wäre es gegen einen Felsen gekracht, rutschte Cino aus. Er knallte auf die Planken, bekam den Seemann am Kragen zu packen und zog ihn heran.

Mit der nächsten Welle verlor er den Halt, musste den Seemann loslassen, und als sich das Wasser zurückzog, war der Mann fort.

Morrigan schüttelte den Kopf. Sie hatte es kommen sehen. Taumelnd eilte sie zum Bug, während der Sturm allmählich abebbte. Weit entfernt, aber noch so nah, dass man es in der Dunkelheit erkennen konnte, ragte an vielen Stellen etwas aus dem Wasser. Es sah aus wie eine Schlange, die das gesamte Meer in einem Ring umgab.

Es krachte, als ginge die Welt zu Bruch.

Das Etwas bäumte sich auf, klatschte ins Meer und versank darin. Eine weitere Welle traf das Schiff frontal und ließ es abheben. Als es niedersank, beruhigte sich das Wasser allmählich.

Morrigan krallte ihre Hände um die Reling und starrte mit brennenden Augen zu der Schlange. Jetzt war mehr von ihr erkennbar. Sie war so groß, dass sie das gesamte Weltenrund umspannte; so groß, dass der begrenzt menschliche Geist nicht fähig war, ihre wahre Größe einzuschätzen.

Cino taumelte zu ihr, klitschnass und schwer atmend. »Alles!«, sagte er, als wäre ihre vorherige Diskussion noch nicht beendet gewesen.

Die Wolken brachen und Sonnenlicht brachte das Meer zum Funkeln. Der Sturm legte sich so schnell, wie er gekommen war. Jetzt konnte sie deutlich sehen, was sich dort draußen befand. Das war keine Schlange, sondern die gigantischen Wurzeln eines Baums. Des Weltenbaums.

Ihr Blick wanderte weiter über den Horizont. Weit entfernt hob sich ein Turm wie ein aufgerichteter Finger schwarz gegen den Himmel ab.

Sie seufzte erleichtert. Ihr wurde warm ums Herz, zugleich zogen sich aber auch ihre Eingeweide schmerzhaft zusammen.

Valanor war nahe.

Eine gute Jagd

Ullr wachte auf. Leider.

Sein erstes Gefühl war Schmerz. Alter, bekannter Schmerz. Das Pochen hinter seinen Augen, die Nadeln in seiner tauben Hand, die Steifheit eines Körpers, der zu viele Wunden überstanden hatte, und das Flüstern, das an seinem Verstand zehrte. Beim großen Jäger, er konnte es nicht länger übergehen. Aber dies war das Opfer, das er für seine Tochter erbrachte. Er kettete sich wieder an einen Stein, den er hinter sich zurückgelassen hatte.

Die Pflicht.

Ächzend rollte er sich auf die Seite. Der Mantel war vom Wälzen auf dem Boden verdreckt und mit Eis verkrustet. Er griff nach seinem Schlauch und trank. Das Wasser war so kalt, dass es im Hals brannte. Dann streckte er den steifen Rücken durch, klopfte sich den Schnee ab und blickte zum vollen Mond. Eine klare Nacht. Die beste Zeit zum Reisen.

Das Mädchen war bereits wach, saß nachdenklich auf der anderen Seite der erkalteten Asche. Die letzten Tage hatten einige erschütternde Wahrheiten hervorgebracht, die Ullr ebenfalls noch verdauen musste.

Instinktiv wollte er nach Sleg rufen; ihn berühren und sich in ein altes Leben zurückführen lassen, als die Jagd sein ganzer Lebensinhalt gewesen war. Doch er hielt sich zurück. Die Zeit, da er den Speer wieder nutzen musste, würde kommen. Bald.

Er stand auf. »Pack deine Sachen, Mädchen! Wir ziehen weiter!«

»Ja, Vater«, murmelte Runa und kämpfte sich aus der Decke. Sie kramte ihre Sachen zusammen, band den Köcher an der Hüfte fest und schwang sich den Bogen über die Schulter. Das Messer lag zertreten im Schnee.

Ullr nahm es auf, kniete sich vor sie und hielt es ihr mit dem Griff voran hin.

Mit hängendem Kopf steckte Runa das Messer ein. »Es war keine Absicht.«

»Absichten spielen keine Rolle. Nur Konsequenzen.«

»Es … Es wird nicht wieder vorkommen. Ich versprech's!«

Ullr nickte und richtete sich auf.

»Ich habe nachgedacht, Vater.«

»Später.«

»Aber wir müssen darüber reden, was passiert ist! Das Lied in meinem Kopf … Es geht nicht mehr weg! Uhm … ich werde noch wahnsinnig!«

Schritte näherten sich aus dem Unterholz. Ullr hob die Hand.

»Vater, ich will doch nur …«

»Still!«

Sie klappte den Mund zu und zog ein Gesicht, als hätte er sie geohrfeigt. Ihre Befindlichkeiten waren unwichtig. Es stand zu viel auf dem Spiel.

Bytor schälte sich aus dem Dickicht, den verschlissenen Mantel mit Blättern, Zweigen und Frost bedeckt und seinen Bogen geschultert. Er wies erst auf seine Ohren, dann auf seine Augen und hob einen Finger. Ullr nickte. Der Jäger war der Meinung, dass sie verfolgt wurden, wusste aber nicht, von was. Nun war Eile geboten.

Ullr rollte seine Decke ein, schwang sein Gepäck über den Rücken und stapfte los. »Tritt in meine Fußspuren!«

Runa ließ seinen Anweisungen Taten folgen. Ullr achtete darauf, seine Schritte unregelmäßig zu halten, mal lang, dann wieder kurz.

»Warum läufst du so komisch, Vater?«

»Tiere achten auf Geräusche. Regelmäßigkeit können sie wahrnehmen. Ein Mensch, der unseren Spuren folgt, wird verwirrt sein.«

»Schlau!«

Ullr glitt von einem Schritt in den anderen. In der Nacht hatte es wieder geschneit und nun lag alles unter einer weißen Decke begraben. Der Schnee war inzwischen so hoch, dass er ihnen bis zu den Knien reichte und sie bei jedem Schritt einsackten. Das erschwerte es, die Schrittabfolge durchzuführen. Bald schon brannten seine Beine und sein schwerer Atem hallte in der Stille um ihn. Runa kam kaum hinterher, schnaufte und jammerte, aber es wäre ein Fehler, ihr zu helfen. Wenn sie das nicht durchhielt, würde sie es nicht bis zum Ende der Reise schaffen. Denn noch wusste niemand, was sie überhaupt erwartete.

Ullr blieb stehen und nickte den Pfad entlang. »Jetzt du!«

Runa straffte sich und ging voraus, bewegte sich mal kurz, dann lang, von links nach rechts, ein Schritt zurück und drei nach vorn. Als würde sie der Wind umherwehen. »Siehst du, Vater? Ich werde besser!«

Im Schnee blitzte etwas auf. Brummend griff Ullr zu. Runas Messer. Er überholte sie und hielt ihr die Klinge hin. Das Mädchen wich seinem Blick aus, als sie es wieder in die Scheide steckte.

»Wann habe ich es verloren?«, fragte sie leise.

»Als du nachlässig warst.« Ullr griff nach Runas Köcher und band die Verschlüsse fest, damit die Pfeile nicht herausfielen. »Eine Wunde kann heilen. Aber unsere Waffen müssen bereit sein, wenn wir sie brauchen.«

»Ich werde darauf achtgeben, Vater.«

»Geh voran!«

Sie huschte den Pfad entlang und bewegte sich wie zuvor in dem unregelmäßigen Rhythmus.

Bytor trat neben ihn. »Du bist streng mit ihr.«

»Ich lehre.«

»Hat sie nicht gerade erst ihre Mutter verloren? Beherzige …«

»Wie hast du mich gefunden?«

Bytor lächelte. Das hohe Alter sah man ihm inzwischen deutlich an. Tiefe Falten zogen sich durch das verwitterte, wettergegerbte Gesicht, der Stoppelbart war eisengrau und die Augen lagen tief in den Höhlen. »Ich bin deinen Spuren gefolgt, alter Freund.«

»Unmöglich!«

»Man erzählt sich allerorts Geschichten vom Jäger. Er soll in einer abgelegenen Waldhütte leben und die umliegenden Dörfer an seinem erlegten Wild teilhaben lassen, selbst im tiefsten Winter. Außerdem, so flüstert man hinter vorgehaltener Hand, beschützt er sie vor mythischen Raubtieren, die hier immer wieder ihr Unwesen treiben. Weißt du, wie sie ihn nennen?«

Ullr schwieg.

»Einen Helden.«

»Es gibt keine Helden. Nicht mehr.«

»Und doch kannst du nicht davon ablassen, anderen zu helfen, alter Freund. Du lebst immer noch nach den alten Bräuchen und ehrst das Gleichgewicht zwischen Leben und Tod.«

»Die Kirche löscht die alten Mythen aus. Ich ehre sie.«

»Das verdient Respekt. Die vergangenen Jahre müssen eine schöne Zeit gewesen sein.«

Der Knoten in Ullrs Brust zog sich zu. Es war die schönste Zeit seines Lebens gewesen. Wenn er die Augen schloss, sah er seine Frau vor sich, wie sie Runa im Sonnenschein in den Armen wiegte und dabei ein altes Lied sang, dessen Klang immer noch wie Spinnweben in seinem Verstand trieb. Ein Lied, das nicht von dieser Welt gewesen war.

»Wie ist sie gestorben?«

Ullr schüttelte den Kopf und das Lied zerfaserte wie ein Traum. Er konzentrierte sich auf den gewundenen Pfad inmitten des Waldes, der fast vom Schnee erstickt war. Über den Wipfeln, fern der höchsten Bäume des Waldes, erhoben sich die Nordberge über den gesamten Horizont. Dahinter, als würde er sich in blassem Dunst verlieren, prangte der Baum, der alles überspannte. Sie waren noch ein ganzes Stück von Kor Anklam entfernt. Von dort war es eine weite Reise zur südlichen Küste des Hochlandes. Eine Reise, auf der vieles geschehen konnte.

»Du kannst so weit weglaufen, wie du willst, Ullr, aber du bist der Jäger.« Bytor wies zum sternbestäubten Himmel. »Der Mond begünstigt dich.« Er schwieg kurz und ein nachdenklicher Ausdruck legte sich über seine Züge. »Es ist viel in der Zwischenzeit geschehen. Hier sind die Auswirkungen noch nicht ersichtlich, aber es ist eine Zeit der Veränderung angebrochen. Manche nennen sie auch die Zeit der Verachtung.«

Das Mädchen eilte voraus und war kaum noch zu sehen. »Langsam!«

»Ja, Vater«, rief Runa und ging etwas langsamer.

»Der Baum«, sagte Ullr.

»Es ist nicht nur der Weltenbaum«, erwiderte Bytor nachdenklich. »Die Kirche des Palindroms hat ihren Einfluss über das Weltenrund ausgedehnt. Die Verheerung hat vieles verändert. Einige Kolonien haben gegen die Kirche aufbegehrt.«

»Schlägt man einen Hund zu oft, beißt er irgendwann zurück.«

»Ja, in der Tat. Das Hochland ist Méridor nach wie vor treu ergeben, aber in Tirnanog«, Bytor schüttelte langsam den Kopf, »dort sind bedeutsame Dinge geschehen. Tirnanog hat fortan eine Königin. Eine Druidin.«

»Eine Druidin?«, rief Runa und ließ sich zu ihnen zurückfallen.

»Leise!«, knurrte Ullr.

Sie nickte. »Eine Druidin?«, flüsterte sie. »Können sie sich wirklich in Bestien verwandeln? Ich habe gehört, dass sie das Blut ihrer Feinde …«

»Mädchen!«

»Lass sie ruhig, Ullr.« Bytor beugte sich zu ihr. »Druiden sind genauso Menschen wie wir, mein Kind. Aber sie haben eine ganz besondere Gabe.«

»Welche?«, raunte Runa.

Bytor blieb stehen und senkte sich auf ein Knie. Dann tippte er ihr gegen die Brust. »Wenn sie wollen, können sie den Funken eines Tieres zu sich rufen und mit ihm *verschmelzen*.«

Runa riss die Augen auf. »Also verschlingen sie die … Seele?«

»Nein. Es ist ein Band, das auf Vertrauen basiert, auch wenn die wenigsten Menschen das verstehen. Es ist wie …«

»Ein Lied.« Runa sah zu Ullr auf, der den Kopf schüttelte.

»Vielleicht ist es das, mein Kind.« Bytor erhob sich wieder. »Diese Druidin, von der ich spreche, hat etwas vollbracht, womit niemand gerechnet hätte: Sie hat die Stämme vereint. Das Banner von Artio, der ersten Königin Tirnanogs.«

»Eine Königin«, raunte Runa. »Unglaublich! Ich würde sie so gern kennenlernen.«

Ullr brummte. »Méridor billigt das?«

»König Pablo de Aguilar ist ganz und gar ein außergewöhnlicher Mann. Er wird Méridor verändern und den Einfluss der Kirche begrenzen, was ein waghalsiges und geradezu unmögliches

Unterfangen ist. Doch er hat Hilfe von jenem Mann, von dem ich dir bereits berichtete und in dessen Dienst ich lange stand. Außerdem ist Pablo ein Paladin.«

»Ein Paladin?«, rief Runa ganz aufgeregt und schlug sich hastig die Hand vor den Mund. »Ein Paladin?«, flüsterte sie. »Ein Lichttrinker der Kirche? Ein Auserwählter des Palindroms und …«

»Woher weißt du das, Mädchen?«, knurrte Ullr.

Trotz lag in Runas Augen. »Von Mutter. Sie hat mir jeden Abend Geschichten erzählt. Immer, wenn du fort warst.«

Die Schuld zog sich wie eine Schlinge um Ullrs Hals. »Mutter hat Geschichten geliebt.«

»Wo warst du, Vater?«

»Jagen.«

»Du warst immer jagen!«

»Mädchen«, Ullr packte sie an der Schulter, »beruhige dich!«

Runa riss sich los und ihre roten Locken flogen wirr umher. »Nein! Ich habe es satt, dass du mich rumkommandierst! Wo warst du, als sie uns gebraucht hat? Du warst fort! Du hast uns allein gelassen! Du hast uns *immer* allein gelassen.«

»Mein Kind, bitte beruhige dich«, sagte Bytor einfühlsam. »Dein Vater trägt eine schwere Last. Als junge Männer haben wir lange gegen die Paladine gekämpft.«

Runas Augen wurden so groß, dass sie ihr aus dem Kopf zu fallen drohten. »Das hat Vater getan?«

Bytor nickte. »Er hat uns angeführt. Ein heiliger Bund der Jäger, die für Freiheit und Gerechtigkeit kämpften. Wir waren überall, wo wir gebraucht wurden. Im Hochland. Sogar bei der Verteidigung Kor Anklams gegen den Barbarenfürsten Wagrim. Oder in Tirnanog, als die Derwyd Siedlungen überfielen. Und zuletzt in Amdra, als die Paladine das Kaiserreich eroberten und viele tapfere Menschen starben.«

Die Erinnerungen spülten über Ullr hinweg und rissen ihn fort.

»Hat Vater daher auch den Speer?«

»Sleg ist mehr als nur ein Speer.« Bytor sah ihn an und versuchte offenbar eine Reaktion von ihm herauszufordern. »Er ist der Speer eines Gottes.«

»*Was?*«

»Du hast richtig gehört, Runa. Nur ein Jäger mit einem Funken vermag Sleg zu führen. Nicht der Träger sucht sich den Speer. Sondern umgekehrt.«

»Das reicht!« Ullr stapfte wieder los. Die Vergangenheit klebte an seinem Verstand und ließ sich nicht mehr abwimmeln. Bei jedem Schritt kam es ihm vor, als hinterließe er blutige Abdrücke im Schnee.

»Was für ein Funken?«, fragte Runa, die sich nicht davon abhalten ließ, Bytor Löcher in den Bauch zu fragen. »Hast du deshalb Vater das Gefäß gegeben? Kann er auch etwas Besonderes tun? Kann … ich das auch? Bin ich deshalb …?«

Ein Ast knackte.

Ullr packte Runa am Arm und riss sie mit in den Schnee.

Röhrend brach ein Ungetüm aus dem Unterholz, zerschmetterte Bäume und Äste und riss eine Schneise der Verwüstung in den Wald; überall flogen Zweige, Blätter und aufgewirbelter Schnee umher.

»Liegen bleiben!«, knurrte Ullr und schnellte hoch. Er warf sein Gepäck davon und streckte den Arm zur Seite. Ein Gedanke und der Stab landete in seiner Hand. Summend und funkensprühend wuchs er zu einem Speer, den Ullr sich unter die Achsel klemmte.

Der Boden bebte. Inmitten zerborstener Bäume und umgepflügter Erde stand ein Wesen auf vier stämmigen Beinen – größer noch als ein Pferd. Gewundene Hörner sprossen aus dem Kopf, Geifer tropfte von den gebleckten Hauern und heißer Dampf umwölkte das breite Maul. Die Luft um den muskulösen, schuppigen Leib flimmerte, ein Kragen aus Widerhaken umgab den Hals und Knochenkämme zogen sich über den gesamten Rücken bis zum zitternden Schwanz. Das Wesen senkte den Kopf und scharrte tiefe Furchen in die gefrorene Erde, während es die rot lodernden Augen auf sie richtete.

Ein Gradungr.

Ullr war überrascht. Es hieß, ihre Art sei schon vor Jahren von der Kirche ausgerottet worden. Im Volksmund nannte man sie Bulle, was ihnen nicht ganz gerecht wurde. Sie waren die perfekte Mischung aus dem Spürsinn eines Wolfs, der Kraft eines Bären und der

Wendigkeit einer Echse. Eine eindrucksvolle Kreatur und einer der gefährlichsten Jäger im Hochland.

Leider musste Ullr ihn töten.

Der Gradungr stieß ein tiefes Grollen aus, dann donnerte er auf ihn zu.

Ullr trat zwei Schritte zur Seite und vertraute darauf, dass Runa den Anweisungen folgte. Er wartete, bis der Gradungr nahe genug heran war, und Bytor seinen Bogen spannte.

Surrend rammte ein Pfeil dem Wesen in die Flanke und lenkte es ab. Gerade rechtzeitig sprang Ullr zur Seite und stieß zu. Die Speerspitze hinterließ einen klaffenden Schnitt in der Flanke, als das Untier an ihm vorbeirannte und durch den Schnee schlitterte. Aber das war bloß ein Kratzer, denn die Schuppen waren härter als Knochen. Es brauchte mehr, um einen Gradungr wirklich zu verletzen.

Ullr stand auf, schob die Füße schulterbreit auseinander, klemmte das Speerende unter die Achselhöhle und richtete das Blatt zu Boden. Dann wartete er. Schritt für Schritt kam der Bulle näher und ließ den Boden erzittern. Die Widerhaken am Kragen zitterten. Selbst am Unterkiefer ragten Knochenfortsätze hervor. Mit einem Biss konnte das Tier Eisen durchdringen.

Gelassen legte Bytor einen neuen Pfeil auf – es gab keinen besseren Bogenschützen als ihn. »Wir könnten das hier ganz schnell beenden, alter Freund. Du weißt, was du dafür tun musst.«

Die Phiole in Ullrs Tasche wog auf einmal doppelt so schwer. Aber er wäre verdammt, wenn er dieses Band wiederherstellte. Dann müsste er wieder *er* sein und sich unterwerfen.

Mit trompetenartigem Gebrüll stürmte der Gradungr los. Er kam nahe an Runa vorbei. Das Mädchen blieb still liegen. Wieder wartete Ullr auf den entscheidenden Augenblick. Er atmete tief ein und ließ sich zur Seite fallen, als ein Pfeil den Bullen an der Flanke traf.

Doch dieses Mal schwenkte die Kreatur nicht ab.

Wie ein Rammbock traf sie ihn an der Brust, die vor Schmerz explodierte. Instinktiv ließ Ullr den Speer fallen und kratzte über die Hörner, bis er sie zu packen bekam; er stemmte die Füße auf den Boden und schlitterte durch den Schnee nach hinten. Aber er war nicht stark genug, um die Bestie aufzuhalten. Wie eine lästige Fliege schüttelte sie ihn ab und dann flog Ullr – heller Mond, schwarzer Himmel, dunkler Wald, weißer Boden.

Er schlug auf, rollte durch den Schnee und blieb ausgestreckt liegen. Schmerzblitze zuckten durch seine rechte Schulter, ehe sich darin Taubheit ausbreitete.

»Vater!«, schrie Runa. »Steh auf!« Was tat das törichte Mädchen? Es sollte doch stillhalten!

Ullr stemmte sich mühsam hoch. Seine Beine zitterten und aus seinem linken Arm war jedes Gefühl gewichen. Seine Brust jedoch … Er bekam kaum Luft. Der Lederpanzer engte ihn ein und raubte ihm den Atem.

Mit zitternden Fingern löste er die Verschnürungen an den Seiten, warf den Panzer weg und zog auch das Hemd darunter aus, sodass er mit nacktem Oberkörper im Schnee hockte. Blaue und violette Schwellungen zogen sich von seiner Flanke bis über die Rippenbogen. Die Kälte prickelte auf seiner Haut, linderte den Schmerz und weckte Ullr aus der Starre.

Der Bulle vergnügte sich inzwischen mit Bytor, der jedem Angriff auswich und dabei Pfeil um Pfeil schoss. Obwohl die Bestie bereits gespickt war wie ein Stachelschwein, konnte der Stahl kaum die Schuppen durchdringen.

Bytor verschoss seinen letzten Pfeil, dann zückte er sein Schwert, einen antiken Anderthalbhänder, den er schon damals zu den großen Jagdzügen genutzt hatte. Aber gegen dieses Ungetüm würde die Waffe kaum etwas ausrichten können.

»Ullr!«, rief Bytor und trat langsam zurück. »Worauf wartest du?«

Ullr zückte die Phiole und presste sie so fest zusammen, dass seine Knöchel knackten. Er konnte das nicht tun. Nicht schon wieder.

»Jetzt oder nie!«

»Nein«, hauchte er.

»Die Vergangenheit wird dich irgendwann aufzehren, wenn du sie nicht zulässt!«

»Ich kann das nicht …«

»Du trägst Sleg! Du bist der Geist der Jagd! Also …«

Der Bulle schwenkte herum und nahm Runa ins Visier.

Ullr zitterte. Nur zwei Schritt entfernt lagen Bogen und Köcher im Schnee. Aber auch das würde den Bullen nicht aufhalten können. Nichts davon. Außer …

Er löste seine verkrampften Finger, hielt die Phiole ins Mondlicht und sandte den Ruf aus. Es war kein Wort, nicht einmal ein Gedanke, sondern ein Band zu einem Bewusstsein, das ein Abbild am Himmelszelt bildete. Eine Anordnung der Sterne, mit denen jeder wahre Jäger verbunden war.

Das Sternbild eines Gottes.

Wie Tautropfen verwirbelten die silbrigen Strahlen zu dunstigem Nebel, der an den weißen Rändern perlte und sich darin zu Tropfen niederließ. Winzige Tränen gerannen als schimmernde Flüssigkeit wie eingeschmolzenes Silber in der Phiole und lockte mit unvergleichlicher Macht.

Der Funken der Jagd.

Der Gradungr donnerte los.

Es war nicht genug Flüssigkeit in der Phiole, bloß ein paar Tropfen, aber die sollten ausreichen, um die Geister der Vergangenheit zu wecken. Sie *mussten* ausreichen!

Ullr hielt die Phiole an die Lippen.

Und trank.

Für einen Augenblick versank die Welt in Finsternis und der Mond stand so groß und hell vor ihm, als umfasste er die gesamte Welt.

Dann explodierte der Funken in Ullr.

Energie flutete seinen Körper und ließ ihn die Schmerzen vergessen. Seine Sicht war plötzlich so geschärft, als wäre die Nacht zum Tag geworden. Nichts blieb ihm verborgen. Er konnte die Risse in der Rinde der Bäume erkennen, die winzigen umhertreibenden Eiskristalle, die weißen Schattierungen im Schnee, sogar die Luftströmungen waren für ihn ersichtlich, sodass er sich wie ein Tänzer darin umherbewegen konnte.

Dadurch erkannte er auch die Schwachstelle seiner Beute.

Keine Kraft, keine Stärke, keine geheimnisvollen Lichter – nichts davon machte ihn zum Jäger. Es war, als wäre er mit purer Geschicklichkeit erfüllt.

Er machte einen Schritt nach vorn, nahm in einer geschmeidigen Bewegung Bogen und Pfeil auf und spannte ihn. In dem Augenblick, als er die Sehne zurückzog, glitt ein Schimmern darüber, als wäre sie in Silber gebadet.

Ullr atmete tief aus und ließ los. Ein schimmernder Pfeil löste sich von der Sehne. Der Pfeil bewegte sich in einem Winkel, der aus dieser Position unmöglich war, und wurde durch Ullrs Willen zu seinem Ziel gelenkt. Wie ein Blitz durchschlug er den Hals des Gradungrs an einem winzigen, unverhornten Fleck unter dem Knochenkamm.

Die Schwachstelle.

Das Untier strauchelte und brüllte, doch es rannte weiter, während sich eine tropfende Spur aus glänzendem Orange durch den Schnee brannte.

Ullr legte gleich drei Pfeile auf und ließ los. Jedes Geschoss traf und brachte den Bullen ins Wanken, aber es reichte immer noch nicht aus, die zähe Beute zu Fall zu bringen.

Ullr rannte los. Er bewegte sich schneller, geschickter, unaufhaltsamer, aber nicht aufgrund einer physischen Verstärkung. Durch seine Geschicklichkeit drückte die Luft nicht länger gegen ihn und die Strömungen glitten widerstandslos an ihm vorüber.

»Lauf, Mädchen!«, schrie er.

Aber Runa stand wie in Trance da, während das Untier auf sie zudonnerte. In einer fließenden Bewegung schwang Ullr den Bogen über die Schulter, rief nach Sleg und drückte sich ab. Dabei tauchte er in eine Luftströmung hinein, die ihn höher und weiter springen ließ, als es möglich sein sollte. Er segelte auf das Untier zu und stieß in dem Moment zu, als der Speer in seiner Hand landete.

Die Spitze drang durch das linke Auge bis ins Hirn.

Ullr landete auf dem Rücken. Das Untier krachte zu Boden und schlitterte auf Runa zu, die sich nicht von der Stelle rührte. Knapp vor ihr kam es zum Stillstand und wirbelte Schnee, Blätter und Dreck auf.

Ullr atmete aus. Der letzte Tropfen Mondlicht war verbraucht. Seine geschärfte Sicht schwand und nun drückte die Luft wieder gegen ihn und zwang ihn nieder. Mit weichen Knien kämpfte er sich vom Rücken und sackte am Boden zusammen. Aber er durfte nicht nachlässig sein, musste sich erst überzeugen. Mehr stolpernd als laufend ging er zum Kopf. Ein milchiger Schleier lag über den Augen und die Zunge hing schlaff aus dem Maul.

Die Beute war erlegt.

»Du solltest weglaufen, Mädchen!«

Runa blinzelte ihn an. »Es hat zu mir gesprochen.«

»Was?«

»Das Tier. Aber nicht mit seiner Stimme. Er hatte Angst. Und war so wütend. Er … Er wollte das nicht, aber …« Ein Ruck ging durch Runa und plötzlich stach sie wie wild auf den Gradungr ein, als wäre ihr gerade erst bewusst geworden, dass sie nur knapp mit dem Leben davongekommen war. Sie zitterte, brüllte wirres Zeug, während ihre Bewegungen immer langsamer wurden.

Ullr hielt sie an der blutverschmierten Hand fest und schüttelte den Kopf, woraufhin Runa auf die Knie fiel und hemmungslos weinte.

»Ich war unfähig, Vater. Ich konnte … konnte dir nicht helfen. Ich bin keine Jägerin. Ich bin nicht wie du.«

»Es ist gut, Mädchen. Ehren wir die Jagd.«

Runa nickte schwach, wischte sich das Gesicht ab und berührte vorsichtig die geschuppte Schnauze der Kreatur. »Warum mussten wir es töten?«

»Wir sind Jäger. Es ist der Kreislauf der Natur, dass wir töten, um Leben zu bewahren.« Mit letzter Kraft trieb Ullr den Speer in den Boden und spürte dessen Zufriedenheit. Solch eine Beute hatte Sleg lange nicht erlegt.

Bytor trat neben ihn. »Eine gute Jagd.«

»Eine gute Jagd …«, sagte Ullr noch, ehe er zusammenklappte und alles schwarz wurde.

***

Schwimmen durch Schmerzen hindurch.

Die Schmerzen wogten über ihn hinweg wie Wasser an flachem Ufer, aber sie gelangten nicht in sein Inneres. Sein Bewusstsein hielt sie draußen. Und noch etwas anderes.

DU HAST DEN SCHWUR GELEISTET. Die ferne Stimme klang wie rollender Donner.

»Nicht für mich«, erwiderte Ullr.

DU HAST DAS BAND ERNEUERT.

Er sammelte sein Bewusstsein zusammen und stand auf. Die Welt um ihn zerfloss in Farben und Nebel, die sich immer wieder zu neuen Mustern veränderten. Als existierte diese Welt in einem Zustand des Gleichgewichts aus Vernichtung und Neuentstehung. Es war nicht sein erster Aufenthalt an diesem Ort. Deshalb wusste er auch, dass er träumte.

»Ich wollte das nicht …«

DEIN WILLE IST UNWICHTIG. DU SOLLTEST SIE FINDEN. DU SOLLTEST DIE NEUN UM DICH SCHAREN UND DAS WELTENRUND BESCHÜTZEN. ABER DEIN STOLZ HINDERTE DICH DARAN!

»Das war kein Stolz!«

ICH SEHE, WAS DICH BEWEGT, JÄGER!

»Raus aus meinem Kopf!«

Licht verwirbelte vor ihm und formte eine Gestalt, zusammengesetzt aus den unendlich vielen Sternen in einem Meer aus Farben und Licht. Ein Rhythmus begleitete die Gestalt, den Ullr schon sein ganzes Leben lang hörte – er war immer da gewesen.

Langsam bildete sich ein gebeugter Mann aus dem farbigen Dunst. Er stützte sich schwer auf einen Gehstock und sein Gesicht war so verwittert und streng, als gäbe es nichts, das seine Erwartungen erfüllen konnte.

Die Schmerzen umkreisten Ullr. Er beachtete sie nicht, trieb dahin in diesem Traum, der ihn in die Vergangenheit zurückzog. Dann sprach er den Namen des Gottes: »Kalak.«

»Ullr. Warum hast du dich von mir abgewendet?«

»Du weißt, warum!«

»Jemand anderes ist uns zuvorgekommen und tat das, was ich für dich vorsah.«

Die Schmerzen umkreisten Ullr. Er beachtete sie nicht, trieb dahin in diesem Traum, den er schon früher erlebt hatte. »José.«

Der alte Mann nickte langsam. »Er brach einen Seelenstein und nahm die Seele eines toten Gottes auf. Der Gott, der die Verheerung im Weltenrund entfesselte, bevor ich sie versiegelte und den Menschen ihren freien Willen zurückgab.« Kalak zögerte, als fiele es ihm schwer, darüber zu sprechen. Sollte ein Gott nicht vor solch menschlichen Befangenheiten gefeit sein? »Aber das ist jetzt unwichtig. All das ist unwichtig.«

Ullr knurrte. »Was willst du?«

»Die Pfade zwischen den neun Welten sind offen. Welten werden aufeinanderprallen. Welten, deren Art zu leben sich zu sehr voneinander unterscheidet. Daraus wird ein Weltensturm entstehen.«

»Nicht meine Sache.«

Kalak stampfte den Stab auf. Es war verwirrend, seine Gestalt zu betrachten, die sich stetig neu zusammensetzte. »Du bist ein Vater. Du weißt, was es heißt, Verantwortung zu tragen.«

»Ich bin nicht mehr dein Streiter! Ich löse das Band.«

Kalak lächelte grimmig. »Du warst immer mein Streiter, selbst, als du den Schwur gebrochen hast. Warum hast du deinen Funken geweckt, Jäger?«

»Ich hatte keine Wahl.«

»Man hat immer eine Wahl.« Kalak seufzte. »Deshalb gab ich euch den Funken. Damit ihr selbst die Wahl habt, euch für Bewahrung oder Vernichtung zu entscheiden. Es war der Wille des Gleichgewichts.«

Ullr wandte sich ab. »Ich kann dir nicht geben, was du verlangst.«

»Du bist nicht mehr der Mann, der du einst warst.« Kalak trat hinter ihn. Von ihm gingen abwechselnd Kälte und Wärme aus, als hätte er Nacht und Tag in sich gebannt. Sonne und Mond. Hell und Dunkel. »Du bist stärker und weiser und freier als je zuvor, Ullr. Und jetzt bist du an einen Scheideweg gelangt. Es ist Zeit, Verantwortung zu übernehmen.«

Ullr zögerte. »Das Band ist erneuert?«

»Du bist mein Paladin, Ullr. Das bist du schon gewesen, seit du dich dafür entschieden hast, Gutes zu tun – nicht um deinetwillen. Bevor ich zum Gott wurde und diese Bürde annahm, war auch ich Vater.«

Ullr wandte sich ihm wieder zu. »Ich bin nicht gut darin.«

Kalak lächelte milde. »Du wirst es lernen.«

»Warum greifst du nicht ein?«

Der Gott seufzte schwer. »Ich kann nicht.«

»Warum nicht?«

»WEIL ICH NICHT KANN!« Kurz schwieg Kalak, während seine Gestalt so sehr zerfaserte, dass er kaum noch erkennbar war. »Dies ist kein Krieg zwischen Licht und Dunkelheit oder Gut und Böse. Alle haben Beweggründe für ihre Taten. Selbst Cernunnos, der den Weltenbaum infizierte, um die Pfade zu öffnen und sein Bewusstsein zu streuen, glaubt, einen gerechten Kampf für das Mythische auszufechten.« Seine Gestalt festigte sich wieder zu einem alten, gebeugten Mann. »Begreifst du nicht? Was die neun Welten brauchen, ist ein Symbol des Zusammenhalts. Paladine, die den Frieden wahren. Paladine, die …«

»Du bist feige.«

»Es braucht viel Mut, einzugreifen. Aber es braucht mehr, es nicht zu tun.«

Ullr schüttelte den Kopf. »Du fürchtest bloß deine eigene Macht.«

Kalak antwortete nicht.

»Was geschieht jetzt, Gott?«

»Runa muss die Wahrheit erfahren.«

Ullr erstarrte. »Nein!«

Langsam löste Kalak sich auf. »Ihr beide werdet gebraucht. Du kannst das Schicksal nicht bekämpfen, Ullr. Das konntest du nie.«

»Nicht meine Tochter!«, brüllte er.

»Runa wird das Gleichgewicht zwischen Leben und Tod bringen.«

»Sie ist nicht bereit dafür!«

»Sag mir, warst du es, als du mich um Beistand zur Verteidigung deiner Heimat batest?« Kalak wuchs. Er wurde inmitten des traumhaften Nebels zum Himmel und den Sternen, die mit schrecklicher Intensität leuchteten und alles an diesem Ort umspannten. »ALS DU MICH ANFLEHTEST, EINZUSCHREITEN? ALS DU MIR SCHWORST, ALLES ZU TUN, WENN ICH DIR EINE GABE

VERMACHE, UM DIE INVASOREN AUFZUHALTEN? ALS DU MEIN PALADIN WURDEST UND MIR EWIGE TREUE SCHWORST?«

Ullr stieß ein tiefes Grollen aus – der Laut einer angeketteten Bestie. »Das war etwas anderes.«

»INWIEFERN?«

»Ich hatte die Wahl. Das Mädchen nicht.«

»WARUM LÄSST DU SIE NICHT SELBST ENTSCHEIDEN?«

»Weil ich das nicht kann!«

Kalak schwieg kurz. »EUER WEG WIRD EUCH NICHT NACH CANDALOZ FÜHREN. VORERST NICHT. ICH HABE EINE ANDERE AUFGABE FÜR EUCH. DIE KOMMENDEN EREIGNISSE WERDEN DARÜBER ENTSCHEIDEN, WER FEIND UND FREUND IST.«

Ullr reckte trotzig das Kinn. »Ich bin nicht mehr dein Jäger!«

»DER STURM WIRD ALLE WELTEN ERFASSEN. IN EINIGEN HAT ES BEREITS BEGONNEN.«

Er wehrte sich gegen den Traum, zappelte herum, versuchte zu entkommen, aber dem Palindrom konnte er nicht entfliehen. »Was willst du von mir?«

»WENN DU DORT BIST, WIRST DU VERSTEHEN.« Kalak schenkte ihm einen letzten, grimmigen Blick, bevor er verschwand.

Mit einem Ruck wurde Ullr wach. Keuchend öffnete er die Augen und nun kroch der Schmerz doch in ihn hinein. Plötzlich tat sein ganzer Körper weh.

Er lag auf dem Rücken, starrte nach oben zum Mond und nahm einen Lichtstreifen wahr. Vielleicht bildete er sich das aber auch nur ein.

Er ächzte und setzte sich auf. Vorsichtig hob er die Hand an den Kopf.

Runa muss die Wahrheit erfahren. Die Worte hallten in seinem Verstand wider.

»Langsam!«, sagte Bytor und wollte ihn zurückdrücken, aber Ullr schob die Hand weg und rappelte sich stöhnend auf die Füße. Bei jeder Bewegung zuckten brennende Stiche durch seinen Oberkörper.

Er atmete flach durch zusammengebissene Zähne und warf sich den Pelz über. Irgendjemand hatte ihm Hemd und Lederpanzer angezogen. Wenigstens das blieb ihm erspart.

Ein Gedanke und Sleg landete in seiner Hand. Ein stummer Befehl und der Speer schrumpfte zu einem Stab zusammen, den er sich auf den Rücken klemmte.

Runa trat neben ihn und war bereits abmarschbereit. Ullr lagen die Worte auf der Zunge. Er könnte über alles reden: über Mutter, seine Erlebnisse, das Geheimnis, das sie umgab, und den Fluch, der über ihnen lastete. Dafür musste er nur den Mund aufmachen und sich dem Schicksal beugen.

Er wandte sich ab und stapfte los.

Von Schwertern, Flüchen und Milch

Die Luft in Aurvangar stand unter Druck wie vor dem Einsturz eines Stollens. Staub wirbelte umher, wurde von dem farbigen Licht umfangen und trudelte in die Tiefe. Andvari hatte schon lange in den Knochen gespürt, dass eine Zeit der Veränderung angebrochen war. Doch bei allem, was er sich ausgemalt hatte, hätte er niemals hiermit gerechnet. Es brauchte nur einen falschen Zug, ein törichtes Wort oder eine unbedachte Handlung, und das Pulverfass, das sich Aurvangar nannte, flog ihnen allen um die Ohren.

Reginns Abordnung erreichte die Plattform. Hreidmars Erstgeborener wirkte in seinem Gold und Blau stattlich, wie ein wahrer Zwergenkönig, der aus dem heiligen Stein getreten war. Seine Gefolgsleute – sie waren nicht weniger erhaben – betrachteten die hochgezogenen Gerüste und die Wurzel in der Höhle mit reger Neugierde; jenes Interesse, in dem Andvari sich selbst erkannte, wenn er vor einem unergründlichen Geheimnis stand. Einige zückten Keiltafeln, Meißel und Hammer, um ihre Eindrücke festzuhalten, andere verwendeten Pergament und Graphitstifte. Aber sie alle teilten denselben Wissensdurst.

Es zischte und rasselte.

Andvari konnte sich kaum vom Anblick des goldenen Ebers lösen. Weißer Dampf stieg aus den Nüstern und Funken sprühten aus den Borsten von Reginns Reittier. Gullinborsti war ein Wunderwerk vergangener Tage. Eine fortschrittliche Errungenschaft legendärer Zwergenschmiede. Es hieß, die Runen unter dem Kopf hauchten ihm Leben ein und Brokkr und Sindri hätten den Geist eines Ebers darin gebannt. Ein beseeltes Artefakt. Einer der Gründe für viele Experimente in Andvaris Jugend. Welche Geheimnisse den Eber auch umgaben, er wünschte sich schon seit Langem, Gullinborsti eingehend zu untersuchen.

Ein altes Feuer entfachte sich in ihm, wie eine Esse, die mit Öl übergossen wurde. Er hatte gedacht, es wäre längst erkaltet, und hielt verwundert inne, als die Aufregung wie Insekten unter seine Haut kroch. Schon machte er einen ersten Schritt auf den Eber zu und hob die Hand, ehe er sich besann und stehen blieb.

»Bruder!« Reginns volle Stimme riss Andvari aus der Benommenheit.

»Bruder«, erwiderte Fafnir. Sein Gesicht war von Unsicherheit gezeichnet.

»Es ist lange her.« Stolz sprach aus Reginns Blick, als wäre er über alle Zweifel erhaben, während er sich in der Höhle umsah. Dabei klimperte er mit den Ringen auf seinem Kettenhemd. Schließlich hatte er sich anscheinend sattgesehen und schenkte ihnen wieder seine vollkommene Aufmerksamkeit. »Ich begrüße es, dass du ausnahmsweise nicht deinem Hitzkopf nachgegeben hast und uns freundlich empfängst. Offenbar bist du lernfähig, kleiner Bruder.«

»Hitzkopf?«, fragte Fafnir leise und scharf wie eine gezückte Klinge.

Andvari berührte ihn am Arm und trat vor. »Reginn, Prinz von Swarinshaug, seid willkommen in Aurvangar.«

»Aurvangar.« Wieder sah Reginn sich um. Nun lag *Hunger* in seinem Blick. »Ein denkwürdiger Ort für das Zusammentreffen von Hreidmars Söhnen. Ein Ort, den die Lieder noch lange besingen werden.«

Andvari schluckte seine Aufregung runter. Das Stampfen der nahenden Yaks bebte in seiner Brust. Otur, der dritte Zwergenprinz, war fast bei ihnen. »Ich nehme an, Euch führt der Auftrag hierher, um den Ihr mich batet?«

Reginn schwang sich vom Eber, landete mit einem dumpfen Aufprall auf dem Plateau und hielt ihm den Unterarm hin, wobei er milde lächelte. »Lass uns begrüßen wie zwei alte Freunde.«

Andvari griff zu und war sich sehr wohl bewusst, dass Fafnir ihn beobachtete. Sein Augenmerk war allerdings ganz auf Gullinborsti gerichtet, um dessen Geheimnis zu lüften. Am Halsansatz befanden sich tatsächlich verschlungene Runennetze. »Ich danke Euch für diese Ehre, Prinz von Swarinshaug.«

»Reginn.« Der Prinz lächelte. »Wir kennen uns zu lange für höfisches Geschwätz. Das Zeremonieschwert ist fertig?«

»Das ist es. Aber du wirst wohl kaum wegen eines Schwertes vorbeigekommen sein.«

»Das ist wohl wahr.« Reginn ließ ihn wieder los und wandte sich dem dritten Neuankömmling mit sorgenvoller Miene zu. »Es gibt andere Gründe, die mich verleiteten, Swarinshaug zu verlassen.«

Der Yak betrat die Plattform und schnaubte schwer. Otur schwang sich aus dem Sattel und landete mit seinen eisenbeschlagenen Stiefeln auf der Plattform. Er war weder muskulös und eindrucksvoll wie Fafnir noch stattlich und weise wie Reginn. Ein Nomade, dessen Zwerge ihm nicht folgten, weil er ein Prinz war, nicht einmal aus Treue oder Demut, sondern weil er ihnen half zu überleben. Sein Bart war zerzaust, sein wirres Haar mit Eisenspänen und Erdklumpen durchsetzt, und die Augen in dem verdreckten Gesicht waren so tiefgründig wie Jöruvellirs Steinwälder. Sein Reich wurde auch die Sandebene genannt, was nicht ganz richtig war. Zwar gab es dort grauen Sand, der wie Staub in den zugigen Höhlen umherwirbelte, aber es war vor allem die nördliche, kalte Lage, die seine Heimat kennzeichnete. Deshalb war es nicht verwunderlich, dass er einen dicken Pelz über seinen groben, sandfarbenen Stoffschichten trug und mit allerlei Taschen, Gürteln, Beuteln und Gläsern behängt war, die bei jeder Bewegung leise klimperten und knarzten.

Otur zog den Stopfen aus einem Trinkschlauch und nahm einen tiefen Zug, während er zu ihnen marschierte. Er rülpste und dann hielt er Andvari den Schlauch hin. »Yakmilch?«

»Nein, danke.«

»Schmeckt sowieso wie Pisse.« Otur zwinkerte ihm zu. »Aber lass das bloß nicht mein Weib wissen!« Er lachte schallend; das Lachen war so laut, dass es in der gesamten Höhle widerhallte, obwohl niemand einstimmte.

»Otur!« Fafnir neigte höflich den Kopf. »Schön, dich zu sehen.«

Otur hob einen dicken Finger. »Du wirst dir noch wünschen, mich nicht zu sehen, Sonnenschein.«

»Otur«, sagte Reginn mit all dem Stolz, den er offenbar aufzubringen vermochte. »Du führst also weiterhin dein Vagabundenleben fort.«

»Vagabundenleben?« Otur kicherte. »Alles, was ich brauche, habe ich bei mir.« Er klopfte gegen seine Taschen und Beutel, die abermals klimperten und knarzten. »Mein größter Besitz ist der Wind, der meine Nüsse küsst.«

Ein Schatten glitt über Reginns Gesicht. »Warum bist du hier?«

»Na, ich will König werden, was denn sonst?« Otur breitete die Arme aus und grinste in die Runde. »Und wie es sich für einen König gehört, habe ich auch Geschenke mitgebracht.« Schnaufend stapfte er zu seinem Yak, löste einen schweren Beutel vom Sattel und schwang ihn auf den Rücken. Dann kehrte er zurück. »Na? Wollen wir mal sehen, was der nette Onkel so dabei hat?«

Er knallte den Beutel auf den Boden, sodass der Inhalt sich auf dem beschlagenen Holz verteilte. Kugeln rollten heraus, verteilten klebrige Flüssigkeit über dem Holz und kamen zwischen den Brüdern zum Erliegen. Für ein, zwei Augenblicke herrschte Schweigen, bis allmählich allen dämmerte, was da vor ihnen lag.

Zwergenköpfe.

Sofort herrschte Aufregung und Panik. Die Zwerge brüllten durcheinander, rissen Kisten auf und verteilten Waffen. Reginns Gefolgsleute umringten ihn schützend und zogen von irgendwoher Armbrüste, die auseinanderklappten – eine Errungenschaft, die Andvari in Staunen versetzte. Fafnir hatte eine Spitzhacke aufgenommen, die er probeweise schwang. Andvari hingegen bückte sich nach einem Kopf, während Otur ihn aufmerksam und reglos beobachtete, als ginge ihn das Chaos nichts an. Vorsichtig nahm Andvari den Kopf und drehte ihn. Die Wunde am Hals war glatt und sauber, also war der Zwerg durch einen gezielten Schlag getötet worden. Aber die anderen Kopfverletzungen, der eingedrückte Kiefer, der eingeschlagene Schädel, aus dem verfaulte Gehirnmasse tropfte, und der strähnige, staubbedeckte Bart erzählten eine andere Geschichte. Diese Wunden waren viel älter.

Otur bückte sich neben ihn und klopfte ihm auf die Schulter, als wären sie beste Freunde. »Weißt du, was mich an dir fasziniert,

Feigling? Du bist der Einzige, der einen kühlen Kopf bewahrt, während die anderen die Schwänze einziehen. Das macht dich wichtig. Aber auch gefährlich.«

Wenigstens konnte man sich auf Otur entwaffnende Ehrlichkeit verlassen, deshalb hielt Andvari auch gar nicht mit seiner Meinung hinter dem Berg. »Du nennst mich in einem Atemzug feige und gefährlich. Entscheide dich, Prinz!«

»Oh, ich muss mich schon entscheiden. Frag den lieben Papa, den du mit deinem Zahnstocher abgemurkst hast.«

»Ich habe nicht … Ich wusste nicht …«

Otur trank und blies ihm den stinkenden Atem entgegen. »Und der Speer?«

»Welcher Speer?«

»Der, den du für den Langen geschmiedet hast.«

»Ich habe keinen …« Andvari biss sich auf die Lippen. Es hieß, Otur sei verrückt und jetzt zweifelte er nicht mehr ganz an den Gerüchten. Er drehte den abgeschlagenen Kopf und entdeckte eingebrannte Striche an der Stirn, die Erinnerungen in ihm weckten: ᛗᚱᛈᚠᛏᚺᛗ. Vorsichtig nahm er die Keiltafel heraus und verglich die Striche. Es waren die gleichen.

Runen.

Während immer noch heillose Aufregung herrschte, die Zwerge sich anbrüllten und ein ganzes Dutzend Waffen auf Otur gerichtet wurde, der das alles so unbeschwert hinnahm, als wollten sie ihn zu einem Tänzchen auffordern, verblasste alles um Andvari wie Nebel. Vierundzwanzig Schriftzeichen auf der Keiltafel. Vierundzwanzig, die ein Runenalphabet ergaben. Runen, die zwar in Steinmetzarbeiten oder an alten, mystischen Orten in Svartalfheim auffindbar waren – einige von ihnen hatte er sogar selbst eingraviert –, aber deren Bedeutung längst vergessen war. Brokkr und Sindri hatten sie gekannt; sie hatten um ihr Geheimnis und ihre wahre Bedeutung gewusst. Vielleicht hatte der göttliche Schmied sie ihnen vermacht, damit sie Unvorstellbares vollbringen konnten. Doch Andvari … Er verstand nichts von alldem.

Eine Erinnerung regte sich in ihm. Ein Mann, der aus dem Dunst seiner schattenumlagerten Gedanken auftauchte und ihn um einen Gefallen bat. Eine Arbeit, die er hatte vollenden müssen. Seine Schmiede. Das helle *Pling* von Eisen auf Amboss. Das Zischen der Wasserkübel, dicht gefolgt vom Prasseln weißer Flammen.

»Ich danke dir, Andvari …« Die Worte hallten in seinen Gedanken wie ein Echo, aber er wusste nicht, wer sie an ihn gerichtet hatte. Je intensiver er die Erinnerung festhalten wollte, desto mehr zerrann sie wie Sand zwischen seinen Fingern.

Und dann war sie fort.

»Du weißt es nicht mehr, was?«, fragte Otur. »Ja, ich vergesse es auch, je länger ich danach suche. Der Trick ist …« Der Prinz nuckelte an seinem Schlauch, wischte sich seufzend den Mund ab, und hielt Andvari den Schlauch hin. »Der Trick ist, es nicht zu wollen.«

Zögerlich griff Andvari zu und trank einen Schluck. Yakmilch schmeckte ranzig und bitter, aber sie war überraschenderweise unverdünnt. Kein Alkohol. Überrascht sah er den Zwergenprinzen an, der einen Finger vor seine Lippen hielt, als wäre dies ihr kleines Geheimnis.

»Also, was steht dort?«, fragte Otur.

»Ich bin unsicher.« Andvari legte den Kopf ab und nahm einen anderen auf, der mit denselben Runen versehen war. »Ein Muster mit einer Bedeutung.«

Fafnir näherte sich, die Spitzhacke immer noch wie eine Mordwaffe in der Hand, die er gut und gerne gebrauchen würde. Er hob die Rechte und die Männer nahmen ihre Waffen weg. »Was sind das für Männer?«

»Tote«, sagte Otur.

»Was soll das heißen?«, rief Reginn, umgeben von seinen Gefolgsleuten, die mit ihren Armbrüsten wild herumschwenkten. »Erkläre dich, Bruder!«

»Wollen wir sie doch mal fragen, wie?« Otur nahm einen Kopf und hielt ihn am strähnigen Haar vor sich. »Also, du Schrumpfkopf, lass mal was hören!«

Er packte beide Kiefer und bewegte sie auf und zu, während seine Lippen völlig starr blieben. »Hallöchen! Ich bin's, der Horst! Wo hab ich nur heute meinen Kopf gelassen?« Otur blickte sich grinsend um. »Verstanden? Wo hat er seinen Kopf? Er ist hier! In meiner Hand!«

»Nicht lustig, Bruder«, brummte Fafnir.

»Ihr versteht aber auch keinen Spaß!« Otur ließ den Kopf fallen, der am Boden eindellte und schwarze Fäden verteilte, die wie Maden herumzappelten.

Die Umstehenden hielten zischend die Luft an. Nein, das waren keine Maden. Das waren Wurzeln, wie die einer Pflanze!

Plötzlich erzitterten sie und zersetzten sich zu Staub.

»Was, im Namen Wielands, war das?«, fragte Fafnir und umschloss eine kleine Eisenscheibe an einer Kette auf seiner Brust – das Glaubensbekenntnis an den göttlichen Schmied.

Otur verschränkte die Daumen in seinem Hüftgürtel. »Was fragst du mich? Sehe ich etwa aus, als hätte ich irgendeinen Plan von dieser Scheiße?«

»Diese Männer«, Andvari zögerte, »wer waren sie?«

Der Nomade machte eine Geste mit dem Finger vor dem Hals, als schnitte er sich die Kehle durch. »Tote.«

»Was soll das heißen?« Reginn löste sich von seinen Männern und kam näher, als hätte er alles unter Kontrolle. »Sprich in ganzen Sätzen, Bruder!«

Fafnir hockte sich neben sie und hob einen Kopf auf. Erkenntnis zeichnete seine Züge, bis sie sich in Bedauern verwandelten. »Ich kenne diese Männer. Sie gehörten zu einem Spähtrupp, den ich zur Erkundung nach Jöruvellir geschickt habe. Ich hielt sie für tot.«

Otur zwinkerte ihm zu. »Sie *waren* auch tot.«

Fafnir stutzte. »Halte mich nicht für eine alte Ziege! Hast du sie getötet?«

»Klar. Ich töte deine Männer und bringe ihre hässlichen Köpfe den ganzen Weg hierher, damit du dich mal wieder als der Allergrößte aufspielen kannst, was? Ich bin vielleicht verrückt, aber nicht bescheuert!«

»Otur, ich wollte nicht …«

»Ja, ja, ja. Versteh schon. Ich bin der Kleine. Aber der Kleine will euch mal was sagen.« Otur leerte seinen Schlauch, dann spuckte er einen Sprühnebel Yaknebel in ihre Mitte. »Bäh! Das Zeug ist echt widerlich. Ich schwöre bei den Schmiedebrüdern, dass ich keinen Schluck mehr daraus nehmen werde.« Wie um seinen eigenen Schwur zu strafen, setzte er noch mal an und lächelte dann gequält. »Wenigstens ist es gut gegen Magengeschwüre. Also, wo waren wir?«

»Und du?« Fafnir wandte sich Reginn zu, der so überheblich dreinblickte, als hätte er die Weisheit am Stiel gefressen. »Was willst du wirklich hier?«

Reginn wies mit ausholender Geste zu der Wurzel, an der neue Stränge gewachsen waren. »Ob du es wahrhaben willst oder nicht, aber das hier betrifft uns alle.«

»Das ist wohl wahr.« Fafnir fuhr sich nachdenklich durch den Bart. »Allerdings habe ich bereits Anspruch darauf erhoben.«

»Bedauerlicherweise gehört Aurvangar nicht dir.« Nun richtete sich Reginns erhabener Blick auf Andvari, dem das alles überhaupt nicht recht war.

Daraufhin herrschte Schweigen, das sich wie ein nasser Mantel über sie legte und Andvari mit Unwohlsein plagte. Ihm fröstelte auf einmal und er wünschte sich wieder in seine Schmiede zurück, wo es nur ihn, das Feuer und ein heißes Eisen gab. Im Mittelpunkt zu stehen, mochte er so wenig, wie Verantwortung für andere zu übernehmen.

Reginns Aufmerksamkeit richtete sich wieder auf Fafnir. »Was hast du vor, Fafnir? Suchst du nach dem verloren gegangenen Hammer? Nach dem Symbol der Regentschaft, um endlich in Vaters Fußstapfen zu treten?«

»Was wäre falsch daran?«, erwiderte der Kriegerprinz.

»Glaube mir, sie sind zu groß für dich.«

»Ha!« Otur klopfte sich auf den Oberschenkel. »Als ob deine stinkenden Latschen reinpassen würden!«

»Nein.« Reginn seufzte schwer und fingerte an den goldenen Ringen in seinem kunstvollen Bart herum. »Durin ist der einzig wahre Thronerbe.«

»Modsognirs Sohn?«, fragte Andvari überrascht.

»Ja.« Der alte Zwergenprinz blickte sehnsüchtig in die Ferne. »Der Sohn des ersten Königs von Svartalfheim. Der Prinz, der seinen Vater bekriegte und sich schlussendlich, als dieser endlich abtreten wollte, weigerte, den Thron zu besteigen. Und daraufhin spurlos verschwand. Durin, Modsognirs Sohn.«

Andvari erinnerte sich gut an die Niederschriften in den Chroniken. Hreidmar hatte in dem daraufhin ausbrechenden Chaos den Thron an sich gerissen und eine Zeit des Friedens einhergehen lassen, bevor er durch Tyrfings Fluch gestorben war. Beim Besuch eines nebulösen Fremden hatte er in der Eile das Schwert gezogen, ohne es zu besänftigen. Und dann hatte es sich sein Leben genommen. Die Folge daraus waren die Bruderkriege gewesen. Eine Zeit von Blut und Eisen.

Andvari untersuchte die anderen Köpfe und fand bei allen die gleiche Runenkonstellation. Wenn der göttliche Schmied seine Hand hierbei im Spiel hatte, dann verstand Andvari seine Rätsel nicht. »Rost«, murmelte er und sah zu der Wurzel auf. Es konnte kein Zufall sein, dass die zum selben Zeitpunkt auftauchte wie tote Zwerge mit eingebrannten Runen.

Dieses Geheimnis lockte ihn. Es war wie eine Sucht nach dem Rätselhaften, nach dem Wissen um etwas, das längst verloren geglaubt war. Nun war es hier. Zum Greifen nahe. Er musste nur die Hand ausstrecken und *verstehen*.

Es knackte.

Er hob den Kopf.

Ein viel lauteres Knacken ertönte, als zerbräche der gesamte Berg.

Gehetzt blickte er zur Wurzel. Ein neuer Setzling war herausgesprossen und hatte einen Teil der Gerüste umschlungen. Dort zog er sich immer enger zu.

»Wir müssen hier weg«, flüsterte er, aber niemand hörte ihm zu. Er holte tief Luft und rief: »Weg hier!«

Der Boden ächzte und bog sich, die gesamte Plattform erzitterte. Teile der Gerüste brachen aus den Verankerungen und stürzten in den Abgrund.

Dann brach das Chaos aus.

Die Zwerge eilten schreiend über die Brücken davon. Die Gerüste zerbrachen und rissen ganze Abschnitte in die Tiefe. Die Zwerge, die eben dort noch gestanden hatten, waren einfach verschwunden. Werkzeuge und Splitter flogen durch die Luft, Nägel und Köpfe rollten über die Plattform und die ganze Höhle erbebte.

Eine Abordnung Arbeiter umringte Fafnir und führte ihn von der Plattform. Reginn wurde ebenfalls von seinen Gefolgsleuten mit eingezogenem Kopf zu seinem Eber gebracht, der unter donnerndem Gebrüll davonjagte. Otur schwang sich in den Sattel seines Yaks, hob die Faust und eilte mit seinen Reitern davon. Sie schafften es gerade noch zu einem entfernt liegenden Plateau, bevor die Brücke hinter ihnen einstürzte.

Andvari tat das, was er immer tat, wenn es brenzlig wurde. Er lief davon.

***

Es polterte und klapperte, als Werkzeuge und Eisenstangen auf einem Haufen landeten.

Andvari stapfte durch seine Höhle, packte die Gurte, Riemen und Beutel und warf sie daneben. Er suchte nach seinen Keiltafeln, Meißeln und Hämmern und ließ sie auf dem dritten Haufen fallen. Dann kehrte er zu seinem Arbeitstisch zurück, riss die Schubladen auf, zog Papier, Pergament, Notizen und viele Blätter mehr heraus, versuchte sie zu sortieren, aber seine Finger waren zu ungeschickt vor Aufregung, und so stopfte er sie einfach in einen Beutel und warf ihn zu den anderen Sachen.

Kurz gab er sich einen Moment, um das Chaos in der Schmiede zu überblicken. Den Amboss konnte er nicht mitnehmen. Den Schmiedehammer auch nicht, obwohl es ein kostbares Stück war, das ihn schon seit Jahren begleitete. Wie magisch angezogen ging er dorthin, umschmiegte den ledergebundenen Griff.

»Nein!« Er ließ los. Den Blasebalg musste er ebenso hierlassen, genauso wie die Säcke voller kostbarem Ahnenholz. Die Esse müsste er löschen … die Glut ersticken … die Asche erkalten lassen … *Töten.*

Ich kann das nicht.

Wieder überblickte er sein beschauliches Heim und kam zu dem Schluss, dass er all das nicht mitnehmen konnte. Er musste sich auf das Wesentliche beschränken, wenn er fortgehen wollte. Doch was war das Wesentliche?

Du bist schon einmal fortgegangen. Du hast Übung darin. Du bist der Beste, wenn es darum geht, andere im Stich zu lassen. Weil du ein Feigling bist.

Andvari biss die Kiefer zusammen, so fest, bis sie knackten. Warum fortgehen? Warum zulassen, dass andere ihn vertrieben? Das hier war sein Heim!

Das Rauschen des Wasserfalls wurde kurz unterbrochen. Das Poltern von zielorientierten Schritten auf Stein ertönte.

Andvari drehte sich nicht um, sondern starrte mit brennenden Augen in seine Esse. Er beugte sich nach vorn, stützte die Fäuste auf den heißen Stein und betrachtete die flackernden Flammen, die stets neue Formen annahmen. Feuer war wandelbar. Es konnte sich jeder Situation anpassen. Er konnte das nicht. Der Fluch würde ihn immer begleiten – ganz egal, wo er sich befand.

»Du willst gehen?«, fragte Fafnir.

»Ich muss gehen«, raunte Andvari.

Der Prinz trat neben ihn und schaute ebenfalls in die schwache Glut. »Wann ist sie das letzte Mal erloschen?«

Andvari seufzte tief. »Noch nie.«

»Du musst nicht gehen, alter Freund.«

»Doch … Doch, das muss ich. Ich kann hier nicht bleiben.«

Fafnir schwieg kurz. »Reginns Gefolgsleute bauen einen eigenen Zugang zur Plattform. Eine Brücke aus Eisen! Kannst du das glauben? Allein das Traggewicht wird das niemals zulassen!«

»Reginn hat die besten Ingenieure. Sie werden eine Lösung finden.«

»Otur will ebenfalls bleiben. Er sagt, dass er grad nichts Besseres zu tun hat.«

»Jöruvellir hat das reichste Vorkommen an Ressourcen.«

»Alter Freund.« Fafnir lächelte ihn an. »Unser Abenteuer ist noch nicht vorbei.«

»Und die Toten?« Andvari löste sich von der Glut. »Was ist mit ihnen?«

»Die Zeit wird kommen, da wir ihre Seelen mit Liedern in den heiligen Stein zurückführen. Doch jetzt gibt es Wichtigeres zu tun. Wir brauchen dich!«

»Nein.« Betrübt sah er wieder in die Glut, hielt eine Hand darüber und ballte sie langsam. »Auf mich ist kein Verlass. Ich bringe nichts als Unheil und Leid.«

»Wir sind bereits dabei, die Plattform und Gerüste zu erneuern.«

»Es wird nicht ausreichen.« Er hielt kurz inne. »Die Männer haben recht. Die Wurzel will nicht erobert werden. Das ist ein zu großes Wagnis. Damit setzt ihr unnötig das Leben eurer Gefolgsleute aufs Spiel!«

»Also was rätst du mir? Aufgeben?« Fafnirs Stimme wurde leiser, schärfer. »Das kann ich nicht! Die Hoffnung auf Frieden und Zusammenhalt lodert in mir wie Ivaldis Schmiedefeuer!«

Andvari wandte sich von der Esse ab und suchte seinen Kram zusammen. »Für Frieden und Zusammenhalt braucht es keine Waffe.«

»Der Hammer ist das Symbol des Königs.« In stiller Verzweiflung spreizte Fafnir die Arme. »Wie kann ich alle Clans führen, wie kann ich von ihnen akzeptiert werden, wenn ich ihn nicht trage?«

»Indem du dich als weiser Führer erweist.«

Fafnir atmete hörbar aus. »Ich würde gerne daran glauben, alter Freund, aber wenn es etwas gibt, das unserem Volk irgendwann den Untergang bringen wird, dann sind es unser Stolz und unsere Sturheit. Bei meinem Bart, ich selbst bin ein Ziegenbock!«

Andvari ließ einen Beutel auf das Gepäck fallen und stellte fest, dass er das unmöglich alles tragen könnte. Er nahm etwas weg, aber wie könnte er als Schmied arbeiten, wenn er nicht das geeignete Werkzeug besaß?

Wieder wurde das Rauschen unterbrochen. Die Schritte waren nicht so zielorientiert wie die von Fafnir, sondern zögerlich, als wären sie sorgsam gesetzt.

Reginn betrat die Schmiede und sah sich eingehend um, bevor er an sie herantrat und die Hände hinter dem Rücken verschränkte. »Verzeiht, dass ich hier so ohne Vorwarnung eindringe, aber ich vernahm, dass du abzureisen gedenkst, Andvari.«

»Das stimmt.« Er konnte sich nicht entscheiden, was er mitnehmen sollte, und blickte wie im Wahn hin und her.

»Darf ich nach dem Grund fragen?«

»Die Luft in Aurvangar ist sehr dünn geworden«, murmelte er und legte den Beutel wieder zurück. Bei Wieland, wie konnte er diesen Ort verlassen und neu anfangen?

»Und wenn wir dir genügend Luft zum Atmen geben?«

»Meine Entscheidung ist gefallen. Ich gehe und lasse euch das tun, was ihr immer tut, wenn ihr aufeinandertrefft.« Er blieb an der Werkbank stehen und zögerte, die Hand über der Runentafel. Ein Geheimnis, das er lüften musste. Er hasste unvollendete Arbeiten, aber er *konnte* einfach nicht länger hierbleiben!

Reginn ging zu dem Schwert in der Aufhängung an der Wand gleich neben dem großen Schmelztiegel, den Andvari für größere Arbeiten gebrauchte. Während Tyrfing schlicht war, war dieses Schwert eines Königs würdig. Der Knauf war mit einem großen Bernstein besetzt, in dem grobe Sandkörner leuchteten. Das Heft war mit Knotenmustern durchzogen, die sogar entlang der geschwungenen Parierstange liefen und sich bis über die ungewöhnlich silbrig schimmernde Klinge ausbreiteten. Aus einer Eingebung heraus hatte er einige der Runen eingeätzt, die er auf der Keiltafel entdeckt hatte: ᚷᚱᛏᚠ. Er kannte die genaue Bedeutung nicht, hatte sich einfach von seinem Instinkt leiten lassen.

»Darf ich?«, fragte Reginn.

Ein drittes Mal wurde der Wasserfall unterbrochen. Die Schritte, die sich nun näherten, waren unstet, schlurfend, dann mal regelmäßig, als wäre der Mann, zu dem sie gehörten, nicht ganz bei Sinnen. Oder ein guter Schauspieler.

Otur grinste sie nacheinander an. »Was hab ich verpasst?«

»Nicht viel«, erwiderte Fafnir, der Andvari nachdenklich musterte. »Er geht.«

»WAS?«, brüllte Otur. »Aber er kann doch nicht einfach gehen!«

»Krieg dich mal wieder ein! Wenn Andvari gehen will, dann kann er gehen.«

»Mein Bauch hat ein ganz mieses Gefühl dabei. Meine Eier auch.«

Reginn hielt das Schwert mit aufgerissenen Augen in den Händen, als wäre er völlig verwirrt. »Was ist das für ein Erz, Andvari?«

»Frag Otur«, antwortete Andvari geistesabwesend.

Reginn wandte sich Otur zu, der lediglich mit den Schultern zuckte. »Hab's in Jöruvellir gefunden und dann Andvari geschenkt.«

»Wann habt ihr ...?« Reginn hob die Hand, um seinen eigenen Einwand zu unterbrechen. »Andvari, du weißt, was das ist?«

Andvari zuckte zusammen, als ihm klar wurde, dass Reginn das Erz erkannt hatte. Der Prinz war einer der wenigen gewesen, die den Hammer der Macht mit eigenen Augen gesehen hatten.

»Andvari!«

»Adamant.« Er drehte sich zu dem stolzen Prinzen. »Der Stahl des göttlichen Schmieds. Der härteste Stahl, den es jemals in Svartalfheim gab.« Andvari machte einen Schritt auf ihn zu. »Der Stahl, aus dem der Malmer besteht.« *Das Symbol des Königs von Svartalfheim.*

»Scheiße!«, brüllte Otur und fummelte an seinem Schlauch herum. »Ich glaub, ich brauch jetzt erst mal einen Schluck Yakmilch.«

»Adamant«, echote Reginn gebannt. »Wir hielten es für verloren.«

Andvari trat an ihn heran. »Ich muss dich leider enttäuschen, Prinz. *Gram* ist genau das, was du wolltest: ein Zeremonieschwert mit abgeflachter Klinge. Sollte mein Fluch darauf übergehen, wird er wenigstens keinem Zwerg jemals Schaden zufügen können.«

»Adamant«, sagte der Prinz abermals und betrachtete das Schwert mit unverhohlener Gier, die Andvari bei ihm nie erwartet hätte. Reginn gab es ihm mit großer Geste zurück, verschränkte die Hände hinter dem Rücken und wandte sich Otur zu, der lässig an der Esse lehnte und an seinem Schlauch nuckelte.

»Na, sieh mal einer an!«, rief Otur. Milch rann in seinen Bart. »Der Dungfresser ohne Heim und Herd scheißt also Adamant. Jetzt könnt ihr wohl nicht mehr so tun, als wäre ich der Ausschlag an eurem Sack, was?« Er steckte den Schlauch zurück und spreizte die Arme. »Also, was soll's sein?« Er ballte die Rechte. »Krieg?« Nun schloss er der Linke. »Oder Frieden?«

Nidavellir

Die Glut der Esse war fast erloschen. Das geschmolzene Eisen in den Schmelztiegeln, sonst blubbernd und zischend, war erkaltet und erstarrt. Selbst der Wasserfall brauste nicht halb so wild. Hier, in einer abgelegenen Schmiede von Aurvangar, sollte sich das Schicksal ganz Svartalfheims entscheiden.

»Also?«, fragte Otur, die Hände wie zwei Waagschalen erhoben. »Tritt in die Eier oder Streicheln am Sack? Krieg oder Frieden? Blut oder …?« Er hielt inne. »Rost, mir fällt kein Vergleich ein.«

Reginn schüttelte den Kopf. »Ich muss mich zuerst mit meinem Volk beraten. Das schulde ich allen, die mir folgen. Es ist kompliziert.«

Otur nahm seine Arme runter. »Ich hocke mit meinem fetten Arsch auf einem Haufen voll Adamant, den wir vermutlich für die Wurzel brauchen. Was ist daran kompliziert?«

Fafnir stieß sich von dem großen Bottich ab, trat in die Mitte der Schmiede und sah sich eingehend um, als erwartete er überall Gefahr. »Ich will ehrlich sein. Das Adamant ändert nichts daran, dass jeder von uns König sein will.« Er hob den Finger. »Aber es ist ein Zeichen.«

Otur lachte gehässig. »Dass wir uns die Birne deswegen einschlagen sollen?«

»Nein, du Rostkopf«, blaffte Reginn. »Wir dachten, dass es kein Adamant mehr gibt. Modsognir hat alle Stollen einstürzen lassen und versiegelt. Wir haben geschürft, gegraben, gesucht …« In drohender Ohnmacht warf er die Hände in die Luft. »Doch niemand konnte die Vorkommen finden. Bis heute.«

»Auch wenn ich ihm nur ungern zustimme«, brummte Fafnir. »Es ist kein Zufall, dass ausgerechnet jetzt, da die Wurzel in Aurvangar gewachsen ist, auch eine Mine mit Adamant entdeckt wurde. Ein Ereignis führt zum nächsten.«

»Eine Kettenreaktion«, murmelte Andvari und seufzte leise. Wer wusste, welche Mythen und Geheimnissen ebenfalls aus den Legenden traten? Eigentlich wollte er nur seine Ruhe haben, aber inzwischen begriff er, dass er nicht vor der Situation weglaufen konnte. Wohin sollte er schon gehen?

Er schaute zu dem kriegerischen Prinzen Fafnir, der nachdenklich die Stirn runzelte, eine Hand auf dem Griff seiner Axt.

Nidavellir?

Sein Blick wanderte weiter zu Reginn, einem alten, ehrwürdigen Zwerg, der sich gedankenverloren durch den langen Bart fuhr.

Swarinshaug?

Zuletzt sah er zu dem kräftigen Zwerg mit dem wirren Bart, der grinste, als wäre das alles für ihn bloß ein Witz.

Jöruvellir?

Drei Prinzen, die um Herrschaft fochten. Drei Reiche, denen ein alles entscheidender Krieg bevorstand, wenn er nichts unternahm. Drei Schicksale, die miteinander verknüpft waren.

Die Erkenntnis legte sich wie ein tonnenschweres Gewicht auf seine Schultern. Er konnte nirgendwohin. Nicht, wenn er keinen Weg fand, diese drei Sturköpfe zur Zusammenarbeit zu bewegen.

»Ein Zeichen Wielands«, sagte er leise. »Ein Zeichen, dass die drei Prinzenbrüder sich die Hand reichen sollen, um das Geheimnis der Wurzel zu lösen. Frieden. Zum Wohle aller Zwerge.« Er trat in ihre Mitte und sah sie nacheinander an. »Frieden. So lange er auch immer anhalten mag, bis sich der wahre König von Svartalfheim offenbart. Frieden.«

»Wie können wir vergessen, was geschehen ist?«, fragte Reginn. »Jahre des Krieges. Zwergenblut, das in Strömen vergossen wurde. Hass, der zwischen den drei Reichen wie eine feurige Esse geschürt wurde.«

»Eine Aufgabe, die euch zusammenschweißt.« Andvari verließ die Höhle durch den Wasserfall, wurde im eisigen Nass gebadet und gelangte auf den Vorsprung, der einen Ausblick über Aurvangar erlaubte. Überreste der Plattformen und Gerüste hingen zwischen den Wurzelsträngen und waren damit verwachsen. Einige Brücken waren unversehrt, während vor allem an der Westseite der Höhle ganze

Plateaus zusammengebrochen waren. Die Wurzel war gewachsen und der farbige Nebel darum kräftiger geworden. Das Loch an der Decke, das anscheinend bis in die Unendlichkeit reichte, leuchtete so grell, dass man Flecken vor den Augen bekam, wenn man zu lange hinsah.

Dreimal wurde der Wasserfall unterbrochen, als die Prinzen aufschlossen.

»Reginn verfügt über die fähigsten Ingenieure«, sagte er und nickte dem Prinzen zu. »Fafnir über die tüchtigsten Arbeiter. Otur über die wichtigsten Ressourcen. Wir brauchen ein Symbol. Etwas Beständiges. Etwas, das alles Dagewesene übersteigt. Dafür müssen wir das Blut, das zwischen uns steht, vergessen. Wir müssen zusammenarbeiten, um unser Volk in eine neue Zukunft zu führen.«

Er trat näher an die Kante, während eine Idee aus dem Nebel seiner Erinnerungen hervortrat und den Funken in ihm entzündete. Plötzlich schwirrten so viele Gedanken und Ideen in seinem Kopf herum, dass er sie kaum bändigen konnte. Rasch ging er in die Schmiede, nahm die Tafel auf und kehrte damit zu den Prinzen zurück.

»Ich kenne diesen Blick«, sagte Fafnir.

Otur boxte Andvari gegen die Schulter. »Er hat einen Geistesblitz!«

Reginn nickte bedeutungsschwer. »Bitte, lass uns daran teilhaben, Andvari.«

»Wir werden das tun, was wir am besten können«, sagte Andvari betont langsam. »Wir schürfen. Wir schmieden. Wir bauen. Aber dieses Mal mithilfe eines Geheimnisses, das ich ergründen muss.« Er strich über die Tafel und spürte die Magie des Augenblicks. »Das der Runen.«

***

Andvaris Herz pochte wie der Hammer eines Schmieds, als er sich der Grotte näherte. In der natürlichen Höhle war es sehr feucht, Tropfsteine hingen von der Decke oder wuchsen aus dem Boden wie das Gebiss eines Ungeheuers, weshalb man aufpassen musste, wohin man trat. Die Grotte befand sich oberhalb seiner Schmiede, etwas nordwestlich, und war der perfekte Ort, um Aurvangar an das Lorennetz anzugliedern. Vor vielen Jahren war ein schlauer Zwerg auf die Idee gekommen, Schienen zwischen den drei großen Zwergenreichen zu errichten. Das musste noch zu Modsognirs Zeiten gewesen sein, als man zumindest versucht hatte, miteinander auszukommen, ohne sich gleich die Köpfe einzuschlagen. Vielleicht waren es sogar die legendären Zwergenbrüder gewesen? Andvari wusste es nicht. Aber was er wusste, war, dass das Beförderungssystem einen großen Nutzen hatte.

Fafnir marschierte gut gelaunt zu den beiden Wachmännern, die lässig neben den aufgereihten Loren standen. Dabei handelte es sich um kastenförmige Wagen auf Rädern in unterschiedlicher Machart. Manche waren viereckig und etwas höher, weshalb sie als Förderwagen für Materialien und Bodenschätze verwendet wurden. Es gab sie in verschiedenen Größen. Über Hebel, Kupplungen und Stoßdämpfer konnten sie zu einer Kette verbunden werden. In den rechteckigen, gepolsterten Loren wurden die Zwerge transportiert. Sie waren wie kleine Boote geformt, das Rahmengestell aus Aluminium, um möglichst leicht, widerstandsfähig und schnell zu sein.

Für einen Moment vergaß er seine Aufregung und untersuchte die Lore auf ihre Beschaffenheit. Nein, das war kein Aluminium. Das war eine besondere Legierung, die viel fester war und offenbar dem Grubenwasser standhielt, damit man die Loren nicht ständig warten musste. Selbst die Puffer, um die stark auftretenden Stöße abzufangen, waren eine Meisterleistung.

Er bückte sich und untersuchte die Pufferfedern, die sowohl vorne als auch hinten angebracht waren. »Reibungsfedern«, murmelte er. »Und Blockpuffer.« Sie waren mit einer beweglichen Zugstange ausgerüstet und ein Gegenlager übertrug die Zugkräfte von der Zugstange auf die Pufferfedern. Dadurch konnte sie sowohl Zug- als auch Stoßkräfte aufnehmen, damit die Insassen nicht zu Schaden kamen.

»Was sagst du?«

Andvari blinzelte den Prinzen an. »Wer hat die entwickelt?«

Fafnir winkte ab. »Die Entwürfe stammen von einem von Reginns Ingenieuren.«

»Und sie sind rein zufällig in deine Hände gelangt.«

»Warum beschwerst du dich? Hiermit sind wir schneller in Nidavellir, als du denkst.«

Andvari stand auf und betrachtete die Schienen, die sich quer durch die Höhle zogen und in der Dunkelheit verschwanden. Natürlich brauchten die Loren erst mal genügend Schwung, um die Strecke auch überwinden zu können. Dafür wurden sie in der Spannfeder eingerastet, einem großen Metallblock, der mit dem Schienennetz verbunden war. Es hieß, die Kräfte, die auf einen Zwerg beim Abstoßen einwirkten, seien so groß, dass manche ohnmächtig wurden.

Göttlicher Schmied!

Fafnir klopfte ihm auf die Schulter und zog ihn dann näher zu einem Gefährt, das er für sie auserkoren hatte. Es war ein Zweisitzer mit dem persönlichen Siegel des Herrn von Nidavellir. Andvari fummelte an seiner Lederschürze herum. Ausnahmsweise trug er darunter ein graues Hemd sowie feste Stiefel und Handschuhe, und er hatte sich die Haare in Ordnung gebracht, sodass sie ihm nicht ständig in die Stirn fielen. Aber am angesengten Bart wollte er nichts ändern. Er war Schmied, deshalb durfte seine Gürteltasche mit den wichtigsten Instrumenten nicht fehlen: ein Set Nägel, Hammer, Meißel, Reißnadel und Zange. Ohne seine Ausrüstung ging er nirgendwohin. Und wenn er es sich recht überlegte, dann hatte er seit vielen Jahren Aurvangar nicht verlassen.

»Erkläre mir noch einmal, warum ich das tue«, sagte er leise.

Fafnir machte eine auffordernde Handbewegung zu den Wachmännern, die sogleich die Lore an der Spannfeder anlegten, mit einem Hebel die Schienen umlegten, die sich mit einem Knirschen neu ausrichteten, und einen zweiten Förderwagen für Fafnirs Leibgarde herbeischafften. Die Kessel an der Spannvorrichtung wurden mit Wasser gefüllt und befeuert, die Zahnräder bewegten sich artig und der Flaschenzug verrichtete die von ihm erwartete Arbeit, um die zweite Lore auf den Schienen abzusetzen.

Drei Zwerge begleiteten sie. Verwundert stellte Andvari fest, dass sich darunter auch eine Zwergin befand. Ihr Bartflaum, ihre großen

Augen und das blonde Haar, das zu einem dicken Zopf geflochten war, der ihr bis zur Hüfte reichte, verunsicherten ihn. Es war lange her, seit er die Gesellschaft einer Zwergin genossen hatte und er musste sich zwingen, sie nicht ständig anzustarren. Wie die anderen trug sie einen leichten Lederpanzer über einem roten Wappenrock und wirkte nicht weniger kampfbereit. Jedenfalls galten Axt und Schild auf ihrem Rücken bestimmt nicht allein zur Zierde.

Fafnir beugte sich neben ihn. »Gefällt sie dir?«

Andvari sah ertappt auf. »Wer?«

Der Prinz grinste breit. »Die Lore.«

»Ah, die Lore. Natürlich. Ja, sie ist … eindrucksvoll.«

»Würdest du sagen, sie ist attraktiv?«

Andvari runzelte die Stirn. »Die Lore?«

Fafnir führte ihn an der Schulter zu seiner Leibgarde, die bereits in der Lore Platz nahm. Die Zwergin wies sie lautstark zurecht, ihr gefälligst Platz zu machen, und setzte sich ganz nach vorn. »Sie folgt mir schon seit einigen Jahren.«

Andvari machte sich etwas kleiner. »Die Lore?«

»Klar. Sie hat sich bewährt und führt meine Leibgarde. Ich hatte nie eine bessere Kommandantin.«

»Wir reden immer noch über die Lore, oder?«

Die Zwergin warf ihnen einen grimmigen Blick zu. Andvari wollte wegsehen, aber er konnte nicht. Bei Wieland, sie war kräftig wie Felsen, ihr Gesicht war wie aus Stein gemeißelt und ihr Haar glänzte wie geschürftes Gold. Er hatte selten ein perfekteres Geschöpf des göttlichen Schmiedes gesehen.

»Ich glaube, *sie* hat ein Auge auf dich geworfen, Andvari.«

»Auf … mich?«

»Auf wen denn sonst? Ich habe im Angesicht des heiligen Steins meinen ehelichen Schwur geleistet. Ich kann also nicht gemeint sein.«

Er erstarrte. »Du bist verheiratet?«

»Und bin Vater von zwei stolzen Burschen.« Wieder klopfte Fafnir ihm auf die Schulter. »Du hast viel verpasst, alter Freund. Also, willst du sie jetzt ansprechen, oder erleidest du vorher einen Herzstillstand?«

»Wen?«, raunte Andvari.

Fafnir beugte sich zu ihm und senkte seine Stimme. »Die Lore.«

Die Zwergin lächelte. Wieland, sie lächelte *ihn* an! »Natürlich«, sagte Andvari heiser.

Fafnir lachte schallend. »Keine Sorge, alter Freund. Wenn sie dich will, dann lässt sie dich das schon wissen. Jetzt rein mit dir!« Er wies zur Lore, die bereits an der zweiten Spannfeder ausgerichtet war. »Du musst uns die benötigten Bauteile herrichten. Ohne die Schmieden Nidavellirs wird dir das wohl kaum gelingen, nicht wahr?«

Es gefiel Andvari nicht, seine Heimat zu verlassen. Aber er hatte erkannt, dass er sich nicht länger verstecken konnte, wenn er irgendwann sein beschauliches Leben wieder führen wollte. Er musste den Zwergenprinzen helfen, ein Band zwischen ihnen schmieden und ganz nebenbei noch das Geheimnis um die alten Runen lösen.

Instinktiv nahm er die Runentafel aus seiner Gürteltasche und fuhr zärtlich über die Versenkungen. Seine Fingerkuppen kribbelten, als stünden sie unter Spannung. Aus irgendeinem Grund wusste er, dass der göttliche Schmied ihm diese Aufgabe vermacht hatte. Er musste die Runen beherrschen und etwas erschaffen, das ihnen erlaubte, die Wurzel zu betreten.

Mit weichen Knien kletterte er in die Lore und nahm auf dem Hintersitz Platz. Die Polster waren bequem und er konnte sich an der Querstange am Vordersitz festhalten. Außerdem gab es Gurte, die kreuzförmig über die Brust festgeschnallt wurden, um zumindest ein wenig Sicherheit zu versprechen. Aber danach fühlte es sich für Andvari keineswegs an, als Fafnir sich auf den Vordersitz warf und sich weder festschnallte noch festhielt. Der Prinz zwinkerte ihm über die Schulter zu, dann machte er eine knappe Geste zu den Wachleuten.

Andvari überprüfte ein drittes Mal die Gurte und berührte dabei die Runentafel. Sie gab ihm Kraft. Halt. Eine Aufgabe. Zur Sicherheit überprüfte er noch einmal die Gurte.

Es klickte, als die Spannfeder hinter der Lore einrastete. Ein Wachmann packte den Hebel.

Warum, bei Wieland, tue ich das hier?

Es rumpelte, als der Hebel umgelegt wurde.

Klick.

Nichts geschah.

Andvari atmete zitternd aus. So schlimm war es doch gar nicht.

Klick. Klick.

War die Spannfeder kaputt? Hatte er irgendetwas verpasst und …?

KLICK!

Wie ein Geschoss wurde die Lore über die Schiene davonkatapultiert. Andvari wurde derart fest in den Sitz gepresst, dass er nicht einmal Luft für einen Schrei fand. Der Wind blies ihm ins Gesicht, zerrte an seinen Haaren, drückte wie ein Presslufthammer gegen seine Brust.

Atmen! Wieland, er musste atmen!

Die Felswände flogen nur so an ihm vorüber und dann tauchten sie in den dunklen Schlund ein. Der Fahrtwind wehte ihm ins Gesicht und wirbelte den langen Bart und seine Haare über die Schulter, während die Lore dröhnend über die Gleise donnerte und mit Schwung abwärts ratterte.

Fafnir stieß einen Schrei aus. Andvari wusste nicht, ob aus Freude oder Furcht. Er war immer noch damit beschäftigt, irgendwie seinen Körper davon zu überzeugen, die Anspannung endlich loszulassen. Dann endlich tat er einen ersten Atemzug, als Lichter in der Ferne in Sicht kamen. Wie ein Ertrinkender schnappte er nach Luft und klammerte sich an der Querstange fest.

Die Lore wurde langsamer. Nun konnte Andvari gelbe Kristalle entdecken, die in Fassungen an den Wänden angebracht waren und ein wenig Helligkeit spendeten. Das Gefährt hatte den ersten Schwung verloren und ratterte in angenehmer Reisegeschwindigkeit dahin.

Fafnir beugte sich zu ihm. »Wie war's?«

»Schauderhaft.« Andvari keuchte.

»Und wie ist es jetzt?«

»Ich muss zugeben, das hier hat durchaus seinen Reiz.«

Der Prinz nickte nach hinten. Zögerlich wagte Andvari einen Blick über die Schulter. Ein Stück von ihnen entfernt schoss die zweite Lore über die Schienen. Die Zwergin auf dem Vordersitz winkte ihnen zu und Fafnir winkte zurück.

»Rost, was für eine Zwergin!«, murmelte der Prinz. »Wenn ich du wäre, würde ich nicht lange fackeln. Keine Ahnung, was die an dir findet.«

»Da sind wir schon zwei.«

Fafnir lachte. »Ich nehm dich doch bloß auf den Arm! Du bist ein heiß begehrter Zwerg.«

»Ich?«

»Sicher. Rost und Eisen, in Nidavellir bist du so was wie eine Legende.«

»Du scherzt. Tyrfing hat unserem König das Leben gekostet.«

Fafnir hob feierlich die Hand. »Bei meinem Bart, darüber würde ich niemals scherzen! Mag sein, dass einst ein paar Zwerge dich einen Verfluchten genannt haben, aber soll ich dir mal etwas verraten? Die großen Schmieden, die du erbaut hast, stehen immer noch. Wir haben sie zwar erweitert, aber all das ist nur dir zu verdanken.«

Andvari seufzte. »Das wusste ich nicht.«

»Was?«

»Ich sagte, dass ich das nicht wusste«, sagte er etwas lauter, da der Wind immer heftiger wurde und ihm fast die Worte aus dem Mund riss.

»Wie könntest du auch? Du hast dich ja all die Jahre versteckt, alter Freund. Weißt du was?« Fafnir griff nach hinten und fasste ihn an der Hand. »Wenn wir dort sind, sollten wir gemeinsam trinken. Echtes Zwergenbier, nicht die Yakpisse in deinem Heim! Rost, ich habe den malzigen Geschmack schon auf der Zunge!«

Die Schienen machten einen Schwenk nach oben und die Lore wurde langsamer. Dadurch konnte Andvari mehr von seiner Umgebung ausmachen. Die Stollen waren alle aus dem Felsen geschlagen und die wenigsten waren natürlich entstanden. Er wollte sich gar nicht vorstellen, wie viele Arbeiter und wie viel Zeit es gekostet haben musste, all das zu erschaffen, nur um ein schnelleres Transportsystem zu erfinden. Die Strecke von Aurvangar nach Nidavellir umfasste einen Fußmarsch von mehreren Wochen. Laut dem Prinzen war es dank der Loren nur eine Reise von wenigen Stunden. Und er stellte fest, dass diese Art des Reisens beinahe angenehm war. Aber nur beinahe.

Allmählich entspannte er sich ein wenig und wagte einen zweiten Blick zurück. So schlimm war das hier gar nicht. Warum hatte er sich solche Sorgen gemacht? Wie von selbst berührte er die Runentafel. Ein Geheimnis, das er lüften würde. Irgendwie.

»Bereit?«, rief Fafnir ihm zu.

Andvari richtete sich auf. »Wofür?«

»Dafür!«

Die Worte blieben ihm im Hals stecken, als die Lore so langsam wurde, dass sie fast zum Stillstand kam. Ein paar Schritt vor ihnen schwenkte die Trasse nach unten. Panik traf ihn wie eine eiskalte Welle. Ehe er schreien konnte, raste die Lore hinab.

***

Andvari stolperte aus der Lore. Sein Magen bäumte sich auf, als hätte er etwas Schlechtes gegessen. Er hielt sich an einem Tropfstein fest und beugte sich vornüber. Atmen. Wieland, er musste tief durchatmen!

»Das erste Mal?«

Andvari ruckte hoch – so schnell, dass sich alles um ihn drehte. Die Zwergin stand neben ihm, die Hände vor der Brust verschränkt – und lächelte ihn an. Ihr langer Zopf hing über eine Schulter und reichte sogar über ihren Gürtel hinaus. Wie ein Wasserfall aus flüssigem Gold. Er bemerkte, dass er sie immer noch angaffte und sah schnell weg.

»Ob es deine erste Reise mit einer Lore war?«, fragte sie abermals.

»Ich … Nun, gewissermaßen … Ja.«

»Das geht vorüber.« Sie nickte ihm zu, dann ging sie zu Fafnir, der bereits eilig mit den Zwergen sprach, die in der Grotte postiert waren. Anders als jene Gefolgsleute des Prinzen, die Andvari bereits gesehen hatte, waren diese wahre Zwergenkrieger. Anstelle von Lederpanzern trugen sie Kettenrüstungen und dicke Platten auf der Brust, einen sechseckigen Schild auf dem Rücken und waren mit allerlei Waffen behängt. Überall an ihnen schimmerte kantiges, dunkles Metall. Er glaubte ihnen sofort, dass sie allzeit bereit waren, einem anderen Zwerg das Leben zu nehmen, um ihre Heimat zu beschützen.

Er war immer noch ein wenig wacklig auf den Beinen, als er zu Fafnir aufschloss. Bis dahin war ihm nie wirklich bewusst gewesen, dass er es mit einem *Prinzen* zu tun hatte, einem Führer von Zehntausenden Zwergen, die in seinem Dienst standen.

»Das ist Andvari.« Fafnir winkte ihn näher. »Sein Leben ist so viel wert wie meines, daher ist auch sein Wort Gesetz. Verstanden?«

Es klapperte, als die Krieger sich eine Hand quer über die Brust legten und verbeugten. Ihre Gesichter waren hinter kantigen Visierhelmen verborgen, dennoch sprachen die Blicke aus den viereckigen Augenschlitzen von Neugierde, als sie sich wieder erhoben und Andvari zuwandten. Auf einmal fühlte er sich unwohl in seiner Haut und wünschte sich in sein beschauliches Heim zurück.

Fafnir marschierte los. »Da dem Genüge getan ist, wenden wir uns der Arbeit zu. Wir haben *einiges* zu tun!«

Andvari beobachtete immer noch die gerüsteten Zwerge. In all dem Stahl und Eisen steckten Lebewesen? Eigenständige Wesen, die denken und handeln konnten, mit Wünschen und Träumen? Sie wirkten wie Statuen, die zum Leben erwacht waren und nun wieder erstarrten.

»Kommst du?«

Abermals schreckte er hoch. Die Zwergin verharrte neben ihm. Er ertappte sich, dass er sie abermals viel zu lange ansah und wandte schnell den Blick ab. Bei Ivaldi, dem göttlichen Schmiedelehrling! Wie oft sollte ihm das noch passieren, bis er sich endlich im Griff hatte?

»Nali.« Sie hielt ihm den Unterarm hin. Erst zögerte er, dann überwand er seine Vorsicht und packte zu. Ihr Griff war so fest und kräftig, dass sie ihm fast die Hand zerquetschte. Ein seltsamer Glanz lag in ihren Augen, den er nicht ganz einschätzen konnte.

»Muss ich aufpassen, nicht gestochen zu werden?«, fragte er und verdammte sich sogleich für seine unbedachten Worte.

Die Zwergin runzelte die Stirn. »Was?«

Er ließ sie los. »Nali. Das bedeutet die *Nadlige*.«

Sie lachte leise. »Wenn du brav bist, dann nicht.«

»Bitte verzeiht, ich wollte nicht …«

»Nein!« Sie hob die Hand. »Tut mir leid. Meine Scherze waren schon besser.«

»Das ist es nicht. Es ist … Ich …« Er atmete tief durch. »Es ist *viel*.«

»Verständlich.« Sie starrte ihn an.

Er wurde unsicher und wollte ihrem Blick ausweichen, aber gleichzeitig konnte er sich diesem nicht entziehen.

»Entschuldige«, sagte sie rasch. »Es ist nur so unglaublich, dass ich hier mit *dir* stehe.«

»Wieso?«

»Fafnir hat so viel von dir erzählt und überall in Nidavellir findet man Hinweise auf dein Wirken. Es gibt so unglaublich viele Geschichten über dich! Ich hätte nie geglaubt, dass du einmal hierher zurückkehrst. Ich meine … du bist *Andvari*!«

»Ich habe Nidavellir aus gutem Grund verlassen.«

Sie nickte. »Fafnir glaubt nicht an den Fluch.«

»Wenn ich dir einen Rat geben darf, Nali, dann überzeuge ihn, Tyrfing abzulegen. Das Schwert bringt nichts als Leid.«

Sie neigte den Kopf, dann stapfte sie voran. Er folgte ihr zögerlich. Die Grotte endete in einem Tunnel, der von Öllampen erhellt wurde. Ein Geruch schwebte in der Luft, der Erinnerungen in ihm wachrief. Steinmehl. Eisen. Feuer. Leben.

Schließlich gelangten sie in eine Höhle, die so groß war, als wäre sie eine eigenständige Welt. Sie war *endlos*. Eine Reihe gewaltiger Säulen strebte dort aus dem Abgrund und reichte bis zum Dach der Welt, als diente sie als Stütze des Berges selbst. Darin waren unzählige quadratische Gebäude herausgeschlagen, bildeten verschiedene Ebenen und vorgelagerte Terrassen und waren durch Treppen miteinander verbunden. Die Wohnstätten der Zwerge, in deren Türen und Fenstern Lichter brannten – weit, weit entfernt. Überall führten Brücken von einer Säulenstadt zur anderen.

Als Andvari das letzte Mal hier gewesen war, hatte es vier Säulenstädte gegeben, jede für eine andere Zunft zuständig. Daraus waren sieben geworden und Nidavellir wuchs immer noch. Ein Anflug von Wehmut überkam ihn und rang mit der Furcht in ihm, die seine

Eingeweide wie in einem Schraubstock quetschte. Als er diesen Ort verlassen hatte, waren seine letzten Worte keine der Freude gewesen. Seitdem war viel geschehen.

Fafnir führte ihn über die Hauptbrücke, die all die Ebenen überspannte und auf die mittlere Säulenstadt zuhielt. Sie bestand aus zusammengeschweißten Metallplatten, auf denen die eisenbeschlagenen Stiefel der Zwerge ein Konzert verschiedenster Klänge erzeugten. Jeder Zwerg, dem sie begegneten, kniete sich demütig hin, und alle zehn Schritt waren Wachen in voller Montur postiert. Über Spiegel wurde Licht in die Höhe geleitet und falls das noch nicht ausreichte, wanden sich beinahe an jeder Stelle malachitfarbene Kristalladern durch den Stein. Dadurch herrschte ein angenehmes Dämmerlicht.

An der Westseite gab es rauschende Flüsse, deren Wasser aus dem Gestein sickerten und sich in Auffangbecken sammelten. Von dort wurde es umgelenkt und die Wasserkraft über Schaufelräder und Rohre abgeleitet, um die Kraft für die Schmieden in den nahe gelegenen Gewölben zu nutzen. Ein ausgeklügeltes System, an dem Andvari nicht ganz unbeteiligt gewesen war. Seit seinem letzten Aufenthalt war es erweitert worden. An den Felswänden wurde gebaut, neue Holzkonstruktionen errichtet, gehämmert, gezimmert und geklopft. Aber der Lärm störte ihn nicht. Es klang nach Arbeit.

Wie viele Zwerge lebten hier? Sie waren schier allerorts! Tausende, die auf den Ebenen der Säulenstädte umhergingen, Arbeiter, die Schubkarren über die Brücken schoben, schwere Ausrüstung schleppten oder in kunstvollen Gewändern umhergingen.

Je länger sie unterwegs waren, desto mehr wurden sie zum Zentrum der Aufmerksamkeit. Die Zwerge blieben stehen, steckten die Köpfe zusammen, zeigten auf sie. So lange war Fafnir doch gar nicht weg gewesen.

Fafnir winkte ihn heran. »Habe ich zu viel versprochen?«

»Was?«, fragte Andvari.

»Sie erinnern sich an dich. Aber du wirst weder Verachtung noch einen Vorwurf finden, alter Freund. Ganz im Gegenteil!«

Jetzt fiel ihm auch auf, dass sie nicht den Prinzen beobachteten, sondern *ihn*. Wie viele Blicke waren auf ihn gerichtet? Er atmete schneller und blieb unwillkürlich stehen.

»Worauf wartest du, Andvari? Komm schon!«

»Ich kann das nicht.« Er schaute zurück. Dort hatten sich inzwischen Hunderte Zwerge eingefunden, die ihnen folgten.

»Was kannst du nicht?«

»Ich will zurück.«

Nali trat neben ihn und fasste seine Hand. Wie lange war es her, seit eine Frau ihn berührt hatte? Er wollte sich dagegen wehren, aber es war angenehm und nahm ihm etwas von seiner Unsicherheit.

»Wenn du möchtest, kann ich die ganze Zeit bei dir bleiben«, flüsterte sie ihm zu. »Aber nur, wenn dich meine Nähe nicht stört.«

»Nein!«, sagte er viel zu schnell und hielt kurz inne. »Ich meine, nein, mich stört deine Anwesenheit ganz und gar nicht. Sie ist … angenehm.«

»Gut!«, brummte Fafnir und stapfte weiter. »Komm jetzt!«

Sie gelangten zur zentralen Säulenstadt, die sich in schwindelerregende Höhe schraubte. Die Architektur hatte sich kaum verändert und war immer noch ganz und gar eine Besonderheit. Die Decken waren sehr niedrig, es gab keine runden Flächen und alles war geometrisch angeordnet. Beinahe an jeder Stelle war der Stein mit kunstvollen Steinmetzarbeiten oder Fresken versehen, die Szenen aus der Vergangenheit zeigten, mit Leuchtkristallen durchsetzt, um sie lebendiger wirken zu lassen: Modsognir auf dem Thron, daneben sein Sohn Durin. Das Schmieden des Malmers, des königlichen Sigills. Das Verschwinden der legendären Zwergenbrüder Brokkr und Sindri. Der erste Krieg. Hreidmars Besteigen des Throns, ein eindrucksvoller, breit gebauter Zwerg. Eine Zeit des Friedens, bis er starb und der Krieg zwischen den drei Brüdern ausbrach.

Andvari lebte zugleich in der Vergangenheit und sah den toten König vor sich. Die Künstler hatten wohl ganz vergessen zu erwähnen, dass Hreidmar in seinem eigenen Blut ersoffen war, aufgespießt von Tyrfing.

Nali nickte ihm auffordernd zu. Mit einem Kopfschütteln vertrieb er die Geister der Vergangenheit und konzentrierte sich auf die

Gegenwart. Sie gelangten in eine weite Halle, die schier endlos inmitten der Säulenstadt hinaufreichte, als würde sie die Bergspitze durchstoßen. Säulenkolonnen säumten die Wände und darin gab es Ausbuchtungen, die von Statuen ausgefüllt wurden; altehrwürdige Zwerge, die sich großer Errungenschaften verdient gemacht hatten und mit strengem oder stolzem Blick auf ihre Betrachter herabsahen. Die Besonderheit dieser Halle war allerdings die unverkennbare Tatsache, dass sie mit Gold ummantelt war. Fast an jeder Stelle schimmerte es: an den Säulen, in den Bodenplatten, auf den Treppenstufen, die zu einer erhöhten Plattform hinaufführten, und am Thron selbst, einem wuchtigen, meisterhaft erschaffenen Kunstwerk mit riesiger Rückenlehne, die zwanzig Schritt hoch reichte.

»Der goldene Saal«, raunte Andvari ergriffen. Die Erinnerungen überkamen ihn wie ein Sturm und drohten ihn davonzuwehen. Dies war der Grund, weshalb der Krieg entbrannt war; der Grund, warum es seit langer Zeit keinen Frieden mehr gab. Wer auf dem Thron saß, war König. Es wäre ein Leichtes für Fafnir, sich einfach dorthin zu begeben und selbst zu küren. Aber der Prinz war stolz und gläubig. Er glaubte, dass einzig ein Symbol des göttlichen Schmieds ihm diese Ehre vermachen würde, um dauerhaften Frieden zu garantieren.

Selten hatte Andvari ihn mehr geschätzt. Tradition und Bräuche waren wichtig. Wie sonst sollte Svartalfheim geeint werden?

Der Prinz bemerkte offenbar seine Anerkennung und lächelte ihm grimmig zu, als er vor den Treppenstufen stehen blieb, wo ihn bereits eine Gruppe Zwerge in bodenlangen, weinroten Gewändern erwartete. Anders als ihr Prinz wirkten sie keineswegs erfreut, Andvari hier zu sehen. Ihre Blicke waren nicht feindselig, aber auch nicht gutmütig.

Fafnir wies auf die älteren Zwerge. »Meine fähigsten Ingenieure kommen zwar nicht an die von Reginn heran, aber sie sind sehr tüchtig und wurden darin unterwiesen, alles zu tun, was du von ihnen verlangst. Die Schmieden Nidavellirs wurden bereits befeuert und warten darauf, dass du das baust, was auch immer es sein soll, um unser Ziel zu erreichen.«

Ein Ingenieur räusperte sich. »Ich möchte Eure Anweisungen nicht infrage stellen, mein Prinz.« Was natürlich so viel hieß, dass er genau das tat. »Haltet Ihr es wirklich für ratsam, den Verfluchten mit dieser Aufgabe zu betrauen?«

»Ich halte es sogar für sehr ratsam, Radswid.«

»Aber …«

»Gibt es einen Fortschritt?«

Radswid wand sich. Er war sehr kräftig, trug ein Vergrößerungsglas im linken Auge und sein schlohweißer Bart war so lang, dass Andvari sich wunderte, wie er nicht ständig darüber stolpern konnte. »Nicht direkt«, sagte der Ingenieur.

Fafnir funkelte ihn an. »Das heißt?«

»Genauer gesagt … keinen. Unsere Experimente scheitern allesamt. Es scheint«, Radswid wischte sich über die schweißnasse Stirn, »dass uns eine bestimmte Komponente fehlt.«

»Dort ist sie!« Fafnir zeigte auf Andvari. »Er ist die fehlende Komponente. Denn er wird das Geheimnis um die Runen lüften.«

»Verzeiht, aber wir kennen die Runentafel. Wir haben alles kopiert.«

»Und warum funktioniert es dann nicht?«

»Was funktioniert nicht?«, fragte Andvari.

Fafnir machte eine harsche Handgeste. »Lasst uns allein!«

Die Ingenieure, selbst die Wachen, verließen die goldene Halle. Nali ging ebenfalls davon und Andvari ertappte sich dabei, wie er ihr hinterherblickte.

»Hör auf, es verbergen zu wollen«, sagte Fafnir.

»Was denn?«

»Nali gefällt dir.«

Andvari blies seine Unruhe aus. »Ich bin nicht allein wegen der Wurzel hier, oder?«

»Dir kann man auch nichts vormachen. Darf ich ehrlich sein?«

»Ich bitte sogar darum! Du weißt, dass ich keine Waffen mehr schmiede. Gerade jetzt wäre es das falsche Zeichen …«

Fafnir berührte ihn an der Schulter. »Erinnerst du dich an unsere Experimente, als wir noch jung waren und glaubten, alles erreichen zu können?«

Abermals berührte Andvari die Runentafel in der Tasche. »Du meinst die Verwandlungen? Otur der Otter?«

Der Prinz prustete los. »Genau das! Oder Andvari der Fisch, was?«

»Hör zu, ich sagte dir schon damals, dass ich es für äußerst gefährlich halte, die Seele oder den Funken eines Wesens in etwas anderes zu transferieren. Inzwischen glaube ich, dass es unmöglich ist.«

»Und was, wenn es um eine Gabe geht?«

»Was für eine Gabe?«

Fafnir senkte seine Stimme. »Eine bestimmte, mit der man alles weiß?«

»Ich kann dir nicht ganz folgen.«

»Wunder, Andvari. Ich spreche von Wundern.« Der Prinz wurde plötzlich ernst, als er den goldenen Saal verließ und einen Nebengang betrat. Mit etwas wackligen Beinen folgte Andvari ihm und fragte sich, welche Überraschung jetzt auf ihn wartete. Dahinter erwartete ihn eine leere Kammer, die im Halblicht versank. Andvari war zuerst verwirrt, aber er wartete, bis der Prinz einen Backstein am Gemäuer nach innen drückte.

Klick.

Die gesamte Wand erwachte zum Leben – die Backsteine lösten sich voneinander und rollten wie von Geisterhand zur Seite, um einen Durchgang freizugeben. Mit einem mulmigen Gefühl in der Magengrube trat Andvari hinter Fafnir in die Dunkelheit. Der Gang endete an einer Plattform, die wie ein Aufzug mit einer Kurbel versehen war. In einer Vertiefung steckte eine Metallfackel, an deren Spitze statt Feuer ein gelber Leuchtkristall in einer Fassung steckte. Fafnir löste die Fackel und betätigte die Kurbel.

Es rumpelte, als sich der Fahrstuhl in Bewegung setzte und hinabfuhr.

»Muss ich mir Sorgen machen?«, fragte Andvari.

»Warte es einfach ab.«

Mit einem Ruck setzten sie auf. Die Luft war kühl, richtiggehend kalt, und die Dunkelheit um sie war so erdrückend, dass Andvari Beklemmung in der Brust verspürte.

»Fürchtest du dich?« Fafnirs Stimme hallte um sie wie ein Echo.

»Wäre das so verwerflich?«

»Du bist ein Feigling, Andvari. Und genau deshalb mag ich dich so.« Der Prinz klappte das Gatter auf und verließ den Fahrstuhl. Es klimperte und klackerte, als ginge er über Münzen.

Andvari folgte ihm mit angehaltenem Atem. Als er hinaustrat, rutschte der Boden unter ihm weg. »Was ist das? Gold?«

»Nicht direkt.« Fafnir drehte sich zu ihm und hielt die Fackel tiefer, sodass man den Boden besser sehen konnte.

Andvari hielt scharf die Luft an.

Er befand sich auf einem Berg aus Ringen!

Fafnir schwenkte die Fackel herum und leuchtete hierhin und dorthin. Die gesamte Höhle war damit gefüllt, als wären sie in ein geheimes Reich vorgestoßen, von dem niemand wissen sollte. Doch allmählich dämmerte Andvari, womit er es hier zu tun hatte, und er nahm mit gerunzelter Stirn einen der Ringe auf. Er war schwarz, mit goldenen und silbernen Adern durchzogen und über und über mit winzigen Runen versehen. Jeder Ring auf dem Boden ähnelte diesem, als wären sie ein und derselbe.

Sein Mund war plötzlich trocken und er musste immer wieder schlucken. Zögerlich ließ er den Ring sinken und nahm einen anderen auf. Es war der gleiche Ring. Er blickte sich um, strich über die Hunderten, Tausenden, Abertausende Ringe an diesem Ort. Es gab keinen Zweifel daran, dass es *der* Ring war, eines der Meisterwerke von Brokkr und Sindri.

»Woher?«, hauchte er.

»Einer meiner Krieger fand den Ersten am Finger einer Leiche in einer tiefen Gruft. Die Gruft war voll davon. Wir haben alle hierhergeschafft, aber seitdem ...«, er nickte nach links und rechts, »Nun ja, du siehst selbst.«

»*Draupnir.*« Andvari drehte den Ring zwischen den Fingern, wagte aber nicht, ihn anzulegen. »Alle neun Nächte tropfen acht gleiche Ringe ab.«

»Es sind dieselben Runen wie auf der Tafel, alter Freund.«

»Ja.« Er nickte langsam. »Der erste?«

Fafnir bückte sich und griff nach einem Seil. Dann zog er. Es dauerte eine Weile und nur unter großer Anstrengung förderte er einen einzelnen Ring zutage, um den das Seil gewickelt war. Er löste den Knoten und hielt den Ring hoch. Noch in dieser Bewegung summte der Ring und es tropften acht identische Ringe davon ab, die auf den Haufen unter ihnen klimperten.

»Du zeigst mir Draupnir nicht grundlos, Fafnir. Was willst du?«

»Ihn verstehen.« Der Prinz hielt den Ring ins Licht und ein hungriger Glanz lag in seinen Augen. »Es gibt hier eine Rune, die sich nicht auf der Tafel befindet. Sie sieht aus, als wäre sie zusammengesetzt. Hier.« Er tippte auf die unverkennbare Stelle, wo sich Linien und Muster zusammenzogen. Sie bildeten einen Kreis, verziert mit acht Strahlen wie bei einer Sonne, jeder davon mit drei kurzen Querbalken versehen. Am Ende der Strahlen gingen zwei schräge Striche ab wie bei einem Krähenfuß.

»Meine Mystiker haben das Symbol untersucht.«

»Mystiker?«

Fafnir winkte ab. »Jedenfalls sind sie der Meinung, dass dieses Symbol die Runen bindet wie ein großes Netz. Radswid behauptet, es verleihe die Kraft, ein Hindernis zu überwinden, wie es der Tröpfler tut. Es übergehe alle Fesseln und Naturgesetze und erschaffe sich aus sich selbst heraus neu. Oder es helfe, einen Feind zu besiegen. Ein Mystiker hält dagegen, dass diese zusammengesetzte Rune nicht für das Tröpfeln zuständig sei, sondern einen Streit schlichte, indem man sein *wahres Selbst* offenbart. Möglicherweise ist das aus sich selbst Erschaffen das wahre Selbst von Draupnir. Der Ring dürstet danach, sich von seinen Fesseln zu befreien und zu wachsen.«

»Wenn ich das mal zusammenfassen darf, dann glaubst du, dass das hier der Schlüssel zum Geheimnis der alten Runen ist.«

»Ganz genau.« Fafnir hielt ihm den Ring hin, den Andvari zögerlich entgegennahm. Er war glatt und kühl. Kein Hinweis auf sein Geheimnis – einmal vom Berg seiner Duplikate abgesehen.

»Warum das alles, Fafnir?«

»Ich will vorbereitet sein, falls unser gemeinsames Projekt scheitert.«

Sorgsam steckte Andvari den Ring ein. »Du meinst, falls sich einer deiner Brüder gegen dich wendet.«

»Alter Freund«, der Prinz seufzte, »seien wir ehrlich zueinander. Glaubst du wirklich, dass unsere Mission, unabhängig von Gelingen oder Scheitern, einen dauerhaften Frieden in Svartalfheim garantieren wird?«

Darüber musste er nicht lange nachdenken. »Nein.«

»Nein.« Fafnir nickte langsam. »Wenn du Draupnir verstehst und das Geheimnis dieser Rune entschlüsseln kannst, um sie auf etwas anderes zu übertragen. Wenn du mir diesen Gegenstand vermachst, damit ich meine Brüder besänftigen kann. Dann kannst du den Krieg beenden.«

Andvari überblickte die Höhle, die so viele Ringe barg, dass niemand sie zählen könnte. »Mein Schwur gilt nach wie vor. Ich schmiede keine Waffe.«

»Das verlange ich auch nicht.«

Wieder zögerte er. »Was soll ich für dich erschaffen?«

»Einen Helm. Einen Helm mit dieser Rune.«

Der Turm von Valanor

Ein schwarzer, schattenumlagerter Turm drückte sich an die Flanken des Berges und ragte wie ein hoch aufgerichteter Pfeiler in den Himmel. Seine Spitze verschwand in den Wolken, die das Land in Licht und Schatten tauchten, Regen versprachen, aber keinen brachten.

Valanor.

Die Männer raunten und flüsterten, während sie durch die Wildnis zogen, immer den Blick in die Ferne zu diesem Ort der Sagen und Legenden gerichtet, von dem niemand wusste, wie er einst entstanden war, aber über den sich allerorts Geschichten erzählt wurden. Es hieß, ein uraltes Volk habe den Turm einst im Auftrag eines Gottes errichtet, um seine Macht zu mehren. Dann gab es jene, die behaupteten, der Turm sei eine Pforte zur Hölle, wo die Verheerung noch immer darauf warte, wieder über die Lebenden herzufallen. Außerdem gab es Gerede darüber, eine Göttin sei in den höchsten Saal des Turmes gebannt worden und dürste seit Jahrhunderten nach Rache. Und dann hielt sich noch das hartnäckige Gerücht, der Turm sei verflucht und wer ihm zu nahe komme, der sterbe einen äußerst qualvollen Tod.

In jeder Geschichte steckte wohl ein Funken Wahrheit.

Morrigan zog sich die Kapuze tief ins Gesicht und wickelte sich in ihren Mantel. Das Gefieder an Kragen und Schultern war nass und schwer von der Feuchtigkeit, die wie dunstiger Nebel über dem Tal lag. Sie zitterte, aber nicht vor Kälte. Jeder Schritt brachte sie zurück in ein Leben, dem sie nicht grundlos den Rücken gekehrt hatte. Mit brennenden Augen starrte sie zu der weit entfernten Nadel, die sich schwarz gegen den Himmel abhob, und versuchte sich vorzustellen, wie es wohl wäre, die Pforten zu öffnen. Was sollte sie nach all der Zeit sagen? Gab es überhaupt Worte, um ihre Gefühle auszudrücken? Ihr Atem ging schneller. Nichts konnte widerspiegeln, was in ihr vorging, als ihre alte Heimat immer näher kam. Kein Gefühl. Keine Regung. Kein Wort.

Nichts.

»Ich schwöre …«, Cino keuchte hinter ihr, »… bei allem, was mir heilig ist … und das ist nicht viel …, dass ich am Ende bin.«

Schweigen. Alle waren mehr damit beschäftigt, sich den Atem zu sparen. Die Straße, der sie seit der Küste folgten, war mehr ein ausgetretener Pfad, der von Wildtieren und gelegentlich von Händlern genutzt wurde. Furchen zogen sich durch den Schlamm, der sich an den Stiefeln festsaugte. Die Soldaten stapften missmutig hinter ihr her. Nach den Unwettern in Tirnanog stand ihnen nun ein weiterer beschwerlicher Marsch bevor. Sie hätten nach Méridor zurückkehren können. Allerdings war ihre Gier größer als ihre Vernunft. Eine seltsame Eigenschaft der Menschen, die Morrigan immer noch nicht verstanden hatte.

Die Küste lag mehrere Tagesmärsche von den *Verlorenen Bergen* entfernt. Obwohl Valanor nicht zu übersehen war, stand ihnen eine lange Reise bevor. Ohnehin war es ungewöhnlich, dass sie eine Schiffsreise, für die sie sonst mehrere Wochen gebraucht hätten, in so kurzer Zeit bewältigt hatten. Immer deutlicher spürte sie, wie der Wind sie von hinten anstieß. Mittlerweile hatte sie begriffen, dass eine andere Macht dafür verantwortlich war. Eine Macht, die wollte, dass sie nach Valanor zurückkehrte.

Nach Hause.

Die Luft fühlte sich vertraut in ihrer Kehle an. Die Umgebung wirkte unberührt, als hätte kaum je ein Mensch seinen Fuß hierhergesetzt. Den Anstieg bemerkte man anfangs kaum. Dann wurden die Bäume spärlicher und der Pfad führte durch ein weiteres Teil. Dort marschierten sie zwischen grasbewachsenen Hängen dahin, die von Bächen und Mooren durchzogen und von Riedgras bewachsen waren. Sie legten nur selten Rast ein und selbst dann fand Morrigan kaum Schlaf. Sie würde erst Ruhe finden, wenn sie den Turm erreicht hätten.

Einen Tag später verengte sich das Tal zu einer Schlucht, seitlich von nacktem Fels und Geröll eingefasst. Der Weg wurde steiler, zwei schroffe Bergspitzen erhoben sich zu beiden Seiten. Dahinter waren im Dunst die Umrisse hoher Berge zu erahnen und noch ein Stück darüber der Weltenbaum, der mit dem schweren bleifarbenen Himmel verschmolz.

Morrigan hüllte sich in Schweigen. Wenn die Männer am Abend bei einem Feuer zusammensaßen, Cino sie mit Geschichten bei Laune hielt, saß sie abseits und las ihr Buch, obwohl sie es längst auswendig kannte. Die Worte waren vertraut, als würde sie jenen kennen, der sie verfasst hatte, wie ihr eigen Fleisch und Blut. Es war tröstlich, sie immer wieder zu lesen und sich daran zu erinnern, dass es jemanden gab, der genauso rastlos und von Einsamkeit geplagt war wie sie. In Wahrheit wollte sie sich jedoch nur von dem Gedanken ablenken, wohin ihre Reise führte.

Es war der vierte Abend seit ihrem Aufbruch von der Küste, als Cino sich neben sie setzte und ihr einen gerösteten Hasenschenkel hinhielt.

»Ich habe keinen Hunger«, erwiderte sie und vertiefte sich in ihr Buch, obwohl ihr Magen hilflose Schreie zu ihr aussandte.

»Du musst essen, Eiskönigin.«

Sie funkelte ihn an. »Was hast du an meinen Worten nicht verstanden?«

Er schnupperte an dem Schenkel wie ein Trüffelschwein. »Dieser Geruch! So zart, so saftig! Ich würde mich am liebsten reinlegen. Isst du etwa kein Fleisch?«

»Richtig.«

Er runzelte die Stirn. »Wie, du *isst* kein Fleisch?«

»Niemals.«

»Niemals?«

»Niemals.«

»Dann ist's ja gut, dass Hase eher ein *Fleischhäppchen* ist.«

Ihre Mundwinkel zuckten. »Hast du nicht etwas Besseres zu tun? Saufen? Herumhuren? Geschichten erfinden?«

Er hob den Schenkel wie einen Zeigestock, während das Fett seine Finger volltropfte. »Erstens saufe ich nur, wenn mir danach ist. Zweitens erweist sich das Herumhuren als schwierig, wenn unsere einzige Begleiterin so kalt wie ein Eisberg ist. Drittens unterschätze niemals die Macht einer Geschichte, Prinzessin!«

»Fertig?«

Er grinste wieder. »Hab ich dir eigentlich schon einmal den Witz von dem Spitzohr und dem Zimmermann erzählt?«

»Mehrfach. Versprichst du mir, mich in Ruhe zu lassen, wenn ich esse?«

»Nun«, er spitzte die Lippen, »vielleicht lasse ich dich unter meine Decke …« Er hob die Hand. »Verstanden! Kennt man da, wo du herkommst, keine Witze?«

Natürlich wusste er nichts von der allzeit vorherrschenden Kälte. Den ermüdenden Lektionen. Den Jahren der Einsamkeit. Den Strafen. Dem Schmerz. Dem Feuer. Dem Gestank ihres eigenen verbrannten Fleisches in der Nase. Dem Feuer, das näher und näher rückte …

Sie schlug das Buch zu und riss ihm den Schenkel aus der Hand. Mit Heißhunger biss sie hinein, schmatzte und kaute, während Fett von ihrem Kinn tropfte.

»Kein Hunger, wie? Warte, ich bring dir noch was. Und wenn Jacobo, dieses dumme Arschloch, wieder rumdiskutiert, pisse ich ihm in den Schlauch!«

Er stapfte davon und kehrte nur einen Moment mit einem weiteren Schenkel und einem Becher mit Wasser zurück. Morrigan hatte inzwischen das Fleisch verputzt, riss ihm den zweiten Schenkel aus der Hand und setzte nur aus, um mit großen Schlucken zu trinken.

»Sag mal, wie lange hast du nichts gegessen, Eiskönigin?«

Sie rülpste leise. Das Fleisch lag wie ein Stein in ihrem Magen, aber zumindest für einen kurzen Zeitraum hatten die Sorgen sie nicht geplagt. »Meine Speise sind die Elemente. Mein Trank die Melodie, die sie erzeugen.«

»Muss ja wirklich köstlich sein.« Cino klopfte sich gegen den Bauch. »Ich bleib lieber bei Fleisch.« Gut gelaunt setzte er sich neben sie, streckte Arme und Beine aus, verschränkte die Hände hinter dem Kopf und überkreuzte die Füße und sah sinnierend in den Himmel.

»Das war übrigens keine Einladung, Cino.«

»Ich passe auf dich auf.«

»Wie ehrenwert von dir.«

»So bin ich eben.« Er zwinkerte ihr zu. »Ein edler Ritter. Übrigens habe ich mich etwas gefragt.«

Sie wollte ihn davonschicken, aber dann begriff sie, dass das Gespräch mit ihm vielleicht eine gelungene Abwechslung war und winkte auffordernd.

»Also, du kommst aus der Anderswelt, ja?«, fragte Cino.

»Alfheim. So nennt man es in der Sprache der *sídhe*. Bevor du fragst: Nein, ich kann dir nichts darüber erzählen, weil ich nie dort war.«

»Wo liegt denn dieses Alfheim?«

Sie wies in die Krone des Weltenbaums, die trotz des nächtlichen Sternhimmels klar erkennbar war. »Ein abgelegener Ast nahe der Krone, wo das Licht sehr hell scheint und kaum Dunkelheit hineingelangt.«

»Klingt nett. Warum gehst du nicht dorthin?«

»Weißt du, was ich glaube?« Sie fischte den Flachmann aus seiner Uniformjacke, schraubte den Verschluss ab und roch daran. »Du bist ein Blender.«

Er hielt sich in gespieltem Entsetzen die Brust. »Mitten ins Herz!«

Sie gab ihm den Flachmann zurück. »Warum lässt du alle im Glauben, du wärst ein Säufer?«

Gequält verzog er das Gesicht. »Ein unterschätzter Mann wird unterschätzt. Und einem unterschätzten Mann vertraut man gerne.«

»Damit du sie ausnehmen kannst wie eine fette Gans?«

»Ha!« Er richtete sich auf. »Ha, ha! Das war ein Scherz, oder? Götter, du kannst ja richtig lustig sein, Eiskönigin!«

»Es war mein Ernst. Glaubst du, ich bemerke nicht, wie du mich mit Essen und angenehmen Gesprächen verführen willst, um mich auszuhorchen?«

Er hob den Finger und sank wieder zurück. »Erwischt. Da wir uns gerade so schön unser Herz ausschütten, möchte ich darauf hinweisen, dass auch du nicht ganz ehrlich zu mir bist.«

Sie hob eine Braue.

»Dein Herz ist nicht halb so kalt, wie du mich glauben machen willst.«

Natürlich, der Seemann. Darauf spielte er an. »Ich hätte ihn retten können.«

»Hättest du nicht. Ich bin zwar manchmal schwer von Begriff, aber kein Idiot.«

Sie breitete ihre Decke aus und legte sich hin. »Meine Mutter stammt aus Alfheim. Ich weiß nicht, wie und weshalb sie ihre Heimat verließ, um in Valanor Zuflucht zu suchen, aber sie ist vor etwas davongelaufen, was ihr solch eine Angst gemacht hat, dass sie niemals zurückgekehrt ist. Wenn sie von Alfheim gesprochen hat, dann stets voller Gram, als wüsste sie etwas, von dem sie fürchtet, dass es eines Tages eintreten könnte. Nur ein einziges Mal hat sie etwas erwähnt, das ich seitdem nicht vergessen habe.«

Er richtete sich ein wenig auf. »Und was?«

Sie zögerte. Könnte sie es sagen? Könnte sie …? »Quelle der Weisheit.«

»Was ist das?«

»Das weiß ich nicht.«

»Erwartungen, was?« Er ließ sich zurücksinken. »Besser ist es, keine zu haben. Dann muss man auch nicht feststellen, dass die Schokotorte eigentlich nach Scheiße schmeckt. Ich habe deshalb gelernt, das Leben so zu nehmen, wie es kommt.«

»Ich wünschte, ich könnte das auch, Cino. Aber das kann ich nicht. Da ist etwas in mir, das mich dazu drängt, weiterzumachen. Ich … kann es nicht erklären.«

»Und schon liegen wir beisammen, Arm in Arm, genießen die Nähe des anderen und …« Er lachte, als er ihren finsteren Blick bemerkte. »Schon gut. Ich halte die Klappe.«

Eine Weile lagen sie still nebeneinander und lauschten dem Knacken der Flammen und den nächtlichen Geräuschen; wie der Wind sich regte und durch das Laub fuhr, wie die Äste raschelten und die Insekten zirpten. Für einen kostbaren Moment dachte Morrigan nicht an das, was ihr bevorstand, und fühlte sich all ihrer Fesseln … *befreit.*

Doch viel zu schnell holte die Vergangenheit sie ein, als der Wind über ihr Lager heulte, die Flammen löschte und wieder davonbrauste.

Cino ruckte hoch. »Was war denn das?«

»Mutter.« Morrigan spie das Wort aus.

Er zog ein Gesicht, als hätte sie ihm geradewegs zwischen die Beine getreten. »*Mutter?*«

»Sag den Männern, dass wir aufbrechen und die Nacht durchwandern.«

»Ich kenne da ein paar Männer, die damit ganz und gar nicht einverstanden sind.«

»Zwing sie!« Morrigan packte ihre Sachen zusammen und marschierte los.

***

Die Sonne schien, brannte unbarmherzig. Es war heiß beim Laufen und Morrigan musste die Augen zusammenkneifen, so hell war es. Sie alle waren müde vom Aufstieg. Die Männer blickten sich angespannt um, ob der Wind ihnen wieder auflauerte. Ein Dutzend Soldaten fluchten und spuckten, ihre Schuhe knirschten und sie rutschten auf der trockenen Erde und den losen Steinen. Cino mühte sich vor ihr voran, gebeugt unter dem Gewicht seiner Ausrüstung; das Haar rund um sein Gesicht war dunkel vor Schweiß.

Meilenweit war kein Mensch zu erblicken. Kaum etwas regte sich, selbst Wild fand man in dieser Höhe kaum noch. Der schmale Pfad wand sich entlang des Berghangs, zog immer steiler an und wurde teils von gewundenen Felsen überragt, die so glatt waren, als wären sie erst geschmolzen und dann in dieser Form erstarrt.

Mit jedem Schritt, den sie sich Valanor näherte, zogen sich ihre Eingeweide fester zusammen. Auf einmal war wieder alles da: die Lektionen. Die Jahre der Abgeschiedenheit. Der Grund, weshalb sie fortgegangen war.

Warum kehrte sie zurück? Weshalb war sie so sicher, dass Merlin Valanor wieder aufsuchen würde? Warum wandte sie sich nicht ab und lief davon?

So wie damals ...

Tief in sich fand sie die Antwort. Die Elemente flüsterten ihr zu, dass sie dorthin gehen musste. Es war Schicksal.

»Kann nicht behaupten, dass ich begeistert bin«, sagte Cino an ihrer Seite. Er tat sich an seinem Schlauch gütig und wischte sich das verschwitzte Haar aus der Stirn. »Mir ist so heiß, dass sogar mein Arschschweiß schwitzt.«

Morrigan konzentrierte sich auf ihre Schritte und sparte sich den Atem. Der Anstieg war schon anstrengend genug. Aber wenn man sich auf eines verlassen konnte, dann, dass Cino immer eine Reaktion brauchte. Wie ein streunender Köter, den man aus Mildtätigkeit gefüttert hatte.

Er ließ sich zu ihr zurückfallen. »Wird wohl noch eine Weile dauern, bis wir ankommen, was?«

»Offensichtlich.«

»Dafür ist die Gesellschaft angenehm.«

Sie sah ihn an.

Er grinste. »Für dich zumindest.«

»Muss ich mir dieses Geschwätz die ganze Reise anhören?«

»Natürlich nicht. Ich habe überdies vor, ein wenig Geplapper, Geschnatter und hin und wieder Gebrabbel und Gequatsche von mir zu geben – aber nicht zu viel, denn ich will es ja nicht übertreiben.«

Es gelang ihr gerade so, sich ein Grinsen zu verkneifen. »Großartig.«

»Übrigens habe ich auch Gesabbel geübt.«

»Ich kann gar nicht erwarten, alles zu hören.«

»Ich befürchte«, er seufzte, »das war schon alles.«

Sie schwieg.

»Bei allen Göttern, wann entspannst du dich endlich ein wenig, Eiskönigin?«

»Ich vermute, ich bin einfach eine sehr unangenehme Person.«

Er schnaubte. »Kann ich eine Frage stellen?«

»Offenbar kannst du es.«

»Lustig.«

»Danke.«

»Also, kann ich?«

»Da du mich ohnehin nicht in Ruhe lassen wirst«, sie winkte auffordernd, »frag.«

»Sie ist etwas persönlicher. Genau genommen ist sie …«

»Cino!«

»Hast du ihn geliebt?«

Sie blieb stehen, wischte sich den Schweiß von der Stirn, aber zugleich fröstelte ihr, als der Wind über den Weg brauste und heulte und an ihrem Mantel riss. Jemand fluchte, als ihm etwas davongeweht wurde. »Nein.«

»Das sah aber nicht danach aus, so viel Zeit, wie ihr Turteltäubchen miteinander verbracht habt.«

Verstohlen blickte sie sich um und erwartete halb, ihn hinter sich zu wissen. Dieser tote Blick. Diese unbändige Kraft. Diese grenzenlose Wut. Sie erschauderte immer noch, wenn sie an den Berserker dachte.

»Ich nehme mir, was ich will«, sagte sie und marschierte weiter. »Und Wagrim tut das ebenso.«

»Ich habe nie zuvor einen Menschen erlebt, der so sehr einen Kampf mit sich selbst ausficht.« Cino schwieg kurz. »Es war, als hätten zwei Männer in ihm existiert. Hell und Dunkel. Licht und Schatten. Gut und Böse.«

Sie schüttelte den Kopf. »So einfach ist das nicht, Cino. Er trägt den Wutfunken. Solange Wagrim die Oberhand hatte, konnte er diese Wut nur eingeschränkt nutzen. Deshalb ist er jetzt das, was die Welt aus ihm gemacht hat. Wie wir alle.« Sie schwieg kurz. »Er lässt diese Wut raus.«

»Ich habe es in seinen Augen gesehen.« Cino schüttelte sich. »Er hätte dich umgebracht.«

»Ich hätte es verhindert.« *Lüge!*

»Deshalb bin ich ja auch hier, was? Irgendjemand muss die Zauberin finden.«

Abrupt blieb sie stehen. Ein Soldat knallte beinahe gegen sie und schob sich mit eingezogenem Kopf an ihr vorbei.

»Eiskönigin?«, fragte Cino, der noch zwei Schritte weit gegangen war.

Sie verband ihren Funken mit dem Luftkristall und machte eine rasche Seitwärtsbewegung.

Dann schlug es zu.

Wie von der Hand eines Gottes wurde Cino niedergeschmettert. Eine unsichtbare Kraft presste ihn auf den Boden, ließ Steinchen und Kiesel hüpfen wie Erbsen auf einer Blechtrommel.

Die Männer sprangen erschrocken aus dem Weg und griffen ungeschickt nach ihren Waffen.

»Zau… Zauberin!«, brüllte Cino, während die Luft ihn weiter von oben niederdrückte.

Morrigan dämpfte den Luftstrom und trat über Cino. Zornig sah sie auf ihn hinab und war versucht, es hier und jetzt zu beenden. »Du hast mich belogen!«

»Was? Nein, ich habe …«

Die Windböen schlugen auf ihn nieder und zerbarsten die Erde unter ihm.

»Warte!«, schrie er. »Warte, ich …«

Eine eingeübte Armbewegung und er wurde wie ein Laubblatt in die Luft befördert. Sie ließ ihn mit strampelnden und schlackernden Gliedern näher zu sich schweben. »Wie wolltest du gerade lügen?«

»I-ich …«, er rang nach Atem, »ich habe dich nicht belogen!«

»Du sagtest, José halte mich für eine Paladin, aber ich sei noch nicht so weit. Deshalb begleitest du mich.«

»Ich sagte, er *vermutet* es!«

Mit einem hohlen Klingeln zerbrach der Luftkristall.

Cino plumpste auf die Erde und stand unsicher auf, wobei er herumhumpelte wie ein alter Mann. »Verdammte … Scheiße! Mitten auf den Arsch. Musste das sein? Erinnere mich bitte dran, dich nicht wütend zu machen, Zauberin.«

Die Männer standen immer noch unsicher mit erhobenen Waffen um sie herum. Als Cino eine wegwerfende Geste machte, entspannten sie sich wieder.

»José hätte mich sterben lassen, nicht wahr?«, fragte sie leise und schämte sich nun für ihren Ausbruch. »Er glaubt nicht, dass ich eine seiner Paladine bin. Deshalb würde er mich opfern, wenn er könnte. Deshalb hat er mich ziehen lassen. Du bist hier, weil du dich vor ihm fürchtest.«

Cino zuckte mit den Schultern. »So kann man's auch ausdrücken.«

Was konnte er für Josés Taten? Vielleicht war es auch einfach die Enttäuschung, die aus ihr sprach. José hatte in ihr den Wunsch geweckt, dass sie die Zauberin war. Eine der Neun. Eine wahre Paladin. Eine Frau mit einem großen Schicksal, wie sie es sich immer erträumt hatte.

Macht ...

Doch am Ende war sie nichts weiter als eine Spielfigur, die er nicht mehr brauchte.

Cino begriff offenbar, welche Veränderung sie gerade durchlebte und schickte die Männer fort. Dann zückte er seinen Flachmann, der sich wie durch ein Wunder wieder aufgefüllt hatte, und hielt ihn ihr nachdrücklich hin. Zögerlich nahm sie ihn entgegen und verzog das Gesicht, als ihr der durchdringende Tresterbrandgeruch entgegenschlug. Sie schluckte, hustete, trank erneut, während sich wohltuende Wärme in ihr ausbreitete. Cino nahm ihr den Flachmann ab und nuckelte daran. Sie setzte sich auf einen Stein am Wegesrand und versenkte ihr Gesicht in den Händen.

Und weinte.

Alles, was sie durchlitten hatte, brach über sie herein. Sie hatte sich nicht ein einziges Mal in den vergangenen Monaten die Zeit gegeben, darüber nachzudenken, was geschehen war. Nun kam es ihr vor, als hätte sie sehr lange ihren Verstand weggesperrt. Valanor. Ihre Flucht. Die Begegnung mit José. Seine Pläne. Wie er sie gefördert hatte. Tirnanog. Wagrim. Die Wut in seinen Augen.

»Wie kannst du das ertragen, Cino?«, flüsterte sie.

»Weißt du, warum man mich den Glücksritter nennt?« Er wackelte mit den Brauen und zwirbelte dabei seinen gewachsten Schnurrbart. »Ich bringe mir selbst Glück, indem ich akzeptiere, dass alles, was ich tue, richtig ist.«

Sie richtete sich auf, wischte die Tränen fort und nickte ihm dankbar zu. »Ich werde mir ebenfalls selbst Glück bringen. Indem ich mich meiner Vergangenheit stelle und dann nach vorn blicke.«

»Braves Mädchen!«

»Keine Fesseln mehr. Keine Geister der Vergangenheit. Kein José, der mich benutzt! Es ist Zeit, nach Hause zurückzukehren.«

***

Am Abend blieb Cino stehen und sah mit gerunzelter Stirn zum Turm hinauf. »Täusche ich mich, oder kommen wir kein Stückchen näher?«

»Ihr täuscht Euch ganz und gar nicht«, sagte Jacobo, der nicht weniger angestrengt und zermürbt den Hang hinaufsah.

»Was sagt Ihr da?«, fragte Morrigan.

Der Soldat zeigte zum Turm. »Er lässt uns nicht zu sich.«

Er hatte recht, sie waren immer noch genauso weit entfernt, wie am Morgen zuvor. Zufall? Nein. Etwas ließ nicht zu, dass die Soldaten Valanor betraten.

Morrigan schwang ihr Gepäck von der Schulter, zog den Mantel aus und drückte alles Jacobo in die Hand. Zu viel Gewicht. Sie musste jetzt schneller und *freier* sein. »Wartet hier. Ich bin bald zurück. Falls Ihr in drei Tagen nichts von mir gehört habt, kehrt zum Schiff zurück und segelt davon.«

»Genau!«, rief Cino und drückte dem verwirrten Soldaten ebenfalls seinen Kram in die Hand. »Bis bald, Männer!«

Sie kniff die Augen zusammen. »Du nicht! Das ist mein Ernst, Cino.«

Er grinste breit. »Meiner auch. Also, was ist jetzt? Gehen wir oder nicht?«

Insgeheim war sie froh, dass er sie begleiten wollte, bedankte sich bei den Männern, die nicht böse waren, dass sie zurückbleiben konnten, um sich etwas zu erholen. Ein Gefühl vermittelte ihr, dass sie die Männer nie wiedersehen würde.

Sie trat einen Schritt vor, kniete sich hin und legte eine Hand auf den Boden. Dabei konzentrierte sie sich auf den grünen Kristall, der sanft pulsierte, und verband ihren Funken damit.

Der Erde vibrierte.

Langsam stand sie auf und hob ihre Hand. Es knackte und splitterte. Ein flacher Stein löste sich aus dem Untergrund, wuchs immer mehr heran wie eine brodelnde Meereswelle und hob sie und Cino an. Die Männer nahmen Abstand.

»Festhalten!« Der Gebrauch zerrte stark an ihren Kräften und ließ den Kristall so hell flackern, dass er in Kürze brechen würde.

Cino hielt sich an ihrer Robe fest.

Dann gab sie den Befehl und der Erdwall schoss den Pfad hinauf, als stünden sie auf der Spitze einer Welle. Steinchen und Geröll klackerten, Kiesel spritzten zur Seite weg, während die tosende Welle sie zum Turm brachte.

***

»Ich hab ja schon viel gesehen, Eiskönigin«, sagte Cino und klopfte sich Dreck von der Kleidung. »Aber das hat mich echt beeindruckt. Warum haben wir das nicht schon früher gemacht?«

Morrigan löste den Kristall aus ihrem Handschuh und warf ihn weg. Er war zerbrochen und sein Glühen erloschen. »Deswegen.«

»Könnte ich das auch? Sagen wir, wenn ich meinen Funken …«

»Ich habe einhundert Jahre lang gelernt.« Sie blickte zu dem Turm, der sich an die Bergseite schmiegte – so groß, dass er jedes andere Bauwerk im Weltenrund überragte. Selbst die Kathedrale von Candaloz kam nicht an seine Größe heran. Er war schwarz wie die Nacht, der Stein war vollkommen glatt und fugenlos und es gab keine Fenster. Kein Efeu, kein Moos, nicht einmal das kleinste Unkraut wagte sich in die Nähe des Turms, der seinen bedrohlichen Schatten auf sie warf. Ein schmaler Weg, ähnlicher einer Brücke, wand sich über einen schwindelerregenden Abgrund – er war der einzige Zugang zum Turm. Dahinter erwarteten sie die hohen Pforten, ein Wunderwerk aus genietetem, gehämmertem, schwarzem Metall, das mit zahllosen Symbolen versehen war – so dicht an dicht, dass sie kaum auseinanderzuhalten waren.

Wie in Trance betrat sie die Brücke. »Ich habe gelitten, Prüfungen gemeistert, wurde zerbrochen und habe stets darum gerungen, meinen Verstand zu bewahren.«

Cino folgte ihr zögerlich. Ausnahmsweise hatte er nichts dazu zu sagen.

»Ich habe etwas getan, auf das ich nicht stolz bin. Aber ich musste es tun.« Sie holte tief Luft. »Unsere Entscheidungen zeigen, wer wir wirklich sind. Das sind *seine* Worte. Die Worte aus dem Buch. Bin ich deshalb ein Ungeheuer?«

»Ich glaube, wir alle haben schon einmal etwas getan, auf das wir nicht gerade stolz sind.«

Sie schnaubte verächtlich. »Du hast keine Ahnung, wovon du da sprichst.«

Die Pforten kamen in Sichtweite. Die Symbole waren geradlinig und gezackt. Seit sie gebrochen waren, leuchteten sie nicht länger. Jetzt waren sie einfach nur noch unbedeutende Schriftzeichen.

Schließlich traten sie in den Schatten des Turms und Kälte umfing sie. Die Erde war vollkommen ausgedörrt und bar allen Lebens. Nichts regte sich, nicht einmal der Wind traute sich, diesen unberührten Flecken Erde zu berühren. Die Luft stand vollkommen still wie in einer tiefen Gruft. Es lag kein Geruch darin. Keine Wärme. Keine Kälte.

»Ich hab's mir anders überlegt«, murmelte Cino und nahm langsam Abstand. »Geh ruhig schon vor. Ich warte hier.«

Die Pforten rumpelten. Langsam weiteten sich die Flügel und gaben einen Lichtstreifen preis, der einen hellen Kegel davor warf; das Licht wurde stetig größer. Ein Schwall trockener, abgestandener Luft schlug Morrigan entgegen.

Sie nahm all ihren Mut zusammen und trat ein. Mit dem ersten Schritt über die Schwelle rumpelten die Pforten und schlossen sich wieder. Als die Tore hinter ihr zufielen, kam es ihr seltsam endgültig vor.

Im Inneren erwartete sie ein düsteres Zwielicht. Leuchtende Kristalladern zogen sich durch den glatten Stein, verzweigten über den Boden, die Wände und strebten die zahllosen Ebenen hinauf. Wie das Rückgrat eines Wesens wand sich eine Wendeltreppe den Turm empor und verband die Ebenen miteinander.

Zuhause.

Die Erinnerungen trafen Morrigan wie ein Schock. Auf einmal war sie wieder ein junges Mädchen, das zum ersten Mal ihren Funken entdeckte. Sie stand irgendwo dort oben in einem Saal, das Herz voller Hoffnung, und schwor sich, die mächtigste Zauberin des gesamten Weltenrunds zu werden. Sofern es ihr gelang, irgendwann den Turm zu verlassen.

Man sollte achtgeben, was man sich wünscht.

Mit hämmerndem Herzen wagte sie sich einen Schritt nach vorn. Nichts hatte sich verändert. Die Luft roch noch genauso abgestanden. Die drückende Last und die Beengtheit der vielen Steine um sie herum. Die Stille und Einsamkeit an einem Ort, der ihre Heimat war.

Und die Gestalt, die aus den Schatten hervortrat.

Morrigan atmete schneller. Es gab keinen Hinweis mehr auf das, was sie ihr angetan hatte, als sie geflüchtet war. Alles andere hätte sie auch gewundert. Die schwarze Robe der Frau war mit seltsamen Schriftzeichen bestickt und graues, langes Haar lugte unter ihrer Kapuze hervor. Sie blieb zwei Schritt vor ihr stehen und musterte sie mit zusammengekniffenen Augen, als bliebe ihr nichts verborgen. Ihre Präsenz drang auf Morrigan ein. Unwillkürlich verspürte sie den unbändigen Wunsch, auf die Knie zu gehen, aber sie hielt verbissen stand.

»Mór-Ríoghain«, sagte die Frau rau und leise. »Du bist zurückgekehrt.«

Unbewusst zapfte Morrigan den roten Kristall an, der aufloderte wie ein brennendes Stück Kohle. Die alten Wunden brachen auf. Sie war bereit, sich zu verteidigen, wenn es nötig war. Denn sie musste hier sein, vielleicht auch, um sich selbst zu finden.

Als sie den Namen ihrer Mutter aussprach, war ihre Stimme so voller Schmerz, dass sie selbst darunter erschauderte: »Das bin ich, Morgáná le fáý.«

Zweiter Teil

Zuhause

Zuhause.

Ein Ort der Zuflucht, an den man stets zurückkehrte. Der heimische Herd, an dem man sich geborgen fühlen sollte. Jene Gefilde, die immer, unabhängig wo man auch war, einen Rückzugsort darstellten, wenn man der grausamen Wirklichkeit entfliehen wollte.

Für Morrigan fühlte es sich nicht danach an.

Während sie in der weiten Halle am Grund des Turms von Valanor stand und das gedämpfte Zwielicht sie umfing, übermannten sie die Erinnerungen. Für einen Moment trieb sie darin umher wie ein Fisch in seichtem Gewässer. Ihr ganzes Streben galt dem Weg nach vorn, aber hier wurde sie unfreiwillig mit ihrer Vergangenheit konfrontiert. Und mit ihren Fehlern.

Mutter musterte sie eingehend. »Hast du gefunden, wonach du gesucht hast?«

»Das habe ich«, sagte Morrigan.

Langsam kam Morgana näher. »Das sehe ich. Die Elemente verhalten sich in deiner Nähe anders. Sie flimmern.«

»Ich habe Dinge gesehen und erfahren …« Morrigan konnte den Satz nicht beenden. Ihre Hand war so verkrampft, dass sie sich zwingen musste, die Finger zu öffnen.

Morgana nickte verständnisvoll. »Ich habe dich gewarnt, Tochter.«

»Das hast du, aber ich treffe meine eigenen Entscheidungen.«

»Die größte Zauberin des Weltenrunds werden? Mächtiger werden?« Wieder ein Schritt näher. »Alle vier Elemente beherrschen?« Morgana schüttelte den Kopf, woraufhin die Kapuze herunterrutschte und das verfilzte, grau durchzogene Haar enthüllte. Obwohl nur ein paar Monate vergangen waren, wirkte sie um Jahrzehnte gealtert. »Dein Durst nach *Macht* wird alles und jeden in deiner Nähe in den Untergang reißen.«

Morrigan verspürte einen eisigen Stich, als sie die Narbe entdeckte, die sich quer über Morganas Wange, das Kinn und den Hals zog. Ihr Drang nach Freiheit hatte Spuren hinterlassen. Bei ihnen beiden.

»Was, wenn du diese Macht erlangt hast, Tochter? Wenn sich die Elemente deinem Willen beugen? Was dann? Willst du eine Göttin werden?«

Morrigan schwieg. Sie hatten diese Diskussion zuhauf geführt. Doch der wahre Grund für ihr Schweigen war dieser Ort, der sie verunsicherte wie ein in die Ecke getriebenes Lamm. Im Zentrum Valanors zu stehen, vor sich die Wendeltreppe und die zahllosen Ebenen, die schier endlos hinaufreichten. Die verästelten Kristalladern, die den schwarzen, glatten Obsidian durchzogen. Der muffige Geruch nach altem Gemäuer und Verborgenem. Das Gefühl von Beengtheit. All das erfüllte sie nicht länger.

Dieser Ort kam ihr wie ein Gefängnis vor.

»Antworte!«, zischte Morgana.

Morrigan atmete schneller. Es wühlte sie auf, nach all der Zeit Mutter wieder gegenüberzustehen und dieselben sinnlosen Diskussionen zu führen. »Wenn ich es nicht versuche, werde ich die Antwort nie erfahren.«

Mutter betrachtete sie mit zusammengekniffenen Augen von den Stiefeln bis zum Haaransatz, bis sie an ihrem Hals haften blieb. Unwillkürlich betastete Morrigan ihre Kehle. Die blauen Schwellungen und Abschürfungen waren nicht mehr zu sehen, aber sie spürte immer noch Wagrims Finger. Wie er sie würgte. Wie er sie ansah. Wie er ihr das Leben ausquetschen wollte.

»Ich wollte dich davor beschützen, Tochter.«

»Vor dem Leben?« Morrigan ließ ihre Hand sinken. »Einhundert Jahre war ich deine Gefangene!«

»Valanor ist deine Heimat! Wir sind hier sicher. Wir sind ...«

»Nein!« Traurig schüttelte Morrigan den Kopf. »Deine Geschichte ist nicht meine, Mutter. Das Weltenrund dreht sich weiter. Neue Mächte erheben sich, während alte vergehen.« Ihre Finger krümmten sich, ballten sich zur Faust, so fest, dass sich ihre Nägel ins Fleisch bohrten. Sie zitterte, aber sie konnte ihre Aufregung nicht länger unterdrücken. »Die Verheerung war schlimmer als gedacht. Ich konnte die Spuren überall entdecken. Die Menschheit hat lange gebraucht, die Ereignisse zu verarbeiten. Erinnere dich, wie schlimm die Verheerung gewütet hat! Sogar die Runen an Valanors Pforten wurden durch ihren Einfluss gebrochen! Wenn wir dort gewesen wären, um das Weltenrund zu beschützen, wenn wir gehandelt hätten, anstatt uns zu verstecken …«

»Schweig!«

Morrigan straffte sich. »Willst du wissen, warum ich fortgegangen bin?«

»Dein unersättlicher Durst nach Macht.«

»Nicht nur. Ich bin gegangen, weil ich *ihn* gesucht habe. Den ersten Zauberer.« Zitternd atmete sie ein. »Stattdessen habe ich etwas anderes gefunden.« Das Zittern erfasste ihre Stimme. »Das Weltenrund braucht uns! Die Menschen brauchen uns! Wir schulden ihnen …«

»NICHTS!« Die Luft flimmerte um Morgana.

Morrigan riss die Hand hoch und wollte ihren Zauberfunken mit dem Luftkristall verbinden – nur um feststellen zu müssen, dass er gebrochen war.

Ein Windstoß fegte durch die Halle, rüttelte an den Toren und rammte Morrigan mit voller Wucht; sie flog nach hinten und schlug auf. Stöhnend rappelte sie sich auf, hielt sich die stechende Flanke und rang nach Luft. Gleichzeitig zapfte sie ihren Erdkristall an.

In der Aufwärtsbewegung ihres Arms wuchs eine Wand aus Obsidian vor ihr empor.

Gerade rechtzeitig, denn im nächsten Augenblick krachte ein Feuerball dagegen, ließ die Wand erbeben und schickte Flammenlanzen darüber. Die Hitze war so enorm, dass sie Morrigans Gesicht versengte.

Sie zuckte zurück und ließ den Erdkristall los. Die Wand zerfiel. »Hör auf, Mutter!«, schrie sie.

Morgana wurde von den Winden in die Luft getragen; ihre Robe kräuselte sich um sie. Zwei Feuerbälle wuchsen in ihren Händen. »Dein Name ist Mór-Ríoghain! Du bist kein Mensch! Du bist …«

»Eine sîdhe.«

Morgana schwebte immer noch vier Schritt über dem Boden. Die Feuerbälle loderten wie zwei winzige Sonnen. »Früher war ich wie du, Tochter. Ich folgte meinem eigenen Weg und wusste alles besser. Doch dann traf ich jemanden, der das Feuer in mir linderte.« Ihre Stimme klang belebt. »Ich traf *ihn*!«

»Vater ...«, raunte Morrigan.

»Es ist nicht genug, für das Gute zu kämpfen. Es ist *niemals* genug!«

»Was, wenn es einen Weg gibt, um mit der Vergangenheit abzuschließen? Würdest du ihn wählen?«

»Ich wähle *meinen* Weg!« Morgana schleuderte die Feuerbälle.

Instinktiv zapfte Morrigan den blauen Kristall an und sog alle Feuchtigkeit aus der Luft, um sie vor ihr zu einer wabernden Wand zu verdichten.

Die Feuerbälle trafen darauf und verdampften. Dunstiger Nebel stieg vor ihr auf.

Wie ein Blitz schoss Morgana daraus hervor und schlug ihr die Faust ins Gesicht. Es krachte und die Welt war plötzlich hell und laut. Morrigan taumelte zur Seite, blieb mit einem Fuß hinter dem anderen hängen und ging zu Boden. Ihre Wange pochte dumpf. Ihre Gedanken waren zäh. Blut quoll über ihre Lippen und tropfte zu Boden.

Mutter trat zu ihr und beugte sich über sie, bloß ein verschwommener Umriss im fahlen Licht. Gestein bröckelte von ihrer Faust ab. »Ich wollte dir den Schmerz ersparen.«

»Ich ...« Morrigan spuckte aus. Götter, ihre Kiefer waren wie zwei rostige Türangeln. »Ich brauche deinen Schutz nicht!«

Bedauernd schüttelte Mutter den Kopf und hockte sich vor sie. »Ich wurde betrogen, Tochter. Eine Zeit des Vergessens brach an, doch ich erlangte meine Erinnerungen wieder.« Sie wies über den Turm. »Hier wurde der Bann gebrochen und ich erinnerte mich an alles. Ich fühlte mich verloren. Ich suchte nach dem Licht in den Ruinen meiner Vergangenheit. Bis ich es verstand.«

Morrigan kämpfte sich hoch. »Bis du was verstanden hast?«

»Dass die Welt nicht gerettet werden kann.« Morgana berührte sie so sanft an der Wange, als hätte sie eben nicht mit den Elementen auf sie eingeprügelt. »Ganz egal, was wir auch tun, ob wir Menschen retten und ihnen ein Licht sind, sie werden immer den Weg ihres eigenen Untergangs wählen. Die Verheerung war ihre Schuld. Ihr Versagen. Ihre Strafe. Aber ich kann *dich* retten. Meine Tochter. Mein größtes Glück.«

»Ich liebe dich, Mutter.« Morrigan atmete tief ein. »Aber du liegst falsch.«

Der alte Zorn loderte in Mutters Augen auf. »Du weißt nicht, was du sagst. Menschen werden sich nie ändern. Sie trachten immer nach Macht. Aber die Pfade ...«

»... sind offen.«

Morgana erbleichte.

Morrigan entfernte sich zwei Schritte. »Die Pfade zwischen den Welten sind offen, Mutter.«

»Unmöglich! Ich sah ... Wie?«

»Du hast mir von Cernunnos berichtet, Mutter. Er lebt. Oder vielmehr hat er gelebt. In Tirnanog hat er den Stein des Schicksals mit Excaliburs Licht geöffnet und eine Regenbogenbrücke zum Weltenbaum erschaffen. Die neun Welten sind verbunden.«

Morgana sagte eine Weile nichts, bis sie schließlich den Kopf schüttelte. »Das geht uns nichts mehr an.«

»Cernunnos hat den Weltenbaum infiziert. Verstehst du? Wir wissen nicht, was das für Auswirkungen hat, aber José sprach von einem Weltensturm. Die wahren Paladine müssen zusammenkommen, um ...«

»Wir?«, schrie Morgana und schmetterte ihr einen Feuerball entgegen. Morrigan konnte ihn gerade noch mit einer Wasserwand aufhalten, aber der nächste traf sie vor die Brust und warf sie zurück.

Rasch sprang sie hoch, sammelte so viel Feuchtigkeit wie möglich und löschte die Flammen auf ihrer Robe. Dann zapfte sie den Erdkristall an, konzentrierte sich auf den Boden unter Morganas Füßen und ließ ihn verflüssigen. Die Zauberin sackte bis zur Hüfte ein.

»Geschickt!« Morgana schoss von den Winden getragen daraus hervor. Sie beschrieb einen Bogen, schwebte dort oben und ließ alle vier Kristalle in ihrem Handschuh gleichzeitig auflodern. Auf einmal lag eine Spannung in der Luft wie vor einem hereinbrechenden

Gewitter. Morrigans Nackenhärchen richteten sich auf und sie hatte einen metallischen Geschmack in der Luft. Funken zuckten über Morganas Körper, während sich die Luft immer mehr auflud.

Sie würde tatsächlich so weit gehen und die mächtigste Verzauberung auf ihre eigene Tochter wirken, um sie zu zwingen? Morrigan horchte in sich hinein und fand die Antwort. Ihre Mutter wusste etwas. Sie *fürchtete* sich vor etwas, das sie vor ihr verborgen hielt.

Morrigan zapfte gleichzeitig den Erd- und Wasserkristall an. Eine doppelte Elementarbeschwörung war ihr erst ein einziges Mal gelungen, aber Dank der Schriften, die José ihr überlassen hatte, wusste sie, was zu tun war. Sie spaltete ihren Geist auf, konzentrierte sich auf zwei Elemente gleichzeitig und brachte sie ins Gleichgewicht, als hielte sie diese auf zwei Waagschalen gepackt.

Feuchtigkeit sammelte sich über dem Boden und ließ einen grünen Zweig hervorsprießen, der sich immer mehr verästelte.

Ein Knall. Blendende Helligkeit.

Der Blitz schlug in den Zweig und zerteilte ihn.

Morrigan war so geblendet, dass sie zurücktaumelte. Dabei war sie selbst überrascht, dass es ihr nicht nur gelungen war, zwei Elemente gleichzeitig zu nutzen, sondern auch die mächtigste Verzauberung abzuwehren. Das beeindruckte offenbar auch Morgana, die zu Boden sank und sie musterte.

»Wer hat dich das gelehrt, Tochter?«

Morrigan betrachtete ihre Kristalle. Der grüne und blaue waren gespalten. Blieb ihr nur noch Feuer. »Ich habe es mir selbst beigebracht.«

»Lüge!« Ein Windstoß stieß Morrigan zurück. Sie krachte gegen die Wand und wurde festgenagelt. Ein Schmerzgewitter breitete sich in ihrem Rücken bis zur Hüfte aus. Sie zappelte herum, kämpfte und keuchte, aber gegen Mutter konnte sie nicht bestehen. Das Wissen der Zauberin überstieg ihres bei Weitem.

Morgana kam gemächlich näher, während sie ihr weitere Böen entgegenpeitschte. »Wer?«

»N-niemand!«

»Lüg mich nicht an!«

Der Druck wurde größer. Morrigans Brust wurde zusammengequetscht. Sie konnte sich nicht rühren, nicht mehr atmen.

»Wer?« Das Wort peitschte Morrigan entgegen und stieß sie gegen die Wand. Es knackte und splitterte, als der Obsidian hinter ihr zerbrach.

»J-José … Sein Name ist José!«

Morgana beobachtete sie, lauerte, versuchte das Geheimnis aus ihr herauszuquetschen wie früher. Nichts hatte sich geändert. Eher war sie noch mehr von Wut und Hass auf die Außenwelt beherrscht.

»Ist er ein alter Gott?«

»Das … weiß ich nicht …«

Der Druck ließ nach. Morrigan fiel auf Hände und Knie, stöhnte und keuchte, während sich ihre Brust schmerzhaft zusammenkrümmte.

Morgana kniete sich vor sie und berührte sie mütterlich an der Wange. »Wann begreifst du endlich, dass ich dich nur beschützen will?«

»Und wann«, Morrigan sah auf und lächelte gequält, »begreifst du endlich, dass ich deinen Schutz nicht brauche?«

Wie eine Stahlfessel schloss sich Mutters Hand um ihren Mund, drückte die Nägel schmerzhaft fest hinein. »Wurzelfresse hat eine Regenbogenbrücke erschaffen?«

»Wurtschellfresch …?«

Morgana löste die Finger. »Cernunnos.«

»Das Mythische vergeht. Deshalb hat er eine Fäulnis erschaffen und Druiden der Dämmerung beherrscht. Es war eine Schlacht, Mutter. Eine entsetzliche Schlacht im Tal von Mag Mell.«

Mutter schloss die Augen. »Die Steinkreise. Der Stein des Schicksals.«

»Viele sind gestorben. Ich …« Auf einmal überrollten die Bilder Morrigan wie ein Sturm. Schreie und Gemetzel. Aufblitzende Klingen. Das dumpfe Geräusch, wenn sie in Körper schlugen. Der Gestank von Blut und Tod. Brüllende Derwyds, kreischende Menschen. Ihre eigene Panik, während sie die Elemente beherrschte.

Wagrim.

Seine Finger an ihrer Kehle.

Der Hass in seinen Augen.

Ein Gedanke in Morrigans Kopf, der sie nicht mehr losließ. Sie hatte die Worte nie vergessen. »Was ist die Quelle der Weisheit?«

»Das sind gefährliche Worte, Tochter«, sagte Morgana heiser.

»Wovor fürchtest du dich?«

Mutter schwieg lange, bis sie energisch den Kopf schüttelte. »Woher hat José das Wissen über die Elemente?«

Die Tore rumpelten.

Mutter hob den Kopf.

Mit einem Donnerschlag flogen sie auf und krachten gegen die Wände, sodass der gesamte Turm erzitterte. Licht strömte herein und verdrängte das Zwielicht, wie ein Sonnenaufgang nach einer finsteren Nacht.

Durch die offenen Pforten Valanors trat ein Mann in gefiedertem Kapuzenmantel. Bei jedem Schritt klackerte sein Stab auf den Bodenplatten. Ihm folgte Cino mit geschwellter Brust, wobei sein Selbstvertrauen schrumpfte, je tiefer er in den Turm gelangte.

Der Fremde trat in die Mitte der Halle, von hinten beleuchtet durch das hereinströmende Tageslicht.

Mutter ließ Morrigan los. Ihre Augen waren vor Entsetzen weit aufgerissen. »Nicht du!«

Der Mann zog sich die Kapuze vom Kopf und enthüllte einen grauen Bart und ein von Sorgenfalten zerfurchtes Gesicht. Langsam hob er seinen Stab und rammte ihn auf den Boden; ein widerhallender Gong hallte von den Wänden wider.

Plötzlich loderten die Kristalladern auf, als wären sie von einem Feuer geschürt worden. Das Zwielicht zog sich zurück und der Turm wurde in Helligkeit gebadet. Die Veränderung kam so schnell, dass Morrigan keinen klaren Gedanken formen konnte. Denn dieser Mann war etwas, das genau genommen nicht existieren durfte.

Ein Zauberer.

Cino eilte zu ihr und half ihr auf die Füße. Sie nickte dankbar. »Jetzt wird's spannend«, flüsterte er ihr zu.

»Wer ist dieser Mann?«

Er grinste breit. »Na, streng mal dein Köpfchen an!«

Als ihr die Bedeutung seiner Worte klar wurde, weitete sie die Augen vor Entsetzen. Dieser Mann war der Grund, weshalb sie nach Valanor zurückgekehrt war. Er war tatsächlich hier.

Merlin.

Morganas Blick war wie ein Peitschenhieb, als sie auf ihn zuschritt und die Faust hob. Frostblumen schossen zickzackförmig über den Boden und die Umgebung kühlte sich rasant ab. Die Luft flimmerte wie verrückt um ihre Faust, dann entzündete sich eine Flamme, die höher und höher wallte.

»Ich ahnte, dass so unser Wiedersehen beginnen würde«, sagte Merlin mit trauriger Stimme.

»Verschwinde!«, zischte Mutter.

»Ich fürchte, das kann ich nicht tun.« Er zögerte. »Morgi.«

»Nicht!« Mutter ließ das Feuer höher wallen. »Sprich diesen Namen nicht aus!«

Seufzend stützte er sich schwerer auf den Stab. In gewisser Weise wirkte er nicht weniger verloren, als Morrigan sich fühlte. »Du wirst dich nicht an das erinnern, was vor allem geschah. Aber einst kannten wir uns.« Hoffnung lag nun in seinem Blick. »Wir standen uns nahe, bevor …«

In einem Aufwallen versengender Hitze schleuderte Morgana den Feuerball. Er zerplatzte vor Merlin, als wäre er auf ein unsichtbares Hindernis getroffen, und trieb wie Weinranken von ihm ab. Der Zauberer hatte nicht einmal die Hand gehoben. Außerdem stellte Morrigan überrascht fest, dass er weder Handschuhe noch Leuchtkristalle trug – nichts, womit er seinen Zauberfunken kanalisieren konnte.

»Ich bin nicht dein Feind!« Merlin stampfte den Stab auf. Der Gong hallte durch den gesamten Turm. »Ich bin gekommen, weil das Weltenrund Valanors Hilfe braucht. Die Menschheit braucht die Zauberer. Wir brauchen …«

»Sei still!«, brüllte Morgana und schleuderte einen zweiten Feuerball, der wieder wirkungslos vor ihm zerplatzte.

Merlin lächelte bedauernd. »Die Jahrhunderte können vergehen, doch du wirst stets dieselbe bleiben, Morgi.«

Morgana bleckte die Zähne und atmete schwer. »Du schwingst also wieder deine große Rede, ja?« Sie hob die Faust, um die sich nun weißer Nebel kräuselte. »Erzählst von Zusammenhalt und einer gemeinsamen Zukunft? Und was dann? Verpisst du dich einfach und raubst allen die Erinnerung?« Der Frost am Boden verging und nun wurde alle Kälte entzogen, um sich zwischen den Fingern zu sammeln. Gleichzeitig lud sich die Umgebung auf, wurde heißer und heißer, bis jeder Atemzug zur Qual wurde. Als steckten sie in einem Glutofen.

Merlins Augen funkelten. »Du erinnerst dich.«

»Ich bin die Herrin von Valanor! Natürlich erinnere ich mich an den Erbauer dieses Ortes!«

»Du hättest die Runen an den Pforten jederzeit brechen können, Morgi. Du hättest …« Erkenntnis zeichnete sein Gesicht. »Du wolltest sie nicht brechen. Ich verstehe. Aber ich verstehe nicht, warum.« Er kam langsam näher. »Was wolltest du hier verwahren? Was wolltest du vor der Welt verstecken? Hast du ein Geheimnis erfahren? Warst du *dort*?«

Morgana schwieg.

»Mutter«, flüsterte Morrigan. »Woher kennst du ihn?«

»Still!«

»Merlin ist der Grund, weshalb ich fortgegangen bin.« Sie ging zu ihrer Tasche, die sie bei einem Sturz verloren hatte, und zog das Buch hervor, das sie vorsichtig anhob. »Er ist der Grund für alles, was mich bewegt.«

Mutter erbleichte. »Woher hast du das?«

»Ich habe es vor Jahren in Valanors Bibliothek gefunden. *Er* hat es geschrieben, nicht wahr?«

Merlin blickte zwischen ihnen hin und her. »Du hast ein Kind?«

Morgana schwieg.

»Mutter …« Morrigan trat nahe an sie heran. »Woher kennst du ihn?«

Als Morgana sie ansah, lag so viel Schmerz in ihrem Blick, als hätte sich eine alte Wunde geöffnet. Noch bevor sie das erste Wort gesprochen hatte, wusste Morrigan bereits, was sie sagen würde. Sie hatte es die ganze Zeit gespürt, als wäre ein Teil von ihr, von dem sie bislang nichts gewusst hatte, in ihr Leben zurückgekehrt. »Weil er dein Vater ist.«

Nebel und Grau

Nach Mitternacht und es war stockdunkel in dem Wald. Der Mond schien nicht halb so hell wie in der Nacht zuvor, aber das machte Ullr nichts aus. Er kannte den Weg nach Kor Anklam auswendig. Denn ein Jäger, der sich verlief, war so nutzlos, wie einen Kadaver zur Jagd mitzunehmen.

Es schneite. Winzige Kristalle stachen in jede ungeschützte Stelle am Körper, Äste und Zweige bogen sich unter den Massen und die Luft war so kalt, dass sie bei jedem Atemzug in die Kehle biss. Das Hochland kannte keine Veränderung. Doch Ullr war sicher, dass etwas nicht stimmte. Etwas war anders.

Er blieb stehen und hob witternd die Nase. Der Schnee, der Wind, die Bäume, selbst die Rehkitze, die sich in der Nähe versteckten, konnten den süßlich-stechenden Gestank nicht überdecken.

»Wo?«, fragte Bytor und trat neben ihn.

Ullr nickte nach Südwesten.

»Können wir sie umgehen?«

»Nein.«

»Warum bleiben wir stehen?« Runa schloss schwer schnaufend zu ihnen auf. Ihre Lippen waren blau angelaufen, ihre Haut blass und glatt wie Porzellan und sie klapperte mit den Zähnen. Dies war ihre Feuertaufe.

»Wir können nicht weiter, mein Kind«, sagte Bytor und fuhr sich nachdenklich durch den grauen Bart. »Riechst du das?«

Runa schnupperte. »Was ist das?«

»Totes Fleisch«, grollte Ullr.

Bytor nickte immer wieder in sich hinein. »Sie suchen etwas.« Nun blickte er Ullr an. »Oder jemanden.«

»U-uns?« Das Mädchen klapperte immer lauter mit den Zähnen. »Wieso uns?«

»Jemand kontrolliert sie«, brummte Ullr. »Die schwarzen Wurzeln.«

Bytor schwang seinen Bogen von der Schulter und überprüfte die Sehne. Immer wachsam, immer vorbereitet. Das war der Pfad eines Jägers. »Es gibt Gerüchte. Ich war nicht in Tirnanog, als die méridorische Armada dort anlegte, aber auf meinem Weg hierher vernahm ich, dass dort die Quelle eines großen Übels ausgebrochen ist. Einer der letzten Waldgötter ist korrumpiert.«

»Die Toten sind hier schon immer unruhig.« Ullr erinnerte sich an die Worte des Palindroms und suchte nach einem Sinn dahinter. Er fand keinen.

»Wir könnten über die Nebelmoore an die Küste gelangen.« Bytor zeigte gen Südosten. »Doch ich fürchte, dieser Umweg kostet uns mehrere Wochen.«

»Länger.«

»U-und wenn wir k-kämpfen?«, fragte Runa. »W-wenn wir ...«

Obwohl Ullr immer noch völlig geschunden vom Kampf gegen den Gradungr war und ein wenig Wärme gebrauchen konnte, nahm er den Pelz von seinen Schultern und legte ihn um Runas Schultern. Sonst hätte sie sich beschwert, weil sie Stärke beweisen wollte, aber ausnahmsweise widersprach sie nicht.

»Zu großes Risiko.« Ullr überblickte den steil absteigenden Pfad durch das Dickicht und sah hinauf zu den Nordbergen, denen sie ein ganzes Stück näher gekommen waren. »Wir gehen zu den Nebelmooren.«

***

Nicht lange und ihr Plan erwies sich als weise. Ullr musste die Spuren der Untoten nicht untersuchen, um zu wissen, dass eine Armee hier entlanggekommen war. Platt getrampelter Schnee, Stoff- und Hautfetzen, die sich in dornigem Gebüsch verfangen hatten, lange Schneisen im Geäst und hier und da sogar einige Leichen, die von ihresgleichen zertreten worden waren.

Bytor bückte sich neben ihn. »Wie viele?«

»Tausende.« Ullr drehte den Kopf der Leiche, die kaum mehr als ein Gerippe war. Weder Haut noch Fleisch auf den Knochen und die Lumpen, die der Tote trug, konnten kaum als Kleidung bezeichnet werden.

Er lauschte. Der Wind heulte und blies durch den Wald, Äste knackten, Blätter raschelten und irgendwo weit entfernt huschte Wild durch das Unterholz. Aber fern davon, kaum noch zu hören, ertönten die unverkennbaren Schreie von Menschen.

»Sie sind bereits da.« Er stand auf, gab Bytor seinen Bogen, nahm Sleg vom Rücken und ließ ihn mit einem Gedanken wachsen. Funken sprühten und goldenes Licht waberte über den Stab. Dann hielt er wieder den Speer in der Hand. »Ich finde euch.«

»Ich will mitkommen!«, rief Runa.

»Du bleibst bei Bytor!«

»Aber …«

»Du bleibst!« Ullr nahm ihren Blick gefangen. »Ich muss herausfinden, wie schlimm es ist. Tu, was Bytor sagt! Kann ich mich auf dich verlassen?«

Zuerst sah es aus, als wollte Runa widersprechen, aber dann nickte sie. »Eine gute Jagd.«

Ullr stutzte kurz, ehe er ihr den Unterarm zum Kriegergruß hinhielt. Zögerlich packte Runa zu. »Eine gute Jagd, Mädchen!«

Er wandte sich ab und rannte los. So hatte er es am liebsten: nur er, eine Waffe und die Jagd. Aber hier ging es nicht um Beute – zumindest keine, die erlegt werden sollte. Es ging um die Wahrheit.

Mit rasselndem Atem hetzte er durch den Wald, bewegte sich entlang der Spuren und lauschte dem Lärm. Bei jedem Aufprall rollten Stiche von seiner Hüfte aufwärts über seine Rippen. Er ertrug den Schmerz, blendete ihn aus wie die Kälte, die ihn kaum berühren konnte.

Inzwischen waren die Schreie so laut, dass sie fast die Glocke übertönten, die über das ganze Land schallte. Der Gestank nach Verwesung, der über alldem hing wie ein ausgeklopfter Teppich, war nun so intensiv, dass ein tief vergrabener Zorn in Ullrs Kehle kroch. Vom Wald aus konnte er es nicht sehen, zu viel Rauch und auch zu weit weg, um das zu erkennen. Aber jetzt zog der Pfad steil an zu einem Hügel, der sich wie eine Insel aus dem weißen Meer reckte, und Ullr wurde übel. Jetzt konnte er es sehen.

Als wäre ein Vorhang des Schreckens vor ihm geöffnet worden, breitete sich das Tal und die Stadt darin aus.

Kor Anklam war ein Grab.

Ein grauenhafter Ort des Todes, der nichts mehr mit der großen Stadt zu tun hatte, die einst zahllose Schlachten und Belagerungen erlebt hatte. Jungen waren hier zu Männern geworden, Krieger zu Fürsten oder Fürsten zu Toten. Und doch ein Ort des Zusammenhalts, was eine Besonderheit in einer wilden Landschaft wie das Hochland war. Selbst zu besten Zeiten hatte man hier oben ein hartes Leben, wenn man so weit nördlich ansiedelte. Es war zu kalt, als dass hier viel wuchs – vielleicht ein paar Wurzeln und Vieh, das man im Stall halten konnte. Man konnte sich ein paar Schafe halten. Ein oder zwei Schweine, wenn man Glück hatte.

Ullr trieb den Speer in den Schnee und seufzte. Selbst das war diesem Land nicht mehr vergönnt. Eine Armee aus Toten strömte durch das Stadttor in die Gassen, brach Türen auf, zerstörte Fenster, riss Häuser nieder und fiel wie eine wütende Meute über die Lebenden her. Wie viele Menschen hatten hier einst gelebt? Er konnte es nicht sagen. Aber dieser wandelnden Plage konnte nichts Einhalt gebieten – daran hatte sich in den vergangenen Jahren nichts geändert, seit die ersten den Hügelgräbern entstiegen waren.

Ein Dutzend Städter wurde in die Enge getrieben. Sie verteidigten sich tapfer mit Axt und Speer, hünenhafte Männer und Frauen, die jeden Feind das Fürchten lehrten. Doch dieser Feind kannte weder Furcht noch Schmerz. Horden aus Untoten fielen über die Lebenden her, bissen sie, schlitzten sie auf, töteten sie. Als die Geschöpfe sich den nächsten Opfern zuwandten, erhoben sich die Gefallenen und schlossen sich ihnen an.

Ullr kniff die Augen zusammen. Von hier aus war es schlecht zu erkennen, aber fast gewann er den Eindruck, dass … Nein, es gab keinen Zweifel, denn er hatte es schon bei jenen gesehen, die ihn angegriffen hatten. Aus dem Boden wuchsen teerartige Wurzeln und krochen in die Körper. Erst dann erhoben sich diese wie von einem fremden Willen beseelt und stürzten sich auf die letzten Lebenden.

An der Westseite der Stadt ertönte ein widerhallendes Knacken. Die Untoten waren an der Mauer durchgebrochen, kletterten durch die Bresche und ergossen sich in den Gassen wie ein hungriger Schwarm.

Ullr suchte die Stadt nach dem derzeitigen Knes ab. Wagrim war noch nicht lange Kriegsfürst von Kor Anklam, aber man erzählte sich bereits im ganzen Norden Geschichten von ihm. Er sollte schlau, groß, stark und unbezwingbar sein. Ein wahrer Prophet. Ullr hatte Wagrim wüten sehen, bevor er die Stadt erobert hatte. Im Anschluss hatte Ullr sogar eine Rede von ihm gehört, als der Barbar vor seinen Getreuen von einer glorreichen Zukunft des Hochlandes gesprochen hatte. Eine Zukunft, die durch das Bündnis mit den Lichttrinkern des Palindroms zustande kommen sollte.

Aber das hier hat er nicht kommen sehen …

Sleg summte.

»Du sehnst dich nach einem Kampf?«, raunte Ullr. »Nach Blut und Tod?« Langsam führte er den Speer vor sein Gesicht. »Nicht dieser!«

Er nahm den Weg zurück, den er gekommen war. Vielleicht war dies der Ort, an dem er geboren war. Aber dies war nicht sein Krieg. Nicht mehr.

Der Schmerz musste vergessen bleiben.

***

»Du wirst lernen, mit dem Schmerz umzugehen«, sagte Bytor.

»Wie lange wird es dauern?«, fragte Runa.

»So lange, wie es dauert.«

Das wollte sie nicht hören. Obwohl sie wusste, dass die Worte des Jägers vernünftig waren, konnte er nicht nachvollziehen, wie es war, so früh die eigene Mutter zu verlieren. Niemand außer ihr konnte das.

Bytor beobachtete sie von der Seite, während sie durch die verschneite, wilde Landschaft zogen und einem steilen Pfad entlang einer zerklüfteten Steilwand folgten, hinter der es Hunderte Schritt in die Tiefe ging. Dabei kamen sie an eisverkrusteten Felsen und Säulen vorüber, die wie festgewachsene Riesen auf sie herabsahen. Runa blickte ihnen trotzig entgegen, obwohl sie wusste, dass sie sich die

Blicke nur einbildete. Aber da war dieses Kribbeln in ihrem Nacken, das nicht mehr wegging. Seit … *etwas* … geschehen war, verschwand es nicht mehr.

»Du glaubst, dass es niemals besser wird, mein Kind. Du zweifelst daran, ob du jemals wieder glücklich werden kannst. Aber du wirst es …«

»… überstehen.« Runa sah auf. »Ich weiß.«

»Du bist stark und mutig.«

»Ich muss stärker werden. Das hat Vater gesagt.«

»Und was sagt Runa?«

Sie konzentrierte sich wieder auf den Pfad. Lieber nicht nach links über die Kante sehen, sonst wurde ihr wieder schwindelig. Weiter vorn endete der Weg an einem Vorsprung. Zwei Schritt – höchstens – zur anderen Seite. Der Jäger beobachtete sie, als sie darauf zu rannte und auf die andere Seite sprang. Ihre Knie waren weich wie Pudding und ihre Füße ein wenig taub. Aber sie ließ sich nichts anmerken und ging weiter, bis Bytor zu ihr aufgeschlossen hatte. Vater duldete keine Schwäche. Denn Schwäche war das erste Anzeichen dafür, dass man vom Jäger zum Gejagten wurde.

»Dein Vater leidet.«

Runa schwieg.

»Er macht sich Sorgen, auch wenn man es ihm nicht anmerkt.«

»Uhm, woher weißt du das?«

Bytor zwinkerte ihr zu. »Man sieht es ihm an.«

»Wo?«

»Er ist grimmiger als sonst.« Der Jäger seufzte schwer. »Dein Vater würde es nicht zugeben, aber so war er schon früher. Weißt du, mein Kind, er hat viel Gutes getan. Früher nannten wir ihn den großen Jäger, weil wir – und damit meine ich mich und die anderen Jäger – erlebt haben, wie viel er geopfert hat, um die Unterdrückten vor der Kirche zu retten. Es gab kein Ziel, das er nicht erreichen konnte.«

»Mutter hat er nicht gerettet.« Die Worte waren ihr herausgerutscht und sie wollte sie schnell wieder einfangen. Aber das war ja gerade das Schlimme an Worten: Waren sie erst einmal ausgesprochen, gab es nichts, dass sie rückgängig machen konnte. Nicht einmal eine Entschuldigung. Denn der Vorwurf in ihnen war unüberhörbar.

Runas Augen brannten. Sie ging schneller, wischte sich über das Gesicht und hasste sich dafür, dass ein kleiner Teil in ihr sich wünschte, dass Vater nicht zurückkehrte. Aber das tat er immer. Es gab nichts, was Vater aufhalten konnte.

Runa …

Sanft und unscheinbar strich die Stimme an ihr vorüber wie ein Windhauch; der Klang umwirbelte sie, kehrte zurück und verschwand, ehe sie ihn festhalten konnte wie ein zerbrechliches, zerrinnendes Ding.

»Du bist ein sehr starkes Mädchen. Stärker als alle, die ich kenne.« Bytor hockte sich neben ihn und berührte ihn tröstend an der Schulter. Runa war überhaupt nicht aufgefallen, dass sie stehen geblieben war und zitterte. Aber nicht vor Kälte. Sondern vor Verzweiflung.

»Wer war Vater?«, flüsterte sie.

Bytor stand auf und schob sie an der Schulter den gewundenen Weg weiter. Es ging nun bergab und weiter unten, ganz weit weg, versank das gesamte Tal in Nebel. Es dauerte lange, bis Bytor die Stimme erhob und noch länger, dass Runa auch die Bedeutung der Worte verstand: »Der Paladin eines Gottes.«

»Ein … Paladin?«

»Nicht die, von denen du gehört hast. Keine Kirche. Kein Lichttrinker. Etwas anderes. Du solltest ihn darauf ansprechen, aber bedränge ihn nicht.«

»Warum?«

»Weil dein Vater zerbrechlicher ist, als er aussieht.«

Runa …

»Du musst ihn beschützen, Runa. Verstehst du? Dein Vater ist wichtig. Allerdings wird er das allein nicht schaffen. Nicht ohne dich. Kannst du das für mich tun?«

»Ja, ich werde Vater beschützen.« Sie legte sich eine Hand um den Mund und winkte Bytor zu sich. »Kann ich dir ein Geheimnis verraten?«, flüsterte sie.

»Natürlich.«

»Ich hab auch Mutter geschworen, dass ich Vater beschützen werde. Aber verrate ihm das nicht.«

»Warum nicht?«

»Weil ich mit ihr geredet habe.«

Der Jäger runzelte die Stirn. »Ich dachte, deine Mutter wäre gestorben.«

Runa schob das Kinn vor. »Das ist sie auch.«

Er zögerte, dann lächelte er. »Lass uns ein anderes Mal ...«

»Hast du ihn schon lange?« Sie deutete auf Bytors kunstvollen Bogen. Die Oberfläche war mit Knotenmustern versehen und der Bogenhals in Silber gefasst.

Mit geübter Bewegung schwang der Jäger ihn von der Schulter und stellte ihn zwischen sie. »Wir haben gemeinsam viel erlebt.« Er strich die Sehne entlang. »Sehr viel.«

Langsam nickte Runa. »Ihr wart in Acan Dor. Und in Amdra. Was ist ... Thargor?«

Die steile Furche erschien wieder auf Bytors Stirn. »Hat dir deine Mutter davon erzählt?«

»Nein.«

»Wer dann?«

Sie zeigte auf den Bogen. »Er.«

Für ein, zwei Atemzüge wirkte Bytor, als zweifelte er an seinem eigenen Verstand. Dann brummte er etwas Unverständliches und schwang den Bogen wieder über die Schulter. »Gibt es sonst noch etwas, das du mir erzählen willst, mein Kind? Vielleicht etwas, das ich wissen muss?«

Es lag Runa auf der Zunge. Sie wollte Bytor von den Stimmen erzählen, von der Melodie, die sie wie Bienenschwärme umschwirrte, von Mutters Tod und allem anderen. Auch von dem, was auf der Lichtung geschehen war.

Aber sie war die Tochter ihres Vaters und deshalb tat sie es nicht.

***

Runa war seine Tochter. Ullr wusste, dass sie alles schaffen könnte, was sie sich nur vorstellte. Aber natürlich sagte er ihr dies nicht.

Die Nebelbank bedeckte das gesamte Tal, dick und zäh wie Eintopf. Nicht grundlos nannte man dieses Gebiet die Nebelmoore und erzählte sich schaurige Geschichten davon. Lieber hätte Ullr sich einer Meute Untoter in den Weg gestellt, als sich freiwillig hineinzuwagen. Aber ihnen blieb keine andere Wahl. Entweder so oder den Weg nach Kor Anklam zurücknehmen. Das kam nicht infrage.

Nachdem er Bytor und Runa eingeholt und mit keinem Wort erwähnt hatte, was er gesehen hatte, dauerte es einen Tag, bis sie in den dunstigen Vorhang eintauchten, der die Sterne in verschwommene Flecken verwandelte. Selbst der Mond konnte den Dunst nicht durchbrechen und war nun hinter einem milchigen Schleier verborgen. Am trügerischsten waren jedoch die Moore. Ullr und seine Gefährten wären nicht die ersten, die sich darin verirrten.

»Achte auf deine Schritte!« Er hielt Runa dicht an seiner Seite, beobachtete die Umgebung mit zusammengekniffenen Augen, sog tief die schwere Luft ein und lauschte auf die zirpenden und knackenden Geräusche, die aus allen Richtungen zu ihnen drangen. Aber das Immergrau war so dicht, dass er nicht einmal drei Schritt weit sehen konnte.

»Hat sich hier schon einmal jemand verirrt?«, fragte Runa in kindlicher Neugierde.

Bytor hielt sich ebenfalls nahe bei ihnen. »Dies ist auch Stoff vieler Geschichten, mein Kind. Möchtest du eine hören?«

Runa nickte rasch. »Unbedingt! Ich mag Geschichten. Mutter …«

Sie ließ den Kopf hängen. »Bitte erzählt mir die Geschichte, Bytor.«

Der Jäger legte ihr die Hand auf die Schulter – eine väterliche Geste. Ullr sah das nicht gerne, denn dieses Band könnte das Mädchen schwächen; es könnte sie davon abhalten, sich auf das Wesentliche zu konzentrieren und den bevorstehenden Abschied noch schwieriger gestalten. Aber er sagte nichts.

»Unzählige Mythen ranken sich um die Nebelmoore.« Bytors beste Erzählerstimme wurde vom Nebel geschluckt. »Ein Mythos besagt, dass sie ein Zugang zu einer anderen Welt sind.«

»Also … eine der acht anderen Welten?« Dem Mädchen war die Aufgeregtheit anzuhören.

»Das weiß ich nicht. Viele Menschen haben versucht, die Nebelmoore zu beherrschen. Könige, Kaiser, Fürsten, sogar die mächtigsten Barbaren haben sich in diese Gebiete vorgewagt.« Er machte eine Pause. »Einer unter ihnen, man nannte ihn Kull den Eroberer, führte viele blutige Schlachten, bis er sich zum Knes erkor. Er war der erste Kriegsfürst des Hochlandes. Als er vernahm, dass die Nebelmoore selbst die gefürchtetsten Barbaren bezwingen konnte, machte er sich mit einem Heer auf, sie zu erobern. Seine Krieger bauten riesige Maschinen, errichteten Außenposten und drängten die Natur zurück. Kull wollte unbedingt verstehen, was es mit diesem Geheimnis auf sich hatte.«

»Und dann?«

»Hunderte seiner Krieger verschwanden, bis er die Entscheidung traf, sich selbst der Gefahr zu stellen.«

»Er starb, oder?«

»Warum fragst du?«

»Weil ich ihn flüstern höre.«

Bytor lächelte, weil er es offenbar für einen Scherz hielt, aber Ullr war sich da nicht so sicher. »Was flüstert er denn?«

Sie lauschte angestrengt. »Komm zu mir.«

»Interessant. Vielleicht führt Kull weiterhin einen immerwährenden Kampf inmitten des Graus. Es heißt«, Bytor beugte sich zu ihr und senkte seine Stimme, »man könne seine Kriegsschreie zu manchen Zeiten hören, wie sie aus dem Nebel dringen und jedem, der sie hört, das Blut in den Adern gefrieren lässt.«

»Quatsch!«

Bytor erhob sich wieder. »Ich habe die Geschichte nicht erfunden.«

»Wenn aber nie jemand zurückgekehrt ist, uhm, woher stammen dann die Geschichten?«

»Wenn wir Zeugen hätten, dann wäre es doch kein Mythos mehr, oder?«

Für drei, vier Atemzüge war das Mädchen still. »Was für eine Welt?«

»Wenn wir aufmerksam sind«, Bytor bückte sich neben das Mädchen, »können wir vielleicht die Ersten sein, die es herausfinden. Was denkst du?«

Runa wirkte auf einmal hoch konzentriert. »Ich möchte es herausfinden. Mutter hat immer gesagt, ich sei besonders. Vielleicht ist sie …«

»Was?«, blaffte Ullr und blieb stehen.

Sie blies sich eine Locke aus der Stirn und reckte trotzig das Kinn. »Vielleicht ist sie dort. In dieser anderen Welt.«

»Sie ist tot.«

»Woher willst du das wissen?«

»Mädchen, wir haben ihre Leiche begraben.«

Tränen rannen über Runas Wangen. »Ihren Körper! Aber was ist mit ihrer Seele? Was, wenn wir sie zurückholen könnten? Wenn wir einfach ...«

»Genug!«

»Aber ...«

»SIE IST TOT!«, brüllte Ullr und packte sie am Arm. »Akzeptiere das!«

»Ich weiß!« Sie wehrte sich gegen den Griff. »Du hast sie nie wirklich geliebt, oder? Du hast *uns* nicht geliebt!«

»Mädchen ...«

»Du hast uns im Stich gelassen!«

Er hatte diese Worte bereits erwartet, dennoch rammten sie wie eisige Stachel in sein Herz.

Runa riss sich los und fiel in den Dreck, sprang aber wieder hoch. »Warum hast du uns dann immer allein gelassen?« Mit tränenverschmiertem Gesicht funkelte sie ihn an. »Wo warst du? Warum hast du so viele Geheimnisse vor mir? Du vertraust mir nicht!«

»Vertrauen hat damit nichts zu tun.«

»Und ob es damit etwas zu tun hat! Du vertraust niemandem!«

»Mädchen, diese Geheimnisse gehören mir. Sie sind eine Last.«

»Ich hasse dich!«, schrie Runa und atmete zischend.

»Hasse mich, aber ich werde dich immer beschützen. Auch vor dir selbst.«

Runa trat zurück, den Kopf leicht gesenkt. »Ich bin stark!«

»Ja.« Ullr nickte langsam. »Das bist du. Aber du weißt nicht ...« Er unterbrach sich, als er ein Licht in Runas Augen entdeckte. Ein malachitfarbenes Leuchten.

»Mädchen!«

»Bleib weg!« Runa riss die Arme hoch. Der Nebel um sie geriet in Bewegung; er verwirbelte und wurde dichter und dichter. Gleichzeitig loderte der Schemen in Runas Augen auf.

»Ullr, was geschieht hier?«, fragte Bytor.

»Mädchen!« Ullr näherte sich vorsichtig und hob die Hand. »Beruhige dich!«

»Immer sagst du mir, was ich tun soll!«, schrie Runa. »Vielleicht will ich das gar nicht? Vielleicht … kann ich Mutter retten? Dieses Lied … Da sind Stimmen.« Sie taumelte. »Mutter spricht zu mir. Sie *ruft* mich. Verstehst du?«

Der Nebel formte Gestalten und Gesichter, die sofort wieder zerfaserten. Ein Schrei erklang in der Ferne, der Ullr bis ins Innerste erschütterte. Kull? Unmöglich! Er warf Bytor einen gehetzten Blick zu, aber auch der Jäger war kalkbleich im Gesicht.

Aus einem Schrei wurden Dutzende, Hunderte, immer mehr. Sie erinnerten ihn an Kor Anklam, aber diese hier waren irgendwie näher.

Auf einmal verspürte Ullr eine Kälte, wie er sie nie zuvor erlebt hatte. Seine Glieder wurden bleischwer, seine Knie ganz weich und sein Verstand war wie in Watte gepackt. Inzwischen drang ätherischer Nebel aus Runas Körper. Sie wirkte wie ein Geist inmitten des Graus – das einzige Licht an diesem Ort. Ullrs Ohren knackten. Ein metallischer Geschmack war in seinem Mund. Alles um ihn drehte sich und Richtungen verloren vollkommen ihre Richtung.

»Vater …« Runa keuchte. »Was geschieht hier?«

Mit zusammengebissenen Zähnen kämpfte Ullr sich zu ihr. Er streckte die Hand aus und rasselte. Mit jedem Schritt drang ihm etwas entgegen wie peitschende Windböen.

»Ullr!«, rief der Jäger von weiter hinten. »Sie muss aufhören!«

Er achtete nicht auf ihn, kämpfte sich Schritt für Schritt zu Runa, die wie gebannt ihre dampfenden Hände anstarrte. Es war seine Pflicht, sie zu beschützen. Er hatte es *ihr* geschworen!

Sleg summte lauter.

»Vater, jemand ruft nach mir!«

Zwei Schritt trennten ihn noch vor ihr. Er hielt den Arm vor das Gesicht, stemmte sich gegen die unsichtbare Kraft. Noch ein Schritt. Drei Handbreit. Zwei. Einer …

Er berührte mit den Fingerspitzen Runas Kragen.

»Vater …«, hauchte sie.

Ein tiefes Wummern.

Der Boden bebte. Der Nebel erzitterte. Eine Säule aus Licht entzündete sich über ihnen und umfing sie; sie zerbrach in Farben, als fiele sie durch ein Prisma.

Plötzlich war die Welt schmerzhaft hell und laut.

Er hielt Runa fest. Durchhalten. Sie beschützen. Das war der einzige Gedanke, der ihn belebte, während sie fortgezogen wurden.

Dann wurde alles grau.

***

Grau.

Das war das Erste, was Ullr dachte, als er wach wurde. Er fürchtete, dass er einen so heftigen Schlag auf den Kopf bekommen hatte, dass sein Verstand ihm einen Streich spielte. Als er sich aufsetzte, eine Vielzahl unbekannter Gerüche in seine Nase stieg, von denen er völlig überfordert war, begriff er, dass er es sich nicht einbildete.

Die Welt war *farblos*.

Kein blauer Himmel. Keine grünen Gräser. Keine herbstlichen Blätter. Keine Farben. Nichts. Bloß eine fremde, farblose Umgebung in Schattierungen aus Schwarz und Weiß.

Grau.

Neben ihm bewegte sich etwas. Runa. Sie lag zusammengerollt im Pelz und hielt sich an ihm fest. Beruhigend legte er ihr eine Hand auf. Er schüttelte Runa vorsichtig, damit sie wach wurde. Blinzelnd öffnete sie die Augen und blickte sich verwirrt um.

»Warum sehe ich alles grau?«, fragte sie.

Ullr schaute sich um, während er sich aufrichtete. Keine Schmerzen, auch wenn sein Körper ganz steif war. Zumindest zwickte, brannte und biss seine Flanke nicht länger.

Sie befanden sich in einem Wald, dessen Bäume eher seitwärts als aufwärts wuchsen und sich in eine bestimmte Richtung reckten. Ganz weit hinten war eine weiße Säule erkennbar, die aus dem Himmel fiel und im Wald verschwand – wie ein umgekehrter Trichter. Alles dort oben zog sich um diese Säule zusammen: Wolken, selbst der Himmel bog und krümmte sich und wurde davon aufgesogen.

Aber sie waren farblos.

Ullr bückte sich und riss ein paar Grashalme aus. Dazwischen waren große Flächen erkennbar, die nichts als Staub trugen. Es ging ein leichter Wind, der anders roch: blumig und frisch, aber auch dumpf und beißend.

»Ich schwitze«, sagte Runa und rieb sich den Schweiß von der Stirn. »Aber mir ist auch kalt. Wie geht das?«

Ullr schwieg, während er sich auf seine Sinne konzentrierte. Nicht weit von hier ertönte das träge Gurgeln von Wasser. Vielleicht befanden sie sich in der Nähe eines Ufers. Ab und an raschelte es in den Ästen und der Wind warf Wellenbewegungen im Gras.

»Vater, dein Speer!«

Ullr löste den Stab auf der Halterung an seinem Rücken und ließ ihn wachsen. Sleg war genauso grau wie der Rest an diesem seltsamen Ort, auch wenn ein leichtes Schimmern über ihn waberte. »Was hast du getan, Mädchen?«

»Ich … ich habe nichts getan! Das schwöre ich bei Mutters Grab!«

Ullr packte sie am Kragen. »Schwöre nicht auf sie!« Er kniete sich vor sie. »Sicher, dass du das nicht warst?«

Runa nickte hastig.

Er erhob sich wieder. »Bleib wachsam. Wir sollten …«

Eine Gestalt brach aus dem Unterholz, hetzte auf die Lichtung und blickte panisch zurück. Eine hochgewachsene Frau mit langem, hellem Haar, das sie wie ein Schleier umgab. Ihr Helm war wie eine geschwungene Krone geformt und bedeckte Augen, Nasenbein und lief entlang der Wangenpartien. Die Lamellenrüstung war so geschmeidig und kunstvoll geschaffen, dass sie unmöglich von Menschenhand stammen konnte.

Die Frau stolperte, fiel zu Boden und verlor ihr Schwert, dessen blattförmige Klinge mit merkwürdigen Symbolen versehen war. Sie kroch panisch hinterher. Als sie Ullr und Runa entdeckte, erstarrte sie.

Ein Speer schoss aus dem Gebüsch; er drang ihr durch den Rücken und nagelte sie am Boden fest. Verzweifelt reckte sie die Hand, keuchte und wimmerte, während ihre Kräfte allmählich versiegten. Dann erschlaffte sie.

»Vater ...«, raunte Runa.

»Still!«

Eine zweite Gestalt schälte sich aus dem Dickicht, zog ein sichelmondartiges Schwert und schlug der Frau mit einer fließenden Bewegung den Kopf ab. Ein Mann mit dunklem Haar, das unter einem Helm hervorlugte, der in zwei langen, gebogenen Hörnern endete. Seine Plattenrüstung umhüllte ihn wie die Schalen eines Käfers und bildete an den Schultern aufgerichtete Fortsätze.

Ullr schob Runa hinter sich. Sleg summte. Er wusste, dass seine Zeit gekommen war.

Langsam wandte der Fremde sich ihnen zu. Der Hass in seinen kalten Augen war so grenzenlos, als wären sie Teufel, die ihn herausforderten. »Ihr habt hier nichts zu suchen«, sagte er mit weicher, singender Stimme. »*edâ*!«

Dinge, die es nicht gibt

Pling. Pling. Pling ...
Mit lautem Klingen tanzte der Schmiedehammer auf dem glühenden Stück Eisen herum. Mit jedem Schlag wurde es runder und formte sich, bog sich unter der Gewalt aus Kraft und Geschick.

Andvari hielt inne und das Konzert setzte aus. Er grummelte unzufrieden, während er mit dem Stahlkiefer einer Zange zuschnappte, das Stück packte und zurück in die Esse warf. Das Ergebnis seiner Arbeit war nicht zufriedenstellend.

Nali beugte sich so weit, sie sich traute, über die Esse. »Warum wirfst du es zurück? Es sah doch gut aus.«

Andvari tauchte die Hände in den Wassereimer und nutzte die kleine Unterbrechung, um sich vom Schmutz zu befreien. Außer Lederschurz, Lederhose und Stiefel trug er keine Klamotten am Leib, nicht einmal einen Schutz gegen Gesicht und Finger. Er fuhr sich durch den angesengten Bart, strich das verschwitzte Haar aus der Stirn und atmete tief die rauchgeschwängerte Luft ein.

»Nicht allein das Ergebnis ist wichtig, Nali.« Der kühle Luftzug in der Halle trocknete den Schweiß auf seiner Haut. Nidavellirs Schmiede war so gigantisch, dass er den Kopf in den Nacken legen und die Augen zusammenkneifen musste, um die Öffnungen der Schmelztiegel zu erkennen. Sie war gut eintausend Schritt lang und maß fünfhundert Schritt in der Breite. Vierzig Essen standen in zwei Reihen nebeneinander, die vierfache Anzahl von Ambossen kam hinzu. Sie waren um eine besonders große, achteckige Feuerstelle angeordnet, deren Glut weißlich glomm. Dieses Feuer war noch einmal deutlich heißer als das der Essen – selbst das härteste Material beugte sich seinem Willen.

»Sondern?«, fragte Nali. Da die Luft sehr stickig und heiß war, trug sie nur groben Stoff, feste Stiefel, Handschuhe und Augenschutz. Es war seltsam, sie ohne ihre Rüstung zu sehen, beinahe befremdlich. Sie war kräftig und muskulös wie eine Kriegerin. Trotzdem zeichneten sich unter dem Stoff deutliche weibliche Rundungen ab, bei denen er stets darauf achten musste, nicht hinzustarren.

»Wie?«, grummelte er. »Wie gelangen wir dorthin? Wissen wir, was wir am Ende haben? Können wir es überhaupt abschätzen?«

»Wenn ich etwas erschaffen will, dann muss ich doch wissen, was es ist.«

»Weißt du, wie diese Feuerstelle entstand?« Er zeigte auf die weißen Flammen, die stets mit seltenem Ahnenholz geschürt wurden.

Nali schüttelte den Kopf.

»Der Schmiedelehrling Ivaldi entzündete die Feuerstelle auf Anleiten seines Meisters.«

»Wieland der göttliche Schmied.«

»Genau. Das Feuer brannte auf ewig, eine wahre zwergische Tat, die ihn selbst zum Gott unseres Volkes erhob, auf dass er über die Feuer Svartalfheims wacht.« Eine der Geschichten, die Andvari schon seit seiner Kindheit mochte, denn sie bewiesen, dass man alles schaffen konnte, unerheblich, woher man kam und welche Hürden einem im Weg standen. »Jedenfalls heißt es, dass Ivaldi selbst nicht wusste, was er tat, bevor er ans Ziel seiner großen Kunst gelangte.«

Nali lehnte sich neben ihm gegen einen Schmelztiegel. »Ich kann dir nicht ganz folgen.«

»Nehmen wir als Beispiel Mjölnir.« Mit schnellen Strichen zeichnete er einen Hammer mit abgeflachten Kanten auf eine bewegliche Kreidetafel neben der Esse. »Wusstest du, dass Mjölnirs Griff durch einen Unfall so kurz geraten ist?« Er pochte mit der Kreide auf die Stelle. »Den Legenden nach wollten die legendären Zwergenbrüder einen Streithammer mit langem Griff erschaffen.«

»Aber?«

»Er ist abgebrochen.«

Sie hob verwundert die Brauen. »Abgebrochen? Das kann ich mir kaum vorstellen. Wenn man von ihnen spricht, dann klingt alles immer so …«

»Perfekt?« Er schüttelte langsam den Kopf. »Mjölnir ist nicht perfekt. Seine Entstehung war ein *Zufall*. Brokkr und Sindri wussten nicht, was sie erschufen, doch am Ende hielten sie etwas in den Händen, das sich ihnen selbst verschloss.«

»Glaubst du, dass sie ihn deshalb stahlen?«

Die Kreide brach ab. »Sie stahlen ihn nicht.«

»Sondern?«

»Wir wissen nicht, was geschehen ist. Und wir sollten uns nicht vorschnell ein Urteil erlauben.«

»Es stimmt also.«

»Was stimmt?«

»Man nennt dich den Vorsichtigen.« Ein Lächeln huschte über ihr Gesicht. »Das gefällt mir. Du bist anders.«

»Anders. Das ist vielleicht das, was wir jetzt brauchen.« Er ließ sich nicht anmerken, was die Worte bei ihm auslösten. Vermutlich sollte man es auf den heiligen Stein meißeln, in den er sich nach seinem Tod zurückziehen würde.

Nali furchte angestrengt die Stirn, wie sie es häufig tat, wenn sie den Sinn seiner Worte verstehen wollte. Er hatte festgestellt, dass er das mochte. Es gab ihm das Gefühl, als wäre er für sie ein Rätsel, ein Geheimnis, das sich ihr nach und nach erschloss. Dabei verstand er sich ja nicht einmal *selbst*. Und vor allem: Wollte er überhaupt, dass sie zu seinem Kern vordrang?

Als er bemerkte, dass er sie immer noch anstarrte, sah er schnell weg und ließ den Anblick der Schmiede auf sich wirken. Zwischen den unzähligen Säulen, welche die achtzig Schritt hohe Decke trugen, hingen Zangen, Eisensägen, Hämmer, Feilen, Meißel und andere Werkzeuge sauber aufgereiht. An der Decke hatte sich eine dicke Rußschicht gebildet, Steinstufen führten zu dem Rauchabzug hinauf, der quer durch mehrere Öffnungen im Fels verlief. Dort waren auch Eisenketten angebracht, die mit Blasebälgen neben den Essen sowie Schleifsteinen verbunden waren. Eine Hebevorrichtung, die auch schon beim Lorensystem verwendet worden war. Und überall waren Zwerge, feilten und schliffen, brummten und brüllten, wuselten umher, hieben mit Hämmern auf Eisen, gossen, schmolzen, bogen Stahl zurecht. Die Herren über Feuer und Eisen.

Es war wie ein Nachhausekommen.

Dennoch glaubte er zu spüren, wie sie ihm verstohlene Blicke zuwarfen. Er wusste, was sie über ihn dachten. Er konnte es *hören*!

»Der Verfluchte«, flüsterten sie hinter seinem Rücken.

»Er hat den König getötet.«

»Warum liegt er nicht in Ketten?«

»Er soll verschwinden!«

»Hau ab!«

»GEH!«

Eine Berührung an der Hand ließ ihn aufschrecken. Nali stand vor ihm, die Stirn sorgenvoll gefurcht. »Alles in Ordnung?«

»Ja, natürlich!« Er lachte unsicher. »Ich war bloß in Gedanken.«

»Mein Prinz sagte, dass du auch eine Schmiede für dich haben kannst. Du musst die anderen nicht anweisen.«

»Ich weiß … Ich weiß. Es ist nichts. Es geht mir gut.«

Sie beugte sich zu ihm. »Ich beschütze dich. Du kannst mir alles sagen.«

Ein intensiver, aber keineswegs schlechter Geruch ging von ihr aus, weniger sauber, aber sehr anregend. Während sie sich ansahen, rangen Zwillingsgefühle aus Scham und Schuld in ihm. Scham, weil er noch nie einer Zwergin so nahe gewesen war. Schuld, weil er lange nicht mehr irgendeinem Zwerg nahe gewesen war. Er hatte sich versteckt, weil ihm sein eigenes Leben mehr wert gewesen war, als sich seinen Taten zu stellen. Und den Gerüchten, die ihm nach dem Tod des Königs nachgesagt worden waren.

»Andvari, bist du sicher?«

Er schüttelte ihre Hand ab. »Ich habe das nicht getan!«

»Was hast du nicht getan?«

Die anderen spähten zu ihm herüber. Sie tuschelten, zeigten auf ihn, machten sich über ihn lustig. »Königsmörder!«, flüsterte jemand. »Der Königsmörder ist hier!«

»Legt Hreidmars Mörder in Ketten!«

»Hängt ihn!«

Andvari schüttelte den Kopf, legte die Hände vor die Ohren und versuchte, alles um sich herum auszublenden. Wollten sie ihn verhöhnen? Dürsteten sie nach Rache für den Tod des Königs? Wollten sie …?

Nali fasste ihn an der Schulter. »Andvari?«

Er zuckte zurück. Die Halle drehte sich verschwommen um ihn. Der Boden glühte wie geschmolzenes Eisen, buckelte wie der Leib einer Schlange. Die Hitze, der Rauch, die Geräusche – all das benebelte ihn, hämmerte auf ihn ein, zerrieb seinen Geist zu nichts.

»Seid still!«, schrie er.

Der Lärm verebbte. Hälse wurden gereckt und die Zwerge schauten zu ihm.

»Seht mich nicht so an! Ich habe Hreidmar nicht getötet!« Bei Wieland, warum hatte er das gesagt? Aber da die Worte nun ausgesprochen waren, konnte er sich nicht wie ein Stück Eisen neu einschmelzen.

Erst jetzt begriff er, dass ausnahmslos alle ihn anstarrten. Er wurde unsicher, sah auf seine Hände, öffnete und schloss sie, als hoffte er, darin eine Antwort für seinen Ausraster zu erhalten.

»Weitermachen!«, rief Nali und stapfte umher. »Sofort!«

Der Lärm setzte wieder ein, aber nun war Andvari sicher, dass alle ihn beobachteten. Bei Wieland, er hatte es nicht anders verdient.

Hastig wandte er sich ab, schnappte sich eine Zange und nahm das Eisen aus der Esse. Es glühte weiß und verströmte eine Hitze, die angenehm auf der Haut brannte. Ein paar Strähnen in seinem Bart rauchten und glühten, aber das störte ihn nicht.

Mit raschen Schlägen walzte er das Eisen aus und legte es wieder zurück in die Esse. Sobald es glühte, holte er es heraus, trennte es in der Mitte, legte die Stücke übereinander und schmiedete sie mit kräftigen Schlägen zu einem Stück zusammen. Schon bald vergaß er, was eben geschehen war und konzentrierte sich ganz auf die Arbeit. Sein Herz jubelte, als er den Hammer führte und das geliebte Klingen hörte. Das war die Magie der Schmiede, durch ihre Fertigkeit entfalteten sich geheimnisvolle Kräfte im Metall, die ein gewöhnlicher Zwerg niemals verstehen würde.

Pling. Pling. Pling. Man musste den Rhythmus finden und durfte dann nicht mehr davon abweichen. *Pling. Pling. Pling.* Andvari sang mit dem Metall, ließ sich einfach selbst sein, während er etwas erschuf, von dem er selbst noch nichts wusste. *Pling. Pling. Pling …*

»Fafnir sagt dasselbe.«

PLING! Andvari schlug daneben und das Material dellte sich an der falschen Stelle ein. Die Form war dahin. Rasch versuchte er es auszubügeln, aber dann begriff er, dass das Metall zu ihm gesprochen hatte. Es *wollte* diese Form annehmen. Fafnirs Helm würde keineswegs ein hübsches, königliches Ding werden, wenn er nicht alles neu einschmolz. Das würde auch gar nicht zu dem Prinzen passen. Der Helm wollte eine fürchterliche, abschreckende Waffe sein. Ein Ding, das anderen die Furcht in die Knochen trieb.

Andvari hielt inne und betrachtete verwundert seine Arbeit auf dem Amboss. Jemand anderes konnte noch nicht erkennen, was daraus werden würde. Er schon. Er sah es vor sich, als hätte er die Arbeit längst vollendet.

»Was ist das?« Nali beugte sich neben ihn. Wieder stieg ihr intensiver Geruch in seine Nase und betäubte ihn. Bei Ivaldi, er musste sich zusammenreißen!

»Ein Helm. Oder zumindest soll es das sein.«

Es klirrte leise. Das Gewicht in seinem Lederschurz wurde größer. Er fischte einen getröpfelten Ring heraus und legte ihn auf den Amboss. Die besondere Rune mit dem Kreis, von dem Strahlen abgingen, die in Krähenfüßen endeten, lockte mit einem Geheimnis, dem er unbedingt auf den Grund gehen wollte.

»Ich war dabei, als wir ihn gefunden haben.«

Andvari schreckte hoch. »Wen? Draupnir?«

Nali nickte langsam. »Inmitten Hunderter Leichen und Gerippe türmten sich die Ringe wie eine Grabbeigabe. Ein funkelnder Schatz zwischen allerlei Tod. Ich dachte zuerst, Wieland treibe seine Späße mit mir.«

»Glaubst du, die Zwerge haben um Draupnir gekämpft?«

»Es würde zu uns passen.« Sie sagte dies mit einem merkwürdigen Unterton. Was ihn auf einen Gedanken brachte, den er bislang verdrängt hatte.

»Die Zwergenköpfe, die Otur mitgebracht hat.« Er schob sich ein dünnes Metallgestell aus Ringen und Bändern auf den Kopf, drehte an kleinen Rädern und verstellte das Glas vor seinem Auge. Dort waren weitere Gläser angebracht, insgesamt neun an der Zahl, die seine Sicht so weit schärften, dass er jede Unebenheit auf dem Ring erkennen konnte.

»Was ist mit ihnen?«

»Auf ihrer Stirn waren Runen eingebrannt. Ich glaube, dieses Ereignis hängt irgendwie mit allem anderen zusammen. Auch mit der Wurzel.« Er drehte und drehte, bis er die gewünschte Schärfe hatte. Jetzt war deutlicher zu sehen, dass sich im Material ein feines Netz aus hauchdünnen Runen befand, wie eine zweite Schicht inmitten der größeren Runen. »Otur erwähnte, dass die Zwerge bereits tot waren, bevor er und seine Leute von ihnen angegriffen wurden. Ich frage mich, wer genau diese Zwerge …«

»Gardisten.«

Er schreckte hoch. »Fafnirs Getreue?«

Nali nickte zögerlich. »Ihr Tod ist der Grund, weshalb ich Gardistin werden konnte. Der Prinz war der Einzige …« Sie unterbrach sich und zog ein ärgerliches Gesicht.

»Warte!« Andvari klappte das Gestell hoch. »War Fafnir etwa anwesend, als die Gardisten verschwanden?«

Ihre Züge wurden distanziert. »Ich darf nicht darüber reden.«

»Und er hat als Einziger überlebt? Das ist … Ich kann das gar nicht glauben.«

Sie richtete sich auf. »Wie gesagt, es ist mir verboten, darüber zu sprechen.«

»Entschuldige, ich wollte dich nicht bedrängen. Aber weshalb hat Fafnir das verschwiegen?« Er hob die Hand. »Verstanden. Ich bin nur ein neugieriger Zwerg, der alles irgendwie verstehen will.«

»Aus diesem Grund glaubt Fafnir, dass du der Einzige bist, der uns helfen kann.«

Bloß kein Druck.

»Sag, hat er gesehen, wie seine Gardisten starben?«

»Andvari …«

»Verstanden.« Er klappte die Linsen wieder vor sein Auge und untersuchte jede Stelle des Rings. »Ich habe ein Raster erstellt. Zwar bin ich kein Gelehrter, aber wenn ich richtig gerechnet habe, und ich verrechne mich niemals, dann ergibt die Zusammenstellung der Runen eine sechseckige Matrix.«

Nali trat näher. »Was ist das?«

»Eine Zahlenanordnung innerhalb von Zeilen und Spalten.« Er zog die Tafel heran, die mit vier beweglichen Rädern und einer schwenkbaren Platte in der Schmiede nicht fehlen durfte. Mit einem neuen Stück Kreide zeichnete er ein Viereck mit jeweils vier Spalten und Zahlen. »Das ist die einfache Anordnung, die mir erlaubt, über ein lineares Gleichungssystem Zahlenwerte zu berechnen. Es gibt Matrizen, die über bestimmte Zahlenwerte immer zu demselben Ergebnis kommen und …« Er hielt inne, dann wischte er die Kreide weg und zeichnete die sechseckige Matrix. »Lass es mich anhand des Beispiels der Runen erklären. Jede Rune, die ich auf der Keiltafel und dem Ring entdeckt habe, die es als einzelne Überreste in ganz Svartalfheim gibt, kann in dieses Raster eingesetzt werden.«

Er zeichnete ein ᚹ und setzte es in das Raster. »Siehst du? Und schau, wenn ich die anderen einfüge. Erst ᛏ, dann ᚷ und zuletzt ᛏ.« Zum Schluss hatte er einen geschlossenen, sechskantigen Würfel, in den jede Rune hineinpasste.

»Ich kann diesen Würfel sogar als Vektor behandeln und dreidimensional anordnen. Selbst dann kann ich hier und hier alle Runen einzeichnen. Und schon habe ich eine Formel, die ich auf alles anwenden kann.« Er trat zurück und bestaunte seine Zeichnung. »Ist das nicht außergewöhnlich?«

Nali zuckte mäßig begeistert mit den Schultern.

»Jedenfalls vergleicht einer von Fafnirs Mystikern die Runen mit Buchstaben. Ich glaube, das ist zu klein gedacht. Die Runen sind mehr als das.« Er tippte auf die Tafel. »Sie ergeben nicht bloß eine Schrift, die wir mit Worten darstellen können. Die Berechnung besagt …«

»Andvari?«

Er schob das Gestell mit den Linsen hoch. »Ja?«

Sie grinste. »Ich habe keine Ahnung, wovon du sprichst.«

»Wieland, ich bin so ein verschrobener Kerl! Ich bin …«

»Anders?«

Er seufzte leise. »Man sollte es auf meinen Stein schreiben.«

»Das war ein Kompliment.«

»Oh.«

Sie lachte. Sofort brannten seine Wangen und er machte sich wieder an die Arbeit. Und als sie seine Hand drückte und ihm ein Lächeln schenkte, war er noch unsicherer und verstand die Welt überhaupt nicht mehr. War es etwa gut, anders zu sein? Das war so verwirrend wie das Leben selbst.

Er zog einen zerknitterten Zettel samt Stift aus der Lasche an seinem Schurz und zeichnete die Runen darauf, die sich wie ein heißes Eisen in seine Gedanken gebrannt hatten: ᛗᚱᛈᚠᛏᚺᛗ.

Nali beugte sich neben ihn. »Was heißt das?«

»Ich weiß es nicht. Aber das stand auf der Stirn der Toten. Und jetzt kommts!« Er zog das Vergrößerungsgerät ab, schnallte es ihr auf die Stirn, wobei ein peinlicher Moment entstand, als er ihr so nahe war, dass ihr Atem über sein Gesicht strich, und klappte die Linsen vor ihr Auge. Danach hielt er den Ring hoch und wies auf die Stelle, die er meinte.

»Bei meinem Bart!«, raunte sie, was er reichlich seltsam fand. Klar, sie hatte einen blonden Flaum. Aber einen Bart? Er hatte nie darüber nachgedacht und …

»Das ist dieselbe Anordnung.« Ehrfürchtig drehte sie den Ring. Dabei berührten sich kurz ihre Finger. »Wenn du ihre Bedeutung ergründest …«

»Dann kann ich das Geheimnis um die Runen lösen. Verstehst du?« Er nahm ihr den Ring ab. »Nichts anderes tue ich als Schmied. Ich ergründe das Wesen des Metalls und bringe es in die Form, die es einnehmen will – ohne dabei das Ziel zu kennen. Als hätte es ein …«

»Bewusstsein.«

Er starrte sie an. Bei Wieland, er verrostete noch, wenn er so weitermachte! Aber er konnte nicht anders. Sie war all das, was er nicht war.

»Störe ich?«, fragte jemand hinter ihnen.

Andvari fuhr zusammen.

»Kein Grund, nervös zu werden!« Fafnir trat lächelnd neben sie. »Wir sind doch hier unter uns. Also, was gibt's Neues? Irgendwelche Fortschritte?«

Nali gab Andvari das Vergrößerungsgerät zurück und stand stramm. Er hielt das Stück Metall hoch, an dem bereits die Ansätze eines Helms erkennbar waren und zeigte es dem Prinzen. Fafnir hob die Brauen, woraufhin er es wieder ablegte.

»Ich bin noch nicht fertig, Fafnir. Die Rune kommt zum Schluss.«

»Sonst noch etwas? Eine Idee vielleicht, wie wir mit Aurvangar weitermachen?«

Aurvangar. Seine Heimat. Andvari war erst eine Woche fort, aber schon jetzt vermisste er seine abgelegene Schmiede, die inzwischen zweckentfremdet wurde. Er versuchte es zu verhindern, aber ihm entfuhr ein leiser Seufzer.

»Keine Sorge.« Fafnir tätschelte seine Schulter. »Ich habe mein Versprechen nicht vergessen. Bald hast du wieder deine Ruhe. Übrigens habe ich dir etwas mitgebracht.« Der Prinz winkte einen seiner Gefolgsleute herbei, der einen schweren Sack trug. Fafnir griff hinein und förderte einen schwarzen Klumpen hervor, der mit hauchdünnen silbrig schimmernden Adern durchzogen war.

Ehrfürchtig nahm Andvari das Erz entgegen und hielt es in den flackernden Schein der Esse. »Adamant.«

»Otur hat Wort gehalten. Beim göttlichen Schmied, der Kerl hockt auf dem letzten Vorkommen von Adamant und weiß es nicht einmal! Berge, alter Freund! Berge voller Adamant! Das müssen die geheimen Minen sein, die Modsognir einst hat einstürzen lassen.« Fafnir schüttelte den Kopf. »Ich kann immer noch nicht glauben, wie man so verrostet sein kann.«

»Vielleicht fürchtete er die Auswirkungen?«, fragte Andvari wie beiläufig. »Vielleicht war er der Ansicht, es wäre besser, das Adamant zu begraben, als sich darum zu streiten?« Er steckte den Ring ein, langte nach der Zange und legte das Erz in den Schmelztiegel in der Esse. »Vielleicht hatte er die begründete Sorge, dass Gier unser eigener Untergang ist?«

Als niemand antwortete, wandte er sich wieder den anderen zu. Nali hielt den Kopf schräg. Fafnir lächelte. »Was habe ich jetzt wieder Falsches gesagt?«

»Nichts.« Der Prinz winkte ab. »Es hat wohl auch seine Vorteile, ein Feigling zu sein.«

»Man schert sich nur um sich selbst?«

»Man bekommt einen anderen Blickwinkel auf alles.«

Daran hatte Andvari noch gar nicht gedacht. Manchmal wünschte er sich, wie andere Zwerge zu sein, aber dann begriff er, dass der göttliche Schmied ihn nicht grundlos so aus dem Stein gerufen hatte. Wieland hatte noch etwas mit ihm vor. Vielleicht sollte er das Rätsel um die Runen lösen? Oder es gab eine ganz andere Aufgabe, die irgendwo dort draußen auf ihn wartete.

Fafnir klatschte in die Hände. Sofort legten alle Zwerge in der Schmiede ihre Arbeit nieder. »Also, Andvari, wir haben Oturs Ressourcen. Wir haben die Schmieden. Wir haben die nötigen Arbeiter und Reginns beste Ingenieure. Was hat der größte Schmied Svartalfheims geplant?«

Stille.

Niemand regte sich, selbst die Essen knackten und prasselten leiser, als wollten sie erfahren, was Andvari zu sagen hatte. So viel Verantwortung – und sie lastete allein auf seinen Schultern. Das hatte er nicht gewollt, aber hatte er überhaupt eine andere Wahl?

Er ging zu seiner Tasche, kramte ein paar Blätter hervor und klemmte sie an die Keiltafel. Aus dem Gekritzel konnte wohl kaum jemand schlau werden, aber das war egal. Die Hauptsache war, dass er den Überblick behielt.

Fafnir blinzelte. »Muss ich das verstehen?«

»Nicht wirklich. Eine Sache ist klar: Die Wurzel wächst und lässt sich nicht mit gewöhnlichen Mitteln bändigen. Halterungen reißen aus den Verankerungen. Gerüste stürzen ein. Selbst die härteste Legierung kann der Kraft nicht standhalten. Bis hierhin verstanden?«

Fafnir winkte auffordernd.

»Also müssen wir uns an sie anpassen. Wir müssen etwas erschaffen, das sie bändigt, aber gleichzeitig nicht in eine Form zwingt. Und dann müssen wir etwas bauen, das sich an die Bewegungen anpasst.«

»Ist das eine Brücke?«, fragte Nali.

Er hob einen Finger wie einen Taktstock. »Nicht irgendeine! Nennen wir es ein bewegliches Portal, das entlang der Wurzel verläuft. Die Wurzel *ist* unsere Brücke.«

Die Zwerge in der Schmiede stellten sich auf die Zehenspitzen, reckten sich, stießen sich gegenseitig an und zeigten zu ihnen. Andvari konnte es überhaupt nicht leiden, im Mittelpunkt zu stehen. Dann wurde er nur noch nervöser. Aber er stellte sich vor, er wäre wieder allein unter seinem Wasserfall in Aurvangar und stünde vor seiner kleinen Esse. Das half ein wenig. Mehr noch half die Begeisterung, die in Fafnirs und Nalis Zügen stand.

»Ich tue mal so, als würde ich das alles verstehen«, sagte der Prinz. »Wie willst du etwas bändigen, das genau genommen nicht existieren kann?«

Andvari drehte die Keiltafel an den Verankerungen, die wie eine Klappe funktionierten, und tippte auf die eingemeißelte Zeichnung auf der Rückseite. Diese hatte er unbedingt im Schiefer festhalten wollen.

Fafnir kam näher. »Was ist das? Ist das ein ... Seil?«

Andvari lächelte unsicher in die Menge. »Eine Schnur.«

»Schotter, du nimmst mich doch auf den Arm! Wie soll denn eine Schnur ...?«

»Natürlich ist das keine gewöhnliche Schnur. Zuerst dachte ich an Fesseln«, er tippte auf die eingeritzte Zeichnung, »aber wie können Fesseln so etwas Mächtiges bändigen? Das brachte mich auf die Idee, etwas zu schmieden, dass es genau wie die Wurzel nicht geben kann.«

»Eine Schnur?«

»Eine offene Schnur.« Er hob den Finger. »In der alten Sprache *Gleipnir.*«

»So weit komme ich mit. Warum eine Schnur?«

»Weil sie unbeständig, aber auch beständig sein kann. Sie schränkt ein, kann sich aber auch an Bewegungen anpassen. Sie kann die Wurzel fixieren und sie doch ihrem natürlichen Drang folgen lassen. Wachsen. Ich glaube nämlich, dass die Wurzel zu etwas Größerem gehört. Zu etwas *Lebendigem.*«

»Eine Schnur, die nicht existieren kann«, murmelte Fafnir vor sich hin, während er die Zeichnung im Detail begutachtete. »Das ist der Arbeit eines wahren Zwergenschmieds würdig. Wenn Brokkr und Sindri hier wären, würden sie vor Neid erblassen.«

Andvari schoss die Hitze in den Kopf. Er trat unsicher auf der Stelle und wünschte sich sofort an einen anderen Ort. Fafnir konnte es nicht wissen, aber schon sein Leben lang eiferte er den Zwergenschmieden hinterher. Viele hielten sie genau für das: Sagengestalten. Aber daran glaubte Andvari nicht. Für ihn standen die Brüder auf einer Stelle mit ihrem Erschaffer, dem göttlichen Schmied.

Fafnir trat zurück und verschränkte die Arme vor der breiten Brust. »Also gut, Andvari. Was brauchst du?«

»Dinge, die nicht existieren.«

»Zum Beispiel?«

Nali räusperte sich. »Einen Bierkrug, der sich von selbst füllt?«

Fafnir lachte. »Das wäre wahrlich etwas, das noch nicht existiert!«

»Nein, das meinte ich nicht«, erwiderte Andvari konzentriert. »Bestandteile von lebenden Dingen, die nicht existieren.«

Der Prinz strich einen dicken Bartknoten entlang. »Demnach … die Wurzeln des Berges?«

Er ruckte hoch. »Genau! Ganz genau! Die Wurzeln des Berges. Bringt mir einen Teil des Gesteins, aus dem er erschaffen wurde.«

»Das bekommen wir hin, alter Freund. Sonst noch etwas?«

Unruhig ging er umher, während zahllose Blicke ihm folgten. Ausnahmsweise achtete er nicht auf sie, ließ sich vom Knacken und Prasseln der Feuer umfangen, sog tief die Gerüche nach heißem Eisen, Kohlerauch und Öl ein und betrachtete schließlich wieder seine Zeichnung. Etwas zugleich Beständiges und Unbeständiges. Eine Schnur aus lebenden Dingen, die nicht existieren dürften. »Eine Katze«, sagte er schließlich.

Fafnir lachte wieder. Als er bemerkte, dass es Andvaris ernst war, runzelte er die Stirn. »Das bekommen wir hin. Davon abgesehen?«

»Einen Höhlenbären, einen Fisch und einen Vogel. Und zuletzt ein Weib.«

Schallendes Gelächter ertönte, bis die gesamte Schmiede bebte. Als Andvari weiter schwieg, verklang es allmählich.

»Bei meinem Bart, das ist dein Ernst?«, fragte Fafnir.

Andvari nickte. »Der Schall eines Katzentritts, der Bart einer Frau, die Wurzeln eines Berges, die Sehnen eines Bären, der Atem eines Fischs und der Speichel eines Vogels. Ich werde diese Dinge mit den Runen verbinden und daraus eine Schnur formen.«

»Du glaubst wirklich, dass du das Geheimnis um die Runen lösen kannst?«

»Ich bin sicher, dass ich es schaffe.«

»Dann glaube ich dir, Andvari. Für das Weib habe ich bereits gesorgt.« Er schob Nali näher. »Sie ist hiermit von allen Pflichten entbunden.«

Die Zwergin sah aus, als hätte man ihr geradewegs ins Gesicht geschlagen.

»Warte!«, sagte Andvari hastig. »Das war nicht, was ich …«

Aber Fafnir gab bereits weitere Anweisungen, wies seine Krieger zurecht, schickte Boten davon und ließ den Trubel in der Schmiede Nidavellirs allmählich wieder erwachen. Vögel gab es in Swarinshaug. Fische beinahe in jedem Fluss. Höhlenbären und Katzen fand man in Jöruvellir. Aber die Wurzeln der Berge stellten sie schon wieder vor andere Schwierigkeiten.

Andvari war so sehr in Gedanken, dass er viel zu spät bemerkte, dass Nali neben ihn getreten war. Mit der gnadenlosen Härte in ihrem Blick hätte man vermutlich Stein zertrümmern können.

»Ich werde dir helfen«, sagte sie ohne jegliche Wärme in der Stimme. »Danach sind wir miteinander fertig.«

Er hatte schon immer gewusst, dass er verflucht war. Alles, was er anfasste, wandte sich irgendwann gegen ihn. Aber er hatte es akzeptiert und machte sich an die Arbeit, zumindest Fafnirs Helm zu vollenden. Erst dann würde er sich mit der großen Frage auseinandersetzen, warum er den Prinzen angelogen hatte.

Denn er hatte nicht die geringste Ahnung, wie er das Rätsel der Runen lösen sollte.

Taten und Konsequenzen

Bleib hinter mir!«, knurrte Ullr.

Runa betrachtete gebannt die fremde Gestalt und versteckte sich hinter ihm.

Sleg summte und vibrierte. Der Speer wollte entfesselt werden, im Wind singen, frei sein. Töten. Aber Ullr hielt ihn gepackt. Noch nicht. Nicht jetzt. Er hatte keine Ahnung, wo sie waren, weshalb er keine Farben mehr sehen konnte und wer der Fremde war, der sich geschmeidig wie ein Raubtier auf ihn zubewegte.

Der Mann war groß und schlank, seine Züge waren schmal und das lange Haar trieb im leichten Wind wie ein Schleier. Die schwarze Plattenrüstung war ein Kunststück meisterhafter Arbeit, auch wenn sie sich von jener der toten Frau unterschied wie Tag und Nacht. Es lag eine Kälte in dem Blick des Fremden, als hätte er noch nicht genug Blut vergossen. Ullrs Finger zuckten. Er wollte Slegs Drängen nachgeben. Aber er hatte schon früher festgestellt, dass es immer erst einmal besser war, mit dem Mund zu sprechen, als mit den Waffen.

Fürs Töten blieb später noch Zeit.

»Wir haben keinen Zwist miteinander«, sagte er leise und scharf wie eine gewetzte Klinge.

»Ihr solltet nicht hier sein.« Die Singsangstimme des Fremden weckte einen tiefen Groll in Ullr. Erst jetzt fiel ihm auf, dass die Ohren des Mannes nicht rund waren. Sondern spitz.

Seltsam.

Der Fremde streckte ihm die sichelmondförmige Klinge entgegen, die mit filigranen Mustern verziert war. »Wie seid ihr hierhergekommen, *edâ*?«

»Das wissen wir nicht.«

»Lüge!« Blitzschnell machte der Mann einen Satz auf ihn zu. Ullr wich im richtigen Augenblick zur Seite, ließ den Schwerthieb ins Leere laufen und hieb mit Sleg zur Seite. Die Stange schlug dem Fremden das Schwert aus der Hand.

Sleg summte unzufrieden.

Der Fremde sah ihn verwundert an. Dann lächelte er – es wirkte grausam, als hätte er nur auf eine solche Herausforderung gewartet. »Ein Krieger. Und ein nicht untalentierter dazu. Ich werde es genießen, den geweihten Boden mit deinem Blut zu besudeln.«

»Worauf wartest du?«

Mit einer fließenden Bewegung schnickte der Fremde sein Schwert mit dem Fuß nach oben, wirbelte um Ullr herum, fing es auf und schlug zu.

Wieder eine knappe Bewegung und Metall schepperte auf Metall.

Ullr schob Runa mit einer Hand nach hinten, während er mit der anderen Druck auf den Speer ausübte.

»Du bewegst dich geschickt für einen *edá*. Was ist das für ein Speer?«

Ullr hebelte die Stange unter das Schwert, prallte mit der Schulter gegen den Mann und warf ihn zu Boden. Geschickt wie eine Katze sprang der Fremde hoch und hieb zu. Ullr wollte ihm ein Bein stellen, aber sein Gegner erwies sich als sehr kampferprobt, bewegte sich viel zu schnell zur Seite und rammte Ullr die Faust in die Magengrube.

»Uff …« Er keuchte und sackte zusammen. Der Schlag war mit solch einer Kraft geführt, dass er glaubte, von einem Hammer getroffen worden zu sein. Sleg rutschte dabei aus seiner Hand und fiel zu Boden. Als Ullr aufsah, stand der Fremde vor ihm und hielt ihm die Schwertspitze an die Kehle. Langsam führte er ihn damit nach oben. Der Stich biss in seine Kehle.

»Ich gebe dir eine letzte Chance, *edá*! Wie seid ihr hierhergekommen?«

»Das wissen wir nicht!«, rief Runa.

»Mädchen!«, blaffte Ullr, aber sie ignorierte ihn und näherte sich dem Fremden.

»Erst waren da Nebel und Stimmen. Seltsame Stimmen, wie ich sie nie zuvor gehört habe. Jemand hat nach mir gerufen und wollte, dass ich zu ihm komme. Er kannte meinen Namen! Und dann war da ein Licht. Es war wunderschön und … voller Farben.«

»Farben?« Der Fremde zögerte. »Bist du ganz sicher?«

Runa nickte.

»Das ist unmöglich! Das darf nicht sein! Die Brücke …« Er schüttelte den Kopf. »Niemand darf davon erfahren. Niemand! Ihr werdet nun …«

In dem Augenblick, als Ullr zuschlug, klatschte der Speer in seine Hand und durchdrang das Herz des Fremden.

Das Schwert fiel aus dessen Hand. Er stolperte nach hinten und betrachtete ungläubig das Loch darin, als sich die Speerspitze aus seiner Brust löste. Schwarze Flüssigkeit rann hervor. Man musste das Rot nicht sehen, um zu wissen, dass es Blut war.

»Wie …?« Er rang nach Atem. »Wie konntest du …?« Er brach zusammen.

Ullr stemmte sich hoch und vergewisserte sich, dass der Fremde tot war.

»Komm, Mädchen!« Er marschierte los. Wenn man nicht wusste, wo man war, gab es eine Regel, die man unbedingt befolgen musste: Herausfinden, *wo* man war. Das ging nur, indem man sich einen Überblick verschaffte.

Er verließ die Lichtung und tauchte in den Wald ein. Die Bäume, die Büsche, die vereinzelten Gräser, alles an diesem Ort wuchs seitlich zu einem Licht in weiter Ferne hin, das wie ein umgekehrter Trichter aus dem Himmel ragte. Dort befand sich, wie erwartet, der gigantische Baum, der alles überragte. Doch etwas daran war *falsch* – falsch auf eine Art und Weise, die er nicht erklären konnte. Im Hochland hatten sich die gewaltigen Äste über den Himmel gespannt und man hatte klar und deutlich den Stamm gesehen. Hier jedoch war es, als befänden sie sich inmitten der Krone.

Das war allerdings nicht die einzige Besonderheit an diesem Ort – abgesehen von den Grauschattierungen. Die Luft roch nach Frühling. Der Wind ging sanfter, fegte spielerisch an ihm vorbei. Sogar die Bäume waren fremd, trugen nur selten Blätter, und ihre Wurzeln rangen über der Erde miteinander, verdreht, verwachsen, umeinandergeschlungen. Der Boden war nur spärlich bewachsen und dort, wo kein Gras spross, wirbelte Staub auf.

Ullr näherte sich einer seltsamen Blume, die als Einzige Blätter trug. Als er seine Hand danach ausstreckte, erwachte diese zum

Leben. Die Blätter hoben ab, breiteten filigrane Flügel aus und flogen davon. Zurück blieb ein kahler Stängel.

»Schmetterlinge?«, fragte Runa. »Vater, sieh nur! Die Blätter sind Schmetterlinge! Und hast du die Ohren des Fremden gesehen? Sie waren spitz und nicht …«

»Mädchen.« Er wandte sich Runa zu. »Was hast du getan?«

»Das weiß ich nicht. Es ist einfach geschehen. Glaubst du …« Sie zögerte und atmete stotternd ein. »Glaubst du, es liegt daran, was mit mir passiert?«

»Wir werden es herausfinden. Komm!«

Ullr war zwei Schritte weit gekommen, als er noch einmal Runas Stimme vernahm. »Mutter hat auch Stimmen gehört.«

»Manchmal«, flüsterte Ullr.

»Bin ich krank?«

»Nein.«

»Was ist es dann? Ich fühle mich so … anders.«

Ullr schaute sie grimmig an. »Wir werden darüber reden. Bald. Jetzt komm!«

Mit hängenden Schultern stapfte sie hinter ihm her, während er durch dieses seltsame Land zog, das sich allem Verständnis entzog. Dabei musste er an die Fremden denken. Zwei verfeindete Völker? Das Letzte, was er jetzt gebrauchen konnte, war, in einen Krieg hineinzugeraten, der ihn nichts anging.

Er folgte einer Biegung, hinter der zwei mächtige Wurzeln einen Torbogen formten, durchquerte eine Schlucht, dessen Felshänge derart mit Ranken überwuchert waren, dass man sie kaum vom schwarzen Stein unterscheiden konnte, stieg eine Anhöhe empor und rang nach Atem, als er oben angekommen war.

»Mann!«, rief Runa und blickte sich erstaunt um. »Was ist denn das für ein seltsamer Ort?«

Wo er auch immer sie waren, das war nicht das Hochland. Das war auch nicht das Weltenrund. Das war etwas gänzlich anderes.

Wälder und Einöden breiteten sich abwechselnd um ihn aus, wie ein krankes Kaninchen, dem büschelweise das Fell ausfiel. Ein Land der Gegensätze. Alles beugte sich wie Greise dem Alter oder Gräser dem Wind.

Runa stieß einen Pfiff aus. »Wo sind wir?«

Ullr sah sich konzentriert um. Keine einzige Farbe, egal wohin er auch sah. Nein, das war nicht ganz richtig. Er kniff die Augen zusammen und versuchte, den Dunst in der Ferne an der Säule zu durchdringen. Das strahlende Weiß zog sich am Trichter im Himmel zusammen, wurde hinabgeleitet und verhielt sich an seiner Wurzel merkwürdig; es fächerte sich in kaum erkennbaren Farbschattierungen auf, als fiele es durch ein riesiges Prisma.

»Vater?«

»Mädchen.«

»Ich höre sie wieder.«

»Wen?«

»Die Stimmen.« Runa zögerte und sah scheu auf ihre Füße. »Sie sind hier viel lauter. Und voller …«

»Voller?«

»Schmerz.« Runa trat einen Schritt vor und zeigte mit ausgestrecktem Arm auf die Säule. »Sie kommen von dort. Da ist so, so viel Schmerz.« Sie schüttelte sich. »Vater, es ist wie ein Lied. Es ist wunderschön und schrecklich zugleich. Ergibt das einen Sinn?«

»Vielleicht.«

Runa beäugte Sleg.

»Was?«

»Er ist zufrieden.«

Ullr ließ den Speer los und bückte sich auf Runas Augenhöhe. »Du verstehst ihn?«

»Es sind keine Worte. Eher ein, uhm, Gefühl.« Sie streckte die Hand aus und hielt knapp davor inne. »Es ist, als wäre er mehr als nur ein Ding. Eher ein Bewusstsein.«

»Was sagt er?«

Runa schloss die Augen. Als sie diese wieder öffnete, lag ein geisterhafter Wirbel darin – nicht einmal die Pupillen waren noch zu erkennen. »Er sagt immer wieder einen Namen.« Sie zögerte. »Wer ist Kalak?«

Alles in Ullr zog sich zusammen. »Niemand.«

»Vater … jemand ruft nach mir.«

»Jemand?«

Sie nickte schnell. »Ja, jemand. Er ist … gefangen. Er braucht unbedingt unsere Hilfe, Vater!«

»Was sagt er?«

»Ich kann ihn nicht richtig verstehen.« Nun wirkte sie völlig schockiert und ballte die Fäuste so fest, dass sie zitterte. »Etwas stimmt nicht mit mir, Vater. Ich habe furchtbare Angst.«

Ullr streckte die Hand nach ihr aus … und ließ sie vorher sinken. »Wir werden es verstehen. Dein Messer?«

Runa griff danach und hielt erschüttert inne. »Ich habe es verloren!« Panisch blickte sie sich um. »Das Messer! Wo ist …?«

Ullr hielt es ihr mit dem Griff hin.

Wortlos nahm Runa es entgegen und wich seinem Blick aus. »Es kommt nie wieder vor. Versprochen.«

Ullr stand auf und ließ Sleg zu einem Stab zusammenschrumpfen und klemmte ihn sich auf den Rücken. »Wir folgen den Stimmen.«

»Also gehen wir zu der Säule? Ich meine, dem Trichter. Der Trichtersäule?«

»Ja.«

»Was, wenn wir auf weitere dieser Wesen treffen? Müssen wir sie auch töten?«

Er blieb Runa eine Antwort schuldig, während er den Hügel hinabstapfte. Es gab nicht vieles, was Ullr Angst machte. Er hatte gegen Untote gekämpft, mythische Bestien erlegt, Paladine niedergerungen und sogar einem Gott getrotzt, um eine Zeit des Friedens zu erleben und sich seinem vorherbestimmten Weg zu entziehen. Aber wo auch immer sie waren, das Mädchen hatte sie dorthin gebracht. Sie hatte etwas vollbracht, das nicht möglich sein sollte.

Das machte Ullr Angst.

***

Der Wind heulte wütend auf, fauchte durch die Grasbüschel, die auf den Ruinen wuchsen, rauschte in den Dornbüschen und den hohen Dächern. Wolken zogen vor der Mondscheibe dahin, ließen für einen Augenblick Licht auf die Bauten fallen, erhellten einen eingestürzten Turm und die Mauerreste mit bleichen, von Schatten durchzogenen Lichtstreifen. Sie zeigten Haufen von Schädeln, die die abgebrochenen Zähne bleckten und mit schwarzen Augenhöhlen ins Nichts blickten.

Runa erzitterte. Aber sie sagte nichts, beschwerte sich nicht, folgte stur dem Pfad. Ullrs Stiefel klapperten auf dem Schutt, den geborstenen Quadern und den Ziegelsteinen unter einem zerbrochenen Bogen, knirschten auf verdorrten Wurzeln und blattlosen Pflanzen. Seine Schritte erzeugten in den Mauern ein schauderhaftes Echo.

Ein Turm erhob sich vor ihnen, so fein und bewachsen, als wäre er aus Nebel gesponnen. Er musste einst wunderschön gewesen sein, doch nun heulte und seufzte der Wind in den zahllosen Löchern. Dahinter erstreckten sich weitere Bauwerke, die einst eine Stadt gebildet hatten. Ihre Überreste ließen erahnen, dass sie prachtvoll gewesen, aber nun hatte die Natur sie zurückerobert. Graue Bäume reckten sich wie Pilze aus den Ruinen heraus. Es gab verfallene Plätze, deren Pflastersteine aufgebrochen waren, und dazwischen plätscherten Bäche, die kaum Wasser trugen. Einige Brücken schwangen sich darüber, die weißen Geländer mit Schlingpflanzen umwickelt, die tulpenartige Laternen formten. Kein Licht leuchtete darin. Kein Leben. Keine Farben.

Vor ihnen, so weit der Blick in den Wald reichte, türmten sich glatt behauene Marmorblöcke. Ihre Kanten waren vom Wind rund geschliffen, die verzierten Muster vom Regen ausgewaschen und die Fugen vom Frost geborsten und von Baumwurzeln zersprengt. Zwischen den Baumstümpfen glänzten weiß zerbrochene Säulen, Bogen, die Reste von Friesen, alles von einer dicken Schicht grauem Moos bedeckt.

»Was ist hier geschehen?«, fragte Runa.

»Krieg«, sagte Ullr finster.

»Du meinst zwischen diesen Wesen? Aber warum sollten sie so etwas tun? Das ist so traurig.«

»Das ist Krieg. Am Ende haben alle weniger.«

Runa eilte zu einer Statue, die eine hochgewachsene Gestalt mit einer Krone im Haar zeigte. Dem Künstler war es gelungen, die Frau so festzuhalten, als wäre sie mitten im Tanz erstarrt. Allerdings waren ein Arm und die Ohren abgeschlagen worden und fremdartige Schriftzeichen zogen sich quer über den Körper.

»Sie sieht aus wie die Wesen.« Runa betrachtete die Statue mit großem Erstaunen. »Warum kämpfen sie gegeneinander?«

»Jeder hat Gründe.«

»Gründe, um zu töten? Ich kann nicht töten.« Runa sah auf ihre Hände. »Als ich den Hirsch … Ich konnte es einfach nicht.«

»Töten ist leicht, Mädchen. Aber damit zu leben«, Ullr atmete tief ein, »das ist viel schwieriger.«

Furchtsam sah Runa zu ihm auf. »Hast du schon einmal getötet, Vater? Ich meine, nicht Untote oder diese Wesen hier. Sondern einen Menschen.«

»Ja.«

»Oft?«

»Sehr oft.«

»Wen?«

»Andere, die mich töten wollten.« Sleg summte, laut und durchdringend.

Das Mädchen sah zu dem eingeklappten Stab auf seinem Rücken. »Er sagt, dass du viele getötet hast, Vater. Wer ist Cosme?«

Der Name hallte wie ein Echo in seinem Verstand. Lichter blitzten darin auf; Lichter verdrängter Erinnerungen. Ein Kampf auf Leben und Tod. Roter Schnee. Ein Schrei und dann der Tod des Paladins.

»Vater?«

»Niemand, Mädchen. Er ist niemand.«

Schweigend gingen sie weiter, passierten dieses zerstörte Traumland, in dem überall die Überreste großer Schlachten erkennbar waren. Aber er spürte, dass Runa noch einiges auf dem Herzen lag.

»Sprich!«

Runa biss sich auf die Lippen und musste sich offenbar zu den Worten durchringen. »Warum hast du an Mutters Grab geschwiegen, Vater?«

»Weil Schweigen manchmal mehr ausdrücken kann als Worte.«

»Also hattest du keine Worte für Mutter? Hast du sie überhaupt geliebt?«

»Liebe ist ein Wort.« Ullr blieb stehen und hockte sich auf Runas Augenhöhe. »Das Wort beschreibt ein Gefühl. Was ich für deine Mutter empfand, ging weit darüber hinaus. Deshalb habe ich …« Instinktiv riss er sie zur Seite.

Ein Pfeil ritzte seinen Arm und hinterließ einen brennenden Schnitt.

Ullr rief nach Sleg. Dröhnend schoss der Speer vor ihn und *wuchs*. Ein weiterer Ruf in Gedanken und der Speer wirbelte vor ihm wie ein Windrad – schneller und immer schneller. Zwei Pfeile zersplitterten daran. Ein dritter. Ein vierter. Immer wieder. *Tack. Tack. Tack.*

Der Beschuss endete.

»Liegen bleiben!«, knurrte Ullr und griff nach Sleg. Er holte aus und warf ihn. Wie ein Blitz sauste der Speer durch die Ruinen.

Ein Schrei.

Ullr hielt die Hand zur Seite. Sleg kehrte zurück. »Kommt heraus!«, rief er.

Fünf Gestalten schälten sich aus den Schatten der Ruinen. Eine hielt sich die Seite, wankte und stolperte, während sich Blut aus einem Schnitt am Oberschenkel ergoss. Aber die Wunde sah nicht tödlich aus. Die Gestalten trugen leichte, geschmeidige Lamellenrüstungen und Helme wie jenen der getöteten Frau: eine Mischung aus Krone, Helm und Maske, wobei die Mundpartie und das Kinn frei blieben. Außerdem waren sie mit Bogen bewaffnet, die mit kunstvollen, blumigen Symbolen und Aussparungen am Bogenrücken und Griff verziert waren. Die Gestalten waren schlank und groß und ihre Bewegungen glichen eher einem rhythmischen Tanz. In zehn Schritt Abstand blieben sie stehen und musterten ihn und Runa irritiert, als wäre ihnen erst jetzt bewusst geworden, mit wem sie es zu tun hatten.

»yn lá áun sîdhe«, sagte der Mann an der Spitze mit heller, klarer Stimme.

»Ich verstehe nicht.«

Die Gestalten schauten sich an. Dann trat der Mann einen Schritt näher, legte den Bogen vorsichtig auf den Boden und zog sich den Helm ab. Sein weißes Haar war so lang, dass es ihm wie ein Wasserfall über den Rücken fiel und sich im sanften Wind kräuselte. »Ihr seid keine *sídhe*. Wer seid ihr?« Er betonte die Wörter sanfter und kunstvoller wie bei einem Sprechgesang.

»*edá!*«, rief ein anderer und zeigte ganz aufgeregt auf Ullr. Die anderen steckten die Köpfe zusammen und tuschelten.

»Ein Mensch?« Der Anführer kam näher. Sein faltenloses Gesicht war hell und glatt wie Porzellan. Wie schon bei den anderen beiden, denen sie begegnet waren, waren seine Ohren so spitz wie aufgerichtete Pfeile. »Ein Mensch in Alfheim? Bei den Farben!«

»Alfheim?«, fragte Runa. »Heißt so dieses Land?«

Der Fremde lächelte schmal. »Land, junge *edá?* Das hier ist die Welt der Elfen.«

»Elfen?« Sie machte große Augen. »Wie die Elfen aus den Geschichten? Wesen von solch einer Anmut und Schönheit, dass selbst der Tod nicht wagt, sie mitzunehmen? Das heißt … Uhm!« Ihre Locken flogen umher, als sie Ullr ergriffen anschaute. »Vater, wir sind in einer anderen Welt!«

Er rammte den Speer in den Boden. »Warum greift ihr uns an?«

»Bitte verzeih uns«, antwortete der Fremde. »Dieser Tage ist es in den Ruinen von Halduin nicht sicher. Wir hielten euch für Feinde.«

»Halduin?«, fragte Runa ganz aufgeregt. »Ist das eine Stadt? Oder war das eine Stadt der Elfen?«

»In der Tat, junge *edá*. Halduin war unsere Heimat, bevor sie zerstört wurde.«

»Gehört ihr zu dem anderen, der uns angegriffen hat, oder zu der Frau?«

»Ein anderer?« Der Fremde zögerte. »Wie sah er aus?«

Runa fuchtelte mit den Händen herum. »Zuerst war da die Frau! Sie war wunderschön und trug eine glänzende Rüstung. Sie ist weggerannt. Und der andere war ganz finster in einer schwarzen Rüstung. Er sah sehr gefährlich aus. Aber Vater hat ihn getötet.«

Nun lag Anerkennung im Blick des Elfen. »Du hast einen Dökkálfar besiegt?«

Ullr nickte.

»Dann musst du sehr kampferfahren sein.«

Er schwieg, was Runa offenbar zum Anlass nahm, umso mehr zu reden. »Vater hat ihn mit Sleg besiegt, seinem magischen Speer. Und

…« Das Mädchen tippte sich ans Kinn. »Was ist ein Dök… Dökka…«

»Dökkálfar.« Der Mann lächelte. »Ein Dunkelelf. Seinesgleichen kontrolliert den Brunnen.« Er wies zu der fernen Säule am Horizont. »Einst war unsere Welt voller Farben. Ein Ort der Anmut, der Eintracht und des Friedens. Doch unser Volk ist sehr alt und unsere Ahnen wussten immer, dass es geheime Zugänge in andere Welten gibt. Welten des Krieges und des Leids, die nach unserem Licht trachten.«

»Also da, wo wir herkommen?«

Der Elf neigte den Kopf. »Wir sind die Ljósálfar. Die Lichtelfen.« Elegant wies er auf seine Begleiter. »Sicherlich habt Ihr bemerkt, dass hier etwas nicht stimmt.«

Runa nickte schnell. »Es gibt keine Farben.« Ihre kindliche Neugierde gewann anscheinend wieder Oberhand, aber Ullr ließ sie gewähren. So erfuhren sie zumindest, was hier los war, und er konnte sich darauf vorbereiten, im Notfall anzugreifen.

»Das ist richtig, junge *edá*. Vor langer Zeit kam es zu einem Zwist in unserem Volk. Die Dunkelelfen bannten die Farben. Doch damit richteten sie genau das an, was sie zu bekämpfen geschworen hatten. Wir, die Lichtelfen, haben uns deshalb der Rettung unserer Heimat verschrieben. Wir ehren die Farben und wollen sie befreien.«

»Also seid ihr Freiheitskämpfer?«

Der Fremde verbeugte sich. Dabei fiel ihm das lange Haar wie ein Vorhang um sein Gesicht. »Mein Name ist Gildir. Das bedeutet in eurer Sprache *Blauhüter*. Und dies ist meine Geliebte, Ioriel. Ihr Name heißt übersetzt *Silberglanz*.«

Er hielt einer Elfe die Hand hin, die ihn um Anmut und Eleganz noch einmal übertraf. Sie trug ihren Helm im Arm, als wäre er tatsächlich eine Krone, als sie beinahe schwerelos neben ihn glitt. Die gleiche schlanke Statur, die gleichen Ohren und die gleiche kühle Berechnung in den makellosen Zügen. Ullr traute ihnen nicht.

»Ihr müsst uns verzeihen, *edá*.« Ihre Stimme war lockend und süß wie Honig. »Wir glaubten, ihr paktiert mit dem Feind. Bitte, tretet näher. Euch droht keine Gefahr.«

Runa suchte Ullrs Blick. Er schüttelte den Kopf.

»Wir wissen, dass wir nichts von euch fordern können, doch wir bitten euch inständig um die Beantwortung einer Frage.«

»Sprecht!«, knurrte er.

»Die Lichtelfe, deren Tod ihr miterlebt habt, hat sie etwas bei sich getragen?«

Ullr wollte verneinen, aber überraschenderweise kam Runa ihm zuvor. »Eine Farbe.«

Ullr stutzte. »Mädchen?«

»Hast du sie etwa nicht gesehen?« Runa griff in die Luft, als versuchte sie, die richtigen Worte einzufangen. »Es war eine Farbe. Ganz bestimmt! Ein Kristall. Er hat von innen heraus geleuchtet. Wie ein Moorlicht hinter einer Glasscheibe.«

Die Elfen tuschelten wieder. »Wie sah der Kristall aus?«, fragte Ioriel.

»Er war ganz schwarz. Als würde er irgendetwas … ich weiß nicht … schlucken?«

Ioriel tauschte einen langen Blick mit ihrem Gemahl. »Ein schwarzes Prisma. Damit bannen die Dunkelelfen die Farben. Das bedeutet …«

»… Alathiel war erfolgreich«, sagte Gildir, was die anderen abermals tuscheln ließ. Er setzte zu einer neuen Frage an, aber dieses Mal kam Ullr ihm zuvor.

»Hier herrscht Krieg?«, fragte er.

Die Elfe zog ein vergrämtes Gesicht. »Ein seit Jahrhunderten andauernder Krieg, der bereits zahllose Opfer gefordert hat. Was ihr hier seht«, sie wies mit großer Geste über die Ruinen, »war einst eine blühende Stadt, bevor der Feind uns die Farben raubte. Die Dunkelelfen trachten nach vollkommener Kontrolle über Alfheim, um zu verhindern, dass sich jemals wieder eine Brücke öffnet.«

»Brücke«, sagte er betont langsam. »Was für eine Brücke?«

»Vater«, raunte Runa ihm zu. »Davon hat auch der Dunkelelf gesprochen. Vielleicht sind wir damit hierhergelangt?«

»Möglich.« Ullr trat näher und rief nach Sleg, der sich singend und summend zwischen seien gespreizten Finger schmiegte. Als die Elfen dies sahen, ließen sie für einen Augenblick die Maske fallen und er konnte blankes Entsetzen in ihren Gesichtern erkennen, bis es wieder der gleichen Höflichkeit wich.

»Verzeiht, wenn wir zu aufdringlich sind, Menschen«, sagte Gildir. »Wir sind sehr daran interessiert, wie ihr in unsere Welt gelangen konntet. Unsere Chroniken reichen sehr weit zurück bis zu den Tagen des Vergessens. Doch es kam in dieser Zeit nur sehr selten vor, dass ein *edá* Alfheim betreten hat. Das muss bedeuten, dass ihr irgendwie eine Brücke geöffnet habt. Eine Brücke der Farben.« Er machte eine Pause. »Eine Regenbogenbrücke.«

Das könnte zumindest eine Erklärung sein, aber Ullr traute ihnen dennoch nicht über den Weg. Eine Münze hatte immer zwei Seiten. Jeder rechtfertigt seine Taten damit, für eine gute Sache einzustehen. Aber eine gute Sache hing immer davon ab, aus welchem Blickwinkel man sie betrachtete. Auch die Paladine hatten im Namen des Guten Länder und Völker erobert. Auch die Kirche hatte im Namen des Guten Menschen unterjocht und ihnen ihren Glauben aufgezwungen. Auch ein verarmter Bauer konnte in der Absicht, seine Familie durch den Winter zu bringen, einem anderen das Vieh stehlen.

Ullr hatte schon vor sehr langer Zeit begriffen, dass es das Gute nicht gab.

Nur Entscheidungen.

»Vater, wir müssen ihnen helfen!«

Er tauchte aus seinen Gedanken auf und schüttelte den Kopf.

»Aber warum nicht?«

»Wir dürfen uns nicht einmischen.«

Runa reckte trotzig das Kinn. »Haben wir das nicht längst getan?«

Der Dunkelelf. Es war ein Fehler gewesen, ihn zu töten, aber Ullr hatte aus dem Affekt reagiert, um Runa zu beschützen. »Das Leben ist ein Gleichgewicht. Sobald wir uns für eine Seite entscheiden, wird die andere uns als Feind betrachten. Wir gehören nicht hierher.«

»Du hast recht, Vater.« Ungewohnte Konzentration lag in Runas Zügen, als sie sich umschaute und ihn dann wieder ansah. »Aber wir haben eine Mission. Bytor sagte, dass du nach Candaloz musst, weil du ein wahrer Paladin bist. Erinnere dich an die Untoten, die uns angegriffen haben! Wenn die Dunkelelfen alle Farben rauben, dann müssen wir sie daran hindern. Wie sonst können wir eine Regenbogenbrücke öffnen?«

»Dieser Krieg geht uns nichts an.«

»Ich glaube, nein, ich weiß, dass wir den Lichtelfen helfen müssen! Die Stimmen werden lauter.« Runa streckte die Hand aus und zeigte auf die Lichtsäule. »Das Lied ruft von dort nach mir. Es will *befreit* werden.«

»Ein Lied?«, fragte Gildir. Nun lag kühle Berechnung in seinen Augen. »Von welchem Lied sprichst du, junger Mensch?«

Ullr packte das Mädchen an der Schulter und schob sie weiter. »Wir gehen!«

»Aber, Vater …«

»*Wir gehen!*«

Runa wand sich aus seiner Hand. »Nein!«

»Gehorche, Mädchen!«

»Tut mir leid, Vater, aber ich will diesen Elfen helfen.«

»Du begreifst es einfach nicht!«

»Dann erkläre es mir doch!«

»Alles hat Konsequenzen!«

Runa zeigte auf die Säule. »Die Dunkelelfen stehlen die Farben. Dort sind sie! Siehst du? Dort! Wir müssen dahin und sie befreien, damit wir wieder nach Hause können. Wir müssen …« Verwundert blickte sie ihren Arm an, um den dunstiger Nebel gerann wie fließendes Wasser. Dieser Nebel war nicht grau. Sondern malachitfarben.

Eine Farbe.

Die Elfen tuschelten aufgeregt.

Als Runa den Arm sinken ließ, war der farbige Nebel verschwunden. »War ich das etwa?«

Ein Elf trat vor. Ihm war die Verzweiflung anzusehen. »Bitte, wir wollen euch nicht bedrängen, aber wenn ihr uns helft, dann versprechen wir, dass wir euch nach Hause bringen werden.«

»Hörst du, Vater? Er verspricht es.«

»Er lügt«, erwiderte Ullr und packte den Speer fester.

»Warum sagst du das?«

»Weil er etwas verspricht, von dem er nicht sicher sein kann, dass er es auch hält.«

»Bitte!«, sagte der Elf mit Nachdruck. »Ihr müsst uns helfen, sonst werden wir …«

Surrend rammte ein Pfeil in seinen Hals und verspritzte flüssiges Schwarz auf sein weißes Gewand. Der Elf fasste verwundert an den Pfeilschaft, während Blasen aus seinem halb geöffneten Mund blubberten. Dann, ganz langsam, verdrehte er die Augen und klappte zusammen.

Dutzende Gestalten lösten sich aus den Schatten der Ruinen. Ihre spitz zulaufenden Helme liefen entlang der Wangenpartien und schwarze, schalenartige Plattenrüstungen umhüllten ihre Körper. Mit sichelmondförmigen Klingen gingen sie zum Angriff über.

»Dunkelelfen!«, schrie Gildir und nahm seinen Bogen auf. In einer fließenden Bewegung verschoss er zwei Pfeile, ehe sich zwei Dunkelelfen auf ihn stürzten. Ioriel bewies, dass sie ebenfalls geschickt im Umgang mit Pfeil und Bogen war, und erschoss zwei Widersacher, bevor auch sie von allen Seiten bedrängt wurde.

Ullr tat das Einzige, das ihm in den Sinn kam: Er packte Runa am Arm und rannte davon.

Ein wahrer Zwerg

Während Andvari durch die Schmiede Nidavellirs wuselte, versuchte er, Nalis Blick auszuweichen, was sich leider als schwierig erwies. Denn sie sollte ihm ja nicht mehr von der Seite weichen.

Fafnir hatte Wort gehalten. Nur einen Tag nachdem er seinen Plan verkündet hatte, erklangen nicht länger die Rufe und das Hämmern von Zwergen, sondern das Knurren, Zischen und Krächzen von Tieren.

Ein Höhlenbär mit zottligem Fell warf sich gegen die Gitterstäbe seines Käfigs. Daneben blitzte ein Augenpaar in der schattenumlagerten Ecke des zweiten Käfigs auf. Gegenüber zwitscherte ein Vogel im Gehege. Gleich daneben schwamm ein Fisch in einer Glaskugel. Auf der angrenzenden Werkbank stapelten sich mehrere Dinge, bei denen Andvari nicht sicher war, welche er benötigte: eine vertrocknete Wurzel. Ein Stein. Ein Erzklumpen. Ein Splitter mit Wurzelresten und ein zuckendes Ding, das auch ein Wurm sein könnte.

Nali stand neben der Werkbank und stierte ihn an. »Soll ich auch in einem Käfig warten?«

»Nein, nein!«, erwiderte er rasch. »Bleib ruhig dort stehen.«

Er hatte um äußerste Ruhe geboten, um sich ganz auf diese Arbeit konzentrieren zu können, deshalb waren sie in der Schmiede allein. Doch in Wahrheit wollte er einfach nicht beobachtet werden, wenn er dabei scheiterte, das Unmögliche zu vollbringen.

»Du weißt doch, was du tust, oder?«

»Natürlich«, brummte er in seinen Bart und langte nach der Zange auf der Werkbank. Jedoch griff er daneben und schnitt sich an einer Eisensäge. »Rost!« Er steckte sich den Finger in den Mund und nuckelte daran.

»Sieht mir nicht danach aus.«

Mit der Zange eilte er zum Bärenkäfig und blieb unschlüssig davor stehen. Bei Wielands Bart, wozu hatte er die Zange mitgenommen?

Der Bär warf sich gegen das Gitter und knurrte ihn an.

Andvari trat zurück. Noch einen Schritt und noch einen. Er stieß mit dem Rücken gegen Nali und machte vor Schreck einen Satz wieder auf den Bärenkäfig zu. Nali packte ihn am Arm und zog ihn weg. Sie nahm ihm die Zange ab, knallte sie auf die Werkbank und baute sich vor ihm auf. Göttlicher Schmied, er hatte nicht gewusst, dass jemand so wütend aussehen konnte!

»Warum?«, fragte sie leise und drohend.

»Ich verstehe nicht …«

»Warum hast du das getan?«

Er schluckte schwer. »Ich habe … nichts …«

»Weißt du, wie lange ich auf meine Stellung hingearbeitet habe?«, fragte sie leise und nahm seinen Blick gefangen. »Weißt du es?«

»Nein«, nuschelte er.

»Mein ganzes Leben!«, brüllte sie ihn an. »Wie viele Gardistinnen kennst du?«

»Keine?«

»Keine!« Sie pochte ihm mit dem Finger gegen die Brust. »Du hast mir alles genommen!«

»Ich wollte nicht … Ich habe nicht …«

»Deinetwegen wurde ich meiner Stellung enthoben. Gardistin zu sein, hat mir *alles* bedeutet!«

»Ich bitte vielmals um …«

»Reiß dich zusammen!«

Er nickte hastig.

»Gut. Ansonsten verfüttere ich dich an den Bären! Ist das klar?«

Wieder nickte er hastig.

Sie zückte ein Messer und schnitt sich etwas vom Flaum an der Wangenpartie ab. Dann drehte sie seine Hand um, legte die zarten Haare hinein und schloss seine Finger. »Zutat Nummer eins!«

»Natürlich … Natürlich!« Er ging zu seiner Werkbank und legte die Haare in eine Schale. Zwerginnen hatten Bärte. Wer sagte aber denn, dass es an jenen Orten, wohin die Wurzel reichte, ebenfalls so war? Es war nur eine Vermutung, aber mehr blieb ihm nicht.

Er richtete sein Augenmerk auf die Katze, die sich im Käfig versteckte. Ihr Tritt war so leise, dass man ihn nicht hören konnte. Also, wie wollte er das auffangen? Und Bären hatten keine Sehnen. Er konnte unmöglich einen Hinterlauf abhacken und nachsehen. Oder doch? Was ihn zu dem Fisch brachte. Atem eines Fischs. Fische hatten keine Stimmen, also auch keinen Atem. Konnte er einen zum Reden bringen? Und wie stand es um den Vogel? Speichel … Bloß wie?

Er blieb stehen und musste sich selbst eingestehen, dass er unmöglich das vollbringen konnte, was er sich vorgenommen hatte. Vielleicht sollte er sich doch eine andere Lösung überlegen.

Sein Blick fiel auf die Runentafel, die verloren auf einer Werkbank lag. Wie von einem Bann befallen ging er dorthin und nahm sie auf. Er zog den Ring aus der Schurztasche und hielt ihn daneben. Runen. Ein Geheimnis. Eine rätselhafte Sprache, deren Zeichen und Bedeutung keine einzelnen Laute erzeugten. Sie umschrieben und vereinten … Zustände? Womit speiste Draupnir seine Macht? Durch die Runen, ja, aber woher bezogen die Runen diese Macht?

»Muster«, murmelte er. »Muster in einem Gefüge, das uns umgibt.« Er legte beides ab, zog seine drehbare Tafel heran und pinnte ein Papier daran. Dort hielt er seine Gedanken fest. »Muster. Eine durch Wiederholbarkeit ihrer Merkmale gekennzeichnete Struktur. Eine Vorlage, ein Vorbild oder eine Kopie, die durch gleichartige Wiederholung auftreten kann. Ein Merkmal dieses Musters kann durch Wiederholung reproduziert werden.«

»Hast du jemals eine Ausbildung durchlaufen?«

Verwirrt sah er auf. »Bitte?«

Nali trat näher und verschränkte die Hände vor der Brust. »Ob du ausgebildet wurdest?«

»Nun, ich bin Schmied und …«

Sie schüttelte den Kopf. »In der Waffenkunst. Ingenieurskunst. Steinmetzarbeit. Irgendetwas?«

Er zögerte, aber er wusste, dass er die Wahrheit aussprechen musste. »Nein.«

Sie nickte langsam und betrachtete ihn wie ein Kästchen, zu dem sie inzwischen den Schlüssel gefunden hatte. »Warst du Mitglied eines Clans?«

Er wandte sich der Tafel zu und schrieb mit der Kreide einige Überlegungen nieder, aber seine Bewegungen wurden immer langsamer, bis er zum Stillstand kam. »Nein.«

»Hast du König Hreidmar deine Treue geschworen, bevor er durch deine Klinge starb?«

Die Kreide brach ab. »Nein.«

»Nein. Ist das alles, was du zu sagen hast?«

»Was willst du hören, Nali?« Er drehte sich zu ihr. »Dass ich mich nie einem Clan unterworfen habe? Nie einen Treueschwur geleistet habe, weder dem König noch seinen Söhnen? Dass ich nie Zwergenbier getrunken habe, nie einem Gelage beigewohnt habe, nie die körperliche Wärme einer Zwergin genossen habe?« Er redete lauter, fast schrie er. »Dass ich nie das getan habe, was andere Zwerge tun? Dass ich vor allem davongelaufen bin? Nie den Mut aufgebracht habe, zu verstehen, was wirklich mit Hreidmar passiert ist? Nie wieder Tyrfing nach dieser schrecklichen Tat angesehen habe? Was ist es, was du hören willst?« Er trat auf sie zu. »Ich verspüre keinen Blutrausch, keine Demut, keinen Glauben, keine Treue, nicht einmal Stolz oder Gier. Es gibt nur mich und meine Schmiede. Ich bin ein halber Zwerg!« Er seufzte. »Vielleicht nicht einmal das.«

Lange sagte sie nichts. Schließlich nahm sie ihn an der Hand und zog ihn von der Tafel fort.

»Wo gehen wir hin?«

»Ich zeige dir, was es heißt, ein Zwerg zu sein.«

***

Der Raum roch nach Schweiß, Bratfett, Malzbier und etwas, das an faule Eier erinnerte. Die Luft war so abgestanden und feucht, dass Andvari kontrolliert atmen musste, denn er fürchtete, sonst das Bewusstsein zu verlieren. Der Lärm dröhnte in seinen Ohren; die Rufe, das Gebrüll, das Gelächter, das Knirschen und Ächzen von Holz und das Trappeln von Stiefeln auf Steinen. Überall war Bewegung.

Überall schoben sich Zwerge durch die Menge, rückten Stühle zurecht, beugten sich über den Tresen, gingen hin und her und winkten einander zu. Hunderte Zwerge, die tranken und aßen, fluchten und würfelten, sich in den Armen lagen und sangen.

Zwerginnen in Schürzen und mit sehr dichtem Haar, das ihnen bis zu den Stiefeln reichte, wirbelten zwischen den Bankreihen umher, balancierten voll beladene Tabletts und verschütteten gelegentlich ein wenig von dem schäumenden Bier, wenn sie die hohen Krüge auf die Tafeln knallten – was den Gästen keineswegs aufstieß. Ganz im Gegenteil: Es entlockte ihnen Gelächter und stachelte sie an, noch ausladender zu feiern.

Einer griff einer Zwergin an den Hintern und bekam zur Belohnung eine Ohrfeige, die ihn von der Bank warf. Dann zog sie ihn auf die Füße, gab ihm einen Kuss auf die bärtige Wange und wieder folgte Gelächter.

Andvari saß da, den Krug zwischen den Händen, und beobachtete. Er versuchte zu ergründen, wie dieser Ort funktionierte. Woher kannten die anderen Zwerge die Regeln? Woher wussten sie, wie sie sich zu verhalten hatten? Oder war genau dies das große Geheimnis?

Es gab keine Regeln.

»Was darf's denn für dich sein, mein Bärtiger?«, fragte jemand neben ihm.

Er sah verwundert auf. Eine Zwergin neben ihm lächelte ihn an. Ihr Haar war rostrot, genau wie der Flaum in ihrem Gesicht. Sie war so breit wie hoch und die obersten Knöpfe waren geöffnet, sodass ihre bleichen Brüste drohten herauszuhüpfen.

Andvari bemerkte, dass er sie angaffte, und wollte sich zur Ordnung rufen, aber dann tat sie etwas, was ihm völlig den Boden unter den Füßen wegzog. Sie beugte sich zu ihm, drückte ihm einen feuchten Kuss auf die Wange und knallte einen Teller vor ihm hin. Darauf stapelten sich Würste, Braten, Wurzeln und andere Köstlichkeiten, bei denen ihm das Wasser im Mund zusammenlief. Das konnte er doch unmöglich allein essen! Aber die herzhaften Speisen waren ihm völlig egal, denn er war wie gebannt von der Zwergin.

Sie tippte ihm gegen die Nase und wirbelte kichernd herum.

»Klappe zu, es zieht!«

Andvari schreckte hoch. »Was?«

Nali grinste ihn an. »Du bist echt ein schräger Fels. Isst du das ganz allein?«

Er schob die Platte in die Mitte. »Bediene dich!«

Sie langte zu und knabberte an einer Wurst. »Du isst nichts?«

»Ich bin zu aufgeregt, um zu essen.«

Ihr Blick schweifte zu seinem vollen Krug.

»Du hast recht. Ich sollte zumindest versuchen, so zu wirken, als wäre ich ein echter Zwerg. Also, auf uns!«

Nali stieß so fest an, dass die Krüge klirrten und er seinen beinahe fallen ließ. Dann tranken sie. Er hatte einiges vom Bier Nidavellirs gehört und musste zugeben, dass ihm der malzige, herbe Geschmack mundete.

»Und?«, fragte sie.

»Es ist gut.«

»Nur gut?« Sie rammte den Krug auf den Tisch. Die Zwerge an den benachbarten Bänken hoben ebenfalls ihre Krüge und schlugen so fest auf die Tische, dass Andvari fürchtete, sie könnten darunter zerbrechen.

»Es ist … sehr gut?«

»Schotter und Stein, du bist wirklich ein schräger Fels! Und jetzt wirst du essen!« Sie schob ihm die Platte hin. »Probier die Fleischwurzel! Schmeckt sogar besser als die Würste.«

Er schnappte sich das graue, zuckende Ding und biss ab. Sie war salzig und zugleich fruchtig, eine sehr befremdliche Mischung. Eine Geschmacksexplosion erfüllte seinen Mund.

»Hier! Probiere das!«

Das waren grüne, weiche Dinger, die wie Eier aussahen. Als Andvari daran roch, zuckte er wieder zurück. Daher kam also der beißende Gestank, den er die ganze Zeit in der Nase hatte. »Was ist das? Sind das etwa faule Eier?«

Nali schnappte ihm das Ei aus der Hand, schob es sich in den Mund und seufzte laut. »Heiliger Stein, ich könnte sterben dafür!«

»Warum essen Zwerge faule Eier?«

»Nicht irgendwelche. Das sind Ziegeneier.«

Er stutzte. »Ziegen legen keine Eier.«

Nali stibitzte sich ein weiteres. »Nicht diese Ziegen.«

»Sondern?«

Sie verzog den Mund. »Sag mal, was weißt du eigentlich über Svartalfheim?«

»Genau genommen bin ich wesentlich älter als du, also …« Er zuckte mit den Schultern. »Genug.«

Wieder trank er von seinem Bier und stellte fest, dass es mit jedem Schluck besser schmeckte. Schon breitete sich der Alkohol in ihm aus, wärmte seinen Bauch, ließ seine Finger kribbeln und ihn lächeln, während die Hitze in seine Wangen stieg. Dabei ließ er den Blick über die Schenke, einem der ältesten Gebäude Nidavellirs, schweifen. Es war eher eine riesige Halle mit einer ungewöhnlich hohen Decke, völlig in Stein gefasst. An jeder Stelle befanden sich kunstvolle Reliefs, die teils vom Zahn der Zeit gezeichnet waren. Einige davon jedoch bildeten …

»Runen«, flüsterte er.

Nali redete gerade mit einem anderen Zwerg, der offenbar versuchte, ihr schöne Augen zu machen. Sie stieß ihn fort, woraufhin der Zwerg Andvari einen grimmigen Blick zuwarf, und wandte sich ihm wieder zu. »Was?«

»Ob das Runen sind?«

»Keine Ahnung. Vielleicht.«

Er beobachtete sie. »Was ist los?«

»Nichts.«

»Was wollte der Zwerg?«

Sie trank von ihrem Bier.

Bedächtig beugte er sich zu ihr. »Nali?«

»Nichts!«, knurrte sie und schlug den Krug so fest auf den Tisch, dass er zerbrach und sich das Bier quer darüber ergoss.

Drei Zwerge traten neben den Tisch. Sie waren groß und Muskeln wölbten sich unter ihren roten Hemden, die Fafnirs Symbol auf der Brust zierten. Ihre Bärte waren voll und nach Kriegerart zu einem Pfeil geformt, und ihre Haare an den Kopfseiten ausrasiert.

»Soso«, sagte der größte unter ihnen und funkelte Andvari an. »Die Gardistin und der Verfluchte. An einem Tisch. Das muss wohl mein Glückstag sein!«

Nali schüttelte den Kopf, aber aus Andvari sprach der Alkohol, als er sich zu einer Antwort hinreißen ließ. »Was darf's sein, die werten Zwerge?«

»Was gibt es denn hier so?«

Er stellte geduldig den Krug ab. »Das kommt drauf an.«

»Andvari!«, zischte Nali.

»Worauf?«, fragte der Zwerg.

»Ob ihr lieber einen freundlichen Rat oder eins auf die Fresse wollt.«

Stille.

Wieland, was war los mit ihm?

Der Zwerg packte ihn am Kragen und zog ihn mit einem Ruck von der Bank. Mit rudernden Armen knallte Andvari auf den Boden. Dann prügelte der Zwerg auf ihn ein. Links. Rechts. Jeder Hieb traf ihn im Gesicht und warf seinen Kopf herum.

Jemand packte ihn von hinten – starke Arme bogen sich um den Kopf des Zwerges. Nali. Sie riss den Kerl hoch und drückte ihm die Luft ab. Die anderen wollten sich einmischen, doch sie sandte ihnen einen solch finsteren Blick zu, dass sie es sich anders überlegten.

»Wie … kannst du … es …?« Die Worte des Zwerges erstickten, während sein Kopf allmählich blau anlief und er wie verrückt auf ihre Arme einschlug. Langsam glitt er zu Boden. Dann wurde er ohnmächtig.

Nali ließ ihn los und funkelte die anderen an. »Noch jemand?«

Für Andvari war das alles allerdings völlig unbedeutend. Er lag gleich neben dem Ohnmächtigen seitlich mit dem Kopf auf dem Boden und hatte ein freies Sichtfeld auf einen Fries. Dort waren Runen eingeritzt. Aber erst jetzt erkannte er, dass sie falsch herum waren. Und so wie sie angeordnet waren …

Er sprang hoch und fand kaum seine Stimme wieder, so aufgeregt war er. »Nali!«

»Was?«

»Ich kenne jetzt die Lösung!«

Sie schaute ihn grimmig an. »Halte den Gedanken fest! Wir verschwinden von hier. Bis dahin hältst du die Klappe!«

***

Andvari schrieb.

Schriftzeichen an Schriftzeichen füllten die Tafel, dicke und dünne Linien, Buchstaben, Zeichnungen, halb ausformuliertes Gekritzel, durchgestrichene Sätze, teilweise weggewischte Zeichnungen. All seine Überlegungen und Berechnungen überlagerten einander, aber er musste die Gedanken irgendwo festhalten, sonst entglitten sie ihm wieder.

»Es ist eine Matrix«, murmelte er und stellte eine weitere Berechnung innerhalb eines Oktaeders an. »Eine vektorielle, dreidimensionale Matrix. Aber nicht irgendeine. Sondern eine Wiedergabe einer Kraft, die uns umgibt. Verstehst du, Nali?« Er klopfte mit der Kreide auf die Tafel. »Ein Ausdruck, gebannt in eine regelmäßige Abfolge, die alles zusammenführt und verändert. Eine Matrix!«

Nali lehnte an einer Werkbank, ein gutes Stück von ihm entfernt, und beobachtete all das mit gerunzelter Stirn. Sie wirkte nicht überzeugt. Aber das musste sie auch nicht. Wichtig war lediglich, dass er der Lösung des Rätsels einen Schritt näher gekommen war. Je mehr er schrieb, je mehr er sich darin vertiefte, desto mehr glaubte er, das große Ganze verstehen zu können. Und mit jeder weiteren Erkenntnis hielt er verwundert und gebannt inne. Er hatte noch nicht einmal die Spitze des Berges verlassen!

»Warum hast du das getan?«, fragte Nali.

»Was getan?« Wie gehetzt schrieb er weiter. Er durfte jetzt nicht aufhören, war der Lösung so nahe wie nie zuvor!

»Du hast den Zwerg provoziert und mich dadurch genötigt, dich zu verteidigen.«

Er strich eine Zeile durch und schrieb eine neue daneben. »Ich habe dich nicht dazu gezwungen.«

»Hätte ich lieber zulassen sollen, wie er dich verprügelt?«

»Vielleicht.«

»Was ist los mit dir?«

Schlurfende Schritte erklangen in der Schmiede. Jemand trat durch die geöffneten Pforten. Andvari achtete kaum auf den Neuankömmling.

»Ich bin nicht wie du, Nali. In Ordnung? Möglicherweise ist es Zeit, dass ich das endlich begreife.«

»Also bist du kein Zwerg?«

Er blickte mit gefurchter Stirn über die Schulter. »Das habe ich nicht behauptet.«

»Aber gedacht.«

Ein Zwerg wankte entlang der Schmelzkübel und hielt auf sie zu. Zwar hatte Andvari um äußerste Ruhe gebeten, aber einen Boten konnte er unmöglich abwimmeln.

»Ja?«, rief er.

Andere Zwerge betraten die Schmiede, schlurften ebenfalls entlang der Essen, als wären sie sehr erschöpft. Oder gerade ihren Gemächern entstiegen. Drei, vier, mehr.

Der Bär wurde ganz still und zog sich in den hinteren Teil seines Käfigs zurück. Das Zwitschern des Vogels riss ab. Der Fisch kauerte sich am Grund zusammen. Nali hingegen bekam es kaum mit, denn sie war ganz darin vertieft, Andvari ihren möglichst ungehaltenen Blick zuzuwerfen. Dadurch fand er sie nur noch anziehender.

Der Zwerg an der Spitze schleppte sich durch die Halle, als erforderte jeder Schritt große Kraftanstrengung. Außerdem ließ er die Schultern und den Kopf hängen, als drückte ihn ein Gewicht nieder.

»Ich habe gerade keine Zeit«, rief Andvari. »Bitte richte Fafnir aus …« Er verschluckte sich an seiner Zunge. Der Zwerg war verletzt. Die Rüstung war an einer Stelle auseinandergebogen und träges Blut quoll heraus; es rann durch seinen Bart, tropfte von seinen Fingern, hinterließ eine lange Spur auf dem Boden.

Der Zwerg hob den Kopf. Seine Augen waren ausgestochen und der Unterkiefer zertrümmert. Darin wand sich ein Nest voller Maden. Doch am meisten war Andvari von dem gebannt, was dem Zwerg auf die Stirn gebrannt war und in geisterhaftem Licht glühte:

ᛗᚱᛈᚠᛏᚺᛗ

Wie aufgewirbelte Asche, die sich langsam legte, breitete sich die Bedeutung dieser Runenanordnung in Andvaris Verstand aus. Wo eben noch nichts gewesen war, kannte er auf einmal das Wort, für das sie stand.

Und auf einmal lag eine Erinnerung vor ihm ausgebreitet wie ein Fenster, durch das er hindurchblicken konnte. Ein großer, langer Mann, der an ihn herantrat und ihn um einen Gefallen bat. Der Geruch von Eisen und Feuer. Das Klingen eines Hammers auf Metall. Das Gefühl von Befreiung und eines Einklangs mit den Runen, die sich ihm wie ein geöffnetes Buch erschlossen.

Eine Waffe.

Runen, mit denen er sie erschuf.

Ein Meisterwerk – geschmiedet durch seine Hände.

»Ich danke dir«, sagte der Mann mit warmer Stimme.

»Andvari!«, schrie Nali und packte ihre Axt. »Weg hier!«

Die Erinnerung zerfaserte wie Nebel im Morgengrauen. Doch der offene und leere Zustand der Klarheit blieb in seinem Verstand zurück wie ein Stempel. Er begriff nun, dass er die Runen niemals in Gänze verstehen konnte. Das wäre, als versuchte man den Wind zu fangen oder Wurzeln am Wachsen zu hindern. Sie waren Muster, die sich immer wieder änderten. Doch in dem Moment, wenn er das Muster dahinter erkannte, konnte er einen Blick auf die wahre Natur der Runen werfen.

Und sie *binden*.

Für einen Augenblick war er zum ersten Mal im Leben wahrhaft wach. Er sah, hörte, roch, fühlte und spürte das Muster des Lebens, das um ihn pochte wie ein Quartett schlagender Herzen.

»Erwache …«, raunte er.

Es war bloß ein Wort, aber darunter, fern davon, was der Verstand wahrnehmen konnte, war eine Verknüpfung mit etwas anderem. Eine veränderliche Kraft, die aus der Schöpfung selbst entstanden war und alles durchströmte wie ein endlos fließender Fluss.

Die Seele der Runen.

Dann schlug der Zwerg die Zähne in Andvaris Hals.

Wunder

Wunder gab es nicht. Das wusste Morrigan schon lange. Man hätte meinen können, dass sie ihnen aufgeschlossener gegenüber war – immerhin war sie in einem verzauberten Turm aufgewachsen. Allerdings ließ sich ihrer Ansicht nach alles durch logische Schlussfolgerungen erklären.

Diese Begegnung hingegen nicht.

Im Zwielicht der Kristalladern wirkte der Mann alt und gebrochen, als lastete die Verantwortung der ganzen Welt auf ihm. Es war nicht nur seinen tiefgründigen Augen oder wie fest er den goldenen Falkenstab umklammerte geschuldet. Es war seine Aura der Einsamkeit und Traurigkeit, die Morrigan so vertraut war wie ihr eigener Name. Sie gehörten zu *ihr*. Deshalb mussten Mutters Worte wahr sein.

Merlin war ihr Vater.

Etwas von dem, was ihn zuvor niedergedrückt hatte, fiel von ihm ab, als er sich aufrichtete und Morrigan anlächelte. »Ich wusste nicht, dass wir eine Tochter haben, Morgi.«

»Wie konntest du auch?«, zischte Morgana. »Du bist doch Merlin, der große Zauberer und Druide. Ein Mann, der immer dann auftaucht, wenn das Weltenrund in größter Not ist. Der Mann«, sie spreizte die Arme und erschuf über ihren Handflächen Flammen, die alle Wärme der Umgebung entzogen, »der sich viele Namen gab, um die Geschichte zu verändern.«

Langsam schritt sie auf Merlin zu, während Frostblumen über den Boden krochen und die Luft so kalt wurde, dass sie weiß um ihr Gesicht dampfte. »Der Mann, der Druiden gegen die Verheerung schickte und dadurch die ersten Khazra erschuf. Der Mann, der sich selbst zum Gott erhob.« Die Flammen wallten höher. »Der Mann, der mir meine Erinnerungen raubte und sich dann von mir abwandte!«

»So ist das nicht gewesen, Morgi. Ich wollte …«

Die Feuerbälle zischten auf ihn zu. Kurz vor ihm zerplatzten sie, brachten die Luft zum Flimmern und lechzten über eine unsichtbare Kuppel. Merlin stand reglos da wie eine Statue; er hatte nicht einmal die Hand gehoben.

»Welch ein herzergreifendes Wiedersehen!« Cino nickte Morrigan auffordernd zu. »Wenn es euch nichts ausmacht, dann werde ich mich jetzt verpissen, und rate …«

Morgana riss die Hand hoch und ihr grüner Kristall loderte wie ein Smaragdfeuer auf. Ein Ruck ging durch die Tore. Dröhnend krachten sie ins Schloss.

»Niemand rührt sich!« Sie kehrte ihnen den Rücken zu, stolperte zwei Schritte in die Dunkelheit hinein und sackte auf ein Knie, als übermannten sie ihre Gefühle. So schwach und verloren hatte Morrigan ihre Mutter nie zuvor gesehen. Stets war sie stolz, herrisch und abweisend gewesen. Es war, als betrachtete sie ein Gemälde, das Risse bekommen hatte. Morrigan wollte zu ihr eilen, sie trösten und sich dafür entschuldigen, was zwischen ihnen vorgefallen war. Es wäre so einfach, die Worte auszusprechen, die auf ihrer Seele lasteten: *Es tut mir leid.*

Doch sie konnte nicht.

Merlin näherte sich ihr. Alles in Morrigan schrie, zurückzuweichen, aber sie blieb. Sanft fasste er sie an der Schulter, als wäre sie etwas Zerbrechliches. »Wie ist dein Name?«, fragte er voller Güte.

»*Mór-Ríoghain* in der Sprache der sîdhe«, raunte sie. »In der gemeinen Zunge Morrigan.«

»Geisterkönigin.« In seinen tiefblauen Augen kämpften Verzweiflung und Hoffnung um die Vorherrschaft. »Du bist meine Tochter.«

Es war ein Moment der Zuneigung und Wärme, als wäre Morrigans gesamtes Leben darauf hinausgelaufen. Alles, was in den vergangenen Monaten geschehen war, diente allein diesem einen – einzigen – Moment. Sie hatte Merlin gesucht. Und gefunden.

Tausend Gedanken beherrschten ihren Kopf. Ein Teil von ihr wollte ihn dafür büßen lassen, dass er sie im Stich gelassen hatte. Rache für den Schmerz, den er Mutter und ihr bereitet hatte. Ein anderer wollte in seinen Arm fallen, um eine Familie zu sein. Merlin wollte es so. Das konnte sie *spüren*. Doch der dritte Teil in ihr, der überwog, war kalt und abgestumpft und nicht dazu fähig, ihm zu vergeben. Es gab eine Verbindung zu ihm, die sie nutzen konnte. Dieser Mann war unglaublich mächtig.

Er war ein Gott.

Und dieses Geheimnis würde sie ihm entlocken.

Sie drückte seine Hand. »Vater«, hauchte sie.

Er umfasste ihren Kopf und hielt ihre Stirn kurz an seine, ehe er sich wieder löste. »Wir haben so vieles zu bereden und aufzuholen.«

Sie nickte, weil keine Worte dem Augenblick gerecht wurden.

Merlin ging zu Mutter und blieb hinter ihr stehen. Er legte eine Hand auf ihre Schulter – genauso, wie er es eben bei Morrigan getan hatte. Morgana stand auf, drehte sich ihm zu. Ihr Gesicht war tränenverschmiert. »Du hast mich verlassen.«

Er seufzte. »Keine Entschuldigung rechtfertigt meine Taten.«

»Wusstest du, dass ich ein Kind unter dem Herzen trug, als du die Welt hast vergessen lassen? Als du die Macht des Gleichgewichts aufgenommen und die neun Welten ...« Sie biss sich auf die Lippen. »Die Magie war fort. Morrigan ist eine sîdhe. Ohne Magie konnte ich sie nicht gebären.«

Er ließ sie los. »Das wusste ich nicht.«

»Ich trug Jahrhunderte ein Kind unter dem Herzen, das ich nicht austragen konnte. Weißt du, was das für ein Gefühl ist? Was es für eine Strafe und ein Schmerz ist, Gott der Geschichten?«

»Ich ... mag es mir nicht vorzustellen.«

»Bevor die Verheerung ausbrach, kehrte ein Teil der Magie zurück. Ich gelangte hierher und ergründete den Turm. *Deinen* Turm. Mit jedem Tag, den ich hier verweilte, erinnerte ich mich wieder. Es muss Valanor geschuldet sein. Eine neue Form der Magie. Zauberei. Funken. Morrigan erblickte das Licht der Welt.« Mutters brennender Blick zuckte zu Merlin. »An diesem Tag habe ich dir den Tod geschworen.«

»Ich verstehe.« Merlins Stimme klang brüchig wie alter Ton.

Morrigan trat näher. Sie traute sich nicht, den Moment zu stören, aber sie musste dabei sein und verstehen, was geschah. Merlin war ein Gott, doch er war nicht allwissend und menschlichen Emotionen ausgesetzt. Was sagte dies über wahre Göttlichkeit aus? War man mit den gleichen Zweifeln, Fehlern und Einschränkungen behaftet wie Sterbliche? Gab es überhaupt einen Unterschied außer Unsterblichkeit?

Das Zwielicht umfing sie. Mutters Gesicht lag halb im Schatten, während sie zu Boden sah. »Da war so viel Hass in mir.«

»Du hast allen Grund, mich zu hassen, Morgi«, flüsterte Merlin.

»Irgendwann begriff ich, dass mein Hass nicht dir gilt. Sondern mir selbst.«

»Ich ließ dich vergessen, damit du ein Leben ohne den Schatten der Vergangenheit führen kannst. Bei deinem wahren Volk. Ich ahnte nicht, was kommen sollte. Ich ahnte nichts von der Verheerung.«

Ihr Blick richtete sich erst in weite Ferne, dann, ganz langsam, schaute sie Merlin an. »Alles, was geschehen ist ...«

Er hob die Hand. »Es gibt keinen Grund, etwas zu erklären. Nicht vor mir. Nicht für das.«

Morgana nahm seine Hand und legte sie sich auf ihr Herz.

»Ich werde niemals bereuen, was ich getan habe, Morgi. Mein Interesse galt stets den neun Welten. Ich tat Dinge ...« Er schüttelte den Kopf. »Ich führe einen immerwährenden Kampf gegen die Dunkelheit in uns allen. Das ist meine Strafe. Ich hätte dir die Entscheidung nicht abnehmen dürfen.«

»Ein kleiner Teil in mir wird dich immer hassen, Merlin.«

»Ich habe so viele Fehler begangen. Cernunnos ...« Wieder schüttelte er den Kopf. »Diese Macht, die ich besitze, verstehe ich immer noch nicht.«

Morrigan trat näher. »Ich kann dir helfen, sie zu verstehen.«

Merlin hielt ihr die andere Hand hin. Sie umschmiegte sie und ließ sich in seinen Arm führen. Dann standen sie zu dritt beisammen. Familie. Wärme. Nachhausekommen. Zuflucht.

Doch in ihr tobte ein Hunger, den sie nicht länger unterdrücken konnte. Wie ein Funke, der sich an ihrem Leid ergötzte und nach mehr verlangte. All das hier berührte sie kaum, als wäre ihr Herz so sehr gefroren, dass keine Wärme das Eis jemals aufbrechen könnte. Alles, was sie wollte, war, Merlins Göttlichkeit zu verstehen. Eine wahre Paladin sein. Die mächtigste Zauberin aller neun Welten.

Der Moment dieser Einigkeit hielt an und es gab nichts, was ihn hätte stören können. Es war vollkommen.

Jemand legte den Arm um ihre Schulter und drückte sich an sie. »Cino?«, murmelte sie.

»Psst!« Er lächelte verträumt. »Nicht reden. Wir haben uns alle lieb und …« Er unterbrach sich, als er den Zorn in Morganas Augen lodern sah. »Ist ja gut!«, sagte er und hob abwehrend die Hände, während er zurücktrat. »Man wird ja wohl noch träumen dürfen.«

»Wir alle brauchen Zeit«, flüsterte Merlin.

»Leider haben wir die nicht, Vater.« Morrigan löste sich aus dem Arm. »Cernunnos hat die Brücken zwischen den Welten geöffnet. Der Weltensturm kommt. José versammelt die neun Paladine.«

Merlin entfernte sich zwei Schritte und richtete sich auf. Etwas von der Trauer war verschwunden, aber er wirkte immer noch wie ein Mann, der von einer schweren Last befallen war. »Ich traf ihn in Mag Mell. Dabei erkannte ich, dass er mehr ist, als er zu sein vorgibt. José ist …«

»… ein neuer Gott.«

Merlin musste nichts sagen. Aus irgendeinem Grund konnte sie ihn lesen wie ein offenes Buch. Morrigan zückte den violetten Stein aus ihrer Tasche und hielt ihn hoch. »Er brach einen solchen Kristall, befreite die Seele eines toten Gottes und nahm sie in sich auf.«

Die Luft um Merlin flimmerte und stand auf einmal unter Spannung. Nun wirkte er nicht mehr wie ein gebrochener Mann. Sondern wie ein machtvoller Zauberer. »Wo hast du den Seelenstein gefunden?«

Morrigan ließ ihn sinken. »Hier. In Valanor.«

Morgana blickte sie verwundert an.

»Keine Zeit für Erklärungen, Mutter. Diese Seelensteine … Wie entstehen sie? Könnten wir das wiederholen, was José getan hat? Könnte ich ebenfalls …«

»NEIN!«, rief Merlin mit einer Stimme, die ihr durch Mark und Bein fuhr. Funken tanzten in seinen Augen. Er schüttelte den Kopf und die Funken verschwanden. »Du weißt nicht, wovon du redest, Tochter! Es existieren verborgene Mächte in den neun Welten, die so alt wie die Zeit selbst sind. Vergessene Götter. Uralte, zerstörerische Mächte. Mächte, die jenseits unserer Vorstellungskraft liegen und weder Licht noch Dunkelheit sind.«

»Zum Beispiel die Quelle der Weisheit?«

Er wurde ganz ruhig. Seltsamerweise verunsicherte sie das mehr als sein Ausbruch. »Woher weißt du davon?«

Sie sah zu Mutter, woraufhin Merlin die Augen verengte.

»Wir dürfen diese Mächte nicht wecken!«, sagte er mit Schärfe in der Stimme. »Alles, was wir tun, hat Konsequenzen.« Er redete leiser und leiser. »Jede unserer Entscheidungen stört das Gleichgewicht.«

»Du sprichst vom Bösen? Dann sollten wir eine Macht des Guten finden …«

Er hielt sie so verzweifelt am Arm fest, als hätte sie gerade entschieden, den Weltensturm höchstpersönlich zu entfesseln. »Begreifst du nicht? Der freie Wille vermacht uns die Möglichkeit, selbst zu entscheiden. Das Böse existiert in *uns*. Wir alle tragen die Saat zum Guten und zum Bösen.«

Sie streifte seine Hand ab und trat in die Mitte der Halle. »Was sollen wir tun? Abwarten und zusehen? Das kann ich nicht. Ich habe viel zu lange darauf gewartet, dass mein Leben endlich beginnt!«

Merlin musterte sie, als versuchte er, ein Geheimnis zu entschlüsseln. »Hast du dein Ideal gesprochen?«

Sie straffte sich. »Ich habe es noch nicht gefunden.«

»Wenn die Zeit gekommen ist, wirst du das. Dennoch hast du in einem Punkt recht. Wir dürfen nicht länger zusehen. Es ist Zeit, dass wir eingreifen und das Weltenrund auf seine größte Prüfung vorbereiten.«

Morrigan atmete tief durch. Das war der Moment, auf den sie lange gewartet hatte. »Wirst du es mich lehren, Vater?«

»Nein«, raunte Morgana.

»Mutter?«

Die Zauberin starrte völlig erschüttert ihre Hände an, als wäre ihr soeben etwas Wichtiges bewusst geworden. »Das ist unmöglich! Das ist …« Sie hielt inne. »Was hat Cernunnos getan?«

»Er hat den Weltenbaum infiziert, Mutter.«

»Aber warum? Warum hat er … Bei allen Elementen! Er war hier.«

»*Was?*«

»Vor einer Weile. Ich ... Ich erlebte einen schwachen Moment. Du warst fort. Die Siegel waren gebrochen. Der Hass zerrte mich auf. Dann war *er* da. Er fragte nach Excalibur. Nach dem Stein des Schicksals und dem Weltenbaum. Nach der Quelle. Ich wusste es nicht. *Ich wusste es nicht!*«

»Und da haben wir das Haar in der Suppe!«, sagte Cino und verstummte sogleich wieder, als ihn gleich drei ungehaltene Blicke trafen.

Morrigan holte tief Luft. »Mutter! Was genau hast du ihm erzählt?«

»Alles«, hauchte die und sackte auf die Knie. »Alfheim ...« Morgana bewegte die Lippen, aber es kam kein Laut heraus.

Äußerst vorsichtig kniete Morrigan sich vor sie und berührte sie an der Schulter, als könnte Mutter an der Wahrheit zerbrechen wie Keramik. »Was ist mit Alfheim?«

Mit kalkbleichem Gesicht schaute Mutter an ihr vorbei. »Er weiß von den Farben, Merlin. Er weiß von der Quelle und dem Geheimnis, das sich darin verbirgt!«

»Was heißt das?«, fragte Morrigan gehetzt und sah ebenfalls zu ihrem Vater.

»Du hast die Quelle betreten«, sagte er angespannt.

Mutter ließ den Kopf hängen. »Ich war verloren und suchte nach dem Licht. Ich wusste, was geschehen sollte.« Mutter schwieg kurz, als müsste sie erst neuen Mut fassen. »Ich verließ Alfheim, um hier Zuflucht zu suchen. Was ich weiß«, sie sah auf, »weiß auch Cernunnos.«

Merlin straffte sich und etwas von einem alten Feuer kehrte zu ihm zurück. »Wir müssen sofort aufbrechen, Tochter. Uns steht eine weite Reise bevor. Folge mir!«

Er marschierte durch die Halle auf die gewundene Treppe zu. Cino war der Erste, der sich ihm anschloss und dahinmarschierte, als wäre er auf einer Siegesparade unterwegs. Als Merlin dies bemerkte, blieb er stehen und blinzelte ihn an.

»Was denn?«, fragte Cino. »Abenteuer ist mein zweiter Vorname.«

»Mit *wir* meinte ich nicht *dich*, Konquistador«, sagte Merlin trocken.

Cino hob einen Finger. »Stabsoffizier! Und wenn das noch nicht genügt, sollte ich vielleicht betonen, was für ein unwiderstehlich …«

»Er soll mitkommen, Vater!«, rief Morrigan und schloss zu Cino auf, der zum Dank einen Knicks vor ihr machte.

»Diese Reise ist selbst für einen Zauberer eine große Herausforderung«, erwiderte Merlin.

Cino salutierte zackig. »Wie gut, dass Herausforderung mein dritter Vorname ist!«

Merlin stampfte den Stock auf und musterte den Mann eingehend von den ausgetretenen Kavalleriestiefeln bis zum gezwirbelten Schnurrbart. »Ah, jetzt verstehe ich. Ja … ja, das ergibt Sinn. Warum habe ich es nicht gleich gesehen?«

Cino betastete seine Brust. »Bringt mich die Sauferei jetzt doch unter die Erde?«

Der Zauberer gebot ihm mit erhobener Hand zu schweigen. »Alles zu seiner Zeit. Nun folgt mir. Wir werden einen Pfad nach Alfheim beschreiten.«

Morrigan stutzte. »Warte! Es befindet sich hier ein Zugang in eine andere Welt? Hier, in Valanor?«

Merlin eilte zur Treppe und das *Klack* seines Stabs wechselte sich mit dem *Klick* von Cinos Stiefeln, der ihm auf dichten Fersen war. »Valanor *ist* der Zugang.«

***

Zwei Stunden später und nach zahllosen Stufen gelangten sie in Valanors höchsten Saal. Morrigans Beine brannten und ihr Atem rasselte, als sie die weite, leere Halle betrat, in der der glatte, schwarze Obsidian an jeder Stelle von Kristalladern in allen Farben durchzogen war.

»Götter, ich bin zu alt dafür!«, brummte Cino und streckte den Rücken durch.

Morrigan erinnerte sich noch gut daran, wie sie das erste Mal hier gestanden hatte, und obwohl es Jahrzehnte her war, kam es ihr wie gestern vor. Eine Kuppel wölbte sich über den runden Raum. Sie war mit kunstvollen Darstellungen der Vergangenheit versehen, darunter die Geschichte des Ordens der Zauberer, von seiner Gründung bis hin zu jenem Moment, als die Welt sich verändert hatte. Aber auch der Bau des Turmes durch die dvergá, kleinwüchsige, bärtige, herumwuselnde Gestalten, die in allen Märchen vorkamen, war darin verewigt. Merlin, der sie anleitete und dann für lange Zeit verschwand. Er kehrte mit einer schimmernden Kugel zurück, brachte andere Zauberer in den Turm, bis eine hochgewachsene Frau seine Stellung einnahm. Itara, eine sîdhe und Morganas Meisterin. Und als die Meisterin wich, trat die Schülerin an ihre Stelle. Allein. Die letzte Zauberin.

Eine Sache fesselte Morrigan jedoch mehr als die Geschichtsdarstellung und das war etwas, das über der Mitte des Raumes hing, ganz weit oben. Ein großes, faszinierendes Etwas. Es erinnerte an ein Navigationsinstrument, das man in riesenhafter Vergrößerung nachgebaut hatte. Ein System aus gigantischen Metallringen, die im bunten Kristalllicht glänzten, einer um den anderen, mit weiteren kleineren Ringen dazwischen, in ihnen und um sie herum. Hunderte und voller Markierungen: Schriftzeichen oder möglicherweise auch nur bedeutungslose Kritzeleien. Nein, so wie sie angelegt waren, erinnerten sie eher an verschachtelte Runen wie jene an den Toren. Dvergá-Runen? Es waren so viele, dass man sie nicht auseinanderhalten konnte. In der Mitte hing eine mattsilberne Kugel.

Merlin marschierte unter das Gestell, stellte seinen Stab ab, der nun wie von selbst wie ein aufgerichteter Pfeiler dort stand, und blickte sich mit leicht zusammengekniffenen Augen um. Da Morrigan nicht wusste, was sie tun sollte, stand sie einfach nur da, den violetten Kristall in ihrer Hand, Cino an ihrer Seite. Nicht zum ersten Mal seit Anbruch ihrer Reise war sie froh, ihn in ihrer Nähe zu wissen. Wenn man sich auf eines verlassen konnte, dann, dass er durch nichts aus der Fassung zu bringen war. Er war stets ein Fels in der Brandung. Ein gefestigter Mann, der …

»Cino?«

Der Soldat näherte sich dem Zentrum, die Augen geweitet, der Mund offen – ihm hing sogar ein Sabberfaden von der Unterlippe.

»Me estás tomando el pelo? Willst du mich verarschen?« Er zeigte hinauf.
»Wenn man Konquistador ist, kommt man viel rum. Amdra. Legentum … Jedenfalls hab ich so etwas schon öfter gesehen.«

Merlin lächelte unschuldig. Inzwischen war sein Mantel nicht länger blau, sondern von einem tiefen Schwarz. Und Kragen und Saum waren nicht mehr mit Falkenfedern, sondern mit denen eines Raben bestückt. »Du bist ein sehr aufmerksamer Mann, Cino de Suerte. Was du hier siehst«, der Zauberer wies zur Kuppel, »ist ein Zugang zum Weltenbaum, den ich vor langer Zeit entwarf.«

»Du hast diese Dinger gebaut?«

»Sagen wir, zwei grimmige dvergá haben mir geholfen.« Merlin winkte ab. »Wie dem auch sei, die Heimat der sîdhe bildet wie jede der neun Welten einen Teil des allumfassenden Gleichgewichts. Wenn Cernunnos um den Brunnen weiß, dann gereicht uns das auch zum Vorteil. Wir wissen nun, was er vorhat und damit können wir auch vorhersagen, wo der Weltensturm seinen Anfang nehmen wird.« Er schwieg kurz. »In Alfheim.«

»Also tun wir was genau?«, fragte Morrigan und wagte sich ebenfalls näher. Dabei behielt sie die Ringe und die Kugel im Blick. »Dorthin reisen und sicherstellen, dass der Brunnen noch existiert?«

Merlin nickte. »Wir müssen ihn mit unserem Leben beschützen, Tochter. Denn wenn Cernunnos ihn vereinnahmt … Damit wird das Spiel enden und alles vergehen.« Er griff nach seinem Stab und vollführte eine kreisförmige Bewegung.

Ein Wabern geriet über die Kugel. Ein Schimmern drang daraus hervor, dann zerfloss sie in Perlmutt und leuchtete immer greller. Knirschend erwachte das Gebilde zum Leben. Die Ringe drehten sich, drehten und drehten sich immer schneller umeinander. Die Runen leuchteten auf. Rot. Grün. Blau. Gelb. Violett. Alle Farben des Regenbogens.

Das ganze Gebilde drehte sich nun so schnell, dass die Ringe und Runen vor ihren Augen verschwammen. Dort löste sich ein bunter Nebel, der sich verdichtete. Und aus der Decke wuchs etwas hervor, verästelte um die Ringe, wuchs nach unten und bildete eine Art Tor. Eine Wurzel des Weltenbaums!

Mit einem tiefen Wummern schoss eine Säule aus Licht um die Wurzel und traf auf den Boden.

»Eines noch!«, rief Merlin gegen den dröhnenden Lärm. »Die sîdhe sind ein äußerst friedfertiges Volk. Alfheim ist eine Welt der Erfüllung, des Zusammenhalts und der unberührten Natur. Deshalb werden wir zuerst Ablehnung erfahren. Haltet euch an mich und greift unter keinen Umständen einen von ihnen an!«

Morrigan griff in ihre Tasche. Keine Kristalle mehr. Morgana hielt ihr einen vollen Beutel hin. Zögerlich griff sie danach, bestückte ihren Handschuh und nickte dankbar.

»Du kommst nicht mit, Mutter?«

Morganas Gesicht blieb ausdruckslos. »Jemand muss über Valanor wachen.«

»Über einen toten Ort? Das ist doch Unsinn, Mutter!«

»Ist es nicht, Tochter.« Morgana zögerte. »Ich lebe nun schon so lange hier, dass dieser Ort zu meinem Heim wurde. Mein Platz ist hier. Meine Geschichte ist erzählt. Du bist jetzt die Zauberin.«

Ein Kloß breitete sich in Morrigans Hals aus. Sie schluckte ihn krampfhaft runter und wollte Mutter sagen, wie leid ihr alles tue. Elemente, sie wollte Mutter in den Arm nehmen und das Gefühl geben, dass sie ihr nicht länger zürnte.

Aber sie tat es nicht.

Morgana trat zurück.

Morrigan straffte sich und schloss zu den beiden Männern auf. Das Wummern des Tores drückte gegen ihre Brust, ließ ihr Herz vor Aufregung Purzelbäume schlagen. Das hier war alles, was sie jemals gewollt hatte. Wissen erlangen. Neue Welten erkunden. An der Seite eines Gottes stehen, um zu erfahren, wie er seine Macht erlangt hatte.

Sie drückte den Kristall zu fest, dass er knackste. Ein paar Splitter bröselten ab. Verstohlen öffnete sie die Hand. Das Violett glomm heller und der Kristall … Er war nun spitz und scharf wie ein Dolch.

Sie steckte ihn in ihren Beutel und trat neben Merlin, der ihr einen Arm um die Schulter legte und sie näher zum Tor führte. »Du trägst keine Kristalle, aber ich sah, wie du Blitze und ungeheure Mächte entfesselt hast. Wie stellst du eine Verbindung zu den Elementen her?«

»Ein Schritt nach dem anderen, Tochter. Ich werde dich lehren, wie du das Potenzial einer Zauberin meisterst. Doch zuerst steht uns eine weite Reise bevor, die uns beide verändern wird. Bist du bereit?«

Sie betrachtete die gewundene Wurzel und die Regenbogensäule und fragte sich, ob sie jemals mehr bereit gewesen war. War dies der Grund, weshalb José sie hatte gehen lassen? Hatte er gewusst, dass dies passieren würde und sie erst dank Merlin zu einer wahren Paladin reifen würde?

Ein weiteres Wunder.

Und sie hatte Anteil daran.

»Das bin ich«, sagte sie und betrat das Tor.

Das Meisterstück

Zuerst kam der Schock.

Andvari stolperte zurück, die Zähne des Untoten lösten sich aus seinem Hals, und er knallte gegen die Werkbank. Die Glaskugel zerbarst auf dem Boden und spuckte den zappelnden Fisch aus. Zitternd und verwirrt griff Andvari sich an die Kehle. Warme Flüssigkeit rann darüber. Er hob die Hand vor das Gesicht. Blut. *Sein* Blut.

Dann kam der Schmerz.

Der Raum drehte sich um ihn. Röchelnd hielt er sich an der Werkbank fest, kratzte mit den Nägeln über das Holz. Sein Hemd färbte sich rot, sog sich immer mehr mit Blut voll. Er hörte Gebrüll, seltsam weit entfernt und dumpf. Nali. Sie hieb mit ihrer Axt auf einen Untoten ein. Ein Zwerg mit einer eingebrannten Runenabfolge auf der Stirn. Jetzt erinnerte sich Andvari wieder. Eben war ihm die Bedeutung noch vollkommen klar geworden, als hätte sich das beschlagene Glas in seinem Verstand geklärt. Verzweifelt versuchte er, diesen Zustand der Klarheit wiederzuerlangen, doch allmählich zerrann sie wie Wasser zwischen seinen Fingern.

Seine Beine knickten unter ihm weg. Er knallte auf den Boden und sein Kopf schlug auf. Seine Glieder füllten sich mit Taubheit. Das Herz pochte in seinem Kopf. *Poch. Poch. Poch … Poch … Poch …*

Eine schwankende Gestalt trat vor ihn. Die Augen waren tot. Die Züge waren tot. Alles an ihr war tot. Dennoch hielt die Macht der Runenabfolge den Untoten am Leben.

Erwache. Das Runenwort war auf seiner Stirn eingebrannt. *Erwache …*

Das Wesen bückte sich. Teerartige Maden wimmelten in seinem verfaulten Mund, den er langsam öffnete, und glitten auf Andvari zu.

Der Schock riss ihn aus der Benommenheit. Er brauchte dringend eine Waffe!

Da!

Neben ihm lag ein Schürhaken. Er zog ihn heran und schlug zu. Der Haken bohrte sich in die Stirn des Untoten, zersplitterte die Knochen, ließ schmieriges Blut und Fleischfetzen auf ihn herabregnen. Wie von Sinnen hieb er zu, aber er hatte nie gelernt zu töten. Der Schürhaken rutschte aus seinen glitschigen Fingern und schlitterte davon.

»Unfähig …« Er gurgelte. »Ich bin so …«

Eine Axt spaltete den Hinterkopf des Untoten und schickte einen Blutregen in Andvaris Gesicht. Nali packte das Wesen und schleuderte es mit einem Schrei von ihm runter.

»Was tust du denn?«, brüllte sie ihn an. »Warum wehrst du dich nicht?«

»Ich … Ich wollte …«

Sie weitete die Augen vor Schreck. »Andvari, du … Beim heiligen Stein!«

Zwei weitere Untote näherten sich. Nali wirbelte herum und stellte sich schützend vor ihn. Er war so schwach. So unfähig. So unzwergenhaft.

Der Boden vibrierte. Stiefel knirschten auf Schotter und Sand. Zwerge strömten unter wilden Kriegsschreien in die Höhle, stürzten sich auf die Untoten. Nali schlug einem Widersacher den Kopf ab und er klappte zusammen, als wäre sein Lebensfaden durchtrennt worden.

»Treibt sie auseinander!«, schrie Fafnir und schwenkte Tyrfing wie ein Henkersbeil. »Wir müssen Andvari schützen! Schützt Andvari!«

»Hackt ihnen die Köpfe ab!« Nali zerhackte einen Schädel und trat die erschlafften Überreste weg.

Das Gebrüll der Zwerge wurde allmählich zu lärmendem Dröhnen. Sie hackten und stachen, schlitzten Bäuche auf und trennten Glieder ab. Einem Krieger wurde von zwei Untoten der Brustkorb aufgerissen und sie stopften sich sein Fleisch in den Mund wie wilde Tiere. Ein anderer schrie wie von Sinnen, während ein Untoter ihm den Kehlkopf durchbiss. Blut spritzte, Knochen splitterten, Metall scheppterte und der Tod wütete unter ihnen.

»Nicht der Bär!«, rief Fafnir. »Wir brauchen ihn! Wir brauchen …«

Donnerndes Gebrüll. Der Bär fegte durch die Schmiede und walzte einen Zwerg nieder. Ehe er noch weiteren Schaden anrichten konnte, wurde er von drei Speeren aufgespießt. Bei seinem Toben hatte er den Käfig der Katze beschädigt, die nun davonhuschte. Der letzte Käfig wurde von einem Untoten angegangen – einem bestialisch zugerichteten Zwerg, dem der halbe Kopf fehlte. Er griff durch die Gitterstäbe, schnappte sich den Vogel und biss ihn entzwei.

Andvari bekam es kaum noch mit. Er lag am Boden, direkt neben ihm der zappelnde Fisch, und kämpfte genauso wie er ums Überleben. *Flapp. Flapp. Flapp.* Der Fisch zappelte und zappelte. *Flapp. Flapp. Flapp* … Sein Kampf endete.

Andvari rollte zur Seite. Seine Sichtränder färbten sich schwarz, aber er hielt krampfhaft daran fest, nicht das Bewusstsein zu verlieren. Ungeschickt tastete er nach Draupnir und hielt ihn sich vor Augen. Die Runen waren nur noch willkürliche Striche auf Metall. Ihre wahre Bedeutung war verblasst wie billige Farbe im Sonnenlicht, als hätte er nie darum gewusst.

»Andvari!« Nali war wieder bei ihm. Ihre Gesichtszüge versteinerten, als sie die Wunde in seinem Hals untersuchte. Weshalb war sie so besorgt? Er war nie wichtig gewesen. Kein richtiger Zwerg. Das Geheimnis der Runen verschloss sich ihm. Er war nicht wie Brokkr und Sindri.

Ein Versager.

Jemand trat neben ihn. Fafnir. Das Gesicht des Prinzen war vor Zorn und Unglaube verfinstert, als könnte er jeden Augenblick die gesamte Schmiede kurz und klein hacken.

»Nein!« Er stieß Nali zur Seite. »Nein, du wirst nicht sterben! Das lasse ich nicht zu!«

»Mein Prinz«, flüsterte Nali. »Die Halsschlagader wurde nicht getroffen, aber seine Adern …« Sie schwieg kurz. »Seht selbst!«

»Gift?«

Sie schüttelte den Kopf. »Ich weiß es nicht. Es sieht aus wie eine *Fäulnis*. Ich bin keine Heilerin, aber …« Sie verstummte.

»Ich brauche ihn!«, schrie er sie an.

Andvari drückte den Ring an seine Brust. Eine sanfte Wärme ging davon aus. Es klimperte leise, dann tröpfelten acht gleichmäßige Ringe davon ab und verteilten sich um ihn. Er hatte diesen Moment schon ein paarmal erlebt, aber dieses Mal war etwas anders. Obwohl die Teile voneinander getrennt waren, existierte ein Band zwischen ihnen. Und dort, wo eben noch nichts gewesen war, existierte für Andvari auf einmal eine Verbindung, so unscheinbar, dass er sie erst jetzt bemerkte.

Beim heiligen Stein, die Ringe waren immer noch miteinander verbunden!

»Faf…« Er keuchte und hustete.

»Es wird nicht gelingen, wenn er stirbt! Nicht so kurz vor dem Ziel!«

»Fafnir …«, krächzte Andvari und drückte den Ring so fest, dass er sich in seine Hand bohrte.

Stille erfüllte allmählich die Schmiede und man vernahm hier und da ein Kummerstöhnen oder einen Schmerzensschrei.

Der Prinz bückte sich neben ihn. »Alter Freund.«

Andvari keuchte. »Ich sterbe.«

Die Falten in Fafnirs Gesicht wurden tiefer. »Das lasse ich nicht zu!«

»Es … Es tut mir leid.«

»Du hast es geschworen, Andvari! Hörst du? Du hast es beim heiligen Stein geschworen!«

»Die Ringe …«

Fafnir nahm einen auf. »Was ist mit ihnen?«

»Sie sind miteinander verbunden. Über die Runen. Ich …« Andvari hustete, während Blut über seine Lippen blubberte. »Ich …« Alles in ihm zog sich zusammen. Seine Glieder krampften. »Ich habe *es* gesehen.«

»Die Runen?« Fafnir packte ihn fest und hob ihn an. »Verrate es mir! Wie hast du ihre Macht erkannt?«

»Ich … Ich kann nicht …«

»Nali!« Fafnir funkelte sie an. »Ein heißes Eisen!«

»Mein … Prinz?«, fragte sie zögerlich.

»Sofort!«

Schritte entfernten sich. Einen Moment später kehrte Nali zurück und hielt ihm eine Eisenstange entgegen, deren Spitze orangefarben glühte.

»Was hast du vor, Bruder?«, rief jemand aus der Ferne.

Fafnir blickte über die Schulter zurück. »Verschwinde! Du bist hier nicht willkommen!«

»Wer ist das? Ist das …? Beim göttlichen Schmied! Andvari!«

Andvari holte zitternd Luft. »Reginn?«

Wieder näherten sich Schritte und ein sorgenvolles, altes Gesicht schob sich in sein verschwommenes Sichtfeld. »Was ist geschehen?«

»Ein Angriff«, sagte Fafnir bedrückt. »Untote.«

»Wir hätten auf Otur hören sollen, Bruder. Er hat immer wieder darauf hingewiesen, dass wir uns um dieses Problem kümmern müssen.«

»Davon will ich jetzt nichts hören! Nali, das Eisen!«

Reginns Augen weiteten sich vor Schreck. »Wenn du die Wunde ausbrennst, verlängert das nur sein Leiden!«

»Das müssen wir in Kauf nehmen.«

Andvari schloss die Augen …

Eine Ohrfeige riss ihn aus der Benommenheit. Seine Wange brannte. Ein Schmerzgewitter überrollte ihn. Er zuckte unkontrolliert. »Versagt … Habe versagt …«

»Das Eisen!«, blaffte Fafnir. Kalt und zornig. War der Prinz schon immer so gewesen? Oder war es die Sorge, die aus ihm sprach.

Andvari blickte ihm in die Augen und erkannte den Hunger darin. Dieser Zwerg wäre bereit, alles zu tun, um seine Ziele zu erreichen. Er würde sogar dem Tod trotzen. Vielleicht war es genau das, was ihr Volk brauchte. Möglicherweise benötigten sie diesen unaufhaltsamen Zwerg, um sie ins Licht zu führen.

»Tu … es!«

Fafnir blickte ihn grimmig an. »Sicher?«

»Ich … muss es vollenden.«

Der Prinz nickte. Dann drückte er das Eisen an Andvaris Hals. Es zischte, als wärfe man eine Schinkenscheibe in eine heiße Pfanne. Die Schmerzen überstiegen alles, was Andvari jemals erlebt hatte. Sein Blut verdampfte, seine Haut schmorte und verklebte schwarz um das glühende Metall. Der Gestank seines eigenen verbrannten Fleisches stieg in seine Nase, umwehte seinen Verstand. Er zuckte, warf sich hin und her.

Sterben. Bitte, es sollte enden. Er wollte nur noch sterben …

***

Andvari blinzelte.

Lichtlanzen bohrten sich in seine verklebten Augen. Er kniff sie wieder zusammen und röchelte. Seine Kehle war wie ausgedörrt und seine Zunge ein pelziges Stück in seinem geschwollenen Mund. Er schluckte. Es fühlte sich an, als würgte er Glassplitter runter.

Ein Gesicht beugte sich über ihn. Es war wunderschön. Ein himmlisches Wesen des göttlichen Schmieds. Hatte er jemals etwas Schöneres gesehen? Mit jedem Wimpernschlag wurde es schärfer – und damit hässlicher. Ein wirrer Bart umrahmte ein dreckiges Grinsen.

»Willkommen zurück, Sonnenschein!«, sagte das Wesen und nuckelte an einem Trinkschlauch. »Ah, geht doch nichts über den Geschmack von Yakmilch, wenn man dem Tod ins Gesicht geschissen hat, was?«

»Otur?«, krächzte Andvari.

Der Zwerg lachte. »Und ob! Und weißt du, was der liebe Onkel mitgebracht hat?« Otur griff nach etwas und schwenkte nun einen abgetrennten Kopf mit eingebrannten Runen auf der Stirn vor Andvaris Gesicht. Er packte die Haare und griff mit der anderen Hand nach dem Kiefer, um ihn auf und ab zu bewegen. »Scheiße, was bin ich hässlich!« Otur lachte so laut, dass jeder Lacher in den Ohren schmerzte.

»Schluss mit dem Unsinn, Bruder!«

Otur warf den Kopf achtlos weg und machte einem anderen Zwerg Platz. Fafnir. Er wirkte besorgt, aber auch erleichtert. »Alter Freund.«

»Fafnir.« Wieland, warum schmerzte Andvaris Kiefer so sehr?

»Ganz ruhig. Schone dich etwas. Du hast ziemlich viel mitgemacht.«

»Wieso lebe ich noch?«

»Die Betonung liegt auf noch!«, rief Otur. »Siehst schwächer aus als du bist. Man sollte dich den Zähen nennen!«

Fafnir funkelte seinen Bruder an. »Lass das!« Dann sah er wieder Andvari an. »Versuche, noch etwas zu Kräften zu kommen. Wir haben eine weite Reise vor uns und ohne dich können wir es nicht vollenden.«

Andvari rang nach Atem. »Wie schlimm ist es?«

Fafnir sagte nichts, aber die Wahrheit ruhte unverhüllt in seinen Augen.

»Ah, so schlimm. Wie viel Zeit bleibt mir noch?«

»Ruh dich aus und …«

Andvaris ganzer Körper protestierte, als er sich aufrichtete. Glühende Stiche schossen von seinem Kopf über seinen Hals bis in die Fingerspitzen. Er zitterte, schauderte, schluckte. »Dann sollten wir die Zeit nutzen.«

»Bist du sicher?«

»Ich sterbe ohnehin, oder? Also kann ich wenigstens einmal im Leben etwas beenden.«

»Ha!«, rief Otur und schob sich vor ihn. »Bei meiner vollgeschissenen Unterhose, das ist ein echter Zwerg!«

Andvari stellte fest, dass er auf einer Pritsche lag und bis auf eine dünne Leinenhose nackt war. Jeder Atemzug pfiff durch seinen Mund, als wäre seine Kehle durchlöchert wie der Käse des Nomadenvolkes. Jeder Augenblick kostete ihn Kraft, als ränne das Leben langsam, aber stetig aus ihm heraus. Er verspürte den Drang, seinen Hals zu betasten, widerstand aber. »Otur?«

»Kumpel?«

»Etwas zu trinken.«

»Yakmilch?«

Andvari verzog das Gesicht, als er den Kopf schüttelte. »Jöruvellirs Zwerge sollen das beste Zwergenbier brauen. Ich könnte jetzt wirklich eins vertragen.«

»Oho!« Oturs Augen funkelten freudig. »Wir werden saufen! Oh ja! Wir werden so viel saufen, dass wir Bier pissen!« Er stapfte davon und pries immer noch das kommende Saufgelage an.

Als er fort war, brachte Andvari endlich den Mut auf, zu fragen. »Wo ist Nali?«

Der Prinz trat zur Seite. Die Zwergin näherte sich. Ihr Gesicht war völlig ausdruckslos, aber ihre Augen gerötet. Hatte sie etwa geweint? Um ihn? Das machte jetzt sowieso keinen Unterschied mehr. Wenn er sterben musste, dann wollte er wenigstens einmal seinen Zwerg stehen.

»Ich weiß, wir kennen uns noch nicht lange«, sagte Andvari leise. Er setzte sich aufrecht hin, schwang die Füße über die Pritsche und schöpfte nach allen Kräften, die ihm blieben. »Und ich weiß, es steht mir nicht zu, das zu sagen. Meinetwegen wurdest du von deiner Stellung erhoben und …«

»Nicht mehr!« Fafnir nickte der Zwergin zu. »Sie kehrt zu meiner Leibgarde zurück. Es war nicht ihre Aufgabe, dich zu beschützen. Dennoch hat sie dich gegen eine Übermacht verteidigt.«

»Ich habe versagt!«, erwiderte Nali angespannt. »Diese Schande wird mich ewig begleiten.«

Andvari schüttelte den Kopf und zuckte wieder zusammen. »Dich trifft keine Schuld. Als der Untote mich angegriffen hat, war ich verschreckt wie ein Kaninchen.« Er atmete zitternd ein. »Ich war wie erstarrt. Und … ich habe einen Fehler gemacht. Ich habe Annahmen getroffen, die sich letztendlich als völlig falsch erwiesen haben. Aber meine Fehler haben mir den Blick auf etwas anderes eröffnet.«

»Die Runen?«, raunte Fafnir ergriffen.

Er nickte vorsichtig. »Den Zwergen waren Runen auf der Stirn eingebrannt, die sie ans Leben gebunden haben. Sie bedeuten *Erwache*.«

»Erwache. Merkwürdig.«

»Es stand mir die ganze Zeit vor Augen, aber jetzt kann ich es sehen. Draupnir ist die Antwort.«

Der Prinz gab ihm den Ring, der ihn ins Licht gelber Leuchtkristalle hielt. Irgendetwas in ihm drängte Andvari dazu, weiterzumachen, solange er konnte. Dieses Etwas in ihm hatte er schon immer wahrgenommen, doch seit seinem Beinahetod war es stärker geworden. Etwas wollte, dass er seine Aufgabe vollendete; es wollte, dass er die Wurzel bändigte und seinem Volk dabei half, andere Welten zu betreten.

»Was ich sagen wollte, Nali«, flüsterte er und schaute ihr in die traurigen Augen. »Es tut mir leid.«

»Nicht!« Sie schüttelte den Kopf. »Du musst nichts sagen.«

»Ich bin so unzwergenhaft, dass ich zumeist nicht verstehe, was mein eigenes Volk ausmacht. Dabei eiferte ich stets den legendären Schmieden hinterher.« Er umschloss den Ring und atmete tief durch. »Wann werde ich sterben?«

»Du hast viel Blut verloren und trägst ein Gift in dir, alter Freund.« Fafnir zögerte. »Es ist ein Wunder, dass du überhaupt noch lebst.«

»Wie lange?«

»Wochen. Tage. Stunden. Unsere Heiler haben alles getan, was in ihrer Macht stand, aber ...«

»Sie wissen es nicht.« Andvari betastete seinen Hals. Die Haut war verschorft, vertrocknet, gefühllos. Er strich daran entlang und entdeckte schwarze Adern, die sich wie Spinnennetze über seine Brust ausbreiteten. Plötzlich erfasste ihn Schwäche und der Raum drehte sich. Fafnir und Nali waren sofort bei ihm.

»Ruh dich aus!«, sagte der Prinz, als erlaubte er keine Widerworte. »Wir arbeiten etappenweise.«

»Der Ring, Fafnir ... Der Ring ist die Lösung!«

»Das erwähntest du bereits.«

Andvari hielt ihn am Arm fest. »Nicht nur dieser. Wir brauchen alle Ringe.«

Fafnir runzelte die Stirn. »Was hast du vor?«

»Bring sie nach Aurvangar ... zu meiner Schmiede.« Kraftlos sank Andvari zurück. Die Ohnmacht rief wieder nach ihm, schränkte sein Sichtfeld allmählich ein. »Ich werde sie einschmelzen. Ring für Ring. Und mit den Runen werde ich aus ihnen die Schnur schmieden. Ich werde Gleipnir schmieden.«

✳✳✳

Aurvangar hatte sich während seiner Abwesenheit sehr verändert. Nach einer Woche erkannte er sein Heim kaum wieder. Überall waren Brücken, Treppen und Plattformen errichtet, die untereinander verbunden waren und sich quer durch die gesamte Höhle zogen. Riesige Schaufelräder nutzten die Kraft der rauschenden Flüsse und sammelten das Wasser in großen Becken. Die Höhle bebte und zitterte unter dem Lärm, während zahllose Zwerge emsig umhereilten, Schubkarren schleppten, Yaks mit voll bepackten Karren antrieben, Steine schichteten, Metall bogen, Holz sägten oder zusammenstanden und die ansteigende Konstruktion im Zentrum betrachteten. Sägen surrten durch Holz, Hämmer klopften auf Gestein, Metallplatten knirschten in Walzen und beinahe an jeder Stelle wurde gewerkelt, gearbeitet und geschmiedet.

Zwerge hingen mit Seilen an den Wänden und arbeiteten Gebäude aus dem Gestein. Auf der Westseite waren Lastkräne aufgereiht, die schwere Materialien von einem Ort zum nächsten beförderten. Dort standen auch Reginns Ingenieure zusammen, die man anhand ihrer blauen, schmutzfreien Gewänder erkannte. Arbeiter, bepackt mit allerlei Ausrüstung, stapften an ihnen vorüber, sprachen gut gelaunt miteinander. Und auf der Südseite war sogar eine Schenke aufgebaut worden, aus der reger Lärm dröhnte und vor der sich Grüppchen zusammenfanden. Es gab keine Stelle, an der kein Leben herrschte, denn alle Zwerge, unabhängig aus welchem der drei Reiche sie stammten, arbeiteten gemeinsam an einer Sache: der Wurzel, die im Zentrum der Höhle aus der Decke in die Tiefe wuchs. Auch sie war weiter verästelt und nahm inzwischen einen riesigen Bereich ein. Die ansteigenden Bohlen rundherum waren so errichtet, dass sie nicht zu eng saßen. Noch während Andvari hinsah, wurden Teile davon abgebaut und neu verlegt, damit das gesamte, ansteigende Gerüst nicht wieder Gefahr lief, zusammenzustürzen. Aber das war keine dauerhafte Lösung. Deshalb war er hier.

Es war Zeit, seinen Auftrag zu vollenden.

»Was denkst du, alter Freund?«, fragte Fafnir.

Andvari kostete von dem Zwergenbier. Die Schaumkrone blieb in seinem Bart kleben und das würzig-malzige Aroma breitete sich in seinem Mund aus. Jeder Schluck brannte wie Feuer in seiner Kehle, aber das war es wert. Wenn es einen Ort gab, an dem der göttliche Schmied ihn zu sich rief, gab es dort dieses Bier.

»Ich denke, dass man immer im Leben etwas dazulernen kann.«

Der Wagen fuhr in ein Schlagloch und machte einen Satz. Andvari wurde durchgeschüttelt. Lähmende Stiche zuckten von seiner Hüfte aufwärts bis zu seinem Hals. Er biss die Zähne zusammen und atmete scharf ein. Aber der Schmerz weilte nur kurz; er wich allmählich der sich ausbreitenden Taubheit. Ein schlechtes Zeichen.

»So?«, fragte Otur, der lässig auf dem Yak saß, das seelenruhig neben dem Wagen her trottete. Auf dem Yak, das den Wagen zog, saß Nali und lenkte sie zielsicher durch das Gewirr an Brücken.

»Ich hätte niemals gedacht, dass unser Volk dazu fähig ist«, sagte Andvari. »Es ist geeint.«

»Blut und Eisen, alter Freund«, sagte Fafnir. »Du hast einen nicht unerheblichen Anteil daran.«

Die Frage war bloß, wie lange dieser Frieden anhalten würde. Wäre es nicht besser, das Projekt würde niemals enden? Wäre es nicht besser, wenn Andvari versagte? Aus irgendeinem Grund wusste er, dass er so lange durchhalten würde, bis er seine Arbeit getan hatte. *Etwas* ließ nicht zu, dass er starb.

Wieder kostete er von dem Bier, ließ es sanft über die Zunge gleiten und erfreute sich an der wohltuenden Wärme, die sich in seinem Bauch ausbreitete und die Kälte etwas vertrieb.

»Ich frage bei meinen Ingenieuren nach dem Stand«, sagte Reginn. Er verabschiedete sich mit einem knappen Nicken, bevor er mit einer Schar aus Gefolgsleuten zu den Lastkränen ging.

»Bestens!« Otur lenkte sein Yak zu einem anderen Plateau. »Ich sollte auch nach dem Rechten sehen.«

»Die neuen Fuhren mit Adamant?«, fragte Fafnir.

»Wo denkst du hin? Mein Weib natürlich. Wird Zeit, dass sie mir zeigt, wie sehr sie mich vermisst hat!« Er zwinkerte ihnen zu, dann trottete er davon.

Fafnir murmelte etwas Unverständliches.

»Sag es«, bemerkte Andvari.

»Dieser verrostete Zwerg nimmt nichts ernst!«

»Er hat sein Versprechen gehalten und den Abbau von Adamant in Jöruvellir vorangetrieben.« Andvari leerte das Bier und seufzte zufrieden. »Ich glaube, wir alle täten gut daran, mehr wie Otur zu sein.« Der Prinz furchte die Stirn, was Andvari einen Lacher entlockte. »Zumindest ein bisschen. Übrigens …« Er langte unter das Bündel neben ihm und nahm das Prachtstück heraus. »Ich bin fertig.«

Staunend nahm der Prinz den Helm entgegen, begutachtete ihn von allen Seiten und untersuchte die Rune an der Stirnseite näher. Der Helm war sehr kantig, lief an den Wangenpartien entlang und war mit Stacheln, wie ein aufgerichteter Kamm, vom Kopf bis zur Rückseite versehen. Das machte ihn gefährlich, aber genau das sollte er ja auch sein.

»Du hast die Rune eingeätzt«, sagte Fafnir nachdenklich.

»Das war das Einzige, was ich noch tun musste. Ich weiß nicht, ob der Helm deinen Ansprüchen genügt. Ich weiß nicht einmal, ob er überhaupt die Wirkung entfaltet, die deine Mystiker der Rune zusprachen.«

Der Prinz hob den Helm langsam an, stülpte ihn sich über den Kopf, doch bevor er ihn richtig anlegte, zog er ihn wieder ab und legte ihn neben sich. »Wie nennst du ihn?«

Andvari legte seine Hand auf den Helm. »Oegishjálmr.«

»Schreckenshelm.« Fafnir nickte zufrieden. »Ich werde jeden Feind überwinden. Sie werden mein wahres Selbst erblicken.« Er sprach die Worte wie ein Gebet an den göttlichen Schmied. »Hiermit werde ich unser Volk in Blut und Eisen binden.«

»Die Thronfolge ist nach wie vor ungeklärt, alter Freund.«

»Ich weiß.« Beschützend legte Fafnir eine Hand um den Helm. »Reginn könnte ein guter Anführer sein. Er ist besonnen, schlau, gewitzt und wägt jede Handlung genau ab.«

Andvari musste lächeln. »Das sind ja ganz neue Töne von dir.«

Fafnir seufzte leise. »Die vergangenen Wochen haben mich klarer sehen lassen, alter Freund. Selbst Otur wäre ein besserer Anführer als ich. Sein Volk sieht zu ihm auf. Er muss sich keinen Respekt nehmen, denn es weiß, dass es sich auf ihn verlassen kann. Auf seine verschrobene Art.«

»Dein Volk sieht auch zu dir auf.«

Fafnir legte sich den Helm auf den Schoss und wirkte tief in Gedanken. »Vielleicht.«

Sie kamen an Dutzenden Zwergen vorbei, die sich vor ihnen verbeugten, passierten die Schenke, überquerten einige Brücken und gelangten schließlich zu dem abgelegenen Plateau, unter dessen Wasserfall sich der Zugang zu Andvaris Schmiede verbarg. Als Nali ihm aus dem Wagen half und ihm die beiden Krücken hinhielt, die er benötigte, um überhaupt einen Schritt gehen zu können, kehrte etwas von seiner alten Kraft zu ihm zurück. Aurvangar. Seine Schmiede. Sein Heim. Er war zurückgekehrt.

»Du wirkst anders«, bemerkte Fafnir, während er an seiner Seite auf den Wasserfall zuhielt.

»Anders?«

»Glücklich.«

»Es ist merkwürdig. Die ganze Zeit bin ich vor allem davongelaufen und habe mich versteckt. Dabei habe ich das Leben gemieden.« Er wurde vom Wasser bis auf die Haut durchnässt und erreichte sein Heim, das noch genauso aussah, wie er es zurückgelassen hatte. Nichts hatte sich verändert – selbst die Esse flackerte auf schwacher Glut.

»Und jetzt?«

Andvari atmete tief durch. »Jetzt habe ich keine Angst mehr. Weil ich im Sterben liege. Wieland treibt wohl seine Späße mit mir.«

»Das verstehe ich nicht.«

Er lächelte gequält. »Ich verstehe es ja nicht einmal selbst. Es kommt mir vor, als wäre mein gesamtes Leben auf dieses Ereignis hinausgelaufen. Ich soll etwas vollenden. Ich soll das Geheimnis der Runen lüften. Ich soll Gleipnir schmieden.«

»Was kann ich tun, alter Freund?«

Andvari humpelte auf die Esse zu. Er klappte das Fach auf, legte Holzscheite nach und schürte das Feuer, bis ihm der Schweiß ausbrach, bis er zitterte und taumelte, bis er drohte, zusammenzubrechen. Selbst dann machte er weiter, griff nach dem Blasebalg und fachte das Feuer an. Auch wenn die Ohnmacht ihn niedergeworfen hätte, das Etwas in ihm hätte ihn weiter aufrecht gehalten.

Bis es vollendet war.

Er sah kurz auf. »Die Ringe?«

Fafnir stieß einen Pfiff aus. Nali betrat die Höhle und stellte einen Eimer in der Mitte ab. Sie lächelte ihm zu und stapfte wieder nach draußen, während ihr weitere Zwerge mit Eimern entgegenkamen. Es klimperte und klirrte, als Dutzende Eimer randvoll mit Ringen abgestellt wurden, bis kein Platz mehr war.

»Wo ist der Rest?«, fragte Andvari.

»Hier ist zu wenig Platz«, erwiderte Nali. »Was sollen wir tun?«

Andvari humpelte zur Schmelze, führte sie an einer Kette zur Esse und brauchte mehrere Versuche, bis sie eingerastet war und mit der Hitze versorgt wurde. »Kippt die Ringe rein!«

»Wie viele?«

Er blickte sehnsüchtig zur Esse. Dies war der Moment, auf den er immer gewartet hatte. Offenbar war es sein Fluch, stets etwas zerstören zu müssen, um etwas zu erschaffen. Aber dies würde sein Meisterstück sein und er würde es für die Ewigkeit binden.

»Alle«, flüsterte er schließlich. »Werft alle hinein!«

Die Brüder

Ullr grunzte, als die Waffe des Dunkelelfen ihm eine Kerbe in den Arm schlug. Er duckte sich weg, trat zurück, während das sichelmondförmige Schwert vor ihm durch die Luft zuckte, und rief nach Sleg. Der Speer landete in seiner Hand; Metall schepperte auf Metall.

Ullr zog die Lippen zurück und knurrte dem Elfen in das glatte, makellose Gesicht, das einen Anflug von Belustigung zeigte.

»Was hast du vor, edá?«, fragte der Dunkelelf. »Willst du dich mit mir messen? Willst du …?«

Ein Stein knallte ihm gegen den Helm. Der Elf wandte den Kopf. Runa stand auf der Anhöhe und schnappte sich einen weiteren Stein. Ullr wollte sie anbrüllen, dass sie abhauen sollte, aber er fand keinen Atem dafür. Jeder Muskel in seinem Leib war angespannt und die Schnitte, die sein Feind ihm beigebracht hatte, zermürbten ihn. Diese Wesen waren nicht nur kampferfahren, sie waren weitaus geschickter als er. Dass Runa und er noch lebten, war allein dem Zufall geschuldet. Und hier war er nun. In einer fremden Welt auf der Suche nach einem Weg nach Hause.

Kalak sollte verdammt sein!

Der Dunkelelf stieß ihn zurück. Ullr rammte den Speer in den Boden und bewahrte sich vor einem Fall. Er drückte sich ab, wirbelte um die Achse und ließ einen Stichhagel auf den Dunkelelfen niedergehen. Ein Fuß nach vorn und dabei eine Ausfallbewegung. Der nächste Fuß, den Speer herumschwingen, einen Angriff parieren, das Schwert ausheben und wieder Druck ausüben. Jede Bewegung floss in die andere über. Doch sein Widersacher wich ihm aus, als wüsste er bereits, wie Ullr angreifen wollte, bevor er es tat.

Scheinbar mühelos verpasste ihm der Dunkelelf einen weiteren Stoß gegen die Brust. Ullr rutschte aus und knallte auf den Boden. Die silberne Phiole rutschte aus seiner Brusttasche. Er streckte die Hand danach aus …

Ein Stiefelabsatz rammte seine Finger in den Boden. Ullr biss die Zähne zusammen, knurrte und keuchte.

Der Dunkelelf bückte sich und nahm die Phiole auf. Er roch daran, drehte sich um. Sie war leer. »Was ist das?«

Sleg reagierte, bevor Ullr den Ruf aussenden konnte. Aber wieder erwies sich sein Widersacher als kampferprobt, glitt zur Seite, lenkte das Geschoss ab, sodass es neben Ullr in die Erde drang und eine klaffende Wunde an seinem Oberschenkel hinterließ. Er wollte sich hochrappeln, aber eine Klinge ritzte seine Kehle.

»Später, edá!« Der Dunkelelf warf ihm die Phiole hin, nahm das Schwert weg und sprintete den Abhang hinauf.

»Nein …« Ullr hustete und rang nach Luft, kämpfte sich taumelnd auf die Füße und brauchte den Speer als Hilfe. »Bleib … hier!«

Der Dunkelelf hatte die Anhöhe längst erreicht. Runa war verschwunden, aber das musste nichts heißen. Dieses Wesen war so schnell, dass es ein Leichtes für es sein würde, das Mädchen einzuholen.

Ullr stolperte los. Er kam drei Schritte weit, als er einknickte. Keine Kraft mehr. Diese Schmerzen! Er musste Runa beschützen! Er hatte es bei *ihrem* Grab geschworen! Aber, bei Kalak, er konnte einfach nicht mehr.

Ullr …

Kraftlos kroch er über den Boden, grub seine Finger in den Staub, hielt sich an einer Wurzel fest und zog sich weiter.

Ullr …

Mit zusammengebissenen Zähnen auf ein Knie. Hochstemmen. Aufstehen. Weitermachen. Wieder knickte er ein und verlor den Speer.

Ullr …

Er rollte auf den Rücken und starrte in den Himmel, der sich in der Ferne zu einem Trichter zusammenzog. Grau – die Welt war grau. Warum weiterkämpfen? Warum wieder irgendeinem neuen Feind gegenübertreten? Die Geschichte wiederholte sich, immer und immer wieder. Er war so müde …

Steh auf!

»Warum?«

Du hast es versprochen.

Er schloss die Augen. »Es ist genug.«

Du bist alles, was Runa noch hat.

»Ich kann das nicht mehr.«

Ein Gesicht erschien vor seinem geistigen Auge. Das Gesicht einer Frau, die ihn sanft anlächelte. *Du bist der Jäger.*

»Kalak lag falsch. Auch Götter wissen nicht alles.«

Die Frau beugte sich zu ihm und berührte ihn an der Wange. Er legte seine Hand auf ihre, klammerte sich daran fest, als wäre sie das rettende Tau über dem Abgrund.

Ich vermisse dich auch, Liebster.

»Warum hast du mich verlassen?«

Es war Zeit.

Er zitterte. Jeder Atemzug fuhr rau durch seine ausgedörrte Kehle. Eine letzte Berührung. Ein letztes Mal ihre Stimme hören und ihren Geruch wahrnehmen.

Jetzt musst du aufstehen. Runa ist wichtig.

»Sie ist wie du.«

Sie ist unsere Tochter. Steh auf und beschütze Runa!

Sie packte seinen Arm und zog ihn auf die Füße. Ullr taumelte und blinzelte. Er stand allein im Wald. Hatte er sich das nur eingebildet? Nein, das war echt gewesen. Irgendetwas stimmte hier nicht. Es war Zeit herauszufinden, was es damit auf sich hatte.

Summend klatschte Sleg gegen seine Hand. Dann stapfte Ullr los, ein Schritt nach dem anderen. Den Fuß nach vorn, den anderen nachziehen, die Zähne zusammenbeißen und einen Schrei unterdrücken. Noch einen Schritt. Noch einmal. Immer weiter.

***

Runa hechtete immer weiter durch den Wald; ihre Stiefel rutschten auf dem nassen Boden, dem Schlamm und den glitschigen Wurzeln. Hatte es geregnet? Nein, das war etwas anderes unter ihr. War das … Blut?

Egal!

Pfeifend schoss der Atem aus ihrem Mund und das Blut dröhnte in ihrem Kopf. Sie stolperte, prallte auf die Seite und verlor das Messer. Panisch griff sie danach … Ein Stiefel trat auf das Messer und drückte es in den Boden.

Nein!

Runa rutschte auf dem Hintern zurück, kroch von ihm weg. Der Dunkelelf packte ihre Haare und zog sie wie eine Stoffpuppe zurück. Sie überschlug sich, rollte einen Abhang hinunter und klatschte in einen Teich. Das Wasser schloss sich über ihrem Kopf und Blasen stiegen vor ihrem Gesicht auf. Prustend gelangte sie an die Oberfläche und blickte sich panisch um. Große, runde Blätter mit gezackten Blüten trieben auf dem sich kräuselnden Wasser. Runa strampelte zur Böschung, aber die war so steil, dass sie nicht herausklettern konnte. Allerdings ragten überall verschlungene Wurzeln aus der Erde, die sie packen und an denen sie sich herausziehen konnte.

Ein Stiefel trat ihr ins Gesicht und beförderte sie rücklings zurück ins Wasser. Benommen tauchte sie auf. Ihre Wange pochte wie verrückt und sie hatte einen metallisch-salzigen Geschmack im Mund.

Der Elf hockte oberhalb der Böschung, die Unterarme auf die gepanzerten Knie gestützt und die Sichelmondklinge quer über den Oberschenkeln. Er lächelte schmal und musterte sie wie ein interessantes Insekt. Seine Augen waren wie zwei dunkle Löcher – eine immerwährende, gefühllose Kälte lag darin.

»Man erzählt sich Geschichten über die edá«, sagte er. »Geschichten von niederem Gewürm, das am Stamm des Weltenbaums herumwimmelt wie Maden im Dreck. Die Mitte der Welt! So sagt man zumindest. Stimmt es, was man über euch sagt?«

Sie spuckte aus und versuchte, ihr wild hämmerndes Herz zu beruhigen. »Was sagt man denn, Spitzohr?«

Er zögerte, dann legte er den Helm ab und enthüllte ellenlanges, schwarzes Haar. Zärtlich fuhr er über seine spitzen Ohren und musterte Runa dabei immer noch mit diesem seltsamen Blick. »Wie ist es, wenn man das Gewicht des Alters spürt?«

Runa schwamm zur gegenüberliegenden Böschung und hielt sich mit zitternden Fingern an einer Wurzel fest. Sie stöhnte und ächzte, zog sich nach oben und rollte auf den Rücken. Doch dann stand er wieder über ihr, trat sie zurück in den Teich. Sie bekam einen Schwall Wasser in den Mund, bäumte sich auf und kämpfte sich an die Oberfläche.

Panik und Verzweiflung rangen in ihr miteinander. Vater ... Wo war er? Sie musste das hier allein bewältigen. Wie eine richtige Jägerin!

»Beruhige dich!«, flüsterte sie Vaters Worte. »Beobachte die Beute. Lerne ihre Bewegungen. Erkenne das Muster und finde die Schwachstelle. Alles, was lebt, fürchtet etwas. Was fürchtest du?«

»Weißt du, junge edá, ein sîdhe lebt so lange, dass wir das Alter nicht spüren.« Der Dunkelelf marschierte den Teich entlang und sinnierte dabei vor sich hin. »Wir sind mit ewigem Leben gesegnet, aber auch damit verflucht. Irgendwann«, er blieb stehen und lächelte sie kalt an, »verspüren wir den Wunsch, uns in den Schoß des Weltenbaums zurückzuziehen. Ein Kind unter dem Herzen zu tragen, ist ein großes Geschenk. Es dauert Jahrzehnte, bis sich eine Schwangerschaft zeigt, und es kann genauso lange dauern, das Kind auszutragen. Kinder sind uns heilig.« Er machte eine Pause und wirkte auf einmal sehr bedrückt. »Der Krieg rafft uns allmählich dahin.«

»Vater wird dich töten!«, zischte sie.

Er nickte. »Du bist deiner Familie treu. Allerdings seid ihr in etwas hineingeraten, das zu groß für euch ist. Ihr dürftet nicht hier sein. Die Farben sind gebannt.«

Sie paddelte hin und her, beobachtete den Elfen, der sich seiner Sache sicher schien. »Du weißt nichts über uns. Vater ist ein Paladin.«

»Páládîn«, sagte er betont langsam und zog ein nachdenkliches Gesicht. »Streiter des Lichts. Gotteskrieger. Es gibt viele Bedeutungen für dieses elfische Wort. Woher kennst du es?«

»Dein Schwert.«

Er hielt es hoch. »Was ist damit?«

Ein Flüstern drang an Runas Ohren. Je mehr sie sich darauf konzentrierte, desto lauter wurde es. »Es verachtet dich.«

»Es?«

»Ja, Spitzohr. Dein verdammtes Schwert! Du hast jemanden damit getötet. Jemanden, der dir wichtig war.« Die Stimme umschwirrte sie, wurde deutlich, bildete Worte, die so schnell verhallten, wie sie gekommen waren. »Deinen … Bruder. Gaelen. Er war ein … Lichtelf?«

Der Dunkelelf ließ sich die Überraschung nicht anmerken, als er das Schwert langsam sinken ließ. »Woher kennst du diesen Namen?«

»Der Brunnen. Der Ort, wo ihr die Farbe einsperrt … Er ist voller *Zorn*. Da ist etwas … Jemand. Ihr habt die Seele dieser Welt eingesperrt.«

»Genug, edá!«

»Ihr könnt so tun, als würdet ihr Alfheim retten. Aber in Wahrheit … in Wahrheit macht ihr eure Welt krank!«

»Noch ein Wort …«

»Fürchtest du dich?«

Auf einmal wirkte er gar nicht mehr so selbstsicher.

»Vater ist leise und schnell wie der Wind, gefährlicher als jede Klinge, grausamer als der Tod. Er könnte direkt hinter dir stehen und du würdest es erst merken, wenn er dir die Kehle aufschlitzt.«

Der Dunkelelf sagte nichts, als er das Schwert und seinen Helm auf dem Boden ablegte und näher zur Böschung trat.

Runas Zähne klapperten vor Kälte, aber sie musste jetzt stark sein. Sie durfte keine Schwäche zeigen. »Zu spät, Spitzohr!«

Der Dunkelelf wirbelte herum. Es schmatzte, als ein Speer ihm durch den Rachen rammte und am Nacken heraustrat. Der Speer wurde herausgezogen, während Vater den Stiefel hob und den Dunkelelfen mit einem Tritt in den Teich beförderte, wo er im Wasser versank wie ein Stein.

Vater sagte nichts, als er Sleg nach unten hielt, sodass Runa nur danach greifen musste, um hinausgezogen zu werden. Als sie etwas unsicher neben ihm stand, die Wange immer noch puckerte, fror sie wie verrückt. Vater hockte sich vor sie und drückte ihre Schulter. Er nickte langsam.

Sie straffte sich. Natürlich würde sie niemals zugeben, dass sie glücklich war, ihn zu haben. Und er würde es ebenfalls niemals aussprechen.

***

Ullr konnte nicht aussprechen, wie dreckig es ihm ging. Dann hätte er Schwäche zeigen müssen. Vor ihr.

Bei jedem Schritt biss er die Zähne zusammen. Bei jedem Stolpern unterdrückte er ein Stöhnen. Bei jedem Atemzug brannte die Luft in seiner Kehle. Inzwischen humpelte er und benutzte Sleg als Gehilfe. Zwar summte der Speer verstimmt, aber er wehrte sich nicht dagegen. Es war Zeit, dass dieses widerspenstige Ding endlich seinen Platz kannte.

»Er ist unzufrieden«, sagte Runa hinter ihm.

Ullr brummte.

»Er denkt, dass du ihn nicht magst. Dabei mag er dich sehr, Vater. Es ist nur so, dass …«

»Was?«

»Er schämt sich.«

Schnaufend blieb Ullr stehen und wartete, bis das Mädchen zu ihm aufgeschlossen hatte. »Wofür?«

»Er wollte Mutter beschützen. Du hast«, sie furchte angestrengt die Stirn, »das Band durchtrennt. Sleg hat nach dir gerufen, aber du hast ihn nicht gehört. Deshalb konnte er ihr nicht helfen.«

Ullr musterte den Speer eingehend. »Du verstehst ihn?«

»Es sind keine Worte. Uhm, es ist … Wie sagt man das? Erinnerst du dich an den Taubstummen in dem Dorf in der Nähe unserer Hütte?« Runa griff in die Luft, als versuchte sie die Worte daraus herauszuziehen. »Er hat seine Lippen bewegt, ohne zu reden. Wenn man sich anstrengt, kann man ihn verstehen. Es … uhm … ist schwierig.«

»Was sagt er jetzt?«

Sie lauschte. »Wer ist *Grímnir*?«

»Grímnir?«

»Jetzt ist er auf einmal still. Er ist verwirrt. Vater?«

»Mädchen.«

»Es tut mir leid.«

Er schüttelte den Kopf. »Das Hier und Jetzt zählt. Die Zukunft. Mach's besser!«

»Ich wollte dir helfen, aber … ich hatte so fürchterliche Angst. Ich war wie gelähmt. Aber ich will so nicht sein!«

Er stapfte weiter. »Angst macht wachsam. Ein guter Jäger respektiert die Angst und schmiedet sie zur Waffe.«

»Wie?«

»Akzeptiere sie. Versuche zu ergründen, woher sie kommt. Und dann benutze sie, um die Beute zu erlegen. Alles fürchtet sich. Selbst der Dunkelelf.« Er nickte ihr knapp zu. »Du hast deine Angst gegen ihn verwendet.«

Sie lächelte scheu. »Der Dunkelelf hat sich vor Angst in die Hose gemacht! Und dann kamst du und du warst so«, sie stellte sich auf die Zehenspitzen und reckte die Arme, »groß!«

Ullr entdeckte eine Höhle, die von einem dornigen Wurzelwerk eingefasst war. Er schreckte einige Blütenschmetterlinge auf, die nichts als Stängel zurückließen, als sie davonflogen, und tauchte in die Düsternis ein. Die Höhle war gerade einmal zehn mal zehn Schritt groß, perfekt für eine Rast geeignet.

Er legte das Gepäck ab – viel war nicht übrig geblieben – breitete die Decke aus, nahm etwas Dörrfleisch und den Wasserschlauch heraus und hielt Runa beides hin. Mit Heißhunger tat sie sich daran gütig, rollte sich in die Decke ein und legte den Kopf auf seinen Oberschenkeln ab. Sie saßen da, während es draußen Tag war und die Nacht sich immer noch nicht zeigte. Offenbar herrschten hier ganz andere Gesetzmäßigkeiten als im Hochland. Mittlerweile hatte er sich zwar an die Grauschattierungen gewöhnt, allerdings hoffte er, dass sie bald ein paar Antworten fanden.

Runas Atem ging schon bald gleichmäßig, sodass er die Zeit nutzte, um seine Wunden zu untersuchen. Das Bein sah schlimm aus. Dort, wo der Dunkelelf ihn erwischt hatte, klaffte eine lange Wunde. Er musste sie nähen, damit sie sich nicht entzündete und bestenfalls die nächsten Tage nicht belasten. Das stellte sich jedoch als schwierig heraus, wenn man in einer fremden Welt in einen fremden Krieg hineingeriet. Seinem Arm erging es nicht anders. Die Kerbe war tief und reichte bis zum Knochen. Längst breitete sich dort Taubheit aus. Das war schlecht. Taubheit bedeutete, dass er den Arm bald nicht mehr benutzen könnte. Das hieß, dass er Runa nicht verteidigen könnte. Das hieß …

»Vater?«

»Mädchen.«

Sie drehte das Gesicht zu ihm, halb unter dem Lockenkopf verborgen. »Wo ist Mutter jetzt?«

Er legte sich lange die Worte zurecht. »An einem besseren Ort.«

»Nein«, hauchte Runa. »Das ist sie nicht.«

»Warum?«

»Weil ich sie hören kann. Hörst du sie nicht? Ihr Flüstern? Ihre Stimme? Ihr … Lied? Sie ist traurig, weil sie nicht gehen kann. Noch nicht.«

Er schloss die Augen. Runa hatte recht. Das Lied, mit dem sie jeden Abend Runa in den Schlaf gesungen hatte, hallte in seinem Verstand. Er summte leise einige Töne, nicht einmal halb so schön, wie sie es gekonnt hatte, aber die Melodie war dort und wollte hinausgelangen. Runa drückte sich an ihn und zitterte. Sie weinte. Er maßregelte sie nicht.

Denn auch er weinte.

***

Ein wahrer Jäger schlief nicht. Es war eher ein dämmriger Wachzustand, kurz bevor man ins Traumreich hinüberglitt. Ullrs Verletzungen waren allerdings zu schlimm, sein Körper zu ermattet und er brauchte dringend Erholung, um für ihre Reise wieder zu Kräften zu kommen. Deshalb bemerkte er auch den Neuankömmling in der Höhle nicht.

Erst, als der Faden in seinem Fleisch straffgezogen wurde, schreckte er hoch, packte den Fremden und bog ihm den Arm auf den Rücken.

»Rost!«, brüllte der Kerl vor ihm. »Willst du mir den Scheißarm brechen, oder was?«

Ullr sprang hoch und stieß den Mann vor sich auf den Boden. Sleg summte, als er in seiner Hand landete und auf seinen Widersacher gerichtet wurde. Dann stand Ullr dort, hielt eine Waffe auf das bärtige Gesicht gerichtet und fragte sich, welche neue Teufelei ihn jetzt erwartete.

»Vater, nicht!«, rief Runa und schob sich mit erhobenen Händen dazwischen. »Er ist ein Freund.«

»Zur Seite, Mädchen!«

»Nein!« Sie reckte trotzig das Kinn. »Er ist hier, um zu helfen. Siehst du nicht? Er hat deine Wunden versorgt.«

Tatsächlich. Die Wunde in seinem Arm war ordentlich vernäht – und er hatte schon sehr oft eine unsaubere Naht gesehen, viel zu oft durch seine eigene Hand –, sein Oberschenkel war verbunden und sein Schädel pochte nicht mehr halb so schlimm wie zuvor. Bei Kalak, hatte er etwa so tief geschlafen, dass er es nicht einmal mitbekommen hatte?

Er nahm den Speer weg und ließ ihn los. Sleg blieb stehen.

»Verrosteter Langer!«, brummte der Fremde und kämpfte sich auf die Füße. Obwohl er nicht einmal an Runas Größe heranreichte, war er eine imposante Erscheinung. Eine Binde bedeckte sein rechtes Auge, die Nase stand ab wie ein gebogener Löffel und sein Gesicht ging beinahe unter dem grauen, struppigen Haar und dem buschigen Bart verloren. Seine Kleider waren ein Flickwerk aus grauen Stoffen und über seinen mächtigen Bauch spannte sich eine fleckige Schürze. Seine Hände jedoch waren die eines Kriegers: Sie waren derart mit Schwielen und Narben übersät, dass er vermutlich in ein Feuer greifen konnte, ohne es zu bemerken.

Der Mann trat unbeeindruckt näher und blickte zu Ullr auf, als wäre er der Riese und nicht umgekehrt. »Mach das noch mal, Langer, und ich reiß dir deinen hässlichen Kopf ab!«

Ullr verschränkte die Hände vor der Brust und starrte ihn an. Der Fremde starrte zurück. So standen sie gefühlt eine Ewigkeit da.

»Kann ewig so weitermachen, Langer!«, knurrte der Kerl.

»Du bist kein Elf.«

»Woran hast du das erkannt? An meinem hübschen Äußeren? Meiner blumigen Aussprache? Der Tatsache, dass ich kein verdammtes Spitzohr bin?«

»Bist du jetzt fertig, Bruder?«, fragte jemand vom Höhleneingang her und trat herein. Der Neuankömmling war genauso klein wie der andere, als wären sie bloß Miniaturausgaben von Menschen. Dieser hier allerdings war nicht ganz so breit wie der andere, eher schlaksig, sein Bart war etwas kürzer geschoren und gepflegt und sein Haar viel heller. Auch er trug ein Flickwerk an Stoffen, das etwas ordentlicher zusammengenäht war.

Der Fremde ging zu einer ausgehobenen Kuhle, häufte Wurzeln darin und entzündete mit Zunderstein und Buchse ein Feuer, wobei er geduldig über die Funken blies, bis die Flammen kräftig genug waren. Der andere Fremde stapfte missmutig zu einem Gerümpelhaufen am anderen Ende der Höhle.

»Wo ist das Scheißding?«, brummte er und zog unter Gepolter einige Dinge hervor, die mehr nach Abfall aussahen. Schließlich hielt er eine der sichelmondförmigen Klingen gepackt, die sonst die Dunkelelfen trugen, und kehrte damit zurück. »Damit wir uns gleich verstehen: Mach noch mal Faxen und ich zieh dir das über den Latz, Langer! Kapiert?«

Ullr nickte.

»Gut! Denn ich wiederhol mich nur ungern.«

Der andere Fremde trat näher und lächelte entschuldigend. »Achtet nicht auf ihn. Mein Bruder ist manchmal etwas eigensinnig. Besonders Fremden gegenüber.« Er lachte nervös und rang die Hände. »Also eigentlich *allen* gegenüber. Und hier sind wir nun, nicht wahr? Also, ähm, wir lagern hier manchmal und sind rein zufällig vorbeigekommen, als wir euch entdeckt haben. Deine Tochter«, er machte eine nervöse Geste zu Runa, »hat uns um Hilfe gebeten. Und, nun ja, hier sind wir.«

Ullr schwieg weiterhin.

»Ein nicht ganz so schöner Ort, nicht wahr? Alfheim ist … speziell. Weniger Farbe, nicht wahr?« Er lachte wieder. »Jedenfalls freut es uns, und damit meine ich meinen Bruder und mich, einmal ein freundliches Gesicht zu sehen. Ihr seid doch freundlich, oder?«

Runa beugte sich zu dem Fremden. »Vater mag es nicht, wenn man herumdruckst. Stell dich einfach vor, klar?«

»Natürlich, natürlich!« Er hielt Ullr die Hand hin. »Mein Name ist Sindri. Wie du *unzweifelhaft* feststellen kannst, bin ich kein Elf.«

Ullr langte kräftig zu, woraufhin Sindri ihn losließ und die Hand schüttelte.

»Schotter und Stein, du hast aber auch einen Handschlag! Und dieser Brummbär hier«, er winkte den anderen näher, der Ullr immer noch streitlustig anfunkelte, »ist Brokkr.«

»Meinen Handschlag muss man sich verdienen, du langer Drecksack!«, knurrte Brokkr.

Ullr nickte. »Danke für eure Hilfe.«

»Hab ich gern getan.« Brokkr spuckte aus. »Nicht! Und jetzt verpisst euch aus unserer Höhle, sonst …«

»Brokkr!«, rief Sindri und lächelte gezwungen. »Bitte, nehmt ihn nicht beim Wort. Er ist manchmal etwas schlecht drauf. Also eigentlich … immer.«

»Ich kenne da noch jemanden«, sagte Runa und grinste Ullr frech an.

»Er hat das Herz am rechten Fleck. Es ist doch so, oder, Bruder?«

»Wenn man mir nicht auf den Sack geht«, grummelte Brokkr und musterte Ullr grimmig. »Hab schon einige Lange kennengelernt. Genauso lange Geschichte. Aber eins habt ihr gemeinsam. Ihr geht mir alle auf den Sack!« Er stapfte wieder zu dem Gerümpelhaufen und zog etwas anderes daraus hervor.

Ullr musterte Sindri. Auch seine Hände wirkten wie die eines Kriegers, nein, wie die eines Arbeiters. Seine Brauen waren buschig, seine Nase breit und er betonte die Worte sehr hart, als kaute er Backsteine im Mund. »Ihr seid keine Menschen.«

»Nein, das sind wir unzweifelhaft nicht. Wir sind dvergá. Das bedeutet …«

»Zwerge!«, rief Runa erstaunt. »Ich hab's mir gleich gedacht. Ihr seid Zwerge wie aus Mutters Geschichten. Das ist … uhm, unglaublich! Es gibt euch also wirklich?«

Sindri hüstelte. »Nun … ja. Genau genommen sind wir Gestrandete.« Er schaute Ullr an. »Wie ihr. Vielleicht können wir einander helfen?«

»Oh ja, das wäre sehr schön!«

Nun lächelte Sindri freundlich. »Alfheim ist eine sehr interessante Welt. Sehr interessant, mit anderen Gesetzmäßigkeiten. Wir haben gerade die Zeit des Lichtes.«

»Licht?«, fragte Ullr.

Runa nickte hastig. »Ja, Vater! In Alfheim gibt es keine Jahreszeiten wie Frühling oder Herbst, aber Zeiten, in denen jahrelang Licht oder Dunkelheit herrscht. Die Farben sind zwar weg, aber wir könnten sie befreien. Sindri! Sindri, erzähle Vater, wie wir das können!«

Der Zwerg tippelte auf der Stelle, bis Ullr ihm knapp zunickte. Dann zog er einen kleinen Würfel aus seiner Hosentasche und legte ihn auf den Boden. Die metallene Oberfläche war über und über mit Symbolen versehen: Längsstriche, Querstriche, Balken, viele, viele mehr, die offenbar eine Sprache ergaben.

Sindri klappte eine Seite auf, dann die anderen. Das wiederholte er wieder und wieder, während der Würfel immer größer wurde. Ullr kniff die Augen zusammen, als der Zwerg immer noch dabei war, den Würfel auseinanderzuklappen – inzwischen war er groß wie ein Stuhl. Welche Teufelei war jetzt wieder am Werk?

Nun musste Sindri kräftig zulangen, um die Seiten umzulegen. »He, Brokkr! Hilf mir mal!«

»Seh ich so aus?«, erwiderte der.

»Komm her, du sture Ziege!«

»Nenn mich noch einmal so und ich mach dich zu einem halben Zwerg!« Dennoch half Brokkr ihm dabei, den Würfel weiter aufzuklappen. Am Schluss war er so groß, dass die Zwerge aufrecht hindurchtreten konnten.

Ullr runzelte die Stirn, als darin ein warmes, flackerndes Licht aufleuchtete. Sie traten ein und verschwanden. Anscheinend befand sich darin ein viel größerer Raum, als es von außen den Anschein machte. Runa umrundete den Kasten mit großen Augen, bis sie vor dem Eingang stehen blieb.

»Nein!«, sagte er.

»Aber sie haben uns doch geholfen!«

»Wir kennen sie nicht. Pack deine Sachen und …«

Sindri verließ den Kasten und winkte fröhlich. »Keine Sorge, das ist bloß unsere Wanderschmiede.«

Runa sah ihn gebannt an. »In dem Würfel ist eine ganze *Schmiede?*«

»Wanderschmiede!«, blaffte Brokkr und reckte den Kopf heraus. »Zu kompliziert für Lange.« Er verschwand wieder darin.

»Holst du es?«, rief Sindri ihm zu.

»Stress mich nicht, du feiges Arschloch!«

Sindri winkte ab und lächelte wieder nervös. »Er meint es nicht so. Wisst ihr, wir waren eine sehr lange Zeit getrennt. Brokkr hat mich gefunden. Und, nun ja, unzweifelhaft sind wir hier, nicht wahr?«

Brokkr kehrte zurück und gab Sindri etwas, das der Zwerg mit sichtlicher Furcht betrachtete. Einen Kristall, um den sich die Luft zusammenzog. Er war von einer so undurchdringlichen Schwärze erfüllt, als hätte es alles in seiner Umgebung aufgezogen. Wie ein Schwamm.

Sindri nickte vor sich hin. »Das habe ich mir gedacht.«

»Sicher?«, fragte Brokkr.

»Nicht ganz, aber … ja.«

»Wenn du wieder falschliegst …«

»Tue ich nicht, Bruder.«

Runa lugte neugierig über Sindris Schulter. »Was ist das?«

»Ein schwarzes Prisma. Nun, also, das benutzen die Dunkelelfen, um die Farben zu bannen. Wir versuchen schon lange …« Das Schwarz klärte sich plötzlich und darunter kam ein tiefes Violett zum Vorschein.

»Rost!«, rief Brokkr und klaute seinem Bruder den Kristall, der sich sofort wieder schwarz färbte. »Was hast du getan, du unfähiger Bastard?«

»Gar nichts! Ich habe … Warte mal.« Sindri nahm ihm den Kristall ab und legte ihn blitzschnell in Runas Hand. Wieder löste sich das Schwarz und Violett bildete sich darunter.

»Bei meinem Bart!«, rief Brokkr und beugte sich zu ihr.

»Vater«, flüsterte Runa ergriffen. »Er spricht zu mir!« Sie hielt sich den Kristall ans Ohr. »Kannst du das hören?«

Ullr hockte sich neben sie und fasste sie an der Schulter. »Was sagt er?«

Sie schluckte schwer, während das Violett zu pulsieren begann. »Befreie mich.«

»Wie?«

Runa lauschte. »Alle Dinge haben eine Seele. Das hat Mutter immer gesagt. Du, ich, sie, das Land, selbst die Farben. Alles.«

»Du kannst die Seele befreien?«

»Ich weiß nicht, wie.«

»Du kannst es.«

»Warum?«, flüsterte sie. »Ist es, weil Mutter ebenfalls … anders war wie ich?«

Kurz weilte er an einem anderen Ort. Ein fernes Reich, in dem er ihr zum ersten Mal begegnet war. Sie trat vor ihn, das Haar trieb sanft im Wind, und nickte ihm aufmunternd zu.

»Deine Mutter ehrte das Leben«, sagte er, während er in den Erinnerungen lebte. »Die Blumen. Das Wasser. Den Wind. Sie sagte, alles besitze eine Seele.«

Er öffnete die Augen. Runa drückte den Kristall an ihre Brust. Nun waren Adern anderer Farben darin erkennbar, so fein gewebt wie das Netz einer Spinne. Rot, Grün, Blau, Gelb, viele, viele mehr. »Du hast ihre Gabe.«

»Die Gabe der Seelen.« Ihre Stimme klang anders – rauer, blasser, wie das Echo einer anderen, die aus weiter Ferne zu ihnen drang. »Was bin ich, Vater?«

Es knackte.

Der Kristall zerbrach. Schillernde Farben strömten daraus hervor, erfüllten die gesamte Höhle und tränkten wie verschüttete Farbeimer einen großen Bereich davor. Das Gras wurde sattgrün. Die Schmetterlingsblüten an einem Stängel leuchteten violett. Der Himmel wurde hellblau. Selbst das Feuer loderte in kräftigen Farben von Rot, Orange und Gelb.

Ullr nahm einen grauen Splitter auf und legte ihn vorsichtig in Runas Hand. Lange hatte er sich vor der Wahrheit gefürchtet, aber nun war es Zeit, sie auszusprechen. Das Mädchen musste wissen, wer sie war, und was Kalak für sie vorgesehen hatte. »Du bist die Nekromantin.«

Der Runenschmied

Andvaris Hammer prallte auf den Amboss, schlug auf das feine Stück Metall und flachte es ab. Immer wieder, immer schneller tanzte er mit dem Werkzeug über die glühende Masse, die er aus der Schmelze zog. Er wusste selbst nicht, was er eigentlich erschuf, aber in seinem Kopf war das Bild von einer leuchtenden Schnur. Deshalb trennte er alles, was die Schmelze hergab, zu kleinen Stücken, die er wieder und wieder faltete.

Pling. Pling. Pling …

Seine Muskeln schwollen an. Der Schweiß strömte ihm von der Stirn. Seine Atemzüge gingen rasselnd und schwer. Und der Schmerz … Er wich allmählich der sich ausbreitenden Kälte in ihm. Selbst das Feuer der Esse konnte sie nicht länger vertreiben. Er musste es nicht aussprechen, damit es wahr wurde, denn tief in sich spürte er, dass er starb. Es war nur noch eine Frage der Zeit.

Aber bis dahin werde ich meinen Auftrag vollenden!

Nali und ein Dutzend anderer Zwerge kippten die Ringe in die Schmelze, warteten, bis das Feuer heiß genug war, um sie zu verflüssigen, und Andvari einen Teil des geschmolzenen Adamants in einen Bottich abgelassen hatte. Dann schütteten sie nach. Eimerweise wurden die Ringe hineinbefördert und das wieder zusammengefügt, was getrennt worden war. Berge an Ringen – so viele, dass er längst aufgehört hatte zu zählen.

Während Andvari schmiedete und Anweisungen gab, wunderte er sich selbst, dass viel weniger flüssiges Metall aus der Schmelze gegossen als hineingegeben wurde. Es waren immer nur ein paar Tropfen. Möglicherweise lag es am Wesen des Rings. Alles unterstand einem Kreislauf. Die Runen hatten Draupnir sich selbst vervielfältigen lassen – sie hatten ihn wachsen lassen. Nun nahm er eine neue Form an.

Er wurde zu dem, was er immer hatte sein sollen.

Es zischte und dampfte, als das geschmolzene Metall in Form gegossen wurde. Das Material glühte nicht orange, wie es sonst der Fall war, sondern weiß. Jeder Tropfen war wichtig, vermengte sich und fand dort zusammen, wo Andvari schmiedete. Er dachte kaum nach, ließ sich vom Klang seines Hammers, vom Zischen der Esse und vom Blubbern des Adamants leiten. Obwohl sein Körper aufgab, seine Kräfte versiegten und die Kälte jede Stelle an ihm beherrschte, machte er hoch konzentriert weiter, hielt sich tagelang aufrecht.

Er ließ sich selbst sein.

Schließlich war der letzte Ring neu geschmiedet. Die Stücke in dem großen Bottich glühten immer noch weiß und die Luft flimmerte wie verrückt. Aber eine Stimme in ihm forderte Vertrauen, weshalb er zugriff und selbst überrascht war, dass er sich nicht daran verbrannte. Er legte Stück für Stück in einen Bottich und hielt ihn in die Esse. Dann wartete er, bis sich das Material abermals verflüssigt hatte. Erst dann kippte er es in eine Rinne.

Er zitterte unkontrolliert, als er eine Krücke ablegte und sich auf die andere stützte, während er sich bückte und seine Hand über den weißen Strang hielt, der gerade einmal fünf Ellen maß.

»Die Offene«, flüsterte er und tauchte die Hand vorsichtig hinein. »Gleipnir.« Die Flüssigkeit war zäh wie Honig, gerann um seine Finger und wirkte nicht einfach nur wie *ein* Ding. Es kam ihm eher vor, als wartete sie darauf, endlich ihre wahre Gestalt anzunehmen.

Worte lagen auf seinen Lippen; Worte, die er schon immer gekannt, aber vergessen hatte. Irgendjemand hatte dafür gesorgt, nachdem er etwas geschmiedet hatte.

Er holte tief Luft und sagte: »Ich erschaffe und binde. Dies ist mein Ideal.«

Fernes Donnern.

Für einen Augenblick gefror die Zeit. Die Zwerge in der Schmiede, das Feuer in der Esse, das Metall unter Andvaris Fingern, selbst der Wasserfall erstarrten, als existierte er außerhalb der Wirklichkeit. Runen tanzten um ihn herum, verbanden und durchströmten alles. Sie bildeten Knotenpunkte im Gefüge, erschufen Strömungen des Lebens, auf die unbewusst jedes Wesen, selbst so etwas

Einfaches wie die Flammen, Zugriff hatte. Sie waren das, was die Schöpfung zusammenhielt. Eine veränderliche Kraft, die immer wieder neue Formen annahm.

Andvari ergriff alles, was sich ihm darbot, verband sie mit dem Adamant und presste sie in eine ganz bestimmte Form: ᚠᛁᛗᛁᚴᛏᛁᛘ.

Gleipnir.

Dann erwachte die Welt mit einem Ruck wieder zum Leben.

Das flüssige Adamant kräuselte sich; es wickelte sich wie von Geisterhand zu einer hauchdünnen Schnur zusammen, gerade einmal eine Elle lang, und war über und über mit Runen versehen, so klein und dicht aneinandergedrängt, dass Andvari schwindelig wurde, wenn er sie länger betrachtete. Er sah jedoch nicht nur mit seinen Augen hin, sondern auch mit seiner besonderen Gabe. Die Runen verschwammen und bildeten immer wieder dieselbe Abfolge: ᚠᛁᛗᛁᚴᛏᛁᛘ.

Staunend traten die Zwerge neben ihn, als er die leuchtende Schnur aufnahm. Sie war federleicht, als bestünde sie aus Licht, und vielleicht war sie das auch.

»Krücke«, krächzte er. Jeder Atemzug fühlte sich an, als wäre sein Hals mit Nagelbrettern übersät. Jeder Augenblick wurde zu einer anhaltenden Qual.

Seine Hand zitterte auf der Krücke, als Nali ihm die andere hinhielt. Sie wollte ihm helfen, aber er schüttelte schwach den Kopf und hinkte an ihr vorbei. Ein Schritt. Noch einer. Wieder einer. Mit jedem sickerte die Kraft aus ihm heraus.

Ich muss es vollenden …

Es klimperte. Verwundert griff er in seinen Lederschurz. Seine Fingerkuppen strichen über einen Ring. Draupnir. Er hatte wohl ganz vergessen, ihn in die Schmelze zu geben. War es der ursprüngliche Ring, den Brokkr und Sindri einst erschaffen hatten? Er wusste es nicht und es war auch unwichtig. Deshalb behielt er ihn als Andenken.

Der Wasserfall prasselte auf ihn nieder, zwang ihn in die Knie. Aber das eiskalte Nass weckte ihn aus der Benommenheit. Er humpelte weiter, die Finger um die leuchtende Schnur gekrümmt, und betrat die Brücke, wo Fafnir ihn bereits erwartete. Er trug einen Lederpanzer über rotem Stoff und hielt den besonderen Helm unter dem Arm geklemmt.

»Alter Freund, gönn dir eine Pause.«

»Weiter …« Andvari keuchte.

Die Arbeit kam zum Erliegen. Eben war die Höhle noch vom Geklopfe und Gehämmer der Zwerge erfüllt gewesen, nun war es hier so still wie in einem Grab. Die Zwerge zeigten auf ihn, tuschelten und verneigten sich, als er an ihnen vorbeikam. Dann schlossen sie sich ihm an, wanderten hinter ihm her oder trafen sich auf der zentralen Plattform bei der Wurzel. Als Andvari dorthin gelangte, wichen sie ehrfürchtig zur Seite.

»Die Schnur …«, sagte jemand.

»Seht ihr das? Sie leuchtet!«

»Wie konnte er die Runen entschlüsseln?«

»Ist er das? Ist das …?«

»Der Verfluchte! Er ist …«

»Runenschmied!«

Andvari ignorierte sie, kämpfte verbissen, bis er die Mitte erreichte. Das Leben quoll aus ihm heraus. Beim göttlichen Schmied, er konnte es spüren!

Reginn und Otur erwarteten ihn am Gerüst. Das Licht wand sich um sie und tauchte sie in Farben. Andvari blieb stehen, schwitzte, taumelte. Jeder Augenblick war ein Sandkorn in einer Sanduhr. Der obere Kolben war fast leer.

»Ich habe nicht vergessen, was geschehen ist, Andvari«, sagte Reginn und musterte ihn wie ein König den Pöbel. »Ich sehe, wer du bist, und respektiere dich dafür. Aber mein Vater starb durch deine Klinge. Deshalb kann ich dir nicht verzeihen.«

Lange hatte Andvari sich nach Vergebung gesehnt wie ein Ertrinkender nach einem Schluck Wasser. Aber nun kam es ihm unbedeutend vor, dass sie ihm verwehrt blieb. Was machte es für einen Unterschied?

Reginn trat zur Seite und machte Otur Platz. Der Prinz nahm ihn in eine feste Umarmung. »Wenn das hier vorüber ist«, flüsterte Otur,

»wirst du dich wieder verpissen und deinen feigen Arsch raushalten. Verstanden?«

»Ihr sucht wieder nach einem Grund, euch zu bekriegen«, raunte Andvari.

»Hast du etwas anderes erwartet?«

»Nein … Nein, das habe ich nicht.«

»Komm, und lass dich feiern!« Otur legte einen Arm um ihn und führte ihn herum, wie der prächtigste Yak auf dem Viehmarkt.

Die Zwerge jubelten, reckten die Fäuste und skandierten: »Runenschmied! Runenschmied! Runenschmied …«

Wenn man zurückgezogen lebte, vergaß man schnell, was Grund für den Krieg war: Gier. Jetzt konnte er es auch in den Augen der beiden Prinzen sehen: Sie gierten nicht weniger als Fafnir danach, das zu ergründen, was sich hinter der Wurzel verbarg. Nichts hatte sich geändert. Der Zusammenhalt, so eisern er auch auf den ersten Blick gewirkt hatte, war brüchig wie loser Fels. Sie wollten zuerst das Artefakt erlangen, von dem Fafnir glaubte, es existierte an einem Ort fern der Wurzel. Um König zu sein.

Andvari war für sie nur Mittel zum Zweck.

Otur trat lachend zur Seite. Andvari kämpfte sich weiter zur Wurzel und blieb daneben stehen. Sie veränderte sich, wuchs, strebte in die Tiefen Svartalfheims, um auch das zu verbinden, was sich darunter befand.

»Kannst du es vollenden?«, fragte Fafnir.

Andvari blickte nicht zur Seite. Der Prinz war sein ältester Freund und stets für ihn da gewesen. Er wusste, dass er sich immer auf ihn verlassen konnte. Deshalb nahm er auch all die Opfer auf sich. »Nali?«

»Andvari?« Die Zwergin verharrte mit gebührendem Abstand.

Scheu blickte er sie an. »Wenn ich mehr Zeit gehabt hätte … Wenn ich mutiger gewesen wäre …«

Sie lächelte und ihm wurde warm ums Herz. »Ich verstehe«, flüsterte sie.

Fafnir schickte sie mit einem Wink davon. »Was müssen wir tun?«

»Die Wurzel mit Gleipnir fesseln«, sagte Andvari. »Sie wird sich anfangs wehren, aber die Runen werden sie bändigen. Sie sind so alt wie die Schöpfung selbst.«

»Danke für alles, alter Freund.«

Er schüttelte den Kopf. »Nicht dafür.«

Der Prinz nahm ihm die Schnur ab und gab es an die Arbeiter weiter, die sich sogleich ans Werk machten. Sie kletterten auf die adamantgefertigten Gerüste und wickelten die Schnur auf, die sich wie Draupnir aus sich selbst erschuf; sie wurde länger und länger, als zöge jemand einen Tropfen flüssigen Metalls aus einer Schmelze. Sobald Gleipnir die Wurzel berührte, leuchteten Runen darauf auf, so hell, dass sie sogar den farbigen Nebel durchstießen.

»Jetzt werden wir sehen, ob sich all die Mühen ausgezahlt haben!«, rief Fafnir.

Ein kleiner Teil in Andvari zweifelte noch immer. Was, wenn Gleipnir nicht funktionierte? Wenn er das Geheimnis der Runen gar nicht ergründet hatte?

Als die Wurzel erstarrte und nicht länger Zweige daraus hervorwuchsen, als wäre sie wie ein Fisch gefangen im Netz, bekam er Gewissheit: Er hatte es geschafft.

Fafnir starrte grimmig in das grelle Licht, das von der Decke strömte – den Helm unter einen Arm geklemmt. Reginn wies seine Ingenieure an, die Instruktionen an die Arbeiter weiterzugeben. Otur schwang sich auf seinen Yak und ritt zu anderen Getreuen aus Jöruvellir, an deren Reittieren wuchtige Seile mit massiven Gerüsten, Bauelementen und Steinringen für die Portale miteinander verbunden waren. Peitschen knallten, Yaks röhrten und schnauften und das Holz ächzte unter den stampfenden Hufen. Nach und nach wurden die Gerüste erweitert, Bolzen in der Wurzel versenkt und sie so ausgerichtet, dass ein steiler Pfad auf ihr entstand. Aufhängungen wurden an der Decke angebracht, Seile gespannt, gewaltige Steinringe angelegt und Zimmermänner machten sich mit Spitzhacken, Schaufeln und Sägen an der Wurzel zu schaffen.

Für Andvari verflog das alles wie in einem Traum. Er wurde mit jedem Atemzug schwächer. Trotzdem hielt er verbissen am Leben

fest, denn er wollte herausfinden, was sich jenseits des Lichtes verbarg.

Hierfür hatte er gelebt.

Hierfür würde er sterben.

Die hässliche Seite des Krieges

Die Welt war grau, als wäre jegliche Farbe herausgewrungen wie aus einem nassen Handtuch. Wohin Morrigan auch blickte, entdeckte sie dieselbe, immerwährende Trostlosigkeit. Womöglich war dies eine ehrliche Darstellung des Lebens? Kein Schwarz und Weiß. Keine Farben.

Bloß Grauschattierungen.

Hinter ihr zischte es, dann verschwand die Regenbogenbrücke.

Morrigan strich durch das Gras, das teils von staubigen Flächen durchbrochen war wie die geflickte Decke eines Bettlers. Die Ranken der Bäume waren in unmöglichen Mustern wie windende Aale umeinander gewickelt und strebten eher in die Breite als in die Höhe.

»Der letzte Schnaps war wohl einer zu viel«, murmelte Cino.

Sie stand auf und betrachtete die Säule in der Ferne, die wie ein umgekehrter Trichter den Himmel zusammenzog und irgendwo dort hinten niederging. Mutter hatte Geschichten von Alfheim erzählt. Eine Welt des Lichtes und der Wärme in den Kronen des Weltenbaums. Die Welt der sîdhe, auch Anderswelt genannt.

Die Wirklichkeit unterschied sich von den Geschichten wie Sonne und Mond.

Diese Welt war schön und abstoßend zugleich. Es fühlte sich für Morrigan weder vertraut noch nach einem Nachhausekommen an. Sie war fremd in der Welt ihres eigenen Volkes. Heimatlos. Nicht zugehörig. Allein. Wie schon ihr ganzes Leben.

Mit nachdenklicher Miene schritt Merlin an ihr vorbei und murmelte etwas vor sich hin.

»Können wir noch mal das Offensichtliche betonen?« Cino hakte die Daumen in den Gürtel. »Bin ja manchmal ein *peinabombillas*, aber das hier ist doch nicht normal!«

Morrigan schloss zu Merlin auf. »Vater?«

»Das ist falsch.« Er ließ seinen farblosen Stab los, der sofort zerplatzte, und berührte einen der umstehenden Wurzelbäume. Kurz schloss er die Augen und bewegte lautlos den Mund. Als er sie wieder öffnete, vermittelte er keineswegs den Anschein, schlauer geworden zu sein. »Wir sind hierhergekommen, um den Brunnen zu beschützen, aber …«

»Aber?«

Er schüttelte den Kopf. »Was haben die sîdhe getan?«

Cino trat Löcher in den Staub. »Sag mal, großer Zauberer, wie lange warst du nicht mehr hier?«

»Lange.« Gedankenverloren betrachtete Merlin den Trichter. »*Sehr* lange.«

»Ist das der Brunnen?«, fragte Morrigan.

»Ja, dies ist die Quelle der Weisheit. Eine Macht, die wir benötigen, um Cernunnos aufzuhalten. Zwar kann ich seine Anwesenheit nicht fühlen, aber das mag nichts heißen. Diese Welt ist krank. Krank in einer Art und Weise, die ich nicht beschreiben kann. Die Farben …« Er unterbrach sich und riss die Augen auf, als wäre ihm gerade etwas bewusst geworden. »Das muss es sein! Morrigan, der Kristall!«

Unsicher nahm sie ihn heraus. Und stutzte. Das tiefe Violett färbte sich mit jedem Atemzug dunkler und schwärzer, als würde es sich mit etwas vollsaugen.

»Schwarzes Prisma«, murmelte Merlin und nahm den Kristall in die Hand. »Das haben sie also getan. Sie haben das Prinzip durchschaut und sich zur Waffe gemacht.« Er gab ihn ihr zurück. »Kommt! Wir haben nicht viel Zeit. Das Volk der sîdhe mag Fremden gegenüber unaufgeschlossen sein, aber wenn wir ihre Regeln befolgen, werdet ihr feststellen, dass sie ein sehr gastfreundliches Volk sind.«

***

»Wirklich ein sehr gastfreundliches Volk«, murmelte Cino.

Unten im Tal tobte ein Gemetzel. Klingen sirrten, Metall schepperte, Bogen surrten und Todesschreie und Schmerzensgeheul erklangen. Die Geräusche einer Schlacht.

Zwei verfeindete Gruppen drangen inmitten einer verfallenen Ruinenstadt aufeinander ein. Köpfe wurden abgeschlagen, Glieder durchtrennt, Körper durchbohrt und Rücken mit Pfeilen gespickt.

Die einen Kämpfer trugen kunstvolle, geschmeidige Lamellenrüstungen aus funkelndem Silber. Das Haar reichte ihnen bis über den Rücken und trieb im sanften Wind. Die Helme waren an den Kopfseiten wie geschwungene Kronen geformt und ihre blattförmigen Schwerter glitzerten vor dunklem Blut. Diese Elfen wirkten licht und rein und waren mit einigen Hundert deutlich in der Überzahl.

Ihre Widersacher unterschieden sich von ihnen wie Tag und Nacht. Wo die lichten Elfen schöner als die Sonne waren, waren die dunklen Elfen schwärzer als Pech. Ihre schalenförmigen Rüstungen hatten die Farbe von Holzkohle und aus ihren spitz zulaufenden Helmen ragten gewundene Hörner. Ihre Schwerter erinnerten an Sichelmonde, die sie mit kalter Präzision führten.

»Bei allen toten Göttern!«, raunte Merlin. Etwas von dem, das ihn schon die ganze Zeit niederdrückte, lastete nun noch schwerer auf ihm, als er sich an seinen Stab klammerte, als fürchtete er zusammenzubrechen.

»Ich hab's mir anders überlegt«, bemerkte Cino. »Weiß ja nicht, wie's euch geht, aber mein zartes Herz verkraftet nicht noch mehr von …«, er wedelte das Tal hinab, »dem da. Können wir jetzt bitte gehen?«

»Das ist falsch«, sagte Merlin immer wieder wie zu einem Mantra vor sich hin. »Alles ist falsch …«

»Ist das Cernunnos' Werk?«, fragte Morrigan.

»Ich wünschte, so wäre es.« Merlin seufzte. »Die Entstehung der neun Welten galt allein dem Zweck des Gleichgewichts. Jedes Volk sollte eine eigenständige Welt haben, fern von Krieg, Leid und Elend. Kein immerwährender Kampf mehr zwischen Licht und Dunkelheit. Nur Entscheidungen.«

Cino trat neben ihn, griff in seine Uniformjacke und zog ein enttäuschtes Gesicht, als er feststellen musste, dass sein Flachmann leer war. »Ich weiß ja nicht, wie es euch geht, aber für mich sieht das nach einer Menge dummer Entscheidungen aus.«

Morrigan beobachtete das Schlachttreiben, um zu verstehen, was dort unten geschah. Die Ruinenstadt glich jenen verfallenen Bauten, die sie auf ihrer Reise in Tirnanog gesehen hatte. Das wilde Land, in dem sie stets an *seiner* Seite gewesen war.

Finger an ihrer Kehle. Sie drückten und drückten und drückten …

Morrigan vertrieb die Erinnerungen wie einen schlechten Geruch. »Das ist mein Volk?«

»Du bist ein Kind zweier Welten, Tochter.« Merlins Stimme klang seltsam blass, als traute er sich nicht, eine Büchse zu öffnen, deren Inhalt er nicht kannte.

»Ich habe keine Heimat.«

Er fasste sie am Arm, ließ sie aber sofort wieder los, als wüsste er nicht, wie er mit ihr umgehen sollte. Dieser Mann war ein Gott! Ein Wesen, das so alt war und die Geschichte so oft beeinflusst hatte, dass es überall im Weltenrund Hinweise auf ihn gab. Und dieser Mann war ihr Vater. Doch wenn sie in sich hineinhorchte, fühlte sie nichts.

Sie nahm vier Kristalle aus ihrer Tasche, bestückte ihren Handschuh und musste darauf vertrauen, dass sie die richtigen Farben angelegt hatte. Ohne ein weiteres Wort schritt sie den Hang hinab.

»Morrigan!«, rief Merlin ihr hinterher, aber sie hörte nicht auf ihn. Um mächtiger zu werden, musste sie sich erproben. Außerdem war das da unten, was sich gerade in einem blutigen Gemetzel selbst abschlachtete, ihr Volk.

Die dunklen Elfen wurden weiter zurückgedrängt, bis sie wie Schafe unter einem Felsvorsprung zusammengepfercht waren. Einer ließ sein Schwert sinken, ging auf die Knie und zog seinen Helm ab. Sein Gesicht war so anmutig und schön wie ein kalter Frühlingsmorgen.

Ein lichter Elf näherte sich ihm, die blattförmige Klinge erhoben. Er zog seinen Kronenhelm ab und enthüllte ein ebenso edles Gesicht. Sie könnten Geschwister sein, wenn sie nicht auf unterschiedlichen Seiten stünden.

Der dunkle Elf hielt sein Schwert mit beiden Händen wie ein Tribut hoch und senkte demütig das Haupt. Seine Gefolgsleute gingen ebenfalls nieder. Sie waren besiegt. Die Schlacht war vorbei.

Ein helles Aufblitzen und der Kopf wurde ihm abgeschlagen.

Morrigan war so schockiert, dass sie ohne nachzudenken handelte. Sie zapfte den weißen Kristall an und holte tief Luft.

Als sie den Atem ausblies, loderte der Kristall auf und ein Windstoß fegte das Tal hinab, heulte in den Ruinen, den leeren Tür- und Fensteröffnungen, zerrte an den Gräsern und Bäumen und traf den lichten Elf. Wie von göttlicher Hand niedergestreckt, wurde er auf den Boden geschmettert.

Dutzende Elfen reckten die Köpfe. Ein Lichtelf schwenkte mit gespanntem Bogen herum und feuerte einen Pfeil. Morrigan machte eine achtlose Handbewegung und lenkte ihn mit einer Böe ab. Weitere Pfeile flogen. Wieder fegte sie diese davon.

Lichtelfen schrien durcheinander, hoben ihre Klingen, unsicher, was sie tun sollten, während die Dunkelelfen furchtsam ihre Waffen niederlegten.

Die Wut kochte in Morrigan wie geschmolzenes Eisen. Unzählige Male hatte sie sich den Moment ihrer Ankunft in Alfheim vorgestellt. In all diesen Vorstellungen war diese Welt eine des Friedens und des Zusammenhalts gewesen. Eine Welt, die es besser wusste als das Weltenrund, in dem die Gier und der Machtdurst die Menschen immer wieder zu neuen kriegerischen Taten führte. Doch in Wahrheit war auch diese Welt voller Schmerz, Hass und Gier.

Mit einem Armschlenker beförderte sie den Lichtelf in die Luft. Sie krümmte die Finger und er wurde quer über das Feld zu ihr geschleudert, bis er knapp über ihr zum Stillstand kam. Er zappelte nicht, sagte nichts, in seinen Augen standen Verwirrung und Furcht.

»Mein Name ist *Mór-Ríoghain*«, sagte sie so laut, dass jeder sie hören konnte. »Ich bin eine sîdhe und weiß, dass ihr die Sprache der edá aus Tradition an eine längst vergangene Zeit bewahrt habt.«

Er nickte langsam.

Morrigan wanderte zwei Schritt umher, den Lichtelf immer noch mit der Macht der Elemente wehrlos wie eine Puppe in der Luft. »Warum bekämpft ihr euch?«

Der Lichtelf blinzelte verwundert.

»Antworte!«

»Der Farbkrieg«, sagte er mit Singsangstimme, die so viel weicher und bezaubernder war als ihre. Obwohl er in ihrer Gewalt war, klang er überheblich. Als hielte er sich für etwas Besseres.

»Dann seid ihr für das Grau dieser Welt verantwortlich?«

Er blickte zurück. »Die Dökkálfar bannen die Farbe mit schwarzen Prismen. Sie beherrschen den Brunnen.«

»Warum?«

»Weil sie die Brücken geschlossen halten wollten.«

»Brücken?«

»Zugänge zu anderen Welten.« Seine Augen wurden schmal. »Wir Ljósálfar wollen die Farben befreien, um sie zu öffnen.«

Regenbogenbrücken. Natürlich. »Aus diesem Grund schlachtet ihr euch gegenseitig ab?«

Er kräuselte die Lippen. »Die Dökkálfar sind der Feind.«

»Wie lange?«

»Du musst dich schon präziser ausdrücken, Halbblut.«

Halbblut. Er wollte sie verhöhnen. Morrigan führte ihn näher zu ihrem Gesicht heran. »Wie lange bekriegt ihr euch schon?«

»Du verfügst über die Gabe der Elemente. Wie konntest du …?«

»Antworte!«

»Seit Jahrhunderten«, rief eine Lichtelfe, die sich zögerlich näherte. Sie war so anmutig und grazil, dass es beinahe schmerzte, ihr zeitloses Gesicht zu betrachten.

Morrigan ließ den Elfen auf den Boden sinken, wo er eine Haltung annahm, als wäre er Herr der Lage. Allerdings hatte sie damit gerechnet, dass er sich mit dieser Schmach nicht zufriedengeben würde. Deshalb war sie bereit, als er einen Dolch zückte und sich auf sie stürzte. Mit einem Armschlenker erschuf sie einen Windstoß, der ihn wie eine Spielzeugfigur gegen ein Gemäuer schleuderte, wo er ohnmächtig liegen blieb.

Morrigan zapfte den Feuerkristall an und sog alle Wärme aus ihrer Umgebung, um eine Flamme über ihrer gespreizten Hand entstehen zu lassen. Frost breitete sich rings um sie aus, schoss über das Gras und ließ es in der Bewegung gefrieren.

Die Elfen wichen zurück.

»Versucht das noch einmal und er wird nicht der Letzte sein!«, zischte sie.

»Wie bist du hierhergelangt, Halbblut?«, fragte die Lichtelfe unterkühlt.

»Ich stelle hier die Fragen!«

»Dann sprich, Halbblut!«

Morrigan nickte zu den umstellten Dunkelelfen. »Lasst sie frei!«

Die Lichtelfe blickte zurück. »Wir haben lange und unter großen Verlusten auf diesen Moment hingearbeitet. Wenn wir sie ziehen lassen, waren alle Bemühungen vergebens. Deshalb«, sie schaute Morrigan wieder an, »werden wir das nicht tun.«

Morrigan ließ das grau flackernde Feuer wachsen. »Sicher?«

»Du beherrschst die Elemente. Sag mir, wie ist das möglich? Über welche Macht gebietest du, dass du …?«

»Tritt zur Seite!«

Die Lichtelfe beäugte sie neugierig. »Wie konntest du hierhergelangen, Halbblut? Die Farben sind fort, die Brücken geschlossen, die Zugänge versperrt.«

»Dafür gibt es eine simple Erklärung«, sagte Merlin von weiter hinten. Er und Cino näherten sich ihnen bedächtig.

Die Elfen raunten. Eine tiefe Furche wühlte die glatte Stirn der Lichtelfe auf. »edá in Alfheim? Welche farblosen Mächte sind hier am Werk?«

»Wir werden es euch erklären.« Merlin schloss zu Morrigan auf und fasste sie beschwichtigend am Arm. »Doch zuerst werdet ihr die Gefangenen freilassen!«

»Ihr wisst nichts über uns. Über unser Volk. Unsere Geschichte. Unser Leid.«

»Wir werden zuhören.«

Trotz ihrer Schönheit wirkte die Frau so kühl und unnachgiebig wie Marmor. »Nein!«

»Nein?« Graue Funken tanzten in Merlins Augen. Er trat einen Schritt nach vorn und die Funken sprühten über seinen ganzen Körper.

Unwillkürlich trat Morrigan einen Schritt zur Seite. Ihre Nackenhärchen richteten sich auf und die Luft stand plötzlich unter Spannung.

»Nein?«, fragte Merlin abermals. Die Funken tanzten schneller und schneller.

Eines musste man der Lichtelfe lassen, sie bewahrte trotzdem ihre Fassung. »Du machst mir keine Angst, edá!«

»edá.« Er nickte langsam. »So nannte man mich früher einmal. Ein Mensch. Weißt du, was ein áwárd ist?«

Raunen. Sowohl Lichtelfen, als auch Dunkelelfen steckten die Köpfe zusammen.

Der Himmel zog sich zusammen. Dunkle Wolken brauten sich dort oben zusammen und ein schneidender Wind kam auf.

Die Lichtelfe runzelte die Stirn. »Wer bist du?«

»*merlîn*«, sagte er mit seltsamem Klang.

»Falke?«

»Der Name wird euch nichts sagen. Nicht mehr. Ihr werdet die Gefangenen freilassen und mich zu dem Ort bringen, der Grund für euren Krieg ist. Denn euch ist nicht einmal bewusst, dass die neun Welten auf ihren Niedergang zusteuern. Ein Gott, der dem Schutz des Weltenrunds verschrieben war, hat den Weltenbaum infiziert und ...«

Ein Bogen klapperte und ein Pfeil raste auf Merlin zu. Er hob die Hand.

Donner und Blitz.

Es krachte, als spaltete sich die Welt in zwei Teile. Alles war plötzlich hell und laut. Weiße Flecken brannten sich in Morrigans Augen und Mosaikmuster tanzten hinter ihren Lidern. Sie blinzelte, schluckte, schauderte. Dann stellte sie fest, dass sie auf dem Boden lag und dumpfe Geräusche an ihre Ohren drangen.

Ächzend richtete sie sich auf. Sie brauchte einen Moment, bis sie wieder stand, und noch länger, bis sie ihre Sinne geordnet hatte.

Blitze regneten aus dem Himmel; sie schlugen überall in den Ruinen ein, fluteten die Umgebung mit grellem Licht und hinterließen geschwärzte Stellen in auseinandergesprengten Trümmern und verkohlter Erde.

Merlin stand im Zentrum all dessen, gebadet in Blitze, die wie Schlangen um ihn herumzuckten. Die Elfe lag ohnmächtig vor ihm auf dem Boden. Alle lagen auf dem Boden. Der Einzige, der noch stand, war der Lichtelf, der auf Merlin geschossen hatte. Er war gespalten wie eine alte Kiefer und zu einer Gestalt aus Asche verbrannt, die mitten in der Bewegung erstarrt war.

Die Wahrheit drang nur zögerlich zu ihr, bis sie begriff, was er getan hatte.

Merlin hatte den Lichtelf getötet.

Doch das war für Morrigan in diesem Augenblick nicht von Bedeutung. Er beherrschte die Blitze, eine Symbiose aller vier Elemente. Die wahre Macht eines Gottes.

Merlin hob die Hand. Die Blitze stauten sich darin zu einer Kugel zusammen, schrumpften und schrumpften, bis sie verschwanden. Die Wolken lösten sich auf und Dunkelheit wurde wieder zu Licht.

Ein Elf nach dem anderen – unabhängig welcher Gesinnung – ging auf die Knie. In Wellen sackten sie nieder und senkten demütig das Haupt. Morrigan hätte erwartet, dass Merlin diesen Moment der Ehrerbietung auskosten würde, aber das Gegenteil war der Fall. Er zog ein Gesicht, das mehr Schmerz und Trauer ausdrückte, als Morrigan in ihrem gesamten Leben verspürt hatte.

Merlin trat einen unsicheren Schritt vor und hob die Hand. Langsam ließ er sie wieder sinken und seufzte. »Nicht«, sagte er dünn. »Ich wollte nie wieder …« Seine Worte versiegten.

Wie konnte ein Gott solchen Zweifeln unterlegen sein? Wie konnte er überhaupt solch eine Macht besitzen, wenn er nicht einmal bereit war, sie zu nutzen?

Der Hunger kehrte wieder zurück. Morrigan wollte das, was er besaß – um jeden Preis. Vielleicht würde sie dann nicht mehr die Finger um ihre Kehle spüren. Vielleicht hätte sie dann keine Angst mehr.

»Steht auf!«, sagte Merlin herrisch.

Nach und nach erhoben die Elfen sich.

»Legt die Waffen ab!«

Es klapperte und klirrte, als Dutzende Waffen weggeworfen wurden.

»Führt uns zum Brunnen!«

»Ihr begeht einen Fehler«, erwiderte die Lichtelfe unterkühlt.

»Vielleicht. Aber Alfheim muss auf den Sturm vorbereitet sein, der auf euch zusteuert. Deshalb bin ich hier. Ich werde uns alle retten.«

Bevor die Lichtelfe sich abwandte, warf sie Morrigan einen langen Blick zu. Darin lag Verständnis. Und etwas anderes, das sie noch nicht deuten konnte.

»Das war ja mal was, wie?«, fragte Cino und grinste über das ganze Gesicht. »So eine Vorstellung bekommt man selten geboten.«

»Das hätte nicht passieren dürfen«, erwiderte sie leise.

Er winkte ab. »Was kann uns schon mit einem Gott an der Seite passieren?«

»Das ist die falsche Frage.«

»Und welche ist die richtige, Eiskönigin?«

»Wenn er Cernunnos nicht aufhalten konnte, mit welcher Macht haben wir es dann zu tun?«

Er zwinkerte ihr zu. »Das ist wohl die hässliche Seite des Krieges, was? Man weiß nie, wann einem der Arsch gegrillt wird, und vor allem, von wem.«

»Ich habe noch nicht vor …«

»Den Löffel abzugeben?« Er zwirbelte seinen gewachsten Schnurrbart. »Keine Sorge! Solange wir auf Merlins Seite stehen, haben wir nichts zu befürchten. José hat einen Plan. Die Paladine. Wir kämpfen für das Gute. Wir stehen auf der richtigen Seite.«

Die Dunkelelfen schritten in einer langen Reihe los, dicht gefolgt von den Lichtelfen. Im Anschluss folgte Merlin, der Cino und ihr auffordernd zuwinkte. Während sie sich dem Tross anschloss, durch eine farblose Welt wanderte, die so fremdartig war, dass sie bestimmt noch viele weitere Wunder zu bieten hatte, ging Morrigan eine Sache nicht mehr aus dem Kopf.

Was, wenn sie auf der falschen Seite standen?

***

Die Anzeichen des Krieges waren überall. Türme, einst aus Morgentau und Efeu gesponnen, lagen zerborsten in den offenen Hallen verfallener Bauten, auf weiten Plätzen und Palais. Blumenpfade, Brücken, Laternen, niedrige Mauern – all das war zurückgelassen, als wäre es aus der Zeit gefallen. Selbst die Hügel trugen zahlreiche

Wunden von den Kämpfen, die hier getobt hatten. Doch das war nicht das Einzige, was sich in Alfheim bekämpfte.

Die Erde war ausgetrocknet und tot. Die Luft roch abgestanden und tot. Selbst das Wasser jenseits der Uferböschung lag reglos und tot da. Die Pflanzen hatten sich den Umständen angepasst und suchten die wenigen Stellen, an denen sie wachsen konnten. Sie krallten sich mit dicken Wurzeln seitlich in die Erde, schlangen sich wie Wärmesuchende aneinander und strebten zum Zentrum dieser Welt hin. Früchte fand man hier kaum und das wenige Wild, das sich gelegentlich blicken ließ, wirkte genauso fremdartig wie der Rest.

Am Wegesrand reckte ein Hirsch seinen Kopf. Das Geweih war ungewöhnlich verknotet und der Körper wirkte ebenfalls hölzern, als bestünde er nicht aus Fleisch, Knochen und Blut. Als Morrigan blinzelte, war der Hirsch verschwunden.

Merlin sah angestrengt über den See, dem sie sich näherten. »Diese Welt ist aus dem Gleichgewicht. Das liegt nicht allein an der fehlenden Farbe. Es ist etwas Tieferes.«

Sie hielt ihr Gesicht in eine steife Bö. Der Wind klang *wütend.* »Ich spüre es in den Elementen.«

»Auch sie tragen einen Kampf aus. Ich frage mich …« Er verstummte.

»Was fragst du dich?«

Er redete leise, sodass nur sie ihn hören konnte. »Als Cernunnos seinen schändlichen Verrat offenbarte, sagte er, dass er die neun Welten retten will. Er sprach von Ungerechtigkeit, Krieg, Leid und Tod. Von Taten, Konsequenzen und Entscheidungen. Seiner Ansicht nach ist es der freie Wille, der verhindert, dass es jemals Frieden geben wird.«

»Kontrolle.«

Merlin wies mit einem Armschlenker über die Welt. »Früher nannte man dieses Land Nimrod. Es gab hier Städte voller Leben, die im Einklang mit der Natur existierten.« Ein Lächeln glitt über sein verhärmtes Gesicht. »Du hättest es sehen sollen, Morrigan!« Das Lächeln verblasste wie ein schöner Traum und nun zeichnete wieder Trauer seine Züge. »Ich frage mich, ob Cernunnos mit seiner Behauptung nicht recht hat. Vielleicht sind wir es, die den falschen

Blickwinkel auf die Geschehnisse haben.« Er schaute ihr tief in die Augen. In seinen lag so viel Schmerz und Einsamkeit, dass sie davor zurückschreckte. »Was, wenn wir mit unseren Bemühungen, die neun Welten zu retten, alles nur noch schlimmer machen?«

Sie ließ sich mit einer Antwort Zeit. »Glaubst du das wirklich?«

Er blickte stur in die Ferne. Schließlich machte er eine wegwerfende Handbewegung. »Gerede eines alten Mannes. Höre nicht auf mich.«

Morrigan erinnerte sich an etwas, das sie schon die ganze Zeit hatte fragen wollen. »Mutter sprach vor einer Weile von einer *Macht des Gleichgewichts*. Sie sagte, dass in einer Zeit vor alldem hier, etwas passiert ist.« Sie nahm seinen Blick gefangen. »Etwas, das mit dir zu tun hat.«

»Ah.« Er verfiel wieder in Schweigen. Sie wollte ihn nicht bedrängen, ließ die Umgebung auf sich wirken und fragte sich, wie diese Welt wohl aussehen würde, wenn sie Farbe besäße.

»Wir alle verändern uns mit der Zeit«, sagte er schließlich. »Wir streben nach etwas und scheitern. Wir nehmen neue Formen an, um es besser zu machen, und scheitern wieder. In all unserem Bestreben hinterlassen wir Abdrücke wie Fußspuren im Sand.«

»Worauf willst du hinaus?«

»Jeder von uns trachtet nach etwas, Morrigan.« Vorsicht schwang in seiner Stimme mit. »Das, wonach ich mich am meisten sehne, ist Wissen.«

»Was für Wissen?«

Etwas krächzte aus den Kronen eines verschlungenen Baums. Dann kam ein schwarzer Blitz angeschossen und landete auf Merlins Schulter. Ein zweiter flatternder Blitz sauste nieder und krallte sich auf seiner anderen Schulter fest. Zwei Raben. Merlin nickte immer wieder, als sprächen sie mit ihm. Aber falls dem so war, konnte Morrigan nichts verstehen.

Er machte eine rasche Geste und sie flogen davon.

»Freunde?«, fragte sie.

»Meine Gedanken und mein Geist. Sie werden für uns ein wenig ausspähen.« Er tippte sich an ein Auge. »Damit wir nicht blind sind, wo wir sehen sollten.«

Morrigan duckte sich unter eine Ranke und kam dabei an einer Pflanze vorbei, deren Blätter sich leicht bewegten. Als sie die Hand danach ausstreckte, erwachten die Blätter zum Leben und flatterten davon. Wie eigenartig.

»Du wolltest gerade von deinem Bestreben nach Wissen erzählen«, bemerkte sie und behielt Merlin im Blick, der wachsam durch den Wald wanderte. Trotz der bedrückenden Schwere, die ihn umgab, wirkte er in seinem Tun zielstrebig, als erkenne er Zusammenhänge, die anderen verborgen blieben.

»Verständnis«, sagte er leichthin. »Wissen. Wie alles zusammenhängt. Woher der Weltenfunke entstand, der einst die neun Welten speiste. Es gibt Mächte, die ich selbst nach all der Zeit nicht verstehe.«

»Wie die Runen?«

Ein Schatten legte sich über seine Züge, als wäre eine Wolke heraufgezogen. »Was weißt du von den Runen?«

»Nur das, was Mutter mir erzählt hat. Das Volk der dvergá hat die Runen an den hohen Pforten von Valanor erschaffen.«

»Das Volk? Nein. Die Runen wurden erst viel später angebracht. Zwei Zwerge waren dafür verantwortlich. Zwei Zwerge, die mehr über die Runenmagie wissen als jeder andere. Aber auch sie wissen nicht alles, denn die Runen«, seine Stimme nahm einen seltsamen Klang an, »erscheinen nur jenen, die würdig sind. Ich vermute deshalb, weil sie mit der Schöpfung verbunden sind. Ein Überbleibsel einer Kraft, die wir als symbolische Darstellung sehen, die mit den Urkräften verflochten sind. Möglicherweise sind sie das, was wir als Macht des Gleichgewichts bezeichnen.«

Morrigan war erstaunt, mit welcher Inbrunst er über diese Dinge sprach. In diesem Augenblick entdeckte sie einen Hunger in ihm, den sie von sich selbst kannte. Er trachtete nach Wissen, das ihren Verstand bei Weitem überstieg. Immerhin war er als Gott verehrt worden und hatte sich, wann immer es ihm in den Sinn gekommen war, in die Geschicke der Menschheit eingemischt.

Nur die Menschheit? Eine Frage, der sie auf den Grund gehen würde.

Ein Steg führte auf das Wasser hinaus. Dort waren mehrere Boote vertäut, die an Gondeln erinnerten, wie man sie an den Kanälen von Candaloz benutzte. Flache, kiellose Boote, in denen bis zu zehn Menschen Platz nehmen konnten. In diesem Fall Elfen. Diese Gondeln waren wie die ovalen Blätter einer Hainbuche oder eines Apfelbaums geformt. Es gab sogar Adern in der Struktur und einen Stiel am hinteren Ende.

Die Elfen blieben in getrennten Gruppen davor stehen. Die Lichtelfe – ihr Name war Iduniel – stand hocherhobenen Hauptes an der Spitze und trug wieder denselben distanzierten Gesichtsausdruck, der einen tief vergrabenen Groll in Morrigan weckte.

»Wir können euch lediglich bis hier begleiten«, sagte Iduniel.

»Eure Gefolgsleute können hierbleiben«, erwiderte Merlin bestimmt und wies in die Blattgondeln. »Aber Ihr werdet uns mit einem ausgewählten Dunkelelf begleiten.«

»Ihr begreift offenbar nicht, welcher Gefahr Ihr mich aussetzen wollt.«

»Oh, ich begreife mehr, als Ihr Euch vorstellen könnt, sîdhe. Doch dieser Krieg wird niemals enden, wenn niemand bereit ist, den Anfang zu machen.«

Sie kräuselte die Lippen. »Dann haltet Ihr Euch also für einen Erlöser?«

»Kein Erlöser.« Merlin kletterte in das Boot und wies nachdrücklich hinein. »Über diesen Punkt bin ich längst hinaus.«

»Sondern?«

Er ließ die Frage unbeantwortet und zeigte nachdrücklich in die Gondel. »Die Zeit drängt uns zur Eile.«

Morrigan begab sich auf den Sitz neben ihn. Cino stellte sich hinten auf den Heckschnabel und begutachtete neugierig den Riemen, der wie das Blatt einer Schlehe geformt war. Wie eine Göttin schwebte Iduniel auf den Vordersitz und der Dunkelelf – ein schlanker, schwarzhaariger Mann – verabschiedete sich von seinesgleichen, ehe er ebenfalls hereintrat.

Cino tauchte den Riemen ins Wasser und pfiff eine Melodie, während er die Gondel auf den See hinausführte. Diese Melodie war so melancholisch, dass Morrigan einen Moment lang an Mutter denken musste und sich fragte, was sie wohl tat und ob sie an ihre Tochter dachte.

Sie waren noch keine zehn Schritt vom Ufer entfernt, als hinter ihnen Geschrei ertönte. Morrigan musste nicht hinsehen, um zu wissen, dass die Elfen sich gegenseitig an die Kehle gingen und im Wasser ertränkten. Aber es lag nicht länger in ihrer Verantwortung. Ihr ganzes Denken war auf etwas anderes gerichtet, das sie immer noch im Schoß hielt – so fest, dass ihre Finger darum verkrampften.

»Hast du noch den Kristall?«, fragte Merlin.

Sie hielt ihn hoch. Er sah aus, als wäre darin die Nacht gebannt. »Du sagtest, er wäre ein schwarzes Prisma.«

»Diese Kristalle haben die bemerkenswerte Eigenschaft, dass sie die Seelen aller Dinge aufnehmen können. Mir war bislang allerdings nicht bewusst, wie weitreichend diese Eigenschaft ist. Du sagtest, dass er sich in Valanor befand?«

»Ich fand ihn an der Quelle unter dem Turm, wo die Kristalladern wachsen. Was, wenn wir ihn brechen?«

»Man sollte meinen, dass dies all unsere Probleme beseitigen könnte, nicht wahr? Allerdings ist es nicht so einfach, einen Seelenstein zu brechen.«

»Wieso?«

»Alle Dinge in der Welt müssen sich im Gleichgewicht befinden, Morrigan.« Seine ruhigen Augen nahmen sie gefangen. »Etwas, das so sehr danach trachtet, die Seele von etwas anderem aufzunehmen, benötigt dieselbe Macht, um diese Seele wieder preiszugeben.«

»Du sprichst von Opfern.«

»Ich spreche von Konsequenzen. Wenn ich etwas erlangen will, muss ich etwas geben. Selbst dann ist nicht gesagt, dass es ausreicht.« Er hob die Hand. Ein Rabe kam angerauscht, blickte ihn kurz an und hob wieder ab.

»Neuigkeiten?«

»Nichts Weltbewegendes. Allerdings habe ich inzwischen eine Ahnung von dem, was hier geschehen ist.«

»Ich nehme an, du wirst es mir nicht verraten.«

Ein Lächeln umspielte seine Lippen. »Geduld, Tochter. Alfheim …« Er unterbrach sich, als ein zweiter Rabe angeflitzt kam und rasch wieder abhob. »Ich erkenne eine Lösung all unserer Probleme. Lange Zeit habe ich davor zurückgeschreckt, aber nun begreife ich, dass es keine andere Möglichkeit gibt. Hab Vertrauen. Es wird gelingen.« Merlins tiefgründiger Blick richtete sich auf sie. »Deshalb verwahre den Seelenstein gut!«

Nachdenklich drehte sie den schwarzen Kristall und wägte ihre Worte ab. »Woher kommen sie?«

Er lächelte sanft. »Es gibt immer ein anderes Geheimnis, Tochter.«

»Dunkelelfen«, sie sah zu dem in der schwarzen Rüstung, »nutzen ihre Eigenschaft, um das Licht zu bannen und damit die Regenbogenbrücken zu schließen. Sie bringen Opfer, um etwas zu erlangen. Der Schutz ihrer Heimat. Geht die Welt ihretwegen zugrunde? Oder wegen der Lichtelfen, die dagegen rebellieren? Wer trägt Schuld?«

»Eine nicht leicht zu beantwortende Frage.« Er schwieg kurz. »Das Leben ist viel zu kompliziert und vielschichtig, um es in Gut und Böse einzuteilen. Das gilt auch für Seelensteine. Was sie sind, hängt immer davon ab, was wir mit ihnen anfangen.«

»Die Lichtelfen wollen die schwarzen Prismen zerstören und trachten damit nach Zerstörung und Befreiung. Ein Widerspruch.«

»Du weißt, was du in der Hand hältst, Halbblut«, sagte Iduniel, ohne sie anzusehen, als hätte sie ihr Gespräch belauscht.

»Ja«, sagte Morrigan knapp. »Den Grund eures Krieges.«

Der Dunkelelf richtete sich auf. »Der Grund für den Krieg ist die Rebellion der Lichtelfen! Ihr seid nichts weiter als schändliche Verräter, die unser Volk auslöschen wollen!«

Iduniel blickte ihn mit gekräuselten Lippen an. »Ist das so, *Dunkelelf*?«

»Ihr begreift nicht, dass wir dieses Opfer bringen, um unsere Heimat zu retten!«

»Retten, indem ihr uns einsperrt, Maeglin?« Sie verzog verächtlich den Mund. »Ja, ich kenne deinen Namen, *Schwarzauge*!«

»Genug!«, sagte Merlin, was die beiden wieder verstummen ließ. Er gab Morrigan mit einem Wink zu verstehen, dass sie den Kristall einstecken sollte. »Euch ist nicht einmal bewusst, wie zerbrechlich das Gebilde der neun Welten ist.«

»José hatte auch so ein hübsches Steinchen«, ertönte Cinos Stimme hinter ihr.

Merlin richtete sich auf. »José hat einen Seelenstein?«

»Hatte!« Cino hob einen Finger. »Er hat ihn zerbrochen.«

»Und wir wissen nicht, was es ihn gekostet hat. Das ist … interessant.«

Cino zuckte mit den Schultern. »Wenn ich so einen Seelenstein hätte und vor der Wahl stünde, ich wüsste nicht, wie ich mich entscheiden würde.«

Morrigan drehte den Kristall. Das Schwarz war so undurchdringlich, als blickte sie auf eine Wand. Dennoch konnte das ihr nicht den Blick auf die Wahrheit verwehren. Darin befand sich eine *Möglichkeit*. Dies war genau das, was sie von Cino unterschied.

Sie wusste ganz genau, wie sie sich entscheiden würde, wenn sie vor der Wahl stünde.

Andvaranaut

Bereit?«, fragte Fafnir.

Andvari nickte schwach. Er teilte seine Kräfte ein, da niemand wusste, was sie hinter der Wurzel erwartete. Einen Tag, nachdem sie Gleipnir darum gewickelt hatten, waren die Arbeiten zwar noch nicht abgeschlossen, aber so weit fortgeschritten, dass eine erste Abordnung den Pfad betreten konnte. Da kein Prinz nachgeben wollte – zu groß war die Gefahr, dass ein anderer in den Besitz des königlichen Hammers gelangen könnte –, entschieden sie sich, gemeinsam mit einigen Leibwächtern den Weg auf sich zu nehmen.

Und hier waren sie nun.

Fafnir reckte die Faust. Er war in eine schwarze Plattenrüstung über rotem Stoff gehüllt, den seltsam geformten Helm unter dem Arm geklemmt. Auch Otur und Reginn waren für dieses besondere Ereignis gerüstet.

Denn heute würde das Volk der Zwerge Geschichte schreiben.

»Dann los!«, rief der Prinz.

Donnernder Lärm brachte ganz Aurvangar zum Beben. Die Zwerge grölten und brüllten, jubelten und schrien, während sie auf die Schilde trommelten, mit Werkzeug klopften oder mit den Stiefeln auf den Boden polterten.

»Zwerge!«, skandierten sie. »Zwerge! Zwerge! Zwerge …« Immer wieder, immer lauter erschollen ihre Rufe in der Höhle, damit jeder Bewohner Svartalfheims wusste, dass sie das Unmögliche vollbracht hatten.

Halber Zwerg – so hatten sie Andvari genannt. Ein Feigling, der nichts von seinem Volk verstand. Aber in diesem Moment verspürte er zum ersten Mal einen Stolz, von dem er bislang nicht einmal gewusst hatte, dass er ihn besaß.

Der Tross setzte sich in Bewegung. Gepanzerte Stiefel stampften auf Holz, Schilde trommelten, Zwerge schnauften. Die Wurzel war von Reginns Ingenieuren durch Seilzüge und Bolzen so ausgerichtet, dass sie von einer erhöhten Plattform betreten werden konnte. Außerdem waren an zu beschwerlichen Stellen von Fafnirs Arbeitern Treppen herausgearbeitet. Die Steinringe, die mit Aufhängen verbunden waren und die Wurzel in Schräglage hielten, waren von Oturs Gefolgsleuten angebracht worden. Jeder Zwerg, jedes Volk, jedes Reich hatte seinen Teil hierzu beigetragen. Zum ersten Mal, seit irgendjemand sich erinnern konnte, war Svartalfheim geeint.

Der Marsch war kräftezehrend. Mehr als einmal musste Andvari anhalten, um nach Atem zu ringen. Er stolperte, fing sich mit den Krücken ab, schwitzte, keuchte, rasselte und hielt so verbissen am Leben fest, dass er wie in einem Gebet Wieland beschwor, ihn durchhalten zu lassen. Wie lange blieb ihm noch, bis sein Körper versagte? Wie lange, bis der heilige Stein ihn zu sich rief?

Je höher sie gelangten, desto greller wurde das Licht. Andvari blinzelte, schirmte sich das Gesicht ab und hinkte weiter.

Ein Dröhnen drang an seine Ohren. Dann ein Wummern, das in seiner Brust vibrierte.

Eine Säule aus farbigem Licht umfing ihn.

Und zog ihn fort.

Ihm wurde zugleich heiß und kalt, wie eine gefrorene Schinkenscheibe, die in eine erhitzte Pfanne geworfen wurde. Ein metallischer Geschmack füllte seinen Mund und seine Ohren knackten. Nägel bohrten sich durch seine Augen bis ins Hirn, stachen und stachen …

Plötzlich war es wieder vorbei.

Zuerst fiel ihm auf, dass er sich in einer weiten Halle wiederfand, die gänzlich in Sandstein gefasst und vom gedämpften Licht dreckig gelber Leuchtkristalle erhellt war. Die Luft roch abgestanden und staubig wie in einem alten Tempel. Über ihm rotierte ein Gestell aus Ringen, um das sich bunter Nebel kräuselte, der jene Regenbogensäule erschuf, aus der sie gerade herausgetreten waren. Es erinnerte an ein riesiges Navigationsinstrument mit einer leuchtenden Kugel im Zentrum.

Fafnir, Otur und Reginn standen neben ihm und blickten sich nicht weniger verwundert an diesem fremdartigen Ort um. Keine Höhle. Keine Wurzel. Kein Zwergenreich.

Beim göttlichen Lehrling Ivaldi, wo waren sie gelandet?

Erst dann bemerkte Andvari etwas, das seine Schmerzen für einen Moment vergessen ließ: Wenige Schritt von ihnen entfernt lehnte ein Hammer an der Wand, so einsam und verloren wie ein zurückgelassenes Relikt. Der lederne Griff war viel zu kurz und der metallene Kopf an den Seiten abgeflacht und über und über mit Symbolen versehen.

Runen.

Andvari traute seinen Augen kaum, als sie aufglommen. Die Luft krümmte sich darum und ein Funke tanzte über die Oberfläche, als wäre der Hammer mit dem Auftauchen der Zwerge erwacht.

Die Umstehenden raunten ehrfürchtig, als sie dies sahen. Fafnir hob die Faust und sie beruhigten sich wieder. Es gab keinen Zweifel. Der Prinz hatte mit seinen Vermutungen die ganze Zeit recht gehabt. Das war das Diebesgut. Das Insigne des rechtmäßigen Königs Svartalfheims. Der Malmer. Der Blitz.

Mjölnir.

Bei allen Göttern Svartalfheims!

Stille. Niemand rührte sich. Niemand sagte etwas. Selbst Andvari fand keine Worte, um diesen Moment zu beschreiben.

Otur war der Erste, der die Starre von sich abschüttelte, und einen Schritt darauf zu machte. Aber Reginn zog ihn am Arm zurück und stierte ihn an. »Was tust du denn?«

Otur riss sich los. »Lass den lieben Onkel mal machen!«

»Schluss damit!«, blaffte Fafnir. »Wir wissen nicht, womit wir es zu tun haben.«

»Leck doch meine Zwergennüsse!« Otur stapfte auf den Hammer zu.

Ein seltsamer Laut peitschte durch die Luft. Es war ein leises Klicken. Otur blieb stehen und schaute mit gerunzelter Stirn zu Boden, wo eine gezackte Scheibe im Boden steckte. Er bückte sich und zog sie heraus.

Wieder Stille.

Eine Gestalt landete in gebückter Haltung vor dem Hammer, finsterer Nebel wogte hinter ihr durch den Raum und wirbelte in kreiselnden Mustern um sie herum. Einen Augenblick kauerte sie inmitten des Nebels wie ein Herold der Nacht. Dann stand sie auf und das dunstige Schwarz zog sich um sie zusammen; es wuchs um sie zu einem Gewand aus Schatten und bildete einen Umhang, der sich in einem nicht spürbaren Wind kräuselte.

Die Gestalt war eine bleiche Frau mit knochenweißem Haar. Allerdings war etwas an ihr *falsch*. Als hätte Wieland sich einen Streich gespielt und einen Zwerg in die Länge anstatt in die Breite gezogen. Sie war mindestens zwei Köpfe größer als der größte Zwerg, den er kannte. Außerdem bewegte sie sich leicht geduckt und geschmeidig wie ein Raubtier auf der Lauer. Sie blieb zwei Schritt vor Otur stehen und musterte ihn so finster, als hätte er ihr in die Suppe gespuckt.

Otur schnickte das Wurfgeschoss vor ihre Füße. »Netter Trick. Aber musst dich schon mehr anstrengen, wenn du mich treffen willst, Lange!«

»Eine Warnung.« Sie betonte die Wörter anders – weicher, fließender, rauer.

»Oho!« Otur hob abwehrend die Hände und lachte dröhnend. »Ich mach's kurz, weil ich so ein lieber Kerl bin.« Er nickte zum Hammer. »Das da gehört mir! Also rück's lieber freiwillig raus, sonst muss ich mit deinem hübschen Gesicht den Boden wischen.«

Nicht die diplomatischsten Worte, aber vielleicht war es besser, gleich alle Optionen offenzulegen. Dennoch schien das die Fremde keineswegs zu verunsichern. Alles an ihr war konzentriert, als wollte sie erst wissen, womit sie es zu tun hatte, bevor sie zuschlug.

»Ihr seid keine Menschen«, flüsterte sie und kippte den Kopf zur Seite. »Was seid ihr?«

»Zwerge«, sagte Andvari, was ihm einen scharfen Blick von Reginn einbrachte.

Sie runzelte die Stirn. »Wie seid Ihr hier …« Sie unterbrach sich, als sie das Navigationsinstrument entdeckte, das sich immer noch drehte. Die Kugel erstrahlte weiterhin und erzeugte eine wabernde, diffuse Regenbogensäule hinter ihnen.

Fafnir schloss zu Otur auf, eine Hand am Griff von Tyrfing, während er sich langsam den Helm überstülpte. Andvari konnte nicht erkennen, was die Fremde sah. Aber es jagte ihr offenbar einen Riesenschreck ein. Denn sie trat einen Schritt zurück und machte irgendetwas mit ihrem Schatten. Wie vergossene Tinte schwappte er über den Boden, breitete sich aus und *wuchs*. Bei Ivaldi, die Schatten wurden lebendig!

Daraus trat etwas hervor. Es war eine perfekte Kopie von ihr selbst, die sich neben sie stellte. Ein drittes Abbild huschte aus ihr heraus. Ein viertes und fünftes. Immer mehr und immer schneller verteilten sich die Abbilder im Raum, bis ein Dutzend Abbilder die Zwerge umzingelte.

Raunen. Andvari war ebenso gebannt von der fürchterlichen Gabe dieser Frau, die offenbar die Schatten nach ihrem Willen formen konnte.

»Zwerge!«, bellte Fafnir.

Stahl sirrte, als ein Dutzend Krieger die Waffen zog und auf die Abbilder richtete, die nun in Bewegung gerieten. Sie huschten umher, sprangen auf Quader, gegen die Wand, flitzten hier und dorthin, wodurch man nicht mehr sagen konnte, wo nun das Original war.

»Angriff!«

Flachbogen klapperten und Bolzen flogen umher. Einer schoss wirkungslos durch ein Abbild, als durchdränge es Nebel. Otur zog einen Knüppel und schlug nach einer Frau aus.

Ein schwarzes Seil peitschte aus dem Nichts und riss ihm die Waffe aus der Hand. Ein anderer Zwerg wurde am Arm von einem schwarzen Splitter durchbohrt, der sofort zu Dunst zerfaserte. Und gleich daneben gingen zwei Zwerge nieder, die schreiend von einem Schatten quer durch den Raum geschleift wurden.

»Wartet!«, rief Andvari.

Niemand hörte auf ihn. Überall flogen Bolzen, zuckten Waffen und flitzten Abbilder umher. Panik. Schreie. Chaos.

»Bitte!«, krächzte er und stolperte nach vorn. »Lasst uns reden!«

Eine Speerstange knallte ihm gegen den Kopf. Er klappte zusammen und schlug mit dem Schädel auf. Er blinzelte, rappelte sich auf und rieb sich den pochenden Hinterkopf. Verwundert sah er auf. Die Frau stand vor ihm und musterte ihn nachdenklich, während ihre Abbilder die Zwerge verwirrten.

»Du bist anders«, raunte sie.

Er langte nach seiner Krücke. Stöhnend wie ein alter Mann kämpfte er sich hoch. »Mein Name ist Andvari.«

»Ich bin Val. Du bist schwer verwundet.«

Er musste sich zwingen, nicht an seinem Hals herumzufummeln. Der Raum drehte sich verschwommen um ihn und er musste all seine Sinne beisammenhalten. »Val, hör zu. Das hier ist unnötig. Wir sind nicht gekommen, um zu kämpfen.«

»Sondern?«

»Der Hammer«, er zeigte auf Mjölnir, »mein Volk hat ihn geschmiedet. Deshalb sind wir hier. Wir wollen ihn zurück in unsere Welt bringen.«

Sie blickte zu den Zwergen, die wie wild geworden auf die Abbilder eindroschen. »Das sieht mir nicht danach aus.«

»Lass den Hammer entscheiden.«

»Wie?«

»Die Runen werden uns den Weg weisen.«

Ein Schwert durchbohrte sie und ihre Gestalt zerplatzte zu Nebel. Ein Abbild. Dahinter kam Fafnir zum Vorschein, Tyrfing auf ihn gerichtet. Der Prinz trug den Helm unter dem Arm und wirkte so zornig, wie Andvari ihn nie zuvor gesehen hatte.

»Fafnir?«

Der Prinz ritzte seine Hand und steckte das Schwert zurück. »Du willst reden?«, brüllte er. »Dann reden wir!«

Schlagartig zerfaserten alle Abbilder im Raum. Die Frau stand allein neben dem Hammer und musterte sie nachdenklich. Ein Dutzend Waffen schwenkte zu ihr, aber Fafnir hob die Faust und drängte sich nach vorn. Andvari stolperte hinter ihm her. Allmählich forderte die Reise sein Tribut. Er wusste, nein, er *spürte*, dass sie sich dem Ende neigte.

»Andvari soll sprechen!«, sagte die Frau.

Die Zwerge blickten ihn verwundert an. Otur und Reginn wirkten ungehalten, aber Fafnir bestärkte ihn mit einem Nicken vorzutreten. Andvari näherte sich dem Hammer und streckte seine Hand danach aus.

Es summte. Die Runen leuchteten und Funkenschläge rollten über die Waffe.

Er ließ die Hand sinken. Wieder und wieder wägte er ab, was er über Mjölnir gehört hatte, den Hammer, den Brokkr und Sindri für den ersten Zwergenkönig erschaffen hatten. Eine Waffe, die den Gerüchten nach Welten bewahren oder vernichten könnte.

»Warum ist Mjölnir hier?«, fragte er schließlich.

»Das weiß ich nicht«, sagte sie.

»Du weißt es nicht oder du willst es uns nicht sagen?«

»Er war schon hier, als die Gilde den Tempel bezog.«

»Gilde? Nennt man euch so?«

Sie schüttelte den Kopf. Alles an ihr war ausgerichtet wie ein gespannter Pfeil, bereit zum Zuschlagen. »Ich bin ein Mensch und ich gehöre zur Gilde der Assassinen, die dem Gleichgewicht zwischen Licht und Dunkelheit verschrieben ist. Ich bin …« Sie zischte leise. »Ich bin eine wahre Paladin.«

Ferner Donner.

Die Erinnerung an einen alten Mann. Andvaris Höhle. Eine Waffe. *Pling. Pling. Pling.* Immer wieder schlug er mit seinem Hammer zu und brachte das Schmiedestück in Form. Worte der Zuversicht. Runen. Paladin. Paladin. Paladin …

Andvari schreckte hoch, als Fafnir ihn an der Schulter packte.

»Hältst du noch ein wenig durch, alter Freund?«

»Ja.« Er fasste sich an den Kopf, als fürchtete er, dass dieser jeden Moment auseinanderfallen könnte. »Nur eine Erinnerung. Oder zumindest glaube ich, dass es das ist.« Er straffte sich. »Val, wo genau sind wir?«

Eine Furche erschien auf ihrer Stirn. »Im Tempel.«

»Nein, ich meine, wo sind wir *hier*?«

»Im Süden Méridors.«

»Was ist Méridor?«

»Ein Land im Weltenrund.«

Die Zwerge steckten die Köpfe zusammen und tuschelten. Das war der Beweis dafür, dass sie eine andere Welt betreten hatten. Bei Ivaldis Bart, was sagte dies nun über die Wurzel aus?

»Val«, sagte er mühsam beherrscht. »Gestattest du uns, den Hammer zu untersuchen?«

»Gestatten?«, blaffte Reginn mit hochrotem Kopf. »Der Hammer ist unser Eigentum! Unser Königsinsigne! Unser …«

»Reginn!«, rief Andvari. Er war selbst erstaunt, dass er es wagte, den Prinzen zu unterbrechen. »Bitte beruhigt euch alle! Wir kommen so nicht weiter.«

Val trat zur Seite.

Er nickte dankbar und forderte zuerst Reginn auf, den Hammer zu berühren, um zumindest die Wogen etwas zu glätten. Der Prinz trat vor und streckte die Hand nach dem Hammer aus. Seine Augen funkelten vor Gier.

Ein Funkenschlag.

Reginn zuckte zurück. Verwundert betrachtete er seine qualmende Hand, bis allmählich Erkenntnis seine Züge zeichnete. »Er verweigert sich mir?«, raunte er. »Ich soll nicht König sein?«

Otur klopfte ihm grinsend auf die Schulter und näherte sich mit weiten Schritten dem Hammer. Als er seine Hand nach dem Griff ausstreckte, summte Mjölnir so laut, als könnte er jeden Augenblick die Decke über ihnen wegsprengen.

»Ach, was soll's«, sagte Otur und wandte sich wieder ab. »Was interessiert mich irgendein altes Relikt?« Er nickte Fafnir zu. »Versuch dein Glück, damit wir uns wieder verpissen und Krieg spielen können. Kann's kaum erwarten, dir die Fresse zu polieren!«

Ein Moment der Stille entstand. »Was, wenn er mich auch verstößt?«, flüsterte Fafnir.

»Dann ist es so«, erwiderte Andvari.

»Das kann ich nicht akzeptieren. Ich kann das einfach *nicht*!«

»Warum nicht, alter Freund?«

Fafnir legte seinen Helm an. Sein Seufzen klang gedämpft unter dem furchterregenden Visier. »Weißt du, wie man mich unter der Hand nennt?«

»Hör zu, ich …«

»Wie nennen sie mich?« Kalt, tonlos, dumpf. War das noch der Prinz, dem sein Volk am Herzen lag?

»Schwarzer Drache.«

Für eine Weile sagte Fafnir nichts. Dann stapfte er zu dem Hammer, der lauter und lauter summte, je näher er kam. Funken knallten. Ein Schlag traf ihn vor die Brust und hinterließ eine qualmende Stelle auf seinem nachtschwarzen Panzer. Unbeirrbar ging der Prinz weiter, bis er den Griff umschloss.

Und zog.

Plötzlich stand die Luft unter Spannung. Das Summen wurde schmerzhaft laut. Der Boden bebte. Die Wände wackelten. Staub rieselte aus der Decke.

Der Prinz zog, stieß wilde Laute aus, während er in Funken gebadet wurde.

Aus dem Augenwinkel bemerkte Andvari Gestalten, die sich aus den Schatten lösten. Es waren Dutzende und sie waren alle wie Val gekleidet. Finstere, schattenhafte Wesen, die nur darauf warteten, ihre Klingen einem Zwerg ins Herz zu stoßen.

Immer noch riss Fafnir wie verrückt am Hammer. Der Helm und die Schlachtrüstung ließen ihn wie eine Sagenkreatur erscheinen: ein schwarzer Drache.

»Fafnir!«, rief Andvari gegen das Summen und Krachen. »Lass los!«

»Nein!«, brüllte der Prinz. »Er ist mein! Mjölnir gehört *mir*!«

Mit zusammengebissenen Zähnen kämpfte Andvari sich zu ihm. Das Beben wurde stärker, als entfaltete der Weltenhammer all seine Macht, um den Prinzen davon abzuhalten, ihn zu tragen.

Andvari blieb neben ihm stehen, schauderte, zitterte, kämpfte gegen die Schwäche. Er fasste seinen Freund am Arm. Der Prinz schaute ihn an. Die Rune an seinem Helm leuchtete.

Und dann erkannte Andvari endlich, wer Fafnir wirklich war. Das war kein fürsorglicher Zwergenprinz. Das war kein Thronerbe, der sein Volk einen wollte. Sondern ein machthungriges Ungeheuer.

Fafnir stieß ihn weg. Doch Andvari nahm all seinen Mut zusammen und packte ihn wieder am Arm. »Du *musst* loslassen!«

»Fass mich nicht an, Feigling!«

»Mjölnir will nicht, dass du ihn trägst!«

»Er wird mir gehorchen!«

»Nein, er wird …«

Ein Knall. Ein Blitz.

Die Welt versank in einem Strudel aus Helligkeit und Lärm. Als Andvari wieder zu Bewusstsein kam, lag er am Boden, eine Hand nach der Krücke ausgestreckt, und neben ihm der Prinz, dessen Rüstung dampfte und qualmte, als wäre eine Höllenglut darunter entfacht. Sie war ein wenig geschmolzen und Widerhaken standen an Schultern und am Helm ab wie der Knochenkamm eines Drachen.

Zwerge halfen dem Prinzen hoch. Er wollte den Helm abziehen, aber es gelang ihm nicht. Die Zwerge zogen und zogen und Fafnir stieß rasselnde, unzwergische Laute aus, als wäre er nun wahrhaft zu jenem Ungeheuer geworden, das man ihm nachsagte. Der Helm steckte fest, war offenbar mit seinem Fleisch verwachsen.

Andvari musste sich selbst auf die Füße wuchten. Als er zu dem Hammer sah, war wieder alles zuvor. Weder summte er noch leuchteten Runen oder Funken schlugen aus.

»Lasst mich los!«, brüllte Fafnir und die Zwerge wichen zurück. Er baute sich vor Andvari auf. »Erkläre es mir!«

»Er will nicht mit dir kommen«, sagte Val aus dem Hintergrund.

»Das ist eine Lüge!«

»Der Hammer hat gesprochen, Prinz.«

»Das bedeutet KRIEG!«

»Fafnir«, raunte Andvari schwach. »Bitte, wir müssen jetzt einen kühlen Kopf ...« Ein langsames, kaltes Brennen breitete sich in seiner Brust aus. Verwundert betrachtete er die Klinge, die ihn durchbohrt hatte. Tyrfing. Das Schwert, das Fafnir langsam aus ihm herauszog. Andvaris Krücke klapperte auf dem Boden. Der Schock verdrängte den Schmerz.

»W-warum?« Er keuchte.

»Du weißt, warum.«

Verzweifelt krallte er sich an der Rüstung des Prinzen fest. Sein Hemd sog sich bereits mit Blut voll. Jetzt fragte er sich, wie er es die ganze Zeit nicht hatte kommen sehen. Er verstand auf einmal alles.

»Du warst das!«

Fafnir schwieg.

»Dein Hunger ... deine Gier ... dein Zorn ... Du hast Hreidmar ...«

Der Prinz hielt ihm den Mund zu und beugte sich zu seinem Ohr. »Hreidmar war schwach. Meine Brüder sind schwach.« Fafnir verpasste ihm einen Stoß. Andvari stolperte nach hinten und knallte auf den Rücken. Fafnir trat über ihn. Grausam sah er auf ihn herab, als hätte nie eine Verbindung zwischen ihnen existiert.

»Du warst nie wie wir, Andvari. Du weißt nicht, was es heißt, ein Zwerg zu sein.«

Andvari rang nach Atem. »D-du wolltest nur ... an meine Meisterstücke. Tyrfing. Aurvangar. Gleipnir.«

Sirrend glitt das Schwert aus der Scheide. »Deine Dienste werden nicht länger benötigt, Runenschmied.«

Die Luft pfiff und blubberte durch seine Kehle. »*En dvergrinn mælti, at sá míns skyldi vera hverjum höfuðsbani, er ætti.* Aber der Zwerg sprach, dass der Schatz jedem den Tod bringen solle, der ihn besitze.«

Fafnirs Augen hinter den Visierschlitzen wurden dunkel und hart wie Obsidian, als er die Klingenspitze auf Andvaris Brust anlegte und so kalt und rau sprach, als wäre der wahre Prinz zum Vorschein getreten. »Ich werde zurückholen, was mir gestohlen wurde, und alle richten, die es wagten, unser Volk zu spalten! Dies ist der Schwur des schwarzen Drachen!«

Er drückte zu. Andvari spürte kaum, wie Tyrfing seine Brust durchstieß. Alles in ihm war betäubt.

»Kehre zurück in den Stein, Andvari.« Fafnir steckte das Schwert zurück, wandte sich ab und ging zu seinen Brüdern, die bereits wieder zu der Regenbogensäule getreten waren. Ein letztes Mal funkelte er Val an, die all das regungslos beobachtet hatte. »Wir werden mit einer Armee zurückkehren, Mensch. Euer Blut wird fließen und eure gesamte Welt tränken! Dies ist mein Schwur!«

»Wir werden euch erwarten, Zwerg.«

Andvari robbte herum, kroch über den Boden, kratzte sich die Fingernägel blutig.

Verraten ...

Er wollte zu den Zwergen zurückkehren, doch niemand achtete auf ihn.

Verraten ...

Der Ring kullerte aus seinem Schurz; der Ring, der übrig geblieben war. Die Runen darauf leuchteten. Mit letzter Kraft schloss er seine Finger darum und legte ihn auf seine Brust.

Verraten …

Die Runen pochten im Takt seines Herzens. Er stimmte sich darauf ein, ließ sich darauf tragen wie ein Blatt auf einem Fluss.

»Ich erschaffe und binde«, flüsterte er das Ideal. »Ich schmiede das Band und besiegle es mit meinem Schwur.«

Naher Donner.

Irgendetwas geschah, das sich seinem Verstand entzog. Zwei Ideale. Worte von einer Intensität, wie er sie nie zuvor wahrgenommen hatte.

Sein Herzschlag wurde langsamer. Es wurde zu einem Rauschen, das ihn mitnahm. Das war das Ende. Seine Geschichte war vorbei. Das war der Tod.

Oder nicht?

Kurz klärte sich sein Blick und er hielt den Ring vor sich. Draupnir sah anders aus. Dort, wo Zwergenringe sonst kantig und wuchtig waren, war dieser weich und … *vorsichtig?*

Ein anderer Ring.

Sein Ring.

Andvari hielt ihn an seine Lippen und ließ sich vom Band der Runen durchströmen. »Andvaranaut …«

Mit einem Ruck wurde er fortgezogen und alles um ihn wurde schwarz. Aber in dieser Schwärze und der Stille gab es ein Licht wie am Ende eines endlos weit entfernten Tunnels voller Schatten.

Andvari schloss die Augen …

… und Andvaranaut nahm seine Seele auf.

Der Ring kullerte aus der schlaffen Hand, polterte über den Boden, vorbei an Zwergen, die in die Säule traten. Er rollte weiter und weiter und stieß gegen einen Stiefel.

Fafnir bückte sich, wollte nach Andvaranaut greifen, aber der Ring wusste, dass der Prinz ihn nicht bekommen durfte. Die drei Brüder führten die Fehden fort und würden niemals Frieden erfahren. Sie würden ihr Volk in einen weiteren Krieg führen, bis alle Welten im Blut ertranken.

Denn der größte Fluch der Zwerge war ihre Gier.

Andvaranaut glitt zwischen den zuschnappenden Fingern hindurch und ließ sich vom farbigen Licht umfangen.

Dann fiel er.

Niemand bekam es mit. Niemand erkannte, dass etwas so Unscheinbares wie ein Ring ein großes Geheimnis umgab.

Andvaranaut fiel in das Licht hinein, drehte und drehte sich immer wieder.

Etwas fing ihn auf; es bewahrte ihn davor, zwischen den Welten zu verschwinden. Ein Quieken und Keckern ertönte, dicht gefolgt von seltsamen Kratzgeräuschen.

Der Ring wurde angehoben. Zwei Knopfaugen musterten ihn neugierig. Kurze Schnauze. Kleine Finger. Zerzaustes Fell.

Andvaranaut konnte nicht sehen. Er besaß weder Sinne noch Körper. Doch er verfügte über ein Bewusstsein, das mit den Runen verbunden war – und dadurch mit allem, was sie durchströmten und miteinander verbanden.

Es war keine Sprache, nicht einmal ein Wort, das das Wesen an ihn richtete. Andvaranaut verstand, wie es seinen Namen sagte und welche Bürde damit einherging.

Das Wesen hangelte sich die Wurzel hinauf und flitzte immer weiter nach oben; es ließ alles hinter sich zurück, kletterte höher und höher zu einer Welt fern seiner Vorstellungskraft.

Der Zwerg war gestorben. Aber der Runenschmied war neu geboren.

In Andvaranaut.

Dritter Teil

Wie ein Eichhörnchen flucht

Obwohl Runa wusste, dass sie sich erholen sollte, wälzte sie sich seit Stunden in der Decke herum. Sie zermarterte sich den Kopf, überlegte, brütete, zerkaute die Gedanken, bis sie nur noch Schnipsel waren.

Nekromantin.

Das Wort geisterte in ihrem Kopf herum. Das Palindrom hatte das für sie so vorgesehen – was auch immer das sein sollte. Das bedeutete, dass sie wie Vater war. Sie war wichtig.

Uhm, und jetzt?

Aus einer dunklen Ecke der Höhle heraus beobachtete sie jemand. Schon vor einer Weile hatte sie begriffen, dass sie als Einzige die Frau sehen konnte. Als sie Sindri danach gefragt hatte, hatte der sie völlig schockiert angeschaut, und Brokkr hatte etwas von *verrostetem Feigling* gemurmelt. Eigentlich sollte sie sich fürchten, aber das war nicht der Fall.

Immerhin war es nicht ihre erste Begegnung mit einem Geist.

Als sie es nicht mehr aushielt, kämpfte sie sich aus der Decke, stand vorsichtig auf und schlich auf Zehenspitzen zu der Frau, die sie freundlich anlächelte. Dabei vergewisserte sie sich, dass Vater nichts mitbekam. Tat er nicht, denn er schlief tief und fest wie ein Stein. Also musste er *wirklich* erschöpft sein. Denn obwohl er niemandem traute, hatte sich dennoch entschieden, im Beisein der Zwerge in der Höhle zu übernachten. Er hatte sich während der Reise verändert. Zumindest ein klein wenig.

»Hallo«, flüsterte Runa. »Wer bist du?«

Das Erste, was ihr an der Frau auffiel, war, dass sie schön war – schön auf eine Art und Weise, wie sie es nur in Alfheim erlebt hatte. Ihre Ohren waren spitz, ihr Gesicht makellos, ihr dunkles Haar fiel wie ein Wasserfall über ihre Schultern und sie war sehr groß. Außerdem war ihr durchscheinender Körper von einem malachitfarbenen Licht erfüllt. Ein Nachteil der Gabe war allerdings, dass Runa zwar manchmal ein Flüstern hörte, aber die Geister, die sie traf, nicht verstehen konnte. Oder sie wollten nicht mit ihr reden. Das alles war jedenfalls sehr verwirrend.

Lächelnd schwebte die Frau aus der Höhle und winkte sie heran. Runa blickte zu Vater und den Zwergen – Brokkr schnarchte so laut, als holzte er einen ganzen Wald ab. Dann huschte sie aus der Höhle ins Freie. Das Licht blendete sie kurz. Hier draußen war alles wieder grau. Vielleicht, wenn sie ein weiteres schwarzes Prisma fand, könnte sie alle Farben zurückbringen.

»Du gehst?«

Sie fuhr zusammen. Sindri stand nur drei Schritt entfernt am Höhleneingang und rang unsicher die Hände. »Und wenn?«, flüsterte sie.

»Wo willst du hin?«

»Fort. Ich weiß nicht wieso.«

Er nickte verständnisvoll. »Diese Welt ist gefährlich. Pass gut auf dich auf.«

»Keine Sorge, ich bin bereit.«

Er trat bedächtig näher. »Du kannst sie sehen, nicht wahr?«

Runa blickte nach drinnen. In der Höhle war wieder alles voller Farbe, seitdem sie das schwarze Prisma zerstört hatte. Oder befreit hatte. Das alles war jedenfalls sehr verwirrend. »Schon immer. Ich habe nur nie darauf geachtet.«

Sindri nickte immer wieder, als müsste er sich selbst überzeugen. »Warte kurz!« Er schlich in die Höhle zu seiner Würfelschmiede und verschwand kurz darin. Als er zurückkehrte, hatte er ein Bündel auf dem Arm, das er ihr hinhielt.

»Was ist das?«, fragte sie verwundert.

»Ein Geschenk.«

»Für mich?«

Er nickte zögerlich. »Für dich.«

Sie nahm es entgegen und breitete es aus. Das Bündel war ein schwarzer, weiter Mantel, der so verschlissen war, dass sie sich fragte, ob Sindri ihn einem Bettler geklaut hatte. Aber er roch nicht so schlecht, wie sie erwartet hatte. Fragend hielt sie den Mantel hoch.

»Du musst ihn natürlich anziehen, Runa.«

Sie schlüpfte hinein. Der Mantel war viel zu weit und die Fetzen, Bänder und Quasten hingen in einem wirren Knäuel schlaff zu Boden. Sindri nickte immer noch, als er die langen Stofftücher um ihre Schulter und Brust wickelte, einige Bändel um ihre Arme festzurrte und den Mantel so anlegte, dass er überhaupt nicht mehr zu weit anlag. Runa hob die Arme, bewegte sie, drehte sich und machte einen Ausfallschritt, als hielte sie Vaters Speer in der Hand. Der Mantel störte bei keiner Bewegung, auch wenn sie keine Ahnung hatte, warum er so seltsam geschnitten war.

Sindri trat zwei Schritte zurück. »Wie für dich gemacht. Er ist noch ein bisschen zu groß, aber du wächst schon irgendwann rein.«

Runa zupfte an dem dunklen Stoff. »Danke, Sindri«, murmelte sie verlegen.

»Nichts zu danken. Eine Nekromantin braucht doch einen waschechten Mantel.«

»Woher hast du ihn?«

»Wir waren in deiner Welt in einige Sachen verwickelt, aber das ist ja unzweifelhaft egal, oder?« Er hüstelte. »Gib auf dich acht. Aber du weißt, dass dein Vater es nicht verstehen wird, oder?«

Sie seufzte. »Erklärst du's ihm?«

»Ich kann es versuchen. Jetzt geh!«

Sie nahm Sindri in eine stürmische Umarmung und hauchte ihm einen Kuss auf die bärtige Wange. Dann rannte sie davon. Ihr Blick war zu dem umgedrehten Trichter in der Ferne gerichtet. Ihr Ziel. Der Grund, weshalb das Land so trist und verloren war.

Der Geist erwartete sie ein Stück weiter. Als die Frau sie entdeckte, huschte sie durch Geäst und blätterlose Zweige, entlang eines staubigen Pfades. Runa überlegte kurz, ob das nicht eine richtig dumme Idee war, ihr zu folgen. Aber taten das die Helden der alten Geschichte nicht auch immer? Wagemutig in ein Abenteuer aufbrechen, ohne Gewissheit, wo sie am Ende ankamen?

Sie kämpfte ihre Vorbehalte nieder und folgte dem Geist. Je weiter sie sich in den Wald vorwagte, desto lauter wurden die Stimmen, die sie seit ihrer Ankunft umschwirrten. Sie flüsterten, manchmal schrien sie sogar.

»Hilf mir!«

»Es gibt keine Erlösung. Es gibt keine …«

»Wir wissen, dass du uns hörst …«

»Lass uns raus!«

»Vertraue uns …«

Runa schüttelte den Kopf. Diese Welt war voller Trauer und Tod. Vater konnte es nicht spüren, denn er besaß nicht dieselbe Gabe wie sie. Es fühlte sich an, als wäre sie in ein Hügelgrab gelangt, in dem es kaum noch Hoffnung, Freude und Leben gab. Die Elfen verstanden nicht einmal, dass sie mit dem Krieg ihre eigene Auslöschung vorantrieben. Das, was sie am meisten beschützen wollten, vernichteten sie selbst. Mutter hätte es ebenfalls gespürt …

Ein Kloß steckte in Runas Hals fest. Sie schluckte, bekam ihn nicht runter, und stieß einen Fluch aus. Vater hätte sie für diese Schwäche gemaßregelt. Sie musste stärker sein und sich die Wahrheit endlich eingestehen. Mutter war tot!

Aber warum hörte sie dann manchmal ihre Stimme?

Sie eilte der Frau hinterher und versuchte, sich den Pfad zu merken. Es wäre nicht das erste Mal, dass ein Geist sie in die Irre führte. Aber natürlich erzählte sie Vater nichts davon.

»Er hört mir nie zu!«, murmelte sie und kletterte auf einen Felsen, der wie eine Insel aus dem Waldmeer ragte. Von dort sprang sie auf eine Säule, hangelte sich dort entlang, packte einen Ast und schoss wieder nach unten. Sie traf auf, rollte über die Schulter ab, sprang hoch und huschte weiter.

Kichernd jagte ein Schemen an ihr vorbei. Ein anderes tauchte direkt vor ihr auf und sie ging einfach hindurch. Als drei weitere sie umschwirrten, blieb sie stehen und funkelte diese an. Erst als sie sich mehr auf die Schemen konzentrierte, wurden daraus Wesen, die sich nach und nach klärten wie ein beschlagenes Fenster.

»Was?«, zischte sie.

Kichernd huschten die Geister weiter.

Wozu diese Gabe, wenn sie nicht mit den Toten sprechen konnte? Da musste doch mehr dahinterstecken! Auf der Waldlichtung vor ihrer Hütte hatte sie ja auch *irgendetwas* getan.

Die Geisterfrau wartete ein Stück weiter vorn auf sie. Dort endete der Pfad vor einer schroffen Kante, hinter der sich eine schwindelerregende Schlucht erstreckte. Allerdings ragten baumdicke Wurzeln aus dem Boden und bildeten eine Brücke, die von überwachsenen Steinringen festgehalten wurde. Wie eine riesige Kette, die über den Abgrund reichte und sich in dunstigem Nebel verlor.

Runa schaute zurück. Die Höhle konnte sie längst nicht mehr entdecken. Vater wäre bestimmt enttäuscht, wenn sie einfach verschwand. Aber aus irgendeinem Grund spürte Runa, dass sie das hier tun musste. Es war wie ein Ruf, der sie fortlockte.

Ihre eigene Heldenreise.

»Vielleicht muss ich das tun?« Sie zog ihr Messer. »Vielleicht muss ich fortgehen, um besser zu werden? Bloß eine Weile, um, uhm, ich weiß es nicht.«

Die Frau winkte sie näher. Sie war nicht mehr allein. Eine Gruppe anderer Geister umgab sie, wandte sich ab und schritt die Wurzelbrücke entlang. Mehr und mehr Geister – so viele, dass Runa längst sie nicht mehr zählen konnte.

Sie atmete tief durch und folgte den Geistern.

***

Je weiter Runa der eigenartigen Wurzelbrücke folgte, desto unruhiger wurde sie.

Achte auf deine Umgebung. Atme. Lausche. Rieche. Sehe. Spüre. Vaters Lektionen waren ihr in Fleisch und Blut übergegangen. Ein wahrer Jäger verlor nie sein Ziel aus den Augen. Bloß wusste sie noch nicht, was überhaupt ihr Ziel war.

Inzwischen hatten sich so viele Geister ihrem Tross angeschlossen, dass Runa keinen Zweifel mehr am Sinn ihres Abenteuers hatte. Vielleicht war sie eine Ausreißerin, aber sie musste das tun. Nicht nur für Vater. Auch für Mutter.

Der Nebel um sie verblasste allmählich und nun konnte sie mehr von ihrer Umgebung ausmachen. Sie befand sich immer noch auf der gewundenen Wurzel, jedoch waren der umgekehrte Trichter und die Waldmeere fort. Wohin sie auch schaute, wanden sich mächtige Äste, Zweige und Wurzeln, so viele, so dicht aneinandergedrängt, umeinander- und ineinanderverwickelt, dass Runa kaum aus dem

Staunen herauskam. Es war wie eine andere Welt hinter der Wirklichkeit, die sich innerhalb eines weiten Nichts erstreckte. Und je weiter sie wanderte, desto mehr begriff sie, dass sie nicht mehr in Alfheim war. Oder nicht *wirklich*. Die Wurzel, der sie folgte, war Teil des Weltenbaums.

Sie war *in* der Krone des Weltenbaums!

Dieses Astwerk, dieser Baum, dieses urgewaltige Ding war so gigantisch, dass sie keine Worte dafür fand. Als sie an den Rand schlich und nach unten blickte, kam sie sich wie ein Insekt vor. Der Baum war endlos.

»Wo wollt ihr hin?«

Die Geister zogen weiter; einige von ihnen verblassten allmählich oder nahmen andere Wege, die von ihrem Ast abzweigten. Runa ließ sich von ihrem Gefühl leiten und folgte dem Pfad ins Ungewisse. Irgendetwas an diesem Ort war seltsam. Das hatte nichts damit zu tun, dass er genau genommen nicht existieren dürfte und sich allem entzog, was sich der begrenzt menschliche Verstand überhaupt vorstellen konnte. Denn der Baum war *wirklich* verwirrend! Es war etwas anderes. Etwas, das sich unter alldem verbarg.

Etwas Böses.

Runa lauschte angestrengt und setzte jeden Schritt mit Bedacht. Auf einmal kam ihr der großartige Einfall gar nicht mehr so großartig vor. Was hatte sie sich nur dabei gedacht?

Sie wurde langsamer, während ihre Zweifel allmählich überhandnahmen. Wie sollte sie noch einen Weg zurückfinden? Wohin lief sie überhaupt? Hatte sie sich nicht geschworen, Alfheim zu retten und jetzt ging sie einfach fort?

Sie blieb stehen und blickte zurück. Erst dann fiel ihr auf, dass etwas fehlte. Wenn sie im Weltenbaum war und Alfheim verlassen hatte, sollte es hier nicht … Farbe geben?

Reiß dich zusammen!

In einem langen Atemzug schöpfte sie nach all ihrem Mut und nahm den Weg ins Ungewisse wieder auf sich.

»Du hast echt Mumm, Kleine.«

Wie angewurzelt blieb Runa stehen. Sie schaute sich um, aber da war niemand.

»Nicht da! Hier oben!«

Angestrengt spähte sie hinauf. Dort oben war nichts außer demselben wirren Geäst. Nein, das stimmte nicht ganz. Zwei Knopfaugen in einem struppigen Gesicht blickten ihr aus dem Zwielicht entgegen.

»Hast du gerade mit mir gesprochen?«

»Siehst du noch jemand anderen hier, Kleine?«

»Uhm, nein.«

»Dann werde ich das wohl gewesen sein, was?« Das struppige Etwas machte einen Riesensatz zu einem anderen Ast, drückte sich von dort ab und flitzte einen Zweig hinab. Nur drei Schritt über ihr setzte sich das Etwas auf die Hinterpfoten, wobei die Schnurrhaare im spitzen Gesicht aufgeregt zitterten. Es war gerade einmal so groß wie ihre Hand und das Fell war zerzaust und struppig. Außerdem trug es eine Tasche quer über der Brust.

»Ein Nagetier!«, flüsterte Runa erstaunt.

»Nagetier?«, blaffte das Tier und verschränkte die winzigen Hände vor der Brust. »Sag das noch mal, Kleine!«

»Du kannst sprechen?«

Es zeigte auf seinen Mund. »Meine Lippen bewegen sich und Worte kommen heraus. Nennt man wohl sprechen, oder?«

»Du bist lustig, Nagetier.«

»Weißt du, was dieser lustige Scherzkeks tut, wenn du ihn noch mal Nagetier nennst?« Er fauchte und keckerte. »Dir in den Arsch treten!«

Verwundert kippte sie den Kopf von einer Seite zur anderen. »Entschuldige, bitte. Du bist ein Eichhörnchen, oder?«

»Ich bin *das* Eichhörnchen!« Er richtete sich auf den Hinterpfoten auf und streckte die Brust raus. »Ratatösk.«

»Ratawas?«

»Tösk! Ratatösk! Du darfst dich geehrt fühlen.«

Sie kicherte. »Tue ich. Wirklich. Warum kannst du sprechen?«

»Warum kannst du es?«

»Ich bin ein Mensch.«

»Und ich bin ein Eichhörnchen. Hat man dich nicht gelehrt, dass man Eichhörnchen mit Respekt behandeln soll?«

Runa verbeugte sich vor ihm. »Entschuldige bitte, großer Ratatask.«

»Ratatösk!« Er griff sich an die Stirn und schüttelte den Kopf. »Egal! Du solltest nicht hier sein, Kleine. Wenn ich du wäre, würde ich die Füße in die Hand nehmen und mich ganz schnell verpissen.«

»Ich habe aber eine wichtige Aufgabe.«

»Sicher!« Er flitzte auf ihren Weg und verschränkte wieder die Hände vor der Brust. Dabei beobachtete er sie. »Wie hast du hierhergefunden?«

»Die Geister haben mich geführt.«

Er kniff die Augen zusammen. »Du bist also eine von *denen*.«

»Denen?«

»Das ... hm ... Das ist kein Zufall. Hör zu, Kleine!« Er hob belehrend einen Finger. »Hier fliegt uns gerade alles um die Ohren. Der Nidhögg war schon immer ein Mistkerl, aber seit Yggdrasil infiziert wurde, verhält sich seine Brut merkwürdig. Das heißt, merkwürdiger als sonst. Ich meine, der Adler ist ein überheblicher Drecksack, aber der Nidhögg ...« Er schüttelte den Kopf. »Jedenfalls solltest du nicht hier sein. Wenn der Gehörnte erfährt, dass du ...«

Ein Widerhall schnitt wie eine eiskalte Klinge in Runas Verstand. Sie hielt die Hände an die Ohren und taumelte, aber es war kein richtiges Geräusch. Nicht einmal ein Wort. Es war eher ein Gefühl, dass eine Veränderung in der Luft lag. Sie versuchte, sich an etwas festzuhalten, aber da war nichts. Ihre Knie wurden ganz weich, während der Widerhall tiefer in ihren Verstand drang.

»Verflixt!«, rief Ratatösk und huschte einen Ast hinauf. »Wenn dir dein Leben lieb ist, dann hau ab, Kleine!«

»W-was ... Was passiert hier?«

»Die Kacke ist ordentlich am Dampfen! Mach, dass du hier ...« Eine Wurzel brach aus dem Ast, auf dem das Eichhörnchen hockte, und wickelte sich um ihn; wie ein Seil zurrte es sich um seinen Körper fest und hinderte ihn an der Flucht.

Der Boden erwachte; zwei Wurzeln wuchsen daraus hervor, wickelten sich blitzschnell um Runas Beine und hielten sie fest. Sie zerrte wie verrückt daran herum, aber je mehr sie sich wehrte, desto fester zurrten sie sich, bis sie sich nicht einmal mehr bewegen konnte.

Ein Rankenwuchs spross vor ihr aus dem Untergrund und verästelte allmählich zu einer menschenähnlichen Gestalt. Das Gesicht bestand aus Zweigen und Blättern, ein gewundenes Geweih wie das eines Hirschs wuchs aus der Stirn und das zweigenhafte Gesicht zierte ein breites Grinsen.

»Waschbär«, erklang eine uralte, blasse Stimme, wie Wind, der durch eine geborstene Kiefer fuhr. »Hier versteckst du dich also.«

»Ich bin ein Eichhörnchen, Wurzelfresse!«

Die Wurzelgestalt hob abwehrend die Hände und marschierte auf das Eichhörnchen zu. »Oh, da ist aber jemand kratzbürstig!«

»Komm doch her und ich zeige dir …« Ratatösks Worte rissen ab, als eine Ranke sich um seinen Mund wickelte. Auf eine nachlässige Geste der Wurzelgestalt wurde er nach unten gehoben und neben Runa abgesetzt, die sich immer noch nicht bewegen konnte.

»Glaubst du etwa, du kannst einfach tun und lassen, was du willst, Wiesel? Glaubst du, ich habe nicht bemerkt, wie du alle gegen mich aufhetzt? Wie du von der Krone zu den Wurzeln huschst und Lügen verbreitest?«

»Hmhmhm …«

Die Ranke um Ratatösks Gesicht löste sich. »Was?«, fragte die Wurzelgestalt.

»Ich sagte, du bist nichts weiter als ein Geschwür, Cernunnos! Du machst Yggdrasil krank! Du machst die neun Welten krank! Du krankes Arschloch!«

Die Gestalt beugte sich zu ihm. »Ich bin die Erlösung, Ratte. Denn ich bewahre das Mythische und wasche die Welt rein. Deshalb kann ich es leider nicht zulassen, dass du weiter Lügen über mich verbreitest und die Bewohner des Weltenbaums gegen mich aufhetzt.«

Ratatösk wackelte mit den Schnurrhaaren. »Lustig. Du glaubst auch noch an deinen Schwachsinn.«

Cernunnos breitete die Arme aus, die länger und länger wurden, sich um die zahllosen Äste und Wurzeln wickelten, damit verwuchsen und sich immer mehr ausbreiteten. »Ich bin überall!«

»Friss Scheiße, Hackfresse!«

Cernunnos' Gesicht verfinsterte sich. Er machte eine Geste und die Ranken surrten sich wieder um das Eichhörnchen fest – fester und fester, bis es quiekte.

»Hör auf!«, schrie Runa.

Er hielt inne. »Und wen haben wir denn da?«, fragte er fröhlich und näherte sich ihr. »Ein Mensch im Weltenbaum. Ein Mädchen, das …« Er unterbrach sich. Seine Gestalt zerfiel plötzlich. Innerhalb eines Wimpernschlags wickelten sich wieder zahllose Ranken vor ihr zusammen und verästelten zu einem Gesicht. »Interessant. Du bist eine von ihnen. Eine wahre Paladin.«

»Sie ist unwichtig!«, rief Ratatösk. »Nimm mich! Nimm …«

»Ich habe dich bereits in meiner Gewalt, Hamster.«

»Nenn mich nicht so, sonst …«

Cernunnos wirbelte zu ihm herum. »Sonst?«

Runa blickte sich um. Seltsamerweise war ihr Herzschlag ganz ruhig. Sollte sie nicht aufgeregt sein oder in Panik geraten? Aber aus irgendeinem Grund breitete sich in ihr ein Zustand der Klarheit aus. Als wäre die Situation so gekommen, wie sie hätte kommen müssen. Denn ein paar Schritt entfernt standen wieder einige der Geister, darunter auch jene, die sie hierhergelockt hatte. Sie lächelten ihr zu und wichen langsam zur Seite.

Aus ihrer Mitte trat eine Frau hervor. Ihr Haar war schulterlang und ihr Gesicht schmal. Sie war nicht sehr groß, aber Runa hätte sie unter tausend anderen Menschen wiedererkannt.

Mutter.

Tränen brannten in Runas Augen. Sie zitterte und konnte gar nicht mehr aufhören.

Mutter lächelte. »Du musst kämpfen, mein Liebes.«

»Ich … kann nicht.«

»Dein Vater braucht dich. Ohne dich findet er keine Hoffnung mehr.«

»Er versteht mich nicht. Er weiß nicht …«

»Deshalb musst du umso stärker für euch beide sein.«

Mutter kam näher, während ihre durchscheinende Gestalt ein wenig kräftiger wurde. »Du besitzt meine Gabe.«

»Sie ist ein Fluch.«

Mutter berührte sie zärtlich an der Wange. »Suche das Licht, meine Tochter. Sei das Licht.« Sie wandte sich ab und schwebte davon.

»Ich ... schaffe das nicht ohne dich, Mutter!«

Mutter lächelte sie ein letztes Mal über die Schulter an. »Du bist stärker, als du glaubst. Lausche dem Lied der Toten. Es wird dir zeigen, was du tun musst.«

Damit verschwand sie und an ihre Stelle trat Cernunnos, der sie merkwürdig musterte.

»Mit wem hast du gesprochen, junger Mensch?«

Runa wollte ihm antworten, als sie etwas Seltsames bemerkte. Das Lied, das sie die ganze Zeit gehört hatte, hatte sich verändert. Es umschwirrte sie, führte sie, zeigte ihr, was sie tun musste. Wo eben noch nichts gewesen war, bestand auf einmal eine Verbindung zu allem in ihrer Umgebung. Der Baum, die Äste, Zweige und Wurzeln – all das war erfüllt von Leben. Von einem Geist. Und sie brauchte sich nur darauf konzentrieren und sich davon durchströmen lassen.

Es war nicht mehr, als zöge sie einen Nagel aus einem Holzbrett, als sie das, was die Ranken mit Leben erfüllte, befreite. Sie ließ es einfach geschehen, musste sich kaum darauf konzentrieren.

Ätherischer Nebel löste sich aus den Ranken und sie erschlafften wie ein Schlauch, dem alle Luft entwichen war.

Cernunnos blickte sie völlig verdattert an. Ehe er sich berappeln konnte, griff Runa nach seinem Gesicht und wiederholte das, was sie eben getan hatte. Wieder entstieg ihm ätherischer Nebel und seine Gestalt zerfiel zu unzähligen Ranken.

Keine Zeit nachzudenken! Runa bückte sich, befreite ein sichtlich erstauntes Eichhörnchen aus seinem Gefängnis und blickte sich suchend um.

»Kneif mich mal in meine haarige Backe, Kleine! Bist du echt?«

Sie tastete sich ab und grinste. »Fühlt sich jedenfalls so an.«

In einem Anfall von Wut trat er auf die erschlafften Ranken ein, schickte sie über den Pfad in die Tiefe und schüttelte sich dann wie ein nasser Hund. »Brrrr! Fäulnis auf meinem schönen Fell!«

»Wer war das?«

»Der Grund, warum die neun Welten ins Chaos stürzen. Der Gehörnte. Cernunnos, oder zumindest das, was von ihm übrig geblieben ist, nachdem er den Baum infiziert hat. Ich sollte …« Er hielt inne und spitzte die Ohren.

»Was?«, fragte sie.

»Hörst du das?«

Runa lauschte. Da war eine Stimme, fern und schwach, aber doch klar hörbar. Sie kniete sich zu ihm und griff nach seiner Umhängetasche.

»He!«, rief er und zog sie ihr weg, aber Runa hielt unnachgiebig die Hand hin. »Meinetwegen!«, murmelte er und zog einen Ring aus der Tasche, um den die Umgebung flimmerte; sie bog und krümmte sich wie die Luft in der Sommerhitze. Und das Wichtigste: Sie war erfüllt von Farben, als existierte der Ring in einer Blase.

Als sie den Ring mit ihren Fingerspitzen berührte, traf es sie wie ein Schock. Ein zweites Bewusstsein breitete sich in ihr aus – so sehr von Trauer und Schmerz erfüllt, dass sie den Ring sofort wieder loslassen wollte …

›*Warte!*‹, erklang eine ferne, blasse Stimme, wie ein Echo.

Sie nahm den Ring auf und betrachtete ihn verwundert. In ihrer Hand wirkte er völlig verloren. »Hast du eben gesprochen?«

›*Mir ist bewusst, dass das jetzt sehr verrückt klingen mag*‹, sagte die Stimme in ihrem Kopf. Die Ringstimme. Das alles war wirklich sehr verwirrend.

Runa hielt ihn mit zwei Fingern hoch. »Verrückter als mit einem Eichhörnchen in einem riesigen Baum zu sprechen und von einem Wurzelwesen angegriffen zu werden?«

Kurzes Schweigen. ›*Wohl eher nicht. Ich bin … Ich war …*‹ Wieder ein Zögern. ›*Es ist unwichtig, was ich einst war. Es fällt mir schwer, meinen Verstand beisammenzuhalten, deshalb höre mir genau zu. Der Spriggan, der dich eben angegriffen hat, kehrt gleich wieder zurück!*‹

»Spriggan?«

›*Ein Naturgeist. Man nennt sie auch Dryaden. Doch jene Auswüchse, die sie mit ihrem Bewusstsein füllen, sind Spriggans. Seelenlose Abzweigungen des Waldgottes. Aber das ist jetzt erst einmal nicht von Bedeutung. Wer auch immer du bist, bring uns hier weg, damit er mich nicht in die Finger bekommt. Sofort!*‹

Sie zog den Ring an und er schrumpfte wie von selbst zusammen, damit er wie angegossen auf ihren Finger passte. »Ratatösk, du kennst dich hier doch aus, oder?«

Das Eichhörnchen ließ stolz die Brust schwellen. »Und ob! Aber in letzter Zeit«, er erschlaffte wieder, »steht mir die Scheiße echt bis zum Hals!«

»Uhm, kannst du mich nach Alfheim bringen?«

Er pulte sich in den Ohren. »'tschuldige, hab grad verstanden, dass du nach Alfheim willst, Kleine.«

»Will ich!«

»Dann lass es mich mal so ausdrücken: Eher stürze ich mich in den Tod, als zu den Spargelfressern zu gehen.«

»Willst du etwa hierbleiben und auf Cernunnos warten?«

Ratatösk zögerte, dann verdrehte er die Augen und huschte über ihre Beine hinauf zu ihrer Schulter, wo er sich aufrecht hinstellte und sich an ihren Haaren festhielt. »Gehen wir!«

Sie blies sich eine Locke aus der Stirn und eilte den Weg zurück, ein fluchendes Eichhörnchen und einen Ringgeist als neue Begleiter.

Das Leben wurde seltsamer.

Aber schöner.

Das gefaltete Schiff

Die Geister alter Schmerzen begrüßten Ullr, als er aufwachte. Zu seinem steifen Rücken, den protestierenden Knien und dem Hämmern hinter seiner Stirn gesellte sich nun auch das Brennen seiner Wunden. Aber es war längst nicht so schlimm wie zuvor. Offenbar verheilten sie in dieser Welt viel schneller als im Hochland. Sogar die Kerbe im Arm zwickte nur noch.

Als er aufstand, wollte er instinktiv nach Sleg rufen, aber der Speer stand bereits aufrecht neben ihm wie ein Mahnmal. Nicht zum ersten Mal fragte Ullr sich, ob diese Waffe mehr war als nur ein Ding.

»Interessanten Speer hast du da«, rief Brokkr aus seiner Würfelschmiede. Nicht das Absurdeste, was Ullr jemals erlebt hatte – immerhin hatte er Traumgespräche mit einem Gott geführt.

Sindri hielt ihm einen Krug mit weißer Schaumkrone hin. »Eine kleine Stärkung für dich, Jäger. Wir haben eine weite Reise vor uns.«

Ullr nahm den Krug entgegen, der in seiner Hand viel zu klein wirkte, und schnupperte daran. Süß und malzig. Bier – aber keines, das er kannte. Er ließ den Geschmack über die Zunge gleiten und kippte gleich den ganzen Rest hinterher. Seufzend ließ er den Krug sinken.

»Zwergenbier!« Brokkr kam aus dem Würfel und wischte sich mit einem Lappen die Finger sauber. »Nicht die Yakpisse, die man im Weltenrund bekommt. Noch eins?«

Ullr nickte.

»Sindri, beweg deinen verrosteten Arsch und bring dem Mann was zu trinken!«

Der Zwerg wuselte davon und kehrte mit einer Steingutkanne zurück, die mit denselben Runen wie der Würfel versehen war. Er goss Ullrs Krug nach, wobei seine Finger zitterten. Als Jäger lernte man, jedes Vorzeichen zu deuten. Dieses sprach nicht von Unsicherheit. Sondern von einem Geheimnis.

»Also gut, Langer«, sagte Brokkr und baute sich vor ihm auf. »Reden wir über den Speer!«

»Später.« Ullr streckte die Hand zur Seite. Sleg landete summend darin. »Mädchen!«

Stille.

»Bevor du jetzt aus der Haut fährst, hör erst mal zu!«

Ullr ging zu Runas zerwühlter Decke. Das Mädchen war nicht da. Rastlos stapfte er umher, untersuchte jeden Winkel in der Höhle, durchwühlte den Plunder der Zwerge und schleuderte etwas davon in einem hilflosen Anfall von Wut davon. Nichts. Das Mädchen war fort.

»Wo ist sie?«, knurrte er.

»Fort«, erklang Sindris dünne Stimme hinter ihm.

Schwäche überkam Ullr und er sackte zusammen. Auf einmal fand er nicht einmal mehr die Kraft, aufzustehen. Der Knoten in seiner Brust schnürte sich zusammen. Er atmete schneller, glaubte zu ersticken. Kalak, er konnte nicht mehr richtig atmen!

»Wo?« Ullr funkelte Brokkr an.

»Frag meinen verrosteten Bruder!«

Ullr stand auf, packte den Speer und wandte sich den beiden Zwergen zu. Brokkr stand herausfordernd da, einen wuchtigen Hammer in der Rechten. Sindri zitterte wie Espenlaub im Wind. Mit einem finsteren Blick baute Ullr sich vor dem Zwerg auf.

»Ich … Nun, *unzweifelhaft* ist Runa nicht hier«, sagte Sindri.

Ullr schwieg.

»Die kleine Ausreißerin muss das tun, Langer!«, grummelte Brokkr und schulterte seinen Hammer. »Wenn du jetzt damit fertig bist, deine Wut sinnlos zu verschwenden, erklärst du mir lieber, wie er«, der Zwerg wies mit der Waffe auf Sleg, »in deinen Besitz gekommen ist. Und wag ja nicht, mich anzulügen, sonst prügle ich dir die Scheiße aus dem Leib!«

Ullr rammte den Speer in den Boden. »Er kam zu mir.«

»Wann?«

Schweigen.

»Bist ein ganz Gesprächiger, was? Gehört das eigentlich dazu, ein Arschloch zu sein, wenn man ein Langer ist?«

»Woher kennst du Sleg?«

Fordernd streckte Brokkr die Hand aus, woraufhin Ullr den Speer losließ. Der Zwerg strich die Kerben, Linien und Muster entlang, begutachtete die Runen und stieß dabei Flüche in einer abgehackten Sprache aus. »Du hast nicht einmal die leiseste Vorstellung, was sich in deinem Besitz befindet, was? Schotter und Stein, welcher Zwerg auch immer das hier geschmiedet hat, er weiß um das Geheimnis der Runen!«

Sindri betrachtete den Speer mit Kennerblick, als wüsste er genau, womit er es zu tun hatte. Ullr wurde ungeduldig. Er wollte wissen, wohin Runa gegangen war, aber er hatte inzwischen verstanden, dass man Zwerge nicht bedrängen durfte. Sie waren so stur wie Felsen. Erst jetzt, da Runa fort war, begriff er, wie sehr er sie vermisste. Sie war das Einzige in seinem Leben, was ihm noch wichtig war. Ohne sie war er ... nichts.

»Ein Zwerg hat das Geheimnis der Runen gelüftet«, murmelte Sindri.

»Sicher?«, fragte Brokkr.

»Siehst du dieses Runengeflecht, Bruder? Das geht über gewöhnliche Kenntnisse weit hinaus. Das ist keine Spielerei. Das ist wie *er*!«

Brokkr zog ein finsteres Gesicht. »Rost! Das ist unmöglich! Wir haben alle Hinweise vernichtet.«

»Dennoch ist es dieselbe Anordnung wie bei *ihm*. Alle vierundzwanzig Runen, verflochten und verwoben mit den Kräften der Schöpfung.« Sindri trat zurück und betrachtete mit sichtlichem Erstaunen den Speer. »Das ist die Arbeit eines Runenschmieds!«

Der andere Zwerg brummte. »Jemand muss ihm geholfen haben. Jemand, der das Wissen hatte. Jemand wie ...«

Sindri wurde so blass wie Porzellan. »Er?«

»Er war schon immer gut darin, seine Spuren zu verwischen. Schon vergessen, was für eine Scheiße im Weltenrund passiert ist? Vergessen, was in Hreidmars Halle passiert ist? Vergessen, wie bekannt er hier ist?«

Der Zwerg schluckte unruhig. »Wie könnte ich?«

»Wer?«, fragte Ullr.

»Sag du es ihm«, grummelte Brokkr.

»Ich glaube nicht, dass ich der Richtige für …«

»Du hast einfach keinen Arsch in der verrosteten Hose! Ich war mal jemand, weißt du?« Brokkr pochte seinem Bruder gegen die Brust. »Aber nein, ich musste ja deinen feigen …«

»*Wer?*«, grollte Ullr.

Brokkr sah ihn herausfordernd an. »Wenn ich dir seinen Namen verrate, macht das keinen Unterschied. Er hat dafür gesorgt, dass man ihn vergisst. Das ist seine Art. Aber hier geht's auch nicht um ihn, sondern …«

»Sondern?«

»Der Grund, warum wir hier sind. Der Grund, warum wir unsere Heimat verlassen haben. Der Grund, warum uns die Scheiße um die Ohren fliegt.«

»Der Grund«, flüsterte Sindri und Trauer lag in seinen Augen, »warum unser Volk niemals Frieden finden wird. In unserer Torheit haben wir etwas erschaffen, dessen Macht zu groß für die Hände eines Sterblichen ist. Deshalb haben wir *ihn* auch an einem sicheren Ort versteckt. Damit er keine Zerstörung mehr bringen kann.« Wieder schluckte er nervös. »Aber du trägst etwas, das ebenso mächtig ist und nicht existieren sollte.«

»Sleg«, sagte Ullr.

Brokkr nickte. »Das Ding ist mächtiger, als du glaubst. Wer auch immer es erschaffen hat, wusste entweder nicht, was er tat, oder schlimmer: Er wusste es ganz genau. Bei meinem Bart, das ist das Zeichen!«

Sindri tippelte auf der Stelle. »Bist du sicher, Bruder?«

»Die Zeit des Versteckens ist vorbei. Wusste doch gleich, dass etwas nicht stimmt, als meine Klöten am Morgen gejuckt haben.«

»Wie der Baum?«, fragte Ullr.

Brokkr wandte sich ihm zu. »Mal ganz langsam, Langer! Welcher Baum?«

»Der Baum im Weltenrund.«

Brokkr fluchte in seiner abgehackten Sprache. »Die Brücken sind offen.« Der Zwerg wandte sich ab und machte eine auffordernde Geste, dass Ullr ihm folgen sollte. »Sindri, pack den Kram zusammen. Wir brechen auf. Und du, Langer, komm mal mit! Ich muss dir was zeigen!«

***

Die Decke in der Würfelschmiede war bedrückend niedrig, weshalb Ullr den Kopf einziehen musste, und die Glut in der Esse war so heiß, dass ihm der Schweiß über den Nacken rann. Brokkr hielt eine Glaskugel, in der sich etwas befand, das Ullr nicht genau erkennen konnte. Ein Baum. Flüsse. Äste. Wurzeln. Viele Dinge mehr, die aus dem Nebel darin traten.

»Sieh genau hin, Langer!«

Das tat er. Je mehr er sich darauf konzentrierte, desto mehr sah diese Kugel in *ihn* hinein. Etwas von seinem Geist wurde fortgezogen und nun sah er den Inhalt der Kugel vor sich ausgebreitet, als befände er sich wahrhaftig darin. Ein Baum ragte über ihm auf, überspannte den Himmel und umfasste die gesamte Schöpfung. Neun Welten waren in ihn gebannt, von den Wurzeln bis zur Krone. Neun Welten – so unterschiedlich, dass er es kaum glauben konnte: aus Schnee, Eis und Kälte. Aus Feuer, Hitze und Gestein. Unter einem Berg. Tief unter den Wurzeln des Baumes. An entlegenen Zweigen. Oder sogar ganz oben in der Krone des Lichts.

»Der Baum verbindet alle, klar?«, fragte Brokkr.

»Klar«, brummte Ullr.

»Gibt 'ne Menge geheime Pfade und ich werde dir jetzt nicht alle erklären. Also spitz die Ohren, Langer!« Ein gigantischer, schwieliger Finger ragte an Ullr vorbei und wies auf die Krone. »Man kann die Äste betreten, aber das sollte man nicht tun. Sich in der Krone zu verirren, ist wahrscheinlicher als ein Elf, der einem Zwerg den Witz vom Spitzohr und dem Zimmermann erzählt.« Brokkr lachte. »Jedenfalls«, sagte er, als er sich wieder beruhigt hatte, »gibt es Pfade, die zwar über Yggdrasil führen, aber direkt mit anderen Orten verbunden sind.«

»Regenbogenbrücken.«

Brokkr pochte den Finger neben Ullr auf den Untergrund. *Rums. Rums. Rums.* »Genau! Merlin ist so was wie ein …«

»Gott der Geschichten!«, erklang Sindris Ruf wie ein Echo aus der Ferne.

Der Zwerg machte eine wegwerfende Geste. »Egal! Er hat einige dieser Brücken erschaffen.«

Der Baum, die Äste, das gesamte Bildnis zerfloss wie ein Bottich voller Farbe und setzte sich zu einer neuen Szenerie zusammen. Diese zeigte einen schwarzen Raum, der bis auf das Navigationsinstrument über Ullr vollkommen leer war. Es bestand aus zahllosen Ringen, die umeinanderdrehten, und im Zentrum eine schimmernd bunte Kugel umschlossen. Und auf den Ringen …

Ullr streckte die Hand zur Seite. Sleg war plötzlich dort, als wäre er ebenfalls in die Kugel getreten. Es waren dieselben Runen auf dem Stab und der blattförmigen Spitze. Dieselben Runen, die diese Regenbogenbrücken öffneten.

Brokkr trat in Zwergengestalt neben ihn, stellte sich breitbeinig hin und verschränkte die Arme vor der fassförmigen Brust. »Merlin hat mit unserem Runenwissen die Brücken gebaut, um …«

»Wie?«

»Würde ich dir ja erklären, wenn du mich nicht immer unterbrechen würdest!« Der Zwerg funkelte ihn an, während er zur Seite griff. Auf einmal hielt er einen Hammer gepackt, dessen Kopf ebenso mit zahllosen winzigen Runen überzogen war. Die Kopfseiten waren abgeflacht, der lederne Griff viel zu kurz und Funken rollten darüber.

Obwohl Ullr wusste, dass das hier nicht echt war, stellten sich seine Nackenhaare auf und sein Mund war trocken. »Was ist das?«

»Das?« Brokkr warf den Hammer hoch und fing ihn wieder auf. »Mjölnir.«

Sindri trat aus der Schwärze und wirkte noch bedrückter als sonst. »Unser Meisterstück. Unser Fluch. Wir wussten, dass seine Macht zu groß ist, deshalb haben wir … Wir haben ihn …«

»Versteckt«, knurrte Ullr.

»Versteckt?«, rief Brokkr und ließ den Hammer fallen, der sich sofort auflöste. »Wir haben unseren Kram zusammengepackt und ihn gestohlen, damit er nicht noch mehr Schaden anrichten kann. Rost! Und dann haben wir unsere Heimat verlassen und in Midgard ein passendes Fleckchen gefunden.«

»Gestohlen?«

»Unserem … König«, sagte Sindri zögerlich. »Wenn nun etwas Ähnliches wie Mjölnir erschaffen wurde, dann ist das schlecht.«

Brokkr nickte. »Sehr schlecht.«

»Überaus schlecht.«

»Denn dein Speer, Langer«, Brokkr pochte Ullr gegen den Bauch, weil er nicht bis zur Brust hinaufkam, »kann genau wie Mjölnir Regenbogenpfade öffnen.«

Es dauerte einen Moment, bis die Worte in Ullrs Verstand sickerten. Endlich verstand er, wie er nach Alfheim gelangt war. Nicht Runa und ihre Gabe waren daran schuld. Sondern Sleg.

Er selbst.

Ein gehässiges Grinsen huschte über Brokkrs rissige Lippen. »So sieht ein Mann aus, dem gerade ein Licht aufgegangen ist. Jetzt begreifst du auch, warum wir so Panik schieben. Dein Speer ist nicht irgendeiner, Langer. Das ist ein verdammter Weltenspeer! Also beweg deinen Arsch! Wir verlassen die Welt der Spitzohren und reisen nach Svartalfheim.« Er wandte sich ab. »Wird Zeit, dass wir hinter uns aufräumen.«

Während die Zwerge rumpelnd und polternd ihre Sachen zusammenkramten, stand Ullr immer noch da und versuchte zu verarbeiten, was er eben erfahren hatte. Schon immer hatte er gewusst, dass sein Schicksal größer war als das eines einfachen Jägers, der Heim und Herd beschützte. Nicht grundlos hatte das Palindrom vor Jahren zu ihm gesprochen. Doch das hier war *zu* groß.

Er dachte an seine verstorbene Frau und fragte sich, ob sie etwas davon geahnt hatte. Vermutlich. Aber warum er? Warum nicht jemand anderes.

DU WEIßT, WARUM!

Ja, er wusste es. Weil er ein Paladin war. Und weil es niemand sonst konnte.

Jemand fasste ihn am Arm und zog ihn fort. Auf einmal stand er wieder in der niedrigen Schmiede neben den Zwergenbrüdern.

»Man darf nicht zu lange hineinsehen«, brummte Brokkr und steckte die Kugel in eine Tasche. Dort zog er etwas anderes heraus, ein gefaltetes, weißes Papier. »Nimm!«

Ullr reagierte nicht.

»Jetzt nimm schon! Oder wie willst du den See überqueren?«

»Wohin?«

»Zu den großen schwarzen Prismen, um eine Regenbogenbrücke nach Svartalfheim zu öffnen.« Der Zwerg stierte ihn an. »Oder kannst du mit deinem Zahnstocher eine Brücke öffnen?«

Schweigend steckte Ullr das gefaltete Papier ein.

»Hab ich's mir doch gedacht! Wirst es lernen müssen, Langer. Außerdem«, der Zwerg hielt ihm zwei prall gefüllte Taschen hin, »brauchen wir noch das hier und das hier! Was? Jetzt guck nicht so dämlich! Seh ich so aus, als könnte ich das alles selbst tragen?«

Ullr ließ seinen Blick durch die Schmiede schweifen.

»Hör mal, ich muss das Scheißding jedes Mal aufklappen, wenn ich was zu fressen und zu trinken will! Also stell dich nicht so an!«

Stumm warf er sich die Taschen über die Schulter.

»Warum nicht gleich so? Und jetzt raus hier! Du willst doch auch deine Tochter finden, oder?«

Ullr nickte.

Brokkr lächelte grimmig. »Dann beweg deinen verrosteten Arsch!«

***

Nicht weit von ihrem Unterschlupf befand sich eine Uferböschung zu einem See, der sich über den Horizont erstreckte. Die Bäume beugten sich wie geduckte Greise über das Wasser und strebten zum Zentrum hin, wo sich unübersehbar der umgekehrte Trichter erhob. Das Wasser lag vollkommen still wie eine Glasscheibe, nicht einmal ein verirrtes Blatt wagte, es aufzuwühlen.

Zu still.

»Wirf es rein!«, sagte Brokkr.

Ullr hielt das gefaltete Papier hoch.

»Jetzt mach schon!«

Also warf er das Papier in den See. Zuerst trieb es bloß dahin. Aber dann raschelte es und faltete sich einmal von selbst auseinander. Nochmals. Und noch einmal. Immer wieder, immer schneller, immer größer klappte es auf. Viele kleine Kanten entfalteten sich von Geisterhand, das gesamte Papier erzitterte und wühlte das Wasser auf. Erst war es ein Schritt lang. Dann so lang wie ein Mensch. Zum Schluss lag ein flaches Ding auf dem Wasser, fünfzehn Schritt lang und sechs Schritt breit.

Mit einem weiteren Rascheln klappte es ein letztes Mal auseinander und verwandelte sich von einer flächigen zu einer räumlichen Struktur.

Ein Langboot.

Ullr watete mit gerunzelter Stirn ins Wasser. Er packte die farblose Reling und war überrascht, dass sie sich entgegen seiner Annahme nicht dünn wie Papier, sondern rau und fest wie Holz anfühlte. An vielen Stellen war die Oberfläche mit den gleichen Runen wie die Würfelschmiede oder Sleg durchzogen.

Er schwang sich ins Boot und trat zur Sicherheit ein paarmal auf. Es polterte und knirschte, aber das Deck gab nicht nach. Die Zwerge brauchten etwas länger, bis sie hereingeklettert waren und Platz in der Rückbank nahmen.

»Nicht so eindrucksvoll wie Ringhorn, aber Skidbladnir tut's auch.« Brokkr unterstrich das Wort mit einer nachlässigen Geste, während er es sich auf einem Sitzplatz bequem machte. »Wollen wir?«

»Ich bin kein Seemann.«

»Siehst du ein Segel? Ein Steuerrad? Riemen?«

Ullr schaute sich um. »Nein.«

»Das war 'ne rhetorische Frage, Langer! Du hast das Schiff ausgeworfen. Also musst du's auch steuern.« Der Zwerg tippte an seine Schläfe. »Hiermit.«

Sindri zog mit einem Seil ein paar triefnasse Beutel über die Reling ins Schiff, verstaute alles und trat neben Ullr. »Das ist leichter, als es aussieht.«

»Wie?«

»Sag Skidbladnir, was du willst.«

»Los!«

Ruckartig setzte sich das Langboot in Bewegung und trieb über den See auf den Trichter zu. Eine neue Herausforderung. Ein Krieg zwischen zwei Völkern, die dasselbe Ziel verfolgten. Ein Speer mit einer Macht, die viel zu groß für ihn war. Doch in Gedanken war Ullr die ganze Zeit bei Runa.

***

Ullr stand wachsam am Bug. Vier Tage. So lange war es her, seit Runa gegangen war. Vier Tage, in denen er rastlos wie ein Wolf gewesen war. Vier Tage, die sie über den See fuhren und an einigen entlegenen Inseln Rast machten. Vier Tage, und sie fühlten sich wie die Ewigkeit an.

Er traute dem ruhigen Wasser genauso wenig wie dem Land. Wenn das Weltenrund ein gefährlicher Ort war, dann war dies das Gehege eines Ungeheuers. Aber jedes Ungeheuer, wie gefährlich es auch sein mochte, konnte erlegt werden.

Er hielt den Speer vor sich und begutachtete die Runen. Schon seit er den Speer zum ersten Mal in den Händen gehalten hatte, wusste er, dass sie füreinander bestimmt waren. Als hätten zwei Hälften zueinandergefunden, um ein Ganzes zu bilden. Nie hatte er daran gezweifelt, dass er Sleg tragen sollte, auch wenn er ihn lange Zeit vergraben hatte, um seiner Vergangenheit zu entfliehen. Für seine Frau. Für Runa. Für ein anderes, friedvolles Leben.

Er seufzte. Am Ende musste er wieder zu dem Mann werden, den er hinter sich gelassen hatte. Doch eine Sache stimmte ihn nachdenklich und je tiefer er in die hintersten Windungen seines Verstandes vorstieß, desto unruhiger wurde er. Es war, als stieße er gegen eine Tür, zu der er keinen Schlüssel besaß.

Denn er wusste nicht, wie er in Slegs Besitz gekommen war.

»Hat dir jemand vor die Füße geschissen, Langer?« Brokkr baute sich breitbeinig neben ihm auf und blickte unzufrieden über das reglose Wasser. Einige spärlich bewachsene Inseln ragten daraus hervor wie der Buckel eines Riesen, davon abgesehen gab es nichts

Auffälliges. Keine Fische. Keine Wellen. Nicht einmal ein Wasser-kringel. Verdächtig.

Ullr lenkte das Schiff um eine Insel herum und führte es dann nahe am Ufer entlang, wo sich die Äste und Wurzeln über das Wasser reckten.

»Rede mit mir, Langer! Was ist los?«

»Das Wasser ist zu ruhig.«

Brokkr brummte. »In Alfheim stimmt *einiges* nicht. Wir wissen bis heute nicht, wie genau die Farbe gebannt wurde. Klar, die schwarzen Prismen. Aber *wie*?«

Ullr starrte ihn grimmig an. »Wie funktioniert das Schiff?«

Brokkr fletschte die Zähne. »Runenmagie.«

Ullr ließ seinen Blick über den See schweifen. »Was heißt das?«

»Frag mich nicht. Rost, Sindri hat sogar mal eine Schaufel aus dem Quaken von Fröschen gemacht!«

»Glaubst du, ein Zwerg hat Sleg geschmiedet?«

»Und ob. Wer hat ihn dir gegeben?«

Er suchte nach der Antwort. Leider fand er sie nicht.

»Darf ich sehen?«

»Den Speer?«

»Nein, deine Unterhose! Natürlich den Speer!«

Ullr gab ihn Sleg. Der Speer summte und knisterte, sobald Brokkr ihn berührte. Mit viel Geduld schwang der Zwerg ihn hin und her, musterte kritisch die Stange und fuhr mit dem Daumen über die Spitze. »Er schwankt.«

»Was heißt das?«

Brokkr gab ihm den Speer zurück und erst als Ullr seine Finger um das kühle Metall schmiegte, fühlte er sich wieder ganz. »Er schwankt ein wenig, solange du ihn nicht hältst. Schotter, er wurde jedenfalls nicht für einen Zwerg geschaffen.«

»Sondern?«

»Was weiß denn ich? Und jetzt zeigst du mir das andere!«

Zwei Raben krächzten am Himmel und zogen ihre Kreise über dem Langboot. Irgendetwas Seltsames umgab sie, das Ullr nicht rich-tig zu fassen bekam. Er war versucht, einen von ihnen abzuwerfen, aber der Zwerg baute sich vor ihm auf und lenkte ihn ab. Als er wieder hinsah, waren die Raben verschwunden

»Also, Langer?«

Ullr zückte die Phiole, um die sich das Licht krümmte. Sie war von einem strahlenden Weiß wie Diamant, und einige sehr blasse Farben flimmerten darum.

»Wusste ich's doch, dass du noch etwas verheimlichst! Was ist das?«

»Etwas Altes.« Ullr schloss die Hand darum. »Etwas, das mich die Macht des Mondes nutzen lässt.« Er blinzelte ins Licht. »Hier ist es nutzlos.«

»Palindrom, was?« Brokkr winkte ab. »Gibt viele Männer, die sich für Götter halten, aber er hat ausnahmsweise recht.«

»Ihr wart im Weltenrund.«

»Gut aufgepasst. Hab mich lange in Legentum rumgetrieben, bevor ich aufgebrochen bin, um meinen Bruder zu suchen. Und wo treibt der sich rum?« Brokkr spuckte über die Reling. »Im Reich der verdammten Spitzohren!«

»Wie?«

»Keine Ahnung, was du …«

Ullr trieb den Speer ins Holz.

»Oho! Krieg dich mal wieder ein, Langer! Ich hab dir doch gesagt, dass wir Merlin geholfen haben, die Brücken zwischen den Welten zu bauen.«

»Wer *ist* er?«

»Das weiß niemand so recht.« Wieder spuckte der Zwerg aus und verzog den Mund. »Aber eins sag ich dir: Der Lange weiß mehr als jeder andere, den ich getroffen habe. Er lässt sich auch von nichts abbringen. Wenn er sich ein Ziel gesetzt hat«, Brokkr tippte sich gegen die Augenbinde, »sollte man ihm besser nicht in die Quere kommen.«

Das Schiff trieb seelenruhig dahin. Dennoch blieb Ullr wachsam. Er gönnte sich einen Schluck aus seinem Schlauch und überblickte die nahe Uferböschung, das glasklare Wasser, die Felseninseln und den Trichter. Inzwischen erkannte man, dass er sich inmitten eines riesigen Gebildes in Form einer halb geöffneten Blüte befand. Ein Tempel?

Zuerst hatte er sich nichts dabei gedacht, aber je näher er der Säule kam, desto fester drückte etwas gegen seinen Verstand. Es war wie ein dumpfes Pochen in seiner Stirn, das mittlerweile auch auf seine Brust einhämmerte. Wie eine Art ... Ruf. Als wollte irgendetwas, dass er dorthin gelangte.

»Traust du ihm?«, fragte er leise.

»Merlin?« Brokkr warf den Kopf zurück und lachte. »Ich trau nicht mal meinem Bruder! Merlin lässt sich gern als Gott verehren. Auch hier hat er etwas getan, das irgendwie mit den Farben zusammenhängt. Aber bevor wir uns jetzt feuchtfröhlich in den Armen liegen ...«

Mit einem Ruck schwenkte Ullr das Schiff herum. Etwas schlug knapp neben ihnen in den See und spritzte sie mit einer Wasserfontäne nass.

»Bei meinem Bart!« Brokkr krallte sich an der Reling fest. »Was war das?«

Ein fernes Rumpeln erklang. Dutzende schwarze Schatten stiegen in den Himmel wie eine Schar abgerichteter Vögel. Dann senkten sie sich nieder und rasten auf sie zu.

Ballistenbolzen.

»Festhalten!«, brüllte Ullr und lenkte das Schiff im Zickzack hin und her. Er ließ es schneller fahren, aber sie hatten ihr Höchsttempo bereits erreicht.

Zwei Einschläge dicht hintereinander. Ein dritter und ein vierter. Kein Bolzen traf.

»Was ist hier los?«, rief Sindri.

»Geh in Deckung, du verrosteter Schwachkopf!«, brüllte Brokkr. »Und du bringst uns jetzt endlich hier raus, Langer, sonst schwöre ich ...«

Der Bug explodierte. Splitter und glühende Runen stiegen auf. Ullr krachte gegen die Reling und krallte sich fest. Doch unter seinen Fingern löste sie sich plötzlich auf. Es raschelte, dann klappte sich das Schiff zusammen, während sie sich noch darauf befanden.

»Bruder!«, rief Sindri von weiter hinten. »Wir müssen das Schiff verlassen!«

Brokkr packte Ullr am Ärmel. »Raus hier!«

Pfeifend schoss etwas nieder und krachte genau zwischen ihnen auf Deck. Splitter regneten, der Boden zerplatzte und Ullr wurde aus dem Schiff geschleudert, wo ihn das kühle Nass umfing.

Die Brut

D amit ich das richtig verstehe.« Runa sprang auf eine Wurzel und tänzelte mit ausgestreckten Armen und auf Zehenspitzen darüber. »Cernunnos ist ein Gott, der den Weltenbaum infiziert hat. Das heißt …«, sie sprang runter und landete auf dem Wurzelpfad, der ins Nirgendwo ragte, »sein Geist ist überall.« Sie wies über das gigantische Astwerk und drehte sich im Kreis. »Und er will was genau?«

Ratatösk flitzte über ihr von Zweig zu Zweig, kletterte herunter und huschte auf ihre Schulter. Er schnappte sich eine Nuss aus seiner Umhängetasche und knabberte daran herum. »Die Pfade öffnen. Hab ich doch schon erklärt, Kleine.«

»Hast du, uhm, aber ich will's verstehen. Die neun Welten sind miteinander verbunden. Also kann man von einer zur anderen reisen. Über solche Pfade wie hier oder über Regenbogenbrücken, die irgendjemand gebaut hat. Richtig?«

Er nickte. Dabei wackelten seine Schnurrhaare so sehr, dass sie Runa an der Wange kitzelten. Ratatösk war knuffig und lustig, auch wenn er sehr viel fluchte. Aber sie mochte ihn. Natürlich sagte sie ihm das nicht. Wenn man zu viel von sich preisgab, bot das anderen eine Schwachstelle, die sie ausnutzen konnten. Jeder Schritt musste bedacht sein. Niemanden zu nahe an sich heranlassen.

Vaters Worte.

Im Weltenbaum umherzuwandern, mochte verwirrend sein. Es war, als wanderte sie auf einem Ast in einer Baumkrone, bloß war diese so unglaublich groß, dass es kein Wort dafür gab. Aus diesem Grund hoffte Runa, dass der Baum sich nicht plötzlich schüttelte und sie abwarf.

»Und du kletterst von Yggdrasils Wurzeln zur Krone und wieder zurück«, sagte sie und biss sich auf die Unterlippe. »Das ist doch ein sehr weiter Weg, oder?«

Ratatösk ließ die Brust schwellen, während er wie ein Soldat auf dem Marschallplatz umherstolzierte. »Ich kenne ein paar Abkürzungen, Kleine! Außerdem mag mich der Baum.«

Sie beäugte ihn misstrauisch. »Warum?«

Er zuckte mit den winzigen Schultern. »Was weiß denn ich? Er mag ja sogar den Nidhögg, obwohl der ihm die Wurzeln abkaut. Wenn mir jemand die Nüsse …« Er unterbrach sich. »Egal. Den Adler«, er schüttelte sich, »den kann selbst ich nicht ausstehen. Eingebildeter Drecksack!«

»Der Adler sitzt in der Krone und tut was genau?«

»Er wacht über den Weltenbaum. Der Nidhögg beschützt, indem er abgestorbene Wurzeln und Äste frisst und alles lästige Getier vertreibt.«

»Wie uns.«

»Das hast du gesagt. Und ich …«

»… tausche Gehässigkeiten aus?«

Ratatösk hob den Finger und ließ ihn wieder sinken. »So kann man's auch ausdrücken.«

»Klingt nach einer wichtigen Aufgabe.«

»Ist es! Ist es! Ohne mich würde der Laden nicht laufen.«

Die Borke an der nächsten Weggabelung war zu mehreren Schichten abgeplatzt, sodass sie ein gewölbtes Dach über ihnen formten. Außerdem sahen sie verkohlt aus, als hätte dort ein Feuer gewütet. Runa blieb vor dem Eingang stehen und zog die Stirn kraus. »Sicher, dass das der Weg nach Alfheim ist?«

»Eine Abkürzung«, antwortete das Eichhörnchen leichthin.

›Er lügt.‹

Runa fuhr zusammen. Die Ringstimme hatte sie bei allem Gerede ganz vergessen. Um etwas Zeit zu schinden, schlang sie den verschlissenen Mantel enger um sich. Vater würde schweigen und darauf warten, dass andere von sich aus mit der Wahrheit herausrückten. Vermutlich würde er auch *echt* grimmig gucken. Aber sie war nicht einmal halb so eindrucksvoll wie er.

Ratatösk huschte von ihrer Schulter und eilte voraus. »Worauf wartest du, Kleine?«

Sie drehte den Ring am Finger. »Wohin bringst du mich?«

»Alfheim. Wohin denn sonst? Jetzt komm!«

Sie legte den Kopf zur Seite. »Du hast Angst.«

»Was? *Ich?* Im Leben nicht! Jetzt komm, oder …«

»Oder?«

Ratatösk hob witternd die Nase. Dabei ruckte er mit dem Kopf aufgeregt hin und her. »Können wir uns das sparen und zu dem Punkt kommen, an dem du mir einfach vertraust, Kleine?«

›Uns droht Gefahr.‹ Die Stimme in ihrem Kopf zögerte. ›Ich kann es nicht sehen, aber in dem spüren, was uns umgibt. Etwas kommt.‹

Runa hielt den Ring näher an ihr Gesicht. »Cernunnos?«

›Etwas anderes. Etwas, das weiß, dass wir nicht hierhergehören. Ich bin … Ich …‹ Der Ringgeist wirkte auf einmal unsicher. ›Ich begreife selbst nicht ganz, was um mich geschieht. Was mit … mir geschieht.‹

»Wer bist du?«, flüsterte sie.

›Ich war … Andvari. Jetzt bin ich der Ring Andvaranaut. Der Runenschmied.‹ Die Stimme klang nun schwer und bedrückt. ›Ein wahrer Paladin.‹

Runa erstarrte. Ihre Überraschung währte nicht lange, als die nächste nahte. Holz knackte und splitterte und ein Zischen und Kratzen drang zu ihr.

Ratatösk huschte zu ihr und kletterte auf ihre Schulter. »Was auch immer du tust, tu nichts Dummes!«

»Zum Beispiel?«

»Gegen sie kämpfen.«

»Gegen wen?«

»Die Brut.«

Die abgeplatzte Rinde, die hervorragenden Zweige und Äste erwachten auf einmal zum Leben. Runa blinzelte. Es dauerte etwas, bis sie begriff, dass das gar keine Teile davon waren, sondern so gut getarnt war, dass sie die Wesen gar nicht bemerkt hatte. Sie erinnerten an Echsen, die sich flach auf dem Bauch entlang der Äste bewegten, als hätten sie sich aus der Borke befreit. Ihre Körper waren so dicht bewachsen mit Bestandteilen des Baumes, als wären sie den Vorstellungen eines wirren Gottes entstiegen. Knochenkämme aus versteinerten Wurzeln wuchsen über ihre Rücken und sie waren so facettenreich wie der Baum: braun, grau, schwarz, einige unter ihnen waren moosgrün oder rostrot. Sie besaßen Farben an diesem abgelegenen Ast von Yggdrasil.

Zungen schnellten heraus, als die Wesen zischten und knurrten und sich auf sie zubewegten – wie Jäger auf der Lauer.

»Wenn ich es dir sage«, flüsterte Ratatösk. »Dann bewegst du deinen Hintern!«

»Verstanden.«

»Gut, also …«

Sie machte einen Schritt auf das vorderste Echsenwesen zu. Es war tiefschwarz und von roten Streifen durchzogen. »Hallo«, sagte sie freundlich. »Ich bin Runa und habe mich verirrt.«

Das Wesen zögerte.

»Was tust du denn?«, raunte Ratatösk ihr zu. »Die sind dumm wie Stroh! Mit denen kannst du nicht …«

›Sie sagen, dass wir uns beeilen müssen.‹

Runa hob den Ring an ihre Lippen, obwohl sie wusste, dass das unnötig war. »Du verstehst sie?«

›So seltsam das auch klingt … ja. Sie beschützen den Weltenbaum, aber seit Cernunnos hier ist, hat der Nidhögg die Kontrolle über viele von ihnen verloren. Rost! Wo bin ich hier nur reingeraten? Ich wollte doch nur meine Ruhe haben und …‹

Sie streichelte den Ring. »Armer, armer Andvari. Du tust mir sehr leid.«

›Warum können wir miteinander reden?‹

»Ich bin eine Nekromantin.«

›Was ist das?‹

»Das ist …« Sie blies die Backen auf und prustete. »Ich habe absolut keinen blassen Schimmer.«

Die Brut richtete sich auf und reckte die Köpfe. Ein Echsenwesen zischte.

»Was ist denn jetzt los?«

›Die verlorene Brut hat uns entdeckt. Lauf!‹

Das ließ sie sich nicht zweimal sagen und rannte los. Keinen Moment zu früh, denn nur einen Atemzug später knackte und splitterte es hinter ihr so laut, als ginge der gesamte Baum zu Bruch.

Holzstücke flogen umher und der Untergrund bebte. Runa taumelte, wurde fast von den Füßen gerissen, aber sie rannte weiter.

Die Echsenwesen stürmten an ihr vorbei. Dann waren nur noch dumpfe Schläge, Bersten und Fauchen zu hören. Kurz wagte Runa einen Blick zurück.

Und bereute es.

Dutzende dieser Wesen kämpften miteinander; sie peitschten mit dornigen Schwänzen, bissen sich gegenseitig die Körper blutig, warfen sich aufeinander und verfielen in einen rasenden, wütenden Kampf, der den gesamten Ast zerschmetterte.

»Schwing die Hufe!«, rief Ratatösk wie ein Reiter von ihrer Schulter aus und zeigte nach vorn, tiefer in den Tunnel. »Los, los, los!«

Der Atem rasselte durch ihre Kehle. Sie fand nicht einmal genug für eine Antwort. Ihre Füße flogen über den gewundenen Bogen, die Borkenwände huschten nur so verschwommen an ihr vorbei.

›Mir erschließen sich immer noch nicht ganz die Zusammenhänge. Die, die mich in Nidavellirs Schmieden angegriffen haben, waren durch Runen erweckt. Aber ich habe eine Präsenz in ihnen wahrgenommen. Ich habe sie gesehen! Was, wenn das Cernunnos war? Aber wieso sollte er das tun? Warum wollte er mich töten? Oder wollte er, dass ich meine Arbeit vollende? Die Untoten ...‹

»Untote?« Runa keuchte.

›Untote Zwerge.‹

Sie flitzte hinter eine Biegung, drückte sich mit dem Rücken flach gegen die gespaltene Borke und brauchte einige Atemzüge, bis sie ihr wild wummerndes Herz beruhigt hatte. »Warte! Du bist ein Zwerg wie aus den Geschichten? Aus ...«

›Svartalfheim.‹ Die Stimme zögerte. ›Bist du denn keine Zwergin?‹

Runa lachte.

›Amüsiere ich dich?‹

»'tschuldige, aber ich bin ein Mensch. Also ein Mädchen. Ich ... Beim großen Jäger! Das alles ergibt doch keinen Sinn!«

›Keinen Sinn? Ich bin einmal einem Zwerg namens Fardin begegnet, der eine Rüstung mit Bewusstsein erschaffen hat. Wenn er sich mit ihr unterhielt, haben alle immer gedacht, er hätte den Verstand verloren. Das ergibt keinen Sinn!‹

»Kleine!«, rief Ratatösk und huschte voraus. »Schneller! Oder willst du als Brutfutter enden?«

Ein Aufprall über ihr. Eine verhornte, bewachsene Schnauze beugte sich vom Ast über ihr herunter. Die Augen waren bloß dunkle Löcher und der Geifer tropfte von den feucht glitzernden Zähnen.

Runa rutschte auf dem Hintern weg. Sie krabbelte nach hinten, wollte sich umdrehen …

Etwas packte sie am Mantel und zog sie zurück.

»Nein!«, schrie sie und kratzte sich die Fingernägel an der Rinde blutig. Wie verrückt strampelte und zappelte sie herum, aber das Echsenwesen hielt sie gefangen wie einen Fisch im Netz.

»Tu etwas!«, rief Ratatösk und huschte aufgeregt hin und her.

»Was soll … ich denn …«

Das Messer!

Verzweifelt hantierte sie an der Scheide an ihrer Hüfte, bekam den Messergriff zu packen, als das Echsenwesen seine klauenbewehrte Pranke nach ihr ausstreckte. Dann schlug sie zu. Das Messer rutschte an der rauen Haut ab, als hätte sie gegen einen Stein geschlagen.

Die Luft explodierte vor Splitter und Lärm, als ein zweites Wesen aus der Wand brach und sich auf die Echse stürzte. In einem wirren Knäuel bissen und kratzten sie sich und rollten über den Pfad in die Tiefe.

»Weiter!«, zischte Runa mit zusammengebissenen Zähnen und sprang hoch. Im Zickzack flitzte sie hin und her, während überall um sie Einschläge niedergingen. Ihr schlug das Herz bis zum Hals. Ihr Atem brannte in der Kehle. Sie kletterte auf einen quer liegenden Ast, landete dahinter und duckte sich, als ein Echsenwesen knapp über ihr hinwegflog, die Klauen nach ihr ausgestreckt.

Weiter!

Das Blut donnerte in ihren Ohren. Ihr Blick war konzentriert nach vorn gerichtet, wo sich der Nebel allmählich lichtete. Sie keuchte, bekam Seitenstechen, rannte aber dennoch weiter.

Etwas brach vor ihr aus dem Untergrund und versperrte ihr den Weg. Ein Echsenwesen, überwuchert mit verknöcherten Wurzeln, tiefschwarz und größer als ein Pferd. Es knurrte, während es sich auf sie zubewegte.

Runa trat langsam zurück, aber hinter ihr knurrte es ebenfalls. Gehetzt blickte sie zurück. Dort näherten sich ebenfalls zwei dieser Wesen. Und jetzt?

›*Versuch es erneut.*‹

»Was?«

›*Das Messer konnte die Haut nicht durchdringen. Ich habe eine Idee. Deshalb: Versuch es noch mal.*‹

»Wozu?«

›*Vertraue mir.*‹

Vertrauen. Vater verabscheute dieses Wort, aber er hatte Bytor vertraut. Und er vertraute ihr. Welche Wahl blieb ihr?

Sie packte das Messer fester und hielt es abwehrend vor sich. Irgendetwas geschah in diesem Augenblick, das sie nicht ganz verstand. Der Ring leuchtete auf wie eine winzige Sonne. Gleichzeitig glühten Symbole auf der Messerklinge. Erst waren es vier, dann zehn, immer mehr, bis sie so dicht an dicht miteinander verschlungen waren, dass Runa nicht sagen konnte, wo sie begannen oder aufhörten.

›*Das ist ... unglaublich!*‹ Die Ringstimme klang aufgeregt. ›*Auch wenn ich keinen Körper mehr besitze, bin ich mit den Runen viel stärker verbunden. Es ist ... Schotter und Stein!*‹

Die Echsenwesen hatten sie fast erreicht.

»Tut mir leid, Kleine«, grummelte Ratatösk und machte von ihrer Schulter einen unmöglichen Sprung zu einem Zweig über ihr. Er blickte von dort traurig nach unten.

»Wo willst du hin?«, fragte sie atemlos.

»Lass dich nicht gerne im Stich, aber ich bin nun mal ein Feigling.«

Das Messer in ihrer Hand erzitterte. ›*Runa, lass mich los!*‹

»Du meinst ...?«

›*Ja! Ich bin der Runenschmied. Ich erschaffe und binde.*‹

Sie ließ das Messer fallen. Doch anstatt auf den Boden zu prallen, schwebte es.

›*Geh in Deckung!*‹

Ein Wabern geriet über das Messer. Dann wuchs es in die Länge zu einem Schwert.

»Bist du das etwa, Andvari?«

›Ich brauche mehr Übung, aber es muss reichen.‹

Das leuchtende Schwert schoss los. Wie ein Pfeil schlug es durch das Auge des Echsenwesens vor ihr und trat aus dem Hinterkopf hervor. Schwarzes Blut spritzte umher und das Echsenwesen röhrte und kreischte. Dann rammte es wieder und wieder in den verhornten Schädel, bis das Wesen erschlaffte und über den Rand in die Tiefe fiel.

Das Schwert kehrte zurück, kam vor Runa zitternd in der Luft zum Stillstand.

›Duck dich!‹

Sie warf sich zu Boden. Die Klinge zuckte an ihr vorbei und hackte auf die zwei anderen Echsenwesen ein. Wieder und wieder, während Blut spritzte und schrille Schreie um sie gellten. Schließlich rauschte die Brut davon.

›Das war interessant. Aber ich bin ...‹ Das Schwert schrumpfte wieder zu einem Messer und die Runen erloschen. Klappernd prallte es zu Boden. ›Beim göttlichen Schmied, ich bin so ... müde ...‹ Das Leuchten des Rings verging.

»Andvari?«, fragte Runa. »Andvari, hörst du mich?«

Stille.

Eine schnelle Bewegung neben ihr. Ratatösk wuselte mit gesenktem Kopf zu ihr, kletterte auf ihre Schulter und blickte scheu zur Seite. Runa strich ihm durch das Fell.

»Ich bin dir nicht böse, Ratatösk.«

»Ich bin ...« Er atmete hörbar ein. »Weißt du, ich war nicht immer so. Aber ich bin eben ein Eichhörnchen! Verstehst du?«

»Du bist ein sehr mutiges Eichhörnchen. Ich mag dich wirklich sehr.«

Er wand sich unsicher. »Wir sollten gehen.«

»Wohin?«

»Fort.« Er sah zum Weltenbaum zurück. »Hier ist es nicht mehr sicher. Nie wieder.«

»Du klingst traurig.«

»Das hier ist mein Heim. Aber er ...« Ratatösk keckerte. »Er hat es mir genommen. Bald wird es nirgendwo mehr sicher sein.«

»Wir holen dir dein Heim zurück. Versprochen!«

»Hör mal, Kleine, ich habe nie zuvor … nie zuvor …«

»Was?«

Er richtete sich auf. »Ich war nie weg. Verstanden? Aber ich glaube, dass ich gehen muss. Es ist wichtig. Darf ich dich begleiten?«

Runa grinste. »Darfst du! Weißt du, ich verstehe meine Gabe noch nicht. Aber Mutter …« Sie holte zitternd Luft. »Mutter hat gesagt, dass ich Vater beschützen muss. Weil ich eine wahre Paladin bin.«

Sie ging weiter. Zurück zu Vater.

Wer sonst außer ihr sollte ihn beschützen?

Die Quelle der Weisheit

Du kannst es nicht erzwingen«, sagte Merlin.

Morrigan stand auf einer Felserhebung, die wie eine Landzunge über den See hinausragte, und konzentrierte sich auf das Wasser unter ihr. Es kräuselte sich leicht und warf Wellen, die stetig größer wurden.

»Eine Zauberin zu sein, erfordert Demut und Feingefühl, nicht den Wunsch, Erfolg zu haben.«

Sie ließ die Verbindung zum blauen Kristall fallen – zumindest war sie sicher, dass sie das aufgrund der Grauschattierung erkennen konnte. »Ich muss mein Ziel kennen. Ohne ein Ziel keine Wirkung.«

Merlin trat neben sie, eine Hand auf seinen Stab gestützt und den Blick in weite Ferne zum Trichter errichtet. Inzwischen zeigte sich, dass ein Tempel rund um die Säule errichtet war, ein runder Bau aus mehreren hoch aufstrebenden Segmenten wie eine halb geöffnete Blüte. »Die wahre Kunst hat kein Ziel und keine Absicht, Morrigan. Je verbissener du versuchst, einen Zauber zu wirken, um damit ein Ziel zu erreichen, desto weiter wirst du dich davon entfernen. Bedenke, dass dein Funke mit den Elementen verbunden ist, die so unbeständig wie die Gezeiten sein können. Du kannst nie voraussagen, wie sie sich verhalten werden.«

Abermals zapfte sie den Kristall an. Sie ließ eine Kugel aus dem Wasser steigen und über ihrer Hand emporschweben. »Wie kann ich dann alle Elemente gleichzeitig kontrollieren?«

Merlin hob die Hand. Tröpfchen lösten sich aus der Luft, die zwischen seinen Fingern verwirbelten. Gleichzeitig fachte der Wind sich selbst an und ließ Gesteinssplitter vom Boden abheben. Zum Schluss tobte ein winziger Tornado aller vier Elemente über seiner Hand, so spielerisch leicht, als hätte er eine Kerze angezündet. Er presste sie zusammen und der Zauber verging.

»Du benutzt keine Kristalle.« Sie spaltete das Wasser in vier gleich große Kugeln auf, die sie wie Münzen zwischen ihren Fingern hindurchgleiten ließ. »Wie stellst du die Verbindung her?«

Merlins Augen funkelten belustigt. Wenn er über die Elemente und die Zauberei sprach, war er ein ganz anderer Mann. Jemand, der mit sich im Reinen war und erfüllt von dem Wissen, das er sich angeeignet hatte. Doch in allen anderen Momenten wirkte er verschlossen und distanziert, ein Getriebener, geplagt von Einsamkeit und dem Schmerz der Erinnerungen. Es ängstigte sie. Denn es war, als blickte sie in einen Spiegel.

»Dein größtes Hindernis ist dein Wille, Morrigan. Er ist zu sehr darauf fokussiert, einen Zweck zu erfüllen. Du denkst, dass das, was du nicht selbst tust, nicht geschehen wird. Deshalb willst du es kontrollieren.«

»Mir fehlt das Vertrauen.«

Merlin hob einen Finger. »Der Wille ist beschränkt. Er kann die Subtilität und Komplexität der Elemente, die uns umgeben, nicht erfassen.« Er trat einen Schritt nach vorn und malte einen Kreis in die Luft. Lichter lösten sich aus dem Wasser, tanzten über die Oberfläche und huschten davon. »Er kann nur das beherrschen, was er vor Augen hat.«

»Aber ohne Willen erreicht man nichts.«

»Versuch nicht, hinter den Vorhang zu blicken, Morrigan. Du wirst niemals verstehen, wie die verborgenen Schöpfungskräfte funktionieren. Stattdessen musst du dich den Elementen anvertrauen, ohne ihnen einen Zweck zuzuordnen.«

Sie schwieg kurz, während die Kugeln zu langen Schlieren zerflossen, die sich wie Aale um ihre Arme ringelten. »Wie?«

»Du musst deinen Willen in den Dienst eines natürlichen Bedürfnisses stellen. Ein Bedürfnis, das nicht gelenkt werden muss, um mit der hohen Kunst der Zauberei zu harmonieren.«

»Instinkt«, murmelte sie.

»Unter anderem. Werde zu einem Gefäß und lass dich von der Harmonie der Elemente durchströmen. Auch wir sind nur Werkzeuge. Alles, was uns umgibt«, er fasste vertraut ihre Schulter, »befindet sich im Gleichgewicht.«

»Eines, das in Alfheim gestört ist.«

Bedauern zeichnete sein Gesicht. »Ja, in der Tat. Du hättest diese Welt vor alldem sehen sollen, als sie noch jung, voller Farben und Wunder war.«

»Wie alt bist du wirklich?«

Er sah ertappt auf, dann lächelte er bloß. »Es gibt Mächte in den neun Welten, die sich uns immer verschließen werden.«

»Zum Beispiel?«

Er ließ sie los und schwieg eine Weile. Fast erwartete sie schon, dass er nicht antworten würde, als er sich ihr plötzlich zuwandte und etwas in seinem Blick lag. Etwas, das ihn belastete und nicht mehr losließ. »Es gibt Funken mit außergewöhnlichen Kräften, Morrigan. In Tirnanog lebte ich als Druide. Ein Druide ist in der Lage, einen anderen Funken aufzunehmen und mit ihm zu verschmelzen, um sein physisches Erscheinungsbild dem anzupassen.«

»Werwölfe.«

»Unter anderem. Die Druiden von Tirnanog haben bislang nur an der Oberfläche gekratzt. Artio hingegen wurde eins mit den Geistern der Natur.« Er machte eine schnelle Handbewegung. Wasser wuchs aus dem See und formte vor ihnen eine große Frau, umgeben von drei Wesen: Wolf, Bär und Vogel.

Morrigan ließ ihre Verbindung fallen. »Ich habe sie nicht kennengelernt und nur von ihrem Kampf gegen Cernunnos gehört. Worauf willst du hinaus?«

»Ich habe versucht, Artios Gabe zu verstehen. Allerdings scheint es, dass diese Welt immer noch Wunder birgt. Méridors Paladine trinken Licht, um Waffen zu formen. Der Barbar vermag durch seinen Funken im Blutrausch zu versinken. Es gibt sogar Menschen, die in einer ganz besonderen Art und Weise mit dem Totenreich verbunden sind. Sie können Seelen verweben.«

»Nekromanten.«

Er nickte. »So wie die Paladine der Sonne zugesprochen sind, sind die Jäger dem Mond untergeordnet. Oder nehmen wir die Assassine, die mit ihrem Schatten verschmelzen kann, obwohl sie nicht Trägerin eines höheren Schattenwesens ist.«

Morrigan runzelte die Stirn. »Was ist eine …?«

Er schüttelte den Kopf. »Unwichtig! Der Barde vermag eine Melodie zu erzeugen, indem er Klangfarben verknüpft und jeden Menschen seines vom Schicksal gegebenen Verstandes beraubt. All dies lässt sich noch erklären. Bis auf eines.« Ein merkwürdiger Glanz trat in seine Augen. »Eine dieser Funkengaben entzieht sich vollkommen meinem Verständnis.«

»Runenmagie.«

Er verwandelte das Wasser und ließ es zu Runen gerinnen, die durch die Luft waberten. »Sie sind mit den Schöpfungskräften verbunden und trotzen selbst dem allumfassenden Gleichgewicht, das in allen Dingen vorhanden sein muss. Nur dank ihnen konnte ich die Regenbogenbrücken erschaffen. Nur dank ihnen konnten die Zwerge Waffen schmieden, die so mächtig sind, dass sie Welten zerstören könnten. Gelangen diese in die falschen Hände ...« Auf einen Wink zerfielen die Runen. »Wir wollen nicht darüber nachdenken, welche Auswirkungen dies haben könnte.«

Auf einmal wirkte er tief in sich gekehrt. Morrigan wollte ihn fragen, was das alles mit ihrer Gabe und ihrem Drang, alle Elemente gleichzeitig zu beherrschen, zu tun hatte, aber seine verschlossene Körperhaltung betonte, dass er mit seinen Gedanken an anderen, unvorstellbaren Ohren weilte.

»He, Amigos!«, rief Cino von weiter hinten. »Wir sollten weiter, bevor sich die Spitzohren noch gegenseitig an die Gurgel gehen.«

Merlin wandte sich vom See ab und wirkte immer noch tief in sich gekehrt, aber sie musste zumindest eine Sache verstehen. Deshalb hielt sie ihn am Ärmel seines gefiederten Mantels fest und sah ihm fest in die Augen. »Welche Quelle nutzt du für Zauberei?«

Ein mildes Lächeln umspielte seine Lippen. »Ich sehe vieles von mir in dir, Morrigan. Daher gebe ich dir einen Rat, den ich einst dringend benötigt hätte, als ich an deiner Stelle war.« Er machte eine Pause. »Kenne deine Grenzen.«

»Das war keine Antwort!«

»Das ist alles, was ich dir geben kann.« Er kehrte zu ihrer kleinen Gruppe zurück. Wenn Merlin ihr nicht helfen wollte, dann musste sie es eben selbst herausfinden. Und als sie die Kristalle aus ihrem Handschuh löste und nach dem Wind rief, war er dort und wartete begierig darauf, genutzt zu werden. Mutter hatte sie immer beschützen wollen. Als Mutter sie in die Kunst der Zauberei eingeführt hatte, war es ihr stets ein Anliegen gewesen zu betonen, dass sie die Kristalle als Quelle nutzen sollte.

Aber wer sagte denn, dass sie nicht sich selbst als Quelle gebrauchen konnte?

***

Das Lager befand sich in einer Senke, kaum übersehbar, aber windgeschützt und so ausgerichtet, dass die Bäume über ihnen eine natürliche Mauer ergaben. Wer wusste schon, ob sich ihnen nicht Verfolger auf die Fersen geheftet hatten?

Da es in Alfheim keine richtige Nacht gab, lag Morrigan die ganze Zeit wach. Sie warf sich herum, zerknüllte ihr Laken, doch ihr ging zu viel durch den Kopf, um schlafen zu können. Immer wieder musste sie an Mutter denken. An die farblose Welt. An Zauberei und Elemente. An Merlins Worte.

Schließlich gab sie es auf, warf sich den Mantel über und stahl sich davon. Ein Gedanke ließ sie einfach nicht mehr los. Daher kehrte sie zu der Stelle zurück, an der sie mit Merlin geübt hatte, trat ganz nahe an das Wasser und schloss die Augen. Sie ließ sich vom Wind umfangen und versuchte, sich in jenen Zustand zu versetzen, den sie benötigte, um ihre Gabe erwachen zu lassen. Doch dieses Mal diente die Zauberei keinem Ziel, sondern entstand aus Instinkt. Außerdem nutzte sie keinen Kristall als Quelle. Sondern sich selbst.

Als sie sicher war, öffnete sie die Augen, blies die Luft in einem langen Atemzug aus und verband sie mit dem Wind.

Heulend und brausend fegte ein Orkan über das Wasser und riss eine Schneise in den See, als wäre eine Gewitterfront heraufgezogen; der Tornado wurde größer und wirbelte das Wasser auf. Eine eindrucksvolle Beschwörung, die einen Riss im Luftkristall verursacht hätte.

Erst dann wurde Morrigan klar, dass sie nicht mehr atmen konnte.

Etwas presste gegen ihren Brustkorb, quetschte ihn wie in einem Schraubstock zusammen. Sie schnappte nach Luft, doch es drang nichts herein. Verzweifelt griff sie sich an die Kehle, röchelte, während der Orkan immer noch über das Wasser brauste. Sie konnte nicht mehr atmen. Wurde erstickt.

Schwärze füllte ihre Sichtränder. Sie klappte zusammen und drohte in den See zu fallen.

Eine Hand bewahrte sie vor dem Fall. Merlin zog sie auf den Felsvorsprung und blickte sie konzentriert an. Wie zu einem Mantra bewegte er die Lippen, aber keine Laute drangen hervor. Morrigans Herz schlug langsam. Die Ohnmacht rief nach ihr. Ihre Ohren klingelten. Gleich war es so weit. Gleich …

Der Druck verschwand.

Ihre Lungenflügel blähten sich und sie schnappte nach Luft wie eine Ertrinkende. Keuchend und hustend lag sie da und erfreute sich einen Moment lang daran, einfach nur atmen zu können.

»Ich kann nicht behaupten, dass ich überrascht bin«, sagte Merlin und musterte sie sorgenvoll.

Mit den Fingerkuppen berührte sie den violetten Kristall. Er war ihr offenbar bei ihrem Sturz aus der Tasche gerutscht. Sie umschloss ihn und hob ihn leicht an. Er pochte wie ein schlagendes Herz und eine tiefe Wärme ging davon aus, je näher sie ihn zu Merlin führte. Wie von selbst hielt sie den Kristall noch näher und das Pochen wurde stärker. Wenn sie den Seelenstein in Merlins Brust stach … Wenn sie ihn damit verletzte … könnte sie seine Macht …

Er stand auf und hievte sie an einem Arm auf die Füße. Morrigan taumelte und steckte den Kristall zurück. Der seltsame Gedanke war wie verflogen.

»Ich … Ich wusste nicht …«

Er gebot ihr mit erhobener Hand zu schweigen. »Betrachte das als Lektion.«

»Ich kann mich selbst verletzen, wenn ich meine Grenzen nicht kenne«, flüsterte sie.

Er nickte. »Wie willst du atmen, wenn du den Wind an die Luft in deiner Lunge bindest? Wie willst du überleben, wenn du alle Wärme aus deinem Körper ziehst, um eine Flamme zu speisen?

Woher nimmst du die Lebenskraft, wenn du eine Pflanze sprießen lassen willst?« Er hielt ihre die Hand hin, die sie dankend entgegennahm, um sich darauf zu stützen. »Alles, was wir tun, hat Konsequenzen, Morrigan.«

»Ich habe gesehen, wie du einen Blitz gewirkt hast. Welche Quelle verwendest du?«

»Was ich von einem Ort nehme, muss ich an einen anderen Ort zurückführen.«

»Das verstehe ich nicht.«

Er tätschelte ihre Hand. »Noch nicht.«

Etwas krächzte über ihnen. Ein Rabe landete auf Merlins Schulter und schaute ihn an.

»Ja«, murmelte er. »Ich verstehe. Geh!«

Der Rabe hob ab und verschwand.

»Was hat er gesagt?«

Merlin grinste sie an, während sie auf das Lager zuhielten, wo Cino und die beiden Elfen bereits in Aufbruchstimmung waren. »Raben können nicht reden.«

»Das habe ich nicht gemeint.«

»Einst begegnete ich zwei dvergá, deren Verständnis der Runenmagie weit über meines hinausgeht.«

»Du meinst …?«

»Zwerge. Sie sind hier. Durch ihre Anwesenheit gibt es für uns vielleicht noch Hoffnung. Denn merke dir eines: Hoffnung ist die letzte Flamme, die nie erlischt.«

***

Als Morrigan das erste Mal Candaloz erblickt hatte, war sie wie berauscht von den monumentalen Bauten gewesen. Die Kathedrale überstieg alles Dagewesene, ein wahres Heiligtum des Glaubens. Fast hatte sie die Anwesenheit des Palindroms darin gespürt. Dann war sie in Tirnanog gewesen, hatte die Ruinenstädte der Elfen gesehen, die Erhabenheit der Steinkreise von Mag Mell erlebt und leibhaftig einem Riesen aus altvorderer Zeit gegenübergestanden.

All das war kein Vergleich mit der Pracht, die ihr der Tempel Alfheims bot. Niemals hätte sie gedacht, dass etwas von Elfenhand Errichtetes so gewaltig, eindrucksvoll und atemberaubend sein konnte.

Der Tempel reichte wie eine geöffnete Blüte in den Himmel, der sich hoch dort oben zu einem Trichter zusammenzog. Die Luft bebte und knisterte vor Energie, je näher sie kamen, und fast glaubte sie, dass die Elemente selbst sich der Anwesenheit dieses monumentalen Werkes unterwarfen. Mehrere Segmente aus glattem Marmor, veredelt mit silbrigem Material, verziert mit blumenhaften Symbolen, reichten beinahe bis in die Unendlichkeit hinauf. Sie verknüpften im Inneren mehrere Ebenen miteinander, auf die Morrigan durch die Öffnungen einen Blick erhaschen konnte, verbunden mit Wendeltreppen und Plateaus. Dieser Tempel war größer als die Kathedrale von Candaloz, gewaltiger als der Turm von Valanor, gigantischer als alles, was sie jemals gesehen hatte.

Das Boot legte an einem der Stege, die zum Plateau des Tempels führten. Cino wollte ihr hinaushelfen, aber sie war viel zu gebannt von dem Anblick und musste sich immer wieder vergewissern, dass sie nicht träumte. Die Elfen schritten voraus, so viel Abstand zueinander, wie es ihnen möglich war. An Morrigans Seite lief Merlin, der die Umgebung aufmerksam beobachtete, als wäre er unsicher, was er davon halten sollte. Seine Raben hockten auf seinen Schultern und gaben keinen Laut von sich.

Das Plateau, auf dem sich der Bau befand, war, gemessen an der Ausdehnung des Tempels, eher klein, aber es hatte immerhin einen Durchmesser von einigen Hundert Schritt. Der Boden war mit Marmor ausgelegt, der so nahtlos aneinandergefügt war, als bestünde er aus einer einzigen großen Platte. Darin waren Symbole eingelassen, die aus geraden und schrägen Strichen zusammengesetzt waren und sich inmitten einiger goldener Ringe rund um den gesamten Tempel zogen.

Runen.

»Das ist der Tempel?«, fragte Cino zum wiederholten Mal.

»Ja, edá«, sagte der Dunkelelf Maeglin. »Ich hoffe, ihr wisst zu schätzen, dass ihr etwas sehen dürft, das nie zuvor ein edá vor euch sah.«

»Vor allem weiß ich zu schätzen, dass ich noch nicht in irgendeinem stinkenden Grab verfaule.«

»Warum ein Tempel?«, fragte Morrigan.

Der Dunkelelf warf ihr einen Blick zu, als hätte sie gerade eine sehr dumme Frage gestellt. »Als Bekenntnis unseres Glaubens, Halbblut.«

»Glauben? Woran?«

»Wissen. Weisheit. Voraussicht. All jene Dinge, die uns dem Licht näher bringen.«

Merlin rammte bei jedem Schritt den Stab auf den Boden und schritt energischer als zuvor daher. Überhaupt durchlebte er mit jedem Augenblick, den sie sich in Alfheim befanden, eine Veränderung. »Die schwarzen Prismen?«

»Im Zentrum der Quelle«, sagte Maeglin.

»Wie viele?«

»Genug, um sie zu filtern.«

»Ihr habt sie erweitert, nehme ich an?«

Der Dunkelelf neigte den Kopf. »Das haben wir.«

»Zu weit.« Merlin sah sich um. »Ihr habt nicht erkannt, was ihr damit anrichtet. Ihr wolltet mehr erreichen, als euch zusteht.«

Maeglin schwieg.

»Das müssen sehr große Kristalle sein«, bemerkte Morrigan. »Gibt es hier ein Vorkommen?«

Der Dunkelelf warf ihr einen langen Blick zu. »Ihr habt keine Vorstellung, was euch erwartet. Deshalb rate ich euch, kein vorschnelles Urteil zu fällen.«

»Urteil worüber?«

Er blieb ihr eine Antwort schuldig, als von überall her Elfen herbeiströmten. Viele trugen schwarze Panzer und Hörnerhelme. Aber es gab auch ebenso viele, die in schlichten Stoff gekleidet und kaum von Lichtelfen zu unterscheiden waren. Die gleiche kühle Schönheit, die gleiche glatte Makellosigkeit und die gleichen spitzen Ohren. Dennoch gab es Unterschiede, die ihr erst jetzt auffielen: Die Haare der Dunkelelfen waren schwarz wie die Nacht und ihre Gesichter scharf geschnitten, als wäre alles Weiche von ihnen abgefallen.

Morrigans Sinne waren zum Zerreißen gespannt. Die ganze Zeit fürchtete sie, dass sie angegriffen wurden, aber niemand wagte sich näher. Dutzende. Hunderte. Tausende Elfen strömten aus dem Tempel auf die offene Fläche und bildeten eine freie Gasse, die sie passieren konnten.

Eine Gruppe bestehend aus drei Elfen erwartete sie am Eingang des Tempels. Ihre Gewänder waren sehr aufwendig, fielen in mehreren Schichten, die sich dennoch eng an ihre schlanken Körper schmiegten. Anstelle von Helmen trugen sie Stirnreife, die jeweils ein verschlungenes, filigranes Geweih zierten. Maeglin wechselte ein paar Worte mit ihnen und zeigte auf Morrigan. Die Elfen nickten und forderten Morrigan auf, näher zu treten.

»Wir hörten Gerüchte, dass eine áwárd durch die Gefilde Alfheims wanderte«, sagte eine Dunkelelfe mit Haar wie vergossene Tinte und so klarer Stimme, als wäre sie aus Engelsgesang gewoben. »Doch wir wussten nicht, dass diese áwárd ein Halbblut ist. Wer waren deine Eltern?«

Morrigan biss sich auf die Zunge, um eine spitze Erwiderung zu verhindern. Sollte sie es wagen? Sollte sie …? »Der Name meiner Mutter ist Morgáná le fáý.«

»Morgáná«, wisperten die Versammelten im Chor. »Morgáná … Morgáná …« Wieder und wieder, leiser und leiser, bis sie verstummten.

»Ein alter Name«, sagte die Dunkelelfe. »Ein bedeutsamer Name, der mit vielen Erinnerungen behaftet ist. Einige sind gut. Andere bewiesen, dass auch unser Volk zu Verrat neigt.«

Was auch immer das bedeuten mochte. »Meine Mutter hatte ebenfalls nicht ausschließlich Gutes von Alfheim zu berichten.«

Die Dunkelelfe nickte so langsam, dass es kaum als solches durchging. »Das überrascht mich nicht. Wer ist dein Vater?«

Merlin trat vor.

»Und Ihr seid?«

Er schwieg. Sein Gesicht wirkte unnachgiebig und hart wie ein grimmiger Felsen, an dem sich die Elemente die Zähne ausbissen. Zuerst musterte die Dunkelelfe ihn mit derselben kühlen und überheblichen Berechnung wie alle anderen. Doch je länger sie ihn betrachtete, desto mehr sickerte die Selbstsicherheit aus ihren Zügen, bis blankes Entsetzen darin lag.

Plötzlich kniete sie sich ehrfürchtig vor ihn und senkte das Haupt. In Wellen gingen alle anderen Elfen nieder, sogar ihre Führer.

»*Hráfnáguð*«, sagte die Dunkelelfe mit bebender Stimme. »Verzeiht, dass wir Euch nicht erkannt haben.«

»*Hráfnáguð*«, wisperten die anderen im Chor. »*Hráfnáguð … Hráfnáguð …*«

Merlin stand auf einmal aufrechter, sein Blick war schärfer und seine majestätische Aura vermittelte ungebrochene Macht. Wie ein König. Ein Anführer. *Ein Gott.*

Die Dunkelelfe blickte zögerlich auf, als fürchtete sie, von einem Blitz niedergestreckt zu werden. »Die Überlieferungen berichteten von Eurer Rückkehr, *Hráfnáguð*. Doch wir rechneten nicht so bald damit.«

Morrigan musterte Merlin mit gefurchter Stirn. »Rabengott?«

Er ignorierte sie. »Erhebt Euch, Talila! Ihr alle erhebt Euch! Die Zeit drängt.«

Die Dunkelelfe stand auf und wirkte auf einmal überraschend unsicher. Morrigan hatte gewusst, dass Merlin in vielerlei Gestalt zutage getreten war und überall seine Spuren hinterlassen hatte. In Tirnanog war er zuerst als Dagda und dann als Myrddin verehrt worden. Doch das, was er hier darstellte, ging über Demut und Verehrung weit hinaus. In Alfheim wurde er ebenso als Gott verehrt.

»Das Volk der sîdhe ist gespalten«, sagte er mit ungewohnt herrischer Stimme. »Wie konnte das geschehen?«

»Ihr habt unserem Volk die große Bürde auferlegt, über die Quelle zu wachen, *Hráfnáguð*.« Mit einer leichten Verbeugung trat Talila zur Seite, um ihnen Durchlass zu gewähren. »Doch es zeigte sich, dass auch andere danach trachten. Wir konnten dieser Aufgabe nur gewachsen sein, wenn die Grenzen unseres Reiches gesichert sind.«

»Zeigt es mir!«

Sie gingen los. Morrigan folgte ihnen in sicherem Abstand, eingeschüchtert und fasziniert zugleich. Jedes Mal, wenn sie glaubte, Merlin ein wenig besser zu verstehen, zeigte sich, dass sie ihn überhaupt nicht kannte. Cino ging gleichauf mit ihr – auch er blieb ungewohnt still.

»Außer den sîdhe wusste niemand von den Brücken«, erwiderte Merlin.

»Das dachten wir ebenfalls. Bis sich zeigte, dass wir mit dieser Annahme grundlegend falsch lagen.«

»Sagt es ihm!«, bemerkte die Lichtelfe Iduniel. »Sagt ihm, was Ihr getan habt!«

Talila zögerte. »Seit Ihr das letzte Mal unser Volk aufgesucht habt, *Hráfnáguð*, ist vieles geschehen. Es begann mit einer Rebellion gegen unser Vorhaben, die Regenbogenbrücken zu schließen, und es endete mit der Abspaltung der Ljósálfar.«

Sie blieb stehen und gab ein Zeichen. Dunkelelfen eilten in den Tempel. Stille breitete sich zwischen ihnen aus und eine gefühlte Ewigkeit geschah nichts.

Ein Dröhnen hallte über den Tempel. Ketten klirrten, Metall ächzte und stöhnte und mit einem tiefen Rumpeln klappten die Segmente auseinander; sie senkten sich stetig, wie eine Blume, der allmählich die Blätter ausfielen. Darunter gaben sie ein Gebilde preis. Eine schimmernde Säule kam zum Vorschein, die sich im Zentrum in einer wirbelnden Quelle verlor. Diese wurden von zwei Statuen gestützt, um die das gesamte Bauwerk ringsum aufgebaut worden war. Die Statuen waren so plastisch und meisterhaft gemeißelt, dass sie nur von Elfenhand stammen konnten; sie umfassten mit ausgestreckten Armen die Säule und hielten den Blick gen Himmel gerichtet. Eine elfengleiche Frau und ein elfengleicher Mann, die zugleich mit strengem und mildem Blick hinabsahen, als erforderten sie Demut und Hingabe, und führten jene, die an sie glaubten, ins allumfassende Licht. *eluîn* und *eluán* in der Sprache der sîdhe. Bruder und Schwester. Das göttliche Geschwisterpaar Alfheims, dem die Elfen entstammten.

All das sprengte jegliche Dimensionen, sodass Morrigan sich klein und unbedeutend vorkam. Aber sie war begierig, mehr über all das zu erfahren. Der Brunnen stellte das größte Heiligtum Alfheims dar und bildete eine Macht, die sich jenseits ihrer Vorstellungskraft befand. Dies war der Grund, weshalb die Welt grau und der Krieg der Elfen entfacht worden war.

Aber mit jedem Schritt zeigte sich, dass irgendetwas nicht stimmte.

Merlins Gang wurde einnehmender. Die Dunkelelfen gingen zögerlicher. Morrigan spürte ebenfalls, dass eine Veränderung in der Luft lag, wie eine unausgesprochene Wahrheit, die sich nun enthüllen sollte.

Sie reckte den Kopf. Wie lange mochten die Künstler an den gigantischen Statuen gearbeitet haben? Wie viele Generationen an Elfen waren hier tätig geworden, um diese Meisterwerke zu erschaffen? Oder hatte das göttliche Geschwisterpaar sie selbst nach ihrem Abbild erschaffen?

Derlei Fragen geisterten Morrigan durch den Kopf, als sie näher kam, doch eine überwog alle anderen: Was befand sich im Zentrum dieser beiden Statuen?

»Was hat euch zu dieser Torheit verleitet?«, flüsterte Merlin und ließ eine überraschende Bedrohlichkeit anklingen.

»Unser Wille zu überleben«, erwiderte Talila.

Funken sprühten am Stabende, als Merlin ihn aufstampfte. Die Spitze beherbergte nun einen Raben. »Ihr habt die Quelle betreten!«

»Wir konnten den Brunnen nur beschützen, wenn wir wussten, welche Bedrohung uns erwartet. Deshalb haben sich einige wenige von uns hineinbegeben und ...«

»Ich warnte euch davor!«

Die Elfe sank demütig auf ein Knie.

»Oho«, murmelte Cino und zwirbelte so nervös seinen Schnurrbart, dass er sich einige Haare ausriss. »Jetzt wird's spannend!«

»Diese Macht ist unberechenbar, Dunkelelfe!«, sagte Merlin hoch konzentriert. »Und ihr habt nichts Besseres zu tun, als eurem Schicksal entfliehen zu wollen. Waren meine Anweisungen so undeutlich?«

Die Raben krächzten und hoben ab; sie flogen die Statuen hinauf und umkreisten sie. Nun entdeckte Morrigan auch die Kristalle, die in eigens angefertigten Fassungen überall an den Statuen angebracht waren und wie schwarze Spiegel wirkten, die dem Brunnen und der schimmernden Säule zugewandt waren. Ihr Schwarz war so undurchdringlich, als wäre darin die Farbe der gesamten Welt gebannt. Nebelartige Wolken und bunte Schlieren lösten sich von der Säule und drangen in die schwarzen Prismen ein. Darunter, in dem kreisrunden Loch, das sich inmitten der Plattform auftat, wirbelte der Brunnen, eine tiefe Masse aus Schwarz und Weiß.

»Wer hat die Quelle betreten?«, blaffte Merlin.

»Zuerst wagten die Lichtelfen …«

Er schlug den Stab auf, um Talilas Erklärung zu unterbinden. Mit einem Blitz entzündete sich eine Funkenwelle, die sich ringförmig um ihn ausbreitete und über die Plattform schoss. Morrigan taumelte verwundert zurück. So hatte sie ihn noch nie erlebt.

»Ihr begreift nicht!« Merlin wies zum Brunnen. »Ihr solltet ihn beschützen. Nicht benutzen!«

»Benutzen?«, fragte Morrigan.

Merlin blinzelte sie an, als wäre ihm gerade erst wieder bewusst geworden, dass sie ebenfalls da war. »Dies ist die Quelle der Weisheit.«

Ihr fiel es wie Schuppen von den Augen, als sie sich wieder an Mutters Worte erinnerte. Hier lag eine Macht verborgen, die größer war als alles, was sie erwartet hatte. Die Macht der *Vorsehung*. Und Mutter hatte sie betreten.

»Wo sind diese Lichtelfen?« Merlin blickte sich suchend um. »Wo?«

Iduniel trat näher. »Sie verloren ihren Verstand, als sie die Quelle verließen.«

»Neugierde ist keine Sünde. Aber sie hat ihren Preis. Der Preis, den ihr zu zahlen bereit wart, ist der Wahnsinn. Was habt ihr mit ihnen gemacht?«

Die Lichtelfe betrachtete das wirbelnde Weiß und Schwarz. Gier und Abscheu lagen auf einmal in ihren Zügen. »Anfangs hat mein Volk versucht, aus ihren wirren und unzusammenhängenden Worten zu lernen. Wir wollten verstehen, wovon sie sprachen, denn immer wieder fiel ein Wort.«

»*Weltensturm*«, murmelte Morrigan.

Der kühle Blick der Elfe richtete sich auf sie. »Woher weißt du davon?«

»Das ist unwichtig«, erwiderte Merlin. »Wo sind die Elfen?«

»Tot. Wir haben ihr Leiden beendet, als sie eine Gefahr für sich selbst wurden. Sie haben sich die Augen ausgerissen, die Haut abgekratzt und wie von Sinnen geschrien. Sie baten um Erlösung.«

Er nickte langsam. »Das war zu erwarten. Eine von ihnen ist am Leben.«

Morrigan hielt den Atem an. Mutter! Jetzt ergab alles einen Sinn. Das war der Grund, weshalb sie Alfheim verlassen hatte. Sie hatte in der Quelle der Weisheit etwas erfahren, das sie gezwungen hatte, ihrer Heimat den Rücken zu kehren. »Oh, Mutter …«, raunte sie.

»Dies ist der Preis, den ihr zahlen müsst«, sagte Merlin und machte eine ausholende Bewegung über das Land. »Aus Furcht vor der Zukunft vernichtet ihr euch in einem sinnlosen Krieg selbst.«

»Das Schwinden aller Farbe und das damit einhergehende Schließen der Brücken war nur ein Nebeneffekt von dem, was wir bezweckten«, entgegnete Talila. »Dieser Krieg diente niemals den Farben. Er diente dem, was sich in der Quelle verbirgt. Ihr hättet uns darüber aufklären können.«

»Welchen Unterschied hätte es gemacht?«

Sie hielt seinem Blick stand. »Keinen.«

»Ihr wolltet weitere sídhe hineinschicken, um das Geheimnis zu ergründen! Ihr wolltet das Wissen und die Weisheit eines Gottes erlangen!«

Die Lichtelfe neigte den Kopf. »Unser Hochmut bestrafte uns mit diesem Krieg. Doch die Dunkelelfen wollten verhindern, dass jemals wieder ein sídhe sie betritt.«

»Ihr wusstet, was geschehen würde, *Hráfnáguð*«, sagte Talila. »Ihr wusstet, dass diese Macht zu groß für uns ist. Woher?«

Merlin begab sich zum Brunnen. Morrigan schloss zu ihm auf und blickte hinab. Das Wasser wirbelte und schäumte, nagte zornig am Rand, als focht es einen Kampf zwischen Schwarz und Weiß aus.

»Du hast ihn betreten, nicht wahr?«, flüsterte sie.

»Ein einziges Mal. Ich wusste nicht, womit ich es zu tun habe, als ich ihn fand.«

»Du wirkst nicht, als hättest du deinen Verstand verloren.«

»Nein … Nein, das habe ich nicht. Mein Opfer war ein anderes.« Er schloss kurz die Augen und wirkte wieder wie der geplagte Zauberer, den sie kennengelernt hatte. Als er sie wieder öffnete, lag darin kalter Stahl. »Ich wollte stets wissen, was den neun Welten bevorsteht. Alles, wonach ich trachtete, war Wissen. Wissen, wie es die drei Geister hüten. Stattdessen fand ich ihn.«

»Ihn?«

»Die Quelle der Weisheit ist kein Brunnen, Tochter. Sie ist ein Gefängnis.«

Sie hielt die Luft an. »Wofür?«

»Das ist die falsche Frage.«

Vorsichtig zog sie den Kristall aus ihrer Tasche. Er bannte die Farbe aus Alfheim und damit die Seele dieser Welt. Aber was, wenn das nur ein Teil der ganzen Wahrheit war? Was, wenn die schwarzen Prismen nicht dazu dienten, die Farbe der Welt aufzunehmen, sondern, um etwas zu bannen. Oder jemanden.

»Für wen?«, raunte sie.

»Das ist die richtige Frage.« Er machte eine rasche Armbewegung über den Brunnen, als schnitte er ihn in zwei Teile. Das verwirbelte Weiß und Schwarz kam zum Stillstand. Der Trichter drehte sich nicht länger und die Säule sank in die Quelle zurück. Das Wasser kräuselte sich noch ein wenig, bis es vollkommen stillstand.

In der Mitte der Quelle kniete ein Mann, durch Lichtbänder an die Quelle gefesselt. Als der Mann den Blick hob, wusste Morrigan sofort, dass er kein Mensch war. Auch kein Elf.

Er war ein Gott.

Vereint

Prustend durchbrach Ullr die Oberfläche.

Wellen schmatzten, schlossen sich um seinen Kopf. Das Wasser zog ihn wieder in die Tiefe. Wie ein Fisch im Netz strampelte er herum, stieß sich mit kräftigen Stößen nach oben, aber irgendetwas in dem See wollte ihn nicht loslassen.

Eine Hand schloss sich um seinen Fuß und zerrte ihn wieder nach unten. Er trat zu und erwischte etwas am Kopf. Eine Gestalt flitzte an ihm vorbei. Eine Frau. Ein Fisch. Eine Fischfrau?

Weitere Gestalten wirbelten um ihn herum. Zwischen ihren viel zu langen Fingern spannten sich Schwimmhäute und überall an ihnen befanden sich Flossen: an ihren Schultern, am Kopf und quer über den Rücken. Anstelle von Beinen hatten sie Fischschwänze und ihre Körper waren von schillernden Schuppenkleidern überzogen. Ihre Augen waren groß und rund und ihr lippenloses, leicht geöffnetes Maul zierte eine Reihe messerscharfer Zähne.

Ullr wollte nicht abwarten, welche Abscheulichkeit ihm auflauerte, und stieß sich nach oben. Die Fischfrauen schnitten ihm in den Weg ab, schlugen und kratzten ihn, rammten gegen ihn, sodass er die Orientierung verlor.

Als abermals eine auf ihn zuschwamm, packte er zu und umschloss ihre Kehle. Sie zerkratzte ihm das Gesicht. Er trat sie mit dem Stiefel fort … und wurde von hinten gerammt.

Kalak, er musste hier raus!

Ein Bewusstsein durchströmte seine Gedanken. WARUM RUFST DU IHN NICHT?

Ullr schüttelte den Kopf. *Verschwinde!*

DANN RUFE MICH NICHT, JÄGER!

Es kostete ihn all seine Überwindung, aber ihm blieb keine andere Wahl. Schon merkte er, wie sich seine Sichtränder mit Schwärze füllten. Der Drang, den Mund zu öffnen und nach Luft zu schnappen, war so intensiv, dass er kaum noch widerstehen konnte.

Hilf mir …

HILF DIR SELBST!

Wenn ich sterbe, ist dein Paladin fort.

BIST DU DENN MEIN PALADIN?

Ullr schwieg.

TRÖDEL NICHT HERUM! WOZU HAST DU DEN SPEER?

Instinktiv streckte er die Hand zur Seite. Summend rauschte Sleg herbei und klatschte gegen seine Finger. Ullr konzentrierte sich auf den Speer und stellte sich vor, wie er ihn wegbrachte. Er dachte nicht groß darüber nach, sondern vertraute sich ihm an.

Die Welt fiel in sich zusammen, drehte und drehte sich, und dann fand Ullr sich pitschnass und keuchend auf dem Rücken auf einer flachen Insel außerhalb des Sees wieder. Kalak, was war geschehen?

Er rollte herum, stützte sich mit Händen und Knien auf den Felsen, während sich seine Brust krampfhaft zusammenzog, und spuckte Wasser aus.

Pfeifend schoss ein Bolzen neben ihm nieder und krachte in den Fels.

Ullr rappelte sich auf die Füße und blickte sich um. Er befand sich nicht weit von der Stelle, an der er in den See gefallen war. Neben ihm trieb etwas vorbei. Ein weißes, gefaltetes Blatt. Er angelte es aus dem Wasser und steckte es ein. Gleich daneben schwamm eine kleine Gestalt.

Ullr bückte sich und zog Sindri an Land. Der Zwerg atmete nicht. Also hieb er zweimal auf die Brust ein, ehe Sindri sich plötzlich aufbäumte und Wasser ausspie. Hustend und prustend rollte Sindri sich herum.

»Brokkr … Wo ist … mein Bruder?«

Ullr konnte ihn nirgendwo entdecken, aber das musste nichts heißen. Brokkr war ein zäher Brocken. In seinen Gedanken war er jedoch die ganze Zeit bei Runa. Was, wenn sie ebenso angegriffen worden war? Wenn sie …?

Nein! Sie war seine Tochter. Sie war stark!

Immer noch hagelten Bolzen aus dem Himmel. Rasch sah er sich um und entdeckte eine Stelle im Wasser, über die eine Reihe Baumwurzeln ein geschütztes Dach bildeten.

»Das Schiff«, er hievte den Zwerg auf die Füße, »kann es sich auch kleiner entfalten?«

»Befiehl es ihm.«

Wieder dachte Ullr nicht groß nach, zückte das Papier und warf es auf das Wasser. Dabei stellte er sich vor, wie es zu einem wesentlich kleineren Boot wurde, in dem höchstens drei Mann Platz fanden.

Das Papier erzitterte; es klappte sich auseinander, entrollte sich wie ein Laubblatt und nahm die gewünschte Form an.

Sindri musterte ihn sichtlich erstaunt. »Du beherrschst Runenmagie?«

»Nein.«

»Wie, beim göttlichen Schmied, konntest du Skidbladnir …?«

Ullr wartete die Frage nicht ab, packte den Zwerg am Saum seiner geflickten Kleidung und warf ihn ins Boot. Mit einem Satz landete er ebenfalls darin und übermittelte einen Befehl. Lautlos schlingerte es los, glitt unterhalb der Wurzeln entlang und gelangte aus dem Sichtfeld der Ballisten.

Der Zwerg seufzte erleichtert. »Das war knapp. Ich fürchte, die Dunkelelfen haben uns entdeckt.«

Ullr schüttelte den Kopf. »Keine Dunkelelfen.«

Sindri runzelte die Stirn. »Warum sollten die Lichtelfen uns …?«

»Krieg.«

»Aber …«

»Konzentriere dich!« Angestrengt sah Ullr nach vorn, wo der See einer schmalen Mündung zu einem Fluss folgte. Dort waren die Wurzeln so dicht bewachsen, dass jemand sie unmöglich entdecken konnte. Aber er wollte trotzdem sichergehen und blieb geduckt im Boot, bis sie genügend Abstand hatten. Erst dann stand er auf, packte den verdutzten Zwerg am Kragen und warf ihn über Bord.

»Was …?« Sindris Schrei ging in einem atemlosen Blubbern unter, als er im Wasser verschwand. Er brach mit dem zottligen Kopf hervor und zappelte herum. »Ich kann nicht schwimmen! Ich kann nicht …«

Ullr lenkte das Boot näher, aber nicht so nahe, dass der Zwerg danach greifen konnte. »Reden wir!«

»Jetzt?« Sindri hustete, strampelte. »Das ist nicht lustig, Langer! Lass mich … Bitte! Ich schwöre, dass ich …«

»Rost, jetzt lass ihn schon rein!«, brummte jemand von der Böschung aus. Dort stand Brokkr, die Arme vor der Brust verschränkt und mit einer Miene, als wollte er am liebsten ganz Alfheim kurz und klein hauen.

Ullr griff nach dem Zwerg, der sich verzweifelt an seinem Arm festhielt, und zog ihn ins Boot. Brokkr kletterte über eine Wurzel ebenfalls hinein und funkelte ihn an. Langsam schipperte das Boot über den Fluss und entfernte sich weiter vom See – und damit auch von ihrem Ziel.

Ullr legte sich den Speer quer über den Schoß. »Wovon wurde ich im Wasser angegriffen?«

»Margygr«, grummelte Brokkr. »Mischwesen aus Elf und Fisch. Reicht das?«

»Merlin.«

»Hab gesehen, wie du Sleg benutzt hast. Doch nicht so unfähig, wie ich dachte.«

»Merlin!«

»Warum ist er dir so wichtig? Hast du …?«

»*Er*?«, rief Sindri ganz aufgeregt und rückte näher zum Speer. Mit großen Augen musterte er die Runen und nickte immer wieder. »Jetzt erkenne ich es. Es gibt keinen Zweifel! Merlin hat geholfen, den Speer zu schmieden. Aber weshalb sollte er so etwas tun?« Sindri strich mit den Fingern über das Metall, das kribbelte und vibrierte. »Was hat ihn dazu verleitet, etwas zu erschaffen, das es mit Mjölnirs Macht aufnehmen kann? Wollte er ein neues königliches Artefakt, um den Bruderkrieg in Svartalfheim zu beenden? Wusste er nicht, wo sich Mjölnir befand? Schotter und Stein … oder ließ der Weltenhammer nicht zu, dass der große Merlin ihn fortbringt?«

»Das reicht!«, knurrte Brokkr.

»Du begreifst nicht, Bruder! Merlin hat Sleg mithilfe eines Runenschmieds erschaffen!«

»Schon klar, aber …«

»Nein, *nichts* ist klar!« Sindri stapfte nervös in dem Boot auf und ab. »Jede dieser Waffen ist auf ihre Art einzigartig. Sie suchen sich ihre Träger aus, nicht umgekehrt. Wenn Merlin den Speer geschmiedet hat, warum trägt er ihn dann nicht? Warum trägt ihn ein Mensch?«

»Weil er ihn nicht tragen kann.«

Sindri wirbelte zu seinem Bruder herum. »Ganz genau! Er will unbedingt alles verstehen. Aber wir wissen beide, dass er vor allem die Runenmagie ergründen will, weil sie so unverständlich und unerklärbar ist, dass sie keinen Gesetzmäßigkeiten folgt. Das heißt, dass er das Schicksal selbst herausfordern will. Aber warum? Was verbirgt sich hinter alldem und was hat das mit Alfheim zu tun? Ist es …?«

»Ihr fürchtet ihn«, bemerkte Ullr.

»Sag das noch mal, Langer!«, blaffte Brokkr.

»Ihr fürchtet ihn.«

Der Zwerg zögerte. Dann schnaubte er verächtlich. »Rost und Ruin, ich scheiße mir jedes Mal das Hemd voll, wenn der Kerl neben mir steht! Weißt du, wie man ihn hier nennt? Hráfnáguð. Das bedeutet Rabengott.«

»Ein Gott?«

»Und was für einer! Ich erinnere mich noch genau, als er die goldene Halle von Nidavellir aufgesucht hat.« Brokkr gestikulierte wild mit den Händen. »Hat sich als Grímnir angekündigt und wollte die Gastfreundschaft des Königs genießen. Acht Tage lang hat Hreidmar ihn versauern lassen, weil er ihm nicht getraut hat, aber mein verrosteter Bruder und ich haben seine Maskerade sofort durchschaut. Am neunten Tag hat er sich dann als Merlin zu erkennen gegeben und das Verhalten des Königs in all seinem Scheißstolz angeklagt, ohne unsere Regeln und Gesetze zu kennen. Wir sind verdammt noch mal Zwerge! Und ein Zwerg hasst nichts mehr als eine Überraschung!«

»Hreidmar war sehr bestürzt und wollte ihn umgehend empfangen«, sagte Sindri traurig. »Doch wie es der Zufall wollte, wurde er tot aufgefunden, erstochen von seinem eigenen Schwert Tyrfing.«

Brokkr baute sich breitbeinig vor Ullr auf. »Das war der Moment, an dem wir uns verpisst haben.«

»Also gebt ihr Merlin die Schuld für euer Versagen?«, fragte Ullr

»Hast du mir nicht zugehört, Langer? Wir haben *seinetwegen* Mjölnir mitgenommen ...«

»Und damit einen Krieg ausgelöst.«

Brokkr klappte den Mund zu und starrte ihn finster an. Sindri tätschelte dessen Arm und nickte versöhnlich. »Ganz so einfach ist es nicht.«

»Nein, das ist es nie.« Behutsam hob Ullr den Speer an und betrachtete die Runen, die vor seinen Augen verschwammen, als wollten sie ihre wahre Bedeutung vor ihm verbergen. Grímnir. Der Name weckte etwas in ihm. Runa hatte ihn einmal erwähnt und behauptet, Sleg habe zu ihr gesprochen. Das alles hing miteinander zusammen, aber er begriff noch nicht, wie genau.

»Eines habt ihr nicht bedacht«, sagte Ullr langsam und leise, als wollte er das Schicksal nicht herausfordern. »Ich weiß nicht, wie Sleg in meinen Besitz kam. Das Letzte, woran ich mich erinnere, ist, dass ich ihn in den Händen hielt und die Paladine der Kirche bekämpfte.«

»Warum?«

Er ließ den Speer zusammenschrumpfen und klemmte ihn in die Halterung auf seinem Rücken. »Weil eine Stimme es mir befohlen hat.«

»Siehst nicht so aus, als würdest du einfach so einer Stimme vertrauen.«

Lange schwieg Ullr, lenkte das Boot sicher durch den ruhigen Fluss. Immer wachsam bleiben. Immer die Umgebung im Blick behalten. »Kalak gab mir eine Aufgabe. Das Weltenrund vor der Kirche beschützen. Menschen helfen. Frieden schaffen.« In einem langen Atemzug betrachtete er seine zernarbten und mit Schwielen überzogenen Hände. »Ich bin an dieser Aufgabe zerbrochen. Dann traf ich jemanden, der mir half, meine Scherben wieder aufzusammeln und zusammenzufügen. Sie zeigte mir einen anderen Weg.«

»Wer war sie?«, fragte Sindri einfühlsam.

Wieder zögerte Ullr die Antwort heraus. Aus irgendeinem Grund fiel es ihm ungeheuer schwer, darüber zu reden. Mit ihrem Tod war auch etwas in ihm gestorben. »Meine Frau.« Er ballte die Hände so fest, dass die Knöchel knackten. »Sie schenkte mir ein Kind. Und eine Bestimmung.«

»Besorgt um die Kleine siehst du nicht aus, Langer«, bemerkte Brokkr.

In einem plötzlichen Anfall von Wut sprang Ullr hoch, schwenkte den Arm nach vorn und richtete den wachsenden Speer auf die Kehle des Zwerges. »Du hast keine Ahnung, was ich für sie empfinde! Du weißt nicht, was sie mir bedeutet! Ohne sie bin ich … bin ich …«

»Nichts.«

Ullr ließ den Speer sinken. »Ja.«

»Man weiß erst, was man verloren hat, wenn es nicht mehr da ist.« Brokkrs Stimme nahm einen wehmütigen Klang an. »Ich habe meine Heimat verloren, Langer. Wir haben alles zurückgelassen, damit unser Volk sich nicht mit einer viel zu mächtigen Waffe, die *wir* erschaffen haben, selbst vernichtet. Seitdem sind wir heimatlos und streifen durch die neun Welten auf der Suche nach dem, was dir vergönnt ist. Eine Bestimmung.«

Als Ullr ihm in die Augen sah, erkannte er darin tiefen Schmerz.

»Hast du auch nur eine Vorstellung davon, wie es ist, alles zurückzulassen, was man liebt, Langer? Der Heimat den Rücken zu kehren und …?«

»Ja.«

Sindri ging zu seinem Bruder und nahm ihn in den Arm. Erst wehrte sich Brokkr dagegen, aber dann ließ er es zu. Aber auch nur für zwei Atemzüge, ehe er sich wieder brummend ins Boot setzte.

»Jäger, wir alle haben zum Wohle der neun Welten viel verloren und zurückgelassen«, sagte Sindri. »Nicht länger ist klar ersichtlich, wer Freund und Feind ist. Das, was wir hier sehen«, er spreizte die Arme, »das Fehlen von Farbe, die Grauschattierungen, ist das, was das Leben ausmacht.«

Ullr nickte grimmig. »Jeder hat Gründe für seine Taten.«

»So wie Cernunnos und Merlin.« Sindri ließ die Arme wieder sinken und zog ein nachdenkliches Gesicht. »Wie alle Götter. Wir müssen nur erkennen, was sich hinter alldem verbirgt.« Jetzt wies er in die Ferne zur Säule. »Darauf läuft alles hinaus. Die Quelle. Eine verborgene Macht. Ein Geheimnis, das mit allem verbunden ist.«

Ein Rascheln im Gebüsch ließ Ullr herumfahren. Eine kleine Gestalt flitzte daraus hervor, sprang ins Boot und baute sich vorne am Bug auf.

Ein Eichhörnchen.

Seltsamerweise trug es eine Umhängetasche und das zottlige Fell war mit getrocknetem Blut besprizt. Es verschränkte die winzigen Pfoten vor der Brust und musterte sie nacheinander mit überraschend intelligenten Augen. »Wusste doch gleich, dass ich diesen Zwergengestank kenne«, keckerte es.

»Rost!«, bellte Brokkr. »Was hat denn der Waschbär hier verloren?«

Das Eichhörnchen quiekte. »Nenn mich nicht Waschbär, du Felslutscher, sonst …«

Brokkr lachte dreckig. »Sonst was? Reißt ganz schön das Maul auf, du …«

»Ruhe!«, knurrte Ullr. Obwohl er kaum die Stimme erhoben hatte, verfielen die anderen in Schweigen. Er hatte eine Gestalt oben an der Böschung bemerkt, die ihn entschuldigend anlächelte. Eine Gestalt, die sein Herz schneller schlagen ließ.

***

Morrigans Herz schlug ihr bis zum Hals. Alles, was sie geglaubt hatte über Alfheim zu wissen, zerfaserte wie Nebel im Sonnenlicht. Der Grund für alles, was geschehen war und noch geschehen würde, war keine mystische Quelle.

Sondern ein Gott.

Der Mann wirkte älter als die Zeit. Auf seiner Glatze spiegelte sich das Licht und aus seiner Stirn sprossen zwei kurze Hörner wie bei einem Ziegenbock. Die verschlissenen Kleider flatterten auf seiner ausgemergelten Brust, sein Bart war so lang, dass er sich im Wasser kringelte und seine Haut war dünn wie Papier. Doch seine tiefgründigen Augen funkelten vor Intelligenz. Sie besaßen die Farbe von Bernstein.

Eine Farbe in Alfheim.

Ein eiskalter Schauder rann ihr über den Nacken und sie musste schwer schlucken. Unwillkürlich wandte sie den Blick ab, aber sie zwang sich, den Mann wieder anzusehen. Die Elfen hinter ihr tuschelten aufgeregt. Wenn einige von ihnen mit ihm gesprochen hatten – und dabei ihren Verstand verloren hatten –, wie groß war dann die Wahrscheinlichkeit, dass es Morrigan nicht genauso erging?

Selbst Merlin wirkte angespannt. Ein Zögern zeichnete seine Haltung, aber darin lag auch ein Hunger, den sie ebenso verspürte. Wenn dieser Gott so mächtig war, dass es Dutzende an gewaltigen schwarzen Prismen brauchte, um seine Seele zu schwächen, dass sogar die Farbe in Alfheim aufgesogen wurde und die Welt allmählich dahinraffte, was wäre, wenn er frei wäre? Wenn er in den neun Welten herumwanderte? Wenn Cernunnos seine Wurzeln in ihm ausbreitete, um seinen Geist zu beherrschen?

Je länger sie darüber nachdachte, desto unruhiger wurde sie. Denn eine Frage zog sich wie ein roter Faden durch die Windungen ihres Verstandes und verdrängte alle anderen: Was, wenn sie mit allem, was sie getan hatte, Cernunnos den Weg geebnet hatte?

»Nirgend haftet Sonne noch Erde«, flüsterte Merlin. »Es schwanken und stürzen die Ströme der Luft.«

»Was bedeutet das?«, fragte sie, doch es kam nicht mehr als ein trockenes Quäken aus ihrem Hals. Bei den Elementen, woher kam auf einmal diese Furcht, die sie niederzuringen drohte? Sie wollte sich bewegen, sich umdrehen und davonlaufen.

Aber sie war wie gebannt.

»*Hárbarðr*!«, sagte der Mann mit wohltönender Erzählerstimme, als wollte er sie an einer Geschichte teilhaben lassen. »Oder ist Graubart schon wieder aus der Mode? Sag, wie nennst du dich neuerdings?«

Merlin stampfte seinen Stab auf. »Mimir. Es ist lange her.«

Der Gott lächelte. »Wenn du von lange sprichst, was genau meinst du damit? Man verliert ein wenig das Zeitgefühl, wenn man hier so *herumhängt*.«

Cino prustete los. Merlin sandte ihm einen scharfen Blick zu, dann richtete er sein Augenmerk wieder auf Mimir. »Was wir befürchtet haben, ist eingetroffen. Deine Existenz ist nicht länger geheim. Cernunnos wird versuchen, sich deines Verstandes zu bemächtigen.«

Mimir seufzte gedehnt. »Wir sahen dies schon lange kommen. Vielleicht hätten wir uns das alles hier ersparen können, wenn du auf mich gehört hättest. Sosehr du auch danach trachtest, das Schicksal selbst herauszufordern, ebnest du diesem mit jeder deiner Entscheidungen den Weg.«

»Daran kann ich nicht glauben.«

»Weil du die Augen vor der Wahrheit verschließt. Du bist wie ein Hund, der einem Knochen hinterhereilt. Willst du einen Rat?«

»Dein letzter Rat hat mich viel gekostet, Mimir.«

Der Gott schüttelte das wirre Haupt. »Alles im Leben hat seinen Preis. Die Macht des Gleichgewichts wird sich nur dann wieder zeigen, wenn sie gefordert ist. Und auch nur jenen, die Licht und Dunkelheit in sich vereinen.«

»Merlin«, sagte Morrigan bedächtig und konnte sich kaum von dem gefangenen Gott lösen. »Wer ist dieser Mann?«

Er blickte sie harsch an. »Der Hüter der Quelle der Weisheit. Ein Gott.«

Ein Gott! »Warum ist er eingesperrt?«

»Weil ich ihn eingesperrt habe.«

»Los!«, rief Mimir. »Erzähle ihr, warum du das getan hast!«

Merlin beugte sich zu ihr und drückte ihre Schulter. »Uns bleibt keine Zeit für Erklärungen. Das Einzige, was zählt, ist, dass Mimir die Gabe der Voraussicht besitzt. So wie die Schicksalsschwestern, die die Fäden der Sterblichen spinnen und über Leben und Tod entscheiden, verfügt er über eine Gabe, die selbst für einen Gott zu groß ist. Endloses Wissen.«

»Die Nornen.« Sie hielt inne. »Ich hielt sie für eine Legende.«

»Oh«, rief Mimir. »In jeder Legende steckt ein Fünkchen Wahrheit. *Urd*, *Verdandi* und *Skuld* sind aber weitaus mehr als das. Allerdings ist es etwas anstrengend, mit ihnen zu sprechen, denn ständig plappert eine von ihnen dazwischen.«

Sie schaute wieder zu dem Gott in der Quelle. »Warum ist er ein Gefangener?«

»Stell dir einmal vor, jedes Lebewesen in den neun Welten wüsste um sein bevorstehendes Schicksal«, erklärte Merlin mit ruhiger Stimme. »Könige wüssten darum, wer sie zu Fall brächte, oder Opfer von ihren Mördern, bevor die Tat überhaupt begangen wurde. Was wäre, wenn nachfolgende Generationen bereits zum Tode verurteilt sind, weil wir darum wissen, welche Taten sie irgendwann begehen werden? Was, wenn jedes Wesen jederzeit wüsste, welchen Einfluss es auf seine Taten hat?«

»Chaos«, sagte Cino.

»Chaos. Wisst ihr, welchen Rat ich von ihm im Austausch für ein Opfer erhielt?« Er beugte sich zu Morrigans Ohr und senkte seine Stimme. »Das Wissen um den Weltensturm. Das Wissen, dass er hier entfacht werden wird. Das Wissen um einen bevorstehenden Krieg, der viele Leben kosten wird.«

Sie sah ihm in die Augen. Und erkannte die Wahrheit. »Cernunnos.«

Merlin nickte langsam. »Deshalb erwählte ich Cuchulain als nächsten Träger des Lichtschwertes, einer göttlichen Waffe.«

Ihr Herz setzte für einen Schlag aus. »Und der Waldgott?«

Der Gott löste sich von ihr. »Stell dir einen Gott vor, der nicht nur mit allem verbunden ist, sondern auch alles sieht, was kommen wird.«

»Dieser Gott wäre wahrhaft allmächtig«, sagte sie heiser.

»*Mierda!*« Cino reckte entschlossen die Faust. »Also, was machen wir?« Er zog sein Rapier und wies damit auf Mimir. »Stechen wir ihn ab? Hacken wir ihm den Kopf ab, damit Cernunnos nicht mehr an ihn rankommt?«

»Wenn es doch bloß so einfach wäre.« Mimir zwinkerte ihm zu. »Versuche ruhig dein Glück. Oder wünschst du einen Rat? Gegen Bezahlung erzähle ich dir gerne mehr darüber, wie du dein Glück finden wirst. Das ist es doch, was du am meisten begehrst, nicht wahr, *Glücksritter?*«

Das Rapier in Cinos Fingern schwankte. »Was wird mich das kosten?«

»Ein Auge genügt.«

Cino schob die Klinge zurück. »Verzichte.«

»Ein Gott kann nicht durch gewöhnliche Waffen getötet werden«, sagte Merlin. »Es braucht etwas mit einem göttlichen Funken.«

Morrigans Herz machte einen Satz nach oben. »Es gibt Götterfunken?«

Er sandte ihr einen langen Blick zu. »Manche Geheimnisse sollten unangetastet bleiben, Morrigan.«

»Ah, ein Rat des Rabengottes«, rief Mimir. »Wie wäre es mit einem Speer? Eine mächtige, beeindruckende, vernichtende und todbringende Runenwaffe, so ganz nach deinem Geschmack! Ach, stimmt ja, so weit waren wir ja schon.«

Morrigan blickte zwischen ihnen hin und her. »Wovon spricht er?«

»Jene Waffe, die wir uns gemeinsam erdachten«, antwortete Mimir an Merlins Stelle. »Jene Waffe, die du im Zwergenreich hast schmieden lassen. Jene Waffe, die sich deiner Hand widersagte. Jene Waffe … befindet sich hier.«

Auf einmal lag eine Anspannung in der Luft wie vor einem niedergehenden Blitz. »Was?«, fragte Merlin scharf und leise wie ein gezacktes Sägeblatt.

Mimir lächelte unschuldig. »Ups.«

Cino hob wie ein Bühnenkünstler vor seinem Publikum die Hände. »Also gut, Leute! Fassen wir das mal zusammen. Der Ziegenkerl ist der Grund. Für die schwarzen Prismen, die fehlende Farbe, den Brunnen, das heldenhafte Abenteuer. Cernunnos will ihn beherrschen, aber den Ziegenkerl zu töten ist keine Option. Warum machen wir nicht mit ihm einfach die Sause?«

»Cernunnos hat den Weltenbaum infiziert«, erklärte Merlin. »Es gibt keinen Ort, den er nicht früher oder später erreichen kann. Nicht einmal das Reich der Toten.«

»Ich geb ja zu, dass der Plan noch ausbaufähig ist. Aber so ein vortrefflicher Gott wie du hat doch bestimmt noch einen anderen parat, um diesen Teufel niederzustrecken!«

»Oh, ich liebe Rätsel!«, sagte Mimir und grinste über das ganze Gesicht. »Wie wäre es damit?« Er blickte Merlin an. »Woher weiß der Teufel, dass er ein Teufel ist?«

Kein Teufel. Keine Brut. Kein Geist hatte Runa davon abhalten können, Vater zu erreichen. Auch wenn sie nicht lange fort gewesen war, kam es ihr wie eine Ewigkeit vor. Sein Gesicht war von Sorgenfalten zerfurcht und der Zorn in seinen Augen trug auch nicht gerade dazu bei, dass sie sich besser fühlte. Aber er würde sie beschützen. Immer. Das wusste sie jetzt.

Sie kletterte über einen Ast in das Boot, drehte nervös den Ring an ihrem Finger und wich Vaters Blick aus. »Vater«, murmelte sie.

»Mädchen.«

Sie nahm ihren Mut zusammen und hob den Kopf. »Da war etwas in mir. Etwas hat mich gerufen. Deshalb wusste ich, dass ich gehen musste. Vater, es tut mir leid …«

Er hob die Hand. »Nicht deswegen. Nicht vor mir.«

Tränen schossen ihr in die Augen. Sie warf alle Vorsicht über Bord und fiel ihm in den Arm. Er umarmte sie nicht – das würde er nie tun. Aber als er seine Hand auf ihren Kopf legte, ging für sie die Sonne auf.

Vater bückte sich und schob sie an den Schultern auf Abstand. Ihr lagen tausend Worte auf der Zunge, allerdings konnte keines beschreiben, was sie *fühlte*. Er lächelte nicht, sagte nichts, umfasste ihren Hinterkopf und führte ihre Stirn aneinander. Runa wünschte sich, der Moment würde niemals enden.

»Ich habe Mutter gesehen«, raunte sie.

»Wo?«, fragte er ebenso leise.

»Im Weltenbaum. Es war ihr Geist. Sie sagte …« Runa atmete zitternd ein, so ergriffen war sie. »Mutter sagte, dass ich dich beschützen muss.«

Wie immer sagte er nichts dazu. Aber sie wusste nun, dass auch ihn diese Neuigkeit aufwühlte. Irgendwie konnte sie es *spüren*, als existierte ein Band zwischen ihnen, das seit ihrem Abenteuer stärker geworden war.

»Bytor meinte ebenfalls, dass du meine Hilfe brauchst. Vater, ich mache mir Sorgen um ihn. Er weiß nichts hiervon. Von Alfheim. Von unserer Bestimmung.«

»Bytor wird mich finden. Er findet mich immer.«

»Wirst du mir irgendwann eure Geschichte erzählen?«

»Das ist kein Heldenepos, Mädchen.«

»Ich weiß. Manchmal muss man Entscheidungen treffen, uhm, die andere vielleicht nicht treffen können.« Sie atmete tief ein. »Wie der Hirsch, den ich töten musste, damit wir leben.«

Vater nickte langsam.

»Ich verstehe meine Gabe immer mehr. Erzählst du mir irgendwann von Mutter?«

»Bald.« Er erhob sich. Diese Geste gab ihr Kraft; sie festigte sie in einer Art und Weise, die sie nicht für möglich gehalten hatte. Vater sprach es nicht aus, aber er verzieh ihr. Und vielleicht … ja vielleicht war er sogar stolz auf sie.

»Hallo, Sindri und Brokkr.«

Sindri lächelte höflich, während er sich das Wasser aus dem Bart wrang. »Schön, dass es dir gut geht, Runa. Es ist doch schön, oder, Bruder?«

Brokkr brummte missgelaunt vor sich hin.

»Ja, wirklich schön!« Ratatösk flitzte auf ihre Schulter. Dort verschränkte er die Pfoten vor der Brust und funkelte die Zwerge an. »Da wir jetzt vereint sind, können wir uns endlich *meinem* Problem zuwenden.«

Vater kniff die Augen zusammen.

»Das ist Ratatösk«, sagte Runa. »Wir sind uns im Weltenbaum begegnet, bevor Cernunnos uns angegriffen hat. Nein … Nein, das ist nicht ganz richtig. Erst hat der Ring zu mir gesprochen und *dann* kam der Gott. Und anschließend …« Sie zog die Stirn kraus. »Dann kam die Brut, die Cernunnos kontrolliert. Wir sind geflohen, aber Andvari hat uns mit Runen geholfen. Er hat mein Messer verzaubert und … Das alles ist jedenfalls *sehr* verwirrend. Ratatösk lebt im Baum und hat eine wichtige Aufgabe und …«

Das Eichhörnchen hob den Finger. »Sehr wichtig!«

»Durch Cernunnos ist im Weltenbaum nichts mehr so, wie es sein soll. Der Nidhögg …«

»Ein Drache an Yggdrasils Wurzeln.«

»Richtig. Er wird beeinflusst und …«

›Lass es mich ihnen zeigen‹, sagte der Ringgeist und leuchtete auf.

»Aha!«, blaffte Brokkr und trat vor sie. »Du warst das!«

Misstrauisch trat Runa einen Schritt zurück. »Was?«

»Nicht du!«

»Wer?«

Der Zwerg zeigte auf den Ring. »Du!«

»Oh. Du kennst ihn?«

Es war das erste Mal, dass Brokkr sie überrascht ansah. »Schotter und Stein! Er ist der Runenschmied! Aber wie ist sein Bewusstsein in dem Ring gelandet?«

»Er heißt Andvari. Nein, also ich meine, der Ring nennt sich Andvaranaut und …«

›Ich bin nicht gut in so etwas. Vielleicht solltest du mich deinem Vater geben, damit ich es ihm erklären kann. Würdest du mir den Gefallen tun?‹

Vater regte sich. »Er spricht?«

»Du kannst ihn hören?«, fragte Runa.

Sein finsterer Blick richtete sich auf den Ring. »Ja.«

Sindri räusperte sich verhalten. »Ich höre ihn ebenfalls.«

Brokkr winkte.

›Das ist unglaublich! Wenn sie mich hören können, dann heißt das, dass ich besser werde.‹ Andvari klang sehr aufgeregt. ›Aber wer ist da? Mein Geist ist eingeschränkt. Ich sehe nichts, allerdings spüre ich alles. Sind das …?‹ Er machte eine Pause. ›Bei Wieland, nein! Niemals! Ihr … Ihr seid … Sindri und Brokkr!‹

»Jetzt mal schön langsam!«, rief Brokkr. »Wer bist du?«

Der Ringgeist räusperte sich. ›Mein Name ist Andvari und ich bin …‹

»Ein Zwerg.«

›Ja, in der Tat. Mein Leben lang eiferte ich den legendären Zwergenschmieden nach. Also … euch. Bei Wielands Bart, ich kann es immer noch nicht glauben!‹

»Krieg dich wieder ein! Wie kommt es, dass dein Bewusstsein im Ring steckt?«

›Das ist eine sehr lange Geschichte.‹

Brokkr verschränkte die Arme vor der breiten Brust. »Hab grad nichts Besseres zu tun.«

Runa stellte sich vor, wie der Ringgeist den Kopf schüttelte. ›Vorerst ist das unbedeutend. In Svartalfheim tobt Krieg und …‹

»In Svartalfheim tobt immer Krieg«, erwiderte der Zwerg.

›Du begreifst nicht. Hreidmars Tod war kein Unfall. Fafnir, sein eigener Sohn, hat ihn ermordet!‹

»Fafnir?«, fragte Sindri und zog ein überraschtes Gesicht. »Ich hielt ihn immer für den vernünftigsten der drei Brüder. Warum sollte er das tun?«

»Macht«, brummte Vater.

Das Schiff gelangte zu einer Weggabelung und schwenkte wie von selbst nach links. Runa war viel zu abgelenkt, um sich Gedanken darüber zu machen.

›Es ist so viel geschehen.‹ Andvari seufzte. *›Ich wünschte, ich könnte meine Geschichte erzählen, aber dafür bleibt keine Zeit. Ich habe Gleipnir geschmiedet, um eine Wurzel des Weltenbaums in Svartalfheim zu fesseln. Wir sind in Midgard in einem Tempel gelandet und haben dort …‹*

»Rost und Eisen, Mjölnir!« Brokkr warf seinem Bruder einen grimmigen Blick zu. »Ich wusste doch, dass irgendein verrosteter Zwerg ihn früher oder später finden wird.«

›Ich wurde von Fafnir ermordet, weil Mjölnir sich ihm und seinen Brüdern widersagt hat. Doch ich fürchte, das hält ihn nicht davon ab, in dessen Besitz gelangen zu wollen. Er ist dafür sogar bereit, den Krieg der Zwerge in andere Welten zu tragen.‹

Brokkr nickte grimmig. »Rost, wir müssen zurück nach Svartalfheim, um diesen Unsinn zu beenden!« Er wandte sich Vater zu und zeigte zur fernen Säule. »Wir müssen eine Regenbogenbrücke öffnen. Mir scheißegal, ob uns dabei ein paar Elfen in die Quere kommen. Dann machen wir's eben so wie der Zimmermann. Wir stutzen ihnen die spitzen Ohren!«

Funkensprühend wuchs Sleg in Vaters Hand von einem Stab zu einem Speer.

›Bei Wieland, was ist das?‹, rief Andvari ganz aufgeregt.

»Sleg«, antwortete Vater.

›Runa, bring mich zu ihm! Sofort!‹

Sie nahm den Ring ab und gab ihn Vater, der ihn sich über einen Finger schob. Irgendwie weitete sich Andvaranaut, sodass er wie angegossen passte. Der Ring vibrierte so laut, dass es fast in den Ohren schmerzte. Allmählich, ganz allmählich nahm das Summen dieselbe Tonlage an wie Sleg, als stimmten sie sich aufeinander ein.

›Ich erinnere mich. Ich erinnere mich an alles! Das bedeutet … Wir müssen hier weg! Sofort!‹

Runa hatte es ebenfalls gespürt, wie eine Schwingung in der Luft. Ein Moment, in dem das Leben mit aller Gewalt Richtung Tod glitt. Die Präsenz der Toten war plötzlich mit aller Macht da, ihre Pein, ihre Verzweiflung, ihr Unverständnis … All das wurde zu einem Klagelied. Ein Lied der Toten.

Das Boot erzitterte.

»Bei meinem Bart!«, brüllte Brokkr und klammerte sich an der Reling fest.

Wieder erzitterte es.

»Er kommt …«, flüsterte Runa mit geisterhafter Stimme.

»Wer kommt?«, fragte Vater.

»Er.«

Eine scheunengroße Wurzel, geformt wie eine Hand, schoss aus dem Wasser, krümmte sich um das Boot und riss es in die Luft. Runas Magen schlug Purzelbäume und ein Schrei erstickte in ihrer Kehle.

Das Boot wurde herumgeschwenkt. Überall schlingerten Ranken an der Reling vorbei, surrten sich darum fest und verzweigten sich zu einem Gesicht. Runa traute ihren Augen kaum.

Das Rankengesicht wirkte finster und bösartig, aber es lag auch eine gewisse Traurigkeit darin, als wäre es zu seinen Taten gezwungen. Noch bevor es den Mund öffnete, wusste Runa, wer sie gefunden hatte.

Der Waldgott war hier.

Der Feind.

Cernunnos.

Das Ideal

Trompetenhaftes Röhren ertönte in der Ferne.

Morrigan wirbelte herum. Jenseits des Tempels, am Rande des Sees, erwachte der gesamte Wald zum Leben. Bäume rissen ihre Wurzeln aus der Erde und stapften los. Ranken, dick und groß wie Schiffsketten, schlingerten in die Luft und wickelten sich umeinander; sie wuchsen zu einer aufrechten Gestalt heran, in einer Dimension, die alles andere wie Miniaturausgaben erscheinen ließ.

Elfen zeigten aufgeregt dorthin. Es rasselte und klapperte, als eine Abordnung Gerüsteter herbeieilte und sich auf dem Plateau verteilte. Elfen redeten durcheinander. Ihre Stimmen wurden lauter, mischten sich mit dem dröhnenden Lärm ...

Die Gestalt am Horizont – das konnte nur der Waldgott sein.

Plötzlich war Morrigan wieder in Tirnanog. Einschläge erschütterten den Boden. Geheul und Gebrüll vermengten sich mit dem Geschrei der Sterbenden. Die Luft war erfüllt vom Gestank nach Tod, Schweiß und nassem Pelz. Ihr Herz raste wie verrückt, während sie um ihr Leben kämpfte. Der Boden war glitschig vom Blut. Über ihr spross ein Rankenbaum, der alles mit seiner Macht zerschmetterte. Wagrim erhob sich vor ihr. Er legte seine Finger um ihre Kehle und drückte, drückte, drückte ...

Eine Berührung an der Hand. Cino stand neben ihr und blickte sie sorgenvoll an. »Eiskönigin? Du drehst mir doch jetzt nicht durch, oder?«

Sie blinzelte. »Es ist alles in bester Ordnung.«

»Will ich aber auch meinen. Mir geht hier der Arsch auf Grundeis und du lässt mich im Stich.«

Die Erinnerungen überlagerten sich mit der Wirklichkeit. Damals war sie erstarrt gewesen wie ein Rehkitz. Als er das Leben aus ihr herausgepresst hatte, war sie unfähig gewesen, sich zu wehren. Sie hatte eine Schwäche offenbart und erkannt, dass sie nichts weiter als

Josés Waffe gewesen war. Denn er hatte ihren Durst nach Macht gegen sie verwendet.

Aber jetzt war sie eine andere.

Merlin schickte seine Raben in den Himmel. Er erteilte Befehle, aber Morrigan achtete kaum auf seine Worte. Er war genau wie José. Ein Mann mit Geheimnissen. Ein Gott, der andere wie Figuren auf einem Schachbrett benutzte. Jederzeit hätte er ihr von Mimir erzählen können. Aber er hatte ihr die Wahrheit verschwiegen. Er vertraute ihr nicht. Denn er wollte alle Macht für sich allein.

»Das ewige Dilemma«, sagte Mimir. Seine Worte hallten um sie wie ein göttliches Omen. Er schaute sie an, als sähe er Dinge, die allen anderen verborgen blieben. »Erdrückende Ordnung oder verheerendes Chaos. Wie entscheidest du dich?«

Merlin trat nahe an sie heran und hielt ihr fordernd die Hand hin. »Der Seelenstein!«

Widerwillig gab sie ihm den Kristall. »Was hast du vor?«

Zielgerichtetes Verlangen blitzte in seinen Augen. Er kehrte ihr den Rücken zu und trat in die Quelle. Das Wasser wirbelte zu unzähligen Tröpfchen auf, als er knietief hindurchschritt; die Tropfen trieben schwerelos auf und ab, als wären dort jegliche Naturgesetze außer Kraft gesetzt. Merlin blieb vor Mimir stehen und drückte ihm den Seelenstein gegen die Brust.

»Ah, ich dachte, diesen Punkt hätten wir längst überwunden?«, fragte Mimir.

»Du hältst mich für grausam.«

»Ich halte dich für einen Mann, der seinem eigenen Schicksal trotzen will.«

Wie von selbst trat Morrigan in das Wasser. Ihre Sinne waren ganz auf die beiden Götter gerichtet. Wie viele Geheimnisse hütete Merlin? Und was war seine Macht schon gegen Mimirs *Allwissenheit*?

»Eiskönigin!«, rief Cino ihr hinterher, aber sie achtete nicht auf ihn. Je näher sie dem Zentrum kam, desto schwerer lastete etwas auf ihrem Verstand. Sie stolperte, richtete sich auf und hielt verbissen stand. Jeder Schritt ließ ihre Knie zittern. Jeder Schritt zehrte sie aus. Jeder Schritt bewies, welchen Kräften Mimir seit langer Zeit ausgesetzt war.

Ein hohles Klingeln ertönte in ihrem Kopf. Das Wasser, der Tempel, die Welt – all das verschwamm vor ihren Augen wie Nebel. Nun wirkten die schwarzen Prismen auch auf sie. Es war, als hätte sich vor ihr ein Abgrund aufgetan, um sie zu verschlingen.

Mimir lächelte bedauernd. »Ich verstehe, dass du die Leere in dir füllen willst, Bruder. Aber ein Loch wächst, je mehr man wegnimmt.«

»Wenn Cernunnos dich verschlingt«, sagte Merlin leise. »Dann wird das Leben, so wie wir es kennen, vergehen.«

»Das ist das Dilemma mit Entscheidungen. Tod oder Leben? Vertrauen oder Kontrolle? Du weißt, dass du mich nicht töten kannst. Nicht so. Nicht hier.«

Es dröhnte in der Ferne. Ranken brachen aus dem See; sie wickelten sich wie die Tentakel eines Meeresungeheuers um einige Elfen und rissen sie, gänzlich unbeeindruckt von deren Schreien, ins Wasser. Andere Wurzeln formten menschliche Gestalten, die sich auf die Verteidiger des Tempels stürzten. Spriggans. Bewusstseinserweiterungen eines Waldgottes in manifestierter Gestalt. Morrigan hatte in der großen Bibliothek Valanors von ihnen gelesen und sie für einen Mythos gehalten.

Wie so vieles, was ich jüngst erlebt habe …

»*Mierda!*«, brüllte Cino und zückte sein Rapier. »Kommt her! Kommt nur her, ihr elenden Bastarde!«

Schwerter sangen im Wind. Waffen klirrten, Metall scheppterte und Holz splitterte. Elfen zerhackten Spriggans, schrien und starben. Kreaturen strömten zu Hunderten auf das Plateau, sprangen umher, mordeten oder wurden von Klingen zerteilt. Das Chaos griff um sich und verwandelte den Tempel allmählich in ein Schlachtfeld.

»Haltet sie auf!«, rief ein Dunkelelf.

»Formiert euch! Wir müssen sie …«

»Was ist das? Beim Licht Alfheims, was sind das für …«

»Helft mir! So helft mir doch!«

Cino mischte sich mit wild schwenkendem Rapier in das Kampfgetümmel. Dabei bewies er, dass er trotz seiner Worte, trotz allem, was er betont hatte, an das Gute glaubte.

Morrigan verzog das Gesicht. Helden waren die, die zuerst starben.

***

Ullr war nie ein Held gewesen. Aber in diesem Moment würde er sein Leben geben, um das seiner Tochter zu retten.

Mit einem Schrei schleuderte er Sleg. Der Speer drang wie eine Sternschnuppe durch die Stirn des Waldgotts.

Das Wesen erzitterte. Dann zerfiel es zu einzelnen Ranken und gab das Boot frei.

Es fiel in die Tiefe.

»Festhalten!«, brüllte Ullr.

Mit einem Knall trafen sie auf. Das Boot zersplitterte am Rumpf, kippte und warf die Fracht ins Wasser. Ullr tauchte unter und verlor für einen Moment die Orientierung.

Runa! Wo war Runa?

Da!

Nicht weit von ihm trieb das Mädchen im Wasser. Die Locken umgaben sie wie ein Fächer, ihre Augen waren geschlossen, beinahe, als würde sie schlafen. Nicht weit von ihr zappelten die Zwerge. Vom Eichhörnchen fehlte jede Spur.

Mit kräftigen Stößen paddelte Ullr zu ihr, streckte die Hand nach ihr aus. Gleich war er da. Noch ein bisschen durchhalten. Noch …

Kurz bevor er sie erreichte, umschlang ein Margygr Runas Brust und zerrte sie davon. Ullr öffnete den Mund zu einem Schrei.

Ein schimmerndes Fischwesen prallte gegen seine Brust. Er stieß einen Schwall Luft aus und Blasen stiegen vor seinem Gesicht auf. Wieder verlor er die Orientierung. Ehe er sich gesammelt hatte, waren zwei andere Wesen da und holten mit ihren Klauen zum Schlag aus.

Ullr krümmte die Hand. Wie ein fallender Stern jagte Sleg ins Wasser und durchdrang die Brust eines Margygr. Er fing den Speer in einem Blutnebel auf und trieb ihn durch die Hand des anderen. Das Wasser färbte sich um ihn dunkel. Das Wesen kreischte; es war ein schrilles Geräusch, das sich durch Ullrs Ohren bohrte. Es ruckte herum und wollte flüchten, aber er hatte es wie einen Fisch am Haken.

Sleg summte. Mit einem dumpfen Knall explodierte die Fisch-
hand.

Runa!

Er warf den Speer. Und hielt sich daran fest.

Wie ein Geschoss zischte er der Margygr hinterher. Ein Blinzeln
später war er dort. Die Luft ging ihm aus. Keine Zeit für einen
Kampf. Keine Zeit nachzudenken.

Die Margygr fauchte mit spitzen Zähnen. Sie packte Runas Ge-
nick und drehte es um.

NEIN!

Ullr konnte sich nicht bewegen, nicht denken. Was war gerade
geschehen? Das konnte unmöglich wahr sein! Das konnte …

Er packte Runa am Kragen und übermittelte Sleg einen Befehl.
Als er den Arm hochriss, fiel die Welt in sich zusammen, als würde
er durch einen Flaschenhals gequetscht werden.

Es wummerte und dröhnte, als er auf einer flachen Insel außerhalb des Sees landete, pitschnass und prustend. Neben ihm zappelte
etwas. Die Margygr.

Er stach mit Sleg zu, durchbohrte die Stirn, den Hals, die Brust –
wieder und wieder, bis sie kaum noch zu erkennen war. Rasselnd
schob er das leblose Wesen ins Wasser und beugte sich über Runa.
Sie atmete nicht.

Nein, das durfte einfach nicht sein!

Verzweifelt hämmerte er auf ihre Brust ein.

Nichts.

Seine Augen brannten. Er biss die Zähne so fest zusammen, dass
seine Kiefer knackten – selbst dann biss er weiter. Wenn sie fort war,
wenn er sein Versprechen gebrochen hatte, dann wollte er nicht
mehr leben.

Jemand fluchte. Brokkr schleppte sich auf die Insel und zerrte
den zappelnden Sindri hinter sich her. »Halt endlich still, du verrosteter Zwerg!«

»Ich …« Sindri hustete und keuchte. »Ich kann nicht …«

»Halt still!«

Ullr beachtete sie nicht. Für ihn gab es nur noch einen Gedanken:
Schmerz. Runas Augen waren geschlossen. Ihre Haut war

leichenblass und kühl wie Marmor. Er konnte sie nicht verlieren. Sie war seine Tochter. Der lichte Teil in seinem Leben. Der einzige Grund, weshalb er noch Hoffnung hatte.

»NEIN!«, brüllte er und schrie dem Land, dem Himmel, der Welt seine Verzweiflung entgegen. Aber sein Nein war so machtlos wie der Versuch, die Zeit anzuhalten. Er hatte Runa nicht beschützen können. Sie war tot.

Sein Leben war vorbei.

Mit einem Donnerschlag durchströmte ihn ein Bewusstsein. DIE WORTE!

Stumm starrte Ullr die Leiche an, hielt sie vorsichtig im Arm, als wäre sie eine zerbrechliche Puppe. Die Welt hätte zu Bruch gehen können, es wäre ihm in diesem Moment egal gewesen. Zärtlich strich er ihr das nasse Haar aus dem Gesicht, berührte ihre Wange und drückte sie an seine Brust.

Und weinte.

DU MUSST DAS IDEAL AUSSPRECHEN, JÄGER!

Er schüttelte den Kopf.

KONZENTRIERE DICH!

»Deine Gabe hilft mir hier nicht, Gott!«

Der Himmel zog sich zusammen. Wolken türmten sich in riesigen Spiralen auf und brachen; sie verschlangen einander und bedeckten den gesamten Horizont. Der Tag wurde zur Nacht. Der Wind peitschte über den See und wirbelte das Licht auf. Die Wolken formten allmählich ein grimmiges, unnachgiebiges und verwittertes Gesicht mit Augen aus Sternen.

MEINE MACHT SCHWINDET! DU MUSST DAS BAND ERNEUERN!

»Ich binde mich nicht an dich, Kalak!«

DANN STIRBT SIE.

»Ist sie eine Paladin?«

WENN DU ES ZULÄSST.

Ullr betrachtete Runas Gesicht. Sie sah so friedlich aus. Genau wie sein Weib, als es ihren letzten Atemzug ausgehaucht hatte. »Ich wollte das nicht für sie. Ich wollte, dass sie ein Leben fern des Krieges erlebt. Ich wollte, dass sie *lebt*!«

DU BIST VATER.

»Ich habe ihr nie Wärme gegeben.«

SIE WUSSTE, DASS DU SIE GELIEBT HAST.

»Kannst du sie retten, Gott?«

MIT DEINEM SCHWUR.

»Wie?«

SIE IST DIE NEKROMANTIN. SIE MUSS DEN TOD SPÜREN, UM IHR IDEAL ZU FINDEN. WIE DU.

Ein Kratzen und Zischen erklang.

Ullr sah auf. Echsenartige, mit Wurzeln und abgeplatzter Baumrinde überwucherte Wesen, krochen aus dem Waldrand nahe der Uferböschung hervor. Sie krabbelten ins Wasser oder sprangen von Insel zu Insel und kamen langsam näher. Es war egal. Alles war egal, wenn seine Tochter tot war.

»Rost und Ruin!«, grollte Brokkr. »Das ist Nidhöggs Brut! Jetzt ist die Kacke aber richtig am Dampfen!«

DAS IDEAL, JÄGER!

Ullr nahm die Phiole aus der Tasche und drehte sie langsam. Sein Herz schlug langsamer und langsamer, pumpte Kälte in seinen Körper, bis alles betäubt war. Mit Runas Tod war auch seine Hoffnung gestorben.

DU BIST SOGAR STURER ALS ICH ES EINST WAR. WARUM KANNST DU NICHT VERTRAUEN?

»Erfahrung.«

WENN DU NICHT VERTRAUEN KANNST, IST ALLES VERLOREN!

»Du hast geschworen, dass du mich nie wieder in deinen Dienst rufen wirst, Gott! Als ich den Speer ablegte, war ich frei von deinen Fesseln.«

DIE NEUN WELTEN BRAUCHEN DICH! NUR ALLEIN DER JÄGER WIRD DAS SCHWARZE HORN ERLANGEN KÖNNEN.

»Das schwarze Horn?«

SPÄTER. ES IST ZEIT, JÄGER. SPRICH DAS IDEAL. BINDE DICH AN MICH. WERDE EIN PALADIN.

»Ich suche und erkenne«, sprach Ullr jene Worte, die er so lange verwahrt hatte. »Dies ist mein Ideal.«

Ferner Donner.

Die Welt versank in Finsternis. Der Mond stand hell und voll vor ihm, so groß, als würde er die gesamte Schöpfung umfangen. Silbriges Licht stieg um Ullr auf, umwirbelte ihn, schneller und schneller. Es gerann am Rand der Phiole und sickerte hinein zu einer klaren, leuchtenden Flüssigkeit.

DEIN SCHWUR WIRD ANGENOMMEN!

Ullr hielt das Glas an die Lippen.

Und trank flüssiges Mondlicht.

Die Macht des großen Jägers erwachte mit brennender Intensität. Auf einmal trieb die Luft von ihm ab, selbst der Wind drückte nicht länger gegen ihn. Ullr konnte jede Strömung darin erkennen, jede Bewegung im Wasser ausmachen, die Beschaffenheit des Felsen unter sich spüren. Er wusste, wenn er einen Bogen hätte, könnte er den richtigen Winkel spannen, um mit einem einzigen Pfeil Dutzenden Feinden den Tod zu bringen. In ihm pochte grenzenlose Geschicklichkeit.

Hitze und Licht wallte auf. Eine Gestalt aus Sand, Farben und Bewegung erschien neben ihm. Ein alter Krüppel, der sich auf einen Stab stützte. Seine Form löste sich immer wieder auf und setzte sich neu zusammen. Er war die einzige Farbe im allzeit vorherrschenden Grau von Alfheim.

»Rette sie!«, knurrte Ullr.

Kalak legte Runa die Hand auf die Stirn. »Ich werde ihr helfen, sich selbst zu retten. Dafür werde ich in Gebiete vorstoßen müssen, an denen ich keine Macht besitze.« Der Gott sah ihn grimmig an. »Ich werde schwächer werden.«

»Du hast es geschworen!«

»Ich schwor es zum Wohle der neun Welten.« Der Gott blickte ihn an. »Damit beginnt deine Reise, Jäger.«

»Und du?«

»Solange du mein Paladin bist, wird die Erinnerung bleiben. Ich fürchte, dass hier ist erst der Beginn deiner Prüfungen.«

***

Runa spürte, dass dies eine weitere Prüfung war. Der beißende Wind heulte in den Höhen und Senken, in den Löchern, zurückgelassenen Ruinen und zernarbten Türmen im fernen, malachitfarbenen, dunstigen Nebel und rauschte über die endlosen Weiten eines toten Landes davon. Obwohl es eiskalt war, fror sie nicht. Überhaupt spürte sie gar nichts mehr.

»Träume ich?«, murmelte sie und schlang den verschlissenen Mantel um sich. Der Ort, an dem sie sich wiederfand, war düster und verflucht. Ein Ort, der zu endloser Dunkelheit und Trauer passte. Sie musste es nicht aussprechen, um zu wissen, dass sie ganz sicher nicht hier sein sollte. War sie nicht die Nekromantin? Eine Paladin? So bedeutsam wie Vater? Aber war das noch wichtig?

Seltsamerweise besaß dieser Gedanke etwas Befreiendes. Sich nicht mehr kümmern oder sorgen zu müssen. Bei Mutter sein.

Sie stand auf einer goldbeschlagenen Brücke, die sich über einen endlosen Abgrund erstreckte. Darunter ertönte das Rauschen eines Flusses in unmöglichen Tiefen, aber falls dort einer war, konnte sie ihn nicht sehen. Die Stützpfeiler waren vom Wasser verwaschen und vom Salz zerfressen. Das Gold platzte ab, war zerkratzt oder zerbeult. Dicke Taue spannten sich an den Seiten, an denen man sich festhalten konnte, falls man etwas wackelig auf den Beinen war. Doch Runa hegte den Zweifel, ob die Gestalten, die an ihr vorbeiwanderten, sich darüber überhaupt Sorgen machten.

Denn sie waren Geister.

Hunderte, nein, Tausende Geister, die stumpf und abwesend über die Brücke zogen. Ihre Körper waren leicht durchscheinend, aber viel fester, als sie es in Erinnerung hatte. Viele gingen gebückt, einige stolperten oder schleppten sich über die Brücke, und die wenigsten sahen glücklich aus. Sie entdeckte alte Männer, junge Frauen, hochgewachsene Krieger, sogar Kinder waren unter ihnen. Und sie heulten, redeten, riefen, wimmerten, flüsterten und kreischten. Ein entsetzlicher Lärm, eine Kakofonie aus zahllosen Stimmen, die miteinander zu dickem Schleim verschmolzen. Selbst der Wind heulte sein Klagelied entlang der Brücke. Nichts Schönes lag darin. Nur Pein.

All diese Geister wanderten zu einem urgewaltigen offenen Tor hin, das sich inmitten eines schroffen Gebirges erhob, so scharfkantig wie ein altes Schlachtermesser.

Eine Frau in zerfetzten Gewändern schlurfte an ihr vorbei. Runa griff nach ihr und drang mit ihrer Hand mitten hindurch. Sie erschrak und zuckte zurück. Ihre Hand war ebenfalls durchscheinend! Panisch tastete sie sich ab, fühlte nach ihrem Herzschlag.

Nichts.

Sie war tot.

»Nein ...« Aber aus irgendeinem Grund sorgte sie das nicht. Sie sorgte sich über gar nichts mehr, als wäre alles, was zuvor gewesen war, unwichtig. Es gab nur noch den unbändigen Wunsch, die Brücke zu überqueren und das Tor zu durchschreiten, um an einen Ort zu gelangen, den sich nicht einmal Vater hätte vorstellen können. Vater, der wichtigste Mensch in ihrem Leben. Der Mensch, der sie nie verstanden hatte.

Sie schob sich an anderen Geistern vorbei und stimmte sich auf den geheimen Ruf ein, der sie zum Tor führte. Schritt um Schritt. Mit jedem weiteren verblasste das, was war, und es gab keinen anderen Gedanken mehr, als alles fallen zu lassen. Vater sorgte sich bestimmt, aber das war jetzt egal. Oder ... machte er sich Sorgen um sie? War sie ihm wirklich wichtig? Sah er sie als eine Last? Hatte er sie jemals als Tochter geliebt?

Sie blieb stehen. Dieser Gedanke war wichtig, aber sie bekam bei aller Mühe nicht zu fassen, weshalb. Uhm, war sie kaputt? Warum konnte sie nicht wie die anderen Geister einfach durch das Tor gehen? Warum war sie so anders?

»Warum?«, rief sie.

»Weil du die Nekromantin bist«, sagte jemand hinter ihr.

Runa drehte sich um – langsam, ganz langsam. Dort stand ein alter Mann, schwer gebeugt auf einem Stock. Seinen Körper bildete schwarzer und weißer Sand, der sich immer wieder neu zusammensetzte, als föchte er einen Kampf aus. Aus irgendeinem Grund wusste sie sofort, wer er war. Aber die wesentliche Frage war, warum er erst jetzt zu ihr sprach?

»Du bist ein Gott«, flüsterte sie.

»Es gibt viele verschiedene Arten von Göttlichkeit, Runa.« Der alte Mann trat neben sie und schaute zu dem Tor. In seinem Blick lag *Sehnsucht*. »Genauso viele Arten, wie man sie erlangt.«

»Du bist Kalak, oder?«

»Ja. Indem ich die Verheerung durch die Macht des Gleichgewichts bannte, wurde ich zu einem Gott. Ende und Anfang. Zerstörung und Erschaffung. Aber ein Gott zu sein, ist nicht das, was man vielleicht erwartet. Es gibt Regeln, die selbst ich nicht brechen kann. Regeln, über die sich andere hinwegsetzen.«

»Bin ich tot?«

»Ja und nein. Jeder wahre Paladin ist einem Bestandteil der Schöpfung zugeordnet.« Kalak machte eine Geste in den Himmel, wo Dunst träge umherzog. »Der Paladin der Sonne. Die Druidin der Natur. Die Assassine den Schatten. Der Barbar der Wut. Der Jäger dem Mond. Die Zauberin den Elementen. Der Runenschmied der Schöpfung. Der Barde der Musik. Und die Nekromantin«, er schaute sie fest an, »dem Tod.«

Das stimmte sie irgendwie seltsam traurig und spürte eine Träne im Augenwinkel. »Warum bin ich nicht wie die anderen?«

»Weil du besonders bist. Deine Rolle ist in alldem viel größer. Aber ich fürchte, sie ist dadurch auch eine große Bürde.«

»Besonders.« Sie straffte sich. »Ich will nicht durch das Tor gehen.«

»Dann geh nicht.«

Dennoch zögerte sie.

»Dein Vater liebt dich, Mädchen.«

»Ich weiß.« Sie seufzte schwer. »Macht er sich große Sorgen um mich?«

»Er leidet mehr, als ein Mensch ertragen kann.«

»Das wollte ich nicht. Es ist einfach passiert. Es …« Unruhe packte sie. Der Sog vom Tor her wurde stärker, zehrender, greifbarer. Er riss etwas von ihr fort, von dem sie selbst nicht gewusst hatte, dass sie es besaß. Eine Art *Wille.* Je länger sie hier stand, desto mehr verlor sie davon.

»Du wirst dich entscheiden müssen, Mädchen. Jetzt!«

»Dann ist dieser Ort hinter dem Tor das Jenseits?«

Er nickte knapp. »Ein Ort, der jenseits von allem existiert, weit unterhalb der Wurzeln des Weltenbaums. Ein Ort, zu dem selbst Götter aufbrechen müssen, wenn sie vergehen.«

Sie runzelte die Stirn. »Du kannst sterben?«

»Wenn der Glaube an mich erlischt. Wenn ich entscheide, meine Macht aufzugeben, um die Schwelle zu übertreten.«

»Warte! Du stirbst? Hier? *Meinetwegen?*«

»Ich bin noch ein sehr junger Gott, Mädchen. Die, die an mich glauben, folgen der Vorstellung eines grausamen Gottes, der das Weltenrund erobert und seinen Glauben durchdrückt. Aber das bin ich nicht. Ich bin das hier. Ich bin ein Palindrom. Das eine Ende«, er legte sich eine Hand auf die Brust, »und das andere.« Er wies zum Tor. »Ich will diese Verehrung nicht. Ich will diese Bürde der Kirche nicht. Ich will …«

»Du armer, armer Mann«, flüsterte sie.

Er hielt inne. »Was?«

»Sind alle Götter so einsam?«

»Ich denke … schon.« Er zog ein solch überraschtes Gesicht, dass sie lachen musste.

Und dann umarmte sie ihn. Diesen traurigen Gott. Diesen Mann, in dessen Namen so viel Grausames geschah. Auch wenn sie ihn nicht richtig berühren konnte, wusste sie, dass allein die Geste zählte. Egal ob Mensch oder Gott, am Ende waren sie alle Wesen, die nach Licht und Hoffnung suchten.

Schließlich ließ sie ihn wieder los, trat zwei Schritte zurück und wusste, was sie tun musste. »Ich glaube an dich, Kalak.«

Der Sand, aus dem sein Körper bestand, wirbelte stärker und leuchtete auf. Ihm war die Überraschung anzusehen, als er sich ein wenig aufrichtete, als lastete das Gewicht der Verantwortung nicht länger so schwer auf ihm. »Du bist ein außergewöhnliches Kind, Runa.«

»Ich bin besonders.«

»Ja, das bist du. Nekromantie ist die Gabe des Todes. Eine schreckliche Gabe, die das Weltenrund fürchtet. Aber du bist herzergreifend und ehrlich.«

»Ich will leben.« Ihr Mantel geriet in Bewegung. Die Quasten und Stoffe wickelten sich wie von selbst auf, umgaben sie wie ein Schleier, peitschten umher und wirkten seltsam belebt von ihrem Entschluss. »Ich will ein Mädchen sein. Ich will Vater beschützen. Ich will die Nekromantin sein.« In einem langen Atemzug blies sie ihre letzte Unsicherheit aus. Auf einmal war alles ganz klar. »Ich bin deine Paladin und kämpfe für die neun Welten.«

»Deine Worte werden angenommen.« Er reichte ihr die Hand. Als sie zugriff, zog es sie fort.

***

Die Trauer zog Ullr fort, aber er musste jetzt stark sein. »Tu es!«

Der Gott wirkte abwesend. »Wir brauchen einen Anker, um sie ans Leben zu binden. Sofort!«

»Welchen Anker?«

Eine kleine Gestalt landete neben ihm. Ratatösk. Er nahm einen Ring aus seiner Umhängetasche und hielt ihn hoch. Andvaranaut.

Ullr nahm ihn zögerlich entgegen und steckte ihn sich an den Finger.

›Lass mich der Anker sein. Ich erschaffe und binde. Dies ist mein Ideal.‹

Kalak lächelte und seine Stimme war ungewohnt warm. »Deine Worte werden angenommen, Runenschmied.«

›Ich war im Leben nie sonderlich mutig. Sondern ein Feigling. Stets bin ich davongelaufen, wenn die Verantwortung zu groß war. Doch jetzt nicht mehr.‹ Die Stimme im Ring lachte auf. ›Seltsam. Ich musste wohl erst sterben, um meinen Mut zu finden. Jäger, ich werde Runas Seelenteil sicher verwahren. Dafür lege ich mein Bewusstsein in deine Hände und bitte um dein Vertrauen.‹

Ullr nickte dem Gott zu.

Kurzzeitig erstarrten Kalaks Sand, Hitze und Leuchten. Dann erwachte all das mit einer Intensität, die Ullr nicht an der Göttlichkeit dieses Mannes zweifeln ließ. Kalak gab einen Teil von sich, um den

Tod zu betrügen; um diesem die Seele eines Menschen zu entreißen, die noch für das Kommende von Bedeutung war.

Runa bäumte sich auf. Sie riss die Augen weit auf und schnappte nach Luft. »Vater?«, fragte sie verwirrt. »Vater, was ist …?«

Ullr hielt sie fest. Für einen Moment stand die Welt still und er war ein Mann des Friedens. Alles, was geschehen war, war vergessen. Runa lebte. Er hatte sein Versprechen gehalten. Jetzt würde alles gut werden.

»Wache und suche, Paladin!«, sagte Kalak.

Ein Windstoß zerfaserte seine Gestalt zu Sand und Farben.

Der Fluch eines Gottes

Morrigan schleppte sich durch die Quelle der Weisheit. Das Wasser zehrte an ihr wie Bleigewichte. Irgendetwas schnürte ihr die Luft ab. Wagrim. Er stand vor ihr, so klar, als wäre er wirklich hier, und drückte ihre Kehle zusammen. Er drückte und drückte und drückte …

Nein!

Wagrim verkörperte ihre Furcht. Aber er hatte keine Macht mehr über sie. Sie hatte sich geschworen, nie wieder schwach zu sein. Nie wieder eine Gefangene. Nie wieder ein Werkzeug. Jetzt war der Zeitpunkt gekommen, über ihr eigenes Schicksal zu entscheiden.

Sie traf ihre Wahl.

Einschläge erschütterten die Umgebung. Elfen schrien und starben. Cino tauchte kurz auf, dann ging er in der Menge unter. Mit Baumrinde überwucherte Echsenwesen stürmten den Tempel, schlossen sich den Spriggans an. Eines dieser Wesen stürzte sich auf einen Dunkelelf und biss ihm den Kopf ab. Ein anderes warf sich einer ganzen Garnison entgegen, wütete dort wie ein Teufel der Verheerung. Es brauchte ein ganzes Dutzend Krieger, um die Bestie aufzuhalten. Aber dann war bereits die nächste da und warf sich den Elfen entgegen.

Morrigan zapfte ihren Zauberfunken an. Das Wasser gefror – selbst die aufgewirbelten Tröpfchen erstarrten in der Bewegung. Hitze flutete ihren Körper, strömte in ihre Hand. Kein Kristall, nur sie selbst als Quelle.

Der Boden bebte. Donner krachte. Das Unheil nahte. Jetzt.

Merlin stieß den Seelenstein in Mimirs Brust. Das Schwarz pulsierte und bebte; es zog sich zusammen, dann klärte es sich zu Violett, um wieder Schwarz zu werden.

»Ich habe dich gewarnt«, sagte Mimir. »Das Schicksal kann nicht gebannt werden.«

»Wo befindet sich der Speer?«, fragte Merlin.

»Er ist nahe.«

»Du darfst ihn nicht töten!«, rief Morrigan.

Merlin wandte den Kopf, den Kristall immer noch umfasst. Als er ihre Flamme und das gefrorene Wasser erblickte, verengte er die Augen. »Du solltest nicht hier sein, Morrigan.«

»Und doch bin ich es. Du benutzt mich. Du benutzt uns alle, um dein Ziel zu erreichen.«

»Du verstehst das nicht.«

»Dann erkläre es mir!«

Zornesfalten zerfurchten Merlins Gesicht. »Mit Mimir steht und fällt alles. Wenn Cernunnos ihn beherrscht, haben wir verloren!«

»Hoffnung ist die letzte Flamme, die niemals erlischt.« Das Feuer über ihrer Hand wuchs; es formte sich zu einer winzigen Sonne aus Hitze, Bewegung und ungezügelter Macht. »Das waren deine Worte.«

»Das waren sie.«

»Du hast gelogen.«

»Ich habe nur …«

»Du hast uns alle belogen!«, schrie sie. »Du sprichst von der letzten Flamme. Aber deine ist *nicht* Hoffnung. Du fürchtest dich vor dem, was kommt. Was ist es? Was ist es, was du mehr fürchtest als alles andere? Ist es …?« Die Zusammenhänge erschlossen sich ihr auf einmal wie ein Puzzle, das ins richtige Licht rückte. »Mimir hat deinen Tod prophezeit.«

Überraschung und Bedauern zeigten sich auf Merlins Zügen. »Schon einmal war ich bereit, mich für das Wohl der neun Welten zu opfern – lange vor alldem hier. Ich habe alles geopfert: Meinen Verstand. Meine Liebe. Mein Leben. *Alles!*« Er machte eine Pause. »Hast du eine Vorstellung davon, wie es ist, wenn man sein ganzes Dasein in Einsamkeit fristet? Wenn man der Einzige ist, der weiß, wie die neun Welten erschaffen wurden?« Die Luft flimmerte um ihn. »Wenn man gegen das Böse kämpft, immer und immer wieder, ohne siegen zu können?«

»Du bist nicht allein.«

Er lächelte traurig. »Einhundert Jahre hat es gedauert, bis ich von dir erfuhr. Horche in dich hinein und versprich mir, dass wir jemals zueinanderfinden.«

Sie wollte ihm antworten. Aber sie konnte nicht.

»Dies ist mein Fluch, Tochter. Ich bin zur Einsamkeit verdammt, denn ich fechte einen Kampf aus, den ich nicht gewinnen kann. Jahrhundertelang habe ich den Menschen dabei zugesehen, wie sie sich bekriegten. Dennoch hielt ich an der Überzeugung fest, dass die anderen Welten die Kunst des Friedens entdecken. Dass sie klüger sind im Umgang mit dem Geschenk, das ihnen vermacht wurde. Ich habe König Artus aufgezogen, um ihn auf die Verheerung vorzubereiten, die Mimir voraussah. Und scheiterte. Ich habe die Druiden Tirnanogs vereint, um an ihrer Seite gegen die Verheerung zu ziehen. Und scheiterte.« Jedes seiner Worte besaß die Wucht eines Schmiedehammers. »Ich stand an Cuchulains Seite, damit er das Weltenrund als Träger des Lichtschwertes vereint. Und scheiterte. Nun sieh dich um!« Er wies zur Schlacht, die um sie tobte. »Elfen. Zwerge. Menschen. Alle lassen sich von der Saat des Bösen leiten. All meine Bemühungen sind vergeblich!«

»Das ist der Zwiespalt des freien Willens«, erwiderte sie.

»Ja.« Er senkte den Kopf. Als er wieder aufsah, wirkte er zu allem entschlossen. »Lange habe ich über Cernunnos' Worte nachgedacht. Jetzt erkenne ich, dass es dem Leben an Führung mangelt, um einen dauerhaften Frieden zu garantieren.«

»Also willst du für alle anderen entscheiden? Dein Schicksal selbst schreiben?«

»So einfach ist es nicht, Tochter. Auch du hast dich über die Regeln deiner Mutter hinweggesetzt und dich in deinem grenzenlosen Durst nach Macht einem Gott unterworfen, dessen ambivalente Pläne im Dunkeln bleiben.«

»José hat keine Macht mehr über mich!«

Er schüttelte den Kopf. »Seine Worte sind zu deinem Wegweiser geworden. Du hoffst so sehr, eine der neun Paladine zu sein, dass du bereit bist, *alles* dafür zu tun. Du würdest sogar mich opfern, um dein Ziel zu erreichen.«

Wieder konnte sie nicht widersprechen.

»Auch ich habe Dinge getan, auf die ich nicht stolz bin.«

Sie kämpfte sich einen Schritt auf ihn zu. Fünf Schritte noch. Vier Schritte. Drei. Gleich war sie bei ihm.

»Noch immer versuchst du, den Zweck deiner Taten zu kontrollieren, Tochter. Es tut mir leid.« Er machte eine rasche Armbewegung.

Ein Knall. Wie eine unsichtbare Wand rammte eine ungeheure Kraft Morrigan nieder. Sie wurde zu Boden geschmettert, schnappte nach Luft, keuchte und ächzte. Diese Macht … Diese ungezügelte Macht! Nein, er musste sich keine Sorgen darüber machen, dass sie ihn aufhalten könnte. Dieser Mann war ein leibhaftiger Gott.

Mit zusammengebissenen Zähnen stand sie auf. Ihre Knie zitterten, ihre Glieder waren schwer wie Blei. Die Sonne loderte immer noch über ihrer Hand. Und ihr Wille war ungebrochen.

»Warum kämpfst du immer noch?« Merlin klang müde und erschöpft.

»Weil ich nicht anders kann, Vater!«

***

»Vater, was ist geschehen?« Runa fühlte sich seltsam, als wäre sie aus der schwärzesten Nacht in die hellste Sonne getreten. Das Licht stach in ihre Augen und blendete sie und ihre Haut prickelte unangenehm. Sie erinnerte sich an ein dunkles Land, an Geister, eine Brücke und ein Tor. Und an einen Gott.

»Ruhig!«, sagte Vater und hielt sie sanft am Arm. »Ganz ruhig!«

Dort, wo zuvor noch nichts gewesen war, bestand nun eine Verbindung zu etwas anderem – so greifbar, als wäre ein Teil von ihr damit verbunden. Zuvor hatte sie das Lied der Toten bloß dumpf und fern gehört, als dränge es durch eine beschlagene Glasscheibe. Aber jetzt war es hell und klar; es umwirbelte sie und lockte mit schrecklicher Schönheit.

Etwas anderes war ebenfalls seltsam. Der Ring, den Vater trug … Ein Teil von ihr steckte *darin*. Es war, als hätte sie einen Finger verloren, der zwar nicht mehr da war, aber den sie nun an einer anderen Stelle spürte. Wie bizarr.

›Ich werde darauf achtgeben‹, sagte Andvari, als wüsste er, was in ihr vorging. ›Genau wie ich mich dir anvertraue, Runa.‹

»Vater …« Sie zögerte. »Ich war tot, nicht wahr?«

Vater nickte grimmig. »Wir werden darüber sprechen. Bald. Dein Messer?«

Sie griff an ihre Hüfte. Es steckte in der ledernen Scheide. Ausnahmsweise hatte sie es nicht verloren. »Ich habe es hier.«

»Du wirst es brauchen.«

Brokkr schüttelte sich die Nässe aus Bart und Haar. »Dir ist klar, dass du dich gerade an einen Gott gebunden hast, Langer?«

»Ich tat, was nötig war«, erwiderte Vater und zog Runa auf die Füße. Sie war noch etwas wackelig auf den Beinen und ihr Kopf fühlte sich an wie weich geklopft. Außerdem durchströmten sie Bilder von einem düsteren, eiskalten Ort voller Trauer und Hoffnungslosigkeit. Wie Erinnerungen, die zwar zu ihr gehörten, und doch wiederum nicht. Allerdings blieb ihr keine Zeit, sich damit zu befassen. Wieder einmal zeigte sich, dass das Schicksal noch etwas mit ihnen vorhatte.

Etwas kratzte und fauchte. Ein Echsenwesen kletterte auf die Insel, flach auf den Felsen gedrückt, und zischte sie an. Die geschlitzten Augen wirkten tot und starr, als wäre es von einem anderen Willen beseelt. Ein zweites folgte. Ein drittes und ein viertes.

Nidhöggs Brut.

»Bleib!«, sagte Vater.

Er wirbelte so schnell an ihr vorbei, als wäre er mit purer Geschicklichkeit erfüllt. Die Brut griff ihn an; ein Wesen sprang auf ihn zu. Er machte eine Bewegung, gerade einmal so weit, dass es haarscharf an ihm vorbeisegelte, holte dabei aus und stieß zu. Summend landete der Speer in seiner Hand und durchbohrte den Schädel des zweiten Wesens. Vater bewegte sich weiter, sprang auf ein Bein, duckte sich, huschte zwischen den Angriffen der Echsenwesen hin und her und jede seiner Bewegungen war fließend wie Wasser, geschmeidig wie der Wind, lebendig wie Feuer. Mit einer Stichabfolge erwischte er drei Wesen auf einmal. Jeder Hieb war so präzise, dass es den Anschein machte, er folgte einer einstudierten Übung. Dann sprang er hoch in die Luft, machte einen Riesensatz auf zwei Wesen zu und köpfte sie mit einer ausholenden Bewegung.

Mehr und mehr Brut kletterte auf die Insel. Allmählich zogen sie einen Kreis um sie.

»Jetzt sind wir an der Reihe!«, rief Brokkr. Er griff in seine Gürteltasche und zog daraus eine Doppelaxt hervor, auf deren Schneide eine einzelne Rune glomm. Die Axt war viel zu groß und zu schwer für die Tasche, aber Runa wunderte sich schon lange nicht mehr über die Zwerge. Sindri hielt ebenfalls eine Waffe gepackt, die an einen Krähenschnabel mit einem langen Dorn erinnerte.

Brüllend stürzten sich die Zwerge auf die Echsenwesen, stachen zu, hackten Glieder ab und bewiesen, dass sie nicht nur als Schmiede und Erfinder taugten. Runas Messer glitt wie von Geisterhand geführt aus der Scheide und flitzte durch die Luft. Runen waberten über die Klinge. Andvari beteiligte sich ebenfalls am Kampf, Ratatösk hingegen war nicht zu sehen.

Runa beobachtete all das, als wäre sie nicht hier. Als lebte ihr Geist an einem anderen Ort jenseits davon. Sie stand dort und versuchte zu begreifen, was um sie herum geschah. Die Welt war grau. Das hervorspritzende Blut, die sterbenden Echsenwesen, das Wasser, der Himmel – all das besaß keine Farbe. Aber fern davon existierte etwas anderes, für das sie keine Worte fand. Sie hatte es schon zuvor wahrgenommen, aber seit ihrer seltsamen Erfahrung an diesem finsteren Ort konnte sie es fühlen wie ein Stück Stoff zwischen ihren Fingern. Alles, was sie umgab, war miteinander verbunden. Die Blätter auf dem Wasser. Die Strömungen in der Luft. Die Erde unter ihren Stiefeln. Die Echsenwesen. Die Zwerge. Vater. Sie selbst.

Alles war miteinander verflochten.

Es war die *Seele* aller Dinge – so einfach und doch voller Logik. Und diese Seele war voller Farben und Leben. Sie pochte in einem klaren, lautlosen Rhythmus, der sie an etwas ganz Bestimmtes erinnerte.

An das Lied der Toten.

»Wunderschön«, raunte sie und war so aufgeregt, dass sie gar nicht anders konnte, als zu lächeln. Sie hatte keine Angst davor, weder vor ihrer Gabe noch vor den Seelen. Denn sie wusste, dass ihre Gabe zwar schrecklich und gefährlich war. Aber es war nun einmal *ihre* Gabe!

Zwei Echsenwesen stürmten auf sie zu. Vater schrie, während er eines ins Wasser trat. Er wollte zu ihr eilen, um sie zu beschützen.

Jedoch griffen ihn drei andere an und schnitten ihm den Weg ab. Brokkr und Sindri wurden von allen Seiten bedrängt und konnten ebenso nicht zu ihr gelangen.

Mutters Gesicht stand so klar vor ihr, als wäre sie wieder hier. Sie lächelte.

Mutter ... ich habe dich so sehr vermisst.

Ich weiß, mein Liebes. Aber ich wusste schon lange, dass meine Zeit gekommen war.

Du warst eine Nekromantin, nicht wahr? So wie ich. Deshalb bist du noch hier.

Du wirst es irgendwann verstehen. Und irgendwann wirst du dein Ideal finden, Runa. Aber jetzt musst du ihn beschützen. Verstehst du? Dein Vater braucht dich.

Ich verstehe, Mutter. Werden wir uns noch einmal wiedersehen?

Mutter lächelte traurig. *Ich bin sehr stolz auf dich, Runa. Sag deinem Vater, dass ich ihn liebe.* Dann verschwand sie.

Mit einem Ruck erwachte die Welt zum Leben.

Runa wischte sich die Träne aus dem Gesicht und lächelte, weil sie wusste, dass Mutter bis zuletzt bei ihr gewesen war. Irgendwann würden sie sich wiedersehen.

Sie atmete tief ein.

Und nutzte Nekromantie.

Als zöge sie einen Nagel aus einem Holzbrett, wurden die Seelen aus allen Echsenwesen herausgerissen. Ätherischer Nebel glitt aus ihren Körpern, umwirbelte Runa und trieb auf und ab wie Öl auf einer Wasseroberfläche.

Sie lachte, weil es so wunderschön war. Aber sie hatte keine Angst, denn sie wusste, dass Tod und Leben eng miteinander verflochten waren. Nun verstand sie auch, dass Nidhöggs Brut nicht böse war. Sie waren Gefangene eines anderen Willens.

Die Echsenwesen erschlafften und etwas kroch daraus hervor. Winzige, schwarze Wurzeln wie wimmelnde Maden.

Brokkr zuckte zurück. »Was, bei Ivaldis Bart, ist das?«

Sindri starrte sie mit offenem Mund an. »Warst du das etwa?«

Sie nickte.

Vater trat neben sie und beäugte den geisterhaften Nebel über ihrer Hand. »Beende es!«

»Sie sind nicht böse, Vater. Verstehst du? Sie werden gegen ihren Willen beherrscht. Von *ihm*.«

»Kannst du es umkehren?«

»Ich ... weiß es nicht.«

»Versuch es!«

Sie konzentrierte sich auf den Nebel und schickte ihn zu den Körpern zurück. Dann presste sie ihn hinein und hoffte, dass sie es richtig gemacht hatte. Sobald die Schlieren in sie hineintauchten, drangen sie einfach wieder heraus, wie Wasser aus einem geplatzten Schlauch. Sie versuchte die Löcher mit ihrem Willen zu stoppen, doch es gelang ihr nicht. Leider verstand sie ihre Gabe noch nicht richtig.

Vater drückte ihre Hand runter. Sie zitterte.

»Ich wollte das nicht ...«, flüsterte sie und ließ zu, dass die Seelen sich verflüchtigten, wie gefrorener Atem im Winter.

»Sie haben ihre Wahl getroffen«, sagte Vater.

»Sie sind tot. Vater, die Brut will das nicht!«

»Wir werden uns an sie erinnern.«

Etwas landete auf Runas Schulter und kitzelte sie an der Wange. Ratatösk. »Das war ja was!«

»Wo warst du?«, fragte sie.

»Ich wusste, dass ihr meine Hilfe nicht braucht, Kleine. Sieh mich nicht so an! Ich bin ein Eichhörnchen, kein Adler.«

»He!«, brummte Brokkr und nickte ihr zu. »Du siehst zwar unschuldig aus, aber erinnere mich bitte daran, nett zu dir zu sein.«

Sie grinste. »Mache ich.«

Vater wies mit Sleg zum Tempel fern des Sees. Runa kniff die Augen zusammen, weil sie glaubte, diese spielten ihr einen Streich. Dort kämpften Dunkelelfen gegen Spriggans.

Eine Schlacht.

Vater griff in seine Tasche und warf ein Papier in das Wasser. Es raschelte, als es sich von selbst zu einem Boot auseinanderklappte und entrollte. Nach allem, was sie in letzter Zeit erlebt hatten, wunderte Runa gar nichts mehr, auch wenn sie sehr entzückt darüber war und den Zwergen unbedingt Löcher in den Bauch fragen wollte.

»Was machen wir jetzt, Langer?«, fragte Brokkr.

»Cernunnos will uns töten«, sagte Vater und kletterte ins Boot. »Töten wir ihn zuerst!«

***

»Du kannst mich nicht töten«, sagte Mimir. »Nicht so.«

Merlins Augen waren hart und unnachgiebig wie Saphire. »Ich werde Cernunnos zuvorkommen. Ich nehme die Bürde deiner Gabe an, um es besser zu machen.«

»Was unterscheidet dich dann noch von Cernunnos?«, fragte Morrigan. Jedes Wort und jeder Schritt kostete sie Kraft. Die schwarzen Prismen tanzten vor ihren Augen. Das tiefe Schwarz nahm sie gefangen, sog ihren Willen auf, bis Leere ihr Inneres füllte.

»Ich stehe für das Gute, Tochter. Für Licht, Frieden und Hoffnung.«

Mimir lächelte. »Das ist das Dilemma. Alles eine Frage der Perspektive.«

»Es tut mir leid, alter Freund.« Langsam legte Merlin seine Hand an Mimirs Stirn und drückte gleichzeitig den Seelenstein ins Herz. Mimir warf den Kopf zurück. Lichtsäulen brachen aus seinen Augen und schossen in den Himmel. Ein kleiner Bereich über dem Wasser, wie in einer geschützten Blase, erstrahlte wieder in Leben und Farben.

Morrigan wusste nicht, ob sie für das Gute kämpfte. Vielleicht ging es auch um etwas wesentlich Komplexeres als das. Um die Macht der Veränderung.

Um Entscheidungen.

***

Ullr hatte entschieden, sich an Kalak zu binden. Er hatte seinen Schwur erneuert und die Gabe des Jägers akzeptiert. Es war nicht viel Mondlicht gewesen und schon verblasste der belebende Rausch wieder. Einen kleinen Vorrat hatte er noch. Ein paar Tropfen, die er sicher in der Phiole an seinem Herzen verwahrte.

Das Herz, das vor Zuversicht pochte.

Runa saß aufrecht neben ihm im Boot, den Blick starr in die Ferne gerichtet und die wirren Locken nach hinten gebunden. Alles an ihr vermittelte Wachsamkeit und Zielstrebigkeit, wie ein Speer, der in den Feuern des Todes geschmiedet worden war. Dafür hatte sie ihre kindliche Neugierde verlieren und viel zu schnell erwachsen werden müssen.

Ullr beugte sich zu ihr und flüsterte: »Du bist bereit.«

Runa lächelte nicht. Aber in ihren Augen tanzte die Freude.

***

Die Elemente tanzten um Morrigan. Die Luft kräuselte sich. Das Wasser umspielte ihre Füße. Die Erde bebte unter den Einschlägen der Schlacht. Das Feuer loderte mit einem Versprechen, das sich nun erfüllen sollte.

Plötzlich war das Ideal da wie eine uralte Schriftrolle, die sie öffnen konnte, um darin zu lesen. Alles, was bisher geschehen war, war unwichtig. Es ging um diesen einen – einzigen – Augenblick, der ihr das Wesen der Zauberin offenbarte. Keine Heldentaten. Keine Rettung. Kein Glaube.

»Ich verändere und wandle«, sagte sie. »Dies ist mein Ideal.«

Ferner Donner.

Für einen Moment befand sie sich mit den Elementen im Einklang. Es gab keine Grenze mehr zwischen Feuer, Wasser, Erde und Luft. Die Elemente durchströmten Morrigan und wurden durch sie gebunden. Morrigan wurde zum Willen der Veränderung und zum Wandel der Geschichte.

Verwundert hielt sie inne, als sich ihr die Zusammenhänge entschlossen, wie ein Vorhang, der sich vor ihr lüftete, damit sie einen Blick auf das Verborgene dahinter erhaschen konnte. Gleichgewicht existierte in Zerstörung und Vernichtung, in Erschaffung und Festigung, im Streben nach Bestand und Verfall. Es war eine unverständliche Macht aus Bewahrung und Veränderung, die weder Gut noch Böse kannte. Es war das Leben selbst.

Dann explodierte die Macht in ihr.

Ein Knall. Ein Blitz.

Die Welt erzitterte.

Als die Beschwörung verging, zeigte sich eine Schneise der Verwüstung. Wie Papierfetzen waren die gigantischen Tempelsegmente gespalten worden, der Boden war zerbrochen und der See dahinter geteilt wie von göttlicher Hand. Das Wasser türmte sich zu hohen Wellen auf, die langsam wieder zurückkippten und die Schneise füllten. Eine der Statuen, die die Säule umfasst hatten, war weggesprengt worden und Bruchstücke von ihr sausten wie Kometen über den Himmel. Etwas so Zeitloses und Eindrucksvolles, das die Jahrhunderte überdauert hatte, war zerschmettert worden wie eine Muschel. Und noch etwas anderes war fort. Dort, wo Merlin gestanden hatte, klaffte ein breiter Spalt.

Morrigan konnte sich nicht rühren. Mit jedem Atemzug verging das Verständnis der Elemente, wie ein Traum, der ihr allmählich entglitt. Die Elemente waren zum Greifen nahe, allerdings waren sie keine Melodie mehr, sondern lediglich disharmonische Noten.

Sie hatte ihr Ideal gefunden, indem sie für etwas eingestanden hatte. Ihr Wunsch zu verändern ließ sie die Elemente beherrschen. Das war die Macht, die sie stets begehrt hatte.

Vernichtung.

Etwas klackerte gegen ihren Stiefel. Sie bückte sich und hob den Seelenstein auf. Er pulsierte. Überrascht blickte sie auf. Die schwarzen Prismen am Rand der Quelle waren allesamt von tiefen Rissen durchzogen und zerfielen langsam wie brüchiger Ton. Gleichzeitig quoll die gespeicherte Farbe aus ihnen heraus wie Blut aus einer offenen Wunde. Farbe sickerte über den Brunnen und vertrieb das immerwährende Grau; sie breitete sich aus, erfasste den Tempel, den Himmel, die Welt.

Alfheim wurde vom Bann des Graus befreit.

»Hat unser Leben einen Sinn?«, fragte Mimir. Ungelenk erhob er sich inmitten der Quelle und streifte seine Fesseln ab. Seine bernsteinfarbenen Augen funkelten wie Sterne. »Oder ist es an uns, ihm einen Sinn zu verleihen?«

Endspiel

Die Farben kehrten zurück. Blauer Himmel, tiefblaues Wasser, braune Bäume, rotes Blut.

Ullr rammte den goldenen Speer durch das Herz des Spriggans. Das Wesen zerplatzte wie eine überreife Frucht. Klebriger Harz, halb zersetzte Wurzelstränge, abgeplatzte Borke spritzten umher und verteilten sich auf dem Plateau rund um den Tempel.

Rasch wirbelte Ullr herum und warf Sleg den nächsten Opfern entgegen. Eins, zwei, drei Wesen durchschlug der Speer, beschrieb einen Bogen, traf zwei weitere und kehrte zurück. Sleg summte zufrieden.

»Kommt nur her, Wurzelfressen!«, brüllte Brokkr und stürmte mit wild schwenkender Axt auf die Feinde zu, dicht gefolgt von seinem Bruder. Sindri drosch den Krähenschnabel ins Gesicht eines Spriggans, riss ihm den Kopf ab und schlug ihn einem anderen ins Kreuz. Beide Wesen zerfielen. Dabei stießen die Brüder wilde Kriegsschreie aus, die über den zerborstenen Tempel hallten. Überall wurde gekämpft, drangen Spriggans auf Elfen ein, rangen sie nieder und gewannen allmählich die Oberhand. In der Luft hing der durchdringende Gestank nach Blut und verkohltem Holz. Ullr wollte sich abseits des Gemetzels halten, um die Regenbogenbrücke zu erreichen, aber hier lag die Quelle all dessen, was in Alfheim geschah. Hier waren die Farben zurückgekehrt. Deshalb war es seine Pflicht als Jäger, den wahren Feind zu suchen.

Er wachte und suchte, um die neun Welten von allem Übel zu befreien.

Nachdem er das Immergrau Alfheims längst akzeptiert hatte, war die Farbvielfalt jetzt viel zu grell und erdrückend, als wäre er aus dem Schatten eines Gebäudes ins Sonnenlicht getreten. Allerdings blieb ihm keine Zeit, sich daran zu gewöhnen.

Runa war an seiner Seite. Sie hob die Hand und machte eine Greifbewegung. Ein Spriggan zerfiel. An dessen Stelle trat ein

Dunkelelf, der ihnen dankbar zunickte. Ullr wollte sich schon abwenden, als der Elf von einer sichelmondförmigen Klinge durchbohrt wurde. Mit einer Seitwärtsbewegung wurde der Elf auf Hüfthöhe zerteilte und verspritzte Gedärme und Blut auf dem weißen Marmor. Dahinter kam ein anderer Dunkelelf zum Vorschein, aus dessen Brust eine einzelne Wurzel ragte wie ein vergifteter Dorn.

»Du musst der Jäger sein.« Der Elf säuberte seine Klinge mit einem raschen Armschwenker und trat auf ihn zu. »Ich habe schon viel von dir gehört.«

»Vater!«, rief Runa. »Das ist er!«

Waldgott oder Elf. Für Ullr machte es keinen Unterschied. Er zückte die Phiole und trank den Rest Mondlicht.

Brennend und pulsierend erwachte Geschicklichkeit in ihm.

Mit einem Ausfallschritt war er bei dem Elfen und stieß zu. Sein Widersacher wich zur Seite, aber damit hatte Ullr gerechnet. Eine rasche Richtungsänderung und der Elf wurde durchbohrt. Ullr trat ihn auf den Boden und wandte sich ab.

Sein Instinkt schlug an.

Er warf sich zur Seite und entging dem Hieb. Der Dunkelelf stand wieder – obwohl er gerade gefallen war.

»Überrascht?«, fragte der Elf mit fröhlicher Stimme und setzte hinterher. Links. Rechts. Zurück. Ullr entging jedem Angriff und konterte mit einem Stich direkt durchs Hirn. Aber selbst das hielt seinen Widersacher nicht auf. Er wollte gerade wieder zustechen, als plötzlich Runa hinter dem Elfen zum Vorschein kam und ihm die Hand auflegte.

Der Elf verdrehte die Augen und klappte zusammen.

»Cernunnos beherrscht sie«, sagte sie nachdenklich.

Ullr bückte sich und zog die teerartige Wurzel aus der Brust. Schleim und Blut hingen daran, während sie wie ein Fisch herumzappelte. Mit jedem Augenblick wurde sie schwächer, bis sie sich nicht mehr bewegte.

Runa stellte sich auf die Zehenspitzen, nahm ihm die Wurzel ab und untersuchte sie. »Damit kontrolliert er sie, Vater. Wie können wir ihn aufhalten?«

»Wir halten ihn nicht auf.« Er wandte sich dem Zentrum des Geschehens zu, wo eine Frau vor einem Mann inmitten eines Beckens stand. Dort fand die Farbe ihren Ursprung und war viel intensiver und greller, als sie sein sollte. »Wir verschwinden. Jetzt!«

»Aber wir müssen Alfheim helfen, Vater! Das ist unsere Pflicht!«

»Meine Pflicht gilt dir. Deshalb …«

»Nein!«

Überrascht zog Ullr die Brauen zusammen. »Das ist nicht unser Kampf.«

»Doch, genau das ist!« Sie wies zu der Quelle. »Wir sind wahre Paladine, oder nicht? Wir *müssen* helfen, Vater!«

Die Zwerge schlossen zu ihnen auf, über und über mit klebriger Flüssigkeit verschmiert. Brokkr stellte seine Axt ab und brummte leise. »Gib's auf, Langer. Sie sagt, wo's langgeht.«

»Ihr habt bereits genug getan«, erwiderte Ullr.

»Und den ganzen Spaß verpassen? Ha! Ich habe mich schon lange nicht mehr so lebendig gefühlt. Außerdem müssen wir nach Svartalfheim zurückkehren, um Fafnir und den anderen die Köpfe zu waschen. Wie hoch stehen unsere Chancen, das ohne dich zu schaffen?«

Ullr blickte sich um. »Wo ist die Brücke?«

»Eine verdammt gute Frage!«, rief jemand, der mit federnden Schritten auf sie zu stapfte, als wären sie alte Saufkumpane, die seit langer Zeit einmal wieder zusammenfanden. Seine schmuddelige Uniformjacke war mit schwarzem Harz verklebt, das Rapier in der einen Hand glänzte vor Blut und ein gewachster Schnurrbart umrahmte einen grinsenden Mund. Er trug den Hörnerhelm eines Dunkelelfen und hatte sich eine lächerliche, rote Feder an die Stirnseite gesteckt.

»Also«, sagte der Méridorer und schulterte sein Rapier. »Ich hab die Schnauze voll von Alfheim. Wenn's genehm ist, können wir uns gern gemeinsam verpissen.«

»Hallo!«, sagte Runa freundlich und hielt ihm die Hand hin. »Wer bist du?«

»Oh, welch entzückender Anblick erfreut meine Augen?« Der Mann hockte sich vor sie und ergriff ihre Hand. »Ich bin der weltbekannte Glücksritter …«

»Cino«, sagte Ullr.

Der Fremde sah überrascht auf. »Ihr kennt mich?«

»Flüchtig.«

»Bytor hat von dir erzählt«, plapperte Runa. »Wir mussten ihn leider verlassen, weil ... uhm, das ist echt eine laaaange Geschichte.«

»Bytor?« Cino grinste Ullr über das ganze stopplige Gesicht an. »Dann musst du der Jäger sein. Der alte Haudegen hat's also tatsächlich geschafft, dich zu finden.«

Ullr gefiel das alles ganz und gar nicht. Das waren ein paar Zufälle zu viel, aber das war vermutlich für den Moment erst einmal unwichtig. Er wandte sich den Zwergenbrüdern zu. »Die Regenbogenbrücke! Wo ist sie?«

Brokkr nickte knapp über die goldenen Ringe und Runen, die in den Boden eingelassen waren. »Das Plateau *ist* die Brücke.«

***

Das war die Brücke zu wahrer Macht gewesen.

Als Morrigan ihre Hand sinken ließ, fühlte sie sich nicht anders. Erschöpft, ausgelaugt, zufrieden, aber nicht mächtiger. Erst jetzt begriff sie, dass ihr ausgesprochenes Ideal zwar etwas befreit hatte, aber dies nur von kurzer Dauer gewesen war. Das Ideal war mehr als nur Worte. Es war Teil ihres Funkens, wie ein unsichtbares Band, das mit einem großen Netz verwoben war.

Mimir stand inmitten des Brunnens. Seine Fesseln waren gelöst und die Farbe kehrte wieder nach Alfheim zurück. Ein weiterer Gott, der ins Licht trat. Der Hüter der Quelle der Weisheit. Diese Quelle *war* er.

»Was geschieht jetzt?«, fragte sie.

»Du hast deine Wahl getroffen, Schwester.« Er neigte den Kopf. »Nun trage die Konsequenzen.«

Wummernd sausten unzählige Wurzeln wie Enterhaken aus dem See, erhoben sich höher und höher über das Plateau. Dann schossen sie herab und stürzten sich auf ihn.

»Nein!« Morrigan hastete auf ihn zu. Verzweifelt suchte sie nach diesem Einklang, der sie eben noch durchströmt hatte. Die vier Elemente. Wo waren sie?

Sie nahm alle Wärme aus der Umgebung auf, sog sich damit voll wie ein Schwamm und manifestierte diese in einem Feuerball über ihrer Hand. Er schoss gegen eine Ranke, die zu Asche zerfiel, aber das war nicht das, was sie eben erlebt hatte. Das war keine *Macht*!

Mehr und mehr Wurzeln wickelten sich um Mimir, zwangen ihn in die Knie; sie drangen ihm in die Augen, durch Ohren und Nase. Eine quetschte sich in seinen Mund, während er erbebte und erschauderte. Langsam wurde er angehoben, hing wehrlos wie eine Puppe in der Luft.

Morrigan kämpfte sich zu ihm, zerrte an den Wurzeln. Wie von Sinnen schleuderte sie Feuerbälle, ließ Ranken gefrieren, um sie anschließend zu zerschmettern, aber ihre Bemühungen waren wie Tropfen auf dem heißen Stein. Sie konnte nichts gegen Cernunnos ausrichten.

»Das wollte ich nicht! Ich wollte ihn retten!«

Die teerschwarzen Wurzeln gruben sich tiefer in Mimirs Leib. Inmitten des Rankenwustes bildete sich ein Gesicht. Es lächelte grausam.

»Retten?«, fragte der Waldgott gut gelaunt. »Ihr rettet die neun Welten nicht, Zauberin. Ihr lasst zu, dass die Ungerechtigkeit weiter wütet und das Mythische vergeht. *Ich* werde uns alle retten!«

»Cernunnos«, hauchte sie.

»Ich habe lange auf diesen Moment gewartet. Danke, dass du mir geholfen hast, die Seelensteine zu brechen.«

Die Wahrheit traf sie wie ein Schock. »Du wolltest, dass ich zur Paladin werde, um Merlin aufzuhalten!«

»Woher, glaubst du, kommt dein Durst nach Macht? Woher dein Wille, nicht nachzugeben? Dein *Hunger*?«

»Was …?« Sie würgte, schnappte nach Luft. Etwas kroch ihre Kehle herauf. Wieder würgte sie, dann spie sie etwas ins Wasser. Fassungslos betrachtete sie die schwarze, schmierige Wurzel, die verästelt und verzweigt war wie ein Wurm. Sie zappelte ein wenig umher, während sie sich allmählich zu Staub zersetzte.

»Als du die Pforten Valanors passiert hast, war ich bei dir.«

Morrigan sackte auf die Knie. »Nein …«

»Als du José angefleht hast, dir zu helfen, war ich bei dir.«

Sie krallte ihre Finger in Staub und lose Steinchen. »Nein …«

»Als du in Tirnanog nach Liebe und Macht gesucht hast, da war ich bei dir.«

»Nein …« Bilder über Bilder stiegen vor ihrem inneren Auge auf. Alles, was sie getan hatte, alles, was sie erlebt hatte, einfach alles, war in seinem Beisein geschehen.

Das Gesicht schwebte näher zu ihr. »Ich war immer bei dir, Morrigan.«

Ihr ganzer Körper erzitterte. Ihr Magen bäumte sich auf und sie spie aus. Die Erkenntnis zehrte sie auf. Sie warf den Kopf zurück und fand nicht einmal Kraft für einen Schrei der Verzweiflung.

»Ich habe dir nur das gegeben, wonach du gesucht hast, Zauberin.«

Benutzt. Schon wieder. Sie war nicht mehr als ein Werkzeug. Erst José. Dann Merlin. Jetzt Cernunnos. Mutter hatte mit allem recht gehabt. Aber diese Einsicht kam zu spät.

Stumm schüttelte sie den Kopf, versuchte, sich den Erinnerungen zu verschließen. Aber sie konnte nicht.

Zärtlich strich Cernunnos mit einer Wurzel über ihren Scheitel, berührte ihr Kinn und hob es an, damit sie sein schreckliches Gesicht sehen musste. »Wir sind eins. Und deshalb verstehst du mich. Du begreifst, dass ich der Einzige bin, der uns allen Erlösung bringen kann.«

Sie biss die Zähne zusammen. Tränen rannen über ihr Gesicht. Mit aller Macht versuchte sie, sich seinen Worten zu verschließen. Doch ein verräterischer Teil in ihr war festgewachsen wie ein Samen des Gottes.

Ein Knall.

Was war das?

Ihre Nackenhärchen richteten sich auf und sie hatte einen seltsamen Geschmack im Mund. Verwundert blickte sie auf.

Ein Blitz. Ein Donnerschlag.

Etwas traf Morrigan vor die Brust und schleuderte sie auf den Rücken. Weiße Flecken brannten sich in ihre Augen und sie konnte nichts mehr sehen. Sie blinzelte. Eine Gestalt in angesengtem Rabenmantel stand vor ihr, den Stab fest umklammert.

Merlin.

Er half Mimir auf die Füße. Überall brannten verkohlte Wurzelstränge und flockige Asche regnete nieder. Cernunnos war fort, aber schon krochen neue Ranken aus dem See und formten weitere Spriggans.

»Überlass mir die Gabe!«, redete Merlin gehetzt auf den Gott ein. »Jetzt!«

Mimir stöhnte. »Du begreifst immer noch nicht. Der Preis dafür ist zu groß.«

»Ich bin bereit, ihn zu zahlen.«

Er schaute Merlin lange an. »Allwissenheit ist kein Segen, sondern ein Fluch. Du wirst das Wissen nutzen, um Licht zu bringen. Doch an diesem Licht werden wir uns verbrennen.«

»Das kannst du nicht wissen!«

Eine tiefe Leere erfüllte Mimirs Blick. »Nicht?«

Merlin ließ seinen Stab fallen und umfasste den Kopf des Gottes. Ein Leuchten brach daraus hervor und Mimir riss den Mund weit auf. »Ich kann es verwahren, alter Freund! Ich bin der Einzige, der es kann!«

Mit überraschender Kraft packte der Gott Merlins Hände und bog sie runter. »Es gibt einen anderen Weg, um uns alle zu retten.«

»Die Paladine sind nicht mächtig genug!«

»Es geht nicht um Macht. Darum ging es nie.«

Morrigan stemmte sich hoch und riss in der Aufwärtsbewegung die Arme nach oben. Das Wasser unter ihr spritzte empor, sammelte sich zu wabernden Kugeln und schoss mit einer weiteren Geste auf die heranstürmenden Spriggans zu. Diese wurden durchlöchert und zerfielen.

Die Auswirkungen trafen Morrigan wie ein Hammerschlag.

Die Kraft, die sie für die Wasserbeschwörung aufgewendet hatte, wurde ihr entzogen. Sie knickte ein, konnte kaum noch den Arm heben. Das war der Preis, den sie zahlen musste, um sich selbst als Quelle zu nutzen.

Eine Lichtelfe trat vor sie, mit Blut verschmiert, ein langer Kratzer quer über dem Gesicht. Grausam starrte die Elfe auf sie herab und zog ihre Klinge. Morrigan wollte sich wehren, aber sie konnte nicht. Die Elfe hob die Klinge hoch über den Kopf und lächelte grausam.

Etwas rammte durch ihren Nacken und trat aus dem Mund heraus. Die blattförmige Spitze eines Speers.

Ein Summen erklang.

Der Kopf zerplatzte. Knochensplitter und Gehirnmasse klatschten Morrigan ins Gesicht. Der Speer schoss davon.

Schritte näherten sich, knirschten auf dem Marmor. Ein Mann trat vor sie, groß und hager, in abgenutztes Leder und dunklen Stoff unter einem grünen Mantel gehüllt. Seine Augen leuchteten wie Monde und sein Gesicht war so zerfurcht und verwittert, als hätte er sein gesamtes Dasein fern jeglicher Zivilisation verbracht. Irgendetwas Seltsames umgab diesen Mann; etwas, bei dem es ihr eiskalt den Rücken hinabbrann. Aber auch etwas Vertrautes umwehte ihn wie ein Duft, als wäre ihr Aufeinandertreffen kein Zufall.

Er streckte die Hand zur Seite. Mit einem durchdringenden Ton landete darin ein goldener Speer. Der Mann stieß die Waffe in den Boden und hielt ihr den Unterarm hin. Zögerlich griff sie zu. Als sich ihre Fingerspitzen berührten, stand die Zeit für einen Wimpernschlag still. Keine göttliche Erscheinung. Kein himmlisches Licht. Nur ein hauchdünnes Band, das zwischen ihnen existierte. Auf einmal war für Morrigan alles ganz klar.

»Du bist ein wahrer Paladin«, flüsterte sie.

Er kniff die Augen zusammen. »Wer bist du?«

»Die Zauberin.«

»Ohhhh!« Ein kleines, rot gelocktes Mädchen flitzte vor sie und lächelte sie freundlich an. »Eine Zauberin! Vater, hast du gehört? Sie kann zaubern! Das bedeutet, dass sie wie wir ist.«

»Wir?«, fragte Morrigan verwundert.

Das Mädchen nickte hastig. »Mein Name ist Runa. Ich bin die Nekromantin. Und ich bin auch eine wahre Paladin!«

Morrigan blieb der Mund offen stehen. Erst dann erkannte sie die Verbindung zu diesem unschuldigen Mädchen. Drei Paladine am selben Ort. Das konnte kein Zufall sein.

Als Cino zu ihnen aufschloss, dicht gefolgt von zwei kleinwüchsigen, bärtigen Männern, wusste sie endgültig, dass das Schicksal seine Hand über sie hielt.

Der Jäger stellte sich schützend vor seine Tochter und warf Morrigan einen langen Blick zu. »Könnt Ihr kämpfen?«

***

»Ich weiß mich zu verteidigen«, antwortete die Zauberin. Daran hatte Ullr keinen Zweifel, obwohl sie wirkte, als könnte sie jeden Moment zusammenbrechen.

»Erkläre es mir!«, sagte er und nickte zu den beiden Männern inmitten des Brunnens. Der eine trug einen Mantel aus Rabenfedern, sein voller, kurzer Bart war mit grauen Strähnen durchzogen und er wirkte erhaben und stolz, wie ein Weiser altvorderer Zeit. Der andere ähnelte einer Sagengestalt. Zwei Hörner sprossen aus seiner Stirn, ein graues Hemd flatterte auf seiner ausgemergelten Brust und seine Augen waren leuchtende Bernsteine.

»Merlin«, sagte die Zauberin. »Mein Vater.«

»Der Zauberer hat eine Tochter?«, rief einer der Zwerge, dessen brauner, grau durchzogener Bart bis auf seine Brust reichte. »Rost! Das hat er wohl ganz vergessen zu erwähnen, als er uns das Geheimnis der Runenmagie entlocken wollte.«

Sie stutzte. »Runenmagie?«

»Weiter!«, grollte Ullr.

»Jedenfalls ist Merlin genau genommen ein Gott. Der andere ist …«

»Mimir«, sagte der andere Zwerg, der nervös die Hände rang. »Der Gott der Weisheit ist also für all das in Alfheim verantwortlich, Bruder.«

Ullr regte sich. »Gott der Weisheit?«

Die Zauberin nickte und seufzte. »Mimir ist der Hüter der Quelle und der Grund, weshalb Alfheim keine Farbe hat. Oder vielmehr hatte.«

Zwei Götter am selben Ort. Ob Kalak hierbei ebenfalls seine Finger im Spiel hatte? Es war unbedeutend. Ullr wollte all das hinter sich lassen, um endlich wieder seine Ruhe zu haben. Um seine Tochter zu beschützen und seinen Schwur zu wahren. Allerdings begriff er zunehmend, dass es keinen Ort im Weltenrund geben würde, vielleicht sogar in allen neun Welten, der sicher wäre, wenn er seine Bürde als Paladin nicht annahm.

»Der Waldgott«, sagte er betont langsam. »Was will er?«

Die Zauberin sah konzentriert zu den beiden Göttern in der Quelle, die zu leise miteinander sprachen, um etwas zu verstehen. Merlin umfasste den Kopf des anderen Gottes. Regenbogen flirrten aus den Bernsteinaugen, schossen durch die Hände der verbliebenen gigantischen Statue und durchstießen den Himmel.

»Cernunnos will Mimirs Gabe«, sagte sie leise. »Dann wird er *alles* wissen.«

Am Rande des Plateaus tauchten weitere Spriggans und Echsenwesen auf. Zu allem Überfluss schossen wieder Tentakel aus dem See und bildeten eine riesige Wurzelgestalt, die sich über die gesamte Plattform beugte. Die Zusammenhänge erschlossen sich Ullr nicht ganz, aber er musste eine Entscheidung treffen. Jetzt!

Er stieß Sleg auf den Boden. »Wir töten Mimir!«

»Wir können ihn nicht töten«, erwiderte sie.

»Warum?«

»Weil er ein Gott ist, mein grimmiger Amigo«, entgegnete Cino. »*Comprendido?*«

»Einen Gott kann man nicht töten«, sagte die Zauberin. »Nicht ohne …« Sie zog ein überraschtes Gesicht. Verwundert strich sie den Speer entlang und dort, wo sie ihn berührte, sprühten goldene Funken. »Woher hast du diesen Speer?«

»Ein Geschenk«, sagte Ullr.

»Von wem?«

Aus einem Gedanken heraus, der ihm einen Blick auf eine Erinnerungslücke seiner Vergangenheit ermöglichte, zeigte er mit Sleg in die Quelle. »Ihm.«

›Merlin.‹ Andvari klang bedrückt. ›Als Grímnir kam er einst zu mir und wies mich an, Sleg zu erschaffen. Aus irgendeinem Grund wusste er, dass ich schon damals ein Runenschmied war. Er sah diesen Moment kommen, aber er konnte nicht voraussehen, dass der Speer sich ihm widersagte. Sleg wollte nicht, dass Merlin ihn benutzt, um Mimir zu töten.‹

Brokkr schulterte neben ihm seine Axt. »Grímnir. Hráfnáguð. Myrddin. Merlin. Dieser Gott hat zu viele Namen für meinen Geschmack.«

»Ich habe genug gehört.« Ullr setzte sich in Bewegung, aber die Zauberin packte ihn am Arm und hielt ihn fest.

»Mit Mimirs Gabe könnten wir Cernunnos aufhalten. Wir könnten das alles hier und jetzt beenden. Wenn du ihn tötest, berauben wir uns eines Vorteils. Vielleicht des einzigen, den wir haben.«

Er nickte zu Merlin. »Und er?«

»Merlin glaubt, dass er Cernunnos mit der Gabe der Voraussicht aufhalten kann. Er will sie für seine Zwecke benutzen.«

»Wie du.«

Plötzlich durchlebte sie eine Veränderung. Sie stand weniger sicher und ihr Blick flackerte. »Ich weiß nicht mehr, was ich will. Stets habe ich es gewusst, aber jetzt …« Sie schüttelte den Kopf. »Es ist zu viel geschehen.«

»Traust du ihm?«

»Nein«, flüsterte sie. »Merlin trachtet nach Wissen. Deshalb wird er diese Macht einsetzen, ohne zu verstehen, was diese Bürde bedeutet.« Sie zögerte. »Die Bürde bedeutet, diese Macht *nicht* einzusetzen.«

Brokkr schwang probeweise seine Axt. »Wie auch immer du entscheidest, Langer, mach schnell!«

Cino zückte sein Rapier, Sindri den Krähenschnabel. Runa nickte ihm entschlossen zu. Alle vertrauten auf seine Entscheidung. Merlin aufhalten? Mimir töten? Beide Götter gegen Cernunnos verteidigen? Sich abwenden und nichts tun?

SUCHE UND ERKENNE, JÄGER.

Seine Gedanken rasten. Das Mondlicht war aufgebraucht, aber er besaß eine Waffe, die buchstäblich Götter töten konnte. Auch wenn die anderen auf seine Entscheidung warteten, kannte er die richtige Antwort darauf nicht. Wenn es eines gab, was er konnte, dann war es, die Schwachstelle seiner Beute zu erkennen und im richtigen Moment zuzustoßen. Ihm war ein anderer Blick auf das Leben gegeben. Denn er war bereit, das zu tun, wozu andere nicht imstande waren. Er war der Pfeil und der Speer, der die Beute in die Enge trieb und dann gnadenlos zuschlug.

Er war der Jäger.

Drei mächtige Wesen: ein Rabengott, der seinen Tod verhindern wollte. Ein Weisheitsgott, der eine zu große Macht barg. Und ein Waldgott, der nach vollständiger Kontrolle trachtete. Ullr kannte ihre Ziele, wusste, was sie begehrten und wozu sie fähig waren. Das erlaubte ihm, das zu erkennen, was verborgen im Dickicht des Geschehens lag.

Die Wahrheit.

Verwundert hielt er inne, als ihm die Bedeutung dieser Erkenntnis klar wurde. Wie ein Sonnenaufgang nach der finstersten Nacht breitete sich in ihm ein Zustand aus, den er schon einmal erlebt hatte. Auf einmal wusste er, was er zu tun hatte. Es war ein Wagnis, aber es war alles, was ihm blieb.

Eine Entscheidung.

»Zwerge!«, knurrte er und zeigte auf die Quelle. »Aktiviert die Regenbogenbrücke.« Er wandte sich der Zauberin zu. »Halte mir den Rücken frei!« Nun ging er vor seiner Tochter in die Hocke und fasste ihre Schultern. »Jemand wird sterben. Ich will, dass du die Seele auffängst, damit sie nicht vergeht. Kannst du das?«

Runa nickte. »Ich bin bereit, Vater!«

Ullr stand auf und berührte den Ring an seinem Finger. »Cino und Andvari?«

Der schmuddelige Mann salutierte zackig. »Anwesend!«

›Ich bin hier‹, sagte der Ringgeist.

»Beschützt meine Tochter!«

»Ich werde sie mit meinem Leben beschützen, Amigo! Darauf kannst du einen lassen!«

›Ich beschütze‹, sagte Andvari.

Ullr nickte ihnen nacheinander zu. »Dann los!«

Die Macht der Toten

Morrigan entfesselte eine Feuerbrunst.

Das Tiefrot ihrer letzten Kristalle leuchtete auf wie entfachte Glut. Sie war noch nicht so weit, die Elemente ohne eine andere Quelle zu beherrschen – ohnehin fragte sie sich, wie sie überhaupt noch stehen konnte. Deshalb musste sie sich auf anderem Weg an der Schlacht beteiligen.

Das Pochen hinter ihrer Stirn machte sie fast wahnsinnig, jeder ihrer Muskeln protestierte und ihre Glieder zitterten unkontrolliert. Aber die anderen zählten auf sie und nachdem einige der Geschehnisse ihr Verschulden waren, wollte sie nicht länger benutzt werden. Diese Entscheidung traf sie aus eigenem Willen und nicht, weil ein korrumpierter Gott ihr einen Gedanken eingepflanzt hatte.

Ich habe alle vier Elemente in den Händen gehalten.

Doch wenn sie an die Zerstörung dachte, die sie angerichtet hatte, gefror ihr das Blut in den Adern. Die Wahrheit war, dass sie für diese Macht noch nicht bereit war. Die Selbsterkenntnis bewegte etwas in ihr.

Ihre neuen Verbündeten verteilten sich auf dem Tempelplateau, während die verbliebenen Dunkelelfen die Spriggans auf Abstand hielten. Aber sie standen einer Übermacht gegenüber und es war nur eine Frage der Zeit, bis der letzte Elf fiel. Dann gäbe es nichts mehr, was Cernunnos aufhalten könnte.

Ullr jagte auf die beiden Götter im Zentrum zu. Unter ihrer Anwesenheit summte und flimmerte die Luft wie verrückt. Noch immer schossen Strahlen aus Mimirs Augen, während Merlin allmählich die Kontrolle über ihn erlangte. In seinem Trachten nach dem Guten und dem Schutz der neun Welten erlag er seinem eigenen Hunger nach Wissen und Macht.

Es war, als blickte sie in einen Spiegel.

Zwei Echsenwesen kamen der Quelle bedrohlich nahe. Morrigan stieß die Hand nach vorn, zapfte gleichzeitig ihren Funken und den roten Kristall an, und sog alle Wärme aus der Umgebung heran. Rasant kühlte die Luft um sie herum ab und dampfte verfroren um ihr Gesicht.

Eine Stichflamme brach aus ihrer Hand und ließ die Köpfe der Brut zerplatzen wie überreife Früchte. Gehirnmasse und schwarzes Blut klatschten auf den weißen Marmor.

Sie schickte zwei weitere Stichflammen hinterher, setzte drei Spriggans in Brand, die zu Asche zerfielen, und folgte dem Jäger. Allerdings jagte er in einer Geschwindigkeit und Geschmeidigkeit über die Plattform, die alle Grenzen sprengte. Er schoss entlang der Angriffe einiger Spriggans, stieß mit dem Speer zu, sprang einer Echse auf den Rücken, wobei er sich am Kopf abstieß, und landete wie ein fallender Stern inmitten einer Horde Wurzelwesen. Mit einer ausholenden Bewegung wirbelte er um die eigene Achse und zerteilte dabei vier Wesen auf einmal, ehe er wieder auf die beiden Götter zuhielt. Ohne zu zögern, tötete er, um zu überleben.

Morrigan war von seiner Entschlossenheit fasziniert.

»Ha!«, rief Cino und stach sein Rapier einem Spriggan ins Herz. Das Wesen löste die Stelle auf, sodass ein Loch entstand, und packte ihn an der Kehle. Wie eine wehrlose Puppe hing er vor dem Wesen, japste nach Luft und strampelte herum.

Plötzlich war das Mädchen neben ihm; es berührte den Spriggan und er zerfiel, als wäre sein Lebensfunke erloschen.

Die Zwerge stürmten unter Kriegsschreien an ihnen vorbei, hackten und schmetterten mehrere Spriggans auf einmal nieder und verfielen in einen Blutrausch. Offenbar waren sie nicht nur die größten Schmiede der neun Welten, sondern auch fürchterliche Krieger.

Morrigan spürte eine Bewegung hinter sich. Sie wirbelte herum. Hinter ihr warf ein sieben Schritt großer Koloss einen drohenden Schatten auf sie. Ehe sie zum Angriff ansetzen konnte, durchdrang ein Speer das Rankengeschwulst und warf den Koloss nieder. Dort, wo er auftraf, krochen seine Ranken wie Würmer davon.

Sie nickte Ullr dankbar zu, der seinen Speer wieder auffing, und hetzte auf das Zentrum zu. Zwei Feuerbälle, ein Windstoß, drei Eiskristalle – sie dachte nicht nach, ließ sich von ihrem Instinkt leiten und versuchte, den Zweck nicht zu kontrollieren. Da sie allerdings die Elemente derart intensiv benutzte, klingelten inzwischen alle vier Kristalle und wiesen Risse auf.

Ein Krachen, als zerspränge die Erde entzwei.

Etwas rammte sie von vorn. Sie flog zurück, konnte nicht atmen, schlug nieder und kurz war die Welt hell und laut. Alles drehte sich verschwommen um sie. Zitternd kämpfte sie sich auf Hände und Knie – Tränen wurden von ihren brennenden Augen gerissen, als sie wieder getroffen wurde. Sie war völlig hilflos.

»Bleibt zurück!«, rief Merlin. »Begreift ihr nicht, dass ich das für das Wohl der neun Welten tue?«

Morrigan blinzelte und versuchte, das hohle Gefühl aus ihrem Kopf zu schütteln. Dann rappelte sie sich wieder auf die Füße.

Und staunte.

Der gesamte innere Ring rund um die Quelle war zerborsten. Marmorsplitter trudelten schwerelos durch die Luft, als wären die Naturgesetze dort außer Kraft gesetzt. Goldene Segmente waren aus den Vertiefungen gebrochen und ein Teil der verbliebenen Statue war weggesprengt. Nun schwebte sie über dem Plateau und rotierte um die eigene Achse.

Mit einem schlichten Wink hatte Merlin eine Schneise der Verwüstung hinterlassen.

Morrigan erzitterte unter seiner Macht.

Alle anderen waren ebenfalls davongeschleudert worden. Alle bis auf Ullr. Er stand immer noch dort, den Speer schützend vor sich haltend.

Ich muss ihm helfen!

Morrigan ging los, erst langsam, dann immer schneller. Mit einer Luftbeschwörung rief sie den Wind zu sich und ließ sich davon anheben. Knapp über dem Plateau schoss sie wie ein Pfeil auf die Quelle zu.

***

Geduckt schoss Ullr auf die Quelle zu, den Speer fest umklammert. Mittlerweile wusste er, dass dies der Grund war, weshalb er seinen

Schwur erneuert hatte. Er scheute nicht davor zurück, Entscheidungen zu treffen.

Merlin ließ Mimir los, der im Wasser zusammensackte, und wandte sich mit gerunzelter Stirn Ullr zu. Er wirkte zugleich verwundert und *verärgert*.

»Du trägst Sleg«, sagte er mit langsamer Betonung. »Weshalb hat er dich auserwählt?«

»Ist das wichtig?«, fragte Ullr.

»Es ist sogar sehr wichtig, Jäger. Diese Macht in den Händen zu halten, ist eine große Bürde. Ich weiß, wovon ich rede.«

›Warum habt Ihr mich dann gezwungen, Sleg zu schmieden?‹

Merlin wirkte für einen Moment völlig verblüfft. »Andvari?«

›Ja, in der Tat. Seid Ihr überrascht, mich zu hören?‹

»Durchaus. Die Regenbogenbrücke nach Svartalfheim sollte noch nicht offen sein. Haben die beiden Brüder …?«

›Nein, sie haben keine Brücke für mich geöffnet. Aber das ist eine lange Geschichte. Draupnir und mein Bewusstsein sind miteinander verschmolzen.‹ Der Ring klang stolz. *›Wir wurden zu Andvaranaut. Auch wenn mein Körper vergangen ist, erinnere ich mich. Ich erinnere mich an alles, Grímnir!‹*

»Grímnir.« Merlin schwieg kurz. »Diesen Namen habe ich lange nicht gehört. Dann weißt du sicherlich auch, warum ich dir die Erinnerungen nahm, Andvari. Ich tat es …«

»Zu seinem Schutz?« Ullr knurrte wie ein angeketteter Wolf. »Das behaupten Tyrannen immer, um ihre Taten zu rechtfertigen.«

»Tyrann?« Der Blick des Zauberers wurde schärfer. »Du weißt nicht, was ich für die neun Welten geopfert habe, Jäger!«

Ullr schüttelte den Kopf. »Unwichtig! Es endet hier.«

»Was hast du vor? Willst du mich töten? Den Beschützer der neun Welten?«

»Vielleicht.«

»Ich bin nicht dein Feind. Wir stehen auf derselben Seite, auch wenn ich erkannt habe, dass es keinen anderen Weg gibt, als Mimirs Gabe zum Wohle aller zu nutzen.«

»Nicht so! Nicht hier!«

»Wenn du wirklich helfen willst, Jäger, das Weltenrund, deine Heimat und deine Tochter beschützen willst, dann halte Cernunnos auf.« Der Zauberer wies auf die Spriggans, die zwischen den Bruch-platten und zerborstenen Segmenten umherkrochen. Die letzten El-fen wankten darin umher und stellten sich entschlossen der Über-macht entgegen. Sie fielen wie das Korn unter der Sense. Kurz nach-dem sie besiegt waren, erhoben sie sich wieder wie von einem ande-ren Willen beseelt und schlossen sich den Spriggans an.

War das der Sturm, vor dem Bytor gewarnt hatte?

Ullrs Blick fiel in diesem Moment auf Mimir. Der Gott nickte ihm langsam zu. Offenbar wusste er, was kommen sollte, und war bereit.

Es war Zeit, es zu beenden.

»Brokkr!«, brüllte Ullr. »Jetzt!«

»Zu spät, Langer!«, rief der Zwerg und stürzte sich mit seinem Bruder den Spriggans entgegen. »Die Brücke ist hinüber. Nutze den Speer!«

Dann eben so.

»Nicht!«, sagte Merlin. »Bitte, tu das nicht, Jäger.«

»Ich habe keine andere Wahl.« Ullr packte den Speer und stürmte auf die Götter zu.

Merlin hob die Hand. Die Luft krümmte sich um ihn zusammen. Der Himmel verdüsterte sich. Wolken brachen und Donner grollte. Der Wind brüllte in Ullrs Ohren und schleuderte ihm Steinchen ins Gesicht, die ihn in Wangen, Nase und Kinn stachen. Es wurde so dunkel, als dämmerte es bereits.

Dann schlug es zu, wie zwei Finger, die eine Kerze erstickten.

Die Luft war erfüllt von fliegenden Trümmern, die von unsicht-baren Kräften wie Papierschnipsel angehoben wurden. Der Wind zerrte am Boden, an der verbliebenen Statue, an den Spriggans und Elfen. Schutt scheuerte am Plateau. Die Statue zerbrach und riesige Teile davon wurden hinaufgeschleudert. Ein Tempelsegment krachte auf die Plattform, überschlug sich mehrmals und schob Spriggans aus dem Weg, bevor es an Ullr vorbeischoss und in den See stürzte.

Mehr und mehr zog sich der Himmel zu. Es rumpelte und blitzte und die Elemente selbst hatten sich offenbar an Merlins Seite gestellt. Tonnen von Gesteinsbrocken wurden von den verbogenen Ringen emporgerissen, schlugen eine Schneise in Cernunnos' Sklaven, rissen sie in Stücke, wirbelten Wurzeln und Glieder einzeln durch die

Gegend und ließen Blut und Staub hervorsprudeln und spritzen. Sie gesellten sich zum tanzenden Schutt, kreiselnden Trümmern, schlaffen Leichen, die in der Luft über dem Rand des Platzes herumwirbelten, schneller und schneller, ein Rund der Zerstörung, das den goldenen Kreisen auf dem Boden folgte. Alles auf seinem Weg saugte es ein, noch mehr Stein, Metall, Fleisch, Holz, und wurde mit jedem Augenblick dunkler, schneller, lauter, mächtiger.

Über den ungerichteten Zorn des Windes konnte Ullr nur Merlins Stimme hören.

»Es tut mir leid.«

***

Morrigan konnte in den Augen ihres Vaters sehen, dass es ihm leidtat. Er glaubte, alle anderen mit seinen Taten zu beschützen, weil er nicht auf die Legende der Paladine vertrauen wollte. Merlin litt Höllenqualen. Damit bewies er, dass er wie sie war, obwohl er ihr genau das vorgeworfen hatte: Anstatt zu vertrauen, versuchte er, den Zweck seiner Taten zu kontrollieren.

Morrigans Ruf verschmolz mit dem Kreischen des Windes. Die Luft war voller blitzender Formen. Während Trümmer um sie herumflogen und Merlin seine Macht immer stärker entfesselte, kämpfte sie sich weiter auf ihn zu, eine Hand vor das Gesicht und die Zähne grimmig zusammengebissen.

Ein Stein traf einen Elfen gegen die Brust und trug ihn schreiend davon, hoch in die Luft wie eine Heuschrecke am Spieß. Ein anderer zerbarst in einer Wolke aus Blut und Fleisch, und die Überbleibsel wurden wirbelnd in den bebenden Himmel hinaufgesogen. Ein Spriggan-Koloss kämpfte sich voran, hob die verwurzelten Arme über den Kopf und brüllte Cernunnos' Worte, die niemand hören konnte. Durch die pulsierende, zuckende Luft entdeckte sie Merlin, der mit den Lippen ein einziges Wort formte.

»Brenne.«

Einen Augenblick flammte der Spriggan auf wie ein heller Stern und seine Umrisse brannten sich weiß in Morrigans Augen ein. Dann wurden seine geschwärzten Überreste vom Sturm davongetragen.

Wie von Sinnen stürzten sich Dutzende Spriggans hinein. Alle wurden von Merlins Macht in Fetzen gerissen. Cino stand schützend vor dem Mädchen, leicht geduckt, ein Arm vor dem Gesicht. Die Zwerge klammerten sich an ihren Waffen fest, die sie vor sich in den Boden getrieben hatten, um nicht davongeweht zu werden.

Der Einzige, der Merlin näher kam, war Ullr.

Morrigan stemmte sich gegen den Wind, um den Gott aufzuhalten. Es war ihr Ideal. Sie veränderte und wandelte. Jetzt begriff sie die wahre Bedeutung dieser Worte. Wann immer eine Veränderung notwendig war, um dem Gleichgewicht zu dienen, musste sie eingreifen. Das war ihre Gabe und ihr Fluch.

Zehn Schritte noch. Neun. Acht. Sieben. Sie schloss zu Ullr auf, der den Speer schützend vor sich hielt. Vorsichtig legte sie eine Hand auf seine Schulter und erschuf eine schützende Windblase um sich.

Dumpfe Leere füllte das Innere. Der Sturm, das Krachen und Tosen klangen hier seltsam fern. Steinsplitter, Holzstücke, Trümmer und Leichenteile flogen dagegen, konnten aber nicht hindurchdringen. Fern davon schossen Ranken nieder, schafften es durch den Sturm und drangen auf Mimir ein. Cernunnos konnte selbst davon nicht aufgehalten werden.

Ullr nickte ihr grimmig zu. »Beenden wir es!«

Sie ging los. Ein Schritt. Und noch einer.

Das Tosen verging.

Morrigan löste die schützende Blase auf. Sie standen im Auge des Sturms. Das Heulen und Brausen klang seltsam fern, während um sie die Welt in Schwärze versank. Ihre Ohren dröhnten noch von dem Lärm, aber nun konnte sie endlich einmal wieder richtig durchatmen.

In Merlins Blick lagen Bedauern und Schmerz. »Warum?«

»Weil es mein Ideal ist«, sagte sie.

»Dann lässt du mir keine andere Wahl. Es tut mir leid, Tochter.« Er hob die Hand. Zischend entzündete sich die Luft, als wären die Pforten zur Hölle geöffnet worden.

In diesem Moment geschahen viele Dinge gleichzeitig. Ullr stürzte vor und ließ den Speer singen. Merlin richtete seine Hand auf den Jäger und entfesselte eine Feuerwalze. Morrigan zögerte nicht und sprang dazwischen, während sie so viel Kälte wie nie zuvor anzapfte, um der geballten Hitze zu begegnen. Mit einem Schrei begegnete sie seiner Zauberei. Aber Merlin war zu mächtig.

»Nein …«, hauchte sie wie gelähmt.

Donnernd krachte die Hitzefront gegen sie, versengte ihr Haar, ihre Haut, ihr Fleisch, ihre Knochen. Sie schrie, während der Schmerz in ihr explodierte und Feuer auf Eis trafen. Mehr und mehr leitete sie die Kälte in ihren Körper, in ihr Fleisch, in ihre Seele, bis alles in ihr betäubt und gefühllos war. Es war der einzige Weg, um der Feuerbrunst zu begegnen.

Das gab Ullr die Gelegenheit, sich in ihrem Schutz den beiden Göttern zu nähern, während Cernunnos' Gegenwart einmal mehr abgeschmettert wurde. Ein Speer war nicht dazu geeignet, einen Hals zu durchtrennen, in diesem Augenblick jedoch war er wie für diesen Zweck geschaffen; er sollte hier sein, um die Geschichte zu wandeln. Als Sleg aufflimmerte wie ein heller Stern, konnte nichts ihn aufhalten.

Mimirs Kopf wurde glatt vom Rumpf getrennt. Golden schimmerndes Blut spritzte in hohem Bogen auf und klatschte zu Boden.

»Nein!«, schrie Merlin. »Was habt ihr getan? Was habt ihr nur getan?« Er riss den Arm hoch und entfesselte den gesamten Sturm. Wie eine Naturgewalt richtete er einen verheerenden Blitz auf Ullr.

Abermals ging Morrigan dazwischen.

Der Blitz krachte in ihre Brust und brannte die Kälte tief in sie hinein wie einen glühenden Nagel in ein Holzbrett. Die Welt verging in einem Strudel aus Licht, Farben und Schmerz. Sie sah, hörte, spürte nichts mehr. Da war nichts anderes mehr außer verschlingendem Schmerz, der etwas in ihr zerstörte. Sie wollte lieber sterben, um erlöst zu werden. Götter, es musste aufhören. Jetzt. Bitte.

Aber der Tod kam nicht.

Als es endete, sackte sie auf die Knie. Ihre dampfende Haut war grau und bläulich – wie abgestorben. Das Haar hing ihr über die Brust und war nicht länger schwarz wie die Nacht, sondern weiß und stumpf wie verfrorenes Stroh. Seltsamerweise war der Schmerz fort. Nun herrschte in ihr … nichts mehr. Sie war wie ausgebrannt. Leer. Kalt.

Merlin hockte sich vor sie und sah sie traurig an. »Warum, Tochter?«

»Ich konnte nicht anders«, rasselte sie, als zerriebe sie Frostsplitter im Mund.

»Du hättest mich nicht dazu zwingen dürfen.« Seine Stimme klang brüchig. »Warum hast du mich dazu gezwungen?«

»Mutter sagte immer, dass Liebe und Hass nahe beieinander liegen.« Sie schaute ihn fest an. »Jetzt verstehe ich ihre Worte.«

»Hasse mich. Verachte mich. Ich tat es aus Liebe.«

»Liebe?« Sie spuckte das Wort aus. »Du weißt nicht, was Liebe ist, Gott!«

»Ja … ja, vielleicht ist das so. Vielleicht ist es das Laster eines Gottes, all jene, die einem am Herzen liegen, zu verletzen und von sich zu stoßen.« Er zögerte, als müsste er sich zu den Worten zwingen. »Das Schlimmste, Morrigan«, flüsterte er mit solchem Schmerz in der Stimme, dass er zu ihrem wurde, »ist die Einsamkeit.«

Merlin erhob sich und betrachtete den abgeschlagenen Kopf des Gottes der Weisheit. Eine Blutspur benetzte den Boden und schimmerte wie flüssiges Gold. Götterblut. »Ihr habt eure Wahl getroffen, Paladine. Damit habt ihr die neun Welten dem Untergang geweiht.«

**

Runa hatte den Untergang allen Lebens erlebt. Sie hatte gesehen, welche Reise sie nach dem Tod erwartete. Aus diesem Grund *wusste* sie, dass es längst nicht so weit war. Noch gab es Hoffnung.

Sie flitzte auf das Zentrum des Geschehens zu. Eben noch hatte ein Sturm gewütet, als ob ganz Alfheim vernichtet werden sollte. Jetzt war er fort und zeigte, wie zerbrochen die Welt war. Es gab jetzt keine Statuen mehr an diesem Ort, der zuvor atemberaubend gewesen war. Keine goldenen Runen. Keine erhabenen Elfen. Keine Schönheit.

Alles war hinweggefegt worden.

Teile der Statuen waren in den See gestürzt und hatten ihn aufgewirbelt; sie waren in Tausende kleine Stücke gesprengt. Vom stolzen Tempel waren bloß zertrümmerte Stümpfe geblieben, die bis auf die

Grundmauern geschleift waren. Der Rest davon trieb über den Himmel oder hing Dutzende Schritt über ihnen, wo die Trümmer und der Schutt schwerelos umhertrieben; all das hinterließ graue und weiße Staubschweife. Vor Runas tränenden Augen hatte sich alles in der formlosen Wut aufgelöst, die um den Gott getobt hatte. Der Boden war von tiefen Spalten und Rissen zerpflügt, von Löchern gezeichnet und von geschwärzten Stellen und Schutt bedeckt.

Nach dem Lärm war es jetzt überraschend still.

Runa weinte bittere Tränen, weil sie Alfheim hatte beschützen wollen, anstatt es zu zerstören. Ihr großes Abenteuer endete damit, dass so viele Dunkelelfen gefallen waren und vermutlich noch mehr sterben würden. Und dann wären die Lichtelfen an der Reihe, bis alle Elfen … all jene Wesen in Alfheim … ein Teil des Waldgottes wären.

So traurig …

Wenn sie sich nicht dagegen gewehrt hätte, wenn sie innegehalten hätte, hätte sie vermutlich nicht weiterrennen können. Aber es gab Dinge, die musste man tun. Und zwar gleich. Wie Vater stets betonte.

Schließlich gelangte sie zu ihm und den anderen. Die Zauberin sah fürchterlich aus. Ihre Haut war nicht länger rosig, sondern gräulich, mit einem deutlichen Blaustich, als wäre sie mit Eis überzogen. Und ihr Haar erinnerte an Eiszapfen. Wie bizarr.

Runas ganze Konzentration war auf Mimir gerichtet, dessen kopfloser Torso auf dem Boden lag. Goldenes Blut ergoss sich aus dem Stumpf am Hals. Am Kopf, dort wo sein Bewusstsein gesammelt war, erkannte sie noch das schimmernde Etwas, das jedes Lebewesen erfüllte. Die Seele. Sie klammerte sich mit einem letzten Faden an das Leben, aber es war nur eine Frage der Zeit, bis sie den Schleier übertreten und zur Brücke vor dem Tor ins Jenseits gelangen würde.

Der Gott starb.

Runa atmete tief durch und erinnerte sich an Vaters Worte. Aus irgendeinem Grund wusste sie, was zu tun war. Es war ihre Gabe und Bürde.

Sie kniete sich hin, nahm den Kopf auf und hielt ihn vor sich. Die Wahrheit war, sie hatte keine Ahnung, wie sie es tun sollte, als sie ihre Gabe hervorlockte und die Seele mit unsichtbaren Fingern packte. Es kam ihr vor, als balancierte sie mit fünf Stöcken auf einem Bein, während überall Hände nach ihr griffen, um sie umzuwerfen.

»Du schaffst das!«, raunte ihr Ratatösk ins Ohr. Seine Schnurrhaare kitzelten sie an der Wange. Sie hatte ihn gar nicht bemerkt. Nichts anderes bemerkte sie, während sie sich in diesen seltsamen Zustand versetzte, der sie mit ihrer Gabe verband.

***

Ullr nutzte Slegs besondere Gabe. Er stieß den Speer in den Himmel und tat etwas, wozu er sehr lange Zeit nicht mehr imstande gewesen war.

Er vertraute.

Der Speer erstrahlte. Wummernd schoss eine Säule aus Licht aus dem Himmel, spaltete sich in Farben und umhüllte sie.

»Zwerge!«, rief Ullr.

Die beiden wehrten immer noch die Horden des Feindes ab. Brokkr blickte ihn grimmig über die Schulter an. »Worauf wartest du, Langer? Wir finden schon einen Weg nach Svartalfheim. Geht!«

Sindri hob die Hand zum Gruß, bevor er seinen Krähenschnabel auf den Schädel eines Spriggans schmetterte.

Ullr nickte ihnen zu. »Danke.«

Als sein Abenteuer begonnen hatte, hätte er niemals geglaubt, noch einmal Dankbarkeit und Vertrauen zu empfinden. Aber in Alfheim, einer fremden Welt fern seiner Heimat, hatte er neue Verbündete gefunden, die bewiesen, dass es nie zu spät war, ins Leben zurückzukehren. Sie hatten ihm wieder Hoffnung gegeben.

Als Brokkr seinen Gruß erwiderte, wusste er, dass es dem Zwerg ebenso ging. Zwischen ihnen bestand ein Band der Freundschaft, das so eisern und felsenfest wie die Schmiedekünste der beiden war.

Es war *beständig*.

»Heimat«, flüsterte Ullr dem Speer zu.

Und Sleg verstand.

Der Regenbogen pulsierte.

Dann nahm er sie mit sich.

***

Die Regenbogenbrücke nahm sie mit. Morrigan hätte aufjubeln sollen, aber sie konnte nicht. Zwillingsgefühle aus Hass und Freude, Zorn und Zuversicht rangen in ihr um Kontrolle. Verändern und Wandeln. Sie hatte das Ideal der Zauberin nicht nur gesprochen.

Sie war zu diesem Ideal geworden.

Allerdings hatte sie das mehr gekostet, als sie bereit gewesen war zu geben.

***

Runa war bereit, alles zu geben, um den Gott zu retten. Schweigend hockte sie da, ihren Blick fest auf die Bernsteinaugen gerichtet und das windige Etwas gepackt, das entfliehen wollte. In diesem Moment waren es ihre neuen Freunde, die ihr Mut und Vertrauen spendeten. Brokkr und Sindri, die sich den Horden des finsteren Gottes entgegenwarf, um sie zu retten. Ratatösk, der nicht vor der Gefahr davonlief. Andvari, dessen Stimme sie umwehte wie ein Geist.

›Ich helfe dir‹, sagte er. ›Wir retten ihn gemeinsam.‹

Lichter explodierten um sie herum. Leuchtende Runen tanzten vor ihren Augen. Sie waren mit allem verbunden, mit der Luft, dem Boden, dem Nebel, den Farben, sogar mit Vater. Andvari konnte sie kontrollieren und an sie binden. Mit seiner geheimnisvollen Gabe half er Runa, Mimirs Seele festzuhalten.

Die Farben verblassten und die Welt verging. Langsam nahm die Umgebung neue Formen an.

Ein Saal in der Größe eines Marktplatzes. Obwohl er durch Kronleuchter mit zahllosen winzigen Leuchtkristallen erhellt war, war es dennoch viel dunkler als unter Alfheims freiem Himmel. Außerdem schmeckte die Luft anders, weniger frisch, und es war viel wärmer und drückender. Runa schwitzte sofort. Sie blendete all das aus, um ihre Aufgabe zu vollenden. Sie *musste* Mimir retten!

Jemand hockte sich neben sie. Eine ätherische Gestalt. Mutter. Sie umfasste ihre Hand und gab ihr Kraft und Mut. Eine andere Gestalt trat daneben, ebenfalls ein Geist. Mehr und mehr Geister erschienen, hielten sie fest, spendeten ihr Beistand, damit sie es vollenden konnte.

Runa musste die Seele eines Gottes in einem sterbenden Körper versiegeln.

›Du schaffst das, Runa. Ich glaube an dich!‹

Zuletzt kniete sich Vater vor sie. »Konzentriere dich. Lausche. Wache. Erkenne.«

»Ich weiß nicht, wie«, flüsterte sie.

Vertrauensvoll fasste er ihre Schulter. »Ich bin stolz auf dich, Runa.«

Ein Kloß breitete sich in ihrem Hals aus, den sie krampfhaft runterschluckte. Nicht nachdenken. Nicht ablenken lassen. Leben bewahren. Zuhören. Für jene sprechen, die ungehört blieben. Eine Nekromantin sein, die nicht grausam, sondern mitfühlend war. Ein Kind, das für andere einstand, indem es Leben *bewahrte*.

Plötzlich kannte sie ihr Ideal. Es war einfach da, als hätte sie die ganze Zeit darum gewusst, aber nicht richtig hingesehen. Sie holte tief Luft und sagte die Worte, von denen sie ahnte, dass sie alles verändern würden. Von jetzt an und für immer: »Ich spreche und belebe. Dies ist mein Ideal.«

Ferner Donner.

Für einen Augenblick fühlte sich die Welt anders an. Greifbarer. Wirklicher. Durchdrungen und verbunden mit etwas anderem, das ihr zuvor verborgen geblieben war. Als wäre die Tür, die sie die ganze Zeit davon abgehalten hatte, einen Spalt geöffnet worden, damit sie das verborgene Geheimnis dahinter erblicken konnte.

Leben und Tod.

Sie konnte auf all die Erinnerungen der Toten zurückgreifen, die an diesem Ort gestorben waren. Zahllose Geister traten aus den Schatten hervor und warteten.

Runa packte die Seele des Gottes und presste sie in den Kopf. Weder tot noch lebendig. Was bereits tot war, konnte nicht sterben.

Die Geister verblassten und zogen sich zurück. Die Verbindung zwischen Leben und Tod – eben noch ein beständiges Band – verging und die Welt wandelte sich.

Runa war auf einmal schrecklich müde. Sie gähnte, ihr Kopf war wie in Watte gepackt und ihre Glieder waren ganz schwer. Aber sie spürte, dass sie es geschafft hatte. Irgendetwas, das alles verändern würde.

Mit letzter Kraft beugte sie sich zu Mimirs Ohr und flüsterte: »Wach auf!«

Er riss die Augen weit auf und schnappte nach Luft. Zuerst wirkte er verwirrt, was man ihm nicht vorwerfen konnte. Von den Toten aufzuerstehen, war etwas, das man nicht jeden Tag machte. Aber dann lächelte er sie herzergreifend an, als hätte er mit keinem anderen Ausgang der Geschichte gerechnet.

Deshalb hatte er nach ihr gerufen.

»Das hast du sehr gut gemacht, Runa«, sagte er warm.

»Du warst das in dem Nebel«, murmelte sie. »Du hast mich in den Nebelmooren gerufen, weil du die ganze Zeit wusstest, dass ich das hier machen muss, oder?«

Er grinste breit. »Ups.«

Sie musste ebenfalls grinsen und war erleichtert, dass alles doch noch irgendwie gut ausgegangen war. Aber sie war auch sehr erschöpft, als sie den Kopf aufnahm und Vater hinhielt, der ihn vorsichtig unter seinen Arm klemmte. Ihr war schwindelig oder verhielt sich der Boden einfach anders? Am liebsten hätte sie sich auf der Stelle hingelegt. Aber ein Gedanke hielt sie aufrecht: Sie hatte ihr Ideal gefunden, einen Gott gerettet, einen anderen finsteren Gott aufgehalten, und Vater war stolz auf sie.

So fühlte es sich also an, eine Heldin zu sein.

Begegnungen

Finster beäugte Ullr seine Umgebung. Sie befanden sich in einem Saal, dessen stuckverzierte Wände mit übergroßen Spiegeln und plakativen Ölgemälden behängt waren. Darauf waren herrische Menschen in schwarzem Brokat, aufwendigen Gewändern, glänzendem Silber und Gold, Juwelen und anderem Tand abgebildet. All das war prächtig. Schimmernd.

Falsch.

An der bemalten Decke hing ein gewaltiger Kronleuchter, der von zahllosen Kristallen erhellt war. Auf der einen Saalseite erhob sich eine Bühne und auf der anderen gab es drei Portale, die jetzt aufgestoßen wurden.

Dutzende Soldaten quollen daraus hervor und schwärmten im Saal aus. Ihre beschlagenen Stiefel klackerten auf dem Marmor, ihre Ausrüstung rasselte und das Kristalllicht funkelte auf ihren blank polierten Rapieren. Sie trugen blaue, hochgeschlossene Uniformen mit einem goldenen Greifen auf der Brust. Das Symbol des Hauses Aguilar.

Bei Kalak, warum hatte Sleg sie ausgerechnet nach Méridor gebracht?

Ullr blieb keine Zeit, sich mit ihnen zu befassen, denn die größte Bedrohung war noch nicht gebannt. Merlin stand nur drei Schritt von ihm entfernt, eine Hand um seinen Stab gekrümmt und in seinen gefiederten Rabenmantel gewickelt. Aus irgendeinem Grund wusste Ullr, dass der Zauberer nicht länger versuchen würde, Mimirs Gabe zu stehlen. Der bedauernde Blick, mit dem Merlin seine Umgebung betrachtete, war Ullr wohlvertraut wie ein Paar alte Schuhe. Er hatte ihn ebenfalls lange Zeit getragen wie eine Maske, hinter der er sich verstecken konnte.

Es war der Blick eines gebrochenen Mannes.

Runa zupfte an seinem Ärmel. »Vater, wo sind die Elfen?«

»Fort«, knurrte er.

»Das ist so traurig. Warum haben wir sie im Stich gelassen? Wir wollten sie doch retten!«

»Das Leben ist ein Kreislauf, Mädchen. Es beginnt und vergeht.«

»Und, uhm, was ist mir Brokkr und Sindri? Eben waren sie noch bei uns.«

»Sie sind in Alfheim.«

Runa weitete entsetzt die Augen. »Aber warum denn? Sie hätten doch mit uns kommen können!«

»Sie haben ihre Wahl getroffen.«

Traurig senkte sie den Kopf. »Sie waren nett zu mir, auch wenn Brokkr sehr viel geflucht hat. Ich werde die beiden sehr vermissen.«

»Dein Vater ebenfalls, Runa«, sagte Mimir und zwinkerte ihr zu. »Aber natürlich ist er viel zu stolz, um das zuzugeben.«

»Still, Kopf!«, grollte Ullr. Der sprechende Kopf eines untoten Gottes. Wieder eine Sache, die Ullr nicht so schnell vergessen würde. Genauso wenig, dass die Zauberin ihr Versprechen gehalten hatte – ohne Rücksicht auf ihr eigenes Leben. Das hatte sie für immer verändert. War dies der Preis, den alle wahren Paladine zahlen mussten?

Runa zupfte an seinem Mantel und zeigte auf die Soldaten. »Was sind das für Leute?«

Das Eichhörnchen auf ihrer Schulter keckerte. »Das ist wohl der Moment, an dem ich mich verpissen sollte, was?«

»Bleib!«, erwiderte Ullr.

Die Méridorer umringten sie, die Waffen gezogen, aber unschlüssig in den Händen. Offenbar wussten sie nicht, was zu tun war. Aus den Portalen strömten weitere herbei. An ihrer Spitze ging ein stolzer, junger Mann ganz in weißer Uniform, wobei sich ein goldener Umhang hinter ihm aufbauschte. Um seinen Kopf flitzte eine winzige, leuchtende Frau mit Flügeln. Sie sah aus wie ein Geist.

Als der Mann die Neuankömmlinge sah, verfinsterte sich sein Gesicht. Er griff zur Seite und alles Licht in seiner Umgebung wurde von ihm aufgesogen. Zurück blieb ein graues Zwielicht.

Mit einem Glockenschlag landete ein golden schimmerndes Schwert in seiner Hand, dessen eine Klingenseite wie Wasser gerann. Außerdem drang ein sanftes Leuchten aus seiner Haut hervor, als glühte er von innen.

Ein Paladin der Kirche.

Sofort spannte Ullr sich an.

»Runter mit den Waffen!« Der junge Mann streckte ihnen die Klinge entgegen. »Das gilt auch für den ... Kopf?«

»Ohhhh!« Die Geisterfrau huschte zu ihnen und schwirrte über ihnen hinweg. »Siehst du das, Pablo? Siiiiehst du das?«

»Götter, was genau sehe ich hier eigentlich?«, fragte der junge Mann.

»Mach die Äuglein auf, Dummkopf! Sie sind wie wir! Sie sind besonders!«

Cino schob sich an Ullr vorbei und breitete grinsend die Arme aus. »Pablo, alter Amigo! Schön, dich zu sehen!«

Pablo klappte die Kinnlade herunter. »*Cino*? Träume ich?«

»Ich fürchte nicht, sonst würde ich dir nicht verkünden, dass wir am Arsch sind. Wir sind so was von am Arsch, dass ich ganz schnell was zu trinken brauche, um diesen Albtraum zu vergessen!«

Pablo machte eine knappe Geste zu den Soldaten, woraufhin sie ihre Waffen sinken ließen. Einige erkannten Cino offenbar wieder, denn ihre Haltung wirkte auf einmal viel entspannter. »Kann mir jemand erklären, was hier los ist?«

Mimir räusperte sich. »Vielleicht kann ich etwas Licht ins Dunkel bringen.«

Die Verwirrung des jungen Mannes wuchs. »Der Kopf spricht. Kann mich jemand mal kneifen?«

»Dummerchen!«, rief die Geisterfrau und flitzte als leuchtendes Band um ihre Gruppe herum. »Das ist natürlich der sprechende Kopf eines *Gottes*.«

Pablo warf das Schwert weg, das zu Lichtstaub zerplatzte. Sein Glühen verging und alle Helligkeit kehrte in den Raum zurück. Zugegeben, nun war Ullr ein wenig erstaunt. Die Paladine der Kirche, denen er bislang begegnet war, wären ohne Vorwarnung auf ihn losgegangen, um ihre gnadenlose Gerechtigkeit zu bringen.

›*Vielleicht kann ich ihm alles erläutern*‹, sagte Andvari. ›*Ich bin im Umgang mit Fürsten bewandert.*‹

»Wer hat da gesprochen?«, fragte Pablo.

Ullr hob die Hand mit dem Ring. »Er.«

»Ein Ring?«

»Ein Ringgeist!«, rief Runa und stellte sich auf die Zehenspitzen, um den ganzen Saal überblicken zu können. »Genauer gesagt ist er ein Zwerg aus Svartalfheim. Das ist, uhm, eine andere Welt unter dem Berg und, na ja, das ist …«

»Kleine«, redete Ratatösk dazwischen. »Das hilft gerade echt nicht weiter.«

Pablo blinzelte, einmal, zweimal. »Und auch noch ein sprechendes Wiesel. Jetzt habe ich wirklich alles gesehen.«

Ratatösk flitzte von Runas Schulter auf den Boden, stemmte die Hände in die Hüften und funkelte den jungen Mann an. »Nenn mich noch einmal Wiesel und ich …«

»Still!«, knurrte Ullr. »Wir werden alles erklären. Jetzt.«

Pablo runzelte die Stirn, dann lächelte er schief. »Ich geb auf. Was ist hier los?«

Gerade wollte Ullr zu einer Erklärung ansetzen, als Merlin seinen Stab aufstampfte. Ein Dröhnen hallte im Saal wider, als wäre die Götterdämmerung heraufgezogen. »Euch droht keine Gefahr, König Pablo de Aguilar«, sagte er mit majestätischer Stimme. »Nicht mehr.«

Mit einem knappen Wink schickte der König die Soldaten davon. Zögerlich kamen sie seiner Aufforderung nach und zogen die Tore hinter sich zu. Als sie ins Schloss fielen, herrschte für einen Moment drückende Stille zwischen ihnen.

»Wer seid Ihr?«, fragte Pablo.

»Merlin. Ich bin … Ich war … Es ist unwichtig. Vor Euch stehen vier wahre Paladine.« Er wies nacheinander auf sie. »Ullr der Jäger. Runa die Nekromantin. Morrigan die Zauberin. Und Andvari, der Ring und Runenschmied. Sie haben mich in Alfheim vor einem törichten Fehler bewahrt.« Er redete nun leiser und langsamer. »Ich war bereit, unter Einsatz all meiner Kräfte gegen Cernunnos zu kämpfen. Ich wollte Mimirs Gabe aufnehmen, ohne zu wissen, dass ich damit die neun Welten hätte zerstören können. Doch das ist nicht der Weg.« Er hielt kurz inne. »Es hat längst begonnen.«

»Was hat begonnen?«, fragte Pablo.

Die Tore flogen auf. Alle Anwesenden sahen verwundert auf.

»Der Weltensturm!« Schwungvoll und einnehmend marschierte ein méridorischer Don durch die Tore, begleitet vom hellen *Klick* seines Gehstocks, den er elegant bei jedem Schritt vor sich aufsetzte. Sein Knebelbart war sauber gestutzt, sein graues Haar zu einem strengen Zopf nach hinten gebunden und sein schwarzes Brokatgewand stank nach Geld wie ein Leichnam nach Fäulnis. Es waren jedoch vor allem seine tiefvioletten Augen, bei denen sich Ullrs Nackenhaare sträubten.

Dieser Mann war sehr gefährlich!

Ihm folgte ein ungeschlachter Hüne in schlichtem Leinen, das über seinen Muskeln spannte. Rostfarbenes, fingerlanges Haar wucherte auf seinem Kopf und ein ebenfalls rostroter Bart wilderte in seinem zerfurchten, narbenübersäten Gesicht. Sein Blick wirkte wie tot und seine Mundwinkel zuckten, als hätte er sie nicht richtig unter Kontrolle.

Ullr atmete schneller, presste den Speer so fest zusammen, dass seine Knöchel knackten. Ein tief vergrabener Zorn kroch seine Kehle hinauf und es kostete ihn alle Überwindung, nicht auf den Mann loszugehen. Unter tausend anderen würde er ihn wiedererkennen. Ullr war dabei gewesen, als der Barbar in Kor Anklam wie ein Berserker gewütet hatte. Als er, im Blutrausch versunken, viele seiner Gefährten getötet und das gesamte Hochland unter sich mit Schweiß, Blut und Tod geeint hatte. Das war der Tag gewesen, an dem Ullr nicht länger Kalaks Streiter hatte sein wollen; der Tag, an dem er allem den Rücken gekehrt hatte.

Wagrim.

Die Anwesenheit des Berserkers bewies, dass man noch so weit vor seiner Vergangenheit davonlaufen konnte, am Ende holte sie einen immer ein.

Der Don blieb neben dem König stehen und lächelte zufrieden in die Runde. Wagrim – offenbar sein Leibwächter – baute sich hinter ihm auf und wirkte völlig teilnahmslos. Er hatte sich verändert. Damals, wenn er nicht im Blutrausch versunken war, hatte er Reden geschwungen und von Einheit und Zusammenhalt gesprochen. Ein intelligenter Barbar, was eine Seltenheit im Hochland war. Doch dieser Mann war ein ganz anderer. Er war der Schatten eines einstigen Anführers.

»Merlin«, sagte der Don. »Habt Dank, dass Ihr die Paladine gefunden habt.«

Der Gott schwieg.

»In der Zwischenzeit war ich ebenfalls etwas umtriebig.«

Wie auf ein Zeichen marschierte ein junger Mann mit federnden Schritten in den Saal. Sein blondes Haar war gelockt, ein Bart ragte wie ein Pfeil von seinem Kinn und seine abenteuerliche Kluft war so bunt wie Cinos Socken. Hohe Stiefel, karierter Stoffüberwurf und an seiner Hüfte baumelte an einem breiten Gürtel ein Kurzschwert ungewöhnlicher Machart – geradlinige Klinge, keine erwähnenswerte Parierstange und runder Knauf am Griff. An seinem Gürtel baumelten allerlei Phiolen, Schriftrollen und andere Utensilien und über die gepanzerte Schulter ragte der Hals einer Kastenhalslaute wie der Griff eines Zweihänders hervor.

Der Mann stellte sich neben den Don, wobei er ausreichend Abstand zu Wagrim hielt, und wirkte ein wenig abwesend, als grübelte er über ein Rätsel nach, das er nicht lüften konnte. Er vermittelte den Anschein, dass ihn all das nicht interessierte. Ullr ließ sich nicht täuschen. Dieser Mann war wachsam und intelligent und wusste um seine Rolle in diesem Spiel.

»Mein Name ist Don José de la Fuego.« José wies auf seinen jungen Begleiter. »Dies ist Basil der Barde. Artio müsste sich ebenfalls in diesem Moment auf dem Weg hierher befinden, genau wie Valeria. Damit sind wir vollzählig.«

»Moment!«, rief Pablo und schaute José mit einigem Argwohn an. »Ist dies der Mann«, er wies auf Merlin, »von dem mir berichtet wurde? Der Druide aus Tirnanog, der gegen Cernunnos gekämpft hat?«

»Wer ich bin, ist vorläufig unwichtig, König Pablo«, entgegnete Merlin bedrückt. »Wann immer ich kann, werde ich Cernunnos bekämpfen. Doch der Weltensturm *wird* kommen.«

»Die Zwerge haben uns den Krieg erklärt«, sagte Pablo.

»Ich fürchte, Svartalfheim wird nicht die einzige Welt bleiben. Alfheim ist gefallen und Cernunnos wird sich alle verbliebenen Elfen einverleiben, um sie gegen uns zu führen. Wenn die Regenbogenbrücken in andere Welten geöffnet werden …« Merlin schüttelte den Kopf. »Ich habe versucht, mein eigenes Schicksal aufzuhalten.« Nun sah er Mimir an. »Ich war grausam, arrogant und selbstsüchtig. Das habe ich nun erkannt. Es tut mir leid.«

Ullr hob den Kopf des Gottes an den Hörnern an, damit jeder ihn sehen konnte, wenn er sprach. »Es gibt nichts zu verzeihen, Bruder.«

Merlin neigte den Kopf, dann wandte er sich Morrigan zu. »Tochter …« Er unterbrach sich selbst, als er den eiskalten Zorn in ihren Augen erkannte, der auch Ullr nicht verborgen blieb. »Ich verstehe«, raunte Merlin und klammerte sich an seinen Stab, als bräuchte er einen Halt. Schließlich straffte er sich und wirkte wieder gefasst. »Du kannst hier nicht bleiben, Mimir.«

Der Kopf seufzte. »Ich weiß.«

»Ich werde dich bei deiner Bürde unterstützen. Wenn du es zulässt.«

Ullr drehte den Kopf, sodass der ihn ansehen musste. Er sagte nichts, wartete, bis Mimir seine Zustimmung mit einem Nicken gab. Dann stapfte er zu Merlin und übergab ihm den abgeschlagenen Kopf eines untoten Gottes. Denn er vertraute darauf, dass Merlin sich an seinen Schwur halten würde. Bei Kalak, er war wirklich wieder zu dem Mann geworden, den er lange Zeit hinter sich gelassen hatte.

Merlins gefiederter Mantel erwachte zum Leben. Die schwarzen Federn verwandelten sich zu Raben, die sich lösten und um ihn herumflogen, mehr und mehr, bis ihn ein ganzer Schwarm umkreiste, der ihn vollständig einhüllte.

Dann wurden sie langsamer und lösten sich auf.

Merlin war fort.

Epilog: Die neun Paladine

José stand im Licht.

Er versuchte, sich zu erinnern, wann seine Reise begonnen hatte. In den vergangenen Jahrzehnten hatte er so viel erlebt, dass er all die Erinnerungen wie in einem Sturm erlebte. Jetzt war er hier. Am Ende seiner Reise.

Unwürdig ...

Alle Pläne waren aufgegangen. Sein Schmerz und sein Verlust, sein Scheitern und sein Streben, die gesamte Schöpfung zu retten, gipfelten an jenem Ort, an dem ihm all seine Hoffnung genommen worden war, um wiedererstarkt ins Licht zu treten. Candaloz, der Hauptsitz der Kirche des Palindroms. Der Ort, an dem ein Gott sich von ihm abgewandt und ihn in die Schatten gestoßen hatte.

Unwürdig ...

Seitdem loderte ein Funke in ihm, der ihn alle Hürden hatte überwinden lassen. Allein durch ihn hatte er sein Ziel erreichen können, um dem Weltensturm zu begegnen. Wie lange hatte er sich danach gesehnt, dem Palindrom im Angesicht gegenüberzutreten? Wie oft hatte er sich selbst verflucht und mit seinem eigenen Schicksal gehadert?

Unwürdig ...

Warmes Licht badete ihn. Es war eine umhüllende, durchstrahlende Wärme. Eine Wärme, die tief in seine Haut eindrang und ihn ganz erfüllte. Er starrte in das Licht und wurde nicht geblendet. Die Quelle befand sich um ihn, denn er kannte sie gut. Jeder Gott, unabhängig davon, wie er an diese Macht gelangt war, musste seine Rolle im Schicksalsgefüge finden. Ein Gott der Wälder? Der Raben? Der Weisheit? Des Lichtes?

Unwürdig ...

Seine Rolle war eine gänzlich andere. Seine Quelle waren die neun Anwesenden. Sie waren es, die seinen Funken nährten und ihn erhoben.

Zum Gott der Paladine.

Würdig.

Jenseits des Balkons erstreckte sich ein rotes Meer, von dem der brummende und dröhnende Lärm der lebendigen Stadt herüberwehte. Häuser. Straßen und Gassen. Der Hafen und das glitzernde Meer. Candaloz. Weit dahinter Yggdrasil. Der Weltenbaum, der sich im blassen Dunst verlor.

José drehte sich um. Der Hammer steckte mit dem metallenen Kopf im Zentrum des Balkons. Der Marmor rundherum war gesplittert, aber davon abgesehen gab es nichts, was auf die Macht dieses Artefakts hinwies. Es hatte sich nicht verändert, seit Val es nach ihrer Begegnung mit den Zwergen hierhergebracht hatte. Der Griff war viel zu kurz, die metallenen Kopfseiten waren abgeflacht und zahllose Runen waren in den schimmernden Adamant eingelassen.

Mjölnir.

Niemand konnte den Hammer tragen, es sei denn, er wollte es so. Wie schon die Legende um das Schwert im Stein oder den Speer der Welten war dieser mythische Gegenstand für das Kommende von großer Bedeutung. Immerhin war er Grund dafür, weshalb eine Welt der anderen den Krieg erklärt hatte.

Schließlich widmete José sich den Versammelten, die unterschiedlicher nicht sein konnten.

Pablo versuchte, in seinem königlichen Gewand selbstsicher zu wirken, was ihm nicht ganz gelang, da Sola in geflügelter Frauengestalt um ihn herumflitzte und sich über ihn lustig machte. Da er der Sonne zugesprochen war, konnte er alles Licht trinken und daraus Waffen, Schilde und Rüstungen formen. Außerdem steigerte dies seine physischen Eigenschaften, damit er die neun sowohl führen als auch inspirieren konnte. Aber wenn er erst einmal seine wahre Macht erkannt hätte, wäre er noch zu viel mehr in der Lage.

Der Paladin.

Neben ihm überragte Wagrim alle Anwesenden um mindestens eine ganze Elle und hatte sich in den vergangenen Wochen als überaus fähiger Leibwächter erwiesen. Er wirkte völlig teilnahmslos, aber José wusste um den inneren Kampf, den der Barbar nach wie vor ausfocht. Wagrim würde den Feind demoralisieren und mit seiner

Kraft und Raserei jeden Widersacher niederschmettern. Wenn er zum Berserker wurde, gab es nichts, was ihn aufhalten konnte. Allerdings verfiel er in einen Wahn, in dem er weder zwischen Freund noch Feind unterscheiden konnte. Er war wie eine geschärfte Axt, an der man sich schneiden konnte, wenn man unachtsam war. Aber eine Axt, die nicht aufzuhalten war.

Der Barbar.

Am Geländer lehnte Artio, die Arme vor der Brust überkreuzt. Ihre rechte Gesichtshälfte, ihr Arm, sogar ihr nackter Fuß waren mit winzigen blauen Schriftzeichen überzogen. Sie trug einen Bärenpelz über grobem Stoff und im fingerlangen Haar steckte ein silberner Stirnreif. Kräftiger Kiefer, tiefe Furche auf der Stirn und die dunklen Augen berechnend auf die Versammlung gerichtet. Als Königin Tirnanogs war sie vor allem ihrer Heimat, der Natur und allen Lebewesen darin als Behüterin zugesprochen. Sie konnte die drei Geister der Natur entfesseln und die besonderen Eigenschaften einer Wölfin, Bärin oder eines Vogels nutzen, was sie zur vielseitigsten Streiterin machte.

Die Druidin.

Am anderen Ende, im Schatten eines Unterstandes, verharrte eine bleiche, schmächtige, schwarz gewandete Gestalt mit knochenweißem Haar, das unter ihrer weiten Kapuze hervorlugte. Valeria beäugte misstrauisch die anderen und war von allen die Unberechenbarste. Denn sie war den dunklen Künsten zugesprochen, die sie nutzen konnte, um Abbilder zu erschaffen, sich von Schatten zu Schatten zu bewegen oder daraus Waffen zu formen. Sie war das Messer in der Dunkelheit, das José besonders im Auge behalten wollte.

Die Assassine.

Der hochgewachsene, hagere Ullr in grünem, verschlissenem Mantel über dickem Leder verharrte in möglichst weitem Abstand zu den anderen an der Balkonseite. Seine Hand war um den goldenen Speer geklammert und der wachsame Blick war auf José gerichtet. Ullr war gnadenlos, zielstrebig und ein nicht zu unterschätzender Krieger, der jede Schwäche seiner Feinde ausmachen konnte. Außerdem vermochte er, seine Geschicklichkeit mithilfe des Mondes ins Unermessliche zu steigern. Er war dem göttlichen Palindrom zugesprochen, aber er war hier, um sich – ohne es zu wissen – an José zu binden.

Der Jäger.

An Ullrs Finger blitzte ein silberner Ring. Darin war die Seele des Zwerges Andvari gebannt, der sein Bewusstsein an einen mythischen Gegenstand gebunden hatte, um dem Tod zu entfliehen. Runenmagie war so unverständlich, dass José immer noch nicht abschätzen konnte, was genau sie bewirkte. Eigentlich hatte er erwartet, dass einer der legendären Zwergenbrüder Brokkr und Sindri heute hier stehen würde. Jedenfalls bewies es einmal mehr, dass das Volk der Zwerge nicht zu unterschätzen war. Mit seiner Verbindung zu den Runen konnte Andvari das Schöpfungsgefüge selbst verändern und seinem Willen gemäß binden.

Der Runenschmied.

Direkt an die Seite des Jägers drückte sich ein Mädchen mit roten, wirren Locken, schmalem, sommersprossigem Gesicht und sturem Kinn. Auf ihrer Schulter hockte ein Eichhörnchen mit einer Umhängetasche. Das Mädchen betrachtete die Versammlung mit kindlicher Neugier, aber ihr unschuldiges Äußeres täuschte nicht über ihre schreckliche Gabe hinweg. Denn sie hatte dem Tod die Seele eines Gottes entrissen. Wenn es eines gab, was der Tod unter keinen Umständen ausstehen konnte, dann war es, um eine Seele betrogen zu werden. Runa hatte bislang nur an der Oberfläche gekratzt, da ihre Gabe zu weitaus mehr fähig war. So viel Macht für so ein kleines, unschuldiges Kind.

Die Nekromantin.

Morrigan stand José direkt gegenüber, eine Frau, die jeglichen Gesetzen der Natur und der Vernunft trotzte. Ihre Haut war rissig und mit einer bläulichen Schicht aus Frost überzogen, als hätte sie den Winter in sich gebannt. Aber er wusste es besser. Sie hatte die Elemente in einer Form genutzt, die ihre Kräfte überstieg. Sie war ausgebrannt und der Kälte erlegen. Das spiegelte sich auch in ihrem Haar wider, das weiß und stumpf war, sowie ihrem von Hass verzehrten Gesicht. Mit ihrem Funken war sie in der Lage, die vier Elemente heraufzubeschwören und verheerende Kräfte zu entfesseln.

Die Zauberin.

Am äußersten Rand des Balkons lungerte ein junger, blond gelockter Mann in abenteuerlicher Kluft herum, die Finger auf den Saiten seiner Vihuela, der er eine sanfte Melodie entlockte. Er gab sich unbekümmert, aber José wusste um die besondere Gabe, die er hütete wie einen verborgenen Schatz. Farben und Klänge. Basils Geschichte sollte sich erst noch zeigen, da auch er ein Schlüsselstein in diesem Unterfangen war. Sogar mehr, als Basil ahnte.

Der Barde.

Neun Geschichten.

Neun Funken.

Neun Pfade.

Neun Paladine, die notwendig waren, um einen Gott aufzuhalten, der mit seinem Bewusstsein die gesamte Schöpfung durchdrang, um die vollkommene Kontrolle zu erlangen.

Neun Mächte, die Josés Götterfunken erwachen ließen.

Er stellte sich vor, wie sie sich in finsterster Nacht um ein Lagerfeuer scharten, die Gesichter vom flackernden Flammenschein und von kriechenden Schatten in Hell und Dunkel geteilt. Neun Klassen und eine Wahl.

Ein Gott musste sich entscheiden, wen er nutzen sollte.

Jetzt war der Augenblick gekommen. Es war Zeit.

»José«, sagte Pablo angespannt. »Wir sind gekommen, wie du es verlangt hast. Was jetzt?«

José lächelte erwartungsvoll, als er die wahren Paladine nacheinander anblickte. Er hätte nie zu träumen gewagt, dass es ihm einmal gelingen sollte, sie zu versammeln. Keiner von ihnen ahnte, wie bedeutsam ihr Schicksal war.

»Ihr alle habt eine weite Reise hinter euch«, sagte er laut. »Ihr musstet Schmerz erdulden, habt Gefährten verloren, Königreiche fallen sehen oder musstet eure eigene Vergangenheit anerkennen. Manchmal wart ihr dazu genötigt, euer Dasein einem höheren Zweck zu widmen, als bloß euch selbst zu bereichern. Oder ihr musstet allem den Rücken kehren, was euch einst wichtig war, um die Menschheit zu beschützen. Ihr alle habt Opfer gebracht wie …«

Ein hoher Klang ertönte. »Liebe?«, fragte Basil.

José nickte langsam. »Ja, auch Liebe.«

Basil ließ einen weiteren Ton der Vihuela erklingen. »Ich möchte die tolle Stimmung in diesem beschaulichen Zusammentreffen nicht trüben, aber wann sprechen wir über den Drachen, der in unserer Mitte hockt?«

Artio reckte sich. »Drache?«

Das Mädchen zupfte aufgeregt an Ullrs Ärmel. »Vater, gibt es wirklich Drachen?«

»Und ob!«, rief Basil und lächelte schmal in die Runde. »Es gibt fürchterliche, schreckenerregende Bestien im Weltenrund. Und manchmal«, er schaute José an, »nehmen sie ganz und gar unscheinbare Formen an.«

»Das reicht!«, sagte José und wartete, bis sich alle wieder beruhigt hatten. So hatte er sich seine Ansprache jedenfalls nicht vorgestellt. Aber es war egal. Auch der stumme Vorwurf der Anwesenden war unwichtig. Sie sollten ihn weder achten noch lieben – er musste nicht einmal ihr Freund sein. Er hatte sie hier versammelt, weil sie hier sein *mussten*.

»All eure Prüfungen haben euch hierhergeführt«, redete er weiter. »Hier an diesen Ort, den das Schicksal für uns vorgesehen hat. Damit wir einen Weg finden, den Weltensturm aufzuhalten.«

Er wies auf Valeria. »Die Gilde der Assassinen beschützt den Tempel, der eine Regenbogenbrücke nach Svartalfheim birgt. Es ist nur eine Frage der Zeit, bis sie mit ihren Armeen dort einmarschieren, um diesen Hammer«, nun zeigte er auf die Waffe, »in ihren Besitz zu bringen.«

»Geben wir ihnen den Hammer«, brummte Ullr.

»Das war auch meine Idee, als Val«, Pablo funkelte die Assassine an, »so nett war, ihn vor einigen Tagen hier zu lassen. Aber der Hammer *will* nicht.«

Ullr runzelte die Stirn. »Warum?«

›Weil die drei Prinzenbrüder unwürdig sind, Mjölnir zu führen‹, sagte Andvari.

»Uhm, und wer ist würdig?«, plapperte das Mädchen.

›Das ist die richtige Frage. Wir wissen es nicht. Mjölnir wird jenen als seinen Träger auswählen, der ihn zu entfesseln vermag. Aber Fafnir, Otur und Reginn werden sich nicht von ihrem Vorhaben abbringen lassen, ihn an sich zu reißen.‹

Denn jeder von ihnen glaubt, dass er herrschen soll.‹ Andvari seufzte – ein höchst ungewohnter Laut bei einem Ring. José hatte inzwischen festgestellt, dass Andvari in ihren Gedanken redete. *›Dies sind die größten Laster meines Volkes. Gier, Stolz und Sturheit.‹*

José nickte dem Ring zu. »Der Runenschmied hat recht. Worte werden die Zwerge nicht überzeugen. Aber Taten. Genauso steht es um Alfheim. Cernunnos wird die Welt der Elfen verschlingen und sie dann ins Weltenrund führen. Sie sind bereits verloren. Jedoch nicht alle Welten. Denn jede der neun ist für das Kommende von Bedeutung. Jede Welt birgt ihre eigenen Wunder, Geheimnisse und Prüfungen.«

»Na, dann hoffen wir mal, dass der Nidhögg mit seinem fetten Arsch schön da bleibt, wo er gerade ist«, bemerkte Ratatösk. »Denn wenn Cernunnos ihn in die Finger bekommt …« Das Eichhörnchen ließ den Satz unausgesprochen und schüttelte sich.

»Es steht nicht mehr auf dem Spiel als die gesamte Schöpfung. Obwohl unser Feind einst für die neun Welten kämpfte, hat er sich in seinem Drang, das Mythische zu verteidigen und einen dauerhaften Frieden zu erzwingen, der vollkommenen Kontrolle verschrieben. Auch andere vergessen geglaubte Götter werden sich aus den Schatten erheben und an diesem Krieg mitwirken, dessen Ausgang ungewiss ist.«

»Also was?«, brummte Artio. »Neun gegen einen Sturm voller Zerstörung?«

»Es ist, wie es ist«, erwiderte José.

Pablo nickte langsam. »Viele werden sterben, nicht wahr?«

Wagrim regte sich wie ein Felsen, der zum Rollen ansetzte. »Fürchtest du dich?«

»Nein, ich wollte …«

»Wir werden so viele retten, wie es uns möglich ist«, sagte José dazwischen. »Ihr alle habt euch den ersten Idealen verschrieben. Doch es gibt weitere, die euch helfen werden, euren Funken besser zu verstehen. Dafür werdet ihr aus eurem gewohnten Schutz ausbrechen müssen, um euch selbst zu finden.« Er nickte Ullr, Runa und Andvari zu. »Ihr werdet die Kluft zwischen euch überwinden müssen.« Er nickte abwechselnd zu Morrigan und Wagrim. »Ihr werdet ins Licht treten müssen, um die Schatten zu suchen.« Eine knappe Geste zu Pablo und Valeria. »Und ihr werdet neues Vertrauen fassen müssen.« Zuletzt wies er auf Artio und Basil. »Eure Abenteuer werden euch an ferne Orte in den tiefsten Windungen der Geschichte führen, von den schrecklichsten Abgründen zu den höchsten Gipfeln des Weltenbaums. Und eure Entscheidungen werden maßgebend für den weiteren Kriegsverlauf sein. Am Ende wird alles von euch abhängen.«

Er atmete tief durch und sprach die Worte, auf die er so lange gewartet hatte: »Es beginnt.«

Ende

Nachwort

Am Ziel. Alle neun Paladine sind versammelt. Neun fantastische Protagonistinnen und Protagonisten, die alle ihre besonderen Gaben und Eigenschaften in die Geschichte einbringen. Es war eine lange und abenteuerliche Reise bis hierher und ich bin froh, dass du sie mit mir gegangen bist. Bestimmt sind dir viele Verbindungen zu anderen Büchern aus meiner Feder aufgefallen. Falls nicht: Keine Sorge, das macht überhaupt nichts. Ich bemühe mich stets, meine Geschichten so zu schreiben, dass du ganz ohne Vorwissen eintauchen kannst.

Mit dem Ende von Band 3 wollte ich eine Situation schaffen, die wir aus bestimmten Action-Rollenspielen kennen wie Diablo, Sacred, Lost-Ark und viele mehr, und hoffe sehr, dass mir dies auch gelungen ist. Ursprünglich habe ich geplant, Basil den Barden in diesem Band einzuführen, aber im weiteren Verlauf habe ich bemerkt, dass es das Buch zu sehr aufbläht. Deshalb wird er in einem nachfolgenden Band eingeführt. Mit dem nächsten Teil »Krone des Lichts« werden sich die Paladine ihrer großen Aufgabe stellen und nach einem Weg suchen, die neun Welten von Cernunnos' Einfluss zu befreien. Das wird episch!

Ein solches Buch ist ohne die Unterstützung zahlreicher besonderer Menschen nicht möglich. Deshalb möchte ich meiner Lektorin und Korrektorin Katrin Gönnewig für Rat und Tat danken. Astrosheep Art danke ich ebenfalls für das fantastische Cover. Ein herzliches Dankeschön an das Podcast-Duo Jessica & Jason, die mich jedes Mal inspirieren. Dann möchte ich mich natürlich bei meinen Lesern bedanken! Ohne euch wäre ich kein Autor!

Pascal Wokan, März 2024

Glossar

Personen
Andvari: Zwergenschmied
Brokkr: legendärer Zwergenschmied
Bytor: Jäger, Josés ehemaliger Diener
Durin: Modsognirs Sohn, rechtmäßiger Zwergenkönig
Fafnir: Zwergenprinz
Gildir: Lichtelf
Hreidmar: toter Zwergenkönig
Iduniel: Lichtelfe
Ioriel: Lichtelfe
José: Gott
Maeglin: Dunkelelf
Merlin: Zauberer, Großdruide, Gott der Geschichten und Raben
Mimir: Gott, Hüter der Quelle der Weisheit
Modsognir: Erster König von Svartalfheim
Morgana: Hohe Zauberin von Valanor
Nali: Zwergenkriegerin
Otur: Zwergenprinz
Ratatösk: Eichhörnchen im Weltenbaum
Reginn: Zwergenprinz
Runa: Ullrs Tochter
Sindri: legendärer Zwergenschmied
Talila: Dunkelelfe
Ullr: Jäger

Länder und Städte
Aurvangar: Andvaris Höhle
Candaloz: Hauptstadt von Mérida
Halduin: Ruinenstadt in Alfheim
Jöruvellir: Sandebene, Gebiet im Norden Svartalfheims, Oturs Reich
Kor Anklam: Stadt in den Hochlanden

Mag Mell: Lichte Ebene, Ort in Tirnanog

Méridor: größtes Königreich im Süden des Weltenrunds

Nidavellir: Hauptstadt Svartalfheims, die den goldenen Saal beherbergt, Fafnirs Reich

Nimrod: Land in Alfheim

Tír na nÓg / Tirnanog: wildes, sagenumwobenes Land im Norden jenseits der Meerenge, alte Kolonie

Svartalfheim: Die Welt der Zwerge

Swarinshaug: Stadt im Süden Svartalfheims, Reginns Reich

Valanor: Turm der Zauberer

Verlorene Berge: Gebiete weit im Nordosten

Begriffe, Wesen und Götter

Andvaranaut: Andvaris Ring

Brut: echsenartige Abkömmlinge des Drachen unter dem Weltenbaum

Cafre: Holzkopf

Comprendido: Verstanden

Derwyd: Druide der Dämmerung

Draupnir: der Tröpfler, der jede neunte Nacht achte gleiche Ringe von sich abtropfen lässt

Dökkálfar: Dunkelelf

edá: Mensch

Eres amable pero más feo que pegar a un padre con un calcetín sudado: Du bist ja ganz nett, aber du bist hässlicher, als wenn du deinen eigenen Vater mit einer stinkigen Socke schlägst

Gleipnir: Faden, der alles bindet, was er fesselt

Gradungr: mythischer Bulle der Hochlande

Gram: Reginns Schwert, das jedes Material durchdringt

Gullinborsti: goldener Eber

Hostia: Verdammt

Ivaldi: göttlicher Schmiedelehrling

Jötun: Riese

Ljósálfar: Lichtelf

Margygr: Mischwesen aus Elf und Fisch

Me estás tomando el pelo: Willst du mich verarschen

Me cago en todo lo que se menea: Ich scheiß auf alles, was sich bewegt

Mierda: Scheiße

Mjölnir: Weltenhammer, Blitz, Malmer

Nidhögg: Drache unter dem Weltenbaum, der die Wurzeln vertilgt, über den Leichenstrand wacht und bestrafte Seelen frisst

Oegishjálmr: Schreckenshelm

peinabombillas: Einfallspinsel, Naivling

que te jodan: Fick dich doch

sîdhe: Elfen

Sleg: Speer des Dagda

Spriggan: Bewusstseinserweiterung eines Waldgottes als Wurzelwesen

Tyrfing: Runenschwert, das töten muss, sobald es gezückt wird

Wieland: göttlicher Schmied

yn lá áun sîdhe: Ihr seid keine Elfen

Der Autor

Foto: privat

Pascal Wokan gehört mit einer Million verkaufter Bücher zu Deutschlands erfolgreichsten Fantasy-Autoren. Um in seine sagenhaften Welten eintauchen zu können, reist er an die entlegensten Orte der Welt und untersucht dort alte Mythen und untergegangene Kulturen. Als Hybrid-Autor veröffentlicht er seine fantastischen Romane sowohl im Selfpublishing als auch bei Verlagen. Zu seinen erfolgreichsten Werken gehören »Die Sandmagier«, »Der Nekromanten-Zyklus« und »Calindor«. Pascal Wokan lebt mit seiner Familie in Weilburg, Hessen.